영혼의 미로

2

EL LABERINTO DE LOS ESPÍRITUS
by Carlos Ruiz Zafón

Permissions for use of photographs:
p.9: Tramvia de la línia 12(en el cruce Avda. Diagonal con Avda. Sarrià), 1932–1934,
   Barcelona ⓒ Gabriel Casas i Galobardes. Fons Gabriel Casas de l'Arxiu Nacional de
   Catalunya ⓒ Núria Casas −ANC
p.327: Contraluz en la estación de Atocha, Madrid 1953 ⓒ Fons Fotogràfic F. Català-
   Roca −Arxiu Històric del Col·legi d'Arquitectes de Catalunya
p.529: Elegancia en la Gran Vía de Madrid, 1953 ⓒ Fons Fotogràfic F. Català-Roca −
   Arxiu Històric del Col·legi d'Arquitectes de Catalunya
p.589: Calle del Bisbe. Barcelona, 1973 ⓒ Fons Fotogràfic F. Català-Roca −Arxiu
   Històric del Col·legi d'Arquitectes de Catalunya
p.719: Escalera de la Sagrada Familia. Barcelona. ⓒ Fons Fotográfico F. Català-Roca −
   Archivo Fotográfico del Arxiu Històric del Col·legi d'Arquitectes de Catalunya

영혼의 미로

2

카를로스 루이스 사폰
장편소설

엄지영 옮김

EL
LABERINTO
DE LOS
ESPÍRITUS

Carlos
Ruiz Zafón

문학동네

차례

잊힌 자들 ⋯ 007

잊힌 자들

1

이야기를 마쳤을 때, 빌라후아나는 눈에 초점을 잃어 흐리멍덩하고 목소리는 갈라져 있었다. 알리시아는 고개를 숙인 채 아무 말도 하지 않았다. 잠시 후 빌라후아나가 헛기침을 하자 그녀의 얼굴에 그를 향한 희미한 미소가 떠올랐다.

"수사나는 남편과 아이들을 영영 만나지 못했죠. 그녀는 두 달 동안 경찰서, 병원, 자선단체를 돌아다니면서 그들의 행방을 수소문했어요. 그들이 있는 곳을 아는 이는 아무도 없었어요. 절망에 빠져 지내던 어느 날 그녀는 페데리카 우바크 부인에게 연락해보기로 했어요. 하인이 전화를 받더니 곧 비서를 바꿔주더랍니다. 수사나는 비서에게 자초지종을 설명하고 부인밖에 도와줄 사람이 없다고 했죠. '부인은 제 친구니까요.' 그렇게 말했대요."

"가련한 여인." 알리시아가 중얼거리듯 말했다.

"그런데 이틀 후, 어떤 자들이 길거리에서 그녀를 차에 태우더니 여성 정신병원으로 끌고 갔답니다. 그녀는 여러 해 동안 병원에 갇혀 있었죠. 그런데 얼마 후 병원에서 탈출했다는 소문도 들리더군요. 자세한 내막이야 아무도 모르죠. 아무튼 수사는 영원히 사라지고 말았어요."

두 사람 사이에 긴 침묵이 흘렀다.

"빅토르 마타익스는요?" 알리시아가 물었다.

"그보다 전에 이사벨라 히스페르트가 다비드 마르틴을 위해 브리앙스 변호사를 고용했다고 했죠? 브리앙스가 마르틴을 통해 마타익스도 몬주익 교도소에 갇혀 있다는 사실을 알아냈답니다. 마타익스는 당시 교도소장 마우리시오 발스 씨의 엄명으로 독방에 수용되어 있었다고 해요. 그는 다른 재소자들과 함께 마당으로 나가지도 못했을 뿐 아니라, 면회나 어떤 식이든 다른 사람과의 소통 또한 일절 금지되어 있었죠. 독방에 여러 번 갇힌 마르틴이 복도를 사이에 두고 그와 말을 나눌 수 있던 유일한 사람이었답니다. 그렇게 해서 브리앙스는 마타익스에게 무슨 일이 일어났는지 알게 된 거죠. 당시 변호사는 양심의 가책에 시달리는데다, 죄책감을 이기지 못해 괴로워하고 있었던 모양이에요. 그래서 몬주익 교도소에 갇혀 있던 불쌍한 이들을 도와주기로 했던 거죠. 마르틴, 마타익스……"

"좌절한 이들의 변호사……" 알리시아가 말했다.

"물론 그가 아무리 애를 써도 그들을 살릴 수는 없었죠. 마르틴은 발스의 명령으로 살해당했어요. 어쨌든 사람들 말로는 그렇습니다. 마타익스에 관해서는 알려진 바가 전혀 없어요. 그의 죽음은 지금도 여전히 미스터리로 남아 있죠. 그리고 이사벨라는, 참 불쌍한 브리앙스가 그녀를 연모했던 것 같아요. 물론 그녀와 알고 지내던 남자들은 다 그랬지만요. 아무튼 이사벨라는 두 사람보다 먼저 세상을 떠났어요. 물론 지극히 의심스러운 상황에서 말이죠. 그런 일들이 일어나자 결국 브리앙스는 재기할 수 없는 상태에 빠지고 말았어요. 그는 좋은 사람이지만, 두려움에 사로잡혀 있습니다. 사실상 지금 그가 할 수 있는 일은 아무것도 없는 셈이죠."

"그럼 마타익스가 거기에 계속 갇혀 있다고 보시는 거예요?"

"몬주익성에요? 하느님께서 그렇게 잔인한 분은 아니시기를, 그를 제때 당신의 품으로 데려가주셨기를 바랄 뿐입니다."

알리시아는 그 모든 것을 이해하려 애쓰며 고개를 끄덕였다.

"그럼 당신은요?" 빌라후아나가 물었다. "당신은 이제 뭘 할 생각이죠?"

"무슨 말이죠?"

"이야기를 다 듣고도 태평스럽게 가만히 앉아 있을 겁니까?"

"저도 브리앙스와 마찬가지로 손발이 묶인 상태라고요." 알리시아가 대답했다. "아니, 브리앙스보다 더 심할지도 몰라요."

"참 편리한 구실이군요."

"대단히 죄송하지만, 기자님은 저에 대해 아무것도 모르시잖아요."

"그럼 어서 말해봐요. 이야기의 전모를 파악할 수 있도록 도와주시죠. 내가 뭘 해야 할지 말해달라고요."

"빌라후아나 씨, 가족이 있나요?"

"아내하고 아이들이 넷 있습니다."

"그들을 사랑하시나요?"

"이 세상 그 누구보다 사랑하죠. 그런 걸 왜 묻는 겁니까?"

"기자님이 지금 뭘 해야 하는지 알고 싶으세요? 진심으로요."

빌라후아나는 고개를 끄덕였다.

"먼저 연설문부터 끝마치세요. 마타익스는 잊어버리시고요. 마르틴과 발스, 그리고 방금 제게 했던 이야기도요. 이제부터는 알리시아라는 존재를 잊어야 돼요. 여기서 저와 만난 적이 없는 겁니다. 아셨죠?"

"그건 약속이 틀리잖아요." 빌라후아나가 따지듯 말했다. "날 속인……"

"클럽에 오신 걸 환영합니다." 알리시아가 출구로 걸어가면서 말했다.

2

바르셀로나 왕립문학한림원이 있는 레카센스궁을 빠져나온 지 얼마 지나지 않아 알리시아는 속에 있는 것을 게워내기 위해 골목길로 접어들어 걸음을 멈춰야 했다. 그녀는 차가운 돌벽을 짚은 채 눈을 감았다. 입술에서 쓴맛이 느껴졌다. 깊게 숨을 들이마시고 기운을 차리려고 했지만, 다시 구역질이 올라오면서 바닥에 무릎을 꿇고 쓰러질 뻔했다. 다행히 누군가 붙잡아준 덕분에 쓰러지지는 않았다. 고개를 돌리자 초짜 스파이 로비라가 걱정스러운 눈빛과 근심과 염려로 가득찬 얼굴로 그녀를 바라보고 있었다.

"괜찮으세요, 그리스 양?"

그녀는 숨을 돌리려고 했다.

"로비라, 여기서 뭘 하고 있는지 말해줄 수 있겠어?"

"네…… 멀리서 보니까 그리스 양이 비틀거리더라고요. 그래서 그만…… 죄송하게 됐습니다."

"난 괜찮으니까 어서 가봐."

"지금 울고 계신다고요."

알리시아는 목소리를 높여 두 손으로 있는 힘을 다해 그를 밀쳤다.

"망할 자식, 당장 꺼지라고!" 그녀는 그에게 욕설을 퍼부었다.

로비라는 어깨를 으쓱하더니, 억울하다는 표정을 지으며 재빨리 달아났다. 알리시아는 벽에 몸을 기댔다. 손으로 눈물을 훔친 그녀는 화난 듯이 입술을 깨물고 걷기 시작했다.

여전히 입안에 남아 있는 쓸쓸한 맛을 없애려고 집으로 가던 도중 맞닥뜨린 노점상에서 유칼립투스 사탕을 샀다. 그녀는 천천히 계단을 올라갔다. 아파트 문 앞에 도착했을 때, 안에서 목소리가 들렸다. 페르난디토가 새로운 지시를 받으러 왔거나 자기 임무의 결과를 보고하러 왔다가 바르가스와 화해를 한 모양이었다. 문을 열자 창가에 서 있는 바르가스의 모습이 보였다. 그리고 레안드로 몬탈보가 소파에 앉은 채, 찻잔을 들고 조용히 웃고 있었다. 문턱에 선 알리시아의 얼굴이 납빛처럼 창백하게 굳어졌다.

"나를 만나면 기뻐할 줄 알았는데, 알리시아." 레안드로가 자리에서 일어서며 말했다.

알리시아는 외투를 벗고 바르가스와 눈빛을 교환하면서 안으로 몇 걸음 옮겼다.

"아뇨…… 오신 줄 몰랐어요." 그녀가 속삭이듯 말했다. "미리 알았더라면……"

"원래 예정에 없었는데 갑자기 결정된 거야." 레안드로가 말했다. "어젯밤 늦게 여기 도착했어. 그런데 솔직히 말하면 때를 기가 막히게 잘 고른 것 같아."

"뭐라도 좀 드릴까요?" 알리시아가 물었다.

레안드로는 찻잔을 들어 보였다.

"여기 계신 바르가스 경감께서 친절하게도 훌륭한 차를 대접해주셨지."

"몬탈보 씨와 이번 사건에 대해 상세히 논의하던 중이었어요." 바르가스가 말했다.

"잘됐네요……"

"자, 알리시아. 며칠 동안이나 못 봤는데 내 볼에 키스라도 해줘야지."

그녀는 천천히 다가가 입술로 그의 뺨을 가볍게 스쳤다. 그녀의 숨결에서 담즙냄새가 나는 것을 알아차린 레안드로의 눈이 번뜩 빛났다.

"괜찮은 거야?" 레안드로가 물었다.

"네. 속이 좀 쓰린 것뿐이에요."

"알아서 몸조심해야지. 내가 옆에서 잔소리라도 하지 않으면 자네는 너무 멋대로 산단 말이야."

알리시아는 고분고분한 미소를 지으며 고개를 끄덕였다.

"그렇게 멀뚱히 서 있지만 말고 앉아서 이야기 좀 해봐. 경감 말로는 오전 내내 바빴다고 하던데. 기자를 만나러 갔다고."

"결국 바람맞았어요. 애당초 나한테 해줄 이야기가 없었는지도 모르죠."

"이 나라에는 믿을 사람이 아무도 없다니까."

"바르가스 씨도 그렇게 말하죠." 알리시아가 나서며 말했다.

"다행히 아직 열심히 일을 잘하는 이들도 있지. 여기 있는 두 사람처럼 말이야. 사실 당신들, 이번 사건을 거의 다 해결한 것 같던데."

"아, 그래요?"

알리시아가 바르가스를 쳐다보자, 그는 고개를 숙였다.

"그렇지. 메트로바르나, 운전사, 산치스라는 자…… 이 정도라면 거의 다 확보된 셈이나 마찬가지지. 확실한 증거가 있으니 말이야."

"아직은 정황증거에 불과할 뿐이에요."

레안드로가 조용히 웃었다.

"바르가스, 내가 뭐라고 했습니까? 알리시아는 자기 자신에게 절대로 만족하지 않아요. 완벽주의자니까요."

"그 스승에 그 제자라더니……" 바르가스가 말했다.

알리시아는 뭘 하려고 바르셀로나에 왔는지 레안드로에게 물어보려 했다. 그런데 아파트 문이 벌컥 열리더니, 계단을 뛰어올라온 페르난디토가 숨을 헐떡거리며 거실로 들어왔다.

"알리시아 양, 새로운 정보예요! 제가 뭘 알아왔는지 알면 깜짝 놀라실 거예요!"

"내가 주문한 물건을 실수로 맞은편 건물에 배달했다는 거겠지." 알리시아는 페르난디토의 눈을 빤히 쳐다보며 말을 끊었다.

"저런!" 레안드로가 말했다. "부지런한 이 신사는 누구신가? 내게 소개해주지그래?"

"식료품점에서 일하는 페르난디토예요."

그는 침을 꼴깍 삼키며 고개를 끄덕였다.

"그래서? 내가 주문한 걸 안 갖고 왔다는 거니?" 알리시아가 쏘아붙이듯 말했다.

페르난디토는 말없이 그녀를 바라보았다.

"계란하고 우유, 빵, 페랄라다 화이트와인 두 병 갖다달라고 했잖아. 올리브유도. 이것뿐인데, 잘못 알아들을 게 뭐 있다고 그래?"

알리시아의 눈빛에서 절박함을 읽어낸 페르난디토는 금방이라도 울음을 터뜨릴 것 같은 표정으로 다시 고개를 끄덕였다.

"죄송합니다, 알리시아 양. 저희가 실수를 저질렀어요. 마놀로가 이제야 다 준비됐다고 용서해달라고 하네요. 앞으로 다시는 이런 일이 없을 겁니다."

알리시아는 손가락을 몇 번 튕겼다.

"뭘 꾸물거리고 있는 거야? 알아들었으면 어서 가봐."

페르난디토는 다시 고개를 끄덕이며 자리를 떴다.

"뭐 하나 제대로 하는 일이 없다니까." 알리시아가 내뱉듯이 말했다.

"그래서 내가 고급 호텔에 묵고 있는 거야." 레안드로가 말했다. "전화 한 통이면 다 해결되니까."

알리시아는 조용히 미소 지으며 레안드로 곁으로 갔다.

"아늑한 팔라세호텔을 버리고 굳이 허름한 제 거처를 찾아주시다니, 저로서는 더할 나위 없는 영광이네요."

"자네가 빈정거리는 걸 못 들어서 귀가 근질근질하던 참이었지. 그건 그렇고 좋은 소식과 그렇지 못한 소식이 있어, 알리시아."

알리시아는 바르가스와 눈빛을 교환했다. 바르가스는 그저 고개만 끄덕였다.

"그렇게 서 있지 말고 제발 앉으라고. 알리시아, 지금부터 하는 이야기가 썩 달갑지는 않을 거야. 하지만 내가 생각해낸 것도 아닐뿐더러, 막으려고 해도 방법이 없었다는 걸 알아주었으면 해."

그녀는 바르가스가 흠칫하는 것을 알아챘다.

"뭘 막으려고 했다는 거죠?" 그녀가 물었다.

레안드로는 찻잔을 테이블 위에 올려놓은 뒤 그녀에게 소식을 알리기 위해 마음을 다잡으려는 듯 잠시 말을 멈추었다.

"사흘 전에 나온 경찰 수사 결과에 따르면, 마우리시오 발스 씨가 지난 한 달 동안 메트로바르나 대표이사인 이그나시오 산치스와 세 번 통화한 사실이 밝혀졌어. 그날 오전 경찰이 마드리드에 있는 회사 사무실에서 압수수색을 벌이던 중에 여러 문건이 발견되었지. 그 문서에는 대표이사 이그나시오 산치스 씨와 마우리시오 발스 씨가 메트로바르나의 모회사인 저당은행의 주식을 수차례 매매한 정황이 나오더군. 그런데 경찰청 경제범죄 수사과의 조사에 의하면, 두 사람 사이의 거래에 절차상 위법 사례가 상당히 나타날 뿐만 아니라 거래 내역을 스페인 중앙은행에 고지조차 하지 않은 것으로 드러났어. 본사 담당자를 조사했더니, 자기는 그런 문건의 존재는커녕 그런 거래가 있었다는 사실조차 몰랐다고 부인했다더군."

"그런데 그런 중요한 사실을 왜 여태 알려주지 않은 거죠?" 알리시아가 물었다. "우리도 수사팀의 일원이라고 생각했는데요."

"그건 힐 데 파르테라나 경찰의 잘못이 아냐. 순전히 내 결정이었으니까. 그때까지만 해도 나는 당신들이 다른 경로를 통해서 산치스를 찾아낼 줄은 전혀 몰랐어. 그런 눈으로 보지 말라고. 힐 데 파르테라로부터 그 소식을 들으면서 그게 우리 사건과 관련이 있는지, 아니면 단순한 부당거래인지 경찰에서 판단할 때까지 기다리는 것이 좋겠다는 생각이 들더군. 그러지 않으면 우리 임무의 범위를 벗어나는 것일 테니까 말이야. 언젠가 선을 넘었다고 판단되면 그때 말해주려고 했어. 그런데 두 사람이 나를 앞질러버린 거지."

"나는 그 일의 핵심이 무엇인지 아직 잘 모르겠네요…… 주식이라뇨?" 알리시아가 물었다.

레안드로는 가만히 들어보라는 손짓을 하더니 이야기를 계속했다.

"경찰의 수사가 진척되면서 산치스와 마우리시오 발스 사이에 수상한 거래가 이루어졌다는 증거가 속속들이 드러났다더군. 대부분은 지난 십오 년 동안 이사회와 회사 경영진 몰래 이루어진 저당은행의 약속어음과 주식 지분 매매지. 수백만 페세타에 달하는 엄청난 액수가 두 사람 사이에서 왔다갔다한 셈이야. 그래서 힐 데 파르테라의 요청, 정확히 말하자면 명령에 의해 어젯밤 급히 바르셀로나로 출발한 거지. 마우리시오 발스가 소모사과스의 저택 비야 메르세데스의 건설 및 토지 매입 과정에서 받은 담보대출금을 변제하기 위해 저당은행 채권의 부당 판매에서 취득한 돈을 사용한 것이 확인되는 대로 바르셀로나 경찰은 오늘내일 사이 산치스를 체포해 심문할 예정이라고 들었어. 경찰청 경제범죄 수사과의 보고서에 따르면, 발스는 은행과 자회사의 분식회계를 통해 조성한 비자금을 손에 넣으려고 오랜 세월에 걸쳐 산치스를 협박한 것으로 보인다는군. 그건 산치스가 실제 수령인의 신분을 숨기기 위해 유령회사들 사이의 공매매를 통해 은닉한 자금이라는 거지."

"발스가 산치스를 협박했다면, 뭘 빌미로요?"

"지금 우리가 밝혀내려고 하는 것이 바로 그 문제야."

"이게 다 돈 때문에 일어난 일이라고요?"

"거의 모든 일이 다 그렇지 않아?" 레안드로가 대답했다. "지금까지 두 사람이 수사한 결과를 오늘 오전에 바르가스 경감이 내게 통보하면서, 상황이 급진전한 셈이야."

알리시아는 다시 바르가스를 힐끗 쳐다보았다.

"방금 전 힐 데 파르테라와 통화를 했어. 두 사람이 밝혀낸 사실과 경찰의 수사 결과를 비교해봤지. 그러고 나서 적절한 조치가 내려진 거야. 하필 자네가 없을 때 일이 진행되어서 유감이지만, 더는 기다릴 수가 없었어."

알리시아는 성난 눈초리로 바르가스와 레안드로를 번갈아 쳐다보았다.

"바르가스는 자기가 맡은 일을 했을 뿐이야. 알리시아." 레안드로가 말했다. "오히려 섭섭한 건 나라고. 약속한 대로 두 사람이 조사한 내용을 내게 제때 알려주지 않았으니 말이야. 하지만 나는 자네를 잘 알아. 딴마음을 먹고 그런 게 아니겠지. 뭐든 확실해질 때까지는 절대로 입을 여는 법이 없으니까. 그건 나도 마찬가지야. 그래서 우리 수사와의 연관성이 확실히 밝혀질 때까지 일절 언급을 안 한 거라고. 솔직히 말하자면, 그 소식을 들었을 때 나도 깜짝 놀랐어. 당신들이 산치스의 뒤를 캐리라고는 꿈에도 몰랐지. 두 사람도 그랬겠지만, 나는 전혀 다른 쪽으로 예상했거든. 다른 상황이었더라면 이삼일 정도 더 전모를 파악하다가 행동에 나섰을 거야. 안타깝게도 이번 사건은 우리가 바라는 만큼 시간이 충분치 않아."

"산치스는 어떻게 했죠?"

"지금 경찰서에서 조사를 받고 있어. 두어 시간 전부터 거기서 진술을 하고 있지."

알리시아는 관자놀이에 손을 갖다대고 눈을 감았다. 바르가스는 자리에서 일어나 화이트와인을 잔에 따라 알리시아에게 건네주었다. 그녀의 얼굴은 핏기 하나 없이 창백했다.

"힐 데 파르테라와 그의 부하들이 감사의 뜻을 표하더군. 특히 두 사람이 우리 조국을 위해 행한 눈부신 업적과 봉사에 대해 축하의 인사를 전해달래." 레안드로가 말했다.

"그렇지만……"

"알리시아, 부탁이야. 이번만은 안 돼."

그녀는 화이트와인을 비우고 벽에 머리를 기댔다.

"좋은 소식도 가져오셨다면서요." 그녀가 마침내 입을 열었다.

"방금 말한 게 좋은 소식이야." 레안드로가 말했다. "나쁜 소식은 자네와 바르가스가 이번 사건에서 손을 떼야 된다는 거고. 앞으로 수사는 내무성에서 새로 임명한 요원이 전담할 거야."

"누구죠?"

레안드로는 입술을 깨물었다. 그때까지 침묵하고 있던 바르가스는 잔에 와인을 따르며 서글픈 눈으로 알리시아를 바라보았다.

"엔다야." 그가 말했다.

알리시아는 어리둥절한 눈으로 두 사람을 쳐다보았다.

"엔다야가 대체 누군데요?"

3

감방 안에서는 오줌과 전기 냄새가 났다. 산치스는 전기도 냄새가 난다는 사실을 전혀 몰랐다. 마치 흘러내린 피처럼 달차근한 쇠냄새 같았다. 숨막힐 듯 답답한 감방 안의 공기를 가득 채운 그 냄새 때문에 속이 뒤집어질 것 같았다. 구석에서 윙윙 소리를 내며 돌아가는 발전기 때문에 천장에 매달린 전구가 파르르 떨렸다. 전구의 희뿌연 불빛이 축축한 벽을 비추자 손톱으로 긁은 듯한 어지러운 자국들이 보였다. 산치스는 눈을 감지 않으려고 애를 썼다. 피부가 벗겨질 정도로 철제의자에 꽁꽁 묶인 팔다리는 이제 감각이 없어진 것 같았다.

"내 아내는 어떻게 됐죠?"

"부인은 집에 멀쩡하게 잘 있으니까 걱정 말아요. 우리가 누군지 알겠습니까?"

"당신들이 누군지 내가 어떻게 알겠소."

목소리에 이어 얼굴이 불빛 속으로 드러났다. 산치스가 처음으로 본 것은 유리처럼 맑고 차가운 눈빛이었다. 눈동자가 얼마나 파랗던지 마치 액체 같았다. 얼굴은 각이 졌지만, 부드러운 인상이었다. 그 남자의 용모는 괜찮은 집안의 부인들이 길거리에서 곁눈질로 힐끔힐끔 쳐다보면서 가랑이 사이로 수치심을 느끼게 만드는 미남 배우와도 같았다. 옷도 아주 맵시 있게 차려입었다. 세탁소에 방금 찾은 듯 깨끗하게 다려진 소맷부리에는 국가 문장의 독수리가 새겨진 황금 커프스단추가 달려 있었다.

"우리는 법입니다." 남자는 마치 친한 친구를 대하듯이 환하게 웃으며 말했다.

"그렇다면 저를 풀어주세요. 아무 짓도 하지 않았으니까 말입니다."

의자를 끌어다 산치스 앞에 자리를 잡고 앉은 남자는 다 이해한다는 듯이 고개를 끄덕였다. 산치스는 감방 안에 적어도 두 사람이 더 있다는 것을 눈치챘다. 두 남자는 짙은 그림자가 진 벽에 기대서 있었다.

"나는 엔다야라고 합니다. 다른 곳에서 만났더라면 더 좋았을 텐데 안타깝군요. 하지만 앞으로 당신과는 좋은 친구 사이가 될 것 같네요. 원래 친구란 서로를 존중하면서 숨기는 것이 없어야 하는 법이니까 말입니다."

엔다야가 고개를 끄덕이자, 부하 두 명이 의자로 다가와 가위로 산치스의 옷을 찢기 시작했다.

"내가 알고 있는 것은 대부분 어느 위대한 분한테서 배운 겁니다. 프란시스코 하비에르 푸메로 형사가 그분이죠. 이 건물에도 그분의 이름이 적힌 명패가 붙어 있어요. 푸메로 형사는 때때로 그 능력을 제대로 인정받지 못하는 사람들 중 하나였습니다. 산치스 씨, 당신은 그러한 처지를 그 누구보다 더 잘 이해할 수 있을 겁니다. 당신도 푸메로 형사와 같은 운명을 겪어왔으니까요. 안 그런가요?"

그의 부하들이 가위로 옷을 난도질해서 벌거벗기자 벌벌 떨기 시작한 산치스는 더듬거리며 말했다.

"대체 무슨 말인지……"

엔다야가 손을 들어 그의 말을 막았다.

"산치스 씨, 이미 말했듯이 우린 친구 사이예요. 서로 비밀을 지킬 이유가 없어요. 선량한 스페인 사람이라면 비밀이 있을 턱이 없겠죠. 그런데 살다가 가끔 나쁜 뜻을 품을 때가 있다는 게 문제예요. 그 사실을 인정해야 합니다. 우리는 세계 최고의 나라에 살고 있어요. 이를 의심하는 이는 아무도 없겠죠. 하지만 우리는 종종 질투심의 포로가 되기도 해요. 내가 무슨 말을 하는지 당신은 너무도 잘 알고 있을 겁니다. 가령 당신이 어떻게 사장의 딸과 결혼했을까, 당신 같은 남자가 어쩌다 돈을 보고 결혼했을까, 능력도 안 되는 사람이 어떻게 대표이사의 자리까지 올라갔을까…… 주변에서 그런 말을 숱하게 들었을 거예요. 그래서 당신의 마음을 충분히 이해한다고 했던 겁니다. 명예와 자존심이 상하면 어떤 남자든 분노가 치밀기 마련이죠. 불알이 달린 남자라면 화가 날 수밖에요. 당신도 불알이 있죠. 보세요, 거기 있잖아요. 멀쩡한 불알 두 쪽 말입니다."

"제발 저를 해치지 마세요, 제발……"

발전기를 조작하던 부하 한 명이 집게로 그의 고환을 집자, 산치스의 목소리는 곧 처절한 울부짖음으로 바뀌었다.

"울지 말아요. 아직 아무것도 안 했는데 벌써부터 그러면 되겠습니까. 자, 나 한번 봐요. 내 눈을 보란 말이오."

산치스는 어린아이처럼 울며 고개를 들었다. 엔다야는 그를 보고 미소를 지었다.

"자, 산치스 씨. 나는 당신의 친구예요. 이건 단지 당신과 나 사이의 문제란 말이죠. 우리 사이에는 아무 비밀도 없어요. 당신이 나를 도와주기만 하면, 곧장 부인이 있는 집으로 데려다드릴 겁니다. 당신이 마땅히 있어야 할 곳으로요. 그러니 울지 말아요. 스페인 남자가 질질 짜는 모습은 보기에도 안 좋으니까. 이 나라에서는 무언가 숨길 것이 있는 자들만 울죠. 하지만 여기 있는 우리는 서로 숨길 게 없어요. 그렇죠? 여기에는 비밀이 있을 수 없어요. 우리는 서로 친구 사이니까 말입니다. 나는 당신이 마우리시오 발스를 데리고 있다는 것도 알고 있어요. 당신 심정은 충분히 이해가 갑니다. 그런데 그 발스라는 자는 한마디로 개자식이에요. 암, 그렇고말고요. 그런 말 들어도 싼 놈이죠. 이미 문서를 다 봤습니다. 그동안 발스가 당신을 계속 협박해 위법행위를 하도록 했더군요. 존재하지도 않는 주식을 팔도록 말이죠. 사실 나는 그 방면에 문외한이에요. 금융 쪽 문제는 아무리 들어도 머리에 들어오지 않더군요. 하지만 나 같은 무식꾼도 발스가 자기를 대신해서 당신에게 도둑질을 하도록 강요했다는 것쯤은 충분히 알 수 있어요. 이제 분명하게 말씀드리죠. 장관이건 아니건, 발스라는 자는 후안무치하기 짝이 없는 인간이라고요. 내 말은 사실입니다. 그런 문제라면 나도 충분히 알고 있을 뿐만 아니라 보기 싫어도 매일같이 봐야 하는 입장이니까요. 그런데 당신도 지금 나라꼴이 어떤지 잘 아실 겁니다. 친구를 보면 당신이 어떤 사람인지 알 수 있는 법이죠. 안타깝지만 현실이 그렇습니다. 발스에게는 친구가 많습니다. 다들 내로라하는 사람들이죠. 하지만 세상 모든 것에는 끝이 있기 마련입니다. 아무리 권세가 있다고 한들 천년만년 누리는 건 아니잖아요. 당신은 그 누구의 힘도 빌리지 않고 스스로 문제를 해결하고 싶었을 겁니다. 물론 심정은 충분히 이해가 가요. 하지만 그건 잘못된 생각입니다. 그런 일을 하라고 우리가 있는 거니까요. 그건 당신이 아니라, 바로 우리가 해야 할 일입니다. 지금 당장 우리가 바라는 일은 발스라는 망나니를 잡아서 모든 의혹을 분명히 밝히는 것밖에 없어요. 그래야 당신도 집에 가서 부인과 편안하게 지낼 수 있을 테니까요. 발스를 감옥에 집어넣어 자신이 저지른 범죄에 응분의 대가를 치르도록 해야겠죠. 그렇게만 되면 나도 마음 편히 휴가를 갈 수 있을 거예요. 그리고 여기서 있었던 일은 전부 없었던 일이 되는 겁니다. 무슨 말인지 잘 아시겠죠?"

산치스는 뭔가를 말하려고 했지만, 이가 딱딱 부딪혀 알아듣기가 어려웠다.

"산치스 씨, 뭐라고요? 이제 그만 좀 떨어요. 무슨 말을 하는지 도통 알아들을 수가 없잖아요."

"주식이라뇨? 어떤……?" 산치스가 간신히 말을 했다.

엔다야가 한숨을 쉬었다.

"실망스럽군요, 산치스 씨. 나는 우리가 친구인 줄 알았는데요. 친구라면 서로에게 모욕을 주지는 않겠죠. 생각처럼 일이 잘 풀리지는 않는군요. 나는 당신의 입장을 충분히 이해하기 때문에 최대한 편의를 봐드리고 있는 겁니다. 다른 이들은 당신을 이해하지 못할 수도 있지만, 나는 그렇지 않아요. 그건 자기가 남들보다 우월하다고 믿는 떨거지들을 상대하는 게 얼마나 힘든지 알고 있기 때문이에요. 그래서 지금 또다른 기회를 드리려고 하는 겁니다. 당신이 마음에 드니까. 아무튼 친구로서 충고 하나 하죠. 아무리 남자라도 가끔은 자존심을 내세우는 게 적절치 않을 때도 있다는 것을 알아야 합니다."

"그런데 무슨 주식을 말씀하는 건지 모르겠어요." 산치스가 더

듣거리며 말했다.

"젠장. 우는소리 좀 하지 말아요. 지금 당신 때문에 내 입장이 얼마나 난처한지 알아요? 나는 결과물을 얻어 이 방에서 나가야 한단 말입니다. 아주 간단해요. 그건 당신도 잘 알고 있잖아요. 생각해보면 정말 단순한 일이라고요. 삶이 당신 후장을 쑤시려고 하면 눈 딱 감고 대주는 게 현명한 법입니다. 친구로서 말하는 거지만, 지금 삶이 당신의 후장을 제대로 쑤시기 일보직전이란 말입니다. 그러니 스스로 일을 어렵게 만들지 말아요. 이 의자에는 당신보다 백배 더 강한 남자들도 앉아 있었지만, 십오 분을 채 넘기지 못했죠. 그들에 비하면 당신은 도련님이나 마찬가지예요. 나도 웬만하면 그런 짓을 하고 싶지 않아요. 그러니 나를 화나게 만들지 마세요. 그럼 마지막으로 묻겠습니다. 그를 어디에 숨겨두었죠? 어서 말해봐요. 그것만 알려주면 아무 일도 없을 거예요. 오늘밤 당신은 무사하게 집으로 돌아가 부인과 함께 지내게 될 겁니다."

"제발 부탁이에요…… 그녀를 건드리지 마세요…… 아내는 건강이 좋지 않다고요." 산치스는 애원하다시피 했다.

엔다야는 한숨을 쉬고, 그에게 조금씩 다가갔다. 마침내 그의 얼굴이 산치스의 얼굴에 거의 닿을 정도로 가까워졌다.

"이봐, 이 망할 자식아." 엔다야는 여태까지와는 달리 싸늘한 목소리로 말했다. "만약 발스가 어디 있는지 불지 않으면 네가 똥을 쌀 때까지 불알을 튀겨버릴 테니까 알아서 해. 그리고 네 마누라를 여기로 끌고 와서 불에 달군 집게로 천천히 살갗을 벗겨낼 거라고. 그러면 네 마누라도 깨닫겠지. 울보 남편 때문에 자기가 그렇게 험한 꼴을 당하는 것이라고 말이야."

산치스는 눈을 감고 흐느껴 울었다. 엔다야는 어깨를 으쓱하면서 발전기로 다가갔다.

"어떻게 해야 할지 알지?"

다시 쳇내가 나면서 바닥이 부르르 떨리기 시작했다. 천장에 매달린 전구가 두어 번 깜박거렸다. 그러곤 모든 것이 시뻘건 불덩어리로 변했다.

4

레안드로는 여전히 수화기를 든 채 고개를 끄덕였다. 통화를 한 지 벌써 사십오 분이 지나가고 있었다. 바르가스와 알리시아는 그를 지켜보면서 와인 한 병을 깨끗이 비웠다. 알리시아가 새 술을 가지러 가려고 일어서자, 바르가스는 그러지 말라고 웅얼거리며 그녀를 막았다. 그녀는 여전히 이야기를 들으며 천천히 고개를 끄덕이는 레안드로를 쳐다보면서 줄담배를 피웠다.

"이해합니다. 아뇨. 물론 아니죠. 그렇군요. 네, 알겠습니다. 그렇게 일러두죠. 네, 안녕히 계십시오."

레안드로는 전화를 끊고, 지친 표정으로 그들을 쳐다보았다. 눈빛에는 안도와 우려가 뒤섞여 있었다.

"힐 데 파르테라야. 산치스가 다 자백을 했다는군." 그가 마침내 입을 열었다.

"자백이요? 뭘요?" 알리시아가 물었다.

"이제야 모든 것이 맞아떨어지기 시작하는군. 확인된 바에 따르면 이야기는 오래전으로 거슬러올라가. 발스와 은행가인 미겔 앙헬 우바크는 전쟁 직후에 알게 된 모양이야. 그 당시 발스는 정권 내에서 신진세력으로 떠오르던 인물이었지. 그다지 달갑지 않은 자리인 몬주익 교도소의 소장직을 무리 없이 수행해 정권에 대한 충성심과 출중한 능력을 증명했으니까 말이야. 우바크는 국민군측에 크게 기여한 인물들을 논공행상하기 위해 설립된 컨소시엄을 통해 당시 재편작업을 마친 저당은행의 주식을 대량으로 발스에게 넘겼던 모양이야. 저당은행은 전쟁 후 해산된 여러 금융기관을 합병한 조직이었지."

"지금 전리품의 강탈과 분배를 말하는 건가요?" 알리시아가 그의 말을 끊고 나섰다.

레안드로는 참을성 있게 한숨을 내쉬었다.

"어디 가서 그런 말 함부로 하지 마, 알리시아. 세상 사람들이 다 나처럼 마음이 너그럽고 관대한 건 아니니까."

알리시아는 입을 다물었다. 레안드로는 그녀의 표정이 고분고분하게 변하는 것을 확인하고 나서야 말을 계속했다.

"발스는 1949년 1월에 주식 패키지를 또 받기로 되어 있었던 것 같아. 사전에 구두로 합의를 했겠지. 그런데 그 전해에 우바크가 불의의 사고로 죽으면서……"

"어떤 사고죠?" 알리시아가 다시 그의 말을 끊으며 물었다.

"집에 불이 나서 그와 아내가 자다가 모두 목숨을 잃었어. 알리시아, 제발 말 좀 끊지 마. 이미 말했듯이 우바크가 세상을 뜬 후 그의 유언을 둘러싼 분쟁이 일어났어. 거기에 발스와의 구두합의가 적시되어 있지 않았던 모양이야. 더구나 우바크가 평소 자신의 법정대리인이던 젊은 변호사를 유언 집행인으로 지정해 일이 복잡하게 꼬이고 만 거지."

"이그나시오 산치스군요." 알리시아가 말했다.

레안드로는 눈빛으로 그녀에게 경고의 신호를 보냈다.

"맞아, 이그나시오 산치스. 그는 유언 집행인의 자격으로 우바크 부부의 딸인 빅토리아 우바크가 성년이 될 때까지 법정후견인의 역할도 떠맡게 됐어. 그리고 자네가 내 말을 끊기 전에 미리 말하자면, 산치스는 빅토리아가 열아홉 살이 되던 해에 그녀와 결혼식을 올렸는데 그게 사회적으로 큰 풍파와 물의를 일으켰어. 당시 떠돌던 풍문에 따르면 빅토리아는 미성년자였을 때부터 미래의 남편과 이미 부적절한 관계를 맺고 있었다고 하더군. 이그나시오 산치스가 욕심 많은 출세주의자라는 소문도 파다했고. 그도 그럴 것이 유언에 따라 우바크가의 거의 모든 재산을 빅토리아에게 물려주기로 되어 있었던데다, 두 사람은 나이차가 워낙 많이 났으니까 말이야. 더군다나 빅토리아 우바크는 정서불안 병력이 있었어. 사람들 말에 의하면 사춘기 시절에 가출을 해서 여섯 달 동안이나 자취를 감춘 적이 있다더군. 하지만 지금 이야기한 건 모두 소문에 지나지 않아. 여기서 중요한 문제는 산치스가 우바크 은행의 경영권을 승계받은 뒤, 고인이 발스와 구두로 합의한 내용을 이행하지 않겠다고 선언해버린 거야. 발스는 흔히들 하는 말로 일단 칼을 칼집에 넣고 꾹 참을 수밖에 없었지. 몇 년 후, 장관에 임명되고 상당한 권력을 손에 쥐자 발스는 생각이 달라졌지. 자기가 의당 받아야 될 몫 이상을 산치스에게 요구하기로 결심했어. 1948년 빅토리아 실종 사건은 미성년자의 임신을 은폐하고 그녀를 코스타브라바의 요양소에 숨겨두기 위해 산치스가 꾸민 자작극이었다는 사실을 알아낸 다음, 그 혐의로 그를 고발하겠다고 협박했지. 요양소는 산펠리우 데 긱솔스* 부근이었던 것 같아. 실종된 지 다섯 달, 아니 여섯 달 만에 영양실조에 걸린 채 정신을 잃고 해변을 떠돌던 그녀를 과르디아 시빌이 발견했어. 모든 정황으로 보면 산치스는 결국 발스의 협박에 굴복한 것 같더군. 산치스는 불법적인 방법을 동원해 저당은행의 주식과 거래 가능한 약속어음의 형태로 엄청난 액수의 금전을 발스에게 넘겼지. 발스의 재산 대부분은 소문과 달리 장인이 아니라 산치스에게 받은 것이 분명해. 하지만 더 많은 돈을 원했던 발스는 계속해서 산치스에게 압력을 가했지. 산치스는 발스가 자기 목적을 달성하기 위해 아내 빅토리아의 명예와 어린 시절의 가출 사건을 이용해서 그녀를 끌어들인 걸 결코 용납하지 못했어. 그래서 발스의 횡포를 막기 위해 여러 기관을 찾아다녔지만, 모두 문전박대를 당했지. 발스의 권력이 막강하고 정권의 최고위층과 가까웠기 때문에 함부로 건드릴 수가 없다는 것이었어. 더군다나 발스를 조사한다는 것은 전쟁 후에 이루어진 논공행상과 컨소시엄 문제를 파헤치는 셈이었

---

* 카탈루냐의 코스타브라바에 있는 항구도시.

기 때문에 그 누구도 선뜻 나서지 못했지. 그래서 모두 산치스에게 잊어버리고 사는 편이 신상에 좋을 거라고 엄중하게 경고했던 거야."

"그런데 그는 끝내 잊지 않았죠."

"그거야 당연하지. 산치스는 그 일을 잊지 않았을 뿐만 아니라, 그에게 복수하기로 마음먹었어. 바로 거기서 치명적인 실수를 저지르고 만 거야. 그는 발스의 과거를 파헤치기 위해 탐정을 고용했어. 그러던 중 당시 몬주익 교도소에 썩고 있던 세바스티안 살가도라는 건달을 우연히 알게 됐고, 발스가 교도소장으로 재직하던 동안 재소자들과 그 가족들을 상대로 저지른 독직행위와 수상쩍은 사건을 밝혀낸 거지. 결과적으로 발스에 대한 보복을 주도할 만한 인물들이 줄줄이 드러난 셈이야. 그런데 유일한 구멍은 복수를 그럴싸하게 포장할 스토리가 없었다는 거지. 그래서 산치스는 발스에게 복수함과 동시에 자신의 소행을 숨기기 위해 장관의 어두운 과거에서 비롯된 개인적이면서도 정치적인 원한으로 보일 만한 계략을 꾸몄어. 산치스는 이미 접촉한 살가도를 통해 발스에게 협박편지를 보내기 시작했지. 자기를 대신해서 편지를 써주는 대가로, 정확히 말하자면 미끼로 살가도에게 상당한 액수의 돈을 주겠다고 약속한 거야. 물론 그 돈은 살가도가 사면 판결을 받으면 곧 손에 넣게 될 돈이었어. 산치스는 당연히 발스가 발신자를 추적하리라는 것, 살가도가 지목되리라는 것을 알고 있었지. 산치스는 한 걸음 더 나아가 예전에 몬주익에 갇혀 있던 발렌틴 모르가도라는 자도 고용했어. 모르가도는 발스를 눈곱만큼도 좋아할 이유가 없는 사람이었지. 모르가도는 1947년에 석방되었지만, 자신이 수감되어 있는 동안 아내가 병으로 세상을 떠난 것 때문에 발스에게 앙심을 품고 있었어. 모르가도는 산치스 가족의 운전사로 들어갔어. 발스가 몬주익 교도소장으로 재임하는 동안 가장 가혹한 처벌을 받은 죄수들의 명단을 자기 은인에게 알려준 사람도 바로 모르가도였어. 물론 예전에 교도관으로 일했던 베보라는 자의 도움을 많이 받았지. 이를 위해 산치스는 베보에게 상당한 액수의 돈을 건넸을 뿐만 아니라, 푸에블로 세코에 있는 메트로바르나 소유의 싸구려 월세 아파트도 주었다고 하더군. 하여간 모르가도가 건넨 명단에는 정신질환을 앓고 있던 작가 다비드 마르틴도 포함되어 있었어. 당시 재소자들 사이에서 '천국의 수인'으로 불리던 마르틴은 산치스가 꾸미고 있던 계략에 가장 이상적인 인물이었던 셈이지. 발스가 부하 두 명에게 마르틴을 구엘공원 근처에 있는 저택으로 끌고 가 죽이라고 명령했는데, 수상쩍은 정황에서 실종되었다는 거야. 마르틴이 탈출에 성공하자 발스는 몬주익성 탑에 있는 독방에 갇혀서 완전히 돌아버린 그 남자가 언젠가 돌아와 자기에게 복수를 할지도 모른다는 두려움에 매일 시달렸지. 그도 그럴 것이 마르틴은 이사벨라 히스페르트라는 여인의 살인에 발스가 책임이 있다고 생각했거든. 무슨 말인지 알겠지?"

알리시아는 고개를 끄덕거렸다.

"산치스는 발스가 교도소장으로 재임하는 동안 재소자들에게 저지른 갖가지 악행과 범죄 사실을 폭로하려는 움직임이 있다는 것을 그의 귀에 들어가게 만들 계획이었어. 물론 그 흑막 뒤에는 마르틴을 비롯해 예전 재소자가 여럿이라는 뉘앙스를 풍기면서. 계속 그를 흔들어 불안하게 만들면 자기를 지켜주던 보호막에서 뛰쳐나올 수밖에 없으리라는 것이 계산이었어. 그렇게만 되면 자기들 입을 막기 위해서라도 발스가 전면에 나타날 수밖에 없을 거라고 생각했겠지. 발스로서는 그들 손에 파멸을 당하느니 차라리 먼저 선수를 치고 나가는 것이 유일한 해결방법일 테니까."

"하지만 그건 발스를 함정에 빠뜨리기 위해 세운 계획에 불과하잖아요." 알리시아가 말했다.

"완벽한 계획이었지. 경찰이 수사하면, 결국 개인적 원한에 의한 복수극이나 발스가 스스로 덮어버리려고 했던 금전 문제 같은 것밖에 나오지 않을 테니까 말이야. 아무리 봐도 살가도는 정말 완벽한 미끼였어. 그는 다른 죄수들, 특히 흑막에 가려진 인물인 다비드 마르틴과 쉽게 연결될 수 있거든. 그런데도 발스는 오랜 세월 동안 냉정을 잃지 않았지. 하지만 1956년 마드리드 예술협회에서 모르가도가 암살 시도를 한 이후 서서히 동요하기 시작하더군. 그는 살가도를 석방시키도록 했어. 살가도의 뒤를 밟으면 마르틴이 나올 거라고 믿었기 때문이지. 하지만 살가도는 석방되자마자, 1939년 체포당하기 직전 노르테역 사물함에 숨겨놓은 자기 몫의 돈을 찾으려던 순간 제거당하고 말았어. 쓸모가 없어진이상 영원히 그의 입을 막으면 추적이 불가능해지는 셈이지. 게다가 발스는 아주 중대한 실수를 여러 번 저질렀는데, 그것이 오히려 엉뚱한 단서가 돼서 우리를 혼란스럽게 만들었어. 발스는 자기 소유의 아리아드나출판사 직원인 파블로 카스코스에게 셈페레 가족들을, 구체적으로 그와 인연이 있는 베아트리스 아길라르를 만나도록 강요했지. 발스는 마르틴이 셈페레 가족의 중고서점을 은신처로 이용했을 가능성이 높다고 봤거든. 심지어 셈페레 가족이 공범일 수도 있다고 믿었던 것 같아. 사실 마르틴은 옛 서점 주인의 작고한 아내이자 베아트리스의 남편으로 현재 서점을 운영하는 다니엘 셈페레의 모친 이사벨라 히스페르트와 인연이 있었으니까 그럴 만도 하지. 알리시아, 궁금한 게 있으면 지금 내 말을 끊어도 돼. 자네 표정을 보니까 그러지 않고는 답답해서 기절할 지경인 것 같아."

"그렇다면 마타익스의 책은요? 책상에 몰래 숨겨놓은 걸 내가 찾아냈어요. 게다가 그의 딸 메르세데스에 따르면, 발스가 사라지기 전에 마지막으로 그 책을 보고 있었다고 했고요. 대체 그 책의 존재는 어떻게 설명하실 건가요?"

"같은 전략의 일부라고 봐야겠지. 마타익스는 마르틴의 친구이자 동료였던데다, 몬주익 교도소에도 갇혀 있었어. 압박감, 위협, 어둠 속에 음모가 도사리고 있다는 환상이 발스의 숨통을 점점 더 조여가고 있었지. 그래서 발스는 자기 심복인 비센테와 함께 직접 바르셀로나에 가기로 결심했던 거야. 자신의 적인 다비드 마르틴에게 맞서기 위해서 말이지. 경찰의 추정에 따르면, 나도 그 의견에 공감하는데, 발스는 마르틴을 비밀리에 만나서 그를 흔적도 없이 제거해버릴 생각을 했던 것 같아."

"하지만 마르틴은 이미 오래전에 죽었잖아요. 마타익스처럼."

"맞아. 실제로 바르셀로나에서 그를 기다리던 것은 마르틴이 아니라, 산치스와 모르가도였어."

"발스가 다비드 마르틴을 경찰에게 맡겼다면 훨씬 쉽게 해결되지 않았을까요?"

"그렇지. 하지만 발스는 마르틴이 아직 살아 있다고 믿었어. 만약 경찰에 마르틴이 체포되면 이사벨라 히스페르트의 죽음이나 다른 사건들처럼 자신의 명성을 한순간에 무너뜨릴 정보를 폭로할 위험이 있다고 생각해서 쉽게 알리지 못했을 거야."

"듣고 보니 그러네요. 그래서요?"

"산치스와 모르가도는 그를 붙잡아 푸에블로 누에보에 있는 옛날 카스텔스 공장 건물에 가두어놓았어. 그 건물은 오랫동안 닫혀 있었지만, 메트로바르나 부동산 투자 회사의 소유로 되어 있어. 산치스는 여러 시간에 걸쳐 그를 고문한 뒤 시신을 공장 용광로에 넣어 태워버렸다고 자백했다더군. 내가 힐 데 파르테라와 이야기를 나누는 중 경찰에서 발스의 것으로 추정되는 뼛조각이 나왔다는 연락이 왔어. 그래서 뼛조각이 정말 발스 장관의 것인지 확인하기 위해 발스의 치아 엑스레이 기록을 요청해두었다는 거야. 오늘밤이나 늦어도 내일 오전이면 결과를 알 수 있겠지."

"그럼 이 사건은 그렇게 일단락되는 건가요?"

레안드로는 고개를 끄덕였다.

"적어도 우리와 관련된 부분은 종결되는 셈이야. 하지만 그 밖에 다른 공범들이 있는지, 있다면 이그나시오 산치스가 꾸민 음모에 어디까지 연루되어 있는지는 앞으로 밝혀내야겠지."

"언론에도 발표될 건가요?"

레안드로는 미소 지었다.

"물론 그럴 리는 없지. 지금 내무성에서 무엇을, 어떻게 발표할 것인가를 두고 회의를 하고 있어. 더 자세한 내용은 나도 몰라."

레안드로가 가끔 차를 홀짝거리는 것을 제외하고는 오랫동안 아무도 입을 열지 않았다. 그런 동안에도 레안드로는 알리시아에게서 눈을 떼지 않았다.

"처음부터 끝까지 모두 잘못된 거예요." 마침내 그녀가 중얼거리듯 말했다.

레안드로는 어깨를 으쓱했다.

"어쩌면 그럴지도 몰라. 하지만 이제 우리 손을 떠난 일이야. 우리에게 맡겨진 과제는 발스의 행선지가 어딘지 단서를 찾아내는 것이었고, 우리는 임무를 완수한 셈이야. 그리고 나름의 성과도 있었고."

"그렇지 않아요." 알리시아가 따지듯 말했다.

"하지만 나보다, 그리고 당연히 자네보다 더 많은 권한을 가진 이들이 그렇게 생각하고 있어, 알리시아. 자고로 실수라는 것은 언제 일에서 손을 떼야 하는지 모르는 거라고. 지금 우리가 해야 할 일은 모든 일이 순리대로 풀려나가도록 조심스럽게 지켜보는 것밖에 없어."

"알리시아, 몬탈보 씨 말이 맞아요." 바르가스가 마침내 입을 뗐다. "우리가 할 수 있는 일은 이제 아무것도 없어요."

"우리는 충분히 역할을 다한 것 같군요." 알리시아가 쌀쌀맞게 말했다.

레안드로는 머리를 절레절레 흔들었다.

"바르가스 경감, 미안하지만 몇 분만 자리를 비켜줄 수 있겠습니까?" 레안드로가 물었다.

바르가스는 자리에서 일어났다.

"물론입니다. 안 그래도 길 건너편에 있는 내 방으로 가려던 참이었어요. 가서 본부에 연락해 지시를 받아야 하니까요."

"좋은 생각이군요."

바르가스는 그녀의 시선을 피하면서 앞을 지나갔다. 그가 악수를 청하자, 레안드로는 그의 손을 따뜻하게 잡았다.

"도와주셔서 정말 고맙습니다, 경감. 우리 알리시아를 잘 보살펴주신 것도 그렇고요. 제가 크게 빚을 졌군요. 도움이 필요하면 언제든지 연락주세요."

바르가스는 고개를 끄덕이며 조심스럽게 방을 빠져나갔다. 단둘이 남게 되자, 레안드로는 자기 옆에 앉으라고 알리시아에게 손짓했다. 그녀는 마지못해 그의 옆자리로 갔다.

"바르가스, 아주 걸출한 인물이군."

"입도 걸출하게 싸죠."

"너무 심하게 말하지 마. 그래도 그는 스스로 훌륭한 경찰이라는 것을 증명했잖아. 나는 마음에 들던데 왜 그래?"

"독신인 것 같던데요."

"알리시아, 알리시아······"

레안드로는 마치 아버지처럼 그녀의 어깨에 손을 두르고 가볍게 안았다.

"자, 폭발하기 전에 하고 싶은 말을 모두 털어놓는 게 어때?" 그가 권했다. "마음에 있는 것을 다 쏟아내라고."

"모든 게 다 엉망이에요."

레안드로는 그녀를 따뜻하게 끌어안았다.

"자네 말이 맞아. 다 엉망이야. 자네하고 나라면 그렇게 일을 처리하지는 않았을 텐데 말이지. 하지만 내무성은 지금 신경이 잔뜩 곤두서 있는 상태고, 엘 파르도 궁에서는 이 정도면 충분하니까 이제 그만하라는 전갈을 보냈어. 따지고 보면 그게 더 좋을지도 모르지. 나도 우리가 제대로 성과를 못 냈다는 소리를 들었다면 죽기보다 싫었을 테니까."

"그럼 로마나는 어떻게 된 거죠? 다시 나타났나요?"

"아직은 그런 얘기가 없어."

"참 희한한 일이네요."

"그렇지. 그 문제는 앞으로 며칠 내로 해결될 테니까 두고 보자고."

"아직 풀리지 않은 일이 산더미군요." 알리시아가 말했다.

"그 정도는 아니야. 다행히 산치스 건은 분명해졌으니까. 엄청난 돈과 개인적 배신이 개입되었지만, 충분히 입증 가능하다고. 자백과 그걸 뒷받침하는 증거를 확보했어. 앞뒤가 잘 맞아떨어지지."

"겉으로 보기엔 그렇죠."

"힐 데 파르테라와 내무성 장관, 엘 파르도 궁도 다 해결된 걸로 여기고 있어."

알리시아는 뭔가를 말하려고 했지만, 이내 입을 다물었다.

"알리시아, 이건 자네가 예전부터 원하던 거라고. 그걸 모르겠어?"

"내가 원하던 거라고요?"

레안드로는 서글픈 표정으로 그녀를 바라보았다.

"자네의 자유. 나한테서, 이 고약한 레안드로에게서 영원히 벗어나는 것. 자네가 원하는 곳으로 사라지는 것 말이야."

그녀는 그를 빤히 쳐다보았다.

"진심으로 하는 말이에요?"

"약속했잖아. 그게 조건이었으니까. 이번이 마지막 사건이라고. 이게 끝나면 자네는 자유를 얻을 거라고 말이야. 자네 생각에는 내가 왜 바르셀로나에 왔을 것 같아? 사실 팔라세호텔을 벗어나지 않고 전화 한 통으로 다 해결할 수도 있었는데. 자네도 잘 알겠지만, 내가 돌아다니는 것을 워낙 싫어하잖아."

"그럼 무엇하러 여기까지 오신 거예요?"

"얼굴을 보고 직접 이야기하려고. 그리고 지금은 물론 앞으로도 영원히 자네 친구로 남을 거라는 말을 하려고 온 거야."

레안드로는 그녀의 손을 잡고 미소를 지어 보였다.

"이제 자네는 자유의 몸이야, 알리시아. 영원히 자유를 얻은 거라고."

그녀의 눈에 눈물이 가득 고여 있었다. 그녀는 자기도 모르게 레안드로를 껴안았다.

"어떤 일이 있어도," 레안드로가 천천히 입을 열었다. "자네가 무슨 일을 하더라도, 나는 언제나 그 자리에 있을 테니까 잊지 말아줘. 혹시라도 내가 필요할 경우에 대비해서 말이야. 이젠 어떤 의무나 약속도 없어. 이번 주말에 자네 계좌로 15만 페세타를 입금시키도록 내무성으로부터 승인받았어. 자네는 더이상 내가 필요하지도, 그립지도 않겠지. 무리한 부탁이 아니라면 이따금씩 연락을 주면 좋겠어. 크리스마스 때만이라도 말이야. 그렇게 해줄 수 있겠어?"

알리시아는 고개를 끄덕였다. 레안드로는 그녀의 이마에 입을 맞추고, 자리에서 일어났다.

"한 시간 뒤에 기차가 출발할 거야. 지금 역으로 출발하는 게 좋을 것 같군. 배웅하러 나오지는 마. 그건 절대 안 돼. 잘 알겠지만, 나는 그런 상황을 그다지 좋아하지 않으니까."

그녀는 그를 문까지 배웅했다. 나가려던 찰나, 레안드로가 뒤를 돌아보았다. 그렇게 돌연 수줍어하면서 어쩔 줄 몰라하는 모습은 처음 보는 것 같았다.

"여태 자네한테 이런 말을 한 적은 없었을 거야. 내가 그럴 자격이나 있는지 의심스러웠으니까. 하지만 이제는 말할 수 있을 것 같아. 알리시아, 나는 예나 지금이나 자네를 딸같이 아끼고 사랑하고 있어. 아마도 내가 아버지 노릇을 제대로 못했겠지만, 자네는 내 인생에서 가장 큰 기쁨이었지. 아무쪼록 자네가 행복해지면 좋겠어. 이건 정말로 내 마지막 명령이야."

5

그녀는 그의 말을 믿고 싶었다. 진실은 우리에게 상처를 주고 비겁한 자들이 더 오래 잘산다는 생각이 들어—비록 자신들의 거짓말로 이루어진 감옥 안에서일지라도—더 불안해질수록 그의 말을 더 간절히 믿고 싶었다. 그녀는 레안드로가 길모퉁이에서 기다리고 있는 차로 걸어가는 모습을 지켜보기 위해 창밖을 내다보았다. 선글라스를 낀 운전사가 차문을 열어 잡고 있었다. 탱크처럼 크고 육중한데다 선팅이 된 유리창에 암호 같은 번호판을 달고 있는 검은색 승용차였다. 운전을 하다보면 가끔 그런 차들이 장례용 마차처럼 도로 위에 늘어선 차들을 헤집고 지나다니는 것을 볼 수 있다. 그런 차가 다가오면 사람들은 대부분 알아서 길을 비켜준다. 굳이 묻지 않아도 그 안에는 평범한 사람이 타고 있지 않을 테니 빨리 비켜주는 것이 상책이라는 사실을 아는 것이다. 차에 오르기 전에 레안드로는 잠시 고개를 돌려 알리시아의 창가를 쳐다보았다. 그리고 손을 흔들며 인사를 했다. 알리시아는 침을 삼키려고 했지만 입안이 바싹 말라 있었다. 그녀는 그의 말을 믿고 싶었다.

그녀는 한 시간째 줄담배를 피우며 우리에 갇힌 짐승처럼 아파트 안을 이리저리 서성거렸다. 혹시라도 그란 카페 위쪽 방에 바르가스의 모습이 보일까 하는 마음에 한 번, 아니 열 번도 넘게 창가로 다가가 길 건너편을 바라보았다. 하지만 그의 그림자조차 보이지 않았다. 지금쯤이면 마드리드에 전화를 걸어 새로운 지시를 받고도 남을 시간이었다. 어쩌면 머리도 식히고, 이제 곧 작별할 바르셀로나의 거리를 산책하려고 밖으로 나갔는지도 모른다. 바르가스로서는 그 순간 알리시아와 함께 있기가 꺼려졌을 것이 분명하다. 레안드로에게 모든 사실을 낱낱이 고해바쳤으니 무슨 수난을 당할지도 모를 상황이었으니 말이다. 그에게는 선택의 여지가 없었다. 그녀는 그것 또한 믿고 싶은 심정이었다.

레안드로가 떠나자마자 엉덩이에 찌르는 듯한 통증이 느껴지기 시작했다. 처음에는 무시하려고 했지만 맥박이 뛸 때마다 욱신욱신 쑤셔댔다. 마치 누군가가 망치로 옆구리에 갈고리못을 딱딱 박는 느낌이었다. 뾰족한 못 끝이 뼈에 흠집을 내면서 서서히 속으로 파고드는 광경이 떠올랐다. 더이상 견딜 수 없어지자 그녀는 약 반 알을 와인과 함께 삼키고 약효가 나타나기를 기다리면서 소파 위에 벌렁 드러누웠다. 술을 너무 많이 마신 것 같았다. 굳이 바르가스나 레안드로가 걱정하는 눈초리로 쳐다보지 않아도 그녀 스스로 잘 알고 있었다. 자신의 핏속에서, 그리고 숨결 속에서 충분히 느낄 수 있었으니까. 하지만 불안한 마음을 진정시키려면 술을 마시는 수밖에 없었다.

그녀는 눈을 감고 레안드로의 말을 곰곰이 되새겨보기 시작했다. 어린애에 불과하던 그녀에게 늘 정신을 바짝 차린 채 읽고 듣도록 가르쳐준 사람이 바로 레안드로였다. '얼마나 조리 있게 설명하느냐는 그 사람의 지적 능력에 정확히 비례해. 그와 마찬가지로, 듣는 사람이 우둔할수록 그 설명을 더 잘 믿게 되지.' 그는 그렇게 말하곤 했다.

힐 데 파르테라가 레안드로에게 알려준 대로라면 산치스의 자백은 외견상 완벽했다. 역설적으로 들리겠지만, 그래서 전혀 완벽해 보이지 않았다. 그의 진술에 따르면 지금까지 일어난 거의 모든 일이 설명되지만 가장 확실해 보이는 설명이 종종 그렇듯이 몇 가지 석연치 않은 점이 있었다. 진실은 결코 완벽하지 않을뿐더러, 우리의 예상과 맞아떨어지는 경우도 없다. 진실은 언제나 의문점과 반론의 여지를 남기는 법이다. 100퍼센트 믿을 수 있는 것은 거짓말뿐이다. 사실 거짓말은 현실을 정확하게 밝히기보다 상대가 듣고 싶은 말만 해주면 되기 때문이다.

십오 분이 지나자 약효가 나타나기 시작하면서 통증도 서서히 가라앉았다. 이제는 평소 지나갈 정도의 찌릿찌릿한 감각만 있었다. 그녀는 팔을 소파 아래로 집어넣어 브리앙스 변호사의 보관창고에서 훔쳐온 서류상자를 끄집어냈다. 레안드로가 아무것도 모른 채 오전 내내 소중한 정보 위에 귀하신 엉덩이를 뭉개고 앉아 있던 모습을 떠올리자 절로 웃음이 나왔다. 그녀는 상자 안에 들어 있던 서류철을 빠르게 훑어보았다. 거기 담긴 내용의 상당 부분, 특히 중요한 대목은 경찰의 공식적인 수사 기록에 이미 들어가 있었다. 하지만 그녀는 상자 샅샅이 뒤지다 바닥에서 손글씨로 '이사벨라'라고만 쓰인 봉투를 찾아냈다. 그녀는 봉투를 열어 안에서 공책을 꺼냈다. 표지를 열자 첫 페이지에서 얇은 마분지조각이 툭 떨어졌다. 가장자리부터 누렇게 색이 바래기 시작한 사진이었다. 사진 속에는 앞날이 창창한 금발의 젊은 여성이 활기찬 눈빛으로 카메라를 보며 활짝 웃고 있었다. 그 여인의 얼굴에서 '셈페레와 아들' 서점을 나올 때 스쳐지나갔던 젊은 남자의 모습이 언뜻 떠올랐다. 사진 뒷면에 이름이 적혀 있었다. 브리앙스 변호사의 글씨라는 것을 첫눈에 알아볼 수 있었다.

이사벨라

각 글자의 붓놀림과 이름 뒤에 성을 쓰지 않은 것을 보면 브리앙스가 그녀에게 얼마나 깊은 애정을 품고 있었는지 알 수 있었다. 죄의식뿐만 아니라 욕망 또한 좌절한 이들의 변호사를 서서히 망가뜨리고 있던 것이다. 그녀는 사진을 테이블 위에 올려놓고 공책을 훑어보기 시작했다. 손으로 정성 들여 한 글자 한 글자 또박또박 쓴 것을 보면 여자의 필적이 틀림없었다. 오직 여성들만이 무의미한 장식 뒤에 숨지 않고 분명하게 글을 쓸 수 있다. 적어도 다른 이가 아니라 자기 자신에게 쓸 때는 그렇다. 알리시아는 첫 페이지를 다시 펼쳐들고 읽기 시작했다.

내 이름은 이사벨라 히스페르트, 1917년 바르셀로나에서 태어났다. 지금은 스물두 살이지만, 스물세번째 생일을 맞이하지 못하리라는 것을 알고 있다. 내가 이 글을 쓰는 이유는 앞으로 살날이 며칠 남지 않았고, 이 세상에서 내게 커다란 은혜를 베푼 이들의 곁을 곧 떠나야 된다는 것을 알기 때문이다. 내 아들 다니엘, 그리고 이 세상에서 가장 선량한 사람인 남편 후안 셈페레가 바로 그들이다. 남편은 평생 과분할 정도의 믿음과 사랑, 그리고 헌신으로 나를 대해주었다. 그러나 나는 그 은혜를 갚지 못한 채 죽을 것이다. 나는 나 자신에게 이 글을 쓴다. 누구도 이 글을 읽지 않을 것이기 때문에 내 것이 아닌 비밀을 영원히 마음속에 간직하려 한다. 나는 지나간 삶의 흔적을 회상하고 삶을 붙잡기 위해 이 글을 쓴다. 내게 아직 그럴 기력이 남아 있을 때, 그리고 이미 희미해져가는 의식이 영원히 나를 버리기 전에, 내가 어떤 사람이었으며 무슨 이유로 어떤 행동을 했는지 기억하고 이해하는 것이 내 유일한 소망이다. 마음이 괴로울지라도 나는 글을 쓴다. 왜냐하면 파괴와 고통만이 나를 살아 있게 만들기 때문이다. 그리고 죽는 것이 두렵기 때문이다. 나는 이 세상에서 가장 사랑하는 이들에게 할 수 없는 이야기를 이 종이에 털어놓으려고 글을 쓴다. 사랑하는 이들의 마음에 상처를 주고, 더 나아가 그들의 생명을 위태롭게 만들고 싶지는 않으니까. 나는 글을 쓴다. 내가 기억할 수 있는 한, 그들과 일 분이라도 더 같이 있게 될 테니까……

한 시간 동안 알리시아는 바깥세상은 물론 고통도, 레안드로가 남기고 간 불안도 까맣게 잊은 채 오로지 그 공책의 글에 흠뻑 빠져들었다. 그 한 시간 동안 그녀의 머릿속에는 그 말들이 엮어내는 이야기만이 존재했다. 마지막 페이지를 넘기기도 전에 그녀는 영원히 그 이야기를 잊지 못하리라는 것을 알았다. 글을 다 읽고 이사벨라의 고백록을 가슴 위에 대고 덮는 순간, 눈물이 앞을 가렸다. 할 수 있는 일이라고는 터져나오려는 절규를 막기 위해 손으로 입을 틀어막는 것밖에 없었다.

　잠시 후, 페르난디토는 심상치 않은 장면을 목격했다. 여러 번 노크를 했는데도 아무런 응답이 없자 그는 문을 열고 안으로 들어갔다. 그녀는 바닥에 웅크린 채 울고 있었다. 그는 그렇게 서럽게 우는 사람을 본 적이 없었다. 알리시아 곁에 무릎을 꿇고 앉아 마치 누군가 마음속에 불을 지르기라도 한 것처럼 고통에 찬 신음을 흘리는 그녀를 안아주는 것 말고는 달리 방법이 없었다.

6

　사나운 운명을 타고나는 사람도 있어. 페르난디토는 그렇게 혼잣말을 했다. 오랜 세월 동안 그는 알리시아를 품에 안아보는 것이 꿈이었다. 하지만 꿈이 현실로 이루어졌을 때, 페르난디토로서는 상상도 못한 더없이 슬픈 장면이 펼쳐졌다. 그녀가 마음을 진정시키는 동안, 그는 그녀를 안고 부드럽게 머리를 쓰다듬었다. 페르난디토는 그런 상황에서 뭘 어떻게 해야 할지, 그리고 무슨 말을 해야 할지 판단이 서지 않았다. 그녀의 그런 모습은 한 번도 본 적이 없었다. 사실 그런 모습으로는 상상조차 해본 적이 없었다. 사춘기 시절 페르난디토가 욕망의 제단에 경건하게 모셔놓은 환상 속에서 알리시아 그리스는 모든 것을 자르는 다이아몬드처럼 강인할 뿐만 아니라, 불굴의 의지를 가진 인물이었다. 그녀가 마침내 울음을 그치고 고개를 들었다. 그때 페르난디토의 눈앞에 보인 것은 처참하게 무너진 알리시아의 모습이었다. 너무 울어 벌겋게 충혈된 눈으로 힘없는 미소를 지어 보이자 그녀가 순식간에 수천 개의 조각으로 부서져버릴 것만 같았다.

"이제 괜찮으세요?" 그가 중얼거리듯 물었다.

알리시아는 그의 눈을 쳐다보더니, 다짜고짜 입술에 키스를 했다. 그러자 몸 이곳저곳이 뜨거우면서도 얼얼해지고 뒤통수를 얻어맞은 것처럼 정신이 멍해졌다. 그는 그녀를 제지했다.

"알리시아 양, 이건 당신이 진심으로 원하는 행동이 아닌 것 같아요. 지금 너무 혼란스러워서 그런 것뿐이라고요."

그녀는 고개를 숙이고 입술을 핥았다. 페르난디토는 죽는 날까지 그 장면을 잊지 못하리라는 것을 알았다.

"미안해, 페르난디토." 그녀가 몸을 일으키면서 말했다.

페르난디토도 자리에서 일어나 그녀에게 의자를 권했다. 알리시아는 의자에 앉으며 말했다.

"지금 있었던 일은 너하고 나만 아는 일로 하자. 알았지?"

"그럼요." 그가 대답했다. 하지만 설령 입 밖에 낸다 해도 누구한테 어떻게 말해야 될지 판단이 서지 않을 것 같았다.

알리시아는 주변을 둘러보다 술병과 식료품이 든 상자가 주방 한가운데에 놓여 있는 것을 알아차렸다.

"주문하신 거예요." 페르난디토가 자초지종을 설명했다. "아까 그 남자분이 계속 있을지도 몰라서 물건을 들고 오는 게 좋겠더라고요."

알리시아는 미소를 지으며 고개를 끄덕였다.

"얼마니?"

"이번은 그냥 드리는 거예요. 페랄라다 와인이 다 떨어져서 프리오라토로 가져왔어요. 마놀로 말로는 맛이 끝내준대요. 저는 와인은 잘 모르거든요. 그런데 한 가지 드릴 말씀이 있는데⋯⋯"

"술을 너무 많이 마시지 말라는 거겠지. 나도 잘 알고 있어. 신경써줘서 고마워, 페르난디토."

"무슨 일인지 여쭤봐도 될까요?"

알리시아는 어깨를 으쓱했다.

"나도 잘 모르겠어."

"하지만 지금은 괜찮아진 거죠? 그렇다고 말해주세요."

"훨씬 좋아졌어. 다 네 덕분이야."

페르난디토는 그녀가 진심으로 하는 말인지 믿을 수 없어서 고개만 끄덕였다.

"사실은 오늘 제가 알아낸 것을 말씀드리려고 온 거예요." 그가 말했다.

알리시아는 어리둥절한 표정으로 그를 쳐다보았다.

"저한테 어떤 남자의 뒤를 밟으라고 했잖아요. 그 남자 이야기예요." 그가 말했다. "산치스라고 했죠?"

"잊어버리고 있었네. 그런데 아무래도 우리가 한발 늦은 것 같구나."

"이미 체포당해서 그런 건가요?"

"그 사람이 체포되는 광경을 본 거니?"

페르난디토는 고개를 끄덕거렸다.

"오늘 아침 일찍, 말해주신 대로 그라시아대로에 있는 그의 회사 앞에 서 있었어요. 거기 마음씨 좋은 할아버지 한 분이 계시더군요. 길거리 화가였죠. 회사 정문을 감시하고 있는데, 할아버지가 다가오더니 바르가스 경감에게 안부를 전해달라고 하는 거예요. 그 할아버지도 당신을 위해 일하는 사람인가요?"

"아니. 소속 없이 독립적으로 활동하는 사람이야. 예술가들이 원래 그렇잖니. 그래서 어떻게 됐어?"

"신치스를 금방 알아봤어요. 멋진 정장 차림으로 나타난데다, 화가 할아버지가 그 사람이라고 알려주었거든요. 그가 밖으로 나와 택시를 타더군요. 그래서 나도 베스파를 타고 보나노바까지 뒤쫓아갔죠. 집은 이라디에르 거리에 있는데, 입이 딱 벌어질 정도로 으리으리하더라고요. 그 사람, 사업수완이 좋은 모양이에요. 땅값도 비싼 동네에 집은 또……"

"아내를 찾는 수완도 좋았지." 알리시아가 말했다.

"그렇군요. 정말 운이 좋은 사람인가보네요. 그가 집에 도착하고 얼마 지나지 않아 승용차 한 대와 경찰밴이 나타나더니 경찰들이 쏟아져나오더라고요. 적어도 일고여덟 명은 되는 것 같았어요. 우선 그의 집을 포위한 다음, 경찰관치고는 근사하게 차려입은 남자가 벨을 누르더군요."

"그때 너는 어디 있었지?"

"몰래 숨어 있었죠. 건너편에 공사중인 저택이 있어서 몸을 숨

기기가 쉬웠거든요. 이래 봬도 늘 주변을 살피면서 조심하고 있다
고요."

"그래서?"

"몇 분 후에 산치스가 수갑을 찬 채 셔츠 바람으로 끌려나오더
군요. 그가 따지려 들자, 경찰관 한 명이 경찰봉으로 무릎 뒤쪽을
후려갈겼어요. 그러곤 밴으로 질질 끌고 갔죠. 그들을 뒤쫓아가려
고 했는데 경찰관 하나가, 잘 차려입은 그 남자가 낡은 저택으로
시선을 돌려 나를 본 것만 같았어요. 밴은 속도를 내며 출발했지
만 승용차는 그 자리에 남아 있더라고요. 그러더니 마르헤나트 거
리 모퉁이까지 대략 20미터 정도 움직이더군요. 집에서 안 보이
는 곳에 세워둘 생각이었던 모양이에요. 만약의 사태에 대비해 나
는 몸을 숨긴 곳에서 꼼짝도 하지 않았죠."

"잘했어. 그런 상황에서는 위험한 행동을 해선 안 돼. 설령 흔
적을 놓친다 해도 그뿐이니까. 목숨을 잃는 것보다야 백번 낫지."

"저도 그렇게 생각했어요. 아버지도 서두르다보면 목이 날아가
는 법이라고 늘 말씀하셨거든요."

"지당한 말씀이야."

"그런데 점점 불안해지기 시작했어요. 자리를 떠야 하나 고민
하던 참에 또다른 차가 집 대문 앞으로 다가왔죠. 화려한 메르세
데스였어요. 잠시 후, 차에서 이상하게 생긴 사람이 내리더군요."

"이상하게 생겼다고?"

"얼굴 반쪽이 날아갔는지 가면 같은 걸 쓰고 있더라니까요."

"모르가도로군."

"아는 사람이에요?"

"산치스의 운전사야."

페르난디토는 다시 미스터리한 사건을 파헤치는 알리시아의 모습에 심취한 채 고개를 끄덕였다.

"그럴 줄 알았어요. 복장부터 그랬으니까요. 아무튼 그 사람이 차에서 내려 곧장 집안으로 들어가더군요. 잠시 후, 대문이 열리더니 어떤 여자와 함께 나왔어요."

"어떻게 생겼지?"

"젊은 편이었어요. 당신만큼."

"내가 젊어 보이니?"

페르난디토는 침을 꼴깍 삼켰다.

"놀리지 마세요. 아무튼 방금 말한 것처럼 젊은 여자였어요. 서른 살도 채 안 된 것 같은데, 나이든 옷차림이더라고요. 돈 많은 부인네처럼 말이죠. 당장은 누군지 알 수 없어서 일단 마리오나 레불*이라는 별명을 붙였어요."

"예측이 크게 빗나가지는 않네. 그 여자는 빅토리아 우바크, 혹은 빅토리아 산치스라고, 체포된 은행가의 부인이야."

"어쩐지 그럴 것 같더라니. 그런 도둑놈들은 언제나 자기보다 훨씬 어리고 돈도 엄청 많은 여자랑 결혼하더라고요."

"앞으로 네가 해야 할 일이 무엇인지 잘 알고 있네."

---

* 1947년 개봉된 동명 영화의 주인공. 19세기 후반 바르셀로나의 상류사회에서 불행한 결혼생활 끝에 새로운 사랑에 눈뜨지만, 결국 아나키스트에 의해 죽음을 맞이한다.

"나 같은 놈이 무슨 수로 그런 여자랑 결혼을 해요. 다시 사건으로 돌아가죠. 두 사람은 메르세데스에 타더군요. 그런데 부인이 앞좌석, 그러니까 운전사 옆자리에 타는 거예요. 아무리 봐도 이상하더라고요. 차가 출발하자마자 또다른 경찰차가 그들을 뒤쫓기 시작했어요."

"너는 그 뒤를 따라갔구나."

"물론이죠."

"어디까지 따라갔어?"

"멀지 않은 곳이었어요. 메르세데스는 좁지만 우아한 멋이 풍기는 거리로 들어가더군요. 유칼립투스의 향기가 풍기고, 하녀와 정원사만 지나다니는 그런 길 있잖아요. 하여간 그런 길을 따라 콰트로 카미노스 거리로, 또 거기서 티비다보대로 쪽으로 갔어요. 거기서 하마터면 파란색 전차에 깔려 죽을 뻔했어요."

"그러니까 헬멧을 쓰고 다녀야지."

"엔칸테스 벼룩시장에서 산 미군 철모가 있어요. 그걸 쓰면 얼마나 폼나는지 몰라요. 거기다 굵은 매직펜으로 이등병 페르난디토 Private Fernandito라고 써놓았죠. 물론 영어로 개인용이라는 뜻이 아니라……"

"다시 본론으로 들어가자, 페르난디토."

"죄송해요. 그래서 그들을 쫓아 티비다보대로를 따라가다 결국 전차 종점까지 갔어요."

"그럼 그들이 케이블카 승강장으로 갔다는 거야?"

"아뇨. 운전사하고 부인…… 그러니까 우바크가 탄 차는 케이블카 승강장 주변의 길을 따라가다 대로 위 언덕에 있는 집으로 쑥 들어갔어요. 동화에 나오는 성처럼 생겨서 사방에서 다 보이는 그 집이요. 아마 바르셀로나에서 가장 예쁜 집일 거예요."

"그래, 맞아. 엘 피나르라고 불리는 곳이지." 알리시아는 어릴 때 일요일마다 파트로나토 리바스 고아원에서 외출을 나와 그곳을 천 번도 넘게 보았던 기억이 났다. 그녀는 거대한 도서관을 벗 삼아, 밤에는 불 켜진 마법의 양탄자처럼 발아래 펼쳐진 바르셀로나의 야경을 구경하면서 그 집에 사는 자신의 모습을 상상하곤 했다. "경찰은?"

"경찰차에는 사냥개처럼 험악하게 생긴 자가 두 명 타고 있었어요. 그중 한 명이 집 문 앞을 지키고 서 있었고, 다른 한 명은 전화를 걸러 라 벤타 레스토랑으로 들어가더군요. 내가 한 시간쯤 그 부근에서 대기하고 있었는데 아무런 움직임도 없더라고요. 그러다 경찰관 한 명이 나를 아주 기분 나쁘게 노려보는 거예요. 그래서 일단 그때까지 상황을 보고하고 지시를 받으려고 여기로 쫓아온 거죠."

"페르난디토, 오늘 정말 엄청난 일을 해냈구나. 너는 이런 일에 아주 뛰어난 소질이 있어."

"정말로 그렇게 생각하세요?"

"페르난디토 이등병에서 상등병 corporal으로 승진시켜줄게."

"그게 무슨 말씀이에요?"

"사전을 펴봐, 페르난디토. 언어를 공부하지 않는 사람의 뇌는 콜리플라워 퓌레처럼 변해버린다니까."

"모르는 게 없으시네요…… 그럼 이번에는 어떤 지시를 내리실 건가요?"

알리시아는 잠시 생각에 잠겼다.

"우선 옷부터 갈아입고 모자를 쓰면 좋겠는데. 그런 다음, 다시거기로 가서 현장을 지켜봐. 그런데 네 베스파는 최대한 먼 곳에세워둬. 혹시라도 너를 노려보던 경찰이 알아볼지도 모르니까."

"그럼 스쿠터는 라 로톤다 호텔 옆에 세워두고 전차를 타고 가도록 할게요."

"좋은 생각이야. 그리고 집안에서 무슨 일이 일어나나 잘 지켜보고 있어. 하지만 위험한 짓을 해서는 안 돼. 절대로. 누군가 너를 알아보거나 빤히 쳐다보는 기색이 보이면 당장 달아나. 무슨말인지 알겠지?"

"네, 잘 알겠어요."

"두어 시간 후에 여기 와서 나한테 보고하도록 해."

페르난디토는 일어나서 다시 현장으로 떠날 채비를 했다.

"그사이에 뭘 하실 거예요?" 그가 물었다.

알리시아는 할일이 잔뜩 쌓였다고도, 한가할 거라고도 해석할수 있는 몸짓을 했다.

"엉뚱한 짓은 안 하실 거죠. 그렇죠?" 페르난디토가 말했다.

"왜 그런 말을 하니?"

페르난디토는 문간에 서서 걱정스러운 눈빛으로 그녀를 바라보았다.

"글쎄요."

페르난디토는 뛰는 대신 천천히 계단을 내려갔다. 한 단을 디딜 때마다 마음속에서 후회가 일어나는 것만 같았다. 혼자 남은 알리시아는 이사벨라의 공책을 소파 아래 상자에 다시 집어넣고 화장실에 가서 차가운 물로 세수를 했다. 그러곤 입고 있던 옷을 벗고 옷장을 열었다.

그녀는 검은색 드레스를 꺼냈다. 페르난디토가 봤다면, 어느 날 밤 마리오나 레볼이 리세오 오페라하우스 특별석으로 공연을 보러 갈 때 꺼낸 옷인 줄 알았다고 했을 것이다. 알리시아가 스물세번째 생일을 맞이했을 때―이사벨라 히스페르트는 그즈음 세상을 떠났다―레안드로는 원하는 게 있으면 무엇이든 선물해주겠다고 약속했다. 그녀는 두 달 전부터 로세욘 거리의 부티크 앞을 지나갈 때마다 넋을 잃고 쳐다보던 드레스와 그에 잘 어울리는 프랑스제 검은색 구두를 사달라고 했다. 레안드로는 군말 없이 거금을 치렀다. 알리시아가 레안드로의 딸인지 연인인지 감을 잡을 수도, 감히 물어볼 수도 없던 판매원 여자는 그녀만큼 그 옷이 잘 어울리는 여성은 거의 없다고 부추겼다. 부티크를 나온 뒤, 레안드로는 함께 저녁을 먹자며 라 푸냘라다로 그녀를 데리고 갔다. 레스토랑에서는 좋게 말해 사업가라 할 만한 자들이 거의 모든 테이블을 차지하고 있었다. 그들은 알리시아가 지나가는 모습을 보면서 굶주린 고양이처럼 입맛을 다시더니 레안드로에게 부러운 눈초리를 보냈다. '저들이 왜 당신을 그런 눈길로 쳐다보는지 알아? 당신이 고급 콜걸인 줄 안 거야.' 레안드로가 그녀에게 건배를 청하기 전 말했다.

그 말을 들은 뒤 알리시아는 그 드레스를 한 번도 꺼내 입지 않았다. 그녀는 거울 앞에 서서 아이라인을 그려 눈의 윤곽을 부각시키고 립스틱으로 부드럽게 입술을 바르면서 미소를 지었다. '어쨌든 그게 바로 너야.' 그녀는 마음속으로 중얼거렸다. '넌 고급 콜걸이라고.'

거리로 나간 그녀는 어디든 정처 없이 돌아다니기로 마음먹었다. 하지만 한편으로는 페르난디토의 우려대로 어떤 어리석은 짓을 할지도 모른다는 것을 알고 있었다.

7

그날 오후, 아무 생각 없이 길을 따라 걸어가던 알리시아는 발걸음이 어디로 향할지 어렴풋이 짐작하고 있었다. 페르난도 거리에는 상점마다 환히 밝혀진 불이 보도에 색색의 빛을 드리우고 있었다. 불그스레한 빛이 서서히 사라지는 하늘을 배경으로 저 위의 지붕과 처마가 도드라져 보였다. 사람들은 지하철을 타러 가거나 물건을 사러, 아니면 망각을 찾아 거리를 바쁘게 오가고 있었다. 알리시아는 행인들의 물결에 휩쓸려 시청 광장에 도착했다. 그녀는 마치 먼길을 이동하는 펭귄 무리처럼 완벽한 대열을 이루고 줄지어 광장을 지나가는 수녀들과 마주쳤다. 그녀가 미소를 지어 보이자, 한 수녀가 성호를 그었다. 알리시아는 행인들 사이에 묻혀 오비스포 거리를 따라가다 한 무리의 관광객과 마주쳤다. 그들은 어리둥절한 표정으로 가이드를 따라다니고 있었다. 가이드의 열 띤 설명은 카탈루냐어와 뒤섞인 이상한 영어 때문에 마치 박쥐들의 노래처럼 들렸다.

"Señor, is this where they used to have the running of the bulls in times of the Romans?(선생님, 로마 점령기에 황소 경주를 하던 곳이 여기인가요?)"

"Lless, dis is de cazidral, mileidi, bat it is only oupeng after de flamenco xou.(네. 여기는 대성당이에요, 부인. 그런데 플라멩코 쇼가 끝난 뒤에만 열어요.)"

알리시아는 중세의 분위기가 그대로 살아 있는 성채의 신비한 매력을 관광객처럼 만끽하면서, 훌륭한 가짜 고딕 구름다리 아래를 지나갔다. 실제로 그곳에 있는 대부분의 무대장치는 그녀가 태어나기 불과 십 년 전에 새로 만들어진 것이다. 이 세상에서 환상만큼 우리에게 다정한 것도 없으리라! 무지는 또 얼마나 따뜻하게 우리를 안아주는지! 구름다리를 지나자 그림자 사냥꾼인 어떤 사진가가 멋진 핫셀블라드*를 삼각대 위에 설치하고 동화의 한 장면 같은 효과를 내기 위해 노출과 구도를 조절하고 있었다. 그는 자못 근엄한 얼굴에, 현명하고 느긋한 바다거북을 연상시키는 커다란 사각 안경 뒤에 날카로운 눈매를 숨기고 있었다.

사진사는 자기 옆에 나타난 그녀를 궁금한 듯이 쳐다보았다.

"카메라 렌즈로 한번 보시겠습니까, 마드무아젤?" 사진사가

---

* 스웨덴에서 생산되는 중형 카메라.

그녀에게 권했다.

알리시아는 겸연쩍게 고개를 끄덕였다. 사진사는 그녀에게 카메라를 어떻게 보는지 가르쳐주었다. 예술가의 눈을 들여다보던 그녀는 그가 인위적으로 만들어놓은 음영과 원근법이 너무나 완벽해서 자기도 모르게 웃음이 나왔다. 그녀가 수백 번, 아니 수천 번도 넘게 지나다닌 그 후미진 골목길이 렌즈 속에서 전혀 다른 곳으로 되살아났다.

"인간의 눈은 그저 볼 뿐이지만, 카메라는 사물을 관찰하죠." 사진사가 설명했다. "어떻습니까?"

"정말 놀랍네요." 알리시아는 그의 말을 수긍했다.

"지금 보신 건 구도와 원근법에 의한 효과일 뿐이에요. 진짜 비밀은 빛에 있죠. 빛을 액체라고 생각하고 렌즈를 보세요. 그러면 그림자가 엷고 희미한 층으로 나타날 겁니다. 마치 빛이 비처럼 흘러내리듯이……"

사진사는 전문가다운 면모를 두루 갖춘 사람이었다. 알리시아는 방금 렌즈로 본 그 이미지가 어떤 용도로 쓰일지 궁금했다. 마법의 빛을 가진 거북 사진사는 그녀의 마음을 훤히 읽고 있었다.

"사진은 내 책에 실을 생각이에요." 그가 설명했다. "이름이 어떻게 되죠?"

"알리시아예요."

"놀라지 마세요. 당신의 사진을 꼭 찍고 싶습니다, 알리시아."

"저를요? 왜요?"

"당신의 모습에 빛과 그림자가 공존하고 있어요. 이 도시처럼 말이죠. 어때요?"

"지금 말인가요? 여기서요?"

"아닙니다. 지금은 아니에요. 무언가가 당신의 마음을 짓누르고 있어서 진정한 모습이 자연스럽게 나오지 않을 것 같아요. 그런 것조차 카메라는 포착하니까요. 적어도 제 카메라는 그래요. 당신이 마음의 짐을 덜고, 억지로 꾸민 모습이 아니라 원래 모습을 빛이 찾아낼 수 있을 때 찍고 싶군요."

알리시아는 태어나서 처음이자 마지막으로 얼굴이 빨개졌다. 그 기인의 시선 앞에 서 있는 그때만큼 발가벗겨진 느낌이 든 적은 없었다.

"잘 생각해보세요." 사진사가 말했다.

그는 상의 주머니에서 명함을 꺼내더니 웃으면서 그녀에게 건네주었다.

프란세스크 카탈라로카

1947년 개업한 사진 스튜디오

프로벤사 거리 366번지. 1층. 바르셀로나

알리시아는 뛰어난 예술감각과 예리한 눈을 지닌 사진가를 뒤로한 채, 명함을 챙기고 서둘러 자리를 떠났다. 그녀는 대성당 주변에 바글거리는 사람들 사이로 몸을 숨기고 걸음을 재촉했다. 그

러곤 푸에르타 델 앙헬 대로를 따라가다 산타아나 거리에 이르러 '셈페레와 아들' 서점의 쇼윈도가 눈에 들어올 때까지 한 번도 쉬지 않고 걸었다.

'아직 모든 것을 망쳐버리지 않을 시간이 있어. 여기를 지나쳐서 계속 걸어야 해.'

그녀는 길을 건너 어느 건물 출입구에 몸을 숨겼다. 서점 안이 보이는 곳이었다. 검푸른 겨울 저녁이 바르셀로나를 덮기 시작했다. 이 시간에 추위를 쫓기 위해서는 어디로든 걸어야 했다.

'빨리 여기를 떠나. 네가 뭘 할 수 있을 것 같아?'

손님과 이야기를 나누는 베아의 모습이 보였다. 옆에는 나이든 신사가 서 있었는데, 짐작으로는 시아버지인 셈페레 씨 같았다. 꼬마 훌리안은 카운터에 앉아 금전등록기에 기댄 채, 자기보다 더 큰 책을 무릎 위에 올려놓고 독서에 열중하고 있었다. 알리시아는 미소를 지었다. 그 순간, 갑자기 다니엘이 책을 한아름 안고 서점 뒷방에서 나왔다. 그가 카운터 위에 책을 올려놓자 훌리안은 고개를 들고 아버지를 쳐다보았다. 다니엘은 그런 아이의 머리를 헝클어뜨렸다. 아이가 뭐라고 하자 다니엘은 빙긋이 미소를 지어 보였다. 그리고 몸을 숙여 아이의 이마에 입을 맞췄다.

'넌 여기 있을 자격이 없어. 이건 네가 관여할 문제가 아니야. 그리고 저 사람들이 네 가족도 아니잖아. 당장 여기를 떠나서 네가 나왔던 굴속으로 기어들어가라고.'

그녀는 카운터 위에 올려놓은 책을 정리하는 다니엘을 지켜보았다. 그는 책을 세 더미로 나눈 다음, 쓰다듬듯이 먼지를 털어내고 깔끔하게 정리했다. 그녀는 그의 손과 입술이 살갗에 닿으면 어떤 촉감일지 생각했다. 그리고 애써 시선을 돌려 몇 걸음 걸어갔다. 아무것도 모르면 더 행복하고 안전하게 살 사람들에게 자기가 아는 것을 알려줄 의무, 혹은 권리가 그녀에게 있을까? 생각이 있는 이라면 누구든 원하는 행복, 혹은 행복에 가장 가까운 상태, 즉 마음의 평화는 믿는 것에서 아는 것으로 움직이는 도중에 대부분 사라져버리는 법이다.

'마지막으로 딱 한 번만 더 보자. 작별인사를 해야 되니까. 이제 영원히 안녕.'

그녀는 자기도 모르는 사이에 서점 쇼윈도 앞에 와 있었다. 막 자리를 뜨려던 참에 꼬마 훌리안이 그녀가 그곳에 있는 것을 알아차리고 눈길을 보내는 것을 깨달았다. 알리시아는 길 한복판에 선 채 꼼짝도 하지 않았다. 행인들은 길에 동상이라도 있는 것처럼 그녀를 피해 옆으로 돌아갔다. 훌리안은 스툴을 받침대 삼아 능숙하게 카운터에서 내려왔다. 책을 포장하던 다니엘도, 시아버지 곁에서 손님과 이야기를 하던 베아도 모르게 훌리안은 서점을 가로질러 문을 열었다. 아이는 문턱에 선 채로 그녀를 보면서 입이 귀에 걸리도록 웃고 있었다. 알리시아는 고개를 저었다. 훌리안은 그녀를 향해 걸음을 옮기기 시작했다. 그제야 무슨 일이 일어났는지 알아차린 다니엘이 아들의 이름을 부르는 것이 보였다. 베아는 몸을 돌려 거리로 뛰어나왔다. 훌리안은 알리시아의 발치에 이르자 그녀를 와락 껴안았다. 그녀는 아이를 안아주었다. 그렇게 해서 베아와 다니엘은 서로 끌어안고 있는 훌리안과 알리시아를 보게 되었다.

"그리스 양?" 베아는 놀라면서도 경계하는 눈빛으로 말했다. 자기 아들이 모르는 사람 품에 안겨 있는 것을 보는 순간, 처음 만났던 날 알리시아가 느낀 친절과 호의는 까맣게 잊은 듯했다. 알리시아는 그녀에게 아이를 넘겨주고 침을 꼴깍 삼켰다. 베아는 아이를 힘껏 껴안으며 깊게 숨을 들이마셨다. 호기심과 적대감이 뒤섞인 눈빛을 보내던 다니엘이 앞으로 걸어나와 그녀와 베아 사이에 섰다.

"실례지만 누구시죠?"

"이분은 알리시아 그리스 양이야." 베아가 그의 등뒤에서 말했다. "우리 서점 고객이셔."

다니엘은 아직 의심이 가시지 않은 표정으로 고개를 끄덕였다.

"죄송합니다. 놀라시게 하려던 건 아닌데, 아이가 저를 알아보고서 갑자기……"

불안해 어쩔 줄 모르는 부모는 아랑곳하지 않은 채, 훌리안은 여전히 넋을 놓고 그녀를 쳐다보고 있었다. 설상가상으로 셈페레 씨가 무슨 일인지 보려고 서점 문밖으로 고개를 내밀었다.

"무슨 일이라도 있니?"

"아니에요, 아버지. 훌리안이 갑자기 가게를 빠져나가는 바람에……"

"다 제 잘못이에요." 알리시아가 말했다.

"당신은……?"

"알리시아 그리스라고 합니다."

"아, 책을 주문한 분이시군요. 추운데 길거리에 서 있지 말고 어서 안으로 들어오세요."

"아니에요. 방금 가려던 참⋯⋯"

"사양 말고 들어오세요. 더군다나 우리 손자 녀석하고 마음이 잘 통하는 것 같은데. 저 녀석은 절대 아무한테 안기지 않아요. 절대로요."

셈페레 씨는 여전히 문을 잡은 채, 그녀에게 안으로 들어오라고 채근했다. 알리시아가 다니엘을 힐끗 쳐다보자, 그는 다소 진정된 표정으로 고개를 끄덕였다.

"들어가세요, 알리시아." 베아가 그녀에게 권했다.

훌리안은 그녀에게 손을 내밀었다.

"이젠 들어오는 수밖에 없겠군요." 할아버지 셈페레가 말했다.

알리시아는 고개를 끄덕이며 서점 안으로 들어갔다. 안으로 들어가자, 책냄새가 코끝으로 스며들었다. 베아가 훌리안을 바닥에 내려놓았다. 그러자 꼬마는 알리시아의 손을 잡고 카운터로 이끌었다.

"손님한테 푹 빠진 모양이구려." 할아버지가 손자를 보며 말했다. "그런데 어디서 뵌 적이 있던가요?"

"제가 아주 어렸을 때, 아버지 손을 잡고 여기 오곤 했어요."

셈페레는 그녀를 빤히 쳐다보았다.

"그리스라고 했소? 후안 안토니오 그리스 말이오?"

알리시아는 고개를 끄덕였다.

"이럴 수가! 도저히 믿어지지가 않는구먼⋯⋯ 부친과 그 부인을 뵌 지가 얼마나 됐더라? 거의 매주 여기 들르곤 하셨는데……
그래, 두 분은 어떻게 지내시죠?"

알리시아는 입안이 말라붙는 것을 느꼈다.

"두 분 다 돌아가셨어요. 전쟁 때요."

할아버지 셈페레는 한숨을 내쉬었다.

"미안해요. 괜한 걸 물었군요. 전혀 몰랐어요."

알리시아는 미소를 지으려 애썼다.

"그럼 가족이 아무도 없다는 말인가요?"

알리시아는 고개를 끄덕였다. 다니엘은 그녀의 눈에 글썽하게
맺힌 눈물을 보았다.

"아버지, 그렇게 꼬치꼬치 캐묻지 마세요."

할아버지 셈페레는 맥이 풀린 듯 보였다.

"부친은 참으로 훌륭한 분이셨소. 좋은 친구기도 했고요."

"감사합니다." 알리시아는 들릴락 말락 한 목소리로 말했다.

무거운 침묵이 이어지자 다니엘이 분위기를 바꾸려고 나섰다.

"한잔하시겠어요? 사실 오늘이 아버지 생신이라서 손님들께
우리 페르민이 손수 포도를 수확해 담근 와인을 대접해드리고 있
거든요."

"별로 권하고 싶지는 않아요." 베아가 등뒤에서 속삭였다.

"그런데 페르민은 대체 어딜 간 거지? 이미 돌아오고도 남을
시간 아니냐?" 할아버지가 물었다.

"그러게요." 베아가 끼어들며 말했다. "저녁식사 때 마실 샴페
인을 사오라고 보냈거든요. 그런데 디오니시오 씨의 식료품점은

죽어도 가기 싫다더라고요. 시큼해진 성당 와인에 소다를 섞고, 빛깔을 내기 위해 고양이 오줌을 몇 방울 넣는다나요. 지금쯤 보르네 시장* 주변에 있는 이름도 모를 싸구려 술집에서 어슬렁거리고 있을 거예요. 이젠 그와 말다툼하는 것도 지긋지긋해요."

"걱정하지 말아요." 할아버지 셈페레가 갑자기 알리시아에게 몸을 돌리며 말했다. "우리 페르민은 늘 그런 식이니까. 사실 디오니시오는 청년 팔랑헤당** 당원이라서 만나기만 하면 으르렁대지. 페르민은 거기서 술을 사느니 차라리 목말라 죽는 쪽을 택할 거요."

"생신 축하드려요." 알리시아가 웃으며 말했다.

"저, 내가 아무리 권해도 알리시아 양은 사양하겠지만…… 조금 이따 우리와 함께 저녁식사를 하는 게 어떻겠소? 꽤나 많은 이가 모이겠지만…… 오늘밤 그 자리에 후안 안토니오 그리스 씨의 따님이 참석해 자리를 빛내준다면 더 바랄 게 없을 거예요."

알리시아가 다니엘을 보자, 그는 희미한 미소를 지어 보였다.

"정말 고맙습니다만……"

훌리안이 그녀의 손을 꽉 쥐었다.

"내 손주 녀석이 저렇게 매달리지 않습니까. 그러지 말고, 같이 하도록 해요. 가족모임 분위기일 거예요."

알리시아는 고개를 숙이며 천천히 고개를 저었다. 그때 베아가

---

* 바르셀로나의 재래시장.

** 스페인의 극우 파시즘 정당. 스페인내전 당시 프랑코가 당수였다.

그녀의 등을 어루만지며 속삭였다.

"여기 있도록 해요."

"무슨 말씀을 드려야 할지 모르겠네요……"

"그럼 아무 말도 하지 마세요. 훌리안, 네 첫 책을 알리시아 양에게 보여드리지 그러니. 잠깐만요. 잠깐만 기다려보세요……"

아이가 쪼르르 달려가 그림과 낙서, 그리고 도무지 알아볼 수 없는 글로 가득찬 노트를 가지고 왔다. 훌리안은 몹시 흥분된 표정으로 그녀에게 노트를 보여주었다.

"훌리안이 쓴 첫 소설이에요." 다니엘이 말했다.

훌리안은 기대에 찬 눈빛으로 그녀를 쳐다보았다.

"정말 대단하구나……"

아이는 그녀의 칭찬을 받자 기쁜 듯 박수를 쳤다. 할아버지는—그녀의 아버지가 살아 있었다면 저 나이가 되었을 것이다—평생 동안 함께한 듯한 슬픈 눈빛으로 알리시아를 바라보았다.

"셈페레 가족을 방문하신 걸 환영합니다, 알리시아."

8

파란색 전차가 금빛으로 번쩍이는 뗏목처럼 밤안개를 헤치며 언덕길을 천천히 올라가고 있었다. 페르난디토는 전차 뒷자리에 타고 있었다. 알리시아에게 말한 대로 베스파는 라 로톤다 호텔 옆에 세워두었다. 스쿠터가 점점 더 조그맣게 보였다. 그는 철로 양편에 늘어선 저택들, 즉 작은 숲이며 분수를 갖추고 사람의 흔적은 전혀 없이 조각상만 서 있는 정원에 가려진 채 방치된 마법의 성들로 이루어진 긴 가로수길을 구경하려고 창밖을 내다보았다. 엄청난 재산은 집안에만 쌓여 있지 않는 법이다.

대로 꼭대기에 엘 피나르의 실루엣이 어렴풋이 보였다. 저택은 낮게 깔린 구름 사이로 대성당 같은 위용을 뽐내고 있었다. 탑과 박공벽, 톱니형 지붕창 등이 환상적으로 어우러진 저택은 신전처럼 언덕 위에 자리잡고 있어서 바르셀로나 전역은 물론 남쪽과 북쪽 해안의 대부분 지역을 볼 수 있었다. 맑은 날 저 언덕 위에 서 있으면 마요르카섬도 어슴푸레하게나마 보이겠는걸. 페르난디토는 생각했다. 하지만 그날 밤에는 짙은 어둠의 망토가 저택을 둘러싸고 있었다.

페르난디토는 침을 꼴깍 삼켰다. 알리시아한테 받은 임무를 생각하자 마음 한편이 불안해졌다. 전쟁통에 한쪽 팔과 눈을 잃은 삼촌은 진정으로 두려움을 느낄 때만 영웅이 되는 법이라고 입버릇처럼 말했다. 바보나 아무 두려움 없이 위험에 맞서는 거라고. 알리시아가 자기에게 바라는 것이 영웅이 되는 건지, 아니면 어리석은 멍청이가 되는 건지 그로서는 알 도리가 없었다. 그는 그 둘을 절묘하게 결합시키는 것이 정답일지도 모른다고 결론지었다. 분명 급료는 평소 상상하지 못할 정도의 액수였다. 하지만 품에 안겨 서럽게 울던 알리시아의 모습을 떠올리는 것만으로도 지옥의 불구덩이 속에 뛰어들어 어떤 대가라도 달게 치르겠다는 생각이 들었다.

전차는 대로 꼭대기에서 그를 내려주고 다시 짙은 안개 속으로
자취를 감추었다. 전차가 뿜어내는 환한 불빛도 언덕 아래로 희뿌
연 신기루처럼 희미해져갔다. 워낙 늦은 시간이어서 그런지 주변
의 작은 광장에는 인적이 없었다. 홀로 외롭게 서 있는 가로등 불
빛 덕분에 라 벤타 레스토랑 앞에 세워진 검은색 승용차 두 대가
희미하게 보였다. 경찰차로군. 페르난디토는 생각했다. 그 순간
차가 다가오는 소리가 들려 그는 케이블카 승강장 옆 어두운 곳에
몸을 숨겼다. 잠시 후, 어둠을 가르는 헤드라이트 불빛이 보였다.
포드로 보이는 승용차는 그가 숨은 장소에서 불과 몇 미터 떨어지
지 않은 곳에 멈췄다.

그날 아침 이라디에르 거리의 집에서 산치스를 체포했던 자들
중 하나가 차에서 내렸다. 그는 나머지 경찰관들과는 조금 다른
구석이 있었다. 좋은 집안 출신인 듯 우아한 몸가짐에 고상한 분
위기를 풍겼다. 뿐만 아니라 사교계의 신사처럼 갈레스나 곤살로
코메야* 같은 곳의 쇼윈도에서나 볼 수 있는 멋들어진 차림새였
다. 그런 탓에 편하고 허름한 옷을 즐겨 입는 다른 동료 사복경찰
들과는 전혀 어울리지 않았다. 소맷부리는 고급 세탁소에서 다린
듯 빳빳했을 뿐만 아니라 끝에 달린 커프스단추가 어둠 속에서 빛
났다. 하지만 그가 가로등 불빛 아래를 지나가는 순간, 소맷부리

---

* 모두 바르셀로나의 고급 양복점이다.

에 묻은 짙은 얼룩이 눈에 띄었다. 핏자국이었다.

그는 걸음을 멈추더니 차가 있는 쪽을 돌아보았다. 순간 숨어 있는 것을 들킨 줄로만 알았던 페르난디토는 위장이 구슬만하게 쪼그라드는 기분이었다. 그런데 그는 운전사에게 부드러운 미소를 지어 보였다.

"루이스, 나는 여기 잠시 있을게. 원하면 먼저 가도 돼. 다만 뒷좌석 치우는 건 잊지 말라고. 자네가 필요하면 연락할 테니까 그리 알고 있어."

"네. 알겠습니다, 엔다야 경감님."

엔다야는 담배를 피워 물었다. 그는 조용히 담배맛을 음미하면서 언덕 아래로 멀어져가는 차를 바라보았다. 그는 이상하리만큼 차분해 보였다. 이 세상의 어떤 걱정거리나 걸림돌도 홀로 있는 그 순간을 망치지 못한다는 듯이 말이다. 페르난디토는 어둠 속에 몸을 숨긴 채 그를 지켜보고 있었다. 너무 긴장한 탓에 숨을 쉬는 것조차 불안했다. 엔다야라는 자는 영화배우처럼 우아한 스타일을 한껏 과시하면서 담배를 피웠다. 그리고 페르난디토에게 등을 돌려 도시가 한눈에 내려다보이는 전망대 발코니 쪽으로 다가갔다. 잠시 후, 그는 느긋하게 담배꽁초를 바닥에 떨어뜨리고 반짝거리는 에나멜구두 끝으로 비벼 껐다. 그러고는 저택 입구를 향해 걸어갔다.

엔다야가 엘 피나르 저택을 둘러싼 길모퉁이를 돌아 사라지자, 페르난디토는 재빨리 숨어 있던 곳에서 빠져나왔다. 이마에 식은 땀이 송골송골 맺혀 있었다. 알리시아 양이 참으로 용감한 영웅을 찾아냈다는 생각이 들었다. 그는 서둘러 엔다야를 뒤쫓았다. 엔다야는 저택 담에 난 아치문을 통해 안으로 들어갔다. 쇠창살문이 달린 정문 상인방에는 '엘 피나르'라는 이름이 새겨져 있었다. 문 안쪽에는 계단이 오솔길처럼 정원을 가로질러 저택으로 이어져 있었다. 페르난디토가 안을 살짝 들여다보자, 푸르스름한 담배연기를 날리면서 유유히 계단을 올라가는 엔다야의 실루엣이 보였다.

페르난디토는 그가 계단을 다 올라갈 때까지 기다렸다. 그를 맞이하러 나온 경찰관 두 명이 자초지종을 설명해주고 있는 듯했다. 짧은 대화를 나눈 뒤, 엔다야는 경찰관 한 명을 대동하고 집 안으로 들어갔다. 나머지 경찰관은 계단 끝에 선 채 현관을 지켰다. 페르난디토는 앞으로 어떻게 하는 게 좋을지 머릿속으로 빠르게 생각을 정리했다. 발각되지 않고 그 길을 올라가는 것은 애당초 불가능했다. 게다가 엔다야의 소맷부리에 묻은 핏자국으로 봐서는 섣불리 나서지 않는 게 좋을 듯했다. 페르난디토는 다시 문으로 빠져나와 저택을 둘러싼 담을 살펴보기 시작했다. 산등성이를 따라 구불구불하게 이어진 좁은 도로에는 인기척 하나 없었다. 담을 따라가다 저택 뒷면으로 보이는 곳에 이르러 페르난디토는 조심스럽게 담을 타고 올라갔다. 담 위에서 그는 나뭇가지를 붙잡고 정원으로 뛰어내렸다. 만약 집안에 개가 있다면 냄새를 들키는 것은 시간문제라는 생각이 들었다. 하지만 잠시 후, 그보다 더 불길한 무언가를 감지했다. 사방이 쥐죽은듯 조용했다. 나뭇잎이 흔들리는 소리도, 새와 벌레가 부스럭거리는 소리도 들리지 않았다. 그곳에는 죽음이 가득 퍼져 있었다.

저택은 언덕 위에 있어서 실제보다 길가에 더 가까운 듯한 착각을 일으켰다. 페르난디토는 나무와 관목으로 우거진 오솔길을 따라 비탈을 올라가야 했다. 마침내 그는 정문에서 오르막으로 이어진 돌길에 이르렀다. 돌길을 따라가니 저택 뒷면이 나타났다. 모든 창문이 짙게 선팅이 되어 있었지만, 저택과 언덕 꼭대기 사이에 숨겨진 건물 모퉁이의 여닫이창만은 평범한 유리였다. 그걸로 봐서 그곳은 주방이 분명했다. 페르난디토는 그곳으로 기어올라가 유리창에서 새어나오는 빛에 얼굴이 드러나지 않도록 조심하며 안을 살짝 들여다보았다. 그는 여인의 얼굴을 금방 알아보았다. 운전사와 함께 산치스의 집에서 나온 바로 그 여자였다. 그녀는 의자에 널브러져 있었는데, 이상하리만큼 미동조차 없었다. 의식을 잃은 듯 고개가 한쪽으로 기울어졌지만 눈은 크게 뜨고 있었다.

페르난디토는 그제야 그녀가 의자에 손발이 묶여 있다는 것을 알아차렸다. 그림자가 그녀 앞에 드리워졌다. 페르난디토는 엔다야와 다른 경찰관이 방에 들어온 것을 확인했다. 엔다야는 의자를 끌어다 산치스 부인으로 추정되는 여자 앞에 놓고 앉았다. 그가 이 분 동안 뭔가를 열심히 말했지만, 그녀는 들은 체도 하지 않았다. 그녀는 아예 엔다야에게서 고개를 돌린 채 그 자리에 없는 사람 취급을 했다. 잠시 후에 엔다야는 어깨를 으쓱했다. 그는 부인의 턱에 살며시 손가락을 대고 얼굴을 자기 쪽으로 돌렸다. 엔다야가 다시 무슨 말을 하자, 그녀가 그의 얼굴에 침을 내뱉었다. 엔다야는 즉시 그녀 뺨을 후려갈겼다. 그녀는 의자에 묶인 채 바닥에 쓰러지고 말았다. 엔다야를 따라온 경찰관과 페르난디토가 미처 보지 못한 다른 경찰관이—페르난디토가 엿보고 있던 창문 아래 벽에 기대서 있었던 것이 틀림없었다—그녀에게 다가가 의자를 세웠다. 엔다야는 얼굴에 묻은 침을 손으로 닦아낸 뒤, 다시 그 손을 산치스 부인의 블라우스에 문질러 닦았다.

엔다야가 손짓을 하자 두 경찰관은 주방을 빠져나갔다. 잠시후, 두 사람이 그날 오전 산치스 부인을 차에 태우고 간 운전사를 데리고 돌아왔다. 그의 손목에는 수갑이 채워져 있었다. 엔다야가 고개를 끄덕이자, 두 남자는 그를 주방 한가운데 있는 테이블로 끌고 가 그 위에 뉘어놓았다. 그러곤 그의 손발을 테이블의 네 다리에 꽁꽁 묶었다. 그사이, 엔다야는 양복 상의를 벗어 의자 위에 곱게 개켜놓았다. 테이블로 다가간 엔다야는 몸을 숙이더니 운전사의 얼굴 반을 가린 가면을 벗겨냈다. 그러자 가면 아래 가려져 있던 흉한 상처가 드러났다. 턱부터 이마까지 이어진 상처로 얼굴이 흉측하게 이지러졌을 뿐만 아니라 턱뼈 일부와 광대뼈는 아예 사라지고 없었다. 운전사가 움직이지 못하는 것을 확인한 두 경찰관은 산치스 부인이 묶인 의자를 테이블 가까이 끌고 왔다. 한 경찰관이 그녀가 고개를 돌리지 못하도록 손으로 머리를 단단히 붙잡았다. 페르난디토는 갑자기 구역질이 올라오면서 입안에 씁쓰름한 맛이 감돌았다.

엔다야가 부인 옆에 무릎을 꿇고 앉아 그녀의 귀에 대고 무슨 말인가를 속삭였다. 그녀는 분노로 얼굴이 일그러진 채 끝내 입을 열지 않았다. 엔다야는 자리에서 일어나면서 뒤에 서 있던 경찰관에게 손을 벌렸다. 경찰관이 그에게 총을 건네주었다. 엔다야는 권총 약실에 총알을 하나 집어넣고 운전사의 오른쪽 무릎에 총구를 겨눴다. 그는 기대에 찬 표정으로 잠시 부인을 힐끗 보더니 어깨를 으쓱했다.

요란한 총성과 귀청을 찢는 운전사의 비명소리가 커다란 유리창과 돌담 너머 밖으로 새어나왔다. 핏방울과 잘게 부서진 뼛조각이 사방으로 날리며 얼굴에 튀자 여자는 비명을 지르기 시작했다. 마치 몸속으로 강한 전류가 흐른 듯, 운전사는 전신에 심한 경련을 일으켰다. 엔다야는 테이블을 한 바퀴 돌면서 약실에 총알을 집어넣은 뒤 총구로 운전사의 반대쪽 무릎을 눌렀다. 테이블 위에 흥건하게 고인 피와 오줌이 바닥으로 뚝뚝 떨어지고 있었다. 엔다야는 여자를 힐끔 쳐다보았다. 페르난디토가 눈을 감은 사이, 두 번째 총성이 울렸다. 비명소리를 듣자 구역질이 심해져서 페르난디토는 몸을 웅크렸다. 토사물이 목구멍으로 치솟아 가슴으로 쏟아져내렸다.

세번째 총성을 들었을 때, 그는 바들바들 떨고 있었다. 운전사는 이제 비명조차 지르지 않았다. 의자에 묶인 여자는 얼굴이 눈물과 피로 뒤범벅이 된 채 말을 더듬고 있었다. 엔다야는 다시 옆에 무릎을 꿇고 앉아 그녀가 하는 말을 들었다. 그는 그녀의 얼굴을 어루만지며 고개를 끄덕였다. 그제야 자기가 원하는 말을 들은 듯했다. 그는 자리에서 일어나 운전사를 마지막으로 힐끗 보고 그 머리를 향해 방아쇠를 당겼다. 그는 경찰관에게 권총을 돌려주고 구석에 있는 세면대로 가서 손을 씻었다. 그러곤 양복 상의와 외투를 입었다. 페르난디토는 구역질을 참으며 창가에서 물러나 관목이 우거진 쪽으로 미끄러져내려갔다. 그는 언덕을 따라 담을 타넘을 때 잡았던 나뭇가지가 있던 곳으로 돌아가려고 했다. 온몸에서 땀이 비 오듯 흘러내렸다. 식은땀 때문에 피부가 따끔거렸다. 담을 타넘고 올라가는 동안, 손과 다리가 후들거렸다. 담 너머로 뛰어내리는 순간 그는 고꾸라지면서 다시 속을 게워냈다. 뱃속에 있는 것을 모두 토해냈다는 느낌이 들었을 때 그는 길을 따라 비틀비틀 내려갔다. 엔다야가 들어왔던 문 앞을 지나가는 순간, 목소리가 들려와 점점 더 가까워졌다. 그는 걸음을 재촉해 작은 광장까지 달려갔다.

전차 한 대가 정거장에서 기다리고 있었다. 페르난디토에게는 어둠 속에서 빛나는 오아시스와도 같았다. 전차 안에는 운전사와 차장만 덩그러니 남아 있을 뿐 승객은 아무도 없었다. 두 사람은 추위를 쫓기 위해 보온병에 든 커피를 나눠 마시면서 잡담을 나누고 있었다. 페르난디토는 자기를 쳐다보는 차장의 시선을 무시한 채, 전차에 올라탔다.

"젊은이?"

페르난디토는 상의 주머니를 더듬어 동전 몇 닢을 꺼내서 그에게 건넸다. 그러자 차장이 차표를 주었다.

"여기서 토하지는 않을 거죠?"

페르난디토는 고개를 끄덕였다. 그는 전차 앞자리 창가에 앉자마자 눈을 감았다. 숨을 깊게 들이마시면서, 대로 끝에서 자기를 기다리고 있을 베스파를 떠올리려고 했다. 그때 누군가 차장과 이야기를 나누는 소리가 들렸다. 두번째 승객이 타자 전차가 살짝 흔들렸다. 페르난디토는 다가오는 발소리를 들었다. 그는 이를 악물었다. 그때 누군가의 손길이 느껴졌다. 무릎에 손이 놓여 있었다. 그는 눈을 떴다.

엔다야가 부드럽게 미소 지으며 그를 보고 있었다.

"괜찮아?"

온몸이 얼어붙는 것 같았다. 페르난디토는 그의 셔츠 칼라에 튄 시뻘건 얼룩을 애써 외면하면서, 고개를 끄덕거렸다.

"정말?"

"오늘 좀 과음을 한 것 같아요."

엔다야는 그를 이해한다는 듯이 미소 지었다. 전차는 내리막길을 달리기 시작했다.

"그럴 땐 레몬을 반으로 잘라 즙을 내서 베이킹소다에 섞어 마시면 그만이라고. 젊었을 때 숙취를 푸는 나만의 비결이었지. 그러고 나서 푹 자면 다 해결되니까."

"고맙습니다. 집에 가자마자 말씀하신 대로 해볼게요." 페르난디토가 말했다.

전차는 갈고리 모양의 굽잇길을 부드럽게 쓰다듬듯이 천천히 미끄러져내려갔다. 엔다야는 페르난디토의 맞은편 자리에 등을 기댄 채 그를 보며 미소 짓고 있었다.

"먼 데 살아?"

페르난디토는 고개를 저었다.

"아뇨. 지하철로 이십 분만 가면 돼요."

엔다야는 외투를 더듬더니 안주머니에서 작은 종이봉투 같은 것을 꺼냈다.

"유칼립투스 사탕 어때?"

"저는 괜찮아요. 고맙습니다."

"그러지 말고, 하나 먹어." 엔다야가 계속 권했다. "그러면 속이 편해질 테니까."

페르난디토는 사탕을 받아 떨리는 손으로 껍질을 벗겨내기 시작했다.

"이름이 뭐지?"

"알베르토요. 알베르토 가르시아예요."

페르난디토는 사탕을 입안에 넣었다. 침이 말라 사탕이 혀에 달라붙었다. 그는 맛있는 것처럼 억지웃음을 지었다.

"어떤가?" 엔다야가 물었다.

"아주 좋아요, 고맙습니다. 정말 속이 편안해지네요."

"내가 그랬잖아. 자, 알베르토 가르시아, 자네 신분증 좀 보여주겠나?"

"네?"

"신분증 말이야."

페르난디토는 말라버린 침을 삼키면서 주머니를 뒤지기 시작했다.

"어떻게 된 거지…… 아무래도 집에 놔두고 온 것 같아요."

"신분증 없이 거리를 돌아다니면 안 된다는 것쯤은 잘 알고 있을 텐데."

"네. 안 그래도 아버지가 늘 그 말씀을 하세요. 그런데 제가 좀 구제불능이거든요."

"걱정 마. 다 이해하니까. 하지만 앞으로는 꼭 신분증을 가지고 나돌아다니라고. 너를 위해서 하는 말이야."

"다시는 이런 일이 없을 거예요."

전차는 종점을 향해 달려가고 있었다. 페르난디토는 라 로톤다 호텔의 원형 지붕과 전차 불빛을 받아 반짝거리는 하얀색 점을 얼핏 보았다. 베스파였다.

"알베르토. 이렇게 늦은 시간에 저 동네에서 무슨 볼일이 있었어?"

"사실은 삼촌을 뵙고 오는 길이에요. 가엾게도 지금 병으로 누워 계셔서요. 의사들 말로는 오래 못 갈 것 같다고 하더군요."

"안타까운 일이로구나."

엔다야는 다시 담배 한 대를 꺼냈다.

"담배 피워도 되겠지?"

페르난디토는 환한 미소를 지으며 고개를 끄덕였다. 엔다야는 담배에 불을 붙였다. 담뱃불에 그의 눈동자가 불그스레한 구릿빛으로 물들었다. 페르난디토는 그의 눈초리가 바늘로 변해 마음을 찌르는 것만 같았다. '무슨 말이라도 해봐.'

"그럼 선생님은요?" 그가 불쑥 물었다. "이렇게 늦은 저녁시간에 저 동네에서 무슨 볼일이 있으셨나요?"

엔다야는 입술 사이로 담배연기를 길게 내뿜었다. 그는 자칼처럼 미소를 흘렸다.

"일하고 있었지." 그가 말했다.

그들은 종점에 도착할 때까지 아무 말도 하지 않았다. 전차가 멈추자, 페르난디토는 자리에서 일어나 엔다야에게 정중하게 인사를 건네고 뒷문으로 내렸다. 전차에서 내린 뒤, 그는 베스파를 세워둔 곳까지 느긋하게 걸어갔다. 그는 자물쇠를 열려고 무릎을 꿇었다. 엔다야는 전차 디딤판에 선 채 그를 차가운 눈빛으로 보고 있었다.

"집까지 지하철을 타고 가는 줄 알았는데." 그가 말했다.

"그건 집이 이 부근이라는 뜻이었어요. 몇 정거장만 가면 되니까요."

페르난디토는 알리시아가 충고한 대로 헬멧을 쓰고 끈을 맸다. 천천히 행동해야 돼. 그는 속으로 자신을 다독였다. 그는 스탠드를 부드럽게 밀어젖히고 1미터가량 보도로 베스파를 끌고 갔다. 이제 도로로 나가려는 순간, 페르난디토의 앞에 그림자가 드리워졌다. 엔다야가 그의 어깨 위에 손을 얹었다. 페르난디토는 뒤를 돌아보았다. 엔다야가 그를 보며 마치 아버지 같은 미소를 짓고 있었다.

"자, 어서 내려. 열쇠도 내놓고."

페르난디토는 자기도 모르는 사이에 고개를 끄덕이며 떨리는 손으로 열쇠를 내밀었다.

"경찰서까지 순순히 따라오는 게 좋을 거야. 알베르토."

9

할아버지 셈페레는 산타아나 거리에 면한 서점 바로 위층의 작은 아파트에서 살고 있었다. 식구들이 기억하는 한, 셈페레 가족은 쭉 그 건물에서 살았다. 다니엘만 해도 바로 그 집에서 태어나 자랐고 베아와 결혼해서 건물 꼭대기층으로 이사를 가기 전까지 그곳에서 내내 살았다. 먼 훗날 훌리안도 그 건물 어느 층에서 살게 될지 모른다. 셈페레 가족은 지도가 아니라 책을 통해서 여행을 했다. 할아버지 셈페레의 아파트는 겉으로 볼 때 허름하지만 수많은 기억으로 가득차 있었다. 구시가지에 있는 집이 대부분 그렇듯이 할아버지 셈페레의 아파트도 다소 음침한 분위기를 풍길 뿐만 아니라, 순수한 정신을 가진 이들을 현대의 헛된 환상으로부터 지키기 위해 바르셀로나에서 19세기에 유행한 스타일의 가구를 고집하고 있었다.

이사벨라 히스페르트의 글이 아직 기억에 생생한 가운데 집안을 둘러보면서 알리시아는 어디엔가 그녀가 있을 것만 같은 느낌을 지울 수 없었다. 그녀가 바로 그 타일을 밟고 있고, 복도에서 살짝 보이는 작은 침실에서 셈페레 씨와 함께 침대에 누워 있는 모습을 본 듯한 착각마저 들었다. 알리시아는 반쯤 열린 문 앞을 지나다 잠시 걸음을 멈추었다. 바로 그 방에서 이사벨라가 다니엘을 낳고, 그로부터 사 년 뒤 독약에 의해 죽어가던 모습을 상상했다.

"어서 들어오세요, 알리시아. 오신 분들을 소개해드릴 테니까요." 베아가 침실 문을 닫으며 그녀의 등을 떠밀었다.

붙여놓은 두 개의 테이블이 좁은 식당을 넘어 복도까지 삐져나와 있었다. 베아는 시아버지의 생일축하파티를 위해 초대한 열한 명의 손님을 그 좁은 공간에 다 앉히는 기적을 이루어냈다. 셈페레 노인과 훌리안, 베아가 알리시아를 데리고 올라와 있는 동안, 다니엘은 아래 남아 서점을 정리하며 문 닫을 준비를 했다. 안에는 페르민의 아내 베르나르다가 이미 와 있었다. 그녀는 식탁을 차리고 기막힌 냄새를 풍기는 스튜를 마무리하느라 여념이 없었다.

"베르나르다. 알리시아 그리스 양을 소개할게요."

베르나르다는 앞치마에 손을 문질러 닦고 알리시아를 안아주었다.

"페르민 언제 올지 알아요?" 베아가 그녀에게 물었다.

"원 참, 베아도. 나는 그 인간한테 이제 두 손 두 발 다 들었다니까요. 맨날 고양이 오줌을 섞어서 와인에 거품이 난다는 이야기만 하잖아요. 아이고! 알리시아 양, 초면에 미안해요. 우리 남편은 투우에 나오는 황소보다 고집이 세요. 그렇게 하지 말라는데도 입만 열면 헛소리를 늘어놓는다고요. 나중에 남편이 와서 무슨 말을 지껄이더라도 절대 신경쓰지 마세요. 아셨죠?"

"페르민이 늦으면 그냥 수돗물로 건배해야 될 것 같네요." 베아가 말했다.

"절대 그럴 수는 없지." 식당 문턱에서 연극배우처럼 쩌렁쩌렁한 목소리가 들렸다.

그 목소리의 주인공은 이웃에 사는 아나클레토 씨였다. 셈페레 가족과 친구처럼 지내는 아나클레토 씨는 베아의 말에 따르면 고등학교 교사이면서 한가할 때 시를 쓴다고 했다. 그는 빌헬름 2세의 결혼식에서도 구닥다리 취급을 당했을 예법으로 알리시아의 손에 입을 맞추었다.

"미지의 미인께 인사드립니다." 그가 인사를 건넸다.

"아나클레토 씨, 괜히 손님에게 부담주지 마세요." 중간에 베아가 끼어들었다. "마실 걸 가져오셨다고요?"

아나클레토 씨는 갈색 종이로 포장한 술병 두 개를 내놓았다.

"예로부터 유비무환, 즉 미리 준비해두면 걱정할 것이 없다고 했지요." 그가 웅장한 목소리로 말했다. "한물간 파시즘에 동조하는 식료품점 주인과 페르민 사이의 논쟁을 관심 있게 지켜봐온 사람으로서 그냥 있을 수는 없는 법. 그래서 증류주의 일시적 부족 문제를 해결하기 위해서 아니스 델 시미오 두 병을 가져오기로 했소이다."

"아니스술로 건배를 하다니, 기독교인답지 않은 행동인데요." 베르나르다가 덧붙여 말했다.

알리시아에게서 눈을 떼지 못하던 아나클레토 씨는 세상물정에 밝다는 것을 과시하듯이 빙긋이 웃었다. 그런 건 시골 사람들이나 하는 걱정이라는 투의 웃음이었다.

"그렇다면 비너스 여신의 가호와 함께 비종교적인 방식으로 건배를 하면 되지요." 아나클레토 씨는 알리시아에게 윙크를 하며 주장을 폈다. "이 자리를 빛내주고 계신 젊은 숙녀분이시여, 옆자리에 앉을 수 있는 영광을 제게 주시겠나이까?"

베아는 그를 거실 끄트머리로 밀어내 알리시아를 난처한 상황에서 구해주었다.

"아나클레토 씨, 제발 저리 가세요. 괜히 번드르르한 말로 알리시아 양을 괴롭히지 마시고요." 베아가 경고하듯 말했다. "저 안쪽으로 가서 앉아 계세요. 그리고 어린애는 훌리안 하나로 족하니까 제발 점잖게 구시라고요."

아나클레토 씨는 어깨를 으쓱하고는 생일축하인사를 건네러 셈페레 노인에게 갔다. 그사이 손님 두 명이 더 들어왔다. 그중 한 명은 수려한 외모에 모델처럼 근사하면서도 세련된 정장을 차려입은 신사였다. 자신을 페데리코 플라비아라고 소개한 그 남자는 동네에서 시계포를 운영하고 있었는데, 시계처럼 아주 정확하고 섬세한 예절을 보여주었다.

"구두가 참 멋지군요." 그가 그녀에게 말했다. "어디서 샀는지 말씀해주시겠습니까?"

"수문 제화점에서 샀어요. 그라시아대로에 있는." 알리시아가 대답했다.

"그렇군요. 거기 말고는 그렇게 훌륭한 구두를 살 수 없을 테니까 말이죠. 참, 잠시 실례하겠습니다. 셈페레 씨께 축하인사를 드리러 가야 할 것 같군요."

페데리코 씨는 메르세디타스라는 쾌활한 젊은 여성과 함께 왔다. 한눈에도 알아볼 만큼 천진난만한 그녀는 우아한 페데리코에게 푹 빠져 있었다. 알리시아를 소개받자, 메르세디타스는 경계심을 풀지 않은 채 그녀를 위아래로 훑으며 요모조모 뜯어보았다.

그리고 아름다운 외모와 우아한 몸가짐, 뛰어난 패션감각에 칭찬을 늘어놓고는 페데리코 씨 곁으로 조르르 달려갔다. 그 좁은 공간에서 어떻게든 그를 알리시아로부터 최대한 멀리 떼어놓으려는 심산이었다. 식당은 이미 만원이었기 때문에, 다니엘이 들어와 손님들 사이를 헤치고 지나가야 했을 때는 움직이는 것 자체가 위태로운 지경이었다. 마지막으로 도착한 손님은 스무 살도 채 안 되어 보이는 여자였다. 그녀에게서는 젊은이답게 풋풋한 아름다움과 광채가 빛나고 있었다.

"이 아이는 소피아예요. 다니엘의 사촌이죠." 베아가 말했다.

"Piacere, Signorina(만나뵙게 돼서 반갑습니다)." 소피아가 말했다.

"스페인어로 해야지, 소피아." 베아가 그녀를 타일렀다.

베아의 말에 따르면, 소피아는 원래 나폴리 태생인데 바르셀로나대학교에서 공부하는 동안 이모부 집에서 산다고 한다.

"소피아는 오래전에 돌아가신 다니엘 어머니의 조카예요." 이사벨라의 이름을 입에 올리는 것이 내키지 않는지, 베아가 중얼거리듯 말했다.

알리시아는 소피아를 따뜻하면서도 슬픈 눈빛으로 안아주는 할아버지 셈페레를 보자 코끝이 찡해지는 느낌이 들었다. 잠시 뒤 알리시아는 식당 유리장 안에서 가족사진 액자 하나를 발견했다. 사진 속에는 웨딩드레스를 입은 이사벨라가 백만 년은 젊어 보이는 셈페레 씨와 나란히 서 있었다. 소피아는 이사벨라를 쏙 빼닮은 것 같았다. 알리시아는 셈페레 씨가 그리우면서도 슬픈 눈빛으로 소피아를 바라보는 모습을 곁눈질로 흘끔거렸다. 그러다 결국 시선을 돌릴 수밖에 없었다. 알리시아가 셈페레 씨의 결혼사진을 보고 어렴풋이 감을 잡았다는 것을 눈치챈 베아는 고개를 저으며 나직이 중얼거렸다.

"저 아이가 있어봐야 아버님께 좋을 게 없어요." 베아가 말했다. "아이는 참 착한데. 솔직히 말해서 빨리 나폴리로 돌아갔으면 좋겠어요."

알리시아는 고개를 끄덕이기만 했다.

"자, 이제 모두 자리에 앉지그래요?" 베르나르다가 주방에서 소리쳤다. "소피아, 이리 와서 나 좀 도와줘요. 아무래도 젊은이가 조금 거들어야 할 것 같네."

"다니엘, 케이크는?" 베아가 물었다.

다니엘은 눈이 휘둥그레지면서 크게 한숨을 내쉬었다.

"저런, 깜박했네…… 지금 내려가서 사올게."

알리시아는 자기가 있는 구석으로 아나클레토 씨가 슬그머니 다가오려는 것을 눈치챘다. 그 순간 그녀는 묘안을 짜냈다. 다니엘이 자기 앞을 지나 문으로 향할 때, 그녀도 뒤따라갔다.

"저도 같이 갈게요. 케이크는 제가 살 테니까요."

"그렇지만……"

"부탁이에요."

베아는 얼굴을 찡그린 채 문밖으로 사라지는 두 사람을 멍하니 보고 있었다.

"괜찮아요?" 베르나르다가 옆에서 베아에게 물었다.

"네, 그런데……"

"그래도 저 여자는 얌전한 것 같아요." 베르나르다가 속삭이면서 말했다. "그렇지만 우리 페르민 옆에는 앉지 않으면 좋겠어요. 이런 말을 해도 될지 모르겠지만, 당신 남편 곁에도 얼씬거리지 않으면 좋겠고요. 다니엘리토*가 워낙 착해서 말이죠."

"쓸데없는 소리 좀 작작해요, 베르나르다. 하여간 어떤 자리에든 저 여자를 앉혀야 할 것 아니겠어요?"

"누가 뭐래요? 나중에 후회하지 말고 조심하라는 뜻이죠."

그들은 말없이 계단을 내려갔다. 앞장서던 다니엘은 1층에 도착하자 한 걸음 나서서 알리시아를 위해 문을 열어주었다.

"빵집은 바로 여기, 아니 길모퉁이에 있어요." 몇 발짝 앞에 빵집 네온사인이 반짝거리는데도 그는 그렇게 말했다.

안으로 들어가자, 주인 여자가 안심했다는 듯이 두 손을 하늘로 치켜들었다.

"다행이네. 오늘 안 오겠다 싶어서 우리끼리 먹으려던 참이었다고."

뒤따라 들어온 알리시아를 보자 그녀의 목소리가 잦아들었다.

"뭘 드릴까요, 손님?"

"고맙습니다만, 저분 일행이에요." 알리시아가 말했다.

---

* '다니엘(Daniel)'의 애칭.

빵집 주인은 눈썹을 치켜올리며 짓궂은 표정으로 그녀를 쳐다보았다. 카운터 뒤에서 그 장면을 몰래 엿보고 있던 조수 두 명도 주인의 표정을 따라 지었다.

"다니엘리토 좀 봐!" 그중 하나가 알랑거리는 목소리로 말했다. "숙맥인 줄로만 알았더니."

"글로리아, 주둥아리 닥치고 당장 셈페레 씨 케이크나 꺼내 와." 아무리 사람을 놀리고 싶어도 가게 안에서만큼은 위아래를 봐가면서 해야 된다는 것을 알려주려는 듯, 주인이 끼어들었다.

고양이상에 가게에 남은 카스텔라와 크림을 너무 많이 주워먹은 탓인지 오동통하게 살이 찐 다른 조수는 당황해서 쩔쩔 매는 다니엘을 즐거운 듯이 지켜보고 있었다.

"펠리사, 넌 할일이 그렇게도 없니?" 주인이 그녀에게 물었다.

"아니에요."

얼굴이 잘 익은 구스베리처럼 새빨개진 다니엘은 케이크가 있든 없든 당장 가게를 나가고 싶은 마음뿐이었다. 두 조수는 계속 알리시아와 다니엘을 힐끔힐끔 쳐다보았다. 허공에서 도넛을 튀길 만큼 뜨거운 눈빛이었다. 마침내 글로리아가 케이크를 들고 밖으로 나왔다. 경연대회에 출품할 만큼 멋진 케이크였다. 세 명의 제빵사는 케이크 위에 아치형 판지를 두르고 커다란 장밋빛 상자에 담았다.

"생크림과 딸기, 초콜릿이 듬뿍 들었지." 주인이 말했다. "초는 안에 넣어두었으니까 그리 알고 있어."

"아버지가 초콜릿을 무척 좋아하셔서요." 다니엘이 알리시아에게 군이 설명을 늘어놓았다.

"다니엘, 초콜릿 조심하라고. 잘못하면 네 얼굴이 더 빨개질 테니까." 글로리아가 그를 놀리며 말했다.

"그리고 그걸 먹으면 힘이 펄펄 날걸." 펠리사가 말을 보탰다.

"얼마죠?"

알리시아가 앞으로 나서며 카운터 위에 25페세타 지폐를 한 장 올려놓았다.

"심지어 계산까지 해주네." 글로리아가 중얼거렸다.

주인은 잔돈을 세서 동전을 하나씩 알리시아에게 건넸다. 다니엘은 케이크상자를 들고 문으로 향했다.

"베아에게 안부인사 전해줘." 글로리아가 말했다. 다니엘과 알리시아가 밖으로 나가는 사이 낄낄거리는 웃음소리가 그치지 않았다. 그녀들의 시선 또한 부활절케이크에 올려놓은 부드러운 과일처럼 그들에게서 떨어질 줄을 몰랐다.

"내일 아침에 일어나시면 이 동네에서 유명인이 되어 있을 거예요." 다니엘이 말했다.

"다니엘, 괜히 저 때문에 난처해진 게 아닌지 모르겠네요."

"걱정 마세요. 창피당하는 일에는 이미 이골이 나 있으니까요. 거기 있던 메두사 세 자매는 전혀 신경쓸 필요 없어요. 페르민이 그러는데, 저 세 여자 머릿속에는 머랭밖에 든 게 없다더라고요."

이번에 다니엘은 알리시아가 먼저 계단을 올라가도록 했다. 그리고 그녀가 끝까지 올라갈 때까지 아래에서 기다렸다. 그녀의 실룩거리는 엉덩이에 시선을 고정한 채 두 층을 올라갈 생각은 전혀 없었기 때문이다.

케이크가 도착하자, 중요한 운동경기에서 승리라도 한 것처럼 모두 박수와 환호를 보냈다. 다니엘은 올림픽 메달처럼 좌중에 케이크를 보여준 뒤, 주방으로 가져갔다. 알리시아는 그사이 베아가 소피아와 훌리안 사이에—아이는 할아버지 옆자리에 앉아 있었다—자기 자리를 잡아놓은 것을 알아차렸다. 모두의 힐끔거리는 시선을 느끼며 알리시아는 자기 자리에 앉았다. 주방에서 돌아온 다니엘은 테이블 맞은편 끝 베아 옆에 앉았다.

"수프부터 내올까요? 아니면 페르민이 올 때까지 기다리실 건가요?" 베르나르다가 물었다.

"원래 하찮은 수프는 위대한 인물을 몰라보는 법이라오." 아나클레토 씨가 웅변조로 말했다.

베르나르다가 그릇에 수프를 담기 시작했을 때 문밖에서 와장창하는 소리가 들렸다. 여러 개의 유리병이 바닥에 부딪히는 소리였다. 잠시 후, 페르민이 기적적으로 살려낸 샴페인 두 병을 양손에 하나씩 들고 의기양양하게 나타났다.

"페르민, 자네 탓에 시금털털한 머스캣 와인을 마시지 않았습니까……" 아나클레토 씨가 따지듯 말했다.

"자, 신사숙녀 여러분. 여러분의 잔을 더럽히는 그 천한 와인은 당장 버리세요. 와인장수가 여러분의 미각을 사로잡고도 남을 훌륭한 와인을 가지고 방금 도착했습니다. 이것만 마시면 오줌에서 꽃향기가 난다니까요." 페르민이 큰 소리로 떠들었다.

"페르민!" 베르나르다가 소리쳤다. "내가 저놈의 입 때문에 못

살아!"

"하지만 장미 꽃봉오리 같은 그대여! 이 강기슭에서 바람 부는 쪽으로 오줌을 누는 건 아주 자연스럽고 즐거운 일이라오……"

페르민의 입에서 끝없이 흘러나오던 청산유수의 달변이 갑자기 멈추었다. 그는 무덤에서 나온 유령이라도 본 듯이 굳은 채 알리시아를 쳐다보았다. 다니엘이 그의 팔을 잡고 억지로 자리에 앉혔다.

"자, 이제 다들 먹도록 합시다." 페르민이 갑자기 말문이 막히자 이를 눈치챈 셈페레 씨가 나서며 말했다.

와인잔, 웃음, 농담이 발레처럼 어우러지면서 저녁식사 자리는 화기애애하게 흘러가기 시작했다. 페르민은 손에 빈 수저를 들고 알리시아에게서 눈을 떼지 않은 채 무덤과 같은 침묵을 지키고 있었다. 알리시아는 모른 척했지만 베아조차 불편한 기색을 드러내기 시작했다. 다니엘이 팔꿈치로 페르민의 옆구리를 쿡 찌르면서 귀에 대고 무슨 말인가를 속삭였다. 그러자 페르민은 긴장된 표정으로 수프를 한 숟갈 떠서 먹었다. 다행히 '셈페레와 아들' 서점의 문헌학 담당 고문이 자랑하던 유창한 달변은 알리시아 앞에서 잠잠해졌지만, 샴페인 술기운에 힘입어 아나클레토 씨의 입담이 되살아나기 시작했다. 덕분에 자리에 앉은 사람들은 곧 나라의 현상황에 대한 그의 상투적인 분석을 듣는 호사를 만끽할 수 있었다.

미겔 데 우나무노*라는 영원한 불꽃의 전파자이자 감성적인 계

---
*20세기 스페인의 지성을 대표하는 철학자이자 작가.

승자를 자처하는 아나클레토 씨는—실제로 그는 우나무노와 외모가 비슷했고 살라망카 출신이라는 공통점이 있었다—여느 때처럼 이베리아반도가 머지않아 오욕의 바닷속으로 가라앉고 말 것이라는 묵시록적인 전망을 늘어놓기 시작했다. 평소 페르민은 아나클레토 씨의 이런 즉흥적인 연설을 재치 있는 독설로 맞받아치곤 했다. 가령 이런 식이었다. '한 사회의 지식인들이 화려한 언변을 뽐내며 논쟁하기를 좋아하는 정도는 그들의 지적 능력과 신뢰도에 정확히 반비례하죠. 따라서 말을 위한 말만 늘어놓을수록 제대로 생각을 할 리도 없거니와 행동으로 이어지는 경우는 더더욱 없는 거라고요.' 하지만 무슨 일인지 페르민은 꿀 먹은 벙어리처럼 입을 꾹 다물고 있었다. 논쟁의 상대와 적이 없어지자 아나클레토 씨는 페르민을 살살 긁기 시작했다.

"사실 이 나라의 지도자라는 사람들은 이제 국민을 세뇌하는 방법조차 몰라요. 페르민, 그렇지 않아요?"

페르민은 어깨를 으쓱했다.

"그런 사람들이 뭐하러 그런 일에 신경을 쓰는지 모르겠네요. 대부분의 경우, 가볍게 씻어내기만 해도 충분할 텐데 말이죠."

"아나키스트 납시었네요." 메르세디타스가 불쑥 끼어들었다.

아나클레토 씨는 자기가 가장 좋아하는 취미인 논쟁에 드디어 불이 붙은 것을 보고 흐뭇한 미소를 지었다. 페르민이 시근덕거리며 말했다.

"이것 봐요, 메르세디타스. 당신이 신문에서 오늘의 운세밖에 안 본다는 건 잘 알고 있어요. 그리고 오늘은 이 집안 어른의 생신을 축하하기 위해 모인 자리……"

"페르민, 거기 빵 좀 이쪽으로 주시겠어요?" 흥분을 가라앉히기 위해 베아가 끼어들었다.

페르민은 고개를 끄덕이며 다시 입을 다물었다. 시계상 페데리코 씨가 무거워진 분위기를 바꿔보려고 나섰다.

"알리시아 양, 실례지만 뭘 하시는 분이죠?"

모두들 깜짝손님에게 관심을 가지고 공손히 대하는 것이 영 마뜩지 않던 메르세디타스는 작심한 듯 불만을 쏟아냈다.

"여자가 왜 직장에 나가야 하죠? 부모가 가르쳐준 대로 집안일을 하고, 남편과 아이들을 보살피는 일로도 충분하지 않나요?"

페르민이 무슨 말을 하려는 듯 입술을 달싹거렸지만, 베르나르다가 그의 손목을 잡자 입을 다물었다.

"알겠습니다. 그런데 알리시아 양은 아직 결혼을 안 하셨죠?" 페데리코 씨도 순순히 물러서지 않았다.

알리시아는 공손하게 고개를 끄덕였다.

"그럼 교제하는 남자도 없단 말이오?" 아나클레토 씨가 믿을 수 없다는 표정을 지으며 물었다.

그녀는 살짝 미소를 지으며 고개를 끄덕였다.

"이것 참 큰일이로군! 이거야말로 이 나라에 쓸 만한 청년들이 하나도 없다는 확실한 증거가 아니고 뭐란 말이오. 내가 스무 살만 젊었어도……" 아나클레토가 말했다.

"이왕이면 쉰 살 정도 빼지 그러세요." 페르민이 끼어들며 말했다.

"남자다움은 나이와 상관이 없는 법이죠." 아나클레토 씨가 맞받아쳤다.

"서사시의 영웅담과 비뇨기학을 뒤섞지 말자고요."

"페르민, 이 자리에는 어린아이들도 있다는 걸 잊지 말게." 셈페레 씨가 경고하듯 말했다.

"메르세디타스를 말하시는 거라면……"

"세제로 당신 입과 머릿속을 다 씻어내야 할 것 같군요. 그러지 않으면 지옥에 갈 테니까요." 메르세디타스가 시비조로 말했다.

"그럼 난방비가 줄겠군."

페데리코 씨가 좌중의 흥분을 가라앉히기 위해 두 손을 들어올렸다.

"자…… 이렇게 다들 나서서 한마디씩 하면 알리시아 양이 어떻게 말하겠습니까."

다시 좌중이 조용해지자, 모두 알리시아를 쳐다보았다.

"그럼." 페데리코 씨가 다시 물었다. "무슨 일을 하시는지 방금 말해주시려고 했는데……"

알리시아는 자신의 대답을 기다리는 사람들을 살펴보았다.

"사실 오늘이 제 마지막 근무날이었어요. 이제 무슨 일을 해야 할지 잘 모르겠네요."

"그래도 뭔가 생각해두었겠지요." 셈페레 씨가 말했다.

그녀는 고개를 숙였다.

"예전부터 글을 쓰고 싶다는 생각을 했어요. 최소한 시도라도 해보고 싶었죠."

"브라보!" 서점 주인이 소리쳤다. "당신은 분명 우리 시대의 라포레트가 될 겁니다."

"우리 시대의 파르도바산이 더 어울릴 것 같은데." 그때 아나 클레토 씨가 또 끼어들었다. 그는 오늘내일 하면서 눈뜰 기력조차 없는 이들을 제외한다면 살아 있는 작가는 높이 평가할 가치가 없다는 스페인 국민 대다수의 견해에 공감하고 있었다.* "그렇지 않아요, 페르민?"

페르민은 모두를 쭉 둘러본 뒤, 알리시아에게 시선을 고정했다.

"나도 그 의견에 동의할 겁니다. 파르도바산이 거울에 비친 자기 모습에서 사냥개 같은 분위기를 포착한 반면, 우리 그리스 양은 어둠의 주인공 같은 모습인데 과연 그녀의 모습이 거울에 비칠지 확신할 수만 있다면요."

깊은 침묵이 이어졌다.

"대체 무슨 말을 하고 싶은 거예요, 척척박사님?" 메르세디타스가 비꼬듯이 말했다.

다니엘이 페르민의 팔을 잡고 주방으로 끌고 갔다.

"남자들이 아무렇게나 지껄이는 것의 절반만 머리를 써도 이 세상은 훨씬 더 좋아질 거라는 말이에요." 그때까지만 해도 딴 데 정신이 팔려 있거나 청년들과 만물의 이치를 깨우친 사람들만 산다는 혼란스러운 사색의 세계에 잠겨 있는 줄 알았던 소피아가 지

---

* 라포레트는 2004년 사망했으며, 스페인에 자연주의문학과 페미니즘을 도입한 것으로 잘 알려진 작가 파르도바산은 1921년 사망했다.

나가는 말로 한마디 던졌다.

셈페레 씨는 아름답던 옛 시절의 기억으로 그에게 축복 혹은 고통을 내리기 위해 하늘이 보낸 조카를 향해 고개를 돌렸다. 그리고 수없이 그랬던 것처럼 잠시 동안 시간의 망망대해를 거슬러 돌아온 이사벨라의 얼굴을 보고 목소리를 듣는 듯한 기분에 사로잡혔다.

"요즘에는 문학부에서 그렇게 가르치니?" 아나클레토 씨가 물었다.

소피아는 어깨를 으쓱하며 자신의 연옥으로 돌아갔다.

"세상이 어떻게 되려고 이러나." 아나클레토 씨의 입에서 탄식이 흘러나왔다.

"아나클레토 씨, 너무 걱정 말아요. 세상은 언제나 그대로니까." 셈페레 씨가 그를 진정시켰다. "사실 세상은 인간을 기다려주기는커녕 그대로 지나쳐버리죠. 자, 그럼 과거와 미래, 그리고 그 둘 사이에 있는 우리 모두를 위해서 건배하는 게 어떨까요?"

훌리안이 자기 우유잔을 높이 치켜들면서 할아버지의 제안에 화답했다.

그사이 다니엘은 다른 손님들의 눈과 귀가 닿지 않는 주방 구석으로 페르민을 몰아넣었다.

"페르민, 대체 왜 그러는지 말해줄 수 있어요? 뭘 잘못 먹은 게 아니라면 갑자기 왜 그러는 거예요?"

"저 여자는 자기 입으로 밝힌 그런 사람이 아니야, 다니엘. 지금 뭔가 수상한 일이 벌어지고 있어."

"무슨 일이요? 어서 말해봐요."

"나도 잘 모르겠어. 아무튼 저 여자가 무슨 계략을 꾸미고 있는지 알아낼 거야. 여기까지 수상쩍은 냄새가 풍긴다고. 메르세디타스가 저 시계장수를 유혹하려고 온몸에 뒤집어쓴 싸구려 향수 냄새처럼 말이야."

"그럼 그걸 어떻게 알아낸다는 거죠?"

"네가 도와주면 밝혀낼 수 있어."

"무슨 소리예요. 이번 일에 나를 끌어들일 생각은 절대로 하지 말라고요."

"어떤 일이 있어도 요부 같은 저 여자 분위기에 넘어가서는 안 돼. 아주 교활하기 짝이 없는 여자라고. 그건 내 이름이 페르민인 것만큼 분명한 사실이지."

"그렇지만 저 교활한 여자는 우리 아버지가 간곡히 부탁해서 초대한 손님이라는 사실을 잊지 말아요."

"아……! 혹시 어떻게 이런 우연의 일치가 일어났는지 한 번이라도 생각해봤어?"

"그건 몰라요. 나와 상관도 없는 일이고요. 우연하게 일어난 일이라면 굳이 따지고 들 필요도 없죠."

"네 둔한 머리나 갓 사춘기를 지난 호르몬이 그렇게 말하는 거야?"

"상식이 그렇게 말하고 있죠. 아저씨가 수치심과 함께 한낱한시에 없애버린 상식 말이에요."

페르민은 비웃음을 가득 담은 눈초리로 다니엘을 바라보았다.

"저 여자는 보통내기가 아니야." 그가 단언했다. "아버지와 아들을 동시에 구워삶은 거라고. 그것도 네 부인이 보는 앞에서 버젓이."

"제발 허튼소리 좀 작작 해요. 그러다 손님들이 우리 말을 엿듣기라도 하면 어쩌려고 그래요."

"까짓것 듣고 싶으면 들으라고 해." 페르민이 목소리를 높였다. "분명하게."

"페르민, 제발 부탁이에요. 아버지 생신만은 좀 조용히 보내자고요."

페르민은 눈썹을 치켜올리며 입술을 꽉 깨물었다.

"대신 조건이 하나 있어."

"알았어요. 뭐죠?"

"저 여자의 정체를 밝히도록 나를 도와주기만 하면 돼."

다니엘은 어리둥절한 표정을 지으며 한숨을 내쉬었다.

"글쎄 그걸 어떻게 하려고 그래요? 알렉상드랭*으로 된 시라도 지어서요?"

페르민이 목소리를 낮췄다.

"다 계획이 있어……"

다니엘과 약속한 대로, 페르민은 식사가 끝날 때까지 얌전하게

---

* 한 행이 12음절로 이루어진 프랑스의 시 형식.

있었다. 아나클레토 씨가 농담을 하면 웃어주고 메르세디타스가 마리 퀴리라도 되는 듯이 정중히 대하는가 하면, 미사에 참석한 복사처럼 이따금씩 알리시아를 힐끔힐끔 쳐다보았다. 축배를 하고 생일케이크를 자르는 시간이 되자, 페르민은 자리에서 일어나 미리 준비해온 긴 연설문을 열정적으로 낭독했다. 그날의 주인공에 대한 찬사로 가득한 연설이 끝나자 좌중에서 박수갈채가 터져나왔고, 셈페레 씨는 그와 감격의 포옹을 나누었다.

"손주 녀석과 함께 촛불을 끄겠습니다. 할 수 있겠지, 훌리안?" 서점 주인이 말했다.

베아가 주방의 전등을 끄자, 잠시 나풀나풀 흔들거리는 촛불의 빛이 모든 이를 감쌌다.

"그럼 소원을 빌어요." 아나클레토 씨가 잊어먹지 않게 알려주었다. "가능하다면 오동통하고 활기가 넘치는 과부를 보내달라고 말이죠."

베르나르다가 아나클레토 씨의 샴페인을 몰래 치우고, 대신 미네랄워터가 든 잔을 그 자리에 갖다놓았다. 그러곤 고개를 끄덕이는 베아와 서로 눈빛을 교환했다.

알리시아는 그 장면을 홀린 듯이 지켜보고 있었다. 겉으로는 차분한 척했지만, 심장이 두방망이질하듯 빠르게 뛰었다. 그녀는 이런 모임에 참석해본 적이 단 한 번도 없었다. 생일이라고 해봐야 레안드로와 함께, 아니면 혼자서 영화관에 틀어박혀 쓸쓸히 보낸 게 대부분이었다. 생일 외에 매년 12월 31일에도 같은 영화관에 가곤 했다. 하지만 그때도 새해가 되는 순간 영화를 중단하고 십 분 동안 전등을 켜는 악습이 너무나도 싫었다. 반겨주는 이 하나 없는 예닐곱 명의 외로운 영혼과 함께 쓸쓸한 영화관에서 밤을 보내는 것만 해도 서러운데, 그것도 모자라 새해인사로 서로 얼굴을 맞대야 했으니 말이다. 알리시아로서는 농담과 논쟁을 넘어선 소속감과 애정으로 뭉쳐진 동지의식을 이해하기가 어려웠다. 훌리안이 테이블 아래에서 그녀의 손을 잡고 꽉 쥐었다. 거기 있던 사람들 중에서 그 어린아이만이 그녀의 마음을 이해한다는 듯했다. 훌리안이 없었더라면, 알리시아는 울음을 터뜨렸을지도 몰랐다.

몇 번의 축배가 끝난 뒤, 베르나르다가 커피와 차를 내오고 아나클레토 씨가 시가를 돌리기 시작할 무렵 알리시아는 자리에서 일어났다. 모두가 놀란 표정으로 그녀를 쳐다보았다.

"오늘 모두 따뜻하게 저를 맞아주셔서 뭐라 감사의 말씀을 드려야 할지 모르겠네요. 특히 셈페레 씨에게 고마움을 전하고 싶군요. 아버지는 언제나 셈페레 씨를 존경하셨어요. 오늘같이 특별한 날 여러분과 함께 자리했다는 것을 아시면 아버지도 굉장히 기뻐하실 거예요. 감사합니다."

모두가 안쓰러운 표정으로 그녀를 쳐다보았다. 어쩌면 그녀가 다른 이들의 눈빛에 자신의 심정을 투영했을 뿐인지도 몰랐다. 그녀는 어린 훌리안의 뺨에 입을 맞추고 문으로 걸어갔다. 베아가 자리에서 일어나 손에 냅킨을 든 채로 따라갔다.

"배웅해드릴게요, 알리시아……"

"아닙니다. 나오지 마세요."

나가기 전, 알리시아는 유리장식장 앞을 지나면서 마지막으로 이사벨라의 사진을 보았다. 그녀는 안도의 한숨을 내쉬고 계단을 내려갔다. 그곳이 자기 집이 될 수도 있었으리라는 생각이 들기 전에 서둘러 빠져나가고 싶었다.

알리시아가 떠나자 그 자리에 모인 사람들이 웅성거리기 시작했다. 할아버지 셈페레는 훌리안을 무릎 위에 앉히고 찬찬히 살펴보았다.

"벌써 사랑에 빠진 거니?" 할아버지가 아이에게 물었다.

"아무래도 우리 어린 카사노바가 잠자리에 들 시간이 된 것 같구나." 베아가 말했다.

"나도 그래야겠구먼." 아나클레토 씨가 자리에서 일어서며 말했다. "젊은 여러분은 남아서 파티를 즐기시게나. 인생이란 짧고 덧없는 것이니……"

다니엘이 안도의 한숨을 내쉬려던 순간, 페르민이 그의 팔을 붙잡으면서 일어났다.

"참, 다니엘. 지하실에서 상자들을 갖고 올라와야 하는데 깜박 잊고 있었네."

"무슨 상자요?"

"그 상자들 있잖아."

두 사람은 셈페레 씨가 졸리면서도 놀란 눈으로 쳐다보는 가운데 문을 향했다.

"아무리 우리 가족이지만 갈수록 이해가 안 되는군." 그가 말했다.

"저만 그런 생각을 하는 줄 알았어요." 소피아가 중얼거리며 말했다.

밖으로 나오자, 페르민은 가로등 불빛으로 푸르스름하게 변한 산타아나 거리를 힐끗 쳐다보더니 다니엘에게 따라오라고 손짓했다.

"이 늦은 시간에 어딜 가려고 그러죠?"

"요부를 잡으러 가는 거지." 페르민이 말했다.

"헛소리 집어치워요."

"어리석은 짓 하지 마. 그러다가는 그 여자가 감쪽같이 사라질 테니까……"

페르민은 대답을 기다리지도 않고 푸에르타 델 앙헬 대로의 모퉁이를 향해 빠르게 걸음을 옮기기 시작했다. 그곳에 이르자 그는 카사 호르바 백화점 차양 아래 몸을 숨긴 채, 낮게 깔린 구름이 지붕 사이를 유유히 떠가는 심야의 어둠 속을 주의깊게 살펴보았다. 다니엘도 곧 그의 옆으로 갔다.

"저기 있네. 저 여자는 천국에 사는 뱀이라고."

"페르민, 제발 나한테 이러지 말아요."

"이봐, 약속한 대로 나는 얌전하게 굴었잖아. 그럼 이제 네가 약속을 잘 지키는 사람인지, 아니면 형편없는 겁쟁이인지 보자고."

다니엘은 자신의 신세를 한탄했다. 이류탐정 행세를 하던 옛

시절로 되돌아간 두 사람은 알리시아 그리스의 자취를 좇기 시작
했다.

10

그들은 대성당의 대로로 이어지는 아케이드와 차양에 붙어서
그녀의 뒤를 따라갔다. 길 끝에 이르자 대성당 앞으로 광장이 펼
쳐져 있었다. 원래 그곳에 있던 동네는 전쟁 때 폭격으로 모두 사
라졌다. 달빛이 보도를 적시는 가운데, 알리시아의 실루엣이 공기
중에 희미한 그림자를 남기고 있었다.

"눈치챘어?" 파하 거리를 따라가는 알리시아를 지켜보면서 페
르민이 물었다.

"뭘요?"

"누군가 우리를 뒤쫓고 있어."

다니엘은 몸을 돌려 거리를 은빛으로 물들이는 어둠 속을 살펴
보았다.

"저기. 장난감가게 입구 아래 있잖아. 보여?"

"아무도 안 보이는데요."

"담배 불빛이 있잖아."

"그래서요……?"

"우리가 밖으로 나온 후로 계속 따라오고 있어."

"무엇 때문에 뒤쫓는 거죠?"

"어쩌면 우리를 뒤쫓는 게 아닐지도 몰라. 느낌상 저 여자 뒤를 밟는 것 같아."

"갈수록 앞뒤가 맞지 않잖아요, 페르민."

"오히려 그 반대지. 무언가 불길한 일이 벌어지고 있다는 게 갈수록 확실해지고 있으니까."

그들은 알리시아를 따라 바뇨스 누에보스 거리로 접어들었다. 좁은 거리 양쪽에 늘어선 오래된 건물들이 구불구불하게 이어지다 어둠의 품으로 모여드는 것처럼 보였다.

"저 여자는 어디로 가고 있는 걸까요?" 다니엘이 중얼거리듯 물었다.

얼마 가지 않아 그들의 궁금증이 풀렸다. 알리시아는 아비뇽 거리의 그란 카페 앞에 있는 건물 입구에서 걸음을 멈추었다. 그리고 그 건물 안으로 들어갔다. 그들은 그 앞을 지나쳐 두어 건물 건너의 어느 현관에 몸을 숨겼다.

"이제 어떻게 할 거예요?"

페르민은 대답 대신 라 마누알 알파르가테라 건물 정면을 손으로 가리켰다. 다니엘은 그제야 페르민의 말이 옳다는 것을 알아차렸다. 분명히 그들, 아니면 알리시아를 뒤쫓는 자가 있었다. 에스파드리유상점 입구의 아치문 아래 숨어 있는 외투 차림에 싸구려 실크해트를 쓴 땅딸막한 남자의 실루엣이 어렴풋이 보였다.

"보아하니 별것 아닌 것 같네." 페르민이 말했다.

"그게 무슨 상관이죠?"

"혹시라도 저자와 주먹다짐이라도 벌어지면 네가 유리하다는 거지."

"퍽도 기쁘군요. 그런데 왜 내가 그래야 되는 거죠?"

"네가 나보다 젊기도 하지만, 상대를 두드려패려면 무엇보다 너처럼 힘이 세야 하니까. 나 같은 사람이야 전략적 계획이나 제공하면 되고."

"나는 누구한테도 주먹질을 할 용의가 없다고요."

"왜 그렇게 따지고 드는지 모르겠네. 저번에 리츠호텔에서 그 얼간이 같은 카스코스 부엔디아의 얼굴을 후려갈긴 사람이 누구였지? 그때 보니까 대단한 싸움꾼이던데. 설마 내가 그 일을 잊었다고 생각하는 건 아니지?"

"그땐 제정신이 아니었어요." 다니엘이 그의 말을 인정했다.

"변명할 필요 없어. 그 돼지 같은 놈이 네 아내에게 달콤한 연애편지를 보내 치근덕거렸으니까 그럴 만도 했지. 그것도 벌레만도 못한 발스 그놈의 사주를 받고 말이야. 그래, 맞아. 지난봄부터 네가 아테네오도서관에서 행방을 수소문하던 벌레 같은 그 작자. 설마 내가 모르는 줄 알았던 건 아니겠지."

다니엘은 풀이 죽은 채 고개를 푹 숙였다.

"아저씨가 모르는 비밀이 있을까 싶네요."

"발스가 왜 오랫동안 그 어디에도 모습을 드러내지 않았는지 궁금하지 않았어?"

"매일 궁금하죠." 다니엘이 그의 말을 수긍했다.

"살가도가 노르테 기차역 사물함에 숨겨놓은 전리품이 어디로 갔는지도 궁금하지?"

다니엘이 고개를 끄덕였다.

"저 여우가 발스의 명령을 받고 움직이는 게 아니라는 보장이 있나?"

다니엘은 눈을 감았다.

"페르민, 아저씨 말이 맞아요. 그럼 이제부터 뭘 하죠?"

집 앞에 이르자, 문 밑으로 빛이 새어나오고 바르가스가 피우는 담배 냄새가 풍겼다. 알리시아는 말없이 안으로 들어가 핸드백과 외투를 주방 테이블 위에 올려놓았다. 문에 등을 돌리고 창문을 바라보며 바르가스는 조용히 담배를 피우고 있었다. 그녀는 화이트와인을 한 잔 따라 소파에 앉았다. 그녀가 없는 사이, 바르가스는 브리앙스 변호사의 개인 보관창고에서 가져온 서류상자를 밖으로 꺼내놓았다. 이사벨라 히스페르트의 공책이 테이블 위에 놓여 있었다.

"하루종일 어디 있었어요?" 마침내 알리시아가 입을 열었다.

"발길 가는 대로 걸어다녔어요." 바르가스가 대답했다. "머리 좀 식히려고요."

"그래서 원하는 대로 되었나요?"

그는 고개를 돌려 의심스럽다는 듯이 그녀를 빤히 쳐다보았다.

"내가 레안드로에게 다 고해바쳤는데 용서해줄 건가요?"

알리시아는 와인맛을 음미하면서 어깨를 으쓱했다.

"고해할 게 있으면 람블라스 앞에 있는 성당으로 가지 그랬어요. 거기서는 자정까지 신부님들이 돌아가면서 고해성사를 받는다고 하던데."

바르가스는 고개를 숙였다.

"혹시 내 말이 조금이라도 위안이 될지 모르겠지만, 레안드로는 내가 전한 말을 대부분 알고 있는 것 같았어요. 다만 우리의 확인이 필요했던 거죠."

"레안드로와 일할 때는 항상 그런 식이에요." 알리시아가 말했다. "어떤 사실을 전해도 그는 이미 알고 있죠. 그에게 몇몇 구체적인 사항을 분명히 확인시켜줄 뿐."

바르가스는 말하기 전에 한숨부터 내쉬었다.

"선택의 여지가 없었어요. 이미 뭔가 냄새를 맡은 눈치였죠. 우리가 조사한 내용을 숨겼다가는 당신만 난처해지겠더라고요."

"바르가스, 내게 일일이 설명할 필요는 없어요. 이미 다 끝난 일인데요 뭘."

점차 무거운 침묵이 흘렀다.

"페르난디토는요?" 알리시아가 물었다. "아직 안 돌아왔어요?"

"난 당신하고 같이 있는 줄 알았는데요."

"나한테 말해주지 않은 게 또 뭐가 있죠, 바르가스?"

"산치스……"

"말해보세요."

"죽었다고 하더군요. 경찰청에서 클리니코병원으로 이송 도중에 심장이 멎었답니다. 보고서에 그렇게 쓰여 있었어요."

"빌어먹을……" 알리시아가 중얼거렸다.

바르가스는 그녀의 옆에 털썩 주저 앉았다. 둘은 말없이 서로의 얼굴을 쳐다보았다. 그녀가 잔에 와인을 따라 그에게 건네주었다. 바르가스는 단숨에 잔을 비웠다.

"그럼 언제 마드리드로 돌아갈 건가요?"

"닷새 휴가를 받았어요." 바르가스가 말했다. "보너스로 5천 페세타도 받았고요."

"잘됐네요. 그럼 그 돈으로 나랑 몬세라트 수도원이나 가실래요? 모레네타를 만져보지 못한 사람은 인생을 헛산 거라잖아요."

바르가스가 쓸쓸한 미소를 지었다.

"알리시아, 당신이 많이 그리울 거예요. 물론 내 말을 곧이곧대로 믿지 않겠지만."

"무슨 소리예요? 당연히 믿지요. 하지만 너무 기대하지는 마세요. 나는 당신이 그립지 않을 테니까요."

바르가스는 겸연쩍은 웃음을 지었다.

"그러는 당신은 어디 있다 온 거예요?"

"셈페레 씨 집에 갔다 왔어요."

"무슨 일로 간 거죠?"

"셈페레 씨 생일파티에 갔어요. 사연이 길어요."

바르가스는 그걸로 충분한 설명이 되었다는 듯이 고개를 끄덕였다. 알리시아는 손으로 이사벨라의 공책을 가리켰다.

"기다리는 동안 읽어보셨나요?"

바르가스는 고개를 끄덕였다.

"이사벨라 히스페르트는 발스 그 망할 인간이 자기에게 독을 먹인 걸 알고 죽었어요." 알리시아가 말했다.

그는 두 손으로 얼굴을 감싸더니 머리를 뒤로 쓸어넘겼다. 마치 지금까지 살아온 시간이 그의 영혼을 무겁게 짓누르는 듯한 표정이었다.

"이젠 넌더리가 나는군요." 그가 중얼거리듯 말했다. "이 모든 개같은 짓거리에 넌더리가 나요."

"그럼 집으로 돌아가는 게 좋지 않아요?" 알리시아가 물었다. "그들이 원하는 대로 해줘요. 연금 타서 톨레도의 별장에 틀어박혀 로페 데 베가나 읽으세요. 그게 원래 계획이었잖아요?"

"그리고 당신처럼 하라는 거예요? 문학으로 먹고살라고요?"

"국민의 절반이 지어낸 이야기로 먹고산다고요. 그렇게 사는 사람이 두 명 늘어난다고 해서 뭐가 달라지겠어요?"

"셈페레네 사람들은 어떻던가요?" 바르가스가 물었다.

"좋은 사람들이더군요."

"그렇군요. 당신은 그 자리가 무척 낯설었겠네요. 그렇죠?"

"네."

"전에는 나도 그랬으니까요. 점점 익숙해질 겁니다. 이사벨라의 공책은 어쩔 생각이죠? 그들에게 줄 건가요?"

"아직 잘 모르겠어요." 알리시아가 말했다. "당신이라면 어떡하겠어요?"

바르가스는 잠시 생각에 잠겼다.

"나라면 아예 없애버릴 겁니다." 그가 말했다. "지금 이 상황에서 진실은 그 누구에게도 도움이 되지 않을 테니까요. 오히려 그들을 위험에 빠뜨리고 말 겁니다."

알리시아가 고개를 끄덕였다.

"적어도……"

"잘 생각하고 말해요, 알리시아."

"이미 충분히 생각한 것 같아요."

"이제 우리는 모든 걸 못 본 척하고 행복하게 살 수 있을 거라고 생각했는데." 그가 말했다.

"바르가스, 당신과 나는 절대로 행복해질 수 없을 거예요."

"이봐요. 그렇게 말하면 내가 어떻게 거절하겠어요."

"꼭 도와줄 필요는 없어요. 이건 내 문제니까요."

바르가스는 그녀를 보며 살짝 미소 지었다.

"알리시아, 당신이 바로 내 문젯거리라고요. 아니면, 물론 이 말을 들으면 비웃겠지만, 내 구원자이든지."

"나는 누구도 구원한 적이 없어요."

"늦었다고 생각할 때가 가장 빠른 거예요."

그는 자리에서 일어나 그녀의 코트를 집어 건네주었다.

"자, 어때요? 돌이킬 수 없도록 인생에 돌을 던져보는 건 어떨까요? 아니면 결국 당신은 스스로 문학적 재능이 없고 나는 로페데 베가는 연극무대에서 봐야 한다는 걸 깨달을 때까지 몇 년을 허송세월하는 게 좋겠습니까?"

알리시아는 외투를 입었다.

"어디부터 시작할까요?"

"미로의 입구부터……"

다니엘이 건물 입구에서 추위에 벌벌 떨고 있는 동안, 물렁뼈만 앙상한 페르민은 한껏 흥에 취해 트로피컬 리듬에 맞춰 엉덩이를 가볍게 흔들면서 손몬투노*를 흥얼거리고 있었다.

"페르민, 춥지도 않아요? 나는 얼어죽을 것 같은데."

페르민은 단추 두 개를 끄르더니 옷 안쪽에 덧댄 신문지를 보여주었다.

"이게 응용과학이라는 거야." 그가 설명했다. "신문과 젊은 시절 아바나에서 만난 물라토 여자애와의 엄선된 추억 몇 개. 그것들이 결합되면 바로 멕시코만류가 흘러들어오지."

"맙소사……"

다니엘이 코냑 한 방울을 탄 따뜻한 밀크커피를 시키기 위해 그란 카페로 건너가려는 순간, 알리시아의 아파트 건물 현관이 열리는 소리가 났다. 그녀는 군인 같은 분위기를 풍기는 건장한 남자와 함께 밖을 나서고 있었다.

"저기 좀 봐. 우리가 모르는 사이에 타잔이 여우를 잡았어." 페르민이 말했다.

"알리시아라는 이름이 있는데 왜 그렇게 불러요?"

"이젠 순진한 사춘기 시절을 벗어날 때가 된 것 같은데. 너도 이제는 한 집안의 가장이잖아. 자, 가자."

---

* 쿠바 음악의 한 종류.

"그럼 저 남자는 어떻게 할 거예요?"

"스파이 말이야? 그자라면 걱정 마. 안 그래도 지금 기막힌 계획을 구상하는 중이니까……"

누가 봐도 경찰이나 군인 같은 인상을 풍기는 남자와 알리시아는 페르난도 거리로 구부러져 람블라스 거리를 향해 걸어갔다. 계획한 대로 페르민과 다니엘은 그들을 못 본 체하고 길모퉁이 어둠 속에 몸을 숨기고 있던 스파이 앞을 지나쳐갔다. 그 시각, 문화 교류를 위해 쏟아져나온 한 무리의 영국 선원과 집에서는 차마 입 밖에 낼 수 없는 성욕을 채우기 위해 여자를 찾아 시내로 나온 부자 동네의 호색꾼들로 거리는 평소보다 더 활기를 띠고 있었다. 페르민과 다니엘은 행인들 속에 몸을 숨긴 채 레알광장으로 이어지는 아치문에 도착했다.

"이봐, 다니엘. 여기서 우리가 처음 만났는데, 기억나? 오랜 세월이 흘렀지만 여기는 예나 지금이나 오줌냄새가 코를 찌르는군. 하기는 이게 결코 사라지지 않을 영원한 바르셀로나의 모습이지……"

"너무 감상에 젖지 마세요."

알리시아와 바르가스는 광장을 가로질러 람블라스 거리 방향으로 걸어갔다.

"저들이 택시를 탈 것 같아." 페르민이 추측했다. "이제 거추장스러운 짐짝을 처리해야겠군."

그들은 고개를 돌려 광장의 아치문 사이에 숨어 있는 스파이를 힐끔 쳐다보았다.

"어떻게 하려고요?" 다니엘이 물었다.

"저 친구한테 가서 무릎으로 있는 힘껏 사타구니를 찍어. 겉으로 봐서는 한 방만 먹여도 말귀를 알아들을 것 같은데."

"다른 계획은 없어요?"

페르민은 짜증을 내며 한숨을 내쉬었다. 그때 광장을 천천히 순찰하는 경찰관이 눈에 띄었다. 그는 암보스 문도스 호스텔 정문 앞에 서 있는 두 매춘부가 과감하게 풀어헤친 가슴골을 넋을 놓은 채 쳐다보는 중이었다.

"어떤 일이 있어도 사랑스러운 네 천사와 거구를 놓쳐서는 안 돼." 페르민이 지시를 내렸다.

"그럼 아저씨는 뭘 하려고요?"

"이 스승이 하는 걸 잘 보고 배우라고."

페르민은 경찰관을 향해 쏜살같이 달려가 군대식으로 거수경례를 했다.

"경관님." 그가 말했다. "우리의 미풍양속인 예절과 품위를 저해하는 범죄가 있다면 뭐든 신고하는 것이 저의 의무라고 생각합니다."

"무슨 범죄 말입니까?"

"나리, 저기 비실비실한 놈 보이세요? 네, 세푸 백화점에서 떨이할 때 산 외투를 음흉하게 뒤집어쓰고 점잖은 체하는 저놈 말입니다."

"저 꼬마 말이오?"

"아뇨. 꼬마가 아니에요. 이런 말씀을 드려 심히 유감스럽지만,

저 외투 안에 아무것도 입지 않았습니다. 여자들이 지나가기만 하면 자기 거시기를 꺼내 보이면서 매춘부 앞에서도 차마 입에 담지 못할 말을 퍼부어댄다니까요."

경관은 경찰봉을 단단히 쥐었다.

"확실합니까?"

"방금 들으신 대로입니다. 저기 보세요. 저 돼지만도 못한 놈이 또 몹쓸 짓을 하려고 호시탐탐 기회를 엿보고 있잖아요."

"알았어요. 정신이 번쩍 들게 해주겠소."

경찰관은 호루라기를 꺼내 물면서 경찰봉으로 용의자를 가리 켰다.

"당신! 거기 서!"

곤경에 빠진 것을 알아차린 스파이가 냅다 도망치자, 경찰관은 그를 뒤쫓아 달려가기 시작했다. 계획이 성공하자 페르민은 흡족한 미소를 지었다. 그러곤 시민의 안전과 미풍양속을 지키는 경찰관이 바바리맨을 잡도록 내버려둔 채, 자기는 다니엘을 만나러 서둘러 택시 정류장으로 갔다.

"어디 있지?"

"방금 택시를 탔어요. 저기 가고 있네요."

페르민은 기다리고 있던 택시 안으로 다니엘을 밀어넣었다. 묘기를 부리듯 입안에서 이쑤시개를 움직이던 운전사가 백미러로 그들을 쳐다보았다.

"푸에블로 누에보 쪽으로는 못 가요." 택시 운전사가 미리 경고했다.

"그러면 당신만 손해볼 텐데. 저 앞에 가는 택시 보여요?"

"시프리아노가 모는 저 택시 말이에요?"

"네, 그거요. 저 택시를 쫓아가요. 절대 놓치면 안 돼요. 죽느냐 사느냐 하는 문제와 두둑한 팁이 걸린 일입니다."

운전사는 미터기를 꺾으며 빈정거리는 듯한 미소를 흘렸다.

"이런 건 미국 영화에서나 나오는 줄 알았는데."

"하느님이 당신의 소원을 들어주셨으니까 어서 꽉 밟으라고요. 하지만 들키지 않게 조심하시고요."

11

경찰서까지 가는 이십 분이 마치 이십 년의 세월처럼 느껴졌다. 페르난디토는 뒷좌석에서 조용히 담배를 피우는 엔다야 옆에 앉아 갔다. 엔다야는 이따금씩 그를 보며 조용히 미소 짓곤 했다. '안심해. 걱정할 것 없으니까.' 그가 말할 때마다 페르난디토는 온몸이 얼어붙는 것만 같았다. 엔다야의 부하 두 명은 모두 앞자리에 타고 있었다. 경찰서에 가는 동안 그들은 한 마디도 하지 않았다. 밤공기가 차가운데다 차 안도 썰렁했지만, 페르난디토는 옆구리에서 식은땀 흘러내렸다. 그는 차창으로 빠르게 지나가는 도시의 풍경을 보았다. 이제 다시는 돌아갈 수 없는 머나먼 신기루처럼 보였다. 불과 몇 미터 떨어진 차와 행인도 아득히 먼 느낌이었다. 발메스 거리와 그란 비아 교차로에서 신호등에 걸려 차가 멈추자, 당장이라도 문을 열고 도망가고 싶은 충동이 일었다. 하지만 몸이 얼어붙은 듯 꼼짝도 하지 않았다. 잠시 후, 다시 출발했을 때 그는 자동차 문이 잠겨 있다는 것을 알아차렸다. 엔다야가 그의 무릎을 다정하게 두드려주었다.

"너무 긴장하지 말라니까, 알베르토. 일 분이면 다 끝날 거야."

차가 경찰청 앞에 멈추자 제복을 입고 정문을 지키던 경찰관 두 명이 다가왔다. 그들은 엔다야의 문을 열어준 뒤 그가 속삭이는 지시를 들으며 고개를 끄덕이고는 페르난디토의 팔을 붙잡고 건물 안으로 끌고 갔다. 조수석에 탄 형사는 차에서 내리지 않고 그가 끌려가는 모습을 말없이 지켜보고 있었다. 페르난디토는 그가 운전석의 형사에게 무슨 말을 하면서 웃는 모습을 보았다.

페르난디토는 비아 라예타나의 경찰청에 한 번도 가본 적이 없었다. 그는 다수의 바르셀로나 사람들처럼 우연히 그 동네에 갔다가 섬뜩한 그 건물 앞을 지나갈 바에야 차라리 맞은편으로 길을 건너 걸음을 재촉하는 편을 택했다. 경찰청 내부는 예상했던 것만큼이나 어두컴컴해서 마치 동굴에 들어온 느낌이었다. 등뒤로 희미하게 보이던 가로등 불빛마저 사라지자 갑자기 암모니아 냄새가 코를 찔렀다. 두 경찰관이 그의 두 팔을 붙들었고, 그는 느린 걸음으로 질질 끌려가다시피 발을 옮겼다. 안으로 들어갈수록 통로와 복도가 늘어났다. 페르난디토는 어떤 짐승이 몸속으로 들어와 내장을 게걸스럽게 먹어치우는 듯한 느낌이 들었다. 목소리와 구두소리가 메아리처럼 허공에 울려퍼지는 가운데, 쌀쌀한 회색빛 어스름이 사방에 스며들고 있었다. 지나가는 이들은 잠시 그를 힐끔거리다가도 무관심한 듯이 금세 시선을 돌렸다. 경찰관들이 그를 계단으로 끌고 갔는데, 올라가는 건지 내려가는 건지 도무지 감을 잡을 수 없었다. 천장에 대롱대롱 매달린 전구들은 전기가 조금씩 흘러들어오기라도 하는 것처럼 가끔 깜박거렸다. 그들은 간유리에 '사회수사대'라는 글자가 새겨진 문을 넘어갔다.

"어디로 가는 거죠?" 그가 더듬거리며 물었다.

경찰관들은 가는 내내 짐짝이라도 옮기는 듯이 그의 존재는 물론 그의 말도 무시했다. 그들은 그를 데리고 철제책상만 가득 들어차 있는 어두컴컴한 홀을 가로질렀다. 책상마다 전기스탠드가 누런 불빛을 비추고 있었다. 그 전기스탠드를 제외하면 책상에는 아무것도 없었다. 구석에 사방이 유리벽으로 된 사무실이 그들을 기다리고 있었다. 안에는 고급 나무책상과 의자 두 개가 있었다. 한 경찰관이 문을 열면서 그에게 들어가라고 손짓했다.

"저기 앉아." 그는 페르난디토를 쳐다보지도 않고 말했다. "잠자코 가만히 있어."

페르난디토는 몇 발짝 앞으로 걸어갔다. 그때 등뒤에서 문이 닫혔다. 그는 얌전하게 한 의자에 앉아 깊게 숨을 들이마셨다. 그는 홀의 책상 위에 걸터앉아 있는 두 경찰관을 어깨 너머로 관찰했다. 그중 한 명이 다른 경찰관에게 담배를 건넸다. 그들은 얼굴에 미소를 머금고 있었다. '적어도 감방에 갇힌 건 아니로군.' 페르난디토는 속으로 중얼거렸다.

한 시간이 천천히 흘러갔다. 그사이 그가 보여준 가장 용감한 행동은 절망에 떨면서 사십오 분을 보낸 뒤 옆 의자로 옮겨 앉는 것이었다. 하지만 어느 쪽에 앉아 있든 의자가 점점 더 움츠러드는 것 같았다. 그는 더이상 견딜 수가 없어 자리에서 벌떡 일어났다. 용기는커녕 공포 비슷한 무언가에 사로잡힌 나머지 그는 유리벽을 두드리려고 했다. 자기를 지키던 경찰관들에게 아무 잘못도 없는데 착오로 끌려온 거라고 호소하면서 밖으로 내보내달라고 요구할 생각이었다. 그때 등뒤의 문이 열리며 불빛을 등지고 선 엔다야의 모습이 보였다.

"늦게 와서 미안하네, 알베르토. 행정적인 문제를 처리하느라 말이야. 커피는 마셨나?"

페르난디토는 침이라도 삼키려고 했지만, 입안이 바싹 말라 있었다. 그는 엔다야가 뭐라고 하기 전에 알아서 자리에 앉았다.

"저를 왜 여기로 데려오신 거죠?" 그가 물었다. "저는 아무 짓도 안 했다고요."

엔다야는 당황해서 어쩔 줄 모르는 청년을 보고 마음이 짠한지 가만히 웃고 있었다.

"아무도 네가 나쁜 짓을 저질렀다고 하지 않았어, 알베르토. 정말로 커피 안 마셔도 되겠어?"

"얼른 집에 가게 해주세요."

"물론이지. 곧 집으로 돌아가게 될 거야."

엔다야는 책상 위에 있던 전화를 들어 그에게 가져왔다. 그러곤 수화기를 그에게 건넸다.

"자, 알베르토. 아버지한테 전화를 걸어. 네 신분증을 가지고 와서 너를 데려가라고 말씀드려. 지금쯤이면 가족들도 너 때문에 걱정이 이만저만 아닐 테니까 말이야."

12

구름이 산허리를 타고 미끄러지듯 내려오고 있었다. 택시의 헤드라이트가 비치자, 발비드레라로 가는 도로 양편의 가로수 사이로 으리으리한 저택들이 어렴풋이 보였다.

"라스 아과스 국도로는 못 들어가니까 그렇게 알고 계세요." 택시 운전사가 귀띔했다. "작년부터 주민과 시청 소속 차량 외에는 출입이 통제되고 있거든요. 그 도로에 코를 들이미는 순간 풀숲 뒤에 숨어 있는 경찰관이 수첩을 들고 잽싸게 튀어나와서 딱지를 뗍니다. 하지만 입구까지는 데려다드릴 수……"

바르가스는 운전사에게 50페세타 지폐를 보여주었다. 그러자 운전사는 마치 꿀을 본 파리처럼 지폐에서 눈을 떼지 못했다.

"이것 보세요. 지금 거슬러드릴 잔돈이 없다고요……"

"우리를 기다려준다면, 다 가져도 좋아요. 시청 따위는 꺼지라고 해요."

기사는 투덜거리면서도 돈의 논리에 수긍했다.

"무슨 말씀인지 알겠습니다." 그가 말했다.

라스 아과스 국도 입구에 이르자, 택시 운전사는 조심스럽게

도로에 진입했다. 국도라고 해야 바르셀로나를 둥그렇게 둘러싼 산등성이를 따라 이어진 좁은 비포장도로였다.

"이 길이 분명해요?"

"똑바로 가세요."

마타익스의 옛날 집은 도로 입구에서 300미터 떨어진 곳에 있었다. 잠시 후 택시의 헤드라이트가 흙길 한편에 있는 쇠창살문을 비추었다. 문은 반쯤 열려 있었다. 더 안쪽을 비추자 오랜 세월 동안 방치되어 폐허처럼 변한 정원 사이로 톱니 모양을 한 지붕창과 탑이 어렴풋이 보였다.

"여기예요." 알리시아가 말했다.

그 집을 대충 훑어본 택시 기사는 심드렁한 표정으로 백미러를 통해 두 사람을 힐끗 쳐다보았다.

"여기가 맞아요? 아무리 봐도 여기에는 아무도 안 사는 것 같은데……"

알리시아는 그의 말을 못 들은 척 무시하고 차에서 내렸다.

"혹시 손전등 있어요?" 바르가스가 물었다.

"기본요금에 별도로 추가비용이 들어요. 설마 10두로로 다 된다고 생각하시지는 않겠죠?"

바르가스는 다시 50페세타 지폐를 꺼내 그에게 보여주었다.

"이름이 뭐죠?"

돈의 눈부신 최면효과에 택시 기사는 넋이 나갔다.

"시프리아노 리드루에호 카베사스라고 합니다. 손님과 택시조합을 위해서 열심히 봉사고 있습죠."

"시프리아노, 오늘밤에는 운이 참 좋군요. 저 젊은 숙녀를 위해 잠시 손전등을 빌릴 수 있을까요? 잘못하다 어디 부딪혀서 발목이라도 삐면 큰일이니까 말이죠."

운전사는 몸을 구부려 조수석 사물함을 뒤지더니, 상당히 크고 긴 손전등을 꺼냈다. 바르가스는 손전등을 받아 택시에서 내리기 전에 50페세타 지폐를 반으로 찢어 운전사에게 반쪽만 건넸다.

"나머지 반쪽은 돌아와서 줄 테니까 그리 알고 있어요."

시프리아노는 마치 시효가 지난 복권이라도 되는 듯 반쪽짜리 지폐를 보며 한숨을 쉬었다.

"돌아오기나 할지." 그는 중얼거렸다.

알리시아는 이미 철문의 좁은 틈을 통해 안으로 들어간 터였다. 그녀의 실루엣이 달빛에 비친 덤불 사이 오솔길을 따라가고 있었다. 몸집이 두세 배나 큰 바르가스는 녹슨 철문을 열기 위해 용을 쓴 뒤에야 알리시아의 뒤를 따라갈 수 있었다. 철문 너머 돌길은 집을 한 바퀴 돌아 반대편에 있는 현관으로 이어졌다. 발아래 밟히는 포석은 온통 낙엽으로 뒤덮여 있었다. 바르가스는 그녀 뒤를 따라 정원을 거쳐 언덕 가장자리에 세워진 난간에 도착했다. 그곳에서는 바르셀로나의 전경이 보였고 그 너머로 바다가 달빛을 받아 은빛으로 반짝이고 있었다.

알리시아는 저택의 정면을 살펴보았다. 빌라후아나의 이야기를 들으면서 떠올렸던 모습이 그대로 눈앞에 나타난 것 같았다. 그녀는 좋은 시절 그 집이 어떤 모습이었을지 상상해보았다. 눈부신 햇빛이 황토색 돌벽을 부드럽게 애무하고, 지금은 마르고 갈라진 분수대 속으로 쏟아졌을 것이다. 그녀는 마타익스의 딸들이 정원에서 노는 모습을, 거실 창가에서 그 장면을 지켜보는 작가와 부인의 모습을 떠올려보았다. 마타익스 가족의 보금자리는 이제 유리창 덧문이 바람에 덜그럭거리는 버려진 묘지로 변해버렸다.

"일단 여기를 떠나고 내일 낮에 다시 돌아오는 것으로 하면 최고급 화이트와인 한 상자를 사드리죠." 바르가스가 제안했다. "당장 나가자고 하면 두 상자로 하고요."

알리시아는 그의 손에서 손전등을 낚아채 현관으로 걸어갔다. 문은 열려 있었다. 녹슨 자물쇠의 잔해가 문턱에 떨어져 있었다. 알리시아는 바닥에 흩어진 금속조각을 손전등으로 비추어보았다. 그러곤 그것들을 자세히 살펴보기 위해 무릎을 꿇고 앉았다. 그녀는 자물쇠의 몸통 부분으로 보이는 조각을 집어 가까이에서 보았다. 안쪽에서 깨져나간 듯했다.

"권총 한 방으로 날려버린 모양이네요." 바르가스가 그녀의 등 뒤에서 말했다. "솜씨 좋은 도둑놈들이 보통 이런 방법을 쓰죠."

"과연 도둑이었을까요."

알리시아는 금속조각을 바닥에 다시 떨어뜨리고 자리에서 일어났다.

"당신도 나와 같은 생각인가요?" 바르가스가 물었다.

알리시아는 대답 대신 고개를 끄덕였다. 현관 안으로 들어선 그녀는 짙은 어둠으로 이어지는 하얀색 대리석계단 앞에서 걸음을 멈추었다. 계단 위쪽을 뒤덮은 어둠 속으로 손전등을 비추자, 해골처럼 천장에 대롱대롱 매달린 오래된 유리램프가 나타났다.

"계단이 영 불안해 보이는데요." 바르가스가 말했다.

그들은 한 칸씩 조심해서 층계를 올라갔다. 손전등 불빛 덕분에 4, 5미터 앞은 내다보였지만, 그 빛조차 뿌옇게 흐려지면서 곧 짙은 어둠 속에 잠기고 말았다. 집안에 들어올 때부터 코를 찌르던 악취는 사라지지 않았지만, 층계를 올라갈수록 위층에서 불어오는 듯한 차갑고 습한 바람이 얼굴을 훑고 지나갔다.

2층으로 올라가자, 눈앞에 널찍한 공간이 나타났다. 거기서 넓은 복도가 이어졌고 쭉 늘어선 창문을 통해 청명한 달빛이 스며들었다. 문은 대부분 뜯겨나가 없었고, 방은 가구나 커튼 하나 없이 썰렁한 분위기를 풍겼다. 그들은 복도를 따라 걸으며 인적 없이 황량한 방안을 살펴보았다. 바닥은 뽀얀 먼지로 뒤덮여 있어 재로 만든 양탄자를 덮은 듯했고 밟을 때마다 바삭거리는 소리가 났다. 알리시아는 어둠 속으로 이어진 발자국을 손전등으로 비추었다.

"최근에 난 발자국이네요." 그녀가 중얼거렸다.

"거지일지도 몰라요. 아니면 좀도둑이 뭐 훔칠 거라도 있나 하고 들어왔을 수도 있고요." 바르가스가 말했다.

알리시아는 그의 말을 무시하고 발자국을 따라갔다. 집안을 빙 둘러간 그들은 저택의 남동쪽 구석에 이르렀다. 발자국은 거기서 감쪽같이 사라져버렸다. 알리시아는 마타익스 부부의 침실로 보이는 방 문턱에서 걸음을 멈추었다. 거기도 가구라고 할 만한 것은 거의 남아 있지 않았다. 좀도둑들이 들어와 벽지까지 뜯어가버린 터였다. 천장은 내려앉기 시작한데다, 낡은 판자 일부는 가죽자루처럼 축 늘어져 방이 실제보다 더 깊어 보였다. 방 안쪽에 마타익스의 부인이 자기 딸들을 지키기 위해 숨었지만 아무 소용이 없었던 옷장의 검은 구멍이 보였다. 알리시아는 구역질이 올라올 것만 같았다.

"여긴 아무것도 없군요." 바르가스가 말했다.

알리시아는 계단을 올라와 마주친 넓은 공간으로 다시 갔다. 집안에 들어올 때 느꼈던 악취가 그곳에서는 유독 심했다. 썩은 냄새는 집의 깊숙한 곳에서 올라오는 듯했다. 그녀는 천천히 계단을 내려갔다. 바르가스도 뒤를 따라 내려왔다. 현관으로 가려는 순간, 그녀는 오른쪽에서 무언가가 움직이는 것을 알아차리고 걸음을 멈추었다. 그녀는 커다란 유리창이 달린 거실 입구로 다가갔다. 거실의 마룻바닥 널빤지 몇 개가 뜯겨나가고 없었고, 거기서 불을 피웠는지 타다 남은 의자와 시커멓게 타버린 책 표지 등이 바닥에 뒹굴고 있었다.

거실 안쪽에는 나무판이 덜렁거렸고, 그 뒤로 어둠의 심연이 가로놓여 있었다. 바르가스는 그녀 옆에 멈춰 서서 리볼버를 꺼냈다. 그들은 서로 충분한 거리를 두고 문을 향해 천천히 걸어갔다. 벽에 이르렀을 때, 바르가스가 상감세공으로 장식한 문을 열고 고개를 끄덕였다. 알리시아는 손전등으로 안쪽을 비추었다. 그러자 지하실로 내려가는 계단이 나타났다. 그녀는 시체 썩는 냄새가 공기를 타고 올라오는 것을 알아차렸다. 그녀는 손으로 코와 입을 막았다. 바르가스는 다시 고개를 끄덕이며 앞장서서 계단을 내려갔다. 그들은 발을 헛디뎌 아래로 굴러떨어질까봐 벽을 손으로 짚고 한 단씩 천천히 내려갔다.

계단을 다 내려가자 언뜻 보기에 집 면적에 가까울 정도로 커다란 홀 같은 것이 나타났다. 천장이 둥근 공간 양쪽으로 긴 창문이 쭉 이어졌는데, 거기를 통해 한 줄기 빛이 새어들어오고 있었다. 희미한 빛은 바닥으로부터 올라오는 악취나는 수증기에 갇힌 채 허공에 둥둥 떠 있었다. 알리시아가 앞으로 한 걸음 내디디려는 순간, 바르가스가 그녀를 붙잡았다. 타일바닥인 줄 알았던 것이 실제로 물이라는 사실을 그녀는 그제야 깨달았다. 갑부 인디아노 에르네스토의 지하수영장 물은 원래의 에메랄드빛을 잃어버리고 검은 거울로 변해버리고 말았다. 그들은 가장자리 쪽으로 다가갔다. 알리시아가 손전등으로 물을 비추자, 거미줄처럼 얼기설기 뒤엉킨 녹조가 수면 아래에서 흐느적거리고 있었다. 악취의 근원은 바로 그곳이었다. 알리시아는 수영장 바닥을 가리켰다.

"저 아래 뭔가가 있어요." 그녀가 말했다.

그녀가 손전등을 수영장 수면 가까이 대자 물은 소름끼칠 정도로 맑아 보였다.

"보여요?" 알리시아가 물었다.

수영장 바닥에서 검은 덩어리가 흔들거리면서 어디론가 천천히 밀려가고 있었다. 바르가스는 주변을 두리번거리더니, 수영장 청소에 사용하는 솔 빗자루 혹은 갈퀴같이 생긴 막대기를 찾아냈다. 솔은 진작 다 빠졌지만 철로 된 프레임은 여전히 끝에 붙어 있었다. 바르가스는 막대기를 물속에 넣어 거무스름한 형체를 짚으려고 했다. 그가 막대기로 툭 건드리자 그 물체는 저절로 돌면서 아주 천천히 펴지기 시작했다.

"조심해요." 바르가스가 말했다.

프레임 끝부분에 무언가 단단한 것이 걸리는 느낌이 들자, 그는 있는 힘껏 막대기를 잡아당겼다. 검은 형체가 수영장 바닥에서 올라오기 시작했다. 알리시아는 몇 걸음 뒤로 물러났다. 그것이 무엇인지 먼저 알아차린 사람은 바르가스였다.

"물러나요." 그가 중얼거리듯 말했다.

알리시아는 그 옷을 금세 알아보았다. 그가 그 옷을 사던 날, 그녀도 그와 함께 그란 비아의 양복점에 갔다. 수면 위로 떠오른 얼굴은 백지장처럼 창백했고, 동공 주변으로 실핏줄이 거미줄처럼 얽힌 두 눈은 마치 검은 줄무늬가 난 타원형의 반질반질한 대리석처럼 보였다. 그녀가 남겨놓은 뺨의 상처는 불에 덴 것처럼 자줏빛으로 변해 있었다. 고개가 한쪽으로 기울어져 목에 깊게 베인 자국이 훤히 드러났다.

알리시아는 눈을 감고 흐느끼기 시작했다. 바르가스가 그녀의 어깨 위에 살며시 손을 얹었다.

"로마나예요." 그녀가 간신히 입을 열었다.

그녀가 다시 눈을 떴을 때, 로마나의 시신은 다시 물속으로 가라앉다가 멈춘 채 양팔을 벌리고 제자리에서 뱅글뱅글 돌고 있었다. 알리시아는 바르가스 쪽으로 몸을 돌렸다. 그가 걱정스러운 얼굴로 그녀를 바라보고 있었다.

"자기가 로마나를 여기로 보냈다고, 빌라후아나가 그랬어요." 알리시아가 말했다. "누군가가 그의 뒤를 쫓은 게 틀림없어요."

"아니면 전혀 예상치 못한 상황과 맞닥뜨렸을지도 모르죠."

"그를 여기에 저렇게 내팽개쳐둘 수는 없어요."

바르가스는 고개를 끄덕였다.

"그건 내가 알아서 할 테니까, 우선 여기를 나갑시다."

바르가스는 팔을 잡고 그녀를 천천히 계단 쪽으로 데려갔다.

"알리시아, 시신의 상태로 봐서는 적어도 이삼 주는 된 것 같아요. 당신이 바르셀로나에 도착하기도 전이라고요."

그녀는 눈을 감고 고개를 끄덕였다.

"그렇다면 당신 집에 들어가 그 책을 훔친 사람은 로마나가 아니라는 얘기죠." 바르가스가 자신의 생각을 밝혔다.

"그건 나도 알아요."

그들이 다시 층계를 올라가려던 순간, 갑자기 바르가스가 걸음을 멈추고 그녀를 꽉 붙잡았다. 위층에서 삐걱하는 발소리가 지하실의 둥근 천장을 타고 메아리처럼 울려퍼졌다. 그들은 발걸음소리가 나는 쪽을 눈으로 좇았다. 바르가스는 알 수 없는 표정으로 그 소리를 듣고 있었다.

"한 사람이 아니에요." 그가 들릴락 말락 한 목소리로 말했다.

잠시 발소리가 멎더니 다시 멀어지는 듯했다. 알리시아가 계단 위를 쳐다보려는 순간, 위에서 무슨 소리가 들렸다. 계단이 삐걱거리는 소리와 함께 어떤 목소리가 울리자 알리시아와 바르가스는 서로 눈빛을 교환했다. 그녀는 손전등을 껐다. 그들은 각자 문양옆으로 가서 어둠 속에 몸을 숨겼다. 바르가스는 계단 입구를 향해 총구를 겨눈 채 공이치기를 뒤로 당겼다. 발소리가 점점 더 가까워지고 있었다. 이 초 후, 어두운 형상이 입구에 모습을 드러냈다. 그가 앞으로 한 걸음을 옮기기도 전, 바르가스는 언제라도 머리통을 날려버릴 준비를 하고 그자의 관자놀이에 총구를 갖다 댔다.

13

이런 일은 헤아릴 수 없이 많이 겪어본 페르민이었지만, 총구가 플란*처럼 살갗에 닿는 느낌만큼은 결코 익숙해지지 않았다.

"싸우려고 온 건 아니니까 진정하세요." 그는 눈을 감고, 무조건적인 항복의 표시로 두 손을 머리 위로 들었다.

"페르민, 당신이에요?" 알리시아가 깜짝 놀라며 물었다.

그가 대답하기도 전에, 다니엘이 문틈으로 살짝 고개를 내밀었다. 바르가스가 친구의 머리에 총구를 겨누고 있는 것을 본 다니엘은 그 자리에 얼어붙은 듯 꼼짝도 하지 못했다. 바르가스는 한숨을 내쉬며 리볼버를 내렸다. 페르민도 괴로운 듯 길게 한숨을 내뿜었다.

"대체 여기서 뭣들 하고 있는 거죠?" 알리시아가 물었다.

"이봐요. 그건 내가 할 소리라고요." 페르민이 대꾸했다.

알리시아는 그들의 못마땅한 표정을 보며 어떤 식으로 대응하

---

* 계란노른자, 우유, 설탕을 섞어 중탕으로 데운 뒤 커피, 오렌지, 바닐라 등을 첨가해 만든 후식.

는 게 좋을지 따져보았다.

"다니엘, 내 말이 틀리지 않았지?" 페르민이 말했다. "보라고. 저렇게 못된 짓이나 꾸미고 다니는 여자라니까. 한마디로 못 믿을 라미아*지."

"라미아가 뭐지?" 바르가스가 물었다.

"기분 나쁘게 생각하지 마세요, 총잡이 어르신. 총 쏠 시간에 사전이라도 뒤적거리면 그런 질문은 안 해도 될 텐데 말이죠." 페르민은 빈정거리는 말투로 대답했다.

바르가스가 한 걸음 다가가자, 페르민은 다섯 발짝 뒤로 물러섰다. 알리시아는 그만하라는 표시로 손을 들었다.

"알리시아 양, 이게 어찌된 영문인지 당신 입으로 직접 해명하는 편이 좋을 것 같네요." 다니엘이 말했다.

그녀는 다니엘의 눈을 빤히 쳐다보면서 고개를 끄덕였다. 그러곤 세상 모든 의혹을 다 떨쳐버리고도 남을 만큼 달콤한 미소를 지어 보였다. 페르민이 팔꿈치로 다니엘의 옆구리를 꾹 찔렀다.

"다니엘, 정신 똑바로 차려. 저런 데 넘어가면 안 된다고."

"당신들 속일 사람은 여기 아무도 없으니까 걱정 말아요, 페르민." 알리시아가 말했다.

"그런 소리라면 저기 물에 떠 있는 시체한테나 하라고요." 페르민이 수영장의 탁한 물을 가리키며 중얼거렸다. "아는 사람인가요?"

---

* 그리스신화에 등장하는 반인반수.

"이런 일이 벌어진 데에는 그만한 사연이 있어요." 알리시아가 말하기 시작했다.

"알리시아······" 바르가스가 그녀를 만류했다.

그녀는 바르가스에게 괜찮다고 손짓을 하면서 페르민과 다니엘에게 다가갔다.

"안타깝게도 그리 간단하지 않아요."

"괜찮으니까 말해봐요. 우리는 당신이 생각하는 것만큼 어리석지 않아요. 적어도 나는 그래요. 옆에 있는 내 친구 다니엘은 아직도 성장통을 이겨내려고 안간힘을 쓰고 있으니까요."

"페르민, 우선 알리시아 이야기부터 들어보자고요." 다니엘이 그의 말을 가로막고 나섰다.

"동물원에 있는 코브라도 저 여자만큼 독살스럽진 않을걸."

"일단 나가서, 좀 편안하게 이야기를 나눌 수 있는 곳으로 가는 게 어떨까요?" 알리시아가 제안했다.

바르가스는 불만스러운 표정을 노골적으로 드러내며 혼잣말로 투덜거렸다.

"우리를 함정에 빠뜨리려는 수작이 아닌지 어떻게 알죠?" 페르민이 물었다.

"정 내 말을 못 믿겠다면, 그쪽이 장소를 정하도록 해요." 알리시아가 말했다.

다니엘과 페르민은 서로 눈빛을 교환했다.

그들은 정원을 가로질러 택시를 세워둔 곳으로 갔다. 시프리아노는 담배연기가 자욱한 택시 안에서 국민의 중대 관심사를 둘러싸고 열띤 토론을 벌이는 라디오 좌담 프로그램을 듣고 있었다. 중대 관심사라고 해야 스페인 축구리그의 현황과 다음주 레알마드리드와 바르셀로나의 경기를 앞두고 쿠발라*의 왼발에 발생한 건막류 진행상황 같은 것에 지나지 않았지만 말이다. 체격 때문에 바르가스가 조수석에 앉고, 나머지는 뒷좌석에 끼어 앉을 수밖에 없었다.

"두 분밖에 안 계셨잖아요?" 택시 기사는 자기가 셀타스 코르토스 담배를 너무 많이 피운 건 아닌가 생각하며 물었다.

바르가스가 투덜거리는 소리로 대답을 대신했다. 알리시아는 미스터리한 사건의 내막을 파헤치기 위해 한동안 생각에 잠겨 있었다. 하지만 페르민은 그녀가 자기들을 속여넘기기 위해 엄청난 거짓말을 꾸미고 있는 건지도 모른다고 의심했다. 그의 친구 다니엘은 사악한 여자의 허벅지와 자기 오른다리가 달라붙자 눈앞이 아찔해지면서 아무 생각도 하지 못하고 입도 뻥긋하지 못했다. 거기서 제정신인 사람이 자기뿐이라고 판단한 페르민은 스스로 상황을 이끌기로 결심했다.

"기사님, 라발 지구로 가서 칸 유이스 정문 앞에 세워주세요."

자기가 이 세상에서 가장 좋아하는 레스토랑이자, 힘들 때마다 영혼의 안식처가 되어주던 칸 유이스의 이름을 입 밖에 내는 것만

---

*FC 바르셀로나에서 맹활약한 헝가리 출신의 선수 라슬로 쿠발라.

으로도 페르민의 얼굴에 생기가 돌았다. 그는 자신의 머리통을 날려버릴 것 같은 형사들과 부딪칠 때마다 식욕이 살아나곤 했다. 시프리아노는 차를 후진해서 발비드레라 국도 입구까지 간 다음, 언덕 아래 펼쳐진 바르셀로나로 돌아갔다. 택시가 내리막길을 따라 사리아 쪽으로 가는 동안 페르민은 알리시아가 경호원으로 데리고 다니는 듯한 조수석 남자의 목덜미를 몰래 관찰했다. 아무리 봐도 경찰, 그것도 보통 수준 이상의 인물인 듯했다. 바르가스도 목덜미가 따끔거렸는지 고개를 돌려 페르민을 노려보았다. 감방에 들어갈 불쌍한 인간들이 그 눈빛을 봤다면 아마 간담이 서늘해졌을 것이다. 알리시아가 페르민이라고 부르는 왜소한 몸집의 남자는 바르가스의 눈에 『라사리요 데 토르메스』*의 모작에나 나올 법한 인물처럼 보였다.

"내가 약골로 보인다고 만만하게 여기지 않는 게 좋을 겁니다." 페르민이 경고조로 말했다. "이래 봬도 단단한 근육과 싸움꾼의 본능으로 똘똘 뭉쳐 있다고요. 평상복을 입은 닌자라고 여기면 될 거요."

경찰에 투신한 후로 별의별 일을 다 겪은 줄 알았는데, 하다하다 하느님께서 저런 자를 깜짝선물로 보내주신다고 바르가스는 생각했다.

"이름이 페르민, 맞죠?"

---

* 1554년에 출간된 작가 미상의 스페인 최초 사실주의 소설로, 피카레스크소설의 효시가 된 작품. 원제목은 『라사리요 데 토르메스의 일생, 그의 행운과 불운』이다.

"그걸 묻는 당신은 누구죠?"

"아, 나는 바르가스라고 해요."

"경위예요?"

"경감입니다."

"나리께서 훌륭한 음식과 카탈루냐 요리에 극구 반대하는 입장이 아니기를 바랍니다." 페르민이 말했다.

"그럴 생각은 전혀 없어요. 솔직히 말해 나도 배가 엄청 고프거든요. 거기 칸 유이스라는 데는 음식이 괜찮은가요?"

"괜찮은 정도가 아니라 먹어보면 감탄이 나오죠." 페르민이 대답했다. "비유하자면 망사스타킹을 신은 리타 헤이워스*의 허벅지 같다고나 할까요."

바르가스는 조용히 미소 지었다.

"두 분은 벌써 친구가 된 모양이군요." 알리시아가 말했다. "남자들을 하나로 묶어주는 것은 뱃속과 아랫도리에서 일어나는 충동이니까요."

"페르민, 저 말은 신경쓰지 말아요. 알리시아는 음식에 손도 대지 않는 사람이니까요. 적어도 딱딱한 음식은 말이죠." 바르가스가 설명했다. "알리시아는 순진한 사람들의 영혼을 빨아먹고 살아요."

페르민과 바르가스는 마지못해 서로를 쳐다보며 다 안다는 듯 미소 지었다.

---

* 1940년대 사랑의 여신으로 불리며 커다란 인기를 얻은 미국의 배우.

"들었어, 다니엘?" 페르민이 말했다. "경찰청 경감님께서 몸소 확인해주셨잖아."

알리시아는 곁눈질로 자기를 힐끔거리던 다니엘에게 고개를 돌렸다.

"어리석은 말에는 귀를 닫는 게 최고죠." 그녀가 말했다.

"걱정 마세요. 저 친구는 아마 '빨아먹는다'는 말 이후로는 아무 소리도 못 들었을 테니까." 페르민이 말했다.

"이제 그만하고, 조용히 가죠." 다니엘이 나서며 말했다.

"호르몬 때문이에요." 페르민이 핑계를 댔다. "저 친구는 아직 자라고 있는 중이죠."

페르민의 말이 끝나자 모두 입을 다물었다. 그후로 그들은 축구리그에 관해 열띤 좌담을 벌이는 라디오방송을 들으면서 칸 유이스 앞에 도착했다.

14

페르민은 몇 주 동안 널빤지에 매달려 표류한 끝에 해안에 닿은 굶주린 조난자 같은 행색을 하고 택시에서 내렸다. 칸 유이스의 주인은 오랜 친구 페르민을 부둥켜안으며 반긴 다음, 다니엘을 따뜻하게 맞아주었다. 그는 바르가스와 알리시아를 의식하며 그들을 곁눈질로 힐끔거렸다. 하지만 페르민이 귀에 대고 뭐라 속삭이자 주인은 고개를 끄덕이면서 그들을 안으로 안내했다.

"오늘 식사를 하러 오신 알부르케르케 교수와 함께 당신에 관해 이야기를 나누고 있었죠. 안 그래도 요즘 무슨 일에 뛰어들었기에 감감무소식인지 궁금해하던 차였어요."

"아무 일도 없었어요. 다만 집안에 소소한 문제가 좀 있어서요. 그리고 나는 이제 예전의 내가 아니라고요." 페르민이 대답했다.

"원하시면, 저 안쪽에 있는 테이블로 모시겠습니다. 저기라면 편안하게 이야기를 나누실 수 있을……"

그들은 식당 안쪽 테이블에 자리잡았다. 바르가스는 본능적으로 입구가 마주보이는 자리에 앉았다.

"뭘 드시겠습니까?" 지배인이 와서 물었다.

"지배인님, 모두 놀라서 입이 떡 벌어질 만큼 맛있는 요리를 내오세요. 사실 나는 이미 저녁을 먹었지만, 너무 기분이 좋아서 밤참을 거부하지 못하겠군요. 여기 계신 경감님을 한번 보시라고요. 앉은자리에서 소 한 마리도 다 먹어치울 표정이잖아요. 여기 젊은 분들에게는 탄산음료나 두 병 갖다주세요. 그걸 마시면 뚱한 표정이 바뀔지 보려고요." 페르민이 말했다.

"저는 화이트와인 한 잔만 갖다주세요." 알리시아가 청했다.

"저희 집에는 페네데스산 고급 와인이 있습니다만."

그녀는 고개를 끄덕였다.

"우선 간단한 요깃거리부터 갖다드리겠습니다. 더 주문하실 게 있으면 저를 불러주십시오."

"만장일치로 동의하는 바입니다." 페르민이 큰 소리로 말했다.

지배인이 주문서를 가지고 주방으로 가자, 좌중에는 무거운 침묵이 흘렀다.

"어디까지 했죠, 알리시아?" 페르민이 말했다.

"앞으로 내가 할 말은 우리끼리만 알고 있어야 해요." 그녀가 미리 경고했다.

다니엘과 페르민은 그녀를 뚫어지게 쳐다보았다.

"듣기에 앞서 비밀을 지키겠다고 약속을 해주셔야 합니다." 알리시아는 그들에게 약속을 요구했다.

"그쪽에서 먼저 약속을 지키면 우리도 약속을 할 겁니다." 페르민이 말했다. "미안한 말씀이지만, 지금까지 당신은 스스로가 약속을 지키는 사람이라는 어떤 증거도 내놓지 않았어요."

"어쨌든 나를 믿어야 해요."

페르민은 바르가스와 눈이 마주쳤지만, 바르가스는 어깨를 으쓱했다.

"나를 보지 말아요." 바르가스가 이어서 말했다. "며칠 전에 나한테도 그런 말을 했죠. 지금 내 처지를 보세요."

잠시 후, 쟁반을 들고 나타난 웨이터가 테이블 위에 요리 몇 개와 빵을 올려놓았다. 페르민과 바르가스는 음식을 보자 눈에 불을 켜고 달려들었다. 그사이 알리시아는 손가락 사이에 담배를 끼고 천천히 화이트와인을 음미하고 있었다. 다니엘은 고개를 숙인 채 테이블만 바라보았다.

"음식맛이 어때요?" 페르민이 물었다.

"기가 막히게 좋아요." 바르가스는 고개를 끄덕이며 말했다. "둘이 먹다 하나가 죽어도 모를 만큼 맛있군요."

"경감님, 이 프리칸도*도 한번 맛보세요. 나중에 나갈 때 〈비롤라이〉**를 부르고 싶어질걸요."

다니엘은 서로 달라도 너무 다르지만, 사냥을 나온 사자들처럼 눈앞에 있는 모든 음식을 걸신들린 듯 먹어치우는 두 사람을 말없이 지켜보았다.

"페르민, 아저씨는 저녁을 몇 번이나 먹을 수 있는 거예요?"

"사정거리에 있는 건 모두 먹어치울 수 있지." 페르민이 대답했다. "전쟁을 겪어보지 못한 요즘 젊은이들은 이해하지 못할 겁니다, 경감님."

바르가스가 손가락을 빨면서 고개를 끄덕였다. 비가 그치기만을 기다리는 사람처럼 나른한 표정으로 그 장면을 지켜보던 알리시아는 웨이터에게 화이트와인을 한 잔 더 갖다달라고 손짓했다.

"아무것도 안 먹고 술만 마시면 빨리 취기가 올라오지 않아요?" 페르민은 빵조각으로 접시를 닦으면서 물었다.

"취기가 올라와도 상관없어요." 알리시아가 대꾸했다. "가라앉지만 않으면요."

식사가 끝나고 커피와 리큐어가 나오자, 페르민과 바르가스는 흡족한 표정을 지으며 등받이에 몸을 기댔고, 알리시아는 재떨이에 담배를 비벼 껐다.

"여러분은 어떨지 모르겠지만 저는 이제 들을 준비가 다 되었

---

* 송아지의 등심이나 안심에 버섯을 넣은 카탈루냐의 전통적인 스튜.
** 카탈루냐인들의 정신과 애향심을 상징하는 노래.

습니다." 페르민이 말했다.

알리시아는 몸을 숙이며 목소리를 낮추었다.

"두 분은 아마 마우리시오 발스 장관에 대해 알고 있을 것 같은데요."

"여기 다니엘은 그 사람에 관해서 들어서 알고 있어요." 페르민이 교활한 미소를 지으며 말했다. "나는 그와 몇 번에 걸쳐 마찰을 빚은 적이 있죠."

"관심을 가지고 지켜봤다면, 발스가 얼마 전부터 공식 석상에 모습을 드러내지 않았다는 것을 알아차렸을 거예요."

"듣고 보니 그런 것 같군요……" 페르민이 그녀의 말을 받았다. "그렇지만 여기서 발스의 사정에 가장 밝은 사람은 다니엘일 겁니다. 이 친구는 틈날 때마다 아테네오도서관 정기간행물실에 가서 집안의 오랜 지인인 그 위대한 인물의 생애와 성공담을 조사하고 있어요."

알리시아는 다니엘 셈페레와 시선을 교환했다.

"마우리시오 발스는 삼 주 전에 소모사과스의 자택에서 흔적도 없이 사라져버렸어요. 동이 틀 무렵, 경호원과 함께 어디론가 떠난 거죠. 그런데 며칠 후 그가 탄 차가 바르셀로나에서 버려진 채 발견되었어요. 그후로 발스를 목격한 사람은 아무도 없어요."

알리시아는 다니엘의 눈에서 복잡한 감정이 격하게 분출되는 것을 지켜보았다.

"경찰의 수사 결과에 따르면, 발스는 모종의 음모에 휘말려 희생됐을 거랍니다. 어느 은행주식을 둘러싼 부정거래에 앙심을 품은 자들이 보복했을 가능성이 높다는 거죠."

그녀를 당황스럽게 바라보던 다니엘의 눈빛이 점점 분노로 이글이글 타오르기 시작했다.

"방금 '수사'라고 했는데." 페르민이 갑자기 끼어들었다. "대체 누가 수사를 했다는 겁니까?"

"당연히 경찰청과 여타 법률집행기관이죠."

"바르가스 경감님은 그런 기관 소속처럼 보이네요. 하지만 솔직히 말해서 당신은……"

"나는 이번 수사가 원활히 진행되도록 경찰을 지원하는 기관에서 일해요. 아니, 일했어요."

"당신이 일했다는 기관 이름이 뭐죠?" 페르민은 믿지 못하겠다는 듯이 고개를 흔들며 물었다. "아무리 봐도 과르디아 시빌 같지는 않고."

"그래요."

"그렇군요. 그럼 우리가 오늘밤 운좋게 목격한 물에 둥둥 떠 있던 고인은 누구죠?"

"옛 동료예요."

"동료를 잃은 슬픔 때문에 아무것도 먹고 싶지 않은 모양이네요……"

"온통 거짓말투성이라고." 다니엘이 말을 자르고 나섰다.

"다니엘." 알리시아는 달래려는 듯이 그의 손 위에 자신의 손을 살며시 얹었다.

하지만 그는 손을 빼면서 그녀를 노려보았다.

"그럼 우리 가족과 오래전부터 아는 사이라는 건 무슨 얘기죠? 그걸 빌미로 서점에 찾아와 아내와 아들을 만나고, 그것도 모자라 우리 식구들 속으로 슬며시 끼어들고 말입니다."

"다니엘, 다 이야기하자면 복잡해요. 그러니 내가……"

"알리시아는 본명이 맞아요? 아니면 아버지의 오랜 추억에서 훔쳐낸 이름인가요?"

이번에는 페르민이 자기 과거의 유령과 마주한 듯이 그녀를 빤히 쳐다보았다.

"맞아요. 내 본명은 알리시아 그리스예요. 나에 대해서는 거짓말을 한 적이 없어요."

"그렇다면 그 나머지는 전부 거짓말이라는 얘기군요." 다니엘이 퉁명스럽게 대꾸했다.

바르가스는 알리시아가 대화의 고삐를 쥐도록 잠자코 있었다. 그녀가 한숨을 내쉬는 모습에서 난감하고 죄스러운 마음이 여실히 전해졌다. 하지만 바르가스는 그런 행동이 진심에서 우러나온 것으로 여기지 않았다.

"수사 과정에서 우리는 마우리시오 발스가 당신의 모친인 이사벨라, 그리고 옛날 몬주익 교도소에 갇혀 있던 죄수 다비드 마르틴과 아는 사이였다는 증거를 발견했어요. 내가 굳이 여러분을 이 사건에 끌어들인 이유는 우선 불필요한 의혹을 불식시키고, 셈페레 가족은 아무 관련이 없다는 것을 밝히고 싶었기 때문……"

다니엘은 쓴웃음을 지으며 알리시아를 경멸하는 눈초리로 쳐다보았다.

"당신 눈에는 내가 바보 멍청이로 보이죠. 하기는 정말 그럴지도 몰라요. 여태까지 당신이 누구인지 까맣게 몰랐으니까. 알리시아든, 아니면 어떤 이름으로 불리든 간에 말이에요."

"다니엘, 제발……"

"나를 건드리지 말아요."

다니엘은 자리에서 벌떡 일어나 입구를 향해 걸어갔다. 알리시아는 한숨을 내쉬며 두 손으로 얼굴을 감쌌다. 알리시아는 페르민에게 도움을 호소하는 눈빛을 보냈지만, 그는 그녀를 현장에서 붙잡힌 소매치기라도 되는 듯이 빤히 바라보았다.

"첫 시도라고 쳐도 너무 서툴러 보이는군요." 그가 말했다. "당신은 아직 우리에게 해명할 것이 있잖아요. 거짓말로 우리를 속여넘기려고 했으니 더더욱. 내게 해명할 것이 있다는 사실은 논외로쳐도 말이죠. 당신이 정말 알리시아 그리스라면."

그녀의 얼굴에 힘없는 미소가 떠올랐다.

"페르민, 나 기억 안 나요?"

페르민은 마치 눈앞에 유령이라도 나타난 듯이 그녀를 바라보았다.

"나도 더이상 내가 뭘 기억하는지 모르겠다고요. 혹시 저승에서 돌아오기라도 했어요?"

"그렇다고 할 수도 있겠네요."

"무엇 때문에요?"

"난 단지 당신들을 지켜주려는 거예요."

"어련히 그러시겠어요……"

알리시아가 자리에서 일어나 바르가스를 쳐다보자, 그는 고개를 끄덕였다.

"따라가봐요." 바르가스가 말했다. "로마나는 내가 처리해서 최대한 빨리 알려줄 테니까요."

알리시아는 고개를 끄덕이고 다니엘을 찾으러 나갔다. 단둘이 남은 페르민과 바르가스는 말없이 서로를 쳐다보았다.

"그녀에게 너무 심한 것 같은데요." 바르가스가 말했다.

"그녀를 안 지 얼마나 됐죠?" 페르민이 물었다.

"며칠 됐어요."

"그럼 그녀가 유령이 아니라 정말 살아 있는 인간인지 증명할 수 있나요?"

"겉으로만 유령처럼 보일 뿐입니다." 바르가스가 말했다.

"하기야 스펀지처럼 술을 마셔대더군요. 그건 사실이죠." 페르민이 말했다.

"얼마나 마셔대는지 당신은 상상도 못할 겁니다."

"공포의 집에 돌아가기 전에 카라히요 한 잔 마시는 게 어때요?" 페르민이 제안했다.

바르가스는 고개를 끄덕였다.

"시신을 건지려면 내 도움과 군사적 지원이 필요하지 않을까요?"

"페르민, 말은 고맙지만 나 혼자 처리하는 게 좋을 것 같아요."

"그럼 한 가지만 물어봅시다. 피차 산전수전 다 겪은 처지이니 묻는 말에 솔직하게 대답해주세요. 나만 그렇게 느끼는지 모르겠는데, 이번 일이 보기보다 상황이 더 안 좋은가요?"

바르가스는 잠시 머뭇거렸다.

"예상보다 훨씬 안 좋아요." 마침내 바르가스가 입을 열었다.

"그렇군요. 그럼 두 발 달린 똥이나 다름없는 그 발스라는 놈은
아직 살아 있는 건가요? 아니면 죽어서 땅에 묻혔습니까?"

바르가스는 최근 며칠 동안 쌓인 피로가 한꺼번에 몰려오는 것
같았다. 그는 지친 표정으로 페르민을 바라보며 말했다.

"페르민, 지금 이 상황에서 그건 별로 중요한 문제가 아닌 것
같군요……"

15

저멀리, 가로등 불빛을 받으며 라발 지구의 골목길을 걸어가는
다니엘의 그림자가 어렴풋이 보였다. 알리시아는 최대한 빨리 걸
었다. 잠시 후, 엉덩이 통증이 괴로워지기 시작했다. 다니엘과 거
리를 좁히려고 안간힘을 쓸수록 숨이 가빠지면서 찌르는 듯한 통
증이 뼈를 관통하는 느낌이었다. 람블라스 거리에 이르자 그가 몸
을 획 돌리며 분노의 눈빛으로 그녀를 쏘아보았다.

"다니엘, 좀 기다려요." 알리시아가 가로등을 붙잡고 그를 불
렀다.

그는 그녀의 말을 무시한 채 다시 걸음을 재촉했다. 알리시아
는 다리를 질질 끌다시피 하면서 그를 따라갔다. 이마에는 땀이

송골송골 맺히고 옆구리는 마치 불에 덴 것처럼 화끈거렸다.

산타아나 거리 모퉁이에 이르렀을 때, 다니엘은 어깨 너머를 힐끗 돌아보았다. 알리시아가 여전히 따라오고 있었다. 절뚝거리는 모습을 보자 마음이 복잡했다. 그는 걸음을 멈추고 그녀를 잠시 지켜보았다. 그녀가 그의 주의를 끌려고 손을 들어올렸다. 다니엘은 고개를 저으며 속으로 중얼거렸다. 다시 집을 향해 걸음을 옮기려는 순간, 짚단처럼 힘없이 바닥으로 쓰러지는 그녀의 모습이 보였다. 그가 잠시 제자리에 서서 기다렸지만 그녀는 일어나지 않았다. 그는 머뭇거리면서 그녀에게 다가갔다. 그녀는 바닥에서 몸을 비틀고 있었다. 가로등 불빛에 비친 그녀의 얼굴을 보니 땀으로 뒤범벅이 된 채 고통으로 일그러져 있었다. 그대로 내팽개쳐둔 채 가고 싶었지만, 그는 몇 걸음 다가가 옆에 무릎을 꿇고 앉았다. 알리시아가 눈물에 뒤덮인 얼굴로 그를 쳐다보았다.

"지금 연극하는 거죠?" 다니엘이 물었다.

그녀는 그를 향해 손을 뻗었다. 그는 그 손을 잡아 그녀를 일으켜주었다. 알리시아는 통증을 이기지 못해 온몸을 부들부들 떨고 있었다. 다니엘은 자신의 행동에 살짝 양심의 가책을 느꼈다.

"왜 그래요?"

"오래전에 입은 상처 때문에 그래요." 알리시아가 숨을 헐떡거리며 대답했다. "좀 앉혀줄래요?"

다니엘은 그녀의 허리를 붙들고 산타아나 거리 초입에 있는 카페로 데리고 갔다. 그 카페는 언제나 늦게 문을 닫았다. 웨이터가 그를 알아보고 인사했다. 다니엘이 자정 무렵 묘한 매력을 풍기는 젊은 여자를 안고 카페에 나타났다는 소문이 내일쯤이면 상세한 묘사와 함께 온 동네에 퍼질 게 분명했다. 그는 알리시아를 입구 옆에 있는 테이블로 데리고 가서 의자에 앉혔다.

"물이요." 그녀가 속삭이듯 말했다.

다니엘은 카운터 뒤에 있던 웨이터에게 갔다.

"마누엘, 물 좀 줘."

"물만?" 웨이터는 다 안다는 듯이 눈을 찡긋하며 물었다.

다니엘은 아무 해명도 하지 않은 채, 물 한 병과 유리잔을 가지고 테이블로 돌아갔다. 알리시아는 손에 철로 된 약통을 들고 뚜껑을 열기 위해 안간힘을 쓰고 있었다. 그는 그녀의 손에서 약통을 뺏어 열어주었다. 알리시아는 알약 두 개를 집어 입속에 넣고, 물을 따라 꿀꺽 삼켰다. 물이 턱과 목을 타고 흘러내렸다. 다니엘은 어찌할 바를 모른 채 걱정스러운 눈빛으로 그녀를 쳐다보고 있었다. 눈을 뜬 그녀는 그를 보면서 웃으려 애썼다.

"곧 좋아질 거예요." 그녀가 말했다.

"뭔가를 먹으면 더 빠르게 효과가 나타날 텐데요……"

알리시아는 고개를 저었다.

"화이트와인 한 잔만 시켜주세요."

"방금 그 약을 먹고 술 마셔도 괜찮아요……?"

알리시아가 고개를 끄덕이자, 다니엘은 와인을 가지러 갔다.

"마누엘, 화이트와인 한 잔하고 간단한 요깃거리 좀 줘."

"냄새만 맡아도 군침이 도는 하몬 크로켓이 있는데, 어때?"

"아무거나 줘."

테이블로 돌아간 다니엘은 알리시아가 정체 모를 하얀색 알약을 먹은 이상 빈속에 화이트와인을 마시면 안 된다면서 크로켓 한 개 반을 억지로 먹였다. 다행히 그녀는 상태가 서서히 회복되어가는 듯했다. 그녀는 아무 일도 없었다는 듯이 그를 향해 미소를 지어 보였다.

"이런 꼴을 보여서 미안하네요." 그녀가 말했다.

"이제 괜찮아요?"

알리시아는 고개를 끄덕였지만, 여전히 초점을 잃은 듯 멍한 눈을 봐서는 아직도 정신이 완전히 돌아오지는 않은 모양이었다.

"이런다고 달라질 건 없어요." 다니엘이 충고했다.

"알아요."

다니엘은 알리시아가 끝을 흐리는 것처럼 느리게 말하는 것을 알아차렸다.

"왜 우리한테 거짓말을 한 거죠?"

"나는 거짓말을 한 적이 없어요."

"당신은 뭐라고 하든, 사실을 전부 밝히지 않았잖아요. 그건 거짓말을 한 거나 다름이 없다고요."

"다니엘, 나도 진실이 무엇인지 몰라서 그런 거예요. 지금 당장은 알려주고 싶어도 그럴 수가 없다고요."

다니엘은 자기도 모르는 사이에 그녀의 말을 믿고 싶어졌다. 어쩌면 페르민이 생각하는 것보다 자기가 훨씬 더 멍청할 거라는 생각까지 들었다.

"그렇지만 어떻게 해서든 진실을 알아낼 거예요." 알리시아가 말했다. "이 사건을 끝까지 파헤칠 거라고요. 그리고 눈곱만큼도 숨기지 않겠다고 당신한테 약속할게요."

"그럼 앞으로 내가 도울 수 있도록 해줘요. 나도 가만히 있을 수만은 없는 입장이니까요."

알리시아는 고개를 저었다.

"마우리시오 발스, 그자가 어머니를 죽였다고요." 다니엘이 말했다. "그 인간의 면상을 똑바로 쳐다보고 왜 그랬냐고 물어보고 싶어요. 그렇게 할 권리는 당신이나 바르가스가 아니라 내게 있단 말입니다."

"그건 맞는 말이에요."

"그러니까 내가 도울 수 있도록 해달라고요."

알리시아가 부드러운 미소를 지었지만, 다니엘은 그녀의 눈을 피했다.

"당신이 가족과 본인을 안전하게 지키는 게 나를 도와주는 거예요. 지금 바르가스와 나만 사건을 좇고 있는 게 아니에요. 다른 이들도 있죠. 아주 위험한 사람들."

"난 하나도 무섭지 않아요."

"무서워해야 해요. 많이 무서워해야 한다고요. 그리고 나머지는 내게 맡겨줘요."

알리시아는 그의 눈을 쳐다보면서 손을 잡았다.

"당신과 가족을 안전하게 지키고 발스를 찾아내겠다고 목숨을 걸고 맹세할게요."

"내가 원하는 건 안전이 아니에요. 진실을 알고 싶을 뿐이라고요."

"당신이 원하는 건, 다니엘, 복수예요."

"어쨌든 그건 내 개인적인 문제죠. 지금 무슨 일이 벌어지고 있는지 알려주지 않으면 내가 나서서 알아볼 겁니다. 진심으로 하는 소리예요."

"알고 있어요. 한 가지 부탁이 있는데 들어줄래요?"

다니엘은 어깨를 으쓱했다.

"내게 이십사 시간만 주세요. 만약 내가 이십사 시간 내로 이 사건을 해결하지 못하면, 당신이 가장 원하는 것을 걸고 내가 아는 모든 것을 알려드릴게요. 약속해요."

그는 의심스러운 눈초리로 그녀를 바라보았다.

"딱 이십사 시간입니다." 마침내 그가 청을 받아들였다. "나도 당신에게 물어볼 게 하나 있어요."

"말해보세요."

"페르민이 왜 당신한테 자꾸 해명할 게 있지 않느냐고 말하는 거죠? 무슨 일을 해명하라는 겁니까?"

알리시아는 고개를 숙였다.

"오래전 일이에요. 내가 어렸을 때, 페르민이 내 목숨을 구해주었거든요. 전쟁중이었죠."

"그 사람도 그걸 알고 있어요?"

"정확히는 모른다고 해도 대충 눈치채고 있을 거예요. 그는 그때 내가 죽은 줄로만 알았거든요."

"그럼 그 상처는 전쟁 때 입은 거예요?"

"네." 그녀가 대답했다. 그런데 말투만 들으면 그 외에도 여러 군데 상처를 숨긴 듯한 뉘앙스가 풍겼다.

"페르민은 나도 구해줬어요." 다니엘이 말했다. "그것도 여러 번이요."

그녀는 빙긋 미소 지었다.

"살다보면 하늘에서 수호천사를 보내줄 때가 가끔 있는 것 같아요."

알리시아가 자리에서 일어나려고 하자, 다니엘이 부축하려고 테이블을 빙 둘러왔다. 하지만 그녀는 그가 오지 못하게 막았다.

"혼자 일어설 수 있어요. 고마워요."

"혹시 그 알약 때문에 조금……?"

"걱정 말아요. 나도 다 큰 어른인데요, 뭘. 가요, 당신 집 문 앞까지 같이 가죠. 어차피 가는 길이니까요."

그들은 오래된 서점 문 앞까지 함께 걸어갔다. 다니엘이 주머니에서 열쇠를 꺼냈다. 두 사람은 말없이 서로를 쳐다보았다.

"그럼 약속한 겁니다." 다니엘이 말했다.

그녀는 고개를 끄덕였다.

"안녕히 가세요, 알리시아."

알리시아는 그 자리에서 꼼짝도 않은 채 그를 바라보았다. 다니엘은 그녀의 멍한 눈빛이 약기운 때문인지, 아니면 초록색 눈동자 뒤에 도사린 깊은 나락 때문인지 알 수가 없었다. 그가 현관 안으로 들어가려는 순간, 그녀가 까치발을 하고 그에게 입술을 맞추려고 했다. 하지만 그가 고개를 돌리는 바람에 입술은 그의 뺨을 스칠 뿐이었다. 알리시아는 한 마디 말도 없이 몸을 돌려 길을 떠났다. 그녀의 실루엣이 그림자 속으로 서서히 사라져갔다.

베아는 창가에 서서 그들을 지켜보고 있었다. 그들이 길모퉁이 카페에서 나와 집 현관으로 오고 있을 때 자정을 알리는 종소리가 도시의 지붕 위로 울려퍼졌다. 알리시아가 다니엘에게 다가서는 동안, 그녀의 눈빛에 사로잡힌 채 미동도 하지 않고 서 있는 남편의 모습을 보면서 베아는 속이 뒤집히는 것만 같았다. 그리고 그녀가 발끝으로 서서 그의 입술에 키스하려고 하자, 베아는 고개를 돌리고 말았다.

그녀는 천천히 침실로 돌아왔다. 잠시 훌리안의 방 앞에서 걸음을 멈추었다. 아이는 깊은 잠에 빠져 있었다. 그녀는 아이의 방문을 닫고 침실로 갔다. 그녀가 이불 속으로 들어가 문 열리는 소리를 기다렸다. 다니엘이 복도를 따라 살금살금 걸어오는 소리가 들렸다. 베아는 어둠 속에 누운 채 천장을 쳐다보았다. 다니엘이 침대 발치에서 옷을 벗고 베아가 의자 위에 놓아둔 잠옷으로 갈아입는 소리가 났다. 그의 몸이 이불 속으로 미끄러지듯 들어왔다. 그녀가 고개를 돌려보니 다니엘은 등을 보이고 있었다.

"어디 있었어?" 그녀가 물었다.

"페르민하고 같이 있었어."

16

엔다야가 담배 한 대를 권했지만, 페르난디토는 거절했다.

"고맙습니다만, 저는 담배를 피우지 않아요."

"현명한 청년이군. 그러니까 더 이해가 안 가잖아. 아버지께 전화해서 신분증을 가져오시라고만 하면 모든 게 깨끗이 해결될 텐데, 그걸 왜 거부하는지 말이야. 혹시 나한테 숨기는 게 있나?"

페르난디토는 고개를 저었다. 엔다야가 부드러운 미소를 지어보이자, 불과 두 시간 전에 그가 운전사의 무릎을 총으로 날려버리던 장면이 눈앞에 선명하게 떠올랐다. 셔츠 칼라에는 여전히 검붉은 얼룩이 남아 있었다.

"저는 아무것도 숨긴 게 없습니다."

"그래서……?"

엔다야는 그의 앞으로 전화기를 밀쳐놓았다.

"전화 한 통이면 당장 나갈 수 있다니까."

페르난디토는 침을 꼴깍 삼켰다.

"더이상 전화하라고 윽박지르지 않으시면 좋겠어요. 당장 전화를 못하는 데에는 그럴 만한 이유가 있다고요."

"그럴 만한 이유가 있다고? 그게 뭐지, 알베르토?"

"아버지가 많이 편찮으셔서 그런 거예요."

"아, 그래?"

"심장이 안 좋으세요. 두 달 전에 갑자기 심장마비를 일으켜서 몇 주 동안이나 병원신세를 졌다니까요. 지금은 집에서 요양중인데, 기력이 부쩍 약해지셨다고요."

"안타까운 일이구면."

"아버지는 좋은 분이세요. 전쟁 영웅이시라고요."

"전쟁 영웅?"

"국민군 부대와 함께 바르셀로나에 입성하셨죠. 아버지가 디아고날대로에서 행진하는 사진이 〈라 방과르디아〉에 실린 적도 있어요. 우리 가족은 그 사진을 액자에 넣어 식당 벽에 걸어두었죠. 오른쪽에서 세번째 있는 분이 아버지세요. 나리도 그 사진을 한번 보셔야 하는데. 아버지는 에브로전투*에서 영웅적인 전과를 올린 덕분에 행진할 때 제일 앞에 서게 되었다고 하시더라고요. 계급은 병장이었죠."

"자네 식구들은 아버지에 대한 자부심이 대단하겠군."

"그렇고말고요. 하지만 아버지도 어머니가 그렇게 되시고 난 뒤로는 옛 모습을 되찾지 못하세요."

"자네 어머니가 어떻게 되셨는데?"

"사 년 전에 돌아가셨거든요."

"안됐군. 애도를 표하네."

"감사합니다, 나리. 어머니가 돌아가시기 전에 마지막으로 남기신 말씀이 뭔지 아세요?"

"모르지."

_____

* 에브로강 유역에서 1938년 7월부터 11월까지 벌어진 전투. 프랑코가 이끄는 국민군이 승리를 거둠으로써 스페인내전의 향방이 결정되었다.

"아버지를 잘 보살펴드리고, 아버지에게 실망을 안기지 말라고 하셨죠."

"그럼 어머니의 뜻을 잘 따르고 살았나?"

페르난디토는 가슴이 아픈 듯 고개를 숙였다. 그러곤 고개를 내저었다.

"솔직히 말씀드리면, 저는 어머니의 가르침대로 살지도 못했을 뿐더러 아버지가 자랑하실 만큼 잘난 자식도 아니에요. 꼴을 보면 짐작이 가시겠지만 저는 아주 못난 놈이라고요."

"나는 자네가 아주 좋은 청년인 줄 알았는데."

"전혀 그렇지 않아요. 정신 못 차리고 놀기만 좋아하는 놈이에요. 저는 늘 불쌍한 아버지의 골치를 썩이면서 살았어요. 아버지가 그렇게 고생하신 걸 알면서도 말이죠. 어느 날은 직장에서 쫓겨나죠, 또 어느 날은 신분증도 까먹고 외출하죠. 이래도 모르시겠어요? 전쟁 영웅인 아버지 밑에서 개망나니짓만 골라 하는 아들이 어떨지 말이에요."

엔다야는 그를 주의깊게 관찰하고 있었다.

"이야기를 다 듣고 보니 드는 생각인데, 자네가 신분증이 없어서 경찰서에 붙잡혀 있다고 전화로 알려드리면 또 아버지를 실망시켜드릴 거 아닌가?"

"마지막으로 실망시켜드리는 셈이겠죠. 만약 이웃 사람이 아버지를 휠체어에 태워서 여기로 모시고 오는 날에는 당신 몸으로 낳은 바보 같은 자식 때문에 창피해하고 슬퍼하다 결국 돌아가시고 말 거라고요."

엔다야는 곰곰이 생각에 잠겼다.

"자네 입장이 어떤지는 충분히 이해하겠네, 알베르토. 하지만 자네도 내 입장을 이해해주었으면 해. 자네 때문에 내가 아주 난처해졌거든."

"네, 나리. 나리께서 이 쓸모없는 놈을 위해서 얼마나 인내심을 발휘하셨는지 저도 잘 알고 있습니다. 제가 나리라면 당장 최악의 쓰레기들이 갇혀 있는 감방에 저를 처넣어버릴 거예요. 거기서 정신이라도 차리라고 말이죠. 하지만 불쌍한 우리 아버지를 봐서라도 이번 한 번만 용서해주세요. 여기다 제 이름과 성, 그리고 주소를 적어드릴 테니까, 내일 오셔서 아무 이웃 사람이나 붙잡고 물어봐도 좋습니다. 가급적이면 아침이 좋겠네요. 그 무렵이면 아버지가 약을 드시고 주무실 때니까요."

엔다야는 페르난디토가 건넨 종이를 받았다.

"알베르토 가르시아 산타마리아. 코메르시오 거리 37번지, 6층 1호라." 엔다야는 그가 종이에 쓴 것을 천천히 읽었다. "그럼 지금 형사를 몇 명 딸려보내면 어떻겠나?"

"만약 창밖을 내다보면서 라디오를 들으며 밤을 지새우시는 아버지가 경찰에 끌려오는 제 모습을 보시면 당장 저를 쫓아내실 거예요. 쫓겨나도 할말은 없지만, 그러고 나서 아버지가 심장발작을 일으키실까봐 그게 걱정이에요."

"물론 그런 일은 없어야지."

"그래야죠."

"만약 오늘 내가 너를 풀어줬다고 치지. 그런데 네가 나가서 옛날 버릇을 고쳤는지, 못 고쳤는지 내가 어떻게 알지?"

페르난디토는 벽에 걸려 있는 프랑코의 공식 초상화를 엄숙하게 쳐다보았다.

"그렇다면 하느님과 총통 각하 앞에서 나리께 맹세하겠습니다. 만약 제 말이 거짓이라면, 지금 이 자리에서 죽어도 여한이 없을 겁니다."

엔다야는 호기심과 약간의 동정이 섞인 눈빛으로 잠시 그를 지켜보았다.

"아직 멀쩡하게 살아 있는 걸 보니, 자네 말이 사실인 것 같군."

"네, 나리."

"이보게, 알베르토. 자네 볼수록 마음에 드는군. 그리고 솔직히 말하자면 시간이 너무 늦어서 피곤해 죽겠어. 좋아, 기회를 주도록 하지. 규정은 규정이니까 원래 이러면 안 되는데 말이야. 하지만 나도 아들이었던 적이 있고, 항상 훌륭한 아들이었던 건 아니지. 자, 이제 가도 좋아."

페르난디토는 그의 말을 못 믿겠다는 듯이 사무실 문을 쳐다보았다.

"생각이 바뀌기 전에 어서 가보라고."

"정말 감사합니다, 나리."

"자네 아버지한테나 감사드리게. 그리고 실수를 되풀이하지 않도록 하고."

페르난디토는 지체 없이 자리에서 일어나 이마의 땀을 닦으면서 사무실을 나갔다. 그는 사회수사대의 큰 홀을 천천히 가로질렀다. 그리고 그를 말없이 지켜보던 두 경찰관 옆을 지나며 그들의 인사에 답했다.

"안녕히 계십시오."

복도에 이르자, 그는 1층으로 내려가는 계단을 향해 걸음을 재촉했다. 경찰청 입구를 넘어 마침내 비아 라예타나에 발을 디뎠을 때, 그는 크게 한숨을 내쉬면서 행운을 내려준 천국과 지옥, 그리고 그 사이에 있는 모든 것에 속으로 감사의 기도를 올렸다.

엔다야는 페르난디토가 비아 라예타나를 건너 아래로 걸어가는 모습을 지켜보고 있었다. 페르난디토를 지켜보던 두 경찰관이 뒤에서 다가오는 소리가 들렸다.

"저 녀석이 누군지, 어디에 사는지, 친구가 누군지 알고 싶네."

그는 돌아보지도 않고 말했다.

17

발비드레라의 거리에 자욱하게 깔려 있는 안개 때문에 바르가스의 옷도 습기를 먹어 눅눅해졌다. 택시에서 내린 바르가스는 케이블카 승강장 바로 옆의 불 켜진 바를 향해 걸어갔다. 너무 늦은 시간이라 아무도 없을 뿐만 아니라 정문 유리창에 '영업 마감'이라는 표지판이 걸려 있었다. 바르가스는 유리창에 얼굴을 가까이 대고 안을 둘러보았다. 웨이터 한 명이 카운터 뒤에 서서 라디오를 들으며 마른 행주로 잔을 닦고 있었다. 그 주변에는 벼룩조차 가까이 하지 않을 만큼 지저분한데다 한쪽 눈이 먼 개 한 마리가 자고 있었다. 바르가스는 손마디로 유리창을 두드렸다. 웨이터는 고개를 들어 권태로운 눈빛으로 유리창을 힐끗 쳐다보더니 천천히 고개를 저었다. 바르가스는 경찰 배지를 꺼내들고 방금 전보다 더 세게 유리창을 두드렸다. 웨이터는 한숨을 내쉬며 카운터를 빙 돌아 문으로 다가왔다. 잠에서 깬 개가 경호원이라도 되는 듯이 다리를 절름거리며 웨이터를 따라왔다.

"경찰입니다." 바르가스가 말했다. "전화 좀 씁시다."

웨이터는 문을 열고 그를 들여보냈다. 그러곤 카운터 출입구 바로 옆에 있는 전화를 손으로 가리켰다.

"이왕 오셨으니 뭐라도 좀 드릴까요?"

"괜찮다면 코르타도 한 잔만 부탁합니다."

웨이터가 커피를 준비하는 동안, 바르가스는 전화기를 들고 경찰청 본부의 번호로 다이얼을 돌렸다. 개는 바로 옆에 서서 꼬리를 살살 흔들며 졸린 눈으로 그를 지켜보았다.

"추스코, 손님 귀찮게 하지 마." 웨이터가 개에게 소리쳤다.

신호가 떨어지기를 기다리는 동안, 바르가스와 추스코는 연령대와 신체적 손상도를 비교하면서 서로를 재고 있었다.

"이 개는 몇 살이나 먹었죠?" 바르가스가 물었다.

웨이터는 어깨를 으쓱했다.

"제가 이 바를 인수받기 전부터 여기서 살던 개예요. 그때도 이미 나이를 먹어 방귀를 참지 못했죠. 그게 벌써 십 년 전입니다."

"무슨 종이에요?"

"투티 프루티*예요."

추스코가 옆으로 벌렁 눕자 털이 다 빠진 핑크빛 배가 훤히 드러났다. 수화기에서 헛기침을 하는 소리가 들렸다.

"리나레스 좀 바꿔주시겠습니까? 저는 경찰청 본부의 바르가스라고 합니다."

잠시 후, 수화기에서 딸깍하는 소리와 함께 리나레스의 빈정거리는 목소리가 흘러나왔다.

"바르가스로구먼. 난 자네가 지금쯤 마드리드에 도착해서 훈장이라도 받는 줄 알았네."

"거인과 가분수 행렬**이나 구경하려고 며칠 더 머물고 있지."

"그래도 너무 좋아하지 마. 여긴 벌써 자리가 다 차서 자네가 와도 있을 데가 없으니까. 이 야심한 시간에 무슨 일인가? 설마 무슨 나쁜 일이라도 생긴 건 아니겠지."

"글쎄, 보기 나름이겠지. 나는 지금 발비드레라에 있어. 케이블카 승강장 바로 옆 바야."

"거기라면 바르셀로나 전경이 한눈에 들어오는 곳이 아닌가."

"맞아. 그런데 방금 라스 아과스 국도변의 어느 집에서 시체 한 구를 발견했어."

바르가스는 리나레스의 입에서 새어나오는 거친 숨소리를 즐겼다.

---

* 다양한 과일을 잘라넣은 디저트. 여기서는 잡종견을 의미한다.
** 매년 9월 바르셀로나에서 열리는 라 메르세 축제에서 가장 인기 있는 행사 중 하나.

"젠장!" 리나레스가 투덜거렸다. "그거 알려주려고 전화한 거야?"

"죽은 사람이 누군지 안 물어볼 건가?"

"어차피 대답도 안 해줄 거잖아."

"그 사람이 누군지 안다면 당연히 말해줬겠지."

"이 시간에 윗동네 부잣집들 돌아다니면서 뭘 했는지 정도는 알려줄 수 있잖아. 혹시 등산하러 간 거야?"

"남은 일을 처리하고 있는 중이야. 이런 일이 어떤지 자네도 잘 알잖아."

"물론이지. 그러니까 시신을 꺼내고 싶으니 나더러 자고 있는 판사를 깨워달라는 얘기 같은데."

"너무 무리한 부탁이 아니라면 말일세."

리나레스는 다시 거친 숨을 몰아쉬었다. 바르가스는 그가 고함치는 소리를 들었다.

"한 시간, 아니 한 시간 반만 여유를 줘. 그리고 이왕 말이 나온 김에 나도 부탁 하나만 하지. 이제 시체 좀 그만 찾게나. 제발."

"그렇게 하지."

바르가스는 수화기를 내려놓고 담배에 불을 붙였다. 코르타도가 김을 모락모락 피우며 카운터에서 기다리고 있었다. 웨이터가 궁금한 듯이 그를 쳐다보았다.

"당신은 아무 말도 못 들은 겁니다." 그가 미리 경고했다.

"걱정하지 마세요. 저는 추스코보다 귀가 어두우니까 말입죠."

"전화 한 통만 더 해도 될까요?" 바르가스가 물었다.

웨이터는 어깨를 으쓱했다. 바르가스는 아비뇽 거리에 있는 알리시아의 아파트에 전화를 걸었다. 몇 분을 기다렸지만, 아무도 받지 않았다. 마침내 수화기를 드는 소리와 더불어 가느다란 숨소리가 들렸다.

"알리시아. 나예요, 바르가스."

"바르가스라고요?"

"그사이 나를 잊은 건 아니겠죠?"

긴 침묵이 흘렀다. 알리시아의 목소리는 마치 어항 속에서 흘러나오는 것처럼 들렸다.

"나는 레안드로인 줄 알았어요." 마침내 알리시아가 늘어진 목소리로 말했다.

"목소리가 좀 이상하군요. 술 마셨어요?"

"술 마시면 이런 목소리가 안 나온다고요, 바르가스."

"그럼 뭘 먹어서 그런 거죠?"

"기도하고 잠자리에 들기 전에 따뜻한 우유를 한 잔 마셨죠."

"어디 갔었어요?" 그가 물었다.

"다니엘 셈페레와 한잔했어요."

바르가스는 한동안 아무 말도 하지 않았다.

"바르가스, 내가 뭘 하고 있는지는 잘 알고 있어요."

"당신이 그렇다면 그런 거겠죠."

"지금 어디 있어요?"

"발비드레라예요. 시신을 건져올리려고 경찰과 판사를 기다리는 중이에요."

"그 사람들에게 뭐라고 했어요?"

"남은 일을 처리해볼까 하고 마타익스의 집에 갔다가 생각지도 못한 걸 발견했다고 했죠."

"그 말을 그대로 믿던가요?"

"물론 아니죠. 하지만 경찰청에 친한 친구들이 아직 남아 있으니까요."

"그럼 그 시신에 대해서는 어떻게 말할 생각이죠?"

"일단 모르는 사람이라고 하려고요. 전에 만난 적이 없으니까 엄밀히 틀린 말은 아니죠."

"당신이 그 사건 수사에서 교체되었다는 걸 친구들은 알고 있나요?"

"아마 나보다 먼저 알았을 겁니다. 이 동네에는 뛰는 놈이 있으면 나는 놈이 있으니까요."

"시신의 신원이 밝혀지면, 마드리드에도 통보가 가겠군요. 레안드로에게도요."

"우리에게 몇 시간 정도밖에 여유가 없다는 얘기죠." 바르가스가 말했다. "그것도 운이 좋다면 말이지만."

"페르민이 무슨 말을 하던가요?" 알리시아가 물었다.

"주옥같은 고견을 많이 들었습니다. 그리고 당신과 할 이야기가 많다더라고요."

"알 만하군요. 그런데 나한테 할 말이 뭐라고 하던가요?"

"꽤 친해지기는 했는데, 그런 것까지 털어놓지는 않았어요. 그런데 과거에 당신과 아는 사이였다는 인상을 풍기더군요."

"그래서 이제 어떻게 할 건가요?"

"일단 판사가 영장을 작성하면, 시신과 함께 시체보관소로 갈 겁니다. 내가 담당하는 사건이라고 하면 들여보내줄 거예요. 다행히 검시관은 내가 레가네스*에 있을 때부터 알고 지내던 사이인데, 아주 좋은 친구예요. 거기서 뭘 알아낼 수 있을지는 두고 봐야겠죠."

"적어도 해 뜰 때까지는 거기 있겠네요."

"그럴 겁니다. 시체보관소에서 잠시 눈을 붙일 생각이에요. 부검 테이블 하나는 빌릴 수 있을 테니까요." 바르가스가 마지못해 농담을 던졌다. "검시관들은 모두 시시껄렁한 농담을 좋아하죠."

"아무튼 조심하세요. 새로운 게 나오면 연락주시고요."

"걱정 말아요. 당신은 눈 좀 붙이고 쉬어요."

바르가스는 전화를 끊고 카운터로 갔다. 그는 이미 미지근해진 커피를 단숨에 마셨다.

"한 잔 더 드릴까요?"

"이번에는 밀크커피로 주시겠어요?"

"페이스트리도 같이 드릴까요? 거저 드리는 겁니다. 어차피 내일이면 버려야 되니까요."

"그럼 주세요."

바르가스는 말라비틀어진 크루아상 끄트머리를 떼어내 전등에 비춰보면서 그걸 먹는 게 좋을지 속으로 고민했다. 그 종의 특성

---

* 마드리드의 도시.

답게 뭐든지 가리지 않고 잘 먹는 추스코가 그를 빤히 쳐다보면서 입맛을 다시고 있었다. 바르가스가 빵을 한 조각 떼서 던지자 녀석은 거의 뛰어올라 받아먹었다. 빵을 게걸스럽게 먹어치운 개는 헐떡거리면서 한없이 고마운 눈빛을 그에게 보냈다.

"관심 주지 마세요. 안 그러면 나중에 안 떨어지려고 할 겁니다." 웨이터가 주의를 주었다.

바르가스는 새 친구와 또다시 눈빛을 교환했다. 그가 남은 크루아상을 다 주자, 추스코는 한입에 널름 삼켜버렸다. '이런 험악한 세상에서 나이가 들어 분별력마저 떨어지면, 누군가가 호의나 동정심으로 던져주는 빵부스러기가 진수성찬처럼 느껴지겠지.' 그는 생각했다.

처음에 리나레스와 약속했던 구십 분이 두 시간으로 늘어났다. 마침내 경찰차와 시신을 운반할 밴의 헤드라이트가 어둠을 가르며 언덕길을 올라오고 있었다. 바르가스는 커피값에 팁까지 두둑이 얹어 돈을 낸 뒤, 손에 담배를 든 채 거리로 나왔다. 리나레스는 차에서 내리지 않았다. 그는 뒷좌석 차창을 내리더니, 바르가스에게 자기 옆에 타라고 손짓했다. 그의 부하 한 명이 운전대를 잡고 있었다. 조수석에는 코트 차림의 땅딸막한 남자가 우울한 표정으로 앉아 있었다.

"판사님도 오셨군요." 바르가스가 인사를 건넸다.

하지만 판사는 인사를 하기는커녕, 그를 거들떠보지도 않았다. 리나레스는 그를 매서운 눈초리로 쳐다보더니 어깨를 으쓱하며 미소를 지어 보였다.

"어디로 가면 되지?" 리나레스가 물었다.

"여기서 가깝네. 라스 아과스 국도 쪽이니까."

차가 내리막길을 따라 국도 초입을 향하는 동안 바르가스는 곁눈질로 옛 동료를 살폈다. 경찰에 몸담은 이십 년이라는 세월의 흔적이 고스란히 느껴졌다.

"얼굴이 좋아 보이는구먼." 바르가스는 거짓말을 했다.

리나레스는 실실 웃었다. 바르가스는 백미러에서 판사와 눈이 마주쳤다.

"오랜 친구 사이인 모양이죠?" 판사가 물었다.

"바르가스는 친구가 없습니다." 리나레스가 말했다.

"현명한 사람이군요." 판사가 대꾸했다.

바르가스는 국도를 따라 이어진 어두운 길을 따라 운전사를 안내했다. 마침내 헤드라이트 불빛 속으로 마타익스의 집 철문이 보였다. 밴은 약간 거리를 두고 따라오고 있었다. 그들은 차에서 내렸다. 판사는 무성한 나무 사이로 모습을 드러낸 저택을 보기 위해 몇 걸음 앞서갔다.

"시신은 지하실에 있습니다." 바르가스가 말했다. "지하수영장에요. 상태로 봐서는 이삼 주 정도 지난 것 같아요."

"젠장!" 초짜 티가 물씬 풍기는 시체보관소 직원이 욕을 내뱉었다.

판사가 바르가스에게 다가와 눈을 빤히 쳐다보았다.

"리나레스 말로는 당신이 어떤 사건을 수사하는 과정에서 시신을 발견했다고 하던데, 맞습니까?"

"네. 그렇습니다, 판사님."

"그리고 아직 신원을 밝혀내지 못했다고요."

"네, 아직 그것까지는 알아내지 못했습니다."

판사는 추워서 손을 비비고 있던 리나레스에게 시선을 돌렸다. 경험이 많아 보이고 알 수 없는 표정을 짓고 있던 두번째 직원이 화물차에서 내리자마자 다가와 바르가스를 보며 물었다.

"온전한가요, 아니면 여러 토막인가요?"

"네?"

"사망자 말입니다."

"온전해요."

직원이 고개를 끄덕였다.

"마놀로, 큰 가방하고 끌대, 삽 두 개 가지고 와." 그가 조수에게 지시했다.

작업을 시작한 지 삼십 분 후, 시체보관소 직원들이 시신을 밴에 싣는 동안 판사는 리나레스의 부하가 들고 있는 손전등 불빛 아래 자동차 보닛 위에서 문서를 작성하고 있었다. 어느새 리나레스가 바르가스 옆에 와 서 있었다. 그들은 직원들이 시신을 들어 밴에 싣는 모습을 말없이 지켜보았다. 시신이 생각보다 무거웠던지 쩔쩔 매고 있었다. 작업을 하는 동안 그들은 저들끼리 말다툼을 벌이는가 하면 나직이 욕을 내뱉으면서 시신의 머리로 보이는 곳을 두어 번 쥐어박기도 했다.

"저런 걸 보면 인간도 별게 아니라고." 리나레스가 중얼거렸다. "혹시 우리 경찰인가?"

바르가스는 판사가 자기들 말을 엿듣는 건 아닌지 확인했다.

"그런 모양이야. 그래서 말인데 시간이 좀 필요할 것 같아."

리나레스는 고개를 숙였다.

"그럼 어떤 일이 있어도 열두 시간 내로 해결해야 될 걸세. 그 이상은 안 돼."

"엔다야……" 바르가스가 말했다.

리나레스가 고개를 끄덕였다.

"마네로는 아직도 시체보관소에 있나?"

"거기서 기다리고 있어. 자네가 갈 거라고 미리 말해뒀거든."

바르가스는 고마움의 표시로 미소를 지어 보였다.

"내가 알고 있어야 될 게 뭐 있나?"

바르가스는 고개를 저었다.

"마누엘라는 잘 지내지?"

"돼지같이 살만 쪘다니까. 자기 엄마처럼 말이야."

"자네가 딱 좋아하는 모습이겠군."

리나레스는 진지한 표정으로 고개를 끄덕였다.

"자네 부인은 이제 내가 기억도 안 나겠지." 바르가스가 말했다.

"이름은 잊었는데, 지금도 개자식이라고 부른다네. 물론 애정의 표시지."

바르가스가 담배를 권했지만, 리나레스는 사양했다.

"리나레스, 우리가 왜 이렇게 되었을까?"

리나레스는 어깨를 으쓱했다.

"스페인 때문이겠지."

"이만하길 다행이군. 자칫하면 우리가 저 가방 안에 들어갔을 수도 있을 테니까."

"언젠가 때가 되면 그렇게 되겠지."

18

그는 뒤를 돌아보지도 않고도 자신이 미행당하고 있다는 것을 알았다. 모퉁이를 돌아 대성당 길로 향하고 있을 때 페르난디토는 어깨 너머를 힐끔 다보았다. 그들의 모습이 눈에 띄었다. 경찰서를 나온 후로 두 명이 계속 그를 뒤쫓고 있었다. 그는 건물 현관의 그림자에 달라붙어 길 끝에 이를 때까지 걸음을 빨리했다. 그러다 걸음을 멈추고 문을 닫은 카페 차양 아래 몸을 숨긴 뒤, 엔다야의 두 부하가 자기 흔적을 놓치지 않았다는 것을 확인했다. 그는 어떤 일이 있어도 저들에게 자기 집은 물론 알리시아의 집을 들키지 않아야 한다는 생각뿐이었다. 그래서 그는 바르셀로나의 야간관광코스를 따라 그들을 끌고 다녀보기로 마음먹었다. 그러다보면 저들이 제풀에 지치든지, 아니면 자기 머릿속에 기가 막힌 묘안이 번쩍 떠오르거나 요행으로 저들을 따돌릴 수 있으리라는 생각이 들었기 때문이다.

그는 일부러 눈에 잘 띄게 길 한복판을 따라 푸에르타페리사

거리 쪽으로 걷기 시작했다. 밤늦은 시간이라 거리에는 인적이 드물었다. 페르난디토는 느긋하게 걸으면서 이따금씩 술주정뱅이와 순찰중인 야경꾼, 그리고 여느 때처럼 새벽녘까지 바르셀로나의 거리를 방황하는 가엾은 인간들 곁을 지나쳐갔다. 뒤를 돌아볼 때마다 엔다야의 사냥개들의 모습이 보였다. 그들은 페르난디토가 빠르게 걷든, 천천히 걷든 항상 일정한 거리를 유지하며 따라오고 있었다.

람블라스 거리에 이르렀을 때, 그는 냅다 뛰어서 라발 지구의 골목길로 숨을까도 생각해봤다. 하지만 그랬다가는 의심만 사게 될 뿐 아니라, 그들의 기술을 감안하면 성공할 확률 또한 극히 희박했다. 그는 일단 람블라스 거리를 따라 보케리아 시장 입구까지 가보기로 했다. 시장 상점 문 앞에는 트럭이 줄지어 서 있었다. 그곳에서 한 무리의 인부가 시장 안 천장에 매달린 전구 아래 상자를 내려놓거나 내일 팔 물건들을 운반하고 있었다. 순간 그는 주저하지 않고 산더미처럼 쌓인 상자들 사이로 슬그머니 끼어들었다. 그의 모습은 시장통을 바쁘게 오가는 수십 명의 인부에게 가려 더이상 보이지 않았다. 추적자들의 시선에서 벗어났다고 느낀 순간, 페르난디토는 시장 뒤쪽으로 뛰어가기 시작했다. 훌륭한 음식과 요리작품에 봉헌된 대성당처럼 궁륭이 덮인 거대한 시장이 그에게 길을 터주었다. 거대한 그 시장에서는 우주의 모든 향기와 색깔이 한데 어우러지면서 도시의 미각을 자극하고 있었다.

그는 통로에 산더미처럼 쌓인 과일과 야채, 향신료와 통조림 상자, 얼음과 아직도 꿈틀거리는 젤리 같은 생명체로 가득찬 궤짝, 갈고리에 걸린 채 피가 뚝뚝 떨어지는 고기 사이를 요리조리 피하면서 달려갔다. 그러자 푸줏간 주인과 청년, 고무장화를 신은 청과물가게의 여자가 온갖 욕을 다 퍼부어댔고 심지어 그를 밀치는 이들도 있었다. 시장 뒤쪽에 이르자 빈 나무궤짝이 수북이 쌓인 공터가 펼쳐졌다. 그는 잽싸게 거기로 뛰어가 궤짝 뒤에 몸을 숨긴 채 시장 후문에 시선을 집중했다. 삼십 초 동안 기다렸지만 두 형사의 모습은 보이지 않았다. 페르난디토는 그제야 크게 숨을 들이마시며 안도의 미소를 지었다. 하지만 행복한 순간은 그리 오래가지 않았다. 두 형사가 후문으로 나오더니 걸음을 멈추고 공터를 둘러보았다. 페르난디토는 짙은 그림자 속으로 깊숙이 몸을 숨긴 채 조용히 그곳을 빠져나왔다. 그리고 산타크루스병원이 있던 자리 주변의 골목길을 통해 카르멘 거리로 빠르게 걸어갔다.

길모퉁이를 돌아서는 순간, 그녀와 마주쳤다. 금발로 염색한 머리, 몸에 딱 달라붙어 터질 듯한 스커트, 그리고 새빨간 립스틱을 발라 경건함과는 거리가 먼 성모마리아의 얼굴.

"안녕, 귀여운 도련님." 그녀가 달콤한 목소리로 말했다. "학교 가기 전에 콜라카오*라도 타먹어야 되지 않겠니?"

잠시 그 여자를 살펴보던 페르난디토는 그녀 등뒤에 있는 현관으로 들어가면 몸을 숨길 수 있겠다는 생각이 들었다. 외양만 봐서는 들어가고 싶은 마음이 전혀 들지 않는 건물이었다. 얼굴이 누렇게 뜬 남자가 고해소만한 크기의 칸막이를 차지하고 프런트

---

* 우유에 타 마시는 코코아파우더.

직원 역할을 하고 있었다.

"얼마죠?" 페르난디토는 좁은 골목 입구를 살펴보며 물었다.

"그건 서비스마다 다르단다. 오늘은 성당 복사들과 엄마 젖을 먹는 아이들을 위한 특별서비스가 있는 날이지. 왜냐하면 젖먹이한테는……"

"좋아요." 페르난디토가 그녀의 말을 잘라 막았다.

흥정이 끝났다고 여긴 여자는 그의 팔을 잡고 계단으로 데려갔다. 세 걸음 정도 걸어가자 페르난디토는 걸음을 멈추고 뒤를 돌아보았다. 어쩌면 그런 곳에 처음 온 이들이 그렇듯이 잔뜩 주눅이 들었거나, 아니면 건물 안에서 풍기는 야릇한 향기 때문인지도 몰랐다. 안 그래도 발길이 뜸한 시간에 손님을 놓칠까 우려한 여자는 곁에 딱 달라붙어서 그의 귀에 축축한 숨결을 불어넣으며 음란한 목소리로 말했다. 그녀의 경험상 주눅이 든 풋내기는 조금만 흥분시켜도 대부분 넘어오기 마련이었다.

"자, 나의 어린 새. 이리 오렴. 내가 오늘 학기말 기념으로 평생 못 잊을 황홀한 여행을 보내줄게." 그녀가 약속했다.

그들이 칸막이 앞을 지나갈 때 관리인이 비누와 콘돔, 그 밖에 필요한 물건이 든 꾸러미를 건네주었다. 페르난디토는 현관 입구에서 눈을 떼지 않은 채 돈으로 빌린 비너스를 따라갔다. 계단 모퉁이를 돌아 2층에 다다르자 동굴처럼 컴컴한 복도가 나타났고, 그 양편으로 염산냄새가 코를 찌르는 방들이 일렬로 쭉 이어졌다. 그때 여자가 불안한 눈빛으로 그를 쳐다보았다.

"많이 서두르는 것 같네." 그녀가 말했다.

페르난디토가 한숨을 내쉬자, 그녀는 그의 불안한 눈을 들여다보았다. 거리생활을 하다보면 단시간에 사람의 심리를 훤히 들여다보게 되는 법이다. 경험으로 미루어볼 때 엉덩이를 살랑살랑 흔들고 풍만한 몸매를 살짝 보여줬는데도 흥분하지 않으면 그 손님은 그녀의 사무실인 더러운 방에 들어가자마자 없던 일로 하자면서 뒤돌아서는 경우가 많았다. 더 심한 경우로는, 바지도 내리기 전에 마음이 식어서 욕정을 채우기는커녕 돈도 안 내고 냅다 달아나는 남자들도 있었다.

"이봐, 도련님. 이럴 때일수록 서두르면 안 돼. 특히 너처럼 어린 나이에는 말이야. 너보다 나이가 훨씬 더 많은 남자도 풍만하고 예쁜 이 젖가슴이 살짝 닿기만 하면 그대로 뿅가는 경우가 많다고. 그러니까 이런 데 와서는 크림케이크를 먹듯이 천천히 음미하는 게 좋아. 한 번에 한입씩."

페르난디토는 무슨 말인가를 중얼거렸다. 여자는 그것을 그가 거부할 수 없이 매력적인 탄탄한 육체의 유혹에 결국 넘어간 것으로 판단했다. 방은 복도 끝에 있었다. 거기로 걸어가는 동안, 거친 숨소리와 침대 삐걱거리는 소리가 문틈으로 새어나왔다. 난생처음 이런 곳에 온 페르난디토의 얼굴에 안절부절못하는 기색이 역력하게 나타나는 듯했다.

"너 처음이니?" 여자는 문을 열고 한 걸음 옆으로 물러서면서 물었다.

페르난디토는 초조한 표정으로 고개를 끄덕였다.

"그럼 걱정하지 마. 나는 초짜를 다루는 데 전문이니까. 바르셀로나 부잣집 도련님들 중 절반이 나한테 상담을 받고 혼자서 기저귀 가는 법을 배웠다고. 들어가렴."

페르난디토는 방안을 힐끗 들여다보았다. 잠시 몸을 숨길 데라고는 하지만 생각보다 더 형편없었다.

방은 공간이 어디까지 불결해질 수 있는지 보여주는 듯했다. 초록색으로 칠해놓은 안에서는 악취가 코를 찔렀고, 어디서 물이 샜는지 페인트가 군데군데 벗겨져 있었다. 침실에 딸린 조잡한 화장실에는 뚜껑 없는 변기와 황토색 세면대, 그리고 어스름한 빛이 새어들어오는 작은 창문이 하나 있었다. 수도관에서는 물이 콸콸 흘러가는 소리와 물방울이 똑똑 떨어지는 소리가 기괴한 화음을 이루고 있었다. 정말이지 사랑을 나눌 분위기와는 한참 거리가 멀었다. 침대 발치에 놓인 커다란 세숫대야는 생각하기도 싫은 미스터리한 장면을 떠올리게 했다. 철제프레임으로 된 침대와 십오 년 전에는 하얀색이었던 듯한 매트리스, 그리고 오랜 세월을 버텨온 베개가 눈에 띄었다.

"차라리 집에 가는 편이 낫겠어요." 페르난디토가 말했다.

"안심하라니까. 이제 곧 황홀한 순간이 다가올 텐데 왜 그래? 바지만 벗으면 이곳도 리츠호텔의 신혼부부 스위트룸이나 다름이 없을 거라고."

여자는 페르난디토를 침대로 데려가 밀어서 앉혔다. 고객이 순순히 따르자 그녀는 그 앞에 무릎을 꿇고 앉아 두꺼운 화장에 덮인 얼굴로 부드러운 미소를 지었다. 왠지 눈빛에서 진한 슬픔이 배어나오는 듯했다. 하지만 장삿속에 물든 그녀의 표정을 보자,

페르난디토가 애써 상상하려 했던 빈민가 삶의 일말의 시적 정취마저 산산이 깨져버렸다. 매춘부는 기대에 찬 얼굴로 그를 바라보았다.

"돈이 없으면 낙원도 없는 법이야, 자기."

페르난디토는 고개를 끄덕였다. 그는 주머니를 뒤져 지갑을 꺼냈다. 매춘부의 눈이 기대감으로 반짝거렸다. 그는 지갑에서 돈을 꺼내 세어보지도 않고 그녀에게 몽땅 주었다.

"내가 가진 전부예요. 이걸로 될까요?"

매춘부는 돈을 탁자 위에 올려놓고 짐짓 꾸며낸 달콤한 눈빛으로 그를 쳐다보았다.

"나는 마틸데라고 해. 하지만 네가 원하는 대로 불러도 좋아."

"사람들은 당신을 뭐라고 부르죠?"

"사람마다 다르지. 여우, 창녀, 잡년이라고 부르기도 하고, 아니면 자기 아내나 엄마 이름으로 부르는 경우도 있어…… 예전에 어떤 회개한 신학생은 'máter'라고 하더라고. '변기váter'라고 하려다 말이 헛나온 줄 알았는데, 알고 보니 그게 라틴어로 엄마라는 뜻이라지 뭐야."

"나는 페르난도라고 해요. 하지만 다들 페르난디토라고 부르죠."

"그런데 페르난디토, 너 여자하고 단둘이 있어본 적 있니?"

그는 자신 없는 표정으로 고개를 끄덕였다. 불길한 징조였다.

"그럼 어떻게 해야 하는지 알겠네?"

"솔직히 말하면, 여기 잠시 있다 그냥 가고 싶어요. 그러니까 아무것도 할 필요 없어요."

마틸데는 인상을 찌푸렸다. 삐뚤어진 사람만큼 다루기 힘든 경우도 없었다. 가만히 있을 수는 없다고 판단했는지, 그녀는 그의 허리띠를 풀더니 바지를 벗기기 시작했다. 페르난디토는 그녀를 만류했다.

"얘, 겁내지 마."

"마틸데, 당신이 무서워서 그런 게 아니에요." 페르난디토가 말했다.

그녀는 손을 멈추고 그를 빤히 쳐다보았다.

"너 누구한테 쫓기고 있었던 거니?"

페르난디토는 고개를 끄덕였다.

"그랬구나. 경찰한테?"

"그런 것 같아요."

여자는 자리에서 일어나 그의 옆에 앉았다.

"너 정말 아무것도 하고 싶지 않아?"

"여기 잠시만 있게 해주세요. 괜찮다면요."

"내가 마음에 안 들어서 그래?"

"그런 게 아니라니까요. 당신은 아주 매력적이에요."

마틸데는 소리 없이 웃었다.

"좋아하는 여자는 있니?"

페르난디토는 아무 대답도 하지 않았다.

"분명히 있구나. 자, 말해봐. 네 애인 이름이 뭐지?"

"애인은 아니에요."

마틸데는 궁금하다는 눈길로 그를 바라보았다.

"알리시아요." 페르난디토가 말했다.

그녀는 그의 허벅지에 손을 올렸다.

"너의 알리시아가 할 줄 모르는 걸 나는 확실히 할 줄 알아."

그 순간, 페르난디토는 깨달았다. 알리시아가 할 줄 아는 것과 모르는 것이 무엇인지 자신은 전혀 모른다는 것을 말이다. 평소 그녀에 대해 깊이 생각하지 않았기 때문은 아니었다. 마틸데는 호기심어린 표정으로 그를 지켜보았다. 그러더니 침대에 누워 그의 손을 잡았다. 그는 전구의 희미한 불빛 속에서 노랗게 물든 그녀를 내려다보았다. 마틸데는 생각했던 것보다 훨씬 젊어 보였다. 기껏해야 자기보다 네다섯 살 정도 많은 것 같았다.

"원하면 여자를 어떻게 애무하는지 가르쳐줄게."

페르난디토는 침이 목에 걸려 넘어가지 않았다.

"그런 건 나도 할 줄 알아요." 그는 기죽은 목소리로 간신히 대답했다.

"이 세상에서 여자를 제대로 애무할 줄 아는 남자는 아무도 없어. 정말이라니까. 경험이 많은 남자도 애무할 때 보면 손가락이 옥수수처럼 뻣뻣하다고. 이리 와서 내 옆에 누워봐."

페르난디토는 망설였다.

"내 옷을 벗겨봐. 천천히. 여자는 옷을 천천히 벗길수록 더 빨리 마음을 사로잡을 수 있어. 자, 내가 알리시아라고 상상해. 분명 약간은 닮은 데가 있을 거야."

완전히 딴판인데 무슨 소리야. 페르난디토는 속으로 생각했다. 하지만 자기 앞에서 어깨 위로 두 팔을 벌린 채 침대에 누워 있는 알리시아의 모습이 자꾸 눈앞에 떠올랐다. 페르난디토는 떨지 않으려고 두 주먹을 꽉 쥐었다.

"알리시아는 알 필요도 없는 일이야. 비밀은 지킬 테니까, 어서 시작해봐."

19

원래의 아름다운 명성을 잃어버린 오스피탈 거리*의 어둑한 길모퉁이 구석진 곳에는 한 번도 햇볕이 들지 않은 듯 우중충한 건물이 하나 서 있었다. 입구에는 철문이 세워져 있고, 안에 무엇이 숨겨져 있는지 알려주는 표시판이나 안내문은 전혀 없었다. 경찰차 한 대가 그 건물 앞에서 멈추었다. 바르가스와 리나레스가 차에서 내렸다.

"그 불쌍한 인간이 계속 여기 있을까?" 바르가스가 물었다.

"다른 곳으로 가려고 해도 그런 놈한테 누가 일자리를 주겠나." 리나레스는 벨을 눌렀다.

일 분이 지나서야 안으로 문이 열렸다. 흉하게 생긴 남자가 파충류 같은 눈빛으로 그들을 맞이했다. 그는 무뚝뚝한 표정을 지으며 그들이 들어오도록 한 걸음 물러섰다.

---

* '오스피탈 거리(calle Hospital)'는 '병원 거리'라는 뜻으로, 15세기에는 그곳에 병원이 있었다.

"한동안 소식이 없어서 죽은 줄 알았어요." 그가 바르가스를 알아보고 인사를 건넸다.

"나도 자네가 보고 싶었지, 브라울리오."

베테랑 형사라면 모두 검시관의 조수이자 심부름꾼이고 그곳의 지박령인 브라울리오에 대해서 알고 있었다. 그는 포르말린 때문에 살갗이 문드러지고 걸음걸이도 시원치 못한 땅딸보였다. 남 험담하기를 좋아하는 사람들에 따르면, 그는 시체안치소 지하에서 살면서 더러운 물건들로 예술작품을 만들고 벼룩이 득실대는 낡은 간이침대를 보금자리 삼아 근근이 산다고 했다. 더구나 불우한 사건으로 인해 열여섯의 나이로 기관에 들어갈 때 입고 있던 옷 외에는 다른 옷이 없었다.

"박사님이 기다리고 계세요."

바르가스와 리나레스는 그를 따라 푸르스름한 빛이 스며드는 길고 습한 복도를 통해 시체안치소의 한복판으로 걸어갔다. 소문에 의하면 브라울리오는 산안토니오 시장에서 자잘한 무언가를—비쩍 마른 닭이라고 하는 사람도 있고 페티코트라고 하는 이도 있었다—훔쳐 달아나다 맞은편에서 오던 전차에 깔린 후에 이곳으로 왔다고 했다. 그를 태우러 간 앰뷸런스 운전사는 사지가 몸통에 아슬아슬하게 붙어 있는데다 피범벅이 된 형체를 보자 사고 현장에서 즉사한 것으로 판단했다. 그래서 그를 짐짝처럼 앰뷸런스에 실은 후 코메르시오 거리의 어느 주점 앞에 차를 세워두고 친구들과 와인을 마셨다. 그런 다음 온통 피범벅이 되어 형체를 알아볼 수도 없는 그를 인계하기 위해 클리니코병원 영안실보다 가까운 라발 지구의 경찰 시체보관소로 갔다. 수습 검시관이 메스를 들고 몸을 절개하려는 순간, 죽은 줄로만 알았던 브라울리오는 눈을 번쩍 뜨면서 살아났다. 이 사건은 당시 스페인 의료계에서 기적으로 받아들여졌을 뿐만 아니라 지역 언론에서 대대적으로 보도했다. 찜통더위를 시원하게 날려버릴 가볍고 진기한 기삿거리를 찾는 데 혈안이 되어 있던 신문사들로서는 더할 나위 없는 호재였다. 당시 〈엘 노티시에로 우니베르살〉은 브라울리오 사건을 '땅속에 묻히기 일보직전에 기적적으로 되살아난 사람'이라는 제목의 머리기사로 다루었다.

그 사건으로 브라울리오는 명성과 영광을 얻었지만 경박한 사회풍조 탓에 그리 오래가지 못했다. 당사자의 외모가 너무 흉한데다, 굵은 장이 말갈기처럼 꼬여 만성적인 고창*에 시달리고 있다는 사실이 알려지자 신문 독자들은 유명 가수와 축구스타의 생활에 다시 신경을 쏟기 위해 한시바삐 그를 잊어야 하는 묘한 입장에 놓이게 되었다. 잠시나마 일장춘몽 같은 영화를 맛본 브라울리오는 다시 무명의 존재로 돌아가는 치욕을 견디기 어려웠다. 상한 사순절 도넛을 왕창 먹고 스스로 목숨을 끊을까도 생각해봤지만, 심한 결장염으로 변기에 앉아 있는 동안 말로 표현할 수 없는 신비한 힘을 경험했다. 짧은 순간이었지만 그는 한 줄기 빛 속에서 미로처럼 복잡한 하느님의 뜻을 직감할 수 있었다. 하느님은 그가 사후경직과 그 유사한 현상들에 헌신하는 어둠 속 존재가 되기를

---

* 창자 안에 많은 가스가 차서 배가 팽팽해지는 증상.

원하신다는 것이 그의 주장이었다.

　세월이 흐르고 재밋거리가 떨어지자, 경찰서에 널리 퍼진 미신은 브라울리오를 주인공으로 복잡한 멜로드라마를 한 편 만들어냈다. 그의 모험과 기적을 둘러싼 이야기에 따르면, 이승과 저승 사이에서 오도 가도 못하던 브라울리오는 1930년대 바르셀로나를 더 좋아한 나머지 지옥에 내려가기를 거부하는 어떤 악령에 사로잡혔다고 한다. 그런데 전문가들이 판단하기로 1930년대 바르셀로나는 지옥과 너무도 흡사한 곳이었다.

　"브라울리오, 아직도 애인 없어?" 리나레스가 물었다. "오래된 검은 소시지 냄새를 풀풀 풍기면서 돌아다니면 여자들이 몰려올 텐데."

　"애인이라면 차고 넘칠 만큼 많다고요." 브라울리오는 안대처럼 축 처진 자줏빛 눈꺼풀로 윙크를 하면서 대답했다. "얼마나 착하고 조용한 여자들인지 몰라요."

　"브라울리오, 시시껄렁한 소리는 집어치우고 어서 시신이나 꺼내와." 어둠 속에서 누군가가 말했다.

　상사의 목소리를 듣자마자 브라울리오는 황급히 자리를 떴다. 안드레스 마네로 박사의 실루엣이 보였다. 그는 검시관이자 바르가스와 고락을 함께해온 동료였다. 마네로가 그에게 다가오면서 손을 내밀어 악수를 청했다.

　"살다보면 장례식에서나 만나게 되는 이들이 있지. 그런데 자네와 나는 그마저도 어렵구먼. 부검할 때가 아니면 종교 기념일 때나 보니 말이야." 박사가 말했다.

"우리가 아직 멀쩡히 살아 있다는 표시지."

"맞는 말일세, 바르가스. 그런데 못 본 사이에 풍채가 좋아졌군. 얼마 만에 보는 거지?"

"적어도 오륙 년은 지났을 거야."

마네로는 웃으며 고개를 끄덕였다. 방안의 희미한 빛 속에서도 바르가스는 친구가 나이에 비해 훨씬 더 늙어 보인다는 것을 알아챘다. 잠시 후, 브라울리오가 절룩거리며 이동용 침대를 밀고 오는 소리가 들렸다. 시신에 딱 달라붙어 있던 천이 습기로 투명해지기 시작했다. 마네로는 이동용 침대로 다가가 얼굴을 덮고 있던 천을 젖혔다. 박사는 여전히 무덤덤한 표정으로 잠시 바르가스를 힐끗 쳐다보았다.

"브라울리오, 잠시 자리 좀 피해주시게."

조수는 기분이 상한 듯 눈썹을 치켜올렸다.

"제 도움이 필요 없으시다는 말씀인가요?"

"그래."

"하지만 제가 도와드릴 일이……"

"굳이 그럴 필요 없으니까, 잠시 밖에 나가서 담배라도 피우라고."

브라울리오는 바르가스를 매섭게 노려보았다. 박사가 자기를 신나는 작업에 참여하지 못하게 한 건 바르가스 때문이 분명했다. 바르가스는 그에게 윙크하면서 눈짓으로 출구를 가리켰다.

"어서 나가, 브라울리오." 리나레스가 거들었다. "박사님 말 못 들었어? 나가서 따뜻한 물로 목욕하고, 세제와 부석으로 온몸 구석구석 때를 밀어봐. 어차피 일 년에 한 번이니까 돌로 밀어도 피부가 상하지는 않겠지. 참! 세제와 부석은 다음에 올 때 사다주겠네."

얼굴이 붉으락푸르락해진 브라울리오는 절름거리며 밖으로 나가는 동안 계속 투덜거렸다. 브라울리오가 나가자, 마네로는 시신에 덮인 천을 완전히 걷어내고 천장에 매달린 전등을 켰다. 증기처럼 뿌옇고 싸늘한 불빛이 비치자, 시신의 윤곽이 드러났다. 한 걸음 다가와 시신을 한 번 힐끔 본 리나레스의 입에서 탄식이 흘러나왔다.

"맙소사……"

리나레스는 이내 고개를 돌리고 바르가스에게 갔다.

"내가 제대로 알아본 게 맞나?" 그가 중얼거렸다.

바르가스는 아무 대답도 하지 않고 리나레스를 빤히 보았다.

"상황이 이렇다면 도저히 덮을 수 없을 것 같구먼." 리나레스가 말했다.

"무슨 말인지 알겠네."

리나레스는 시선을 내리깔며 고개를 저었다.

"혹시 내가 또 도와줄 거라도 있나?" 그가 물었다.

"나를 귀찮게 따라다니는 놈을 없애줬으면 좋겠는데."

"내가 자네 뒤를 밟고 있다고? 그럴 리가."

"누군가가 나를 뒤쫓고 있어. 자네 쪽 사람이."

리나레스는 웃음기가 사라진 표정으로 그를 빤히 쳐다보았다.

"적어도 내 부하 중에는 아무도 자네 뒤를 쫓고 있지 않네."

"그렇다면 윗선에서 지시한 모양이군."

리나레스는 고개를 저었다.

"만에 하나 자네를 뒤쫓는 자가 있다면 내가 모를 리 없어. 내 부하든, 아니든 간에."

"젊은 친구인데, 일하는 게 아주 서툴더군. 덩치도 아주 작고. 로비라라는 이름의 신참일세."

"로비라? 우리 경찰청에서 그런 이름은 한 명뿐일세. 문서보관소에서 일하는 로비라 씨. 그런데 로비라 씨는 예순 살이나 되는 데다 다리에 산탄조각이 얼마나 많이 박혔는지 다 꺼내면 철물점을 열어도 될 정도라고. 가엾은 그 노인네는 돈을 준다 해도 자기 그림자 따라가기도 벅찬 사람이야."

바르가스는 얼굴을 찡그렸다. 리나레스는 실망감을 감추지 못했다.

"바르가스, 내게도 이런저런 면이 있겠지만, 최소한 친구 등에 칼을 꽂는 인간은 아닐세." 리나레스가 말했다.

바르가스가 무슨 말을 하려는 듯 입술을 달싹거렸지만 리나레스가 손을 들어 말을 막았다. 이미 엎질러진 물이었다.

"아침나절까지 시간을 주겠네. 그 이후에는 나도 이 사건을 위에 보고해야 해. 자네도 알겠지만, 꽤나 시끄러워지겠어." 그가 출구 쪽으로 걸어가면서 말했다. "박사님, 안녕히 계십시오."

브라울리오는 시체보관소 근처의 좁고 어둑한 골목에 몸을 숨긴 채 밤의 어둠 속으로 사라져가는 리나레스의 희미한 형체를 바라보고 있었다. '개놈의 자식, 절대 가만두지 않겠어.' 그가 속으로 중얼거렸다. 그를 업신여기는 건방진 놈들은 모두 그곳의 다른 자들처럼 죄다 퉁퉁 부어올라 차가운 대리석판 위에 널브러진 고깃덩어리 신세를 면치 못할 것이고, 그놈들의 운명은 그가 쥔 손끝의 날카로운 메스와 그때그때 그의 마음에 따라 결정될 것이었다. 브라울리오는 그런 이들에게 어울리는 작별을 선사하기 위해 거기서 일하고 있었다. 그가 그런 일을 하는 건 처음도 아닐뿐더러, 마지막일 리도 없었다. 죽음이라는 것을 삶이 우리에게 주는 마지막 모욕으로 여긴다면, 그건 크나큰 착각이었다. 막이 내린 뒤에도 엄청나게 많은 조롱과 모욕이 어둠 속에 숨어 우리를 기다리고 있으니까 말이다. 그래서 브라울리오는 자신의 전리품 진열장에 넣을 추억거리를 모으기 위해, 그리고 각자가 정당한 보상을 받고 영원의 세계에 발을 디딜 수 있도록 늘 그곳에 머물렀던 것이다. 그는 오래전부터 리나레스를 점찍어두고 있었다. 그의 친구 바르가스 또한 잊지 않았다. 원한보다 더 과거를 생생하게 살아 있도록 해주는 것도 없는 법이다.

"언젠가 네놈의 살을 발라내버릴 거야. 하몬처럼 말이지. 네 불알로는 열쇠고리나 만들 거라고, 멍청아." 그는 중얼거렸다. "눈 깜짝할 사이에 말이야."

브라울리오는 그렇게 틈날 때마다 혼잣말을 해도 절대 질리지 않던 터라, 흐뭇한 미소를 지었다. 그는 새벽시간 오스피탈 거리에 스며든 추위를 누그러뜨리고 자신의 출중한 기지를 축하하기 위해 담배를 피워 물었다. 그는 외투 주머니를 뒤적거렸다. 그 외투는 몇 주 전 세상을 하직한 어느 과격분자에게서 물려받은 것이었다. 시신의 상태로 봐서는 경찰청에 아직 제대로 된 고문 기술자들이 남아 있는 게 분명했다. 셀타스 담뱃갑은 텅 비어 있었다. 브라울리오는 주머니에 손을 찌른 채, 나선을 그리며 하얗게 퍼져나가는 입김을 쳐다보았다. 오늘 본 것을 엔다야에게 알려주면 돈을 받을 것이다. 브라울리오는 그 돈으로 우선 셀타스 몇 갑을 살 생각이었다. 그리고 잘하면 중국인 헤나로가 운영하는 성기세척 가게에서 향이 나는 고급 바셀린도 한 통 살 수 있을 것 같았다. 몇몇 손님을 모실 때는 품위를 지켜야만 했기 때문이다.

어둠 속에서 발소리가 울려퍼지자 정신이 번쩍 들었다. 그는 눈을 가늘게 뜨고 소리나는 쪽을 쳐다보았다. 안개 사이로 어렴풋한 사람의 형체가 드러났다. 그는 브라울리오가 있는 곳으로 다가오고 있었다. 브라울리오는 뒷걸음질을 치다 출입문에 부딪히고 말았다. 낯선 사람은 그보다 덩치가 훨씬 큰 것 같지 않았지만, 동작 하나하나가 이상하리만큼 침착하고 단호했다. 브라울리오는 뒤통수에 얼마 남지 않은 머리털마저 곤두설 정도로 등골이 오싹했다. 남자는 브라울리오 앞에 멈춰 서더니 포장을 뜯은 담배 한 갑을 건넸다.

"당신이 브라울리오 선생이신가보군요." 그가 말했다.

여태까지 그에게 선생이라고 존칭을 붙여준 사람은 아무도 없었다. 그런데 브라울리오는 낯선 사람의 입에서 나오는 그 말이 그다지 달갑지 않았다.

"그럼 당신은 누구시죠? 엔다야 씨가 보낸 겁니까?"

낯선 이는 말없이 웃으며 브라울리오의 얼굴 앞에 담뱃갑을 들이밀었다. 브라울리오가 한 개비를 뽑아들자, 남자는 지포 라이터를 꺼내 불을 붙여주었다.

"고맙습니다." 그가 중얼거리듯 말했다.

"천만에요. 그런데 브라울리오 선생, 저 안에 누가 있습니까?"

"시체더미가 있죠. 그것 말고 저 안에 뭐가……"

"살아 있는 사람들 말이에요."

브라울리오는 머뭇거렸다.

"엔다야 씨가 보낸 것 맞죠?"

낯선 남자는 여전히 미소 띤 얼굴로 그를 빤히 쳐다볼 뿐이었다. 브라울리오는 침을 꼴깍 삼켰다.

"검시관과 마드리드에서 온 경찰 한 명, 그렇게 둘이 있어요."

"바르가스라는 사람입니까?"

브라울리오는 고개를 끄덕였다.

"어때요?"

"네?"

"담배 말이에요. 맛이 어떻습니까?"

"맛이 좋군요. 수입품이에요?"

"네. 좋은 건 죄다 수입품이니까요. 브라울리오 선생, 열쇠 가지고 있죠?"

"열쇠요?"

"시체보관소 열쇠 말입니다. 아무래도 거기 열쇠가 좀 필요할 것 같아서요."

"엔다야 씨가 열쇠를 건네주라는 말씀은 안 하셨는데요."

낯선 사람은 어깨를 으쓱했다.

"계획이 변경되었어요." 남자는 천천히 장갑을 끼면서 말했다.

"이봐요, 지금 뭘 하려는 거예요?"

그 순간, 퍼런 서슬의 칼날이 번쩍 빛났다. 브라울리오는 날카로운 칼날이 자기 뱃속에 박힌 것을 알아차렸다. 그간의 구차한 인생에서 그런 차가운 느낌은 처음이었다. 처음만 해도 통증을 거의 느끼지 못했다. 칼날이 배를 가르면서 점점 몸에 힘이 빠지고 정신이 더 또렷해질 뿐이었다. 잠시 후, 낯선 이가 다시 한번 그의 아랫배를 찔렀다. 이번에는 칼 손잡이가 배에 닿을 정도로 깊숙이 찌른 다음 있는 힘껏 위로 당겼다. 브라울리오는 차가운 감촉이 불덩이처럼 뜨거워지는 것을 느꼈다. 벌겋게 달아오른 쇠갈고리 같은 것이 심장으로 올라오는 기분이었다. 목으로 피가 솟구쳐 비명조차 지를 수 없었다. 낯선 남자는 골목 안쪽으로 그를 끌고 가 허리춤에 차고 있던 열쇠 꾸러미를 빼냈다.

20

어두침침한 통로를 따라 걸어가자 부검실로 이어지는 복도가 나왔다. 문틈으로 푸르스름한 빛이 새어나왔다. 문밖에서도 두 사람의 목소리가 들렸다. 이야기를 들어보면 오랜 친구 사이 같았다. 때때로 전혀 어색하지 않은 침묵이 흐르다가 하던 일손을 놓고 잠시 농담을 나누기도 했다. 그는 까치발을 한 채, 문에 달린 동그란 색유리에 얼굴을 대고 안을 들여다보았다. 그리고 대리석 판 위에 걸터앉은 바르가스와 시신 위로 몸을 숙인 검시관의 모습을 살펴보았다. 박사가 부검 결과를 자세히 설명하는 동안 그는 귀를 쫑긋 세우고 들었다. 자상刺傷에 대한 섬세하고 정확한 설명을 곁들여 로마나가 최후를 맞이하던 순간을 마치 눈앞에서 본 것처럼 정확하게 짚어내는 박사의 능력에 미소가 절로 나왔다. 남자는 몸소 칼로 그 얼간이의 동맥과 숨통을 끊은 다음 손에서 피를 폭포처럼 쏟으며 무릎을 꿇고 공포에 질린 표정으로 죽어가는 로마나의 모습을 자기 두 눈으로 지켜본 터였다. 선수끼리는 잘한 건 잘했다고 인정하는 것이 도리였다.

검시관은 로마나의 상체에 난 자상에 대해서도 설명했다. 박사에 따르면, 로마나는 수영장 가장자리로 떠밀리지 않으려고 킬러의 다리를 붙잡았다가 오히려 상체를 여러 군데 찔렸다. 폐에 물은 없고 피만 남아 있었던 것은 바로 그 때문이었다. 로마나는 썩은 물속에 가라앉기 전에 이미 자신의 피에 의해 질식사한 셈이었다. 검시관은 경험이 풍부할 뿐만 아니라 자신의 업무에 관해서라면 모르는 것이 없는 전문가였다. 그래서인지 그의 설명을 듣다보면 절로 감탄이 나오면서 존경심이 들었다. 이 세상에 그런 사람은 많지 않았다. 바로 그 이유 하나 때문에 그는 박사를 살려주기로 결심했다.

바르가스는 늙은 여우처럼 틈틈이 박사에게 예리한 질문을—문밖에서 엿듣던 남자도 그 점만은 부인하고 싶지 않았다—던지고 있었다. 하지만 로마나가 어떻게 최후를 맞이했는지를 제외하면 그저 어둠 속을 더듬을 뿐 시체보관소에 와서 특별히 알아낼 것은 없을 터였다. 두 사람의 대화를 엿듣는 동안 그는 몇 시간 동안 어디 가서 눈을 붙일지, 아니면 새벽이 될 때까지 언 발을 녹여줄 매춘부를 찾아갈지 갈등하고 있었다. 바르가스의 수사는 교착상태에 빠진 것이 분명해 보였다. 따라서 굳이 끼어들 필요는 없을 듯했다. 어쨌든 그는 달리 선택의 여지가 없는 경우가 아니라면 움직이지 말라는 명령을 받았다. 하지만 그런 명령에 따라야 한다는 점이 못내 아쉬웠다. 저 늙은 경찰과 맞붙어 그자에게 생명의 끈을 붙들 용기가 남아 있는지 확인할 수 있다면 재미있을 텐데 말이다. 그는 불가피한 상황에서도 절대 뒷걸음질치지 않는 사람들을 가장 좋아했다. 매력적인 알리시아의 모습이 떠올랐다. 그는 그녀를 위해 마지막 영광을 누릴 기회를 남겨두고 있었다. 상대가 그녀라면 분명 모든 노력에 대한 보상을 느긋하게 만끽할 수 있을 터였다. 알리시아라면 그를 절대로 실망시키지 않을 것이었다.

삼십 분이 지나자, 부검이 모두 끝난 모양이었다. 검시관은 바르가스에게 도구함에 넣어둔 술을 꺼내 같이 마시자고 했다. 그들의 대화는 한참 만나지 못한 오랜 친구 사이에서 나눌 법한 방향으로 흘러갔다. 세월이 흐르면서 느끼는 인생무상과 곁을 떠나간

이들, 그리고 늙어가는 것에 대한 시시한 잡담 등 진부한 이야기 일색이었다. 지루해진 남자는 쓸데없는 이야기나 떠들어대는 바르가스와 검시관을 두고 자리를 떠나기로 마음먹었다. 그런데 바로 그 순간, 바르가스가 주머니에서 종이쪽지를 꺼내 천장에 매달린 전등 아래에서 살펴보는 것이 눈에 띄었다. 두 사람은 목소리를 죽여 속삭이기 시작했다. 그들이 무슨 말을 하는지 엿듣기 위해 그는 귀를 문에 바짝 갖다댔다.

마네로 박사가 방문이 살짝 움직이는 것을 알아차렸다.

"브라울리오, 자네야?"

아무 대답도 없자, 검시관은 한숨을 내쉬며 고개를 절레절레 저었다.

"방에서 나가달라고 하면 가끔 문 뒤에 숨어서 몰래 엿듣곤 한다니까." 그가 설명했다.

"데리고 있기 힘들 텐데 용케도 잘 견뎌내는군." 바르가스가 말했다.

"그렇기는 하지. 하지만 저 친구가 바깥세상을 나돌아다니느니 여기 있는 편이 훨씬 나을 거라는 생각이 들더군. 그렇게 하면 적어도 감시할 수 있으니까. 이 술, 괜찮지?"

"이건 뭐지? 혹시 방부처리할 때 사용하는 용액은 아니겠지?"

"처갓집에 첫영성체식이나 결혼식이 있으면 가져가려고 아껴둔 거야. 그건 그렇고, 이번 사건에 대해 뭐든지 말해줄 거지? 그로마나라는 사람은 발비드레라 폐가의 수영장에서 대체 뭘 하고 있었던 거야?"

바르가스는 어깨를 으쓱했다.

"그건 나도 모르겠어."

"그렇다면 살아 있는 사람들을 통해서 알아내는 수밖에 없겠군. 자네는 바르셀로나에서 뭘 하고 있는 거야? 내 기억이 틀리지 않는다면, 다시는 바르셀로나에 돌아오지 않겠다고 다짐하고 떠났을 텐데."

"절대 깨지지 않는 건 약속이라고 할 수 없지."

"그건 뭐야? 나는 여태껏 자네가 책이나 좋아하는 사람인 줄 알았는데."

마네로는 바르가스가 손에 든 숫자표를 가리키며 말했다.

"글쎄. 나흘째 들고 다니는데, 무슨 의미인지 알 도리가 없어."

"잠깐 봐도 될까?"

바르가스가 종이를 건네주자, 검시관은 술을 홀짝거리면서 힐끗 보았다.

"나는 계좌번호일지도 모른다는 생각이 들더군." 바르가스가 말했다.

하지만 검시관은 고개를 저었다.

"오른쪽 열은 무슨 숫자인지 도무지 감이 안 잡히는군. 하지만 왼쪽 열의 경우는 증명서의 숫자가 틀림없어."

"증명서라고?"

"그래. 사망증명서 말이야."

바르가스는 어안이 벙벙해서 그의 얼굴만 쳐다보았다. 마네로는 왼쪽 열의 숫자들을 손으로 가리켰다.

"여기 배열된 숫자들 보이지? 이건 구식 체계에 따라 매긴 일 련번호야. 새로운 체계로 바뀐 지 이미 오래됐지. 하지만 여기 있 는 숫자들은 문서 번호와 권券, 그리고 쪽을 나타내는 거야. 끝에 있는 숫자들은 나중에 별도로 추가한 거고. 이러한 숫자들은 여기 서 우리가 매일 만들어내는 거지. 자네 친구 로마나 씨도 영원히 지워지지 않는 일련번호를 부여받을 걸세."

바르가스는 남은 술을 단숨에 들이켜더니 다시 숫자들을 살펴 보기 시작했다. 마치 수년째 애를 먹은 그림 맞추기 퍼즐을 바라 보다 갑자기 해결의 실마리를 발견한 듯한 표정이었다.

"그럼 오른쪽 열은? 서로 연관되어 있는 것 같은데, 배열방식이 달라. 그렇다면 이것들도 증명서의 번호로 볼 수 있지 않겠나?"

마네로는 눈을 가늘게 뜨고 숫자를 보더니 어깨를 으쓱했다.

"그런 것 같기도 하군. 하지만 이 숫자들은 우리 부서에서 만든 게 아니야."

바르가스는 한숨을 내쉬었다.

"이 표를 해독하면 당신의 수사에 도움이 되나?" 검시관은 궁 금한 표정을 지으며 물었다.

바르가스는 고개를 끄덕였다.

"어디 가면 이 증명서 번호에 해당하는 문서들을 찾을 수 있 지?"

"어디겠어? 삶의 모든 것이 시작되고 끝나는 곳, 호적등기소에 가면 돼."

21

　화장실의 작은 창문으로 빛이 새어들어오는 걸 보면 날이 새기 시작한 모양이었다. 페르난디토는 침대에 걸터앉은 채 옆에서 곤히 잠든 마틸데를 흘끔 쳐다보았다. 그는 그녀의 벌거벗은 몸을 눈으로 쭉 훑으며 미소를 지었다. 눈을 뜬 그녀는 차분한 표정으로 그를 쳐다보았다.

　"기분이 어때? 마음이 조금 가라앉았니?"

　"지금쯤이면 가고 없을까요?" 페르난디토가 물었다.

　마틸데는 기지개를 켜면서 침대 발치에 흩어진 옷을 찾았다.

　"혹시 모르니까, 골목 쪽 들창으로 나가도록 해. 그럼 시장으로 이어지는 통로가 나올 거야."

　"고마워요."

　"내가 고마운걸. 어때? 밤에 기분 괜찮았어?"

　페르난디토는 얼굴이 빨개졌지만, 어둠 속에서 옷을 주섬주섬 챙겨 입으면서 고개를 끄덕였다. 마틸데는 작은 테이블로 손을 뻗어 담뱃갑을 찾았다. 그러곤 담배를 꺼내 피워 물었다. 그녀는 서둘러 옷을 입는 그를 지켜보았다. 밤 내내 이것저것 가르쳐주었지만 여전히 수줍어하고 움츠러든 모습이었다. 옷을 다 입은 그는 그녀를 보며 작은 창문을 가리켰다.

　"여기로요?"

　마틸데는 고개를 끄덕였다.

　"나갈 때 조심해야 돼. 자칫하면 머리가 깨지기 십상이니까. 나중에 네가 멀쩡한 몸으로 다시 한번 들렀으면 좋겠어. 꼭 오는 거야, 알았지?"

"물론이죠." 페르난디토는 거짓말을 했다. "월급 받는 즉시 올게요."

페르난디토는 창밖으로 고개를 내밀어 안마당을 조심스럽게 살펴보았다. 마틸데의 말에 따르면 그곳으로 나가면 좁은 골목길이 나왔다.

"계단 조심해. 조금 흔들거리거든. 넌 아직 젊으니까, 한 번에 뛰어내리는 게 나을 거야."

"고마워요. 그럼 이만 갈게요."

"잘 가. 행운을 빌게."

"행운을 빌어요." 페르난디토도 똑같이 대답했다.

그가 창문으로 빠져나가려는 순간, 등뒤에서 마틸데가 불렀다.

"페르난도?"

"네?"

"그녀에게 잘해줘. 이름이 뭔지 모르겠지만, 하여간 네 애인 말이야. 잘해주라고."

시체보관소를 나서자 바르가스는 마치 연옥에서 오랜 시간을 보낸 뒤 다시 살아난 기분이었다. 마네로 박사가 따라준 술을 마시고, 종이에 적힌 숫자의 절반이 무엇인지 밝혀내자 기운이 솟았다. 오랜 시간 동안 한숨도 못 잤는데 아무렇지 않았다. 하지만 몸에서는 이미 피로한 기색이 역력하게 나타나고 있었다. 만약 그가 걸음을 멈추고 찬찬히 생각해보았다면 뼈마디가 쑤실 뿐 아니라 기억력마저 희미해졌다는 것을 알아차렸을 것이다. 하지만 방금 밝혀진 사실이 사건 해결의 돌파구가 될 수도 있다는 희망 덕분에 힘찬 발걸음을 내디딜 수 있었다. 그는 알리시아의 집에 들러 새로운 소식을 알려줄까 잠시 망설였다. 그렇지만 발스가 몰래 마드리드를 떠나면서 챙긴 사망증명서의 숫자 목록이 구체적인 단서가 될지 확실치 않은 상황에서 우선은 사실을 확인하는 것이 급선무였다. 그는 메디나셀리광장을 향해 걸음을 옮겼다. 낡아빠진 저택들과 항구로부터 밀려오는 안개 속에서 야자나무와 정원이 오아시스처럼 자리한 곳이었다. 이제 조금만 더 기다리면 그곳의 바르셀로나 호적등기소가 문을 열 시간이었다.

가는 길에 그는 레알광장의 암보스 문도스 호스텔에 들어갔다. 안에서는 밤새 실컷 마시고 놀다가 마지막으로 한잔 걸치기 위해 들른 젊은이들에게 벌써 커피와 아침식사를 제공하고 있었다. 카운터에 자리를 잡은 그는 턱뼈가 불거지고 구레나룻을 기른 웨이터에게 손짓을 했다. 그러곤 하몬 세라노* 샌드위치와 맥주, 그리고 코냑을 조금 탄 더블 에스프레소를 주문했다.

"지금은 비싼 코냑밖에 없는데요." 웨이터가 말했다.

"그럼 두 배로 넣어줘요." 바르가스가 대답했다.

"이왕 기분을 내시려면 후식으로 로메오 이 훌리에타**를 선택

---

* 하얀 돼지 뒷다리를 소금에 절이거나 공기에 건조시켜 만든 하몬.

하시는 게 어떨지요. 쿠바에서 직수입한 거거든요. 물라토 소녀들이 이파리를 허벅지 사이에 넣고 말은 최고급입죠……"

"그렇다면 마다할 수 없겠군요."

바르가스는 아침식사가 하루 중, 적어도 점심을 먹을 때까지는 가장 중요하다는 말을 귀에 못이 박히도록 들었다. 고급 아바나산 시가로 아침식사를 마무리한다면 좋은 일이 생길 수밖에 없을 것 같았다. 속이 든든한데다 기분까지 좋아진 그는 카리브의 연기를 뿜으며 밖으로 나섰다. 하늘은 노란색으로 물들어 있었다. 건물 정면을 타고 흘러내리는 뿌연 햇빛을 보면서, 그날 하루는 흔치 않은 날이 될 듯한 기분이 들었다. 진실, 혹은 그와 비슷한 어떤 것을 찾아낼 것만 같았다. 오랜 세월이 지난 후, 그 거리에서 잔뼈가 굵은 어떤 시인이 노래하리라. 그날은 정말 위대한 날이 될 수 있었다고 말이다.

50미터 뒤, 폐허나 다름없는 어느 건물 처마의 그림자에 몸을 숨긴 채 그의 동태를 감시하는 자가 있었다. 그자의 눈에는 입에 시가를 문 채 포만감과 헛된 희망에 들뜬 바르가스가 완전히 한물 간 퇴물로 보였다. 원래도 바르가스를 존경하는 마음은 거의 없었지만 그마저 발밑 포도에 깔린 안개의 장막처럼 사라져버리고 있었다.

** 쿠바산 최고급 시가.

나는 절대로 저렇게 되지는 않을 거야. 그는 속으로 중얼거렸다. 저자처럼 술과 안일함으로 판단력이 흐려지는 일도, 아무 쓸모 없는 개뼈다귀가 되는 일도 없을 거라고. 그는 언제나 늙은이들이 역겨웠다. 노쇠한 사람들이 알아서 유리창으로 뛰어내리거나 달리는 열차에 몸을 던질 자존심이 없다면, 누군가가 공공의 이익을 위해 옴이 오른 개들에게 하듯이 최후의 일격으로 그들을 생명의 순환에서 제거해야 마땅하다고 생각했다. 그는 자신의 번뜩이는 재치에 탄복하면서 미소를 지었다. 나는 남들보다 더 똑똑하니까, 언제까지나 젊음을 잃지 않을 거야. 바르가스처럼 유능한 인물을 과거의 자신은 껍데기만 남은 불운한 존재로 전락하게 만드는 실수도 절대 범하지 않을 거라고. 그 얼간이 로마나처럼 말이야. 평생을 어리석게 살다가 무릎을 꿇은 채 두 손으로 목을 붙잡고 죽어가던 그의 모습이 떠오르는군. 눈은 실핏줄이 터지고 동공이 커지면서 검은 거울처럼 변했지. 로마나 역시 제때 물러나는 법을 모르는 그런 멍청이였어.

그는 바르가스가 두렵지 않았다. 그는 바르가스가 밝혀낼 것, 또는 밝혀낼 수 있다고 믿는 것이 결코 두렵지 않았다. 그는 웃지 않으려고 입술을 깨물었다. 이제 시간이 얼마 남지 않았다. 더이상 바르가스를 뒤쫓을 필요가 없어지고 일이 깨끗이 마무리되면 마침내 바라던 보상, 즉 알리시아를 얻을 수 있을 것이다. 그렇게 되면 스승이 약속했던 대로 알리시아와 단둘이 여유롭게 시간을 보낼 수 있으리라. 그 여우에게 더이상 배울 것이 없다는 사실을 느긋하면서도 교묘하게 보여주고, 그녀가 절대 빠져나오지 말았어야 할 망각의 늪으로 다시 빠뜨리기 전에 그녀를 지독히 괴롭히면서 고통이라는 것이 무엇인지도 분명하게 보여줄 생각이었다.

알리시아가 눈을 떴을 때, 새벽빛이 유리창에 어른거리고 있었다. 그녀는 고개를 돌려 소파 쿠션에 얼굴을 파묻었다. 어제 입은 옷을 그대로 입고 있었다. 더구나 알약을 술에 타서 먹은 탓인지 입안에 쓴 아몬드맛이 감돌았다. 귀가 쾅쾅 울렸다. 그녀는 실눈을 뜨고 주변을 두리번거렸다. 테이블 위에 미지근해진 화이트 와인과 알약병이 보였다. 그녀는 잔에 남은 와인을 단숨에 들이켰다. 와인을 다시 따르려고 술병을 들었지만 다 마시고 없었다. 새 병을 가지러 손을 더듬어 부엌으로 가는 순간, 귀에서 나는 소리의 정체를 알아차렸다. 그건 관자놀이의 맥박이 뛰는 소리나 약을 먹어서 생긴 편두통의 증상이 아니라 누군가 문을 두드리는 소리였다. 그녀는 식탁 의자에 몸을 기댄 채 눈을 비볐다. 누군가가 문밖에서 그녀의 이름을 끈질기게 부르고 있었다. 그녀는 무거운 몸을 질질 끌다시피 하며 현관으로 나가 문을 열었다. 페르난디토였다. 그가 이 세상 끝까지 갔다 돌아온 것처럼 안도감보다는 불안에 사로잡힌 표정으로 그녀를 쳐다보았다.

"지금 몇시지?" 알리시아가 물었다.

"이른 시간이에요. 괜찮으세요?"

알리시아는 반쯤 감긴 눈으로 고개를 끄덕이고는 비틀거리며 소파로 돌아갔다. 문을 닫고 들어온 페르난디토는 쓰러지기 일보

직전에 그녀를 붙잡았다. 그러곤 그녀를 무사히 소파까지 데리고 가서 눕혀주었다.

"대체 뭘 드시는 거예요?" 그가 약병을 살펴보면서 물었다.

"아스피린이야."

"말한테 먹이는 아스피린인가보네요."

"이렇게 이른 시간에 여긴 웬일이야?"

"어젯밤 엘 피나르에 갔었어요. 드릴 말씀이 있어서 찾아온 거예요."

알리시아는 탁자를 더듬어 담배를 찾았다. 페르난디토는 알리시아가 모르게 담뱃갑을 옆으로 치웠다.

"들을 준비는 되었으니까 걱정 마."

"그런 것 같지 않은데요. 내가 커피를 끓일 동안, 샤워하시는 게 어때요?"

"냄새나니?"

"그건 아니에요. 하지만 샤워를 하고 나면 정신이 맑아질 거예요. 자, 어서 가요. 부축해드릴 테니까요."

알리시아가 뭐라고 따지기도 전에 페르난디토는 그녀를 소파에서 일으켜 욕실로 데려갔다. 그는 그녀를 욕조 가장자리에 앉히고 수도꼭지를 틀었다. 한 손으로는 수온을 재고, 다른 손으로는 그녀가 쓰러지지 않도록 몸을 단단히 붙잡았다.

"어린애 아니니까 이러지 마." 알리시아가 투덜거렸다.

"어떨 때 보면 어린애 같아요. 자, 됐으니까 들어가요. 옷은 알아서 벗으실 건가요? 아니면 내가 벗겨드려요?"

"꿈도 야무지네."

알리시아는 그를 밖으로 밀어낸 뒤 문을 잠갔다. 그러곤 마치 한 꺼풀 허물을 벗듯이 옷을 하나씩 벗어 바닥에 떨어뜨리고는 거울에 비친 자신의 모습을 물끄러미 바라보았다.

"맙소사!" 그녀는 중얼거렸다.

살을 에는 듯이 차가운 물이 가차없이 몸에 쏟아지자 몇 초 안에 정신이 번쩍 들었다. 커피를 진하게 끓이고 있던 페르난디토는 목욕탕에서 흘러나오는 비명소리를 듣자 웃음을 참을 수 없었다.

십오 분 후, 알리시아는 젖은 머리에 수건을 감고 몸에 비해 너무 큰 목욕가운을 걸친 채 전날 밤 일을 들었다. 페르난디토가 이야기를 하는 동안 그녀는 커다란 찻잔을 두 손으로 감싸쥐고 블랙커피를 홀짝거렸다. 이야기가 끝나자 알리시아는 커피를 단숨에 마시고 그의 눈을 빤히 쳐다보았다.

"페르난디토, 그렇게 위험한 짓을 하면 절대 안 돼."

"별것도 아닌데요, 뭘. 엔다야라는 자는 내가 누군지도 모르는 걸요. 하지만 알리시아, 당신이 누군지는 분명히 알고 있는 것 같았어요. 위험에 빠진 건 내가 아니라 당신이라고요."

"그럼 형사 두 명을 따돌리고 나서는 어디에 있었던 거야?"

"보케리아 시장 뒤편에 여인숙 비슷한 게 하나 있더라고요. 거기 있었죠."

"여인숙 비슷한 거?"

"상세한 이야기는 나중에 해드릴게요. 이제 어떻게 해야 할까요?"

알리시아는 자리에서 일어났다.

"너는 아무것도 하지 말고 가만히 있어. 이미 할 만큼 했어."

"그런 일이 있었는데, 어떻게 가만히 있으라는 거예요?"

그녀는 그에게 다가갔다. 그녀를 보는 눈빛이나 태도가 평소와는 달랐다. 하지만 그런 말은 나중으로 미루는 게 낫겠다고 생각했다.

"바르가스가 돌아올 때까지 여기서 기다리다가, 내게 말한 걸 그대로 이야기해줘. 한 글자도 빼먹지 말고."

"그런데 어디 가시려고요?"

알리시아는 테이블 위에 있던 핸드백에서 리볼버를 꺼내 탄환이 장전되어 있는지 확인했다. 그녀가 든 무기를 보자, 페르난디토의 얼굴은 다시 평소처럼 겁에 질려 새파래졌다.

"잠깐만요……"

22

어느 순간부터 마우리시오 발스는 빛이 고통을 알리는 전조라고 여기기 시작했다. 적어도 어둠 속에서는 그를 가둔 녹슨 철창도, 감방 벽에서 배어나온 더러운 습기가 검은 꿀처럼 흘러내려 발아래 고인 끈적끈적한 웅덩이도 없는 것처럼 상상할 수 있었다.

무엇보다 어둠 속에서는 자신의 모습을 볼 수 없었다.

하루에 한 번씩 계단 위쪽에서 한 줄기 빛이 발스가 묻힌 어둠을 뚫고 들어왔다. 그럴 때마다 더러운 물이 담긴 주전자와 그가 눈 깜짝할 사이에 먹어치우는 빵조각을 들고 내려오는 사람의 형체가 어렴풋하게 보였다. 간수가 바뀌어도 하는 행동은 한결같았다. 새로 온 간수는 발스의 얼굴을 보려고 걸음을 멈추지도 않았을뿐더러 입도 뻥긋하지 않았다. 발스가 뭘 물어보고 애원해도, 또 욕설과 저주를 퍼부어도 대꾸를 하기는커녕 철창 옆에 음식과 물을 놓고 곧장 돌아가버렸다. 새 간수는 처음 그곳으로 내려왔을 때 감방과 죄수가 뿜어내는 지독한 악취 때문에 구역질을 하고 말았다. 그후로 그는 언제나 손수건으로 입을 가리고 내려와서 일을 마치면 조금도 지체하지 않고 곧장 돌아갔다. 하지만 발스는 더이상 악취가 느껴지지 않았다. 그뿐 아니라 팔의 통증도 거의 느낄 수 없었고 잘린 상처 부위 위쪽으로 이어진 자줏빛 선도—검은 혈관이 거미줄처럼 얽혀 있었다—욱신거리지 않았다. 저들은 그를 산 채로 썩게 만들 생각이었지만, 그는 더이상 신경쓰지 않았다.

언젠가 아무도 저 계단으로 내려오지 않고 저 문 또한 다시는 열리지 않을 거라는 생각이 들었다. 그때부터 그는 서서히 썩어들어가는 육신이 결국 자기를 먹어치우는 것을 느끼면서 얼마 남지 않은 생을 캄캄한 어둠 속에서 보낼 터였다. 사실 그런 끔찍한 의식이라면 그가 몬주익 교도소장으로 재직하는 동안 수차례나 목격했다. 운이 좋으면 며칠 내로 끝날 수도 있다. 그는 이미 굶주림의 고통으로 이성의 끈이 끊어진 뒤 자신을 사로잡을 혼미와 착란에 대해 상상하기 시작한 터였다. 가장 잔인한 상황은 마실 물이 없는 것이었다. 절망과 고통에 못 이겨 벽에서 흘러나오는 더러운 물을 핥기 시작하면, 그의 심장도 더는 뛰지 않을 것이다. 이십 년 전 몬주익성에 있을 때 그의 밑에서 일하던 의사 한 명이 하느님이 제일 먼저 동정하시는 건 개자식이라고 입버릇처럼 말했다. 그런 점에서조차 삶은 정말 교활하기 이를 데 없는 여우와도 같다. 어쩌면 최후의 순간에는 하느님이 그를 불쌍히 여겨 혈관을 통해 온몸에 퍼져나가는 감염으로 최악의 상황을 피할 수 있도록 해주실지도 모를 일이었다.

그는 악몽에 시달리고 있었다. 꿈속에서 그는 죽은 채 몬주익성에서 죄수의 시신을 담던 마댓자루 속에 있었다. 그런데 그때 계단 위쪽 문이 다시 열리는 소리가 들렸다. 깨어보니 혀가 퉁퉁 부어올랐고 통증이 심했다. 그는 손가락을 입에 갖다댔다. 잇몸에서 피가 나고, 이가 마치 말랑말랑한 진흙에 붙어 있는 것처럼 흔들거렸다.

"목이 말라 죽겠어요!" 그는 소리를 질렀다. "제발 물 좀……"

계단을 내려오는 발걸음소리가 평소보다 묵직했다. 감방에 갇혀 있으면 빛보다 소리로 판단하는 것이 더 정확했다. 발스에게는 고통과 천천히 썩어가는 자신의 몸, 발소리, 그리고 벽 속 수도관에서 물 흐르는 소리가 세상의 전부나 마찬가지였다. 그 순간, 엄청나게 큰 백색소음과 함께 불빛이 켜졌다. 발스는 두 귀를 곤두세우고 다가오는 발소리의 궤적을 가늠했다. 층계 아래 멈춰 선 사람의 윤곽이 어렴풋이 보였다.

"물 좀 주세요." 발스가 애원했다.

그는 철창까지 기어가면서 눈을 부릅떴다. 환한 빛 때문에 눈이 부셔서 앞을 볼 수 없었다. 손전등이었다. 발스는 뒤로 물러나하나 남은 손으로 눈을 가렸다. 그런 상태에서도 그는 전등 불빛이 자기 얼굴과 배설물, 말라붙은 피, 그리고 누더기로 뒤덮인 몸 위를 이리저리 움직이는 것을 느낄 수 있었다.

"날 쳐다봐." 마침내 목소리가 들렸다.

발스는 손을 치우고 천천히 눈을 떴다. 한참이 지나서야 동공이 빛에 익숙해졌다. 철창 건너편에 있는 자의 얼굴은 평소와 달랐지만 왠지 낯이 익었다.

"나를 쳐다보라고 했을 텐데."

발스는 그가 시킨 대로 했다. 일단 존엄성 따위를 내동댕이치고 나면 명령을 내리는 것보다 따르는 편이 훨씬 수월했다. 남자는 철창 쪽으로 다가와 발스의 팔다리와 뼈만 남은 몸에 손전등을 비추면서 그를 조심스럽게 살폈다. 그제야 발스는 철창 밖에서 자신을 노려보는 자의 얼굴이 왜 그렇게 낯익은지 알아차렸다.

"엔다야?" 발스가 더듬거리며 물었다. "엔다야, 당신인가?"

엔다야는 고개를 끄덕였다. 발스는 이제 살았다는 생각이 들면서 며칠, 아니 몇 주 만에 처음으로 숨통이 트이는 것 같았다. 또다시 꿈을 꾸고 있는 것이 틀림없었다. 가끔 그는 어둠 속에서 자기를 살려주러 온 구원자와 대화를 나누는 꿈을 꾸곤 했다. 그는 다시 눈을 부릅뜨고 웃었다. 분명 엔다야였다. 그것도 살과 뼈가 있는 현실의 인간이었다.

"하느님 감사합니다! 정말 감사합니다!" 그가 흐느끼며 말했다. "나예요, 마우리시오 발스. 발스 장관이란 말이오…… 나라고요……"

손 하나가 잘린 채, 헐벗고 똥과 오줌으로 뒤범벅이 된 발스는 체면이고 뭐고 가릴 것 없이 감사의 눈물을 흘리며 그에게 팔을 뻗었다. 엔다야는 그에게 한 걸음 다가갔다.

"내가 여기 갇힌 지 얼마나 됐소?" 발스가 물었다.

엔다야는 아무 대답도 하지 않았다.

"내 딸 메르세데스는 잘 있어요?"

엔다야는 이번에도 입을 꾹 다문 채 묵묵부답이었다. 발스는 철창을 붙잡고 상대와 눈높이가 비슷해질 때까지 힘겹게 몸을 일으켰다. 엔다야는 무표정한 얼굴로 그를 살펴보았다. 또 꿈을 꾸고 있는 걸까?

"엔다야?"

엔다야는 말없이 담배를 꺼내 불을 붙였다. 발스의 코로 담배 냄새가 스며들었다. 몇 년 만에 맡아보는 냄새 같았다. 그가 여태껏 맡아본 향기 중에서 단연 최고였다. 처음에는 그 담배를 자기에게 주려는 줄 알았다. 하지만 엔다야는 담배를 입에 물고 한 모금 길게 빨았다.

"엔다야, 나를 여기서 꺼내줘요." 그가 애원조로 말했다.

손가락에서 나선을 그리며 피어오르는 연기 사이로 엔다야의 눈빛이 반짝였다.

"엔다야, 이건 명령이오. 당장 여기서 꺼내달라고요."

엔다야는 미소를 지으며, 담배를 두 모금 더 빨았다.

"나쁜 친구들이 많더군." 그가 마침내 입을 열었다.

"내 딸은 어디 있나? 걔한테 무슨 짓을 한 거지?"

"아무 짓도 안 했어. 아직은."

그 순간 절망적으로 울부짖는 소리가 들렸지만, 발스는 그것이 자신의 목소리라는 것을 알아차리지 못했다. 엔다야는 담배를 감방 안, 발스의 발밑에 던졌다. 그가 몸을 돌려 계단을 올라가자 발스는 고함을 지르고 마지막 남은 힘을 다해 철창을 두드리기 시작했다. 하지만 엔다야는 눈 하나 깜짝하지 않았다. 결국 기운이 다 빠진 발스는 무릎을 꿇고 주저앉았다. 저 계단 위의 문이 관뚜껑처럼 닫히자, 그 어느 때보다 선뜩한 암흑이 그를 덮쳤다.

23

바르셀로나의 심장부에 숨겨진 수많은 모험 중에는 아무나 접근할 수 없는 장소, 그러니까 깊숙이 감추어진 심연 같은 곳이 몇 군데 있다. 하지만 그중에서도 호적등기소는 정말 용감한 자들을 위한 장소다. 저멀리 오래돼 거무튀튀한 건물 정면이 보이자 바르가스는 한숨을 내쉬었다. 창문에 커튼이 쳐지고 웅장한 능처럼 높게 치솟은 건물은 뭣도 모르는 이들에게 무턱대고 들어올 생각일랑 꿈도 꾸지 말라고 경고하는 것 같았다. 감히 누구도 들어갈 수 없을 만큼 위압적인 떡갈나무문을 통과하자 묵직한 벽으로 둘러싸인 안내데스크가 그를 기다리고 있었다. 그 뒤에는 왜소한 남자가 인사를 건네기는커녕 올빼미 같은 눈으로 세상 돌아가는 모습을 그저 지켜보고 있었다.

"좋은 아침입니다." 바르가스가 태연하게 먼저 인사를 건넸다.

"지금이 업무시간이라면 나도 좋은 아침이라고 하겠습니다만, 오늘은 못 들어갑니다. 거리의 표지판에 적혀 있듯이 여기는 화요일에서 금요일, 열한시부터 한시까지만 일을 볼 수 있어요. 오늘은 월요일인데다 오전 여덟시 십삼분이란 말이오. 혹시 글자를 못 읽습니까?"

바르가스는 인지와 직인을 손에 쥔 수많은 공무원의 마음속에 있는 저런 작은 폭군을 다루는 데 이골이 나 있었다. 바르가스는 웃음기를 거둔 얼굴로 경찰 배지를 그의 코앞에 바짝 들이댔다. 그는 침을 꼴깍 삼켰다.

"물론 글을 읽을 줄 아시겠네요."

그는 한 달 치의 침과 성질머리를 삼키며 말했다.

"잘 알아 모시겠습니다, 경감님. 몰라봐서 죄송합니다. 뭘 도와드리면 될까요?"

"가능하다면 당신 같은 멍청이가 아니라 여기 책임자와 이야기를 나누고 싶습니다만."

직원은 황급히 어딘가로 전화를 걸어 루이사 부인이라는 사람을 찾았다.

"내 알 바 아니고요." 그는 수화기에 대고 속삭이듯 말했다.

"아무튼 지금 당장 여기로 나와달라고 전해주세요."

그는 전화를 끊고 서둘러 상의를 똑바로 입었다. 옷매무새를 다 바로잡고 나자 그는 바르가스를 쳐다보았다.

"소장님 보좌관이 곧 내려올 겁니다." 그가 말했다.

바르가스는 그에게서 눈을 떼지 않은 채 나무벤치에 앉았다. 이 분이 지났을 무렵 작은 체구에 눈매가 날카로운 여자가 나타났다. 머리를 뒤로 묶고 테 없는 안경을 쓴 그녀는 눈썹을 치켜올렸다. 굳이 묻지 않고서도 상황을 재빨리 눈치챈 것 같았다.

"카르모나한테 노여워하지 마세요. 부족한 점이 많지만 나름 최선을 다하고 있으니까요. 저는 루이사 알카이네예요. 뭘 도와드릴까요?"

"저는 바르가스라고 합니다. 마드리드 경찰청 소속입니다. 몇몇 증명서 번호를 확인할 게 있어서요. 아주 중요한 일입니다."

"설마 급하기까지 한 일은 아니겠죠? 보통 그런 일은 우리 등기소에 화를 몰고 오니까요. 그럼 어떤 번호를 확인하려고 하는지 말씀해보세요."

바르가스는 그녀에게 숫자가 적힌 종이를 건네주었다. 루이사 부인은 한번 죽 훑어보고는 고개를 끄덕였다.

"입장 번호가 궁금하세요? 아니면 퇴장 번호?"

"뭐라고요?"

"아, 여기 번호는 사망증명서고요, 이쪽은 출생증명서예요."

"분명합니까?"

"제가 이런 걸 모를 리 없잖아요. 제 키가 작은 건 사람들의 눈을 속이기 위한 거라고요."

루이사는 고양이처럼 간사한 미소를 지어 보였다.

"그럼 두 가지를 다 보고 싶군요. 가능하다면 말이지만."

"스페인의 경이로운 관료사회에서는 모든 것이 가능하죠. 그럼 저를 따라오시겠습니까, 경무관님?" 루이사는 안내데스크 뒤에 있는 문을 잡고 말했다.

"경무관이 아니라, 경감입니다."

"저런! 솔직히 말씀드리면, 카르모나가 잔뜩 겁에 질려 있어서 아주 높은 계급이신 줄 알았죠. 경찰에서는 키 순서에 따라 계급을 달아주지 않는 모양이죠?"

"벌써 오래전부터 키가 점점 줄고 있어요. 주행거리가 늘어나면 그렇게 되는가봅니다."

"정말 그런 것 같아요. 여기 처음 왔을 때만 해도 저도 발레리나 같았다고요. 하지만 지금 제 꼴이 어떤지 보세요."

바르가스는 그녀의 뒤를 따라 끝없이 이어진 복도를 걸어갔다.

"안에 들어오니 건물이 밖에서 보는 것보다 더 넓은 것 같은데, 제 기분 탓입니까?" 그가 물었다.

"그렇게 느낀 사람은 당신이 처음이 아니에요. 이 건물은 매일 밤 조금씩 자라죠. 들리는 소문에 따르면 휴가중인 공무원이나 서류를 확인하러 왔다가 열람실에서 잠이 든 법률사무소 직원을 잡아먹는다더군요. 제가 당신이라면 절대로 경계심을 늦추지 않을 겁니다."

복도 끝에 다다르자 그녀는 대성당 분위기를 풍기는 커다란 문

앞에 멈춰 섰다. 누군가가 문 위에 종이를 매달아놓았다. 거기에
는 다음과 같은 글귀가 적혀 있었다.

감히 이 문을 넘어서려는 자가 있다면
우선 모든 인내심을 버리시오……

루이사는 문을 열면서 그에게 눈을 찡긋했다.

"2페세타짜리 수입인지와 직인이 찍힌 문서로 가득찬 마법의
세계에 오신 것을 환영합니다."

벌집처럼 어지럽게 연결된 선반과 사다리, 문서 캐비닛이 뾰족
한 아치형 천장 아래 피렌체 스타일의 원근법을 이루며 사방으로
펼쳐져 있었다. 무대장치와 비슷한 전등에서 뿌연 불빛이 흘러나
오고 있었다. 그 불빛은 마치 너덜너덜해진 커튼이 허공에 매달린
것처럼 보였다.

"맙소사!" 바르가스가 중얼거렸다. "이런 데서 무슨 수로 그걸
다 찾는단 말입니까?"

"언뜻 봐서는 아무것도 찾을 수 없을 것 같지만 독창성과 인내
심, 숙련된 손재주만 있으면 현자의 돌이라도 찾아낼 수 있죠. 자,
그럼 그 숫자표를 한번 더 보여주세요."

바르가스는 루이사를 따라 벽으로 갔다. 일련번호가 붙은 서류
철이 하늘 높이 치솟은 벽면을 가득 채우고 있었다. 그녀가 손가
락을 튕기자, 아주 성실해 보이는 직원 두 명이 나타났다.

"1939년부터 1943년까지, 1에서 8B, 그리고 동同 시기 6C에

서 14까지 기록이 필요하니까 좀 내려주세요."

두 직원이 사다리를 찾으러 간 사이 루이사는 바르가스에게 홀 한가운데에 있는 열람용 책상 하나에 앉으라고 권했다.

"1939년이요?" 바르가스가 물었다.

"찾고 계신 문서의 번호는 모두 구식 체계에 따라 부여된 겁니다. 문서번호체계는 1944년에 국민신분증 제도의 도입과 더불어 전면 개편되었지요. 그래도 경감님은 운이 좋으신 거예요. 전쟁 이전의 문서는 대부분 소실되었지만 1939년에서 1944년까지 발급된 문서는 모두 별도의 구역에 안전하게 보관되어 있으니까요. 이 년 전쯤 정리작업이 모두 완료되었죠."

"그렇다면 이 종이에 적힌 증명서는 모두 전쟁 직후에 발급된 거라는 말씀입니까?"

루이사는 고개를 끄덕였다.

"과거를 파헤치시려는 거죠?" 그녀는 다 안다는 듯한 표정으로 물었다. "용기가 참으로 가상하군요. 물론 그게 현명한 결정인지는 모르겠지만 말이에요. 그 시기의 일을 굳이 뒤지려는 호기심이나 욕구가 있는 사람은 별로 없으니까요."

두 직원이 문서철을 가지고 오기를 기다리는 동안 루이사는 환자를 진찰하는 의사처럼 바르가스의 얼굴을 찬찬히 뜯어보았다.

"대체 얼마나 오래 잠을 못 잔 거예요?"

그는 시계를 보았다.

"이십사 시간이 넘었네요."

"커피 가져오라고 할까요? 문서를 다 찾으려면 시간이 좀 걸릴 텐데."

두 시간 반 동안 끝없이 펼쳐진 문서의 바다를 헤쳐나간 끝에 고된 항해를 마친 루이사와 두 부하직원은 제대로 서 있지도 못하는 바르가스 앞에 작은 섬처럼 생긴 문서철을 갖다놓았다. 앞으로 할 일을 생각하자 한숨이 절로 나왔다.

"루이사 부인, 좀 부탁드려도 될까요?"

"걱정 마세요."

바르가스가 커피를 세 잔째 마시는 동안, 루이사는 두 직원에게 물러가라고 지시한 뒤 등기부를 두 가지로 분류하기 시작했다. 시간이 흐르면서 두 문서더미는 점점 더 높아져갔다.

"내가 뭘 찾으려고 이러는지 안 물어보실 건가요?" 바르가스가 물었다.

"꼭 물어봐야 하나요?"

그는 조용히 미소 지었다. 잠시 뒤 루이사는 안도의 한숨을 내쉬었다.

"찾으시는 건 모두 여기에 있을 거예요. 그럼 종이에 적힌 번호들을 다시 한번 살펴보죠. 어디 볼까요."

그녀는 숫자를 확인하면서 문서를 한 권씩 골라내기 시작했다. 바르가스는 보좌관이 숫자를 검토하던 중에 얼굴을 찌푸리는 것을 알아차렸다.

"무슨 문제라도?" 그가 물었다.

"여기에 있는 숫자들 정확한 거 맞나요?"

"어쨌든 제가 가진 건 그건데…… 왜 그러시죠?"

루이사는 문서에서 눈을 떼더니 이상하다는 듯이 그를 바라보았다.

"아뇨, 아무것도 아니에요. 그런데 모두 유아네요."

"유아요?"

"네, 어린아이 말이에요. 여기 보세요."

루이사는 해당 등기부를 바르가스 앞에 밀어놓고, 숫자를 하나씩 대조했다.

"날짜 보이시죠?"

바르가스는 알 듯 모를 듯한 숫자들의 의미를 파악하려 애를 썼다. 루이사는 연필 끝으로 그가 봐야 할 숫자를 하나씩 가리켰다.

"모두 둘씩 짝을 이루고 있어요. 그러니까 각각의 사망증명서마다 짝을 이루는 출생증명서가 하나씩 있다는 거죠. 모두 같은 날, 같은 시간에 같은 부서의 같은 공무원에 의해 발급된 거예요."

"그걸 어떻게 알죠?"

"등기소 등록코드를 보면 알 수 있어요. 여기 보세요."

"그런데 그게 뭘 의미하죠?"

"그건 저도 모르겠어요."

"같은 공무원이 두 가지 증명서를 동시에 발급하는 것이 흔한 일인가요?"

"아뇨. 두 증명서는 서로 다른 부서에서 담당하니까, 그럴 가능성은 별로 없다고 봐야죠."

"그럼 어떻게 그런 일이 벌어질 수 있었을까요?"

"정상적인 행정절차를 거쳤다고 볼 수는 없어요. 예전에는 증명서가 구역별로 작성되었죠. 하지만 이것들은 모두 중앙등기소에서 처리된 겁니다."

"그렇다면 비정상적인 방법으로 처리되었다는 겁니까?"

"그럴 가능성이 농후하죠. 게다가 여기에 기재된 내용이 모두 맞는다면, 이 증명서들은 모두 하루 만에 처리되었어요."

"참 희한한 일도 다 있군요."

"정말 귀신 곡할 노릇이네요. 하지만 그게 다가 아니에요."

바르가스는 그녀를 보았다.

"여기 사망증명서들을 한번 보세요. 사망진단서를 발급한 곳이 모두 육군병원이에요. 군병원에서 아이들이 사망하는 게 흔한 일일까요?"

"그럼 출생증명서는 어떻습니까?"

"예외 없이 모두 사그라도 코라손 병원으로 되어 있어요."

"혹시 우연의 일치라고 볼 수는 없을까요?"

"당신이 신앙심이 두터운 사람이라면 모르죠…… 아이들 연령을 보세요. 보시다시피 여기도 모두 둘씩 짝을 이루고 있어요."

바르가스는 눈을 치켜뜨고 문서를 보았지만, 극심한 피로로 인해 쉽사리 이해가 가지 않았다.

"사망증명마다 짝을 이루는 출생증명이 하나씩 있잖아요." 루이사가 설명했다.

"이해가 잘 안 되는데요."

"어린아이들을 말하는 거예요. 아이 한 명이 사망한 바로 그날, 또다른 아이가 태어났어요."

"이 문서들을 모두 빌려갈 수 있겠습니까?"

"원본은 여기서 반출할 수 없어요. 외부로 가져가려면 복사 신청을 해야 되는데, 적어도 한 달은 걸릴 겁니다. 그나마 뒤에서 압력을 넣지 않으면 언제 끝날지도 몰라요."

"더 빠른 방법은 없을까요?"

"남의 눈에 띄지도 않고요?" 루이사가 덧붙여 말했다.

"그렇죠."

"자, 옆으로 물러서세요."

루이사는 종이와 펜을 집어들더니 삼십 분 동안 이름과 날짜, 증명서 번호와 각 문서의 분류 번호를 발췌해서 기록했다. 바르가스는 선생님같이 반듯한 그녀의 글씨체를 지켜보면서 난마처럼 얽힌 수수께끼를 풀 실마리를 찾으려고 고심했다. 끝없이 이어지는 숫자와 이름을 멍하니 지켜보던 중 방금 그녀가 쓴 몇몇 이름이 불현듯 눈에 들어왔다.

"잠깐만요." 그가 불쑥 끼어들며 말했다.

루이사가 옆쪽으로 자리를 옮기자, 바르가스는 증명서를 뒤져 조금 전에 봤던 것을 마침내 찾아냈다.

"마타익스." 그가 혼잣말로 중얼거렸다.

루이사는 바르가스가 살펴보는 문서 위로 몸을 구부렸다.

"두 여자아이네요. 그런데 같은 날 세상을 떠났군요…… 혹시 짚이는 게 있나요?"

바르가스는 증명서 하단으로 시선을 돌렸다.

"이건 뭐죠?"

"그건 해당 문서를 발급한 공무원의 서명이에요."

글자 하나하나가 깨끗하고 반듯했다. 외관과 의례를 훤히 꿰고 있는 이의 필체가 틀림없었다. 혼잣말을 하듯 그 이름을 입안에서 중얼거리자, 바르가스는 일순간 온몸의 피가 얼어붙는 것 같았다.

24

아파트 안에는 알리시아의 냄새가 그대로 남아 있었다. 마치 그녀가 거기에 있는 듯, 그녀의 향수냄새와 그녀의 피부에 닿으면서 남은 향기가 공기 중에 어른거리고 있었다. 페르난디토는 그 향기와 자기를 산 채로 갉아먹기 시작한 불안감에 휩싸인 채 소파에 앉아 있었다. 그 시간이 마치 영원처럼 길게만 느껴졌다. 알리시아가 권총을 가지고 집을 나선 지는 십오 분밖에 지나지 않았지만 기다림은 한없이 길었다. 그는 마음이 초조해서 잠시도 가만히 있을 수 없었다. 자리에서 일어난 그는 시원한 공기라도 좀 쐴 겸 아비뇽 거리가 내려다보이는 창문을 열기 위해 창가로 다가갔다. 잘하면, 마음을 심란하게 만들던 그 향기는 밖으로 빠져나가 또다른 제물을 찾아 떠돌아다닐 것이다. 얼음같이 차가운 바람이 얼굴을 스치자 정신이 맑아졌다. 그는 알리시아가 당부한 대로 차분하게 기다리기 위해 거실로 돌아왔다. 하지만 고결한 결심은 채 오 분도 가지 못했다. 잠시 후, 그는 부엌을 이리저리 돌아다니다 선반에 꽂힌 책의 제목을 읽거나 손끝으로 가구를 스치고 지나가기도 했다. 그리고 예전에 왔을 때 미처 못 본 물건들을 살펴보기도 하고, 알리시아가 자기와 같은 길을 따라 걸으며 같은 물건을 만지는 모습을 상상해보기도 했다. '페르난디토, 그러지 말고 어서 자리에 앉아.' 그는 생각했다.

그런데 의자에 앉으려고 해도 왠지 내키지가 않았다. 거실에 더이상 갈 곳이 눈에 띄지 않자, 페르난디토는 과감히 안쪽에 있는 복도로 걸음을 옮겼다. 그 끝에 문이 두 개 있었다. 하나는 화장실, 다른 하나는 침실인 듯했다. 수줍음과 초조함, 수치심이 뒤섞여 얼굴이 붉어졌다. 그는 화장실 문 앞에 이르기 전에 부엌으로 발길을 돌렸다. 그는 의자에 앉아 다시 기다리기 시작했다. 시간이 젤라틴처럼 꾸물거리며 기어가는 것 같았다. 벽시계가 째깍거리는 소리 외에는 위안을 삼을 것이 아무것도 없었다. 시간이 흐르는 속도는 그것을 경험하는 사람의 마음과 반비례한다는 사실을 알 수 있었다.

그는 다시 자리에서 일어나 창가로 다가갔다. 바르가스의 흔적은 찾아볼 수도 없었다. 다섯 층 아래 세상은 아무 일 없다는 듯이 유유히 흘러가고 있었다. 그는 자기도 모르는 사이에 그 복도, 아니 화장실 문 앞에 와 있었다. 안으로 들어간 그는 거울에 비친 자신의 모습을 보았다. 선반 위에는 뚜껑 열린 립스틱이 놓여 있었다. 그는 그것을 집어 살펴보았다. 핏빛이 도는 붉은색이었다. 그는 그것을 다시 선반 위에 올려두고 화끈 달아오른 얼굴로 밖으로 나갔다. 맞은편에는 침실 문이 있었다. 문간에서 보니 침대는 깔끔하게 정돈되어 있었다. 알리시아는 거기서 잔 적이 없는 것이었다. 머릿속에 오만 가지 생각이 다 떠올랐지만, 입 밖으로 튀어나오기 전에 다 떨쳐버렸다.

그는 몇 걸음 안으로 들어가 침대를 바라보았다. 그녀가 침대 위에 누워 있는 모습이 떠오르자 얼른 고개를 돌려버렸다. 지금까지 얼마나 많은 남자가 옆에 누워 손과 입술로 그녀의 몸을 더듬었을지 궁금해졌다. 옷장으로 다가가 문을 열어보았다. 어스름한 불빛 속으로 알리시아의 옷이 언뜻 보였다. 그는 그녀의 옷을 손끝으로 부드럽게 어루만진 뒤 문을 닫았다. 침대 앞에는 나무로 된 서랍장이 하나 있었다. 첫번째 서랍을 열자 곱게 개어둔 실크레이스 의류로 가득차 있었다. 검은색, 빨간색, 하얀색. 그는 한참 지나서야 자기가 무엇을 보고 있는지 알아차렸다. 그건 알리시아의 속옷이었다. 그는 침을 꼴깍 삼켰다. 그의 손가락이 속옷의 2센티미터 위에서 멈췄다. 마치 실크레이스에 데기라도 할 것처럼 그는 손을 빼고 서랍을 닫았다.

"이런 멍청이 같으니라고!" 그는 스스로를 나무랐다.

멍청이든 아니든 간에, 그는 두번째 서랍을 열었다. 그 안에는 실크스타킹과 그것을 고정하기 위한 듯한 가죽끈이 달린 장치 같은 것이 들어 있었다. 그 장치를 보자 머리가 어찔했다. 그는 천천히 고개를 흔들며 서랍을 닫으려고 했다. 바로 그 순간, 전화벨이 요란스럽게 울리기 시작했다. 너무 놀란 나머지 심장이 입으로 튀어나와 벽에 부딪혀 산산조각날 것만 같았다. 그는 황급히 서랍을 닫고, 부엌으로 헐레벌떡 달려갔다. 전화벨은 그를 나무라듯이 화재경보기처럼 시끄럽게 울렸다.

페르난디토는 전화가 있는 곳으로 다가갔지만 어떻게 해야 할지 몰라 찌렁찌렁 울리는 전화기를 망연히 지켜보고만 있었다. 전화벨은 일 분이 넘도록 끊이지 않고 울려댔다. 마침내 그가 떨리는 손으로 수화기를 들자 사방이 조용해졌다. 그는 수화기를 다시 내려놓고 깊은 한숨을 내쉬었다. 자리에 앉아 눈을 감았다. 뭔가가 가슴을 세게 두들기는 것 같았다. 그의 심장이었다. 심장이 벌떡벌떡 뛰면서 목구멍에 걸린 듯 가슴이 답답했다. 그는 바보 같은 짓을 해서 마음의 위안을 찾는 자기 자신을 비웃었다. 만약 알리시아가 그 모습을 봤더라면……

나는 이런 일에는 아무짝에도 쓸모가 없는 놈이라고. 그는 속으로 중얼거렸다. 그 사실을 빨리 인정하는 편이 더 나을지도 몰라. 짧게나마 알리시아의 지시에 따라 움직이고, 그날 밤 소름끼치는 경험까지 하고 나니 권모술수와 모략이 판치는 세계는 자기가 가야 할 길과 거리가 멀다는 사실이 뼈저리게 느껴졌다. 차라리 장사를 하거나 공무원이 되는 편이 훨씬 나을 듯했다. 알리시아가 돌아오면 곧장 그만두겠다고 말하기로 마음을 굳혔다. 상사의 속옷을 모셔둔 신성한 곳에 얼쩡거린 일은 빨리 잊는 게 나았다. 나보다 훌륭한 사람들도 훨씬 쓸데없는 일로 신세를 망친 경우가 많으니까. 그는 속으로 중얼거렸다.

그가 건설적인 생각을 하면서 냉정을 되찾고 있을 때, 옆에서 전화벨이 다시 요란하게 울리기 시작했다. 이번에는 반사적으로 수화기를 집어들어 기어들어가는 목소리로 대답했다.

"당신 누구요?" 수화기에서 쩌렁쩌렁한 목소리가 흘러나왔다.

바르가스였다.

"페르난디토예요." 그가 대답했다.

"알리시아 좀 바꿔줘."

"알리시아 양은 나가고 없는데요."

"어디 갔지?"

"그건 모르겠어요."

바르가스는 혼잣말로 욕을 했다.

"그런데 너는 거기서 뭘 하는 거야?"

"알리시아 양이 나가기 전에 저더러 여기서 기다리라고 했어요. 경감님이 오거든 어젯밤 일을 모두 설명드리라고요."

"무슨 일이지?"

"직접 뵙고 말씀드리는 것이 더 좋을 것 같아요. 지금 어디 계세요?"

"호적등기소에. 알리시아는 언제쯤 돌아온다고 하던가?"

"아무 말씀도 없었어요. 권총을 집어들고 나가셨어요."

"권총을?"

"네. 정확히 말씀드리면 리볼버예요. 회전탄창이 달린······"

"뭘 말하는지 알겠어." 바르가스가 그의 말을 끊고 나섰다.

"그럼 여기로 오실 거예요?"

"곧 갈게. 그런데 지금 몰골이 말이 아니라서 우선 내 방에 가서 샤워부터 하고, 옷도 좀 갈아입어야 할 것 같아. 그러고 나서

갈 테니까 거기서 기다리고 있어."

"네, 기다리고 있을게요."

"알았어. 참, 그리고 페르난디토……"

"말씀하세요."

"아무 물건이나 함부로 건드리면 안 된다는 거 잊지 말라고."

파란색 전차는 지루할 정도로 느리게 선로 위를 굴러가고 있었다. 전차가 티비다보대로의 오르막길을 힘겹게 올라가기 시작할 무렵, 알리시아는 때맞춰 정거장에 도착해 전차에 올라탔다. 전차는 기숙학교에서 나온 듯한 학생들로 만원이었다. 학생들은 엄격해 보이는 두 사제의 인솔하에 어디론가 가고 있었다. 보아하니 산꼭대기에 있는 교회로 소풍을 가는 모양이었다. 알리시아는 전차에 탄 승객 가운데 유일한 여자였다. 인솔교사인 사제의 지시로 한 학생이 그녀에게 자리를 양보했다. 그녀가 자리에 앉자마자, 그때까지 소년들의 말소리로 떠들썩하던 전차 안이 일순간에 조용해졌다. 심지어는 학생들 배에서 나는 꼬르륵 소리까지 들릴 정도였다. 어쩌면 그건 호르몬이 그들의 혈관을 타고 빠르게 퍼져나가는 소리였는지도 모른다. 알리시아는 고개를 숙이고 전차에 혼자인 것처럼 행동하기로 했다. 얼추 열셋, 아니면 열네 살 정도 되어 보이는 학생들은 여자를 처음 보기라도 한 것처럼 계속 곁눈질로 그녀를 흘끔거렸다. 얼굴이 주근깨투성이인데다 다른 아이들에 비해 좀 멍청해 보이는 빨간 머리 소년이 맞은편에 앉아 있었다. 그 아이는 마치 넋 나간 사람처럼 멍한 눈으로 그녀를 위아래로—무릎에서 얼굴까지—연신 훑어보고 있었다. 알리시아는 고개를 들고, 잠시 그 아이의 눈을 쳐다보았다. 가엾은 아이는 갑자기 숨이 턱 막히는지 캑캑거리기 시작했지만, 결국 사제한테 목덜미를 한 대 맞고서야 진정되었다.

"마놀리토, 밖에 나와서 괜히 소란 피우지 말거라." 사제가 경고조로 말했다.

덕분에 그후로는 비교적 조용한 분위기 속에서 갈 수 있었다. 물론 학생들은 몰래 그녀를 훔쳐보기도 하고, 저들끼리 소리 죽여 낄낄거리기도 했지만 말이다. '뜨거운 피가 끓어오르는 사춘기 아이들을 보면 그리움과 외로움도 절로 사라지지.' 알리시아는 생각했다.

전차가 종점에 도착하자, 두 사제가 마치 소떼를 몰듯 학생들을 데리고 차에서 내렸다. 그사이 알리시아는 자리에 그대로 앉아 있기로 했다. 그녀는 아이들이 장난스럽게 서로 밀치고 경박하게 웃으면서 케이블카 승강장으로 줄지어가는 모습을 지켜보았다. 흥분이 가시지 않은 몇몇 아이는 그녀를 보려고 고개를 돌리는가 하면, 친구들과 그녀에 관해 이러쿵저러쿵 떠들기도 했다. 알리시아는 사제들이 마치 소떼를 우리 안에 넣듯이 학생들을 모두 승강장 안으로 밀어넣을 때까지 기다렸다가 전차에서 내렸다. 작은 광장을 가로지르는 동안 그녀는 정면 언덕 위에 당당한 모습으로 서 있는 엘 피나르에서 눈을 떼지 않았다. 전차 정거장에서 불과 몇 미터 떨어지지 않은 곳에 레스토랑이 하나 있고 그 문 앞에는 검은색 승용차 두 대가 세워져 있었다. 라 벤타. 알리시아는 그 레스토랑을 잘 알고 있었다. 레안드로가 바르셀로나에서 가장 좋아하는 곳일 뿐만 아니라, 격식 있는 자리에서 갖추어야 할 테이블매너와 에티켓을 가르쳐주러 몇 차례 그녀를 데려간 적이 있었다. '고상한 숙녀라면 나이프와 포크를 움켜쥐지 않고 부드럽게 어루만지는 법이지.' 알리시아는 핸드백에 손을 넣고 권총을 더듬어보았다. 그러곤 안전장치를 풀었다.

엘 피나르 저택에는 출입구가 두 군데 있었다. 차가 드나드는 정문은 마누엘 아르누스 거리에 면해 있었다. 광장에서 100여 미터 떨어진 곳인데, 라스 아과스 국도 북단 쪽으로 구불구불하게 이어진 언덕길을 따라가면 나오는 문이었다. 철문으로 된 두번째 입구는 전차 정거장에서 불과 몇 걸음 떨어진 곳에 있었다. 그 너머에는 계단이 오솔길처럼 정원을 따라 이어졌다. 알리시아는 그 앞으로 걸어갔다. 예상한대로 문은 닫혀 있었다. 그녀는 담을 따라 정문으로 걸어갔다. 가던 도중, 두번째 건물이 나타났는데 아마 저택을 지키던 경비원들의 옛 숙소인 듯했다. 그녀는 그곳도 감시받고 있다는 것을 직감했다. 언덕을 돌아가는 동안 높은 곳에 서서 저택 주위를 감시하는 사람의 실루엣이 어렴풋하게 보였다. 엔다야라면 집 안팎으로 부하들을 배치해두었을 가능성이 높았다. 길을 가던 알리시아는 정문에서 보이지 않는 곳에 멈추어 서서 담을 면밀히 살펴보았다. 어젯밤 페르난디토가 어디를 통해 저택 안으로 들어갔는지 금방 알아낼 수 있었다. 대낮에 그곳으로 들어간다는 것은 상상할 수도 없었다. 우선은 도움이 필요할 것 같았다. 그녀는 전차가 내리막길을 내려가기 시작하는 광장으로 돌아가 라 벤타 쪽으로 걸어갔다. 레스토랑에 들어갔지만, 아직 이른 시간이라 안은 텅 비어 있었다. 주방도 앞으로 몇 시간은 지나야 본격적으로 일을 시작할 것이다. 그녀는 바bar로 가서 스툴에 앉았다. 웨이터가 커튼 사이로 고개를 빼꼼 내밀더니 공손하게 미소 지으며 다가왔다.

"화이트와인 한 잔 주세요."

"특별히 찾으시는 와인이 있습니까?"

"아무거나 주세요."

웨이터는 고개를 끄덕인 뒤, 능숙한 손놀림으로 와인잔을 잡으며 그녀와 눈 한 번 마주치지 않았다.

"전화 좀 써도 되나요?"

"물론이죠. 저 뒤, 바 끝 쪽에 있습니다."

알리시아는 웨이터가 다시 커튼 뒤로 사라질 때까지 기다렸다가, 와인을 한 모금 마시고 전화를 걸러 갔다.

페르난디토는 아비뇽 거리를 오가는 행인들 사이에서 바르가스를 찾으려고 창밖을 내다보았다. 바로 그때, 등뒤에서 다시 전화벨이 울렸다. 이번에는 망설이지 않고 전화를 받았다.

"대체 어디 계신 거예요? 안 오세요?"

"누가 온다는 거야?" 알리시아가 물었다.

"미안해요. 바르가스 경감님인 줄 알았어요."

"바르가스를 만났어?"

"아까 전화가 왔는데, 이리로 오신다고 하더라고요."

"전화 온 지 얼마나 됐지?"

"십오 분 정도 됐을 거예요. 호적등기소에 계신다고 했어요."

알리시아가 잠시 아무 말도 하지 않자, 페르난디토는 그녀가 당황하고 있음을 알아차렸다.

"거기서 뭘 한다고 하디?"

"아무 말씀도 없으셨어요. 그건 그렇고 괜찮으세요?"

"난 괜찮으니까 걱정하지 마, 페르난디토. 바르가스가 오면, 내게 말한 대로 이야기해줘야 해. 그리고 티비다보 케이블카 승강장 옆에 있는 바에서 기다리겠다고 전해줘."

"엘 피나르 옆에 있는 바 말이군요……"

"서두르라고 해."

"도움이 필요한가요? 내가 가면 안 될까요?"

"꿈도 꾸지 마. 너는 바르가스가 올 때까지 거기서 기다리다가 내가 시킨 대로만 하면 돼. 무슨 말인지 알았지?"

"네…… 알리시아 양?"

알리시아는 전화를 끊었다. 하지만 페르난디토는 아무 소리도 들리지 않는 수화기를 멍하니 바라보았다. 바로 그 순간, 시야 한 구석에 무언가가 언뜻 보였다. 길 건너편, 바르가스 방에 난 창문에서 무언가 움직이고 있었다. 그가 알리시아와 통화하는 동안 방으로 올라간 것이 분명했다. 자기 생각이 맞는지 확인하기 위해 그는 창가로 다가가 자세히 살폈다. 그때 그란 카페의 입구로 걸어오는 바르가스의 모습이 눈에 띄었다.

"경감님! 바르가스!" 그는 큰 소리로 불렀다.

바르가스는 입구 안으로 들어가버렸다. 페르난디토가 다시 맞은편 창문을 보는 순간, 누군가 커튼을 치는 모습이 어렴풋이 보였다. 그는 알리시아가 방금 전에 알려준 번호로 전화를 걸려고 했지만, 갑자기 막연한 불안감이 엄습해 문을 열고 나가서 계단으로 내려가기 시작했다. 그의 발걸음은 점점 더 빨라지고 있었다.

25

바르가스는 자물쇠에 방 열쇠를 넣는 순간, 수상한 낌새를 바로 알아차렸다. 열쇠가 자물쇠 안 모서리에 끼인 것처럼 뻑뻑한데다 열쇠를 돌려도 용수철의 반발력이 거의 느껴지지 않았다. 누군가가 자물쇠를 부수고 들어간 것이 틀림없었다. 그는 권총을 꺼내면서 발로 문을 살짝 밀었다. 아파트—아파트라고 해봐야 거실을 커튼으로 가려 만든 방 두 칸짜리 공간이었다—안은 어스름이 깔려 있었다. 커튼이 쳐져 있었다. 나갈 때는 분명히 젖혀져 있었다. 바르가스는 공이치기를 뒤로 당겼다. 검은 그림자가 구석에 숨어 꼼짝도 않고 있었다. 바르가스는 총을 들어올려 그쪽으로 겨누었다.

"제발 쏘지 마세요. 저라고요!"

바르가스가 몇 걸음 앞으로 나아가자, 어둠 속 그림자가 두 손을 들고 나왔다.

"로비라? 대체 여기서 뭐하는 거요? 머리통을 날려버릴 뻔했 잖아."

왜소한 체구에 여전히 남루한 코트를 걸친 로비라는 부들부들 떨면서 그를 쳐다보았다.

"손 내려요." 바르가스가 말했다.

로비라는 거듭 고개를 끄덕이며 손을 내렸다.

"경감님, 정말 죄송합니다. 달리 방법이 없어서 그만…… 사 실은 저 아래 길거리에서 당신을 기다리고 있었어요. 하지만 어떤 자들이 계속 나를 뒤따라오더라고요. 정말이에요. 그래서 생각해 낸 게……"

"로비라, 잠깐만. 지금 무슨 소리를 하는 거죠?"

로비라는 숨을 깊게 들이마시며, 어디서부터 말을 꺼내야 할지 모르겠다는 듯 손을 휘저었다. 바르가스는 문을 닫고 그를 안락의 자로 데려갔다.

"네, 경감님."

바르가스는 의자를 가져와 로비라 앞에 앉았다.

"처음부터 차근차근 이야기해봐요."

로비라는 침을 꼴깍 삼켰다.

"리나레스 경감님의 전갈을 전해드리려고 오는 길이었어요."

"리나레스한테서?"

로비라는 고개를 끄덕였다.

"경감님과 알리시아 양의 뒤를 밟으라는 명령을 내린 게 바로 그분이었어요. 하지만 저는 경감님 지시대로 두 분에게 폐가 되지 않도록 멀찌감치 떨어져 따라다녔다고요. 정말이에요. 본부로 돌아가서도 최소한의 내용만 보고드렸고요."

"전갈은 뭐죠?" 바르가스가 말을 끊고 나섰다.

"리나레스 경감님이 경찰청에 도착했을 때 마드리드에서 걸려 온 전화를 받았어요. 아주 높은 분인 것 같았어요. 그런데 전화를 받고 저를 부르시더니, 바르가스가 위험에 처해 있다고 당장 가서 전하라고 하시더군요. 한시 빨리 이 도시를 떠나는 게 좋을 거라는 말도 덧붙이셨어요. 경감님과 알리시아 양 둘 다. 아무튼 시체보관소로 가서 그 말을 전하라고 하셨어요. 시체보관소로 가보니까, 이미 호적등기소로 떠나셨다지 뭡니까."

"계속 말해봐요."

"거기서 흥미로운 거라도 찾으셨어요?" 로비라가 물었다.

"당신과는 아무 상관 없는 일이니까 신경쓸 것 없어요. 그래서요?"

"네. 그래서 호적등기소로 가니까 벌써 가셨다는 거예요. 아무래도 여기서 기다리는 편이 좋을 것 같아서 한걸음에 달려왔죠. 그런데 그때 경감님이 감시당하고 있다는 것을 알아차렸다고요."

"나를 감시하는 건 당신 임무 아니었나요?"

"저 말고 다른 사람이 또 있어요."

"누구죠?"

"그건 저도 몰라요."

"여긴 어떻게 들어왔죠?"

"문이 열려 있더라고요. 아무래도 누가 자물쇠를 부수고 들어온 것 같아요. 안에 들어와 확인해보니까, 아무도 없었어요. 그래서 다시 문을 닫고 커튼을 쳤어요. 제가 여기서 경감님을 기다리는 걸 아무도 눈치채지 못하게 말이죠."

바르가스는 한동안 말없이 그를 빤히 쳐다보았다.

"제가 무슨 잘못이라도 저질렀나요?" 로비라가 걱정스러운 표정으로 물었다.

"그런데 리나레스가 나한테 전할 말이 있었다면, 왜 시체보관소에 전화를 걸지 않았죠?"

"경찰청 내의 전화도 안전하지 않다고 하시더군요."

"그럼 왜 그가 직접 오지 않고?"

"경감님은 내무성에서 파견나온 경찰관과 회의에 들어가셨어요. 알라야라던가…… 하여간 그 비슷한 이름이었어요."

"엔다야로군."

로비라는 고개를 끄덕였다.

"맞아요."

로비라는 여전히 강아지처럼 떨고 있었다.

"죄송한데 물 한 잔만 주시겠습니까?" 그가 애원하듯 말했다.

바르가스는 잠시 망설였다. 그는 선반으로 걸어가 반쯤 차 있는 주전자에서 물을 따랐다.

"알리시아 양은요?" 로비라가 그의 등뒤에서 물었다. "함께 계시지 않나요?"

갑자기 목소리가 가깝게 들려와 바르가스는 물잔을 손에 든 채 뒤를 돌아보았다. 로비라가 바로 옆에 서 있었다. 그는 더이상 떨지 않을뿐더러 겁먹은 기색도 무표정한 가면 속으로 사라지고 없었다.

바르가스는 번뜩이는 칼날을 미처 보지 못했다.

마치 망치로 갈비뼈를 맞은 것처럼, 옆구리에 뭔가 찌르는 통증이 느껴졌다. 그는 옆구리에 깊게 박힌 칼날이 폐를 관통했다는 것을 깨달았다. 웃고 있는 로비라의 얼굴이 보이는 듯했다. 권총을 잡으려는 순간, 로비라가 다시 그를 칼로 찔렀다. 이번에는 손잡이만 보일 정도로 칼날이 목에 깊게 박혔다. 바르가스는 비틀거렸다. 눈앞이 뿌옇게 흐려졌지만 간신히 서랍장을 붙잡았다. 로비라는 세번째로 그의 배를 찔렀다. 바르가스는 짚단처럼 힘없이 바닥에 쓰러지고 말았다. 그의 위로 어두운 그림자가 맴돌았다. 그가 쓰러진 채 심한 경련을 일으키는 동안, 로비라는 그에게서 총을 빼앗아 무심히 살펴보더니 바닥에 휙 집어던졌다.

"고철덩어리로군."

바르가스는 그의 깊은 눈동자를 멍하니 쳐다보았다. 로비라는 잠시 뜸을 들인 뒤, 칼날을 비틀며 그의 배를 두 번 더 찔렀다. 바르가스의 입에서 피가 쏟아져나왔다. 바르가스는 남은 힘을 다해 로비라에게, 자신을 난도질하는 그 정체불명의 상대에게 주먹을 날렸다. 하지만 로비라의 얼굴을 살짝 스칠 뿐이었다. 로비라는 바르가스의 피로 얼룩진 칼을 꺼내 그에게 보여주었다.

"개자식." 바르가스가 더듬거리며 말했다.

"내 얼굴을 똑똑히 봐두라고, 이 망할 자식아. 죽을 때 죽더라도, 내가 그녀에게만은 절대 인정사정 봐주지 않으리라는 건 알고 있어. 물론 최대한 오래 숨이 붙어 있도록 할 거야. 내 재주를 모두 보는 동안 그녀는 자기를 지켜주지 못한 네놈을 원망하겠지."

바르가스는 온몸에 한기가 들면서 사지가 마비되는 듯했다. 숨을 쉴 수 없을 정도로 심장이 요란하게 뛰었다. 미지근하고 끈적끈적한 액체가 몸 아래로 천천히 퍼져나가고 있었다. 눈에 눈물이 한가득 고이면서 전에 없이 두려움이 밀려왔다. 살인마는 바르가스의 옷깃에 피 묻은 칼을 닦고 주머니에 집어넣었다. 그리고 그 자리에 쪼그리고 앉은 채 죽음의 고통과 싸우는 바르가스의 눈을 보며 즐겁다는 듯이 웃었다.

"이제 느낌이 와?" 그가 물었다. "어떤 느낌이지?"

바르가스는 눈을 감고 알리시아를 떠올렸다. 그는 입가에 엷은 미소를 머금은 채 숨을 거두고 말았다. 바르가스가 로비라로 알고 있던 남자는 그 미소를 보고 끓어오르는 분노를 삭이지 못한 나머지 상대가 죽었다는 것을 알면서도 손마디가 벗겨질 때까지 주먹으로 그의 얼굴을 내려쳤다.

페르난디토는 문간에 몸을 숨긴 채, 안에서 나는 소리를 엿듣고 있었다. 방금 전 계단을 뛰어올라온 그는 바르가스의 아파트 문을 두드리기 전에 잠시 멈칫했다. 안에서 둔탁한 소리가 연달아 들렸다. 주먹으로 살과 뼈를 사정없이 때리는 듯한 소리가 들리고 누군가가 갈라진 목소리로 미친듯이 악을 썼다. 페르난디토가 문을 열려고 안간힘을 썼지만, 끝내 열리지 않았다. 잠시 후, 때리는 소리가 잦아들더니 발소리가 들렸다. 누군가가 문으로 오고 있었다. 겁에 질린 페르난디토는 염치고 체면이고 없이 숨기 위해 서둘러 계단을 뛰어올라갔다. 그가 위층 층계참 벽에 착 달라붙어서 꼼짝도 않고 있는 동안, 문 열리는 소리가 났다. 그러곤 계단을 내려가는 발소리가 들렸다. 페르난디토가 난간 사이로 고개를 빼꼼 내밀자 검은색 코트 차림의 땅딸막한 남자의 모습이 보였다. 잠시 머뭇거리던 그는 살금살금 바르가스의 집으로 걸어내려갔다. 문이 반쯤 열려 있었다. 문틈으로 살짝 엿보았더니, 바르가스가 바닥에 쓰러져 있었다. 몸 아래에는 거울처럼 번들거리는 검은 액체가 고여 있었다. 그는 그 검은 액체를 밟고 나서야 그게 무엇인지 알아챘다. 미끄러진 그는 바르가스의 시신 옆에 거꾸러졌다. 바르가스는 대리석조각처럼 창백한 낯빛을 한 채 숨이 끊어져 있었다. 페르난디토는 한순간 머릿속이 하얗게 변했다. 잠시 후, 바닥에 떨어진 바르가스의 권총을 본 그는 그것을 집어들고 부리나케 계단을 뛰어내려갔다.

26

바다로부터 시꺼먼 구름떼가 빠르게 밀려와 바르셀로나 상공을 뒤덮었다. 바에 앉아 있던 알리시아는 첫번째 천둥소리를 듣고 뒤를 돌아보았다. 그녀는 도시 위로 물밀듯이 밀려오는 어둠의 그림자를 쳐다보았다. 번개가 번쩍 치면서 구름의 소용돌이가 환하게 드러나더니 굵은 빗방울이 유리창에 후드득 떨어지기 시작했다. 그리고 이 분 뒤, 소나기가 쏟아지면서 온 세상은 짙은 잿빛 어둠 속에 잠기고 말았다.

그녀가 레스토랑을 나와 엘 피나르 저택을 둘러싼 돌담을 향해 걸어가고 있을 때, 뇌성이 요란하게 울려퍼졌다. 한 치 앞도 분간할 수 없을 만큼 사납게 쏟아지는 장대비 덕분에 남의 눈에 띄지 않고 움직일 수 있었다. 그녀는 다시 정원 입구를 지나치면서 저택 정면이 거의 보이지 않는다는 것을 확인했다. 그녀는 또다시 저택 둘레를 한 바퀴 돌다가 미리 봐둔 곳에서 담을 타고 올라가 반대편으로 뛰어내렸다. 떨어진 곳은 낙엽이 수북이 쌓인데다 빗물로 부드러워져서 충격이 거의 없었다. 그녀는 나무에 몸을 가린 채 정원을 가로질러 저택 진입로에 이르렀다. 그 길을 따라가자 저택 뒤편이 나왔는데, 전날 페르난디토가 말했던 것처럼 주방 창문이 보였다. 비가 세차게 내리치면서 빗물이 저택 벽을 타고 흘러내렸다. 알리시아는 한 창문으로 다가가 안을 들여다보았다. 페르난디토가 보았다던 발렌틴 모르가도가 살해당한 나무테이블이 눈에 띄었다. 상판이 거무스름한 얼룩으로 덮여 있었다. 안에는 아무도 보이지 않았다. 천둥소리가 온 건물에 울려퍼졌다. 리볼버 손잡이로 창문을 치자, 유리가 산산조각났다. 알리시아는 곧장 안으로 들어갔다.

페르난디토는 낯선 남자의 뒤를 바짝 따라갔다. 그는 방금 무자비하게 사람을 죽이고도 산책이라도 하러 나온 것처럼 느긋하게 걸었다. 번개가 내리치면서 거리가 대낮처럼 환해졌다. 사람들은 비를 피하기 위해 레알광장의 아치문 아래로 우르르 달려갔다. 살인자는 걸음을 재촉하지도, 비를 피할 곳을 찾지도 않고 천천히 걸었다. 람블라스 거리에 이르자 그는 보도 가장자리에 멈추어 섰다. 페르난디토는 가까이 다가가면서 그의 옷이 비에 흠뻑 젖어 있음을 확인했다. 순간 주머니에 넣어둔 바르가스의 권총을 꺼내 그의 등뒤에 한 방 쏘아버리고 싶은 충동이 일었다. 살인자는 마치 그의 존재를 의식하고 그를 기다리고 있었다는 듯이 그 자리에 서서 꼼짝도 하지 않았다. 그러던 어느 순간 갑자기 걸음을 옮기기 시작했다. 그는 람블라스 거리를 가로질러 콘데 델 아살토 거리로 들어가더니 라발 지구 한복판으로 향했다.

페르난디토는 약간 뒤처져서 계속 그의 뒤를 밟았다. 랑카스테르 거리 모퉁이에서 남자는 왼쪽으로 접어들었다. 페르난디토도 거기로 뛰어갔지만, 그는 어느 건물의 현관 속으로 자취를 감췄다. 페르난디토는 잠시 뜸을 들이다 벽에 달라붙은 채 현관문으로 천천히 다가갔다. 처마에서 떨어진 더러운 물이 얼굴에 튀어 외투 칼라 위로 흘러내렸다. 그는 살인자가 들어간 현관문 앞에서 멈추어 섰다. 멀리서 봤을 때는 계단으로 된 아파트 입구인줄 알았는데, 실제로는 1층의 어느 상점으로 이어져 있었다. 상점 정면에는 녹슨 셔터가 내려와 있었다. 그런데 셔터를 잘라내서 만든 작은 문이 살짝 열려 있었다. 셔터 위로 글자가 희미해진 팻말이 하나 붙어 있었다.

마네킹공장
코르테스 형제
각종 양복 액세서리 및 기성복 제작업체
1909년 창립

그 공장은 딱 봐도 오래전에 문을 닫은 후로 방치되어 있는 것 같았다. 페르난디토는 잠시 망설였다. 상황으로 봐서는 당장 거기를 떠나 도움을 청하러 가는 것이 상책일 듯했다. 밖으로 나와 길모퉁이에 다다른 순간, 바르가스의 난도질당한 몸과 피범벅이 된 얼굴이 그의 발길을 붙들었다. 그는 걸음을 돌려 다시 공장으로 갔다. 반쯤 열린 문틈으로 손가락을 집어넣고 살짝 열어보았다.

공장 안은 한 치 앞도 안 보일 정도로 어두웠다. 문을 활짝 열자, 빗속에서 새어들어온 희미한 불빛 덕분에 문턱이 어렴풋이 보였다. 그는 그곳의 윤곽을 대충 살펴보았다. 어릴 적 보았던 가게들과 비슷한 모양새였다. 나무로 된 계산대, 유리장식장, 그리고 쓰러진 의자들. 얼핏 보아서는 모든 것이 속이 훤히 비치는 실크로 덮여 있는 듯했다. 잠시 당황했지만 자세히 보니 그것은 거미줄이었다. 구석에는 벌거벗은 마네킹 두 개가 거미줄로 친친 감겨있었다. 몸집이 어마어마하게 큰 거미가 그것들을 집어삼키려고 구석으로 질질 끌고 간 듯한 모양새였다.

가게 안쪽에서 금속성 소리가 울려퍼지자, 페르난디토는 눈을 가늘게 뜨고 보았다. 먼지가 뽀얗게 내려앉은 계산대 뒤로 커튼이 쳐져 있었다. 커튼 뒤로 가게 안쪽 방이 있는 듯했다. 커튼은 여전히 살랑살랑 흔들리고 있었다. 그는 거기로 다가가 숨을 죽인 채 커튼을 살짝 젖혔다. 그러자 긴 복도가 눈앞에 나타났다. 문틈으로 희미하게 새어들어오던 빛이 별안간 사라졌다. 뒤를 돌아보는 순간 바람이 불었든지, 아니면 어떤 이가 손으로 밀었든지 셔터에 난 작은 문이 천천히 닫히고 있었다.

　알리시아는 문에서 눈을 떼지 않은 채 주방을 가로질러갔다. 빗소리에 묻혀 잘 들리지는 않았지만, 문 뒤에서 웅성거리는 소리가 가늘게 새어나오고 있었다. 사람들의 발소리와 육중한 문이 쾅 닫히는 소리도 들렸다. 그녀는 걸음을 멈추고 잠시 기다렸다. 그사이 그녀는 주방이 어떻게 생겼는지 자세히 살펴보았다. 스토브와 화덕, 그릴은 모양새로 봐서 오랫동안 사용하지 않은 것 같았다. 벽에는 프라이팬, 냄비, 식칼, 그리고 다른 주방도구들이 걸려 있었다. 쇠로 된 주방용구들은 모두 검게 변해 있었다. 대리석으로 된 커다란 싱크대에는 갖가지 찌꺼기와 부스러기가 수북했다. 문제의 나무테이블은 주방 한복판에 있었다. 알리시아는 테이블 다리에 묶인 사슬과 가죽끈, 그리고 테이블 위에 말라붙은 핏자국을 유심히 살펴보았다. 그녀는 산치스의 운전사 시신을 어떻게 처리했는지, 그리고 아내 빅토리아는 지금도 살아 있는지 궁금해졌다.

　그녀는 문으로 다가가 귀를 바짝 갖다댔다. 웅성거리는 소리는 부근의 방에서 나는 것 같았다. 방안을 엿보려고 문을 살짝 열려는 순간, 조금 전까지 빗방울이 유리창을 때리는 것으로 여겼던 소리가 다시 들렸다. 그건 집 안쪽에서 나는 쇳소리인 듯했다. 그녀는 숨을 죽이고 다시 그 소리에 귀를 기울였다. 무언가, 혹은 누군가가 주방과 연결된 어느 곳의 수도관이나 벽을 두드리고 있었다. 주방 리프트* 쪽으로 가자, 소리가 더 선명하게 들렸다. 아래에서 나는 소리였다. 주방 아래에 무언가가 있는 것이 분명했다.

알리시아는 손마디로 벽을 두드려보고 더듬으면서 주방 안을 한 바퀴 돌았다. 벽은 매우 단단해 보였다. 한구석에 철문이 하나 달려 있었다. 잠금레버를 풀고 문을 열자 6제곱미터 크기의 방이 나타났다. 벽에 먼지를 뽀얗게 뒤집어쓴 선반이 달린 걸 보면 옛날에 식품저장실로 쓰던 곳인 듯했다. 쇠를 두드리는 듯한 소리가 더 선명하게 들렸다. 안으로 몇 걸음 들어가자 발밑에서 진동이 느껴졌다. 그 순간, 그녀의 눈에 띄는 것이 있었다. 식품저장실 안쪽 벽에 검은 선이 수직으로 나 있었는데, 마치 갈라진 금처럼 보였다. 그녀는 거기로 다가가 벽을 만져보았다. 두 손으로 밀자, 벽이 반대편으로 벌컥 열렸다. 안에서 동물이 썩은 냄새와 배설물냄새가 뒤섞인 지독한 악취가 풍겼다. 알리시아는 구역질이 치밀어 손으로 얼굴을 가렸다.

돌을 뚫어 45도 각도로 내려가도록 만든 굴이 눈앞에 나타났다. 들쑥날쑥한 계단이 어둠 속으로 길게 이어져 있었다. 그 순간, 돌연 금속성 소리가 멎었다. 알리시아는 계단을 한 칸 내려가 귀

---

* 요리를 운반하기 위해 주방에 설치한 소형 엘리베이터.

를 쫑긋 세웠다. 어디선가 숨소리가 들리는 듯했다. 그녀는 리볼버를 앞으로 겨누고 다음 단을 밟았다.

고개를 돌리자, 벽에 달린 쇠갈고리에 기다란 물체가 걸려 있었다. 회중전등이었다. 알리시아는 그것을 집어들고 손잡이 부분을 돌려 불을 켰다. 전등에서 나온 하얀 불빛이 우물에서 스멀스멀 올라오는 듯한 짙고 축축한 어둠을 꿰뚫고 지나갔다.

"엔다야? 당신이오? 나를 여기 내버려두지 말아요……"

목소리는 굴 안쪽에서 들려왔다. 너무나 꺽꺽거리는 쉰 소리라 사람의 목소리 같지 않았다. 한 단씩 계단을 천천히 내려가다보니 어둠 속으로 철창이 언뜻 보였다. 그녀는 회중전등을 들고 감방 안을 비추어보았다. 그 순간, 무언가가 언뜻 눈에 띄었다. 그것이 무엇인지 알아차렸을 때 그녀는 온몸의 피가 얼어붙는 듯했다.

그 사람은 상처를 입은데다 땟국물이 줄줄 흐르는 몸뚱이에 누더기를 걸친 짐승의 몰골이었다. 지저분하게 뒤엉킨 머리와 덥수룩한 수염이 누렇게 뜬―군데군데 긁힌 자국도 있었다―얼굴을 가리고 있었다. 그 사람은 철창까지 간신히 기어와 애원하듯 그녀에게 손을 내밀었다. 알리시아는 총을 내리면서 멍한 표정으로 그를 바라보았다. 죄수가 철창에 기댄 한 팔은 자세히 보니 손이 없었다. 손목을 잔인하게 잘라낸 뒤 그 부위에 타르를 발라놓은 듯했다. 팔은 자줏빛을 띠고 있었다. 알리시아는 구역질이 올라오려는 것을 겨우 참으며 철창으로 다가갔다.

"발스 씨?" 그녀는 믿을 수 없다는 듯이 물었다. "마우리시오 발스 씨 맞습니까?"

죄수는 무슨 말을 하려는 듯 입술을 달싹거렸다. 하지만 입에서는 소름끼치는 신음소리만 흘러나왔다. 알리시아는 감방의 자물쇠를 자세히 살펴보았다. 철창에 친친 감긴 고리 모양의 쇠사슬에 단철자물통이 채워져 있었다. 그 순간 벽 너머에서 사람들의 발소리가 들려왔다. 시간이 촉박했다. 철창 안에 있는 발스는 절망에 빠진 눈으로 그녀를 쳐다보고 있었다. 그녀는 당장 발스를 거기서 꺼내줄 수 없다는 것을 잘 알고 있었다. 물론 총으로 자물통을 단번에 날려버릴 수도 있었지만, 엔다야는 적어도 두어 명의 부하를 저택 안에 남겨두었을 것이 분명했다. 일단은 발스를 감방에 남겨두고 바르가스를 찾으러 갈 수밖에 없을 듯했다. 감방 안의 죄수는 그녀의 마음을 훤히 읽은 눈치였다. 그는 팔을 뻗어 그녀를 잡으려고 했지만, 그럴 만한 기력이 남아 있지 않았다.

"나를 여기 내버려두지 말아요." 그는 애원 같기도 하고, 명령 같기도 한 투로 말했다.

"도와줄 사람과 함께 다시 올게요." 알리시아가 중얼거리며 말했다.

"안 돼요!" 발스가 소리질렀다.

누군가가 어두운 골방에서 썩어 죽도록 방치한 그는 뼈만 앙상했다. 그 살이 스치는 순간 혐오감이 일었지만 그녀는 그의 손을 꽉 잡았다.

"내가 여기 왔다는 것을 아무한테도 말하면 안 돼요."

"나쁜 년. 끝내 가겠다면 소리를 지를 테다. 그러면 너도 여기에 나랑 같이 갇히는 거야." 발스가 윽박질렀다.

알리시아는 그의 눈을 빤히 쳐다보았다. 잠시나마 발스의 참모습, 산송장이나 다름이 없었지만 그에게 아직 남아 있는 본모습을 보는 듯했다.

"그렇게 하시면, 다시는 따님을 못 볼 겁니다."

그 말을 듣는 순간, 그의 얼굴은 분노와 절망감이 뒤범벅이 된 채 어둠 속에서 심하게 일그러졌다.

"무슨 일이 있어도 당신을 찾아내겠다고 메르세데스 양과 약속을 했다고요." 알리시아가 말했다.

"그 아이는 아직 살아 있단 말이오?"

그녀는 고개를 끄덕였다.

발스는 철창에 이마를 대고 흐느끼기 시작했다.

"어떤 일이 있어도 저들이 그 아이를 찾아내 해치지 않게 해주시오." 그가 애원했다.

"저들이라뇨? 누가 메르세데스 양을 해치려 한다는 거예요?"

"제발……"

감방 위에서 또다시 발소리가 들리자 알리시아는 일어섰다. 발스는 체념과 희망이 뒤섞인 눈빛으로 그녀를 바라보았다.

"어서 피하시오." 그가 울먹이는 목소리로 말했다.

27

페르난디토는 바람에 밀려 천천히 닫히는 문을 빤히 바라보았다. 어둠이 점점 죄어들어오는 것 같았다. 마네킹과 유리진열장의 윤곽은 어둠 속으로 사라져버렸다. 이제는 문틈으로 희미한 한 줄기 빛만 새어들어오고 있었다. 페르난디토는 숨을 깊이 들이마셨다. 내가 그자의 은신처까지 따라들어온 건 다 이유가 있어. 그는 속으로 중얼거렸다. 알리시아는 그에게 기대를 걸고 있었다. 그는 리볼버를 단단히 움켜잡고 어둠이 짙게 깔린 공장 안쪽의 복도를 향해 몸을 돌렸다.

"난 두렵지 않아." 그는 중얼거렸다.

어디선가 수군거리는 소리가 희미하게 들렸다. 아이의 웃음소리가 틀림없었다. 아주 가깝게 들렸다. 몇 미터 떨어지지 않은 곳이었다. 어둠 속에서 그를 향해 발을 질질 끌며 다가오는 소리가 들리자, 그는 공포에 사로잡혔다. 페르난디토는 리볼버를 들고 자기도 모르는 사이에 공이치기를 뒤로 당겼다. 고막을 찢는 듯한 굉음이 들리면서 마치 누군가가 망치로 손목을 내려친 것처럼 두 팔이 튕겨올라갔다. 유황색 불빛이 번쩍이며 복도를 비춘 찰나의 순간 페르난디토는 그를 보았다. 칼을 높이 치켜든 채 이글이글 타오르는 눈빛으로 페르난디토에게 다가오고 있었다. 그의 얼굴은 가죽으로 만든 듯한 마스크 아래 숨겨져 있었다.

페르난디토는 거듭 방아쇠를 당기다 리볼버를 놓치고 뒤로 벌렁 나자빠졌다. 한순간 그는 자기를 덮치려고 다가오던 그 악마 같은 자가 바로 옆에 있는 줄 알았다. 그래서 미처 한숨을 돌리기도 전에 차가운 쇠붙이가 몸에 닿을 것만 같은 느낌이 들었다. 그는 몸을 끌며 뒤로 물러났다. 일어서서 간신히 균형을 잡을 만했을 때, 그는 작은 문을 향해 돌진했다. 문이 활짝 열리면서 그는 물이 흥건하게 고여 있던 땅바닥에 고꾸라졌다. 몸을 일으킨 그는 뒤도 돌아보지 않고 쏜살같이 달아나기 시작했다.

　모두들 그를 베르날이라고 불렀다. 물론 그건 본명이 아니었지만, 그는 굳이 바로잡으려고 하지 않았다. 엔다야의 명령으로 머리털이 곤두서는 그 저택에 겨우 며칠 머물렀을 뿐이지만 그사이 너무나 많은 것을 보고야 말았다. 그 살인마와 수하의 인간 백정들이 자기에 대해 모르면 모를수록 더 좋다는 것을 깨달을 정도로 말이다. 이제 두 달만 잘 버티면, 경찰에 평생 몸담은 대가로 쥐꼬리만한 연금을 챙겨 은퇴해서 조용히 살 수 있었다. 한 편의 저속한 광대극처럼 살아온 그에게 한 가지 소망이 있다면 호아킨 코스타 거리의 어둡고 눅눅한 하숙방에서 사람들의 뇌리에서 잊힌 채 혼자서 쓸쓸히 세상을 떠나는 것뿐이었다. 그는 정복을 차려입고 내무성에서 보낸 그 귀여운 아이들에게—기계로 찍어낸 듯 비슷비슷한 그들은 반평생을 숨어 지내거나 벌집같이 혼잡한 감방에 갇혀 지내느라 제대로 서서 소변도 누지 못하는 얼치기 공산주의자들과 가난뱅이들을 바르셀로나 거리에서 소탕할 준비가 된 새로운 세대의 백인대장이었다—경의를 표하느니, 차라리 늙은 매춘부같이 살다가 죽고 싶었다. 영광 속에서 사는 것보다 망각 속에서 죽는 것이 더 명예로운 시대도 있다.
　베르날이라는 잘못된 이름으로 불리던 남자는 그런 생각에 정신이 팔린 채 주방문을 열었다. 그는 집안을 철저히 순찰하라는 엔다야의 명령을 언제나 충실히 따랐다. 더구나 집안을 샅샅이 살펴보는 것은 그의 전문이었다. 겨우 세 발짝 만에 그는 무언가 평소와 다르다는 것을 알아챘다. 습한 바람이 얼굴을 스치고 지나갔다. 그는 고개를 들어 주방 끝을 쳐다보았다. 번개가 번쩍하자 깨진 유리창의 날카로운 날이 드러났다. 그는 구석으로 가서 바닥에 떨어진 유릿조각 앞에 무릎을 꿇고 앉았다. 희미한 발자국이 이어지다 먼지 속에서 사라졌다. 발걸음은 가벼운 편이고, 바닥에 굽이 닿은 자국으로 보건대 밑창 크기가 작았다. 여자임에 틀림없었다. 베르날로 불리는 남자는 발자국을 다시 한번 정확히 살펴본 뒤, 자리에서 일어나 식품저장실로 갔다. 그러곤 안쪽에 있는 벽을 눌러 터널로 내려가는 입구를 열었다. 그는 계단을 몇 단 내려갔지만 아래에서 올라오는 심한 악취 때문에 걸음을 멈추었다. 다시 계단을 올라와 입구를 닫으려는 순간 갈고리에 매달린 손전등이 눈에 띄었다. 손전등은 가볍게 흔들리고 있었다. 그는 문을 닫고 주방으로 가서 주변을 쭉 훑어보았다. 그러곤 잠시 무언가를 생각하더니, 바닥에 남아 있던 흔적을 구둣발로 밟아 뭉개고 깨진 유릿조각을 어두운 구석으로 밀어버렸다. 엔다야가 돌아왔을 때 집안에 누군가 침입한 흔적이 있다는 것을 그는 보고하지 않을 생각이었다. 일단 뒤로 빠지는 것이 상책일 듯싶었다. 가장 최근에 엔다야에게 달갑지 않은 소식을 보고했던 불쌍한 친구는 턱뼈가 날아갔다. 그자는 엔다야의 오른팔 중 하나였고, 아무리 오른팔이라고 해도 엔다야는 절대 봐주는 법이 없었다. 운이 따라주면 그는 칠 주 후에 작은 훈장을 받게 될 예정이었다. 그는 그걸 저당 잡혀서 고급 매춘부와 하룻밤을 즐기고 속세를 떠날 생각이었다. 그동안 무사히 버텨내기만 하면, 최근 며칠 엘 피나르에서 목격한 것은 모두 잊고 임무라는 미명하에 저지른 짓도 자신이 아닌 베르날의 소행이라고 확신하면서 어둡고 불행한 노년이나마 온전히 누리게 될 것이었다. 따지고 보면 그는 진짜 베르날이었던 적도 없었고, 베르날이 될 리도 없었으니까 말이다.

알리시아는 창문 맞은편 정원에 몸을 숨긴 채, 요원이 조용히 주방 안을 돌아다니다 터널 입구를 확인한 뒤 무슨 영문인지 그녀가 남긴 발자국을 지우는 모습을 숨죽여 지켜보고 있었다. 형사는 주방 안을 휙 둘러보더니 다시 문으로 걸어갔다. 저 형사가 외부에서 침입한 흔적이 있다는 것을 상관에게 보고할지는 확실하지 않지만, 비가 세차게 쏟아지는 틈을 이용해서 정원을 빠르게 가로질러 언덕을 타고 담까지 내려가기로 했다. 그렇게 하는 데 대략 육십 초 정도 걸릴 듯했다. 그사이 언제라도 어깻죽지에 총알이 박힐 수 있었지만 다행히 그런 일은 일어나지 않았다. 그녀는 담을 넘어 거리로 뛰어내린 다음 다시 광장으로 달려갔다. 파란색 전차가 폭우를 뚫고 막 내려가는 참이었다. 달리는 전차에 뛰어오른 그녀는 못마땅한 표정으로 노려보는 차장의 눈초리를 무시하고 자리에 털썩 주저앉았다. 그녀는 온몸이 흠뻑 젖은 채 추위 때문인지, 아니면 안도감 때문인지 몸을 부들부들 떨었다.

현관 계단에서 비를 맞고 웅크린 그의 모습이 눈에 띄었다. 알리시아는 아비뇽 거리 군데군데 고여 있는 물웅덩이를 가로질러 그의 앞에서 걸음을 멈추었다. 이야기를 들을 것도 없이 무슨 일이 있다는 것을 알아챘다. 페르난디토가 고개를 들어 눈물이 그렁그렁한 눈으로 그녀를 쳐다보았다.

"바르가스는 어디 있지?" 알리시아가 물었다.

페르난디토는 고개를 푹 숙였다.

"올라가지 마세요." 그가 중얼거렸다.

엉덩이를 바늘로 찌르는 듯한 통증과 옆구리의 얼얼한 감각을 무시한 채 알리시아는 한 번에 두 단씩 올라갔다. 5층 층계참에 이르자, 그녀는 반쯤 열린 바르가스의 숙소 문 앞에서 걸음을 멈추었다. 달착근한 쇳내가 공기 중에 떠돌고 있었다. 문을 안으로 밀었을 때, 반짝이는 검붉은 웅덩이 위에 널브러진 시신이 눈에 들어왔다. 불현듯 온몸에 엄습해오는 한기에 숨이 턱 막혀 문틀을 붙잡고 섰다. 시신 곁으로 다가가는 사이 다리가 후들거렸다. 바르가스는 눈을 뜨고 있었다. 밀랍가면 같은 얼굴이 심하게 짓이겨져 제대로 알아볼 수도 없었다. 그녀는 그의 옆에 무릎을 꿇고 앉아 뺨을 어루만졌다. 얼굴은 얼음처럼 차가웠다. 분노의 눈물이 괴어 눈앞이 뿌예졌지만, 그녀는 신음소리를 내지 않으려고 이를 악물었다.

시신 옆에 의자 하나가 쓰러져 있었다. 알리시아는 의자를 일으켜세우고 조용히 시신을 살펴보기 위해 그곳에 앉았다. 엉덩이가 타들어가는 통증이 뼈를 타고 온몸으로 퍼져나가기 시작했다. 그녀는 오래된 상처 부위를 주먹으로 있는 힘껏 내리쳤다. 잠시 통증으로 눈앞이 흐려지면서 그대로 바닥에 쓰러질 뻔했다. 그녀는 계속 자신의 몸을 주먹으로 때렸다. 그 모습을 문간에서 지켜보던 페르난디토가 결국 팔을 잡아 제지했다. 그러곤 그녀가 더이상 움직이지 않을 때까지 꽉 껴안고 있었다. 그리고 그녀가 고통을 참지 못해 숨을 헐떡이며 울부짖도록 가만히 두었다.

"당신 탓이 아니에요." 그는 같은 말을 거듭거듭 되뇌었다.

알리시아가 더이상 몸을 떨지 않자 페르난디토는 안락의자에 있던 담요로 시신을 덮어주었다.

"주머니를 뒤져봐." 알리시아가 지시했다.

페르난디토는 바르가스의 외투와 상의 주머니를 뒤지기 시작했다. 지갑과 동전 몇 개, 그리고 숫자가 적힌 종이쪽지와 명함이 하나 나왔다.

마리아 루이사 알카이네

기록물 및 문서 관리국

보좌관

바르셀로나 호적등기소

그녀는 건네받은 것들을 하나씩 조심스럽게 살펴보았다. 명함과 숫자가 적힌 종이는 자기 주머니에 집어넣었다. 그리고 그에게 나머지를 돌려주면서 원래 있던 곳에 다시 넣어두라고 말했다. 알리시아는 담요에 덮인 바르가스의 몸에서 눈을 떼지 못했다. 페르난디토는 잠시 기다리다 다시 그녀에게 다가갔다.

"여기서 이러고 있을 때가 아니에요." 마침내 그가 말했다.

알리시아는 무슨 말인지 못 알아들었다는 듯이, 아니면 아무 말도 못 들었다는 듯이 그를 쳐다보았다.

"손 이리 내밀어보세요."

그녀는 그의 말을 무시하고 혼자서 일어나려고 했다. 페르난디토는 그녀의 얼굴이 고통으로 심하게 일그러지는 것을 보았다. 그는 알리시아를 팔로 감싸안고 일으켜세웠다. 자리에서 일어난 알리시아는 절뚝거리는 것을 숨기려고 안간힘을 쓰면서 몇 걸음 내디뎠다.

"나 혼자 할 수 있어." 그녀가 말했다.

얼음같이 차가운 목소리였다. 눈빛 또한 무슨 생각을 하는지 아무 감정도 드러나지 않았다. 마지막으로 바르가스를 돌아볼 때도 그녀의 눈빛은 전혀 변하지 않았다. '이런 와중에도 문을 다 닫고, 열쇠로 잠그는구나.' 페르난디토는 생각했다.

"자, 나가자." 그녀는 절뚝절뚝 문으로 걸어가며 중얼거렸다.

페르난디토는 그녀의 팔을 부축해서 계단으로 갔다.

그들은 그란 카페 한구석의 테이블에 자리를 잡았다. 페르난디토는 큰 사이즈의 밀크커피 두 잔과 코냑 한 잔을 주문했다. 그러곤 코냑을 커피 한 잔에 부어 알리시아에게 건넸다.

"드세요. 몸이 따뜻해질 거예요."

알리시아는 잔을 받아 한 모금씩 천천히 마셨다. 창유리 위로 빗물이 쭈르륵 흘러내려 바르셀로나 상공을 뒤덮은 잿빛 망토가 희뿌옇게 보였다. 알리시아의 얼굴에 혈색이 돌아오자 그제야 페르난디토는 그날 벌어진 일을 모두 털어놓았다.

"그런 곳까지 쫓아가지는 말았어야지." 그녀가 말했다.

"그가 도망가게 놔둘 수는 없었어요." 그가 대꾸했다.

"그자가 죽은 건 확실해?"

"잘 모르겠어요. 경감님 권총을 빼들고 두어 번 쏘기는 했어요. 2, 3미터도 안 되는 거리였지만, 안이 너무 어두워서……"

알리시아는 페르난디토의 손 위에 자기 손을 포개며 옅은 미소를 지었다.

"나는 괜찮아요." 그는 거짓말을 했다.

"그럼 권총은? 지금도 가지고 있니?"

페르난디토는 고개를 저었다.

"도망가다가 떨어뜨렸어요. 이제 어떻게 해야 하죠?"

알리시아는 한동안 말없이 창밖만 바라보았다. 심장이 뛸 때마다 엉덩이에서 통증이 느껴졌다.

"그 알약 지금 먹어야 하지 않을까요?" 페르난디토가 물었다.

"나중에."

"나중이라뇨? 언제요?"

알리시아는 그의 눈을 빤히 쳐다보았다.

"한 가지 부탁할 게 있는데."

페르난디토는 고개를 끄덕였다.

"뭐든 말씀만 하세요."

그녀는 주머니를 뒤지더니 열쇠를 꺼내 그에게 건네주었다.

"이건 우리집 열쇠야. 받아."

"무슨 말인지 잘 모르겠어요."

"우선 이걸 가지고 우리집으로 올라가. 들어가기 전에 안에 누가 있는지 꼭 확인해야 돼. 만약 문이 열려 있거나 자물쇠를 억지로 딴 흔적이 있으면, 뒤도 돌아보지 말고 네 집까지 뛰어가."

"그럼 저랑 같이 가는 게 아니에요?"

"일단 부엌에 들어가면 거실로 가서 소파 아래를 찾아봐. 거기 문서와 서류가 든 상자 하나가 있을 거야. 그 안에 노트가 든 봉투가 하나 있는데, 겉면에 '이사벨라'라는 이름이 적혀 있어. 무슨 말인지 알겠지?"

그는 고개를 끄덕였다.

"이사벨라."

"네가 그 상자를 통째로 가져가서 보관하고 있으면 좋겠어. 아무도 찾을 수 없는 곳에 숨겨놓으라고. 어때? 나를 위해서 할 수 있겠니?"

"네, 걱정 마세요. 하지만……"

"지금은 토를 달 여유가 없어. 설령 내게 무슨 일이 생기더라도……"

"제발 그런 말은 하지 마세요."

"설령 내게 무슨 일이라도 생기더라도," 알리시아는 하던 말을 계속했다. "절대로 경찰에 가서는 안 돼. 만약 내가 상자를 찾으러 돌아오지 않으면 며칠 더 기다리다가 그 문서들을 산타아나 거리에 있는 '셈페레와 아들' 서점으로 가져가. 어디 있는지 알지?"

"어디 있는지 잘 알아요……"

"안으로 들어가기 전에 서점을 감시하는 자들이 없는지 반드시 확인해야 할 거야. 만약 주변에 조금이라도 수상한 낌새가 보이면, 다음 기회로 돌리고 서점을 그냥 지나가버려. 안에 들어가면 페르민 로메로 데 토레스를 만나러 왔다고 해. 이름을 한번 따라 해봐."

"페르민 로메로 데 토레스."

"다른 사람은 믿으면 안 돼. 그러면 절대 안 된다고."

"그렇게 말하니까 무섭잖아요, 알리시아 양."

"만일 내가 무슨 일을 당하면 그 문서를 모두 그에게 넘겨. 그를 만나서 내 부탁을 받고 온 거라고 말하고, 자초지종을 모두 설명해줘. 그리고 네가 들고 간 문서 중에 다니엘의 모친인 이사벨라 히스페르트의 일기도 있다고 알려주면 될 거야."

"다니엘이 누구죠?"

"페르민에게 그 일기를 보고 다니엘에게 그것을 보여줄지 결정할 사람은 페르민 자신이라고 전해줘. 그가 이번 일의 재판관이 되는 거라고."

페르난디토가 고개를 끄덕이자, 알리시아의 입가에 쓸쓸한 미소가 떠올랐다. 그녀는 그의 손을 꽉 잡았다. 그는 그녀의 손을 입술에 갖다대고 입을 맞추었다.

"페르난디토, 너를 이번 일에 끌어들여 정말 미안해. 너에게 이런 짐을 지우다니…… 내게는 그럴 권리가 없는데."

"아니에요. 이런 중요한 임무를 주셔서 오히려 기쁜걸요. 실망시키지 않도록 할게요."

"네 마음이야 나도 잘 알아…… 그런데 마지막으로 한 가지 더 부탁할 게 있어. 설령 내가 돌아오지 않더라도……"

"꼭 돌아오실 거예요."

"설령 내가 돌아오지 않더라도, 행방을 수소문한답시고 병원이나 경찰서는 물론, 그 어디를 돌아다녀서도 안 돼. 너는 애당초 나를 만난 적도 없어. 그렇게 생각해야 돼. 나를 잊어버려."

"어떤 일이 있어도 당신을 잊어버리지 않을 거예요, 알리시아 양. 나는 바보니까……"

그녀는 자리에서 일어섰다. 극도로 고통스러운 기색이 역력했지만, 잠깐뿐인 것처럼 페르난디토에게 미소를 지어 보였다.

"그 남자를 찾으러 가실 거죠. 그렇죠?"

알리시아는 아무 대답도 하지 않았다.

"그 사람은 누구죠?" 페르난디토가 물었다.

알리시아는 페르난디토가 설명해준 살인자의 인상착의를 머릿속으로 떠올렸다.

"자기 말로는 로비라라고 하더군." 그녀가 말했다. "하지만 진짜 누군지는 나도 몰라."

"그가 누구든 아직 살아 있다면 정말 위험해요."

페르난디토는 그녀를 따라가기 위해 자리에서 일어났다. 알리시아는 고개를 저으며 만류했다.

"너는 우리집에 가서 내가 시킨 대로만 해주면 돼. 부탁이야."

"그렇지만……"

"이제 더이상 군소리하지 마. 대신 내가 말한 대로 하겠다고 약속해."

페르난디토는 한숨을 내쉬었다.

"시킨 대로 할게요."

알리시아는 페르난디토가 신에게 받은 얼마 안 되는 이성을 자주 흐려놓았던 특유의 치명적인 미소를 지어 보이고는 절뚝거리며 출구를 향해 걸어갔다. 그는 빗속으로 멀어져가는 그녀의 모습을 지켜보았다. 그녀는 그 어느 때보다 나약해 보였다. 그 모습이 보이지 않을 때까지 기다리던 그는 테이블 위에 동전 몇 닢을 올려놓고 알리시아의 집으로 가기 위해 길을 건너갔다. 1층 복도에서 관리인인 헤수사 고모와 마주쳤다. 고모는 빗자루 끝에 헝겊을 묶어 만든 걸레로 빗물이 흥건히 고인 바닥을 열심히 닦고 있었다. 손에 열쇠를 들고 들어가는 그의 모습을 보자, 헤수사는 못마땅한 듯 얼굴을 찌푸렸다. 페르난디토는 헤수사 고모가 방금 길 건너편 그란 카페에서 벌어진 장면을—그가 그녀의 손에 입을 맞추는 것까지—다 봤다는 생각이 문득 들었다. 헤수사는 가십거리라면 자기와 전혀 상관이 없는 일이라도 매처럼 빠르게 눈치를 채니까 말이다.

"보아하니 넌 아직도 정신을 못 차린 모양이구나. 안 그래, 페르난디토?"

"고모, 고모가 생각하시는 그런 거 아니에요."

"내가 어떻게 생각하는지는 아무 말도 않으마. 하지만 너의 고모로서, 그리고 가족 중에서 상식이 있는 유일한 사람으로서 이 말만은 해야겠구나. 물론 이미 천 번도 넘게 했지만 말이다."

"알리시아 양은 내게 어울리는 여자가 아니다." 페르난디토는 줄줄 외듯이 말했다.

"그리고 라디오 연속극에서 자주 나오듯이, 언젠가 네 마음을 아프게 할 여자다." 혜수사가 나머지를 마무리했다.

이미 오래전에도 그녀는 그의 마음을 아프게 한 터였다. 하지만 페르난디토는 지난 일을 공연히 들추고 싶지 않았다. 혜수사는 그에게 다가와 부드럽게 미소 짓더니, 볼을 꼬집었다. 그를 아직 열 살짜리 꼬마라고 여기는 듯했다.

"난 단지 네가 괴로워하는 모습을 보고 싶지 않은 것뿐이야. 내가 알리시아 양을 얼마나 가족처럼 아끼는지는 너도 잘 알잖니. 하지만 그녀는 언제 터질지 모르는 폭탄 같은 존재란다. 함부로 이런 말을 하면 안 되겠지만, 아무튼 우리가 전혀 예상하지 못한 순간에 결국 터져버리면서 주변에 있는 모든 것을 휩쓸고 지나갈 거야."

"나도 다 알고 있어요, 고모. 잘 안다고요. 제 앞가림은 할 테니까 고모는 아무 걱정 마시라고요."

"네 고모부도 물에 빠져 죽던 날 너하고 똑같은 말을 했지."

페르난디토는 고개를 숙여 그녀의 이마에 입을 맞추고 계단을 올라가기 시작했다. 그는 알리시아의 아파트 안으로 들어선 뒤 문을 반쯤 열어둔 채 그녀가 지시한 대로 거실로 갔다. 그러곤 그녀가 말한 상자를 소파 아래에서 찾아 뚜껑을 열었다. 수북이 쌓인 서류와 문서 사이로 봉투 하나가 눈에 띄었다.

이사벨라

그는 봉투를 열어볼 엄두가 나지 않아 상자 뚜껑을 닫아버렸다. 알리시아의 신뢰를 한몸에 받는 페르민 로메로 데 토레스라는 사람이 누군지 궁금했다. 그녀는 페르민이라는 사람이 자기를 구원해줄 마지막 보루라고 여겼다. 이런 혼란의 와중에도 알리시아의 삶에는 그가 모르는, 그보다 훨씬 더 중요한 역할을 하는 사람이 많으리라는 생각이 들었다.

'설마 네가 유일한 사람이라고 생각한 거냐고⋯⋯'

그는 상자를 들고 문으로 걸어갔다. 밖으로 나가 문을 닫기 전에 마지막으로 알리시아의 아파트를 쭉 둘러보았다. 왠지 더이상 이곳에 발을 디딜 일이 없을 거라는 예감이 들었다. 1층 현관에 내려가자, 헤수사 고모는 여전히 커다란 빗자루를 들고 현관문을 통해 안으로 밀려들어오는 빗물을 닦아내느라 여념이 없었다. 그는 잠시 걸음을 멈추었다.

"겁쟁이 같으니." 그는 입속말로 중얼거렸다. "가지 못하게 그녀를 막았어야 했어."

헤수사는 잠시 하던 일을 멈추고 호기심어린 눈초리로 그를 쳐다보았다.

"얘야, 그게 무슨 말이니?"

페르난디토는 한숨을 내쉬었다.

"고모, 부탁 하나 들어줄 수 있어요?" 그가 물었다.

"물론이지. 네 부탁인데 어떻게 모른 체할 수 있겠니."

"아무도 찾을 수 없는 곳에 이 상자를 좀 숨겨주세요. 아주 중요한 물건이라서 그래요. 그리고 비밀이니까 다른 사람한테는 절대 말하면 안 돼요. 혹시 경찰이 찾아와서 물어도 모른다고 딱 잡아떼셔야 해요, 아셨죠? 아무한테도 말하지 마시라고요."

헤수사의 얼굴이 어두워졌다. 그녀는 상자를 힐끗 보더니 성호를 그었다.

"아, 이 일을 어쩌면 좋아…… 너희들 대체 무슨 일에 휘말린 거니?"

"해결책이 전혀 없는 건 아니에요."

"그건 네 고모부가 입버릇처럼 하던 말이란다."

"나도 알아요. 부탁 들어주실 거죠? 아주 중요한 일이에요."

헤수사는 엄숙한 표정으로 고개를 끄덕였다.

"곧 돌아올게요."

"정말이지?"

"그럼요."

그는 불안해하는 고모의 눈빛을 피해 비가 쏟아지는 거리로 뛰어나갔다. 온몸이 두려움에 휩싸인 그는 뼛속까지 파고드는 추위를 느끼지도 못했다. 어쩌면 짧은 인생의 마지막날이 될지도 모른다는 생각이 들면서, 그는 속으로 중얼거렸다. 그래도 알리시아양 덕분에 앞으로 영원히 내 삶의 지침이 될 교훈 두 가지는 배운 셈이야. 물론 이번 일에서 살아남는다면 말이지. 첫번째는 거짓말을 어떻게 하느냐는 것이었다. 두번째는—이것은 지금도 뼈저리게 느껴졌다—약속은 우리의 마음과 같아서 한번 깨고 나면 그뒤로는 너무도 쉽사리 깰 수 있다는 것이었다.

28

알리시아는 랑카스테르 거리 모퉁이에 서서 몇 분 동안 옛날 마네킹공장 입구를 살펴보았다. 페르난디토가 들어갔다던 작은 문은 여전히 반쯤 열려 있었다. 공장이었던 그곳은 거무스름한 돌로 지어진 2층 건물로, 지붕 끝이 불룩 솟아올라 있었다. 2층 창문은 나무판자와 기름때가 잔뜩 낀 자갈로 덮여 있었다. 건물 정면에는 금이 간 배전함이 붙어 있고, 벽에 뚫린 두 구멍을 통해 전화선 다발이 빠져나와 있었다. 외관의 그런 세세한 구석을 제외하더라도 그곳은 라발 지구의 그 인근에 남아 있는 대부분의 옛 공장과 마찬가지로 황량한 폐허 같은 분위기를 풍겼다.

안쪽에서 보이지 않도록 알리시아는 건물 정면에 붙어서 조심스럽게 공장 입구에 접근했다. 폭우가 쏟아진 바람에 거리에는 인적이 드물었다. 그녀는 주저하지 않고 권총을 뽑아들었다. 그러곤 건물 안을 향해 총을 겨눈 채 작은 문으로 다가갔다. 문을 활짝 밀어젖히자 한 줄기 빛이 복도로 쏟아져들었다. 그녀는 잠시 그곳을 훑어본 다음, 두 손으로 총을 들어올린 채 한 걸음씩 나아갔다. 낡은 수도관과 등유나 다른 연료에서 나는 듯한 냄새가 실바람을 타고 안에서 날아오고 있었다.

복도는 한때 공장 내 매장이었음직한 곳으로 곧장 이어졌다. 계산대와 유리진열장 세트, 속이 훤히 비치는 희끄무레한 망토를 뒤집어쓴 마네킹 두어 개가 눈에 띄었다. 알리시아는 계산대를 돌아 나무구슬발을 쳐둔 뒷방 입구로 다가갔다. 안으로 들어서려던 찰나, 금속물체가 발에 채였다. 리볼버를 그대로 든 채 그녀는 재빨리 바닥을 내려다보았다. 바르가스의 총이었다. 그녀는 그것을 집어들어 상의 왼쪽 주머니에 넣었다. 구슬발을 젖히자 건물 깊숙한 곳으로 이어진 복도가 나타났다. 아직도 화약냄새가 공기 중에 떠돌고 있었다. 일렬로 이어진 희미한 그림자가 천장에서 흔들렸다. 벽을 손으로 더듬어보니 동그란 모양의 스위치가 있었다. 스위치를 돌리자 복도를 따라 전선에 꽃 장식처럼 주렁주렁 매달린 낮은 촉수의 전구들에 불이 들어왔다. 어슴푸레하고 불그스름한 불빛이 비치자 완만한 경사를 이루며 내려가는 좁은 통로가 눈앞에 나타났다. 몇 미터 떨어진 벽 군데군데 거무죽죽한 얼룩이 져 있었다. 마치 누군가가 붉은 페인트를 홱 뿌린 것처럼 보였다. 적어도 페르난디토가 쏜 총알 중 한 발은 목표물에 명중한 듯했다. 어쩌면 그 이상일지도 모를 일이었다. 핏자국은 바닥을 따라 쭉 이어지다 통로 쪽으로 사라졌다. 조금 더 안으로 들어가자 로비라가 페르난디토에게 휘두르려던 칼이 바닥에 떨어져 있었다. 날은 피로 얼룩져 있었다. 알리시아는 그것이 바르가스의 피라는 것을 직감했다. 안으로 계속 걸어들어가던 그녀는 통로 끝에서 새어나오는 희뿌연 빛무리를 보고 걸음을 멈추었다.

"로비라?" 그녀가 불렀다.

통로 안쪽에서 그림자가 춤을 추듯 흐느적거리더니, 어둠 속으로 무언가 기어가는 듯 바스락거리는 소리가 들렸다. 알리시아는 침을 삼키려고 했지만 입안이 바짝 말라 있었다. 그 통로에 발을 디딘 순간부터 엉덩이의 통증은커녕 흠뻑 젖은 옷 때문에 들던 한기도 전혀 느껴지지 않았다. 오로지 온몸을 휩싸는 두려움만 느낄 수 있을 뿐이었다.

단단하면서도 눅눅하고 끈적끈적한 바닥을 밟을 때마다 발밑에서 뽀드득거리는 소리가 났지만 그녀는 이를 무시한 채 통로 끝을 향해 계속 걸어갔다.

"로비라. 다친 거 알고 있어. 이리 나와서 나랑 이야기 좀 해."

목소리가 힘없이 떨렸지만 메아리가 퍼져나가는 방향을 길잡이로 삼아 걸음을 옮겼다. 통로 끝에 이르자 그녀는 걸음을 멈추었다. 천장이 높은 커다란 방이 눈앞에 펼쳐졌다. 그녀는 양편에 잔해처럼 쌓인 작업용 테이블과 연장, 기계를 쭉 둘러보았다. 작업장 구석에 달린 채광창 간유리를 통해 스며들어온 빛이 창백한 환영을 빚어내고 있었다.

그것들은 밧줄에 묶인 채 천장에 대롱대롱 매달려 있었다. 그래서인지 목매달아 죽은 시체가 0.5미터 높이에서 대롱거리는 것처럼 보였다. 옛 시절의 화려한 옷을 차려입은 남자, 여자, 아이의 마네킹이 마치 비밀스러운 연옥에 갇힌 영혼들처럼 어스름한 빛 속에서 흔들거리고 있었다. 그 안에 있는 마네킹은 수십 개였다. 유리처럼 반짝이는 눈으로 미소 짓는 마네킹이 있는가 하면, 아직 완성되지 않은 것도 있었다. 알리시아는 심장이 당장 목구멍으로 튀어나올 것만 같았다. 그녀는 깊게 숨을 들이마신 뒤 천장에 매달린 마네킹을 헤치고 안으로 들어갔다. 마네킹의 팔과 손이 천천히 걷는 그녀의 머리카락과 얼굴을 어루만졌다. 그녀가 지나갈 때마다 천장에 매달린 인형이 이리저리 흔들거렸다.

나무마네킹의 몸들이 서로 스치는 소리가 공장 안에 메아리가 되어 울려퍼졌다. 그 뒤로 기계 돌아가는 소리가 들렸다. 깊숙한 곳으로 들어갈수록 등유 냄새는 더 짙게 풍겼다. 알리시아는 공중에 주렁주렁 매달린 몸들을 뒤로한 채, 뿌연 증기를 뿜어내며 진동하는 기계 쪽으로 시선을 돌렸다. 발전기였다. 한쪽 구석에는 마네킹의 버려진 몸체가 수북이 쌓여 있었다. 잘려나간 머리와 손, 그리고 몸통이 한데 뒤섞여 있었다. 그 장면을 보자 전쟁 당시 공습이 끝난 직후 거리 여기저기에 쌓여 있던 시신들이 떠올랐다.

"로비라?" 그녀는 다시 그를 불렀다. 대답보다 자신의 목소리를 듣고 싶은 마음이었다.

그는 분명 어두운 구석에 몸을 숨긴 채 그녀를 지켜보고 있을 것이었다. 그녀는 희미한 불빛 속에서 눈에 띄는 실루엣을 찾아내려 공장 안을 주의깊게 살펴보았다. 어떤 움직임도 포착할 수 없었다. 버려진 마네킹 더미 뒤로 문이 하나 보였다. 그 아래로 빠져 나온 전선들이 발전기에 연결되어 있었다. 희미한 전등 불빛에 문의 윤곽이 어렴풋이 보였다. 알리시아는 다 죽어가는 로비라의 몸뚱이가 저 안에 널브러져 있기만을 바랐다. 그녀는 천천히 다가가 발끝으로 문을 밀쳤다.

29

방은 직사각형이었고, 검은색으로 칠해놓은 벽에는 창문 하나 없었다. 눅눅한 냄새가 나서 지하납골당 같은 분위기를 풍겼다. 천장에 일렬로 매달린 알전구에서 누런빛이 퍼져나왔고, 벌레가 떼거리를 지어 벽을 타고 기어올라가는 것처럼 윙윙거리다가 가끔씩 탁탁거리는 소리가 나기도 했다. 안으로 들어가기 전, 알리시아는 주변을 샅샅이 살펴보았다. 로비라의 흔적은 그 어디에도 없었다.

방 한구석에는 철제간이침대가 놓여 있고 낡은 모포 두 장이 깔려 있었다. 바로 옆에 있는 나무상자는 머리맡 협탁으로 쓰려고 갖다놓은 듯했다. 상자 위에는 검은색 전화와 양초, 동전이 가득 든 유리병이 놓여 있었다. 매트리스 아래로 낡은 가방 하나와 구두 한 짝, 물 양동이가 보였다. 손으로 짜맞춘 듯한 커다란 원목 옷장이 침대 옆쪽 자리를 차지하고 있었다. 공장이 아니라 부잣집에서나 볼 수 있을 골동품이었다. 옷장 문은 거의 딱 맞게 닫혀 있지만 살짝 틈이 보였다. 알리시아는 언제든 방아쇠를 당길 준비를 하고 천천히 다가갔다. 그녀는 그 안에서 조용히 미소 짓고 있을 로비라를 떠올렸다. 옷장 문을 열 때 그녀의 경계가 소홀해지는 틈을 노리면서 말이다.

알리시아는 두 손으로 총을 단단히 잡고 발로 옷장 문을 세게 걷어찼다. 문은 틀에 튕긴 뒤 천천히 열렸다. 안은 텅 비어 있었다. 옷장 상단의 철봉에는 여남은 개의 빈 옷걸이가 걸려 있었다. 바닥에 종이상자가 보였는데, 뚜껑에는 다음의 한 단어가 적혀 있었다.

살가도

그녀는 상자를 뒤집어 내용물을 발아래 쏟아부었다. 보석, 시계를 비롯한 귀중품들이 나왔다. 끈으로 묶어놓은 지폐도 여러 다발 있었는데, 이제는 사용할 수 없는 구권인 듯했다. 또한 서둘러 녹여 만든 듯 조야한 금괴들도 있었다. 알리시아는 무릎을 꿇고 앉아 노획한 물건들을 살펴보았다. 제법 값어치가 나갈 것 같았다. 과거 몬주익 교도소에 수감되었던 죄수이자 발스 실종 사건에서 첫번째 용의자로 떠오른 살가도가 노르테 기차역 사물함에 은닉한 물건들이 분명해 보였다. 수감된 지 이십 년이 지나서 발스가 자신의 사면 수속을 밟고 자유의 몸이 되면 되찾아갈 생각이었을 것이다. 하지만 살가도는 자신이 도둑질하고 약탈한 물건들을 끝내 되찾지 못했다. 그가 사물함을 열었을 때, 가방 안은 텅 비어 있었다. 살가도는 도둑인 자신이 당했다는 사실을 알고 세상을 떠났다. 누군가 선수를 친 셈이었다. 발스가 수년 동안 받았던 익명의 편지에 관련된 음모와 훔친 물건에 대해 익히 아는 자의 소행이었다. 장관이 실종되기 훨씬 전부터 모든 일을 배후에서 조종해왔던 자 말이다.

불빛이 잠시 깜박거려 알리시아는 깜짝 놀라 뒤를 돌아보았다. 바로 그 순간, 그것이 보였다. 그것은 천장에서 바닥까지 한쪽 벽면을 다 차지하고 있었다. 그녀는 그곳으로 천천히 다가갔다. 그것이 무엇인지 알았을 때, 그녀는 다리에 힘이 풀리고 팔이 축 늘어졌다.

수십, 아니 수백 장의 사진과 신문 스크랩, 메모지로 이루어진 모자이크가 벽면을 뒤덮고 있었다. 마치 금은 세공사의 손길이 닿은 듯 놀랄 정도로 꼼꼼하게 구성되어 있었다. 벽에 붙은 것은 하나도 빠짐없이 알리시아의 사진이었다. 조직에 처음 들어갔을 때 찍은 스냅사진이 먼저 눈에 띄었다. 옆에는 그녀가 어렸을 적 파트로나토 리바스 고아원에서 찍힌 사진들이 붙어 있었다. 그녀가 마드리드나 바르셀로나의 거리를 돌아다니거나 팔라세호텔 입구에 서 있는 모습, 카페에 앉아 책을 읽고 있거나 국립도서관 계단을 내려오는 모습, 마드리드의 상점에서 쇼핑을 하거나 레티로 공원의 수정궁 옆에서 산책하는 장면을 원거리에서 촬영한 사진도 있었다. 게다가 이스파니아호텔에서 묵었던 객실 문을 찍은 사진도 눈에 여러 장 띄었다.

신문 스크랩에는 그녀가 관여했던 사건이 상세하게 실려 있었다. 물론 알리시아와 그녀가 소속된 조직의 이름은 일절 언급되지 않은 채 경찰이나 과르디아 시빌이 해당 사건을 해결한 것으로 되어 있었다. 모자이크 아래에는 테이블이 하나 놓여 있었는데, 제단이라도 되는 듯이 그녀와 관련된 온갖 물건이 배열되어 있었다. 그녀가 간 적이 있는 레스토랑의 메뉴판, 그녀가 뭔가를 끼적거려 놓은 냅킨, 그녀의 친필 서명이 있는 메모, 가장자리에 그녀의 빨간 립스틱 자국이 남아 있는 와인잔, 그녀가 버린 담배꽁초, 마드리드에서 바르셀로나로 가는 기차표 반쪽……

테이블 한쪽 끝에는 유리그릇이 있었는데, 그녀가 약기운에 취해 정신을 못 차리던 밤 어떤 이, 혹은 어떤 것이 아파트에 침입한 이후 어디론가 사라진 속옷 몇 점이 유물처럼 전시되어 있었다. 그녀의 스타킹 한 짝도 테이블 위에 곱게 펼쳐진 채 핀으로 고정되어 있었다. 스타킹 바로 옆에는 그녀의 집에서 도난당한 빅토르 마타익스의 『영혼의 미로』 연작소설 한 권이 놓여 있었다. 그 순간, 그녀는 악몽 같은 그곳에서 달아나고 싶은 충동을 느꼈다.

어떤 이가 문 반대편에 쌓여 있던 마네킹의 잔해 속에서 천천히 일어나 등뒤로 다가오는 것은 끝내 알아차리지 못했다.

30

무슨 일인지 알아차렸을 때는 이미 너무 늦은 상황이었다. 그녀는 등뒤에서 가쁜 숨소리를 듣고 몸을 돌렸지만 리볼버를 겨눌

틈이 없었다. 엄청난 충격이 몸속 깊숙이 전해져왔다. 찌르는 듯한 통증이 느껴지는 것과 동시에 숨이 턱 막히면서 무릎을 꿇고 말았다. 그제야 그의 모습이 또렷이 보였다. 그녀는 그가 숨어 있는 것을 눈치채지 못한 이유를 깨달을 수 있었다. 그는 얼굴에 흰 가면을 쓰고 있었다. 그리고 실오라기 하나 걸치지 않은 알몸에 공장용 송곳 비슷한 물체를 손에 들고 있었다.

알리시아가 그를 쏘려고 했지만, 로비라는 뾰족한 금속으로 그녀의 손을 내리찍었다. 리볼버가 바닥으로 굴러떨어졌다. 남자는 그녀의 목을 붙잡고 간이침대로 질질 끌고 갔다. 그는 그녀를 침대 앞에 쓰러뜨린 뒤, 움직이지 못하도록 그녀의 다리 위에 걸터앉았다. 그리고 방금 송곳에 찔린 오른손을 잡아 철삿줄로 침대에 묶으려고 몸을 숙였다. 바로 그때, 가면이 미끄러지면서 로비라의 일그러진 얼굴이 바로 코앞에 보였다. 눈은 초점 없이 흐리멍덩한데다 아주 가까운 거리에서 발사된 총알에 화상을 입은 듯 얼굴 한쪽이 심하게 뭉개져 있었다. 한쪽 귀에서 피가 흘러내리고 있었지만, 그는 날개를 떼어내자 몸을 비트는 벌레를 보면서 쾌감을 즐기는 아이처럼 미소를 지었다.

"너 정체가 뭐야?" 알리시아가 물었다.

로비라는 순간의 즐거움을 만끽하면서 그녀를 살펴보았다.

"제 딴에는 영리하다고 생각하면서, 여태껏 그거 하나 몰랐어? 나는 바로 너야. 나는 네가 갖지 못한 것마저 모두 갖춘 사람이지. 처음에는 너를 존경했었어. 하지만 시간이 갈수록 네가 약하다는 것을 알게 됐지. 너한테서는 아무것도 배울 것이 없다는 걸 말이야. 내가 너보다 한 수 위라고. 네가 아무리 애써봤자 내 발끝도 못 따라올 거야……"

로비라는 송곳을 침대 위에 내려놓았다. 만약 잠시라도 그의 정신을 돌릴 수만 있다면, 자유로운 왼손으로 송곳을 잡아 그의 목이나 눈을 찌를 수 있을 것 같았다.

"제발 나를 해치지 말아줘." 그녀는 애원하듯 말했다. "네가 시키는 대로 할 테니까……"

로비라는 그 말을 듣고 웃었다.

"이봐! 나는 너를 해칠 작정이야. 그것도 아주 많이. 나는 그럴 자격이 있으니까……"

그때 그가 그녀의 머리채를 잡고 침대에 딱 붙이더니 그녀의 입술과 얼굴을 핥기 시작했다. 알리시아는 눈을 질끈 감고 송곳을 찾아 모포 위를 더듬거렸다. 몸의 곡선을 따라 내려가던 로비라의 손이 오래전 생긴 옆구리 상처에 이르러 멈추었다. 알리시아의 손이 송곳 손잡이 닿았을 때, 로비라가 귀에 대고 속삭였다.

"요망한 것, 어서 눈을 떠. 네가 어떻게 느끼는지 얼굴을 잘 봐두고 싶으니까 말이야."

그녀는 눈을 떴다. 곧 무슨 일이 일어날지 뻔히 아는 그녀는 차라리 일격을 당하고 정신을 잃어버리기를 마음속으로 간절히 바랐다. 그는 몸을 펴고 주먹을 들어올리더니, 그녀의 상처를 있는 힘껏 내리쳤다. 알리시아의 입에서 귀가 찢어질 듯한 비명소리가 터져나왔다. 로비라와 방, 불빛과 뼛속 깊이 파고드는 한기. 그 순간에는 그 어떤 것도 기억나지 않았다. 말로 표현하기 어려운 고통이 전류처럼 뼈를 타고 온몸에 흐르자 그녀는 자기가 누구인지, 그리고 거기가 어디인지조차 까맣게 잊어버리고 말았다.

로비라는 그녀의 몸이 밧줄처럼 뻣뻣해지고 눈이 뒤집히는 모습을 보면서 웃음을 터뜨렸다. 그가 치마를 들추자 검은색 거미줄처럼 엉덩이를 뒤덮은 상처가 훤히 드러났다. 그는 손가락 끝으로 그녀의 피부를 만져보았다. 그러곤 고개를 숙여 상처에 입을 맞추더니 주먹으로 그곳을 거듭 내리치기 시작했다. 그녀의 엉덩이뼈에 부딪쳐 손등의 뼈가 박살날 때까지 계속했다. 알리시아의 목에서 아무 소리도 흘러나오지 않자, 그는 결국 주먹질을 멈추었다. 그녀는 고통과 어둠의 구덩이 속으로 가라앉으면서 심한 경련을 일으키고 있었다. 로비라는 송곳을 집어들고 뾰족한 끝으로 알리시아 엉덩이의 창백한 피부 아래 복잡하게 얽힌 검은 실핏줄을 따라갔다.

"나를 쳐다봐." 그가 명령했다. "내가 앞으로 너를 대신할 거야. 그리고 너보다 백배는 잘해낼 거야. 이제부터 총애를 한몸에 받을 거라고."

알리시아는 눈을 부릅뜨고 무섭게 그를 노려보았다. 로비라는 그녀에게 눈을 찡긋했다.

"그렇지. 그래야 알리시아답지." 그가 말했다.

그는 미소를 지은 채 죽었다. 로비라는 알리시아가 상의 왼쪽 주머니에 넣어둔 리볼버를 잡는 것을 알아차리지 못했다. 그가 송곳으로 엉덩이의 상처를 후벼파기 시작했을 때, 그녀는 이미 그의 턱 아래에 총구를 겨누고 있었다.

"영악한 년." 그가 중얼거렸다.

잠시 후, 로비라의 얼굴은 산산조각이 난 채 뼛조각과 핏방울로 변해 사방으로 흩어졌다. 다시 방아쇠를 당기자 근거리에서 총을 맞은 그는 뒤로 나가동그라졌다. 그의 알몸은 여전히 송곳을 손에 쥔 채 침대 아래 널브러졌다. 가슴에 뚫린 구멍에서 연기가 모락모락 피어올랐다. 알리시아는 총을 버리고 침대에 묶인 오른손을 풀기 위해 안간힘을 썼다. 아드레날린이 통증 위로 베일처럼 펼쳐졌지만 잠깐뿐이라는 것을 잘 알고 있었다. 조만간 다시 통증이 시작되면 정신을 잃을 것이 분명했다. 서둘러 그곳을 빠져나가는 것이 급선무였다.

그녀는 간신히 몸을 펴고 침대에 걸터앉았다. 자리에서 일어나려고 했지만 잠시 기다려야 했다. 다리에 힘이 풀려 버티고 서 있을 수도 없었던데다 왜 그런지 몰라도 온몸에서 힘이 쭉 빠져나가는 것 같았다. 한기가 느껴졌다. 너무 추웠다. 그녀는 마침내 자리에서 일어났다. 온몸이 부들부들 떨렸다. 그녀는 벽에 몸을 기댔다. 그녀의 몸과 옷은 로비라의 피로 범벅이 되어 있었다. 오른손에서는 희미한 맥박 말고는 아무 감각도 느껴지지 않았다. 로비라가 송곳으로 찌른 상처를 살펴보았다. 상태가 심각해 보였다.

바로 그 순간, 침대 옆에 있던 전화기에서 벨소리가 났다. 알리시아는 비명을 겨우 삼켰다.

벨이 계속 울렸지만 그녀는 언제 터질지 모르는 폭탄이라도 되는 듯 전화기를 빤히 쳐다보고 있었다. 일 분이 지난 뒤, 마침내 수화기를 들어 귀에 갖다댔다. 그녀는 숨을 죽인 채 듣고만 있었다. 긴 침묵이 이어졌다. 장거리전화 특유의 윙윙거리는 소리 너머로 누군가 천천히 숨쉬는 소리가 들렸다.

"거기 있나?" 목소리가 말했다.

알리시아는 손에 든 수화기가 파르르 떨리는 것을 느꼈다.

레안드로의 목소리였다.

수화기가 손에서 미끄러져나갔다. 알리시아는 비틀거리며 문으로 걸어가다 로비라가 만들어놓은 제단 앞에서 걸음을 멈추었다. 가슴속에서 불덩이 같은 분노가 끓어오르자 힘이 불끈 솟았다. 그녀는 작업장으로 나가서 발전기 옆에 있던 드럼통을 찾아 안에 있는 등유를 바닥에 모두 쏟아부었다. 끈적끈적한 액체의 막이 방 전체로 퍼져나가면서 로비라의 시체를 에워싸고, 무지갯빛 증기가 나선을 그리며 피어오르는 검은 거울을 펼쳐놓았다. 발전기 앞을 지나며 그녀는 전선 하나를 뽑아 바닥에 떨어뜨렸다. 천장에 매달린 마네킹 사이를 지나 출구로 이어진 복도를 따라 걸어가는 동안, 등뒤에서 바지직거리면서 탁탁 튀는 소리가 났다. 화염이 일면서 갑자기 발생한 돌풍으로 인해 그녀 주변의 마네킹들이 심하게 흔들거렸다. 통로로 향하는 그녀의 뒤로 주황색 불빛이 따라왔다. 그녀는 휘청거리면서도 쓰러지지 않기 위해 이 벽에서 저 벽으로 몸을 부딪쳤다. 그렇게 온몸에 한기가 느껴진 것은 태어나 처음이었다.

그녀는 마음속으로 천국 혹은 지옥에 빌었다. 제발 자기를 그 어두운 굴속에서 죽게 내버려두지 말라고, 저멀리 보이는 빛의 문턱까지만이라도 가게 해달라고. 가도 가도 끝이 없는 것 같았다.

자기를 꿀꺽 삼킨 짐승에게 그대로 잡아먹히지 않기 위해 뱃속에서 목구멍으로 기어올라가는 기분이었다. 등뒤의 화염이 굴속으로 강한 열기를 뿜어냈지만, 그녀를 붙든 얼음장처럼 차가운 족쇄를 녹이지는 못했다. 그녀는 현관을 지나 거리로 나선 뒤에야 걸음을 멈추었다. 숨을 돌리며 살갗을 가볍게 스치는 빗방울을 느꼈다. 거리에서 누군가가 빠르게 다가오고 있었다.

그녀는 페르난디토의 품속으로 쓰러지고 말았다. 그는 그녀를 꼭 껴안았다. 그리고 미소는 지어 보였지만 겁을 잔뜩 집어먹은 얼굴로 그녀를 살펴보았다. 그녀는 로비라에게 송곳으로 처음 찔린 배에 손을 갖다댔다. 손가락 사이로 흘러내린 미지근한 피는 금세 빗물에 씻겨나갔다. 통증은 사라졌지만, 으슬으슬 추운 것은 여전했다. 온몸을 파고드는 한기가 모든 것을 내려놓으라고, 눈을 감고 평화와 진실을 약속하는 영원의 꿈속으로 빠져들라고 속삭이는 듯했다. 그녀는 페르난디토의 눈을 쳐다보며 미소 지었다.

"날 여기서 죽게 내버려두지 마." 그녀가 속삭이듯 말했다.

31

폭풍우가 한바탕 거리를 휩쓸고 지나간 탓에 서점 안은 손님 하나 없이 텅텅 비어 있었다. 낌새를 보니 폭우는 계속될 것 같았다. 페르민은 그 틈을 이용해 서점의 잡다한 업무를 처리하고 사색의 시간도 갖기로 했다. 요란스럽게 천둥이 치고 쇼윈도를 날려버릴 기세로 폭우가 쏟아지는 것도 잊은 채 페르민은 라디오를 켰다. 마치 금고라도 여는 것처럼 끈기 있게 다이얼을 돌리던 중, 우연히 빅밴드가 연주하는 〈시보네이〉의 첫 소절이 흘러나왔다. 큰북을 연달아 치는 소리가 들리자 페르민은 카리브 리듬에 맞춰 몸을 흔들며 다니엘을 조수 겸 심부름꾼 삼아 모두 여섯 권으로 된 외젠 쉬의 『파리의 신비』한 질을 수선하고 복원하는 작업을 재개했다.

"내가 한창일 때, 그러니까 엉덩이가 유연하게 돌아가던 시절에는 아바나에서 물라토 소녀와 이 노래에 맞춰 몸을 흔들어대곤 했지. 오랜만에 들으니 별별 기억이 다 나는구면…… 잘생긴 얼굴 대신 문학적 재능을 타고났더라면 『아바나의 신비』 정도는 썼을 텐데 말이야." 그가 큰소리쳤다.

"파르나소스*를 잃는 대신 에로스를 얻었군요." 베아가 끼어들었다.

페르민은 두 팔을 활짝 벌린 채 클라베 리듬에 맞춰 스텝을 밟고 엉덩이를 흔들어대면서 그녀에게 다가갔다.

"오, 베아 부인께서 오셨군. 오늘 손몬투노의 기본 스텝을 가르쳐주지. 여기 네 남편은 시멘트로 된 나막신을 신은 것처럼 춤을 춘다니까. 너는 아프로 쿠바 음악의 광란의 템포가 무엇인지 전혀 모르겠지. 자, 그럼 맘껏 즐겨보자고……"

베아는 재빨리 달아나 서점 뒷방에 숨었다. 가무에 빠진 페르

---

* 그리스신화에서 아폴론이 살았다고 전해지는 산으로, 문예의 상징이다.

민을 피해 장부 정리를 마무리지을 생각이었다.

"다니엘, 어떨 때보면 네 아내는 시의 토지대장보다 더 재미없는 것 같아."

"아무렴요." 다니엘이 대답했다.

"여기서도 다 들린다고요." 뒷방에서 베아가 경고하듯 말했다.

두 남자가 한창 들떠 있을 때, 비에 젖은 거리에서 급브레이크를 밟는 소리가 들렸다. 고개를 돌려보니 폭우 속에서 '셈페레와 아들' 서점 쇼윈도 앞에 멈춰 선 택시가 보였다. 하늘에서 번개가 번쩍이자 순간 자동차는 뜨겁게 달아올라 빗속에서 연기가 모락모락 피어오르는 납마차처럼 보였다.

"옛날 사람들 말마따나, 택시 운전사라면 저 정도는 되어야지." 페르민이 말했다.

나머지는 마치 재앙처럼 한꺼번에 몰아닥쳤다. 온몸이 흠뻑 젖고 얼굴이 공포에 파랗게 질린 젊은이가 택시에서 내렸다. 문에 걸린 '영업 마감' 표지판을 보자 청년은 주먹으로 유리창을 두드리기 시작했다. 페르민과 다니엘은 서로 눈빛을 교환했다.

"이런데도 이 나라 사람들이 책을 안 사본다고 하다니."

다니엘이 그곳으로 걸어가 문을 열어주었다. 청년은 당장이라도 의식을 잃고 쓰러질 것처럼 보였다. 그가 가슴에 손을 얹고 심호흡을 하며 고함치듯이 물었다.

"두 분 중에서 페르민 로메로 데 토레스 씨가 누구죠?"

페르민이 손을 들었다.

"나예요. 둘 중 근육이 더 많은 쪽이죠."

페르난디토가 그의 팔을 덥석 잡고 끌어당겼다.

"당신이 필요해요." 그가 애원하듯 말했다.

"이봐요, 젊은이. 내 말 기분 나쁘게 듣지는 말아요. 세상에서 둘째가라면 서러워할 여자들도 내 앞에서 같은 말을 여러 번 했어요. 하지만 나는 그런 유혹에 쉽사리 넘어가지 않았답니다."

"알리시아 때문에 온 거예요." 페르난디토가 숨을 헐떡이며 말했다. "곧 세상을 떠날 것 같아요……"

페르민은 얼굴이 하얗게 질려 놀란 표정으로 다니엘을 쳐다보았다. 그리고 아무 말도 못한 채 페르난디토의 손에 이끌려 거리로 나가 택시에 탔다. 그들이 탄 택시는 급히 출발했다.

막 뒷방 커튼 사이로 고개를 내밀고 그 광경을 본 베아는 당황한 표정으로 다니엘을 바라보았다.

"대체 무슨 일이야?"

그녀의 남편은 땅이 꺼질듯이 한숨을 내쉬었다.

"안 좋은 소식이야." 그가 중얼거렸다.

택시에 타자마자 페르민은 운전사와 눈이 마주쳤다.

"심지어 한 분이 더 타셨네요. 이제 어디로 갈까요?"

페르민은 우선 상황을 파악하려고 했다. 그는 밀랍인형처럼 창백한 얼굴과 정신을 잃은 눈빛으로 뒷좌석에 쓰러져 있는 이가 바로 알리시아라는 것을 금세 알아차렸다. 두 손으로 그녀의 머리를 받친 페르난디토는 공포에 질려 금방이라도 터져나오려는 울음을 참느라 애를 쓰고 있었다.

"계속 달려요." 페르민이 택시 운전사에게 명령하듯 말했다.

"어디로요?"

"일단 똑바로 가요. 그리고 좀더 밟아요."

페르민은 페르난디토의 눈을 바라보았다.

"어떻게 하면 좋을지 막막했어요." 페르난디토가 더듬거리며 말했다. "병원이나 의사는 절대 찾아가지 말라고 했다고요. 그리고……"

잠시 제정신으로 돌아온 알리시아는 페르민을 보고 다정한 미소를 지어 보였다.

"페르민, 늘 나를 구해주려고 하는군요."

심하게 떨리는 그녀의 목소리에 페르민은 위와 내장이 모두 오그라드는 것만 같았다. 아침으로 카르키뇰리스* 한 봉지를 다 먹은 터라 평소의 세 배는 더 고통스러웠다. 알리시아는 여전히 의식과 심연을 오락가락하고 있었다. 그래서 페르민은 셋 중 가장 겁에 질린 듯한 페르난디토에게 자초지종을 물어보기로 했다.

"자네, 이름이 뭔가?"

"페르난디토라고 해요."

"무슨 일이 일어났는지 말해줄 수 있겠나?"

페르난디토는 지난 이십사 시간 동안 벌어진 일을 간략하게 설명하기 시작했다. 그런데 아직 흥분이 가라앉지 않은 탓에 너무

---

* 카탈루냐에서 먹는 아몬드 비스킷.

서두르는데다 두서도 없이 뒤죽박죽이어서 페르민이 그의 말을 막았다. 우선 급한 일부터 처리하는 편이 나을 것 같았다. 그는 알리시아의 배를 만져본 뒤 피로 얼룩진 그녀의 손을 살펴보았다.

"조타수 선생." 그가 택시 운전사에게 말했다. "누에스트라 세뇨라 델 마르 병원으로 갑시다. 서둘러요."

"차라리 열기구를 부르지 그러셨어요. 차가 얼마나 막히는지 보시라고요."

"십 분 안에 도착하지 않으면 이 고물 자동차를 불살라버릴 테니까 그리 아쇼. 허투루 하는 말이 아니니까 새겨들어요."

운전사는 투덜거리며 액셀을 밟았다. 그는 의심스러운 눈빛으로 백미러를 힐끔거리다 페르민과 눈이 마주쳤다.

"이보세요. 손님, 혹시 예전에 탔던 그분 아닙니까? 오래전에 내 택시 안에서 죽을 뻔했던 그분 아니냐고요."

"이렇게 찌든 악취가 풍기는 택시 안에서는 죽을 수도 없고 죽고 싶지도 않아요. 여기서 죽느니 차라리 『라 레헨타』*를 목에 걸고 발카르카 다리**에서 뛰어내리고 말지."

"아니 감히 내……"

"제발 싸우지 좀 마세요." 페르난디토가 나무라듯 말했다. "지

---

* 스페인 자연주의문학을 대표하는 작가 레오폴도 알라스 클라린의 대표작. 벼랑 끝에 내몰린 한 여성의 삶을 통해 19세기 말의 혼탁한 사회상을 치밀하게 묘사했다.
** 바르셀로나 그라시아 지역의 교량으로, 투신자살한 사람이 많아서 자살다리라는 오명을 쓰기도 했다.

금 알리시아 양이 죽을지도 모른다고요."

"젠장!" 운전사는 욕을 내뱉으며 비아 라예타나의 차량들을 피해가며 바르셀로네타 방향으로 차를 몰았다.

페르민은 주머니에서 손수건을 꺼내 페르난디토에게 건넸다.

"창문 밖으로 손수건을 내밀고 있어." 그가 지시했다.

페르난디토는 고개를 끄덕이며 시킨 대로 했다. 페르민은 조심스럽게 알리시아의 셔츠를 들쳤다. 배에 송곳처럼 뾰족한 것으로 찔린 구멍이 있고 거기서 피가 뿜어져나오고 있었다.

"예수님, 마리아님, 그리고 요셉님……"

그는 손으로 상처를 꽉 누르면서 도로상황을 살펴보았다. 택시 운전사는 여전히 투덜거리면서도 수많은 자동차와 버스, 그리고 행인 사이로 곡예운전을 하고 있었다. 페르민은 아침에 먹은 음식이 죄다 올라올 것만 같았다.

"가능하다면 모두 무사히 병원에 도착하도록 해줘요. 다 죽어가는 사람은 한 명으로 족하니."

"그럼 동방박사에게 기적을 베풀어달라고 빌어봐요. 그럴 게 아니라면 직접 핸들을 잡든지." 택시 운전사가 대꾸했다. "그나저나 뒤에 있는 분은 상태가 어때요?"

"차츰 좋아질 거예요."

페르민은 알리시아의 얼굴을 어루만지며 정신이 들게 하려고 가볍게 톡톡 쳤다. 그녀가 눈을 떴다. 로비라의 주먹질로 핏줄이 터져 눈에 빨간 피가 고여 있었다.

"지금 잠들면 안 돼요, 알리시아. 힘들더라도 정신차리고 깨어 있도록 해봐요. 나를 위해서라도. 원한다면 지금 당장 야한 농담을 해줄 수도 있어요. 아니면 안토니오 마친*의 히트곡을 부를 수도 있으니까 말만 해요."

알리시아는 다 죽어가는 듯이 힘없이 미소를 지었다. 아직은 소리가 들리는 모양이었다.

"사냥복 차림에 작은 베레모를 쓰고 부츠를 신은 총통을 떠올려봐요. 나는 그 모습을 생각할 때마다 악몽에 시달리고 잠이 안 와요."

"추워요." 알리시아가 가느다란 목소리로 중얼거렸다.

"이제 거의 다 와가요……"

페르난디토는 망연자실한 표정으로 그녀를 보고 있었다.

"다 내 잘못이에요. 어떤 일이 있어도 병원에는 데려가지 말라고 으름장을 놓더라고요." 그가 말했다. "병원에 가면 자기를 노리는 자들이 있다면서……"

"병원으로 가든지, 아니면 무덤으로 가든지, 둘 중 하나네." 페르민이 그의 말을 끊고 나섰다.

페르난디토는 뺨을 얻어맞은 것처럼 직설적인 말에 충격을 받은 표정이었다. 그는 그 택시 안에서 가장 겁에 질린 듯했다. 페르민은 그가 아직 어리다는 사실을 떠올렸다.

"너무 걱정하지 마, 페르난도. 자네는 마땅히 해야 할 일을 했어. 지금과 같은 상황에서는 누구라도 속옷에 오줌을 지릴 수밖에

---

* 쿠바 출신의 볼레로 가수.

없지."

페르난디토는 죄책감에 사로잡혀 한숨을 내쉬었다.

"만에 하나 알리시아 양이 잘못되기라도 한다면 나는 죽을 거예요……"

그녀가 그의 손을 잡고 남은 힘을 다해 꼭 쥐었다.

"혹시라도 그 남자가 알리시아 양을 찾아내면 어쩌죠? 엔다야라는 자." 페르난디토가 속삭이듯 말했다.

"어떤 놈도 못 찾아낼 거야." 페르민이 말했다. "그 점만은 분명하게 말할 수 있어."

알리시아는 눈을 가늘게 뜬 채 대화를 따라가려고 애썼다.

"지금 어디 가는 거죠?" 그녀가 물었다.

"칸 솔레*로 가고 있어요. 거기 감바스 알 아히요는 죽은 사람도 벌떡 일어나게 만든다잖아요. 얼마나 맛있는지, 곧 알게 될 겁니다."

"페르민 씨, 부탁인데 저를 병원으로 데려가지 말아요……"

"누가 병원에 간다고 했어요? 거기는 사람들이 죽는 곳이잖아요. 병원은 말이죠, 통계로 보면 세상에서 가장 위험한 곳이라고요. 그러니까 마음 푹 놓아요. 당신을 병원으로 데려갈 생각은 추호도 없으니까요."

택시 운전사는 교통체증으로 인해 비아 라예타나 아래 구간에 길게 멈춰 선 차량들을 피하기 위해 반대 차선을 침범한 터였다.

_____
* 1903년에 문을 연 레스토랑으로 해산물과 파에야가 유명하다.

페르민은 유리창 2센티미터 옆으로 커다란 버스가 지나가는 모습을 보았다.

"신부님인가요?" 알리시아의 목소리가 들렸다. "신부님, 절 혼자 두고 가지 마세요……"

페르난디토는 놀라 휘둥그레진 눈으로 페르민을 쳐다보았다.

"이보게 젊은이, 너무 신경쓰지 마. 알리시아 양은 가엾게도 정신이 혼미해져서 헛소리를 하는 거니까. 환각상태에 빠진 거라고. 스페인 사람들의 기질을 생각하면 아주 흔한 현상이지. 그나저나 대장님, 지금 잘 가고 있는 겁니까?"

"모두 살아서 도착하든지, 아니면 도중에 낭패를 당하든지, 둘 중 하나겠죠." 택시 운전사가 말했다.

"좋아요. 잘하고 계십니다."

그들이 탄 택시는 안정적인 속도로 파세오 데 콜론에 접근하고 있었다. 전차와 자동차, 인파의 장벽이 오 초 동안 앞을 막아서자 운전사는 핸들을 꽉 잡고 혼잣말로 욕을 내뱉었다. 페르민은 마음속으로 행운의 여신에게—아니면 그의 기도를 듣고 있는 어떤 신이든—가호를 빌며 페르난디토에게 옅은 미소를 지어 보였다.

"젊은이, 꽉 잡아."

네 바퀴 달린 것이 파세오 데 콜론에 늘어선 자동차 사이로 그렇게 무모하게 지나다닌 경우는 여태껏 없었다. 택시가 지나갈 때마다 경적소리와 욕설, 저주의 말이 사방에서 터져나왔다. 파세오 데 콜론을 지나간 택시는 바르셀로네타 방면으로 향했다. 잠시 후 하수관처럼 좁은 골목으로 들어선 택시는 길가에 세워둔 레이싱

팀 오토바이를 거의 절반은 넘어뜨리고 말았다.

"토레로*!" 페르민이 노래를 부르듯 외쳤다.

마침내 자줏빛으로 물든 지중해와 하얀 해변이 한눈에 들어왔다. 택시는 병원 입구를 지나 두 대의 앰뷸런스 앞에 멈춰 섰다. 이제 더는 못 가겠다는 듯이 끽하는 신음소리와 함께 당장이라도 부서질 것처럼 덜커덩거렸다. 보닛 틈에서는 뿌연 김이 모락모락 피어올랐다.

"진정한 예술가십니다." 페르민은 운전사의 어깨를 툭툭 치며 추켜세웠다. "페르난디토, 이 용감한 분의 성함과 면허증 번호를 좀 적어두게. 하몬과 투론**을 듬뿍 담아 크리스마스 선물 바구니라도 보내드려야겠어."

"앞으로 다시 내 택시에 타는 일만 없으면 더 바랄 것도 없습니다요."

이십 초 만에 응급실 간호사들이 알리시아를 차에서 끌어내 이동용 침대에 태우고 서둘러 수술실로 데려갔다. 그사이 페르민은 그녀의 상처를 손으로 누른 채 옆에서 뛰어갔다.

"피가 적어도 몇 헥토리터***는 필요할 겁니다." 그가 간호사들에게 미리 알려주었다. "필요하면 나한테서 뽑아도 돼요. 비록 살

---

* 원래 '투우사'를 뜻하는 말로, 주어진 역할을 훌륭하게 해낸 사람에게 응원과 찬사를 보내는 의미로 외친다.

** 꿀과 설탕, 계란 흰자 등을 볶은 아몬드와 섞어 만든 음식.

*** 1헥토리터는 100리터에 해당한다.

이 없어 비쩍 말랐지만 몸속에는 아이구에스토르테스*의 저수량보다 더 많은 피가 흐르고 있으니까요."

"환자 가족이세요?" 수술실 입구에서 그의 앞을 가로막으며 경비원이 물었다.

"저로 말할 것 같으면 잠정적으로나마 아버지로 추정되는 인물입니다." 페르민이 대답했다.

"그게 무슨 소리입니까?"

"당장 비키지 않는다면, 어쩔 수 없이 이 무릎으로 당신 불알을 턱밑까지 올려쳐야 할지도 모른다는 얘기죠. 무슨 말인지 알았어요?"

경비원이 옆으로 물러서자, 페르민은 알리시아를 따라갔다. 하지만 수술실 간호사들이 그에게서 그녀의 손을 낚아채고 곧장 그녀를 수술대 위에 눕혔다. 수술대에 누운 그녀는 투명하리만큼 창백해 마치 유령처럼 보였다. 간호사들이 가위로 옷을 자르자 차마 눈뜨고는 볼 수 없을 참혹한 몸이 드러났다. 온몸에 피멍이 들었고 긁히고 베인 자국도 여기저기 있었지만, 무엇보다 상처에서 피가 쉴새없이 쏟아져나오고 있었다. 엉덩이에서 시작해 그녀를 통째로 집어삼킬 듯이 다른 부위로 거미줄처럼 퍼진 거무스름한 자국이 어렴풋이 보였다. 페르민은 손을 떨지 않으려고 주먹을 움켜쥐었다.

---

* 피레네산맥에 인접한 스페인의 국립공원. 빙하로 형성된 호수가 이백 개에 달한다.

알리시아는 입가에 엷은 미소를 머금은 채 눈물이 그렁그렁한 눈으로 그를 찾았다. 페르민은 어려운 일이 있을 때마다 찾곤 하던 절름발이 악마*에게 그녀를 하늘나라로 데려가지 말아달라고 애원했다.

"혈액형이 어떻게 되죠?" 그의 옆에서 누군가 묻는 소리가 들렸다.

페르민은 알리시아에게서 눈을 떼지 않고 한쪽 팔을 쭉 뻗으며 말했다.

"O 마이너스. 가장 보편적인 최고의 혈액형이죠."

32

그 당시만 해도 과학은 병원 안에서 시간이 더디게 가는 이유를 분명하게 밝혀내지 못했다. 눈대중으로도 페르민은 피 한 통정도를 뽑힌 것 같았다. 그후 페르난디토와 해변이 내다보이는 대기실에 자리를 잡고 앉았다. 창문으로 판잣집이 다닥다닥 붙은 소모로스트로가 보였다. 그곳은 납빛 구름으로 봉인된 하늘과 바다 사이에 좌초된 듯한 모양새였다. 그 너머로 푸에블로 누에보 공동묘지의 십자가와 천사상, 그리고 영묘가 모자이크를 이루고 있었다. 일렬로 늘어선 의자에 앉아 기약 없이 기다리는 불쌍한 사

---

* 스페인의 전설에 자주 등장하는 장난스러운 정령.

람들은 그 광경을 보면서 막연한 불안감에 휩싸였다. 그 의자들은 요통을 유발하기 딱 알맞게 만들어진 탓에 환자를 방문한 친지나 지인 사이에서 새로운 고객을 만들어내기 일쑤였다. 페르난디토가 사형수 같은 눈빛으로 그 광경을 쳐다보는 동안, 무덤덤하기 짝이 없는 페르민은 카페에서 간신히 얻은 커다란 롱가니사* 샌드위치를 게걸스럽게 먹으며 모리츠 맥주로 목을 축였다.

"페르민 씨, 지금 음식이 목구멍으로 넘어가요?"

"방금 몸속 혈액의 80퍼센트와 간을 모두 기증했기 때문에 에너지를 보충하지 않으면 안 되는 처지야. 그러니까 흉측하고 거대한 새만 없을 뿐이지, 프로메테우스 같은 신세라고."

"프로메테우스요?"

"페르난디토, 책을 읽어야 해. 아무리 사춘기라고 해도 원숭이처럼 매일 수음이나 하는 건 아니잖아. 게다가 나 같은 행동파는 신진대사가 빠른 편이지. 따라서 이 건장한 체격을 완전무결한 상태로 유지하려면 매주 체중의 세 배가 넘는 최고급 육류를 섭취해야만 된다고."

"알리시아 양은 음식에는 거의 손도 대지 않는데." 페르난디토가 나서며 말했다. "물론 술은 별개의 문제지만……"

"식욕과 맞서는 방식은 사람마다 다를 수밖에 없지. 가령 내 경우는 전쟁이 터지고 난 뒤로 늘 배가 고파. 너는 아직 젊어서 무슨 말인지 잘 모르겠지만."

---

* 스페인식 순대.

페르난디토는 모든 것을 체념하고 그가 게걸스럽게 먹는 모습을 바라보았다. 잠시 후 지방검사처럼 생긴 남자가 서류철을 들고서 대기실 문을 열고 얼굴을 빠끔 내밀더니, 자기가 왔다는 것을 알리기 위해 헛기침을 했다.

"환자의 가족 되십니까?"

페르난디토는 페르민의 눈치를 살폈다. 페르민은 그저 그의 어깨에 살짝 손을 얹었다. 이제부터 자기가 대변인 역할을 할 테니 가만히 있으라는 신호였다.

"가족이라는 말로는 우리 인연을 온전히 설명할 수 없겠습니다만." 페르민이 옷에 묻은 빵부스러기를 털어내며 말했다.

"무리한 요구가 아니라면 어떤 단어를 써야 관계를 제대로 설명할 수 있을지 말씀해주시겠습니까?"

알리시아가 수술이라는 어둠의 세계로 내려가는 동안 거장 페르민 로메로 데 토레스가 그 자리에서 선보인 뛰어난 말솜씨를 두 눈으로 보기 전까지 페르난디토는 자기도 거짓말을 그럴싸하게 꾸며내는 기술과 요령을 충분히 익혔다고 믿고 있었다. 남자는 병원 관리과 직원이라고 자신을 소개하더니, 자초지종에 대한 설명과 제반 서류의 제출을 요청하기 위해 왔다고 했다. 그 말이 끝나기 무섭게 페르민은 남자의 혼을 쏙 빼놓을 만큼 화려한 솜씨로 열변을 토해내기 시작했다. 그는 제일 먼저 자신이 정권의 총애를 한몸에 받는 바르셀로나 주지사의 오른팔이라고 밝혔다.

"총통 각하께 전해드려야 하는 일인 만큼 신중에 신중을 기해야 합니다." 그가 힘주어 말했다.

"우선 저 환자분이 입은 부상은 명백히 폭력에 의한 것으로 대단히 심각한 상태입니다. 정해진 법률에 따라 저는 경찰에 신고할 의무가……"

"내일 당장 카스텔포이트 도살장 뒤편의 보건소 보조안내원으로 자리를 옮기고 싶지 않으면 그러지 않는 게 좋을 겁니다."

"무슨 말씀인지요."

"아주 간단하니까, 일단 자리에 앉아 들어보시죠."

페르민은 어느새 또 이야기를 꾸며내기 시작했다. 이야기 속에서 알리시아는 귀족과 고위관료를 상대하는 비올레타 레블랑이라는 이름의 고급 콜걸로 둔갑해 있었다. 주지사와 노동산업성의 친구들이 신디카토 베르티칼*의 돈으로 그녀를 불러 뜨거운 밤을 보낸다는 것이다.

"무슨 말인지 이제 잘 아시겠죠. 브랜디 두 잔을 마시고 실크레이스 속옷만 보면 다들 어린애들처럼 정신을 못 차린다니까요. 원래 이베리아반도의 남자들은 마초 기질이 아주 강한 편이죠. 지중해 바닷바람을 맞고 자란 사내들이야 말할 필요도 없겠지요."

페르민의 이야기에 따르면, 음란한 놀이를 하던 도중 주지사가 과도한 요구를 한 바람에 결국 꽃다운 비올레타가 중상을 입게 되었다는 것이다.

"요즘 창녀들은 워낙 약해빠져서 말이죠." 그가 이야기를 마무리지었다.

---

* 프랑코 집권 당시 스페인 내 유일한 합법노조.

"하지만……"

"우리끼리니까 하는 말인데, 만약 그런 사건이 밖으로 알려지기라도 하면 어떻게 될지 뻔하지 않습니까. 우리 주지사께서는 성녀 같은 사모님과 슬하에 여덟 분의 자제를 두고 있죠. 그리고 시중은행 다섯 군데에서 부총재직을 맡으실 뿐만 아니라 사위와 사촌, 일가친척이 지분을 소유한 세 건설회사의 대주주이기도 하답니다. 물론 이분들도 탁월한 행정부에서 모두 고위직을 차지하고 계시죠. 사랑하는 우리 조국에서 대대로 이어진 전통에 따라서요."

"무슨 말씀을 하시는지 알겠지만, 법이 법인 이상 저로서는 마땅히……"

"당신은 우리 조국 스페인과 훌륭한 애국자들의 명예를 지켜야 할 의무가 있어요. 나와 여기 있는 미겔리토처럼. 아, 무서워서 바지에 오줌을 지린 듯한 표정으로 앉아 있는 저 젊은이 말이에요. 저래 봬도 다름 아닌 비야베르데 후작의 둘째 대자代子랍니다. 미겔리토, 내 말이 맞지?"

페르난디토는 거듭 고개를 끄덕였다.

"그럼 제가 어떻게 하면 되겠습니까?" 관리과 직원이 따지듯 물었다.

"자, 나라면 이런 경우에 말이죠…… 참, 나는 이런 일에 이골이 난 사람이거든요. 그러니까 내가 하자는 대로 하면 됩니다. 우선 유명한 라몬 마리아 델 바예잉클란*의 작품에서 아무 이름이나

---

* 20세기 초 스페인을 대표하는 극작가.

빌려서 서류에 적어놓으세요. 훌륭한 작가의 작품이 경찰청 추천 도서에 포함되어 있지 않다는 것은 익히 알려진 사실이니까요. 그러니 이름을 가짜로 적어놓았다는 것을 아무도 눈치채지 못할 겁니다."

"아무리 그래도 지금 나더러 그런 터무니없는 짓을 하라는 겁니까?"

"그럼 서류 작성은 내게 맡겨주세요. 당신은 용감하게 애국의 의무를 다한 공로로 얼마나 후한 상을 받게 될지만 생각하고 계세요. 그런 식으로 우리 조국 스페인이 날마다 조금씩 구원받는 거죠. 이 나라는 로마와 다릅니다. 여기서는 오히려 매국노들이 출세하고 돈을 버니까요."

관리과 대리는 혈압이 치솟는지 얼굴이 자줏빛으로 변하더니 분개한 표정으로 고개를 저었다.

"성함이 어떻게 되는지 말씀해주시겠습니까?"

"당신과 스페인을 위해 봉사하는 라이문도 룰리오*라고 합니다만." 페르민이 대답했다.

"사람이 염치가 있어야지. 해도 너무 하는군요."

페르민이 그를 빤히 쳐다보더니 고개를 끄덕였다.

"맞는 말입니다. 몰염치가 판치는 이런 나라에서 이득을 챙기려면 두 눈 딱 감고 파렴치하게 사는 수밖에 다른 방도가 더 있겠습니까?"

---

* 13세기 스페인의 신학자, 철학자, 시인.

한 시간 뒤, 페르민과 페르난디토는 계속 대기실에서 수술 결과를 기다리고 있었다. 페르민이 시킨 대로 따뜻한 코코아를 한 잔 마시자 페르난디토는 다시 힘이 나고 마음도 차분해지기 시작했다.

"페르민 씨 이야기를 그대로 믿을까요? 지나치게 자극적인 이야기를 지어낸 건 아닐까요?"

"페르난디토, 우린 이미 의혹의 씨앗을 뿌린 셈이야. 그게 중요하지. 거짓말을 할 때는 그럴싸한 말을 꾸며내는 데 신경쓰기보다 상대의 욕심과 자만심, 그리고 어리석음을 우선 고려해야 돼. 우리가 상대를 속이는 것이 아니라, 그들이 스스로를 속이는 거야. 따라서 정말 훌륭한 거짓말쟁이는 바보들이 듣고 싶은 말만 해주는 사람이라고 할 수 있지. 그게 비결이야."

"페르민 씨 말에는 섬뜩한 진실이 숨겨진 것 같네요." 페르난디토가 그의 말을 막고 나섰다.

페르민은 어깨를 으쓱했다.

"그건 생각하기 나름이야. 원숭이가 실크옷을 입고 사람 행세를 하는 코미디 같은 세상에서 거짓은 흩어진 조각을 하나로 붙여주는 모르타르 역할을 하지. 두려움 때문이든 이기심이나 어리석음 때문이든 사람들은 거짓말을 하고 남들의 거짓말을 따라하는 데 너무 길들어서, 진실을 말한다고 생각할 때조차도 거짓말이 튀어나와버리지. 그건 우리 시대가 안고 있는 심각한 문제야. 요즘 들어 진실되고 정직한 사람들은 멸종위기에 처해 있다고 해도 과언이 아니지. 플레시오사우루스나 쿠플레* 가수처럼. 그들이 유니콘과 달리 실제로 존재했다면 말이야."

"나는 당신이 하는 말을 도저히 받아들일 수가 없어요. 대부분의 사람들은 착하고 선량하니까요. 문제는 미꾸라지 한 마리가 온 웅덩이 물을 흐린다는 거예요. 그 점은 의심의 여지가 없다고요."

페르민은 그의 무릎을 다정하게 토닥거렸다.

"그건 자네가 아직 세상물정을 모르는 숙맥이라서 그래. 젊을 때는 누구나 세상을 바람직한 모습으로만 보려고 하는 법이지. 그러다가도 나이가 들면 현실을 있는 그대로 보게 돼. 자네도 언젠가 그렇게 되겠지."

페르난디토는 풀이 죽은 표정으로 고개를 푹 숙였다. 그가 가혹한 운명의 소용돌이에 맞서 싸우는 동안, 수평선을 무심히 바라보던 페르민은 몸에 딱 맞는 제복을 입고 복도를 걸어오는 건강한 모습의 간호사 두 명을 보았다. 그들의 아름다운 몸매와 살랑살랑 흔들리는 엉덩이를 보자 영혼 아랫도리가 간지러웠다. 기다리는 동안 특별히 할일이 없었던 터라 그는 그녀들을 요모조모 뜯어보기 시작했다. 그중 열아홉 살이나 겨우 됐을까, 신참인 듯한 간호사가 그를 힐끗 쳐다보면서 픽 웃고 지나갔다. 페르민같이 하찮은 인간은 천 년의 세월이 지나도 자기처럼 탐스러운 열매를 절대 넘보지 못할 것이라는 눈빛이었다. 할일 없이 복도를 어슬렁거리는

---

* 20세기 초 스페인에서 크게 유행한 음란하고 외설적인 내용의 짧은 노래.

사람들에게 성깔깨나 부릴 것처럼 생긴 다른 간호사는 의심스러운 눈초리로 그를 쏘아보았다.

"변태 같으니." 젊은 간호사가 혼잣말로 중얼거렸다.

"아, 아름다운 육신도 한때뿐이지. 시간이 흐르면 벌레들이 다 파먹어버릴 테니까." 페르민이 말했다.

"알리시아 양이 생사를 넘나들고 있는데, 어떻게 그런 생각을 하는지 모르겠네요."

"자네는 언제나 구태의연한 말만 하는군. 혹시 〈노도〉를 보면서 말을 배웠나?" '셈페레와 아들' 서점의 문헌학 담당 고문이 대꾸했다.

두 사람 사이에 한동안 침묵이 흘렀다. 주삿바늘을 꽂았던 자리에 반창고로 붙여놓은 탈지면 아래를 유심히 살펴보던 페르민은 페르난디토가 곁눈질로 자기를 흘끔거리는 것을 알아차렸다. 그가 언제 다시 입을 열지 걱정되는 모양이었다.

"왜 그래?" 그가 물었다. "소변 마려워?"

"알리시아 양을 안 지 얼마나 오래됐는지 알고 싶었어요."

"아주 오래되었지."

"그녀는 한 번도 당신 얘기를 꺼내지 않았거든요." 페르난디토가 덧붙여 말했다.

"이십 년 넘게 만나지 못했으니 그럴 만도 하지. 서로 죽은 줄로만 알고 있었어."

페르난디토는 어리둥절한 표정으로 그를 바라보았다.

"그럼 자네는? 여왕이 쳐놓은 거미줄에 걸린 쉽게 사랑에 빠지는 순진한 청년인가, 아니면 성인군자인가?"

페르난디토는 잠시 생각에 잠겼다.

"내가 볼 때는 전자인 것 같아요."

"부끄러워할 것 없어. 인생이란 다 그런 거니까. 왜 그런 일을 하는지와 왜 그런 일을 한다고 말하는지의 다른 점을 아는 것이 자기 자신을 아는 첫걸음이지. 거기부터 바보 신세를 면하기까지는 가야 할 길이 멀지만."

"페르민 씨, 마치 책처럼 말씀을 하시는군요."

"만약 책이 말을 한다면, 이 세상에 귀머거리들이 그렇게 많지 않겠지. 페르난디토, 자네가 해야 할 일은 자네 대사를 남들이 대신 쓰지 못하도록 하는 거야. 하느님께서 목 위에 올려놓으신 머리를 이용해 자신만의 대본을 쓰라고. 이 세상에는 자기 관객의 머릿속을 헛소리로 채워놓으려는 불법거래상들이 너무 많아. 그렇게 하면 홍당무를 손에 쥐고 계속 당나귀를 마음대로 부려먹을 수 있지. 무슨 말인지 알아들었어?"

"잘 모르겠어요."

"그렇군. 하지만 상관없어. 다행히 마음이 좀 가라앉은 듯한데, 이참에 무슨 일이 있었는지 다시 한번 말해봐. 이번에는 가급적 처음부터, 순서대로. 괜히 아방가르드 스타일을 추구하려고 하지는 말고. 어때? 할 수 있겠어?"

"한번 해볼게요."

"좋아요. 그럼 말해봐."

이번에 페르난디토는 하나도 빼놓지 않고 모두 이야기했다. 페르민은 망연자실한 표정으로 그의 이야기를 들으며 가설과 추측을 통해 머릿속으로 퍼즐조각을 하나씩 맞추어가고 있었다.

"그런데 자네가 말한 문서들과 이사벨라의 일기는 지금 어디에 있지?"

"헤수사 고모한테 맡겨두었어요. 고모는 알리시아 양이 사는 아파트의 관리인인데, 믿을 만한 분이에요."

"물론 그렇겠지. 하지만 좀더 안전한 곳을 찾아야 할 거야. 전통적으로 추리소설에서 부동산 관리인의 숙소가 여러 유용한 용도로 쓰인다는 것은 잘 알려진 사실이지. 하지만 거기는 기밀을 숨기는 장소로 적합하지 않네."

"지당한 말씀입니다."

"그리고 방금 내게 한 이야기는 우리 둘만 아는 걸로 해두자고. 다니엘 셈페레 씨한테는 아무 말도 하지 마."

"네, 잘 알았어요. 말씀대로 하겠습니다."

"그럼 됐어. 참, 지금 돈 가진 거 있어?"

"동전 몇 닢밖에 없을 거예요……"

페르민은 그거라도 달라고 손을 벌렸다.

"전화를 걸어야 하거든."

다니엘은 전화벨이 처음 울리자마자 받았다.

"맙소사! 페르민, 지금 대체 어디 있는 겁니까?"

"델 마르 병원이야."

"병원이라고요? 무슨 일이 있었어요?"

"어떤 자가 알리시아를 살해하려고 했어."

"뭐라고요? 누가요? 대체 왜 그런 짓을 했답니까?"

"다니엘, 좀 진정해."

"지금 이런 상황에서 어떻게 진정하란 말이에요?"

"거기 베아 있어?"

"물론 있죠. 그런데……"

"그럼 좀 바꿔줘."

잠시 조용해지더니, 이내 다투는 소리가 들렸다. 마침내 수화기로 베아의 차분한 목소리가 흘러나왔다.

"전화 바꿨어요, 페르민."

"지금 자세히 설명할 겨를은 없지만, 알리시아가 생사의 기로에 있어. 지금 수술하는 중인데 우리도 결과를 기다리고 있고."

"우리라뇨?"

"나하고 페르난디토라는 청년, 이렇게 둘이 있어. 페르난디토는 알리시아의 부하이자 심부름꾼인 것 같아. 뜬금없는 이야기일 줄은 알지만, 참고 들어주면 좋겠어."

"페르민, 뭐가 필요한 거죠?"

"일단 말재주로 위기는 모면했지만, 아무래도 여기 오래 머무르기는 어려울 것 같아. 만약 알리시아가 살아난다 해도 병원도 결코 안전한 곳은 못 될 거야. 누군가 이번 일을 끝장내려고 할 수도 있어."

"그럼 어떻게 할 생각이시죠?"

"알리시아를 아무도 찾지 못하는 곳으로 최대한 빨리 데려가야 해."

베아는 오랫동안 침묵을 지켰다.

"나와 같은 생각을 하고 있나요?"

"위대한 사람들은 늘 같은 생각을 하는 법이지."

"그런데 무슨 수로 그녀를 병원에서 빼내 거기로 데려가죠?"

"안 그래도 지금 전략을 짜고 있는 중이야."

"하느님, 당신의 종을 보살펴주소서."

"이럴 때만 하느님을 찾는군."

"저는 뭘 하면 되나요?"

"솔데빌라 박사에게 도와달라고 부탁해봐."

"하지만 솔데빌라 박사님은 은퇴한 지가 이 년도 넘었을 텐데요. 차라리……"

"우리한테 가장 필요한 건 믿을 만한 사람이라고." 페르민이 대답했다. "더군다나 솔데빌라 박사는 탁월한 의사이니 이런 상황에서 어떻게 하면 좋을지 다 알고 있을 거야. 네가 전화해서 내 부탁이라고 전하면 흔쾌히 나서줄 거야."

"그런데 저번에 만났을 때, 박사님은 당신이 뻔뻔스러운 망나니라고 손사래를 치던데요. 자기 모르게 간호사들 엉덩이를 꼬집지 않나, 정말 진절머리가 나서 앞으로 다시는 만나고 싶지 않다고요."

"이미 지난 일인데 뭘. 그래도 그는 나를 끔찍이 좋아한다고."

"정 그렇다면야…… 또 뭐가 필요하죠?"

"알리시아는 칼로 복부를 찔렸고, 손에도 찔린 상처가 있어. 바스크역도*를 하는 선수라도 뻗어버릴 정도로 심한 구타를 당했고. 그런 상태에서 살아난 환자가 최소한 일주일 정도 버틸 만한 것들이 필요해."

"하느님 맙소사……" 베아가 중얼거리듯 말했다.

"베아, 정신을 집중해. 필수품이야. 박사한테 말하면 뭐가 필요한지 알려줄 거야."

"박사님이 이야기를 들으면 기겁을 하실 텐데요."

"네 매력과 설득력이 필요한 게 바로 그 대목이야." 페르민이 넌지시 말했다.

"그런 말을 들으니 기쁘군요. 제가 보기에는 깨끗한 옷하고 이런저런 게 필요할 것 같네요."

"그렇지. 일단 네 확실한 판단력에 맡기겠어. 다니엘은 아직 옆에 있어?"

"옆에서 귀를 쫑긋 세우고 있어요. 거기로 가라고 할까요?"

"아니, 그럴 필요 없어. 우선 꼼짝 말고 진정하라고 전해줘. 새로운 소식이 있으면 다시 전화할 테니까."

"그럼 우린 여기서 기다리고 있을게요."

"내가 늘 하는 말이지만, 무슨 일이든 잘되기를 바란다면 여자가 앞장서야 된다고."

---

* 스페인 바스크 지방에서 인기 있는 스포츠로, 다양한 크기와 모양의 돌을 어깨 높이까지 들어올리는 경기.

"괜한 공치사 늘어놓지 마세요, 페르민. 속셈이 훤히 보이니까요. 필요한 것 또 없어요?"

"부디 조심해. 지금 서점이 감시당하고 있다고 해도 놀랍지 않을 테니까."

"듣던 중 반가운 소식이군요. 무슨 말인지 잘 알았어요. 페르민?"

"듣고 있어."

"그 여자 정말 믿어도 되는 거예요?"

"알리시아 말이야?"

"그게 그녀의 본명이라면……"

"맞아, 본명이야."

"그럼 나머지는요? 다 진짜인가요?"

페르민은 한숨을 내쉬었다.

"아무튼 그녀에게 한 번의 기회를 줄 생각이야. 내 입장을 봐서라도 그렇게 해줄 수 있겠어?"

"물론이죠, 페르민. 말한 대로 할게요."

페르민은 전화를 끊고 대기실로 돌아갔다. 그를 쳐다보는 페르난디토의 얼굴에는 초조한 빛이 역력했다.

"누구랑 통화하신 거예요?"

"분별력하고 통화했지."

페르민은 자리에 앉아 그를 바라보았다. 볼수록 젊은 시절 다니엘의 모습이 떠오르는 듯해 그에게 호감이 가기 시작했다.

"페르난디토, 자네는 참 좋은 사람이군. 알리시아가 자랑스럽게 생각할 거야."

"알리시아 양이 살아나면 그렇겠죠."

"반드시 살아날 거야. 나는 알리시아가 죽은 사람들 사이에서 살아 돌아온 것을 이미 봤다고. 그런 사람은 살아남는 법을 절대 잊지 않는 법이지. 내 경험에서 하는 말이야. 죽다 살아나는 건 자전거를 타거나 한 손으로 여자 브래지어를 푸는 것과 비슷해. 요령을 터득하는 게 관건이지."

페르난디토는 입가에 엷은 미소를 지었다.

"그건 어떻게 하면 되는 거죠?"

"설마 자전거를 못 타는 건 아니겠지?"

"제 말은, 어떻게 한 손으로 브래지어를 풀 수 있냐는 거예요." 페르난디토가 말했다.

페르민은 다 알겠다는 듯이 한쪽 눈을 찡긋하며 그의 무릎을 토닥거렸다.

"자네하고 할 이야기가 아주 많을 듯해……"

다행히도 페르민이 삶의 진실에 관한 첫번째 속성강의를 시작하려던 찰나, 집도의가 대기실에 나타났다. 의사는 길게 한숨을 내쉬더니 힘이 다 빠진 듯 자리에 풀썩 주저앉았다.

33

의사는 생각이 많은 탓에 서른 살도 되기 전에 머리카락이 빠지기 시작하는 부류의 젊은이였다. 그는 키가 훤칠한데다 말라서 옆에서 보면 꼬챙이 같았다. 그리고 태양의 제국 위에 마라코*만한 원자폭탄을 떨어뜨린 미국 대통령 이름을 따서 트루먼이라고 불리던 안경 뒤로 상황을 면밀히 관찰하는 두 눈이 지적으로 보였다.

"환자는 어느 정도 안정을 찾았습니다. 상처도 봉합했고 지혈도 된 상태입니다. 현재까지 특별한 감염증상은 없습니다만, 만약의 경우에 대비해서 항생제를 투여했고요. 상처는 생각했던 것보다 깊었습니다. 그 와중에 대퇴부 동맥이 끊어지지 않은 것은 정말 기적이에요. 하지만 봉합수술은 정말 힘들었습니다. 처음에는 상처 부위가 제대로 붙지를 않았거든요. 염증이 가라앉고 다행히 감염만 발생하지 않으면 곧 아물 겁니다. 이제부터는 하느님의 뜻에 맡겨야겠지요."

"그럼 환자가 무사히 이겨낼까요, 박사님?"

의사는 어깨를 으쓱했다.

"모든 건 앞으로 사십팔 시간 동안 상태가 호전되는지에 달려 있습니다. 환자는 아직 젊고 심장도 강한 편입니다. 저분보다 허약한 환자였더라면 수술을 이겨내지도 못했을 겁니다. 그렇다고는 해도 어두운 터널을 완전히 빠져나왔다는 말은 아니에요. 만약 예상치 못한 감염이 생기면……"

페르민은 의사의 설명을 곱씹으며 고개를 끄덕였다. 의사가 날카로운 눈빛으로 그를 뜯어보았다.

---

* 카탈루냐 지방의 전설 속 용 모양 동물.

"환자의 오른쪽 둔부에 난 상처는 어떻게 생긴 것인지 말씀해주실 수 있습니까?"

"어릴 때 사고를 당했죠. 전쟁 때 말입니다."

"네…… 저 정도면 통증이 엄청 심할 텐데요."

"그 상처 때문에 오래 고생했죠. 그러다보니 성격에도 어느 정도 영향을 미친 것 같아요."

"환자가 이번 고비를 잘 넘긴다면 제가 도움을 줄 수 있을 것 같습니다. 요즘 새로 나온 재건수술이 있어요. 이십 년 전에는 상상도 못하던 치료법이죠. 그 수술을 받으면 통증이 다소 완화될 겁니다. 지금 상태로 계속 산다는 건 말도 안 돼요."

"비올레타가 정신을 차리면 그 얘기부터 해주어야겠군요."

"비올레타요?" 의사는 눈을 동그랗게 뜨고 물었다.

"환자 말이에요." 페르민이 말했다.

머리숱은 없어도 눈치는 빠른 의사가 곁눈질로 그를 힐끔 쳐다보았다.

"이보세요. 물론 이건 내가 상관할 문제도 아니고, 또 당신네가 순진한 콜 씨를 어떻게 구워삶았는지도 모르겠어요. 하지만 그녀는 잔혹하게 구타당해 하마터면 죽을 뻔했다고요. 누군지는 모르겠지만……"

"그건 저도 알아요." 페르민이 끼어들며 말했다. "저도 사태의 심각성을 잘 알고 있습니다. 정말이에요. 언제쯤 퇴원할 수 있을까요?"

의사는 아연실색하면서 눈을 치켜떴다.

"퇴원이라고요? 병세가 빠르게 호전된다고 해도 저 환자라면 최소한 한 달 이상 절대적인 안정이 필요합니다. 속성으로 장례식을 치를 생각이 아니라면 비올레타든 누구든 여기서 한 발짝도 못 나갑니다. 진심으로 드리는 말씀이에요."

페르민은 의사의 얼굴을 찬찬히 뜯어보았다.

"그럼 다른 곳으로 옮기는 건요?"

"굳이 옮기겠다면 다른 병원으로 가야 합니다. 하지만 별로 권해드리고 싶지는 않군요."

페르민은 심각한 표정을 지으며 고개를 끄덕였다.

"감사합니다, 박사님."

"별말씀을요. 두 시간 지나서 회복이 정상적으로 진행되면 환자를 일반병실로 옮길 겁니다. 그때까지는 면회가 안 됩니다. 나가서 바깥공기를 쐬고 싶으실까봐 말씀드리는 거예요. 아니면 처리할 일이 있으실 수도 있으니까요. 무슨 말인지 아시겠죠? 이미 말씀드렸듯이 환자의 상태가 안정적이고, 예후도 적당히 낙관적입니다."

"적당히요?"

의사는 알 듯 모를 듯한 미소를 지어 보였다.

"의사로서 소견이 아니라 제 개인적인 의견을 묻는 거라면, 저 환자는 아직 죽고 싶어하지 않는다고 말씀드리고 싶군요. 순전히 분노로 병을 이겨내는 사람도 가끔 있거든요."

페르민은 고개를 끄덕였다.

"원래 여자들이 그렇죠. 한번 머릿속으로 무언가를 생각하기 시작하면……"

페르민은 의사가 떠나자, 복도로 고개를 내밀어 상황을 살펴보았다. 페르난디토도 곁에 서서 밖을 내다보았다. 두 사람이 복도 끝에서 느릿느릿 걸어오고 있었다. 차림새로 보아 병원 의료진 같지는 않았다.

"저 두 사람, 혹시 고추* 아닐까?"

"뭐라고 하셨죠?" 페르난디토가 물었다.

"경찰관 말이야. 자네는 만화도 안 봐?"

"말을 들으니까, 정말 그래 보이네요……"

페르민은 투덜거리며 페르난디토를 다시 대기실 안으로 밀어넣었다.

"관리과 직원이 경찰에 신고했을까요?" 페르난디토가 물었다.

"생각했던 것보다 일이 더 꼬이겠는걸. 이제 허비할 시간이 없어. 페르난디토, 나를 좀 도와줘야겠어."

"필요하다면 조금이 아니라 힘이 닿는 데까지 모두 도와드릴게요. 말씀만 하세요."

"지금 당장 '셈페레와 아들' 서점에 가서 베아에게 말을 전해줘."

"베아라뇨?"

"다니엘의 부인이야."

"누군지 어떻게 알죠……?"

---

* 프랑코 시대에 경찰을 가리키던 은어. 지방경찰 제복 바지에 나 있던 빨간 줄에서 유래했다.

"가면 누군지 금방 알게 될 거야. 거기 있는 사람들 중 가장 영리할 뿐만 아니라 매력적이기까지 한 여자니까. 하지만 점잖은 사람이니 헛된 마음은 품지 말라고."

"만나면 뭐라고 하죠?"

"우리의 퀸스 갬빗*을 예정보다 앞당겨야 할 것 같다고 전해."

"퀸스 갬빗이요?"

"그렇게 말하면 알아들을 거야. 그리고 다니엘을 이사크에게 보내 소식을 알리라고 전해줘."

"이사크요? 이사크 누구요?"

페르난디토가 말귀를 못 알아듣자 짜증이 난 페르민은 씩씩거렸다.

"이사크 몬투리올인지도 모르지. 잠수함을 발명한 사람.** 그냥 이사크라고만 하면 돼. 정 불안하면 종이에 적어줄까?"

"아뇨, 그러실 필요 없어요. 다 외웠으니까요."

"그럼 더 늦기 전에 부리나케 달려가라고."

"당신은 어디로 가시려고요?"

페르민은 그에게 한쪽 눈을 찡긋했다.

"보병 없이는 전쟁에서 승리할 수 없는 법이지……"

---

* 체스의 오프닝 중 하나로, 미끼를 던져 유리한 수를 버는 작전.
** 세계 최초로 잠수함을 발명한 사람은 나르시스 몬투리올 이 에스타리올이다.

34

페르민이 병원을 나와 해변을 따라 소모로스트로로 향할 무렵 폭풍우는 이미 지나간 상태였다. 바다에서 불어오는 강한 바람이 파도를 일으키고 있었다. 파도는 푸에블로 누에보 공동묘지 담까지 쭉 뻗은 판자촌 몇 미터 앞 해변에서 하얗게 부서졌다. 해변에서 비참하게 하루하루 살아가는 저들보다 차라리 죽은 이들의 집이 더 좋을지도 모른다고 페르민은 생각했다.

판잣집이 늘어선 골목길에 발을 딛자마자, 여기저기서 의심의 눈초리가 쏟아지기 시작했다. 누더기를 걸친 아이들과 비참한 생활에 검누렇게 찌든 여인네들, 나이보다 훨씬 늙어 보이는 남정네들이 유심히 그를 지켜보았다. 잠시 후, 눈빛에 적의를 가득 품은 청년 넷이 다가오더니 그를 에워싸며 길을 막았다.

"여기서 길을 잃으셨나, 파요*?"

"아르만도를 만나러 왔소." 페르민은 조금도 불안하거나 언 기색을 보이지 않고 말했다.

무리 중 이마에서 뺨까지 흉터가 길게 이어진 한 청년이 위협하듯 씩 웃으며 다가오더니 페르민을 노려보았다. 페르민도 그의 눈을 피하지 않았다.

"아르만도 말이오." 그가 말했다. "나는 그의 친구요."

청년은 그를 재보았다. 사실 한주먹이면 끝장낼 수도 있었지

---

* payo. 집시들 사이에서 자기 무리 밖의 사람을 가리키는 멸칭.

만, 마침내 미소를 지어 보였다.

"그럼 당신은 그때 죽지 않은 거로군." 그가 물었다.

"마지막 순간에 생각을 바꾸었지." 페르민이 대답했다.

"해변에 가봐." 그 청년이 턱으로 해변을 가리키며 말했다.

페르민이 감사의 뜻을 표하자, 청년들은 길 한편으로 물러섰다. 그가 골목길을 따라 100여 미터를 걸어가는 동안 그의 존재를 눈여겨보는 이는 아무도 없었다. 길은 바다로 꾸불꾸불 이어졌다. 아이들이 와자지껄하게 떠들고 웃는 소리가 해변에서 들려왔다. 소리나는 곳으로 가던 페르민은 잠시 후 아이들이 왜 해변에 모여 있는지 깨달았다.

해변에서 몇 미터 떨어진 곳에서 좌초된 낡은 화물선이 폭풍우에 밀려 모래사장 위로 올라와 있었다. 선체는 좌현으로 기우뚱하게 기울어졌고 용골과 프로펠러가 파도 거품 사이로 모습을 드러냈다. 실려 있던 화물은 대부분 파도에 휩쓸려 바다에 떠다녔다. 한 무리의 갈매기가 난파선 잔해 주변의 상공을 빙빙 도는 사이, 선원들은 화물을 하나라도 더 건져내려고 안간힘을 쓰고 있었다. 그 와중에 아이들은 무슨 잔치라도 벌어진 것처럼 신나게 떠들어대고 있었다. 저멀리 하늘 높이 치솟은 굴뚝과 공장 건물이 숲을 이루고 있었고, 하늘에서는 번쩍번쩍하는 불빛과 함께 천둥소리가 우르릉 울리면서 시커먼 구름이 지나갔다.

"페르민." 순간, 옆에서 굵고 차분한 목소리가 들렸다.

고개를 돌리니 집시들의 황태자이자 잊힌 세계의 황제인 아르만도의 모습이 보였다. 말끔한 검은색 정장 차림에 에나멜가죽구두를 손에 들고 있었다. 바닷물에 젖은 모래사장을 걸으며 파도를 타고 노는 아이들을 구경하기 위해 바지는 무릎까지 걷어올린 터였다. 아르만도는 난파선을 손으로 가리키며 고개를 끄덕였다.

"어떤 이들의 불행은 곧 다른 이들의 행복이죠." 그가 말했다. "친구여, 무슨 일이 당신의 발걸음을 이런 누추한 곳으로 이끌었나? 불행한 일인가요, 아니면 좋은 일인가요?"

"절망이죠."

"절망은 결코 우리 삶에서 훌륭한 길잡이가 되지 못하는데."

"하지만 아주 설득력 있는 길잡이죠."

아르만도는 미소를 지으며 고개를 끄덕였다. 그리고 담배를 피워 물고 담뱃갑을 페르민에게 건넸다. 하지만 페르민은 정중하게 사양했다.

"당신이 델 마르 병원에서 나오는 걸 본 사람들이 있더군요." 아르만도가 말했다.

"당신은 사방에 눈을 두고 있군요."

"지금 당신에게 필요한 건 눈이 아니라 손 같습니다만. 뭘 도와드릴까요?"

"목숨을 구해야 할 일이 생겼어요."

"당신의 목숨 말이오?"

"내 목숨이라면 예전에 당신에게 빚진 적이 있지요. 오늘 여기 온 것은 사실 오래전에 구했어야 하는 목숨 때문입니다. 그때 운명이 내 손에 그 목숨을 맡겼지만, 내가 제 역할을 하지 못했죠."

"운명은 우리 스스로보다 우리에 관해 더 많은 것을 알고 있어요, 페르민. 나는 당신이 누군가의 기대를 저버렸다고 생각하지는 않습니다. 하지만 표정을 보니 사정이 급한 모양이군요. 무슨 일인지 자세히 알려줘요."

"이야기가 복잡하고 길어요. 위험하기도 하고."

"물론 쉽고 안전한 일이라면, 여기까지 와서 내 도움을 청하지도 않았겠죠. 그 사람 이름이 어떻게 되죠?"

"알리시아라고 합니다."

"사랑하는 사람입니까?"

"내가 빚을 진 사람이죠."

엔다야는 시신 옆에 무릎을 꿇고 앉아 담요를 걷어냈다.

"그 사람 맞습니까?" 그가 물었다.

아무 대답도 없자, 그는 뒤를 돌아보았다. 등뒤에서 리나레스가 바르가스의 시신을 말없이 내려다보고 있었다. 난데없이 뺨을 얻어맞은 것처럼 정신이 얼얼한 모양이었다.

"그 사람이에요? 아니에요?" 엔다야가 재차 물었다.

리나레스는 잠시 눈을 감고 고개를 끄덕였다. 엔다야는 바르가스의 얼굴을 다시 덮고 자리에서 일어났다. 그는 여기저기 흩어진 옷가지와 물건을 대충 훑어보며 거실을 돌아다녔다. 리나레스 외에도 그의 부하 두 명이 조용히 참을성 있게 기다리고 있었다.

"들리는 말로는 바르가스가 여기 오기 전에 당신과 함께 시체보관소에 있었다던데." 엔다야가 말했다. "거기서 뭘 했는지 말해줄 수 있겠어요?"

"그 전날 밤에 바르가스 경감이 전화로 시신 한 구를 발견했다고 내게 알려주었습니다."

"어떤 상황에서 발견했는지 말하던가요?"

"맡은 사건을 수사하던 중 발견한 모양입니다. 사건의 세부적인 내용은 밝히지 않았어요."

"그래서 아무것도 물어보지 않았습니까?"

"때가 되면 모두 말해주겠거니 생각했죠."

"그 정도로 바르가스를 신뢰했었나요?" 엔다야가 궁금한 듯 물었다.

"저 자신만큼이요." 리나레스가 대답했다.

"재미있는 설명이로군요. 하긴 경찰청에서 좋은 친구를 만나는 것만큼 좋은 일도 없겠죠. 그런데 말입니다, 시신의 신원은 곧장 확인했나요?"

리나레스는 잠시 머뭇거렸다.

"바르가스는 리카르도 로마나라는 자일 걸로 추정하더군요. 아마 귀에 익은 이름일 겁니다. 과거 당신의 동료였을 거예요."

"동료는 아니지만, 이름은 들어봤습니다. 그럼 그후 담당 부서에 보고했습니까?"

"아니요."

"왜죠?"

"검시관의 확인이 나오기를 기다리고 있었거든요."

"결국엔 보고를 할 생각이었고요."

"물론입니다."

"그렇군요. 그럼 로마나의 시신이라는 바르가스의 추정에 대해 경찰서 내부의 누군가와 이야기를 나눈 적이 있습니까?"

"없습니다."

"없다고요?" 엔다야가 물었다. "부하한테도 말입니까?"

"네."

"검시관과 그 조수, 판사, 당신과 함께 간 형사들 말고 혹시 시신을 꺼낸 사실을 아는 사람이 또 있습니까?"

"없습니다. 무슨 뜻으로 하는 말씀이죠?"

엔다야는 그를 보며 한쪽 눈을 찡긋했다.

"아무것도 아닙니다. 당신 말을 믿습니다. 그럼 바르가스가 시체보관소에서 나와 어디로 갔는지 알고 있나요?"

리나레스는 고개를 저었다.

"호적등기소로 갔습니다." 엔다야가 말했다.

리나레스는 눈썹을 찡그렸다.

"전혀 모르고 있었나요?"

"네." 리나레스가 대답했다. "내가 그런 것까지 어떻게 알겠습니까?"

"바르가스가 거기에 대해서는 일절 언급하지 않던가요?"

"네."

"정말이에요? 바르가스가 뭐 물어볼 게 있다고 등기소에서 연락을 안 했단 말입니까?"

리나레스는 그를 빤히 쳐다보았다. 엔다야는 재미있다는 듯이 미소를 지었다.

"네."

"혹시 로비라라는 이름은 들어본 적이 있나요?"

"글쎄요. 아주 흔한 성이라서."

"경찰 내부에서는요?"

"그런 이름을 가진 사람이 한 명 있기는 합니다만. 경찰청 문서 보관소에서 일하는데 퇴직을 앞두고 있을 거예요."

"최근에 로비라에 관해 물어본 사람이 있습니까?"

리나레스는 다시 고개를 저었다.

"도대체 무슨 말씀을 하시는 거죠?"

"어떤 범죄에 대해서 이야기하는 겁니다. 우리, 특히 최고의 경찰관 중 하나를 대상으로 저지른 범죄 말이에요. 감히 그런 짓을 저지를 수 있는 자가 누구겠습니까?"

"전문가의 소행이 분명하겠죠."

"정말로 그렇게 생각합니까? 내가 볼 때는 좀도둑의 소행 같은데요."

"좀도둑이라고요?"

엔다야는 확신에 찬 표정을 지으며 고개를 끄덕였다.

"여기는 믿을 만한 동네가 못 돼요. 카탈루냐인들은 자기 어머니 임종 자리에서도 어머니 팬티를 훔쳐갈 수 있는 사람들이라고요. 시신에 아직 온기가 남아 있을 때 말입니다. 그런 기질을 타고난 거죠."

"삼류, 아니 사류 좀도둑 따위가 바르가스를 저렇게 만들었다고요? 그건 말도 안 되는 소립니다." 리나레스가 말했다. "바르가스에 대해서라면 당신도 나만큼이나 잘 알 겁니다. 이건 절대 아마추어의 소행이 아니라고요."

엔다야는 한동안 차분한 눈길로 그를 바라보았다.

"리나레스. 이 세상에는 전문적인 좀도둑도 있어요. 알다시피 어떤 일이든 한 치의 망설임도 없이 해치우는 냉혈한이죠. 당신 친구 바르가스는 말이죠, 우리 이건 인정하고 들어갑시다. 아무튼 그는 몸상태가 그리 좋지 않았어요. 누구든 나이는 속일 수 없는 법이니까요."

"그 문제라면 이제 수사에서 밝혀내야겠죠."

"안타까운 일이지만 이번 사건으로 수사를 개시하지는 않을 겁니다."

"그거야 당신이 그렇게 결정했기 때문이겠죠." 리나레스가 따지듯이 말했다.

엔다야의 얼굴에는 흡족한 미소가 흘렀다.

"천만에요. 내가 수사하지 말자고 결정했다니요? 그건 잘못 생각한 겁니다. 내게는 그런 결정을 내릴 권한이 없어요. 하지만 어떻게 행동하는 것이 스스로에게 좋을지 잘 안다면 누군가 이래라저래라 결정을 내리기 전에 알아서 처신하는 것이 좋겠죠."

리나레스는 입술을 깨물었다.

"그런 결정이라면 일절 받아들이지 않겠습니다. 당신이 내렸든, 다른 사람이 내렸든."

"리나레스, 당신은 여태껏 경찰생활을 잘해오지 않았습니까.

자, 우리 좀 솔직해집시다. 당신이 로베르토 알카사르 이 페드린*처럼 처신해서 이 자리까지 온 것은 아니잖습니까. 사실 영웅치고 끝까지 살아남는 사람은 아무도 없어요. 모두 중간에 나가떨어지죠. 명예로운 은퇴를 앞둔 마당에 어리석은 짓을 해서야 되겠습니까. 세상은 변하고 있어요. 다 당신을 위해서 하는 말인 거 알잖습니까."

리나레스는 경멸스럽다는 눈빛으로 엔다야를 노려보았다.

"내가 확실히 아는 건 당신이 개자식이라는 겁니다. 당신이 누구 밑에서 일하든 그건 내 알 바 아니니 마음대로 하시오." 그가 말했다. "이번 일은 당신이 바라는 대로 그렇게 흐지부지 끝나지는 않을 겁니다. 연락할 데 있으면 누구든 연락하시라고요."

엔다야는 어깨를 으쓱했다. 리나레스는 몸을 돌려 출구로 향했다. 엔다야는 부하 한 명을 힐끗 쳐다보면서 고개를 끄덕였다. 그 형사는 리나레스의 뒤를 밟기 시작했다. 자리에 남은 다른 부하가 다가오자, 엔다야는 궁금한 듯 그를 바라보았다.

"아직까지 여우 같은 그 계집애 소식은 없나?"

"공장 건물에서는 시신 한 구만 나왔답니다. 그녀는 흔적도 없이 사라졌고요. 길 맞은편 아파트도 이 잡듯이 다 뒤졌습니다만 아무것도 나오지 않았습니다. 인근 주민 중에서 그 여자를 본 사람도 없어요. 아파트 관리인 역시 그녀가 어제 외출할 때 본 것이 마지막이었다고 하더군요."

---

* 1940년부터 1976년까지 연재된 동명 만화의 주인공으로, 대담한 탐험가다.

"거짓말한 건 아니겠지?"

"그런 것 같습니다만, 원하시면 관리인을 잡아다 추궁할 수도 있습니다."

"그럴 것까지는 없어. 우선 병원하고 보건소를 모두 뒤져봐. 거기 있으면 가명으로 기록되어 있겠지. 멀리 가지는 못했을 거야."

"만약 마드리드에서 전화가 오면 어쩌죠?"

"그 여자를 찾을 때까지는 입도 뻥긋하지 마. 하여간 말 새지 않게 최대한 조심해서 움직이도록."

"네, 알겠습니다."

35

알리시아는 평생 최고의 꿈을 꾸었다. 눈을 떠보니 소독약냄새가 풍기는 벽이 하얀 방 안이었다. 저멀리서 웅성거리는 소리가 커졌다가 속삭임처럼 작아졌다 했다. 그녀는 제일 먼저 통증이 말끔히 나았다는 것을 알아차렸다. 이십 년 만에 처음 있는 일이었다. 고통과 함께 평생 동안 갇혀 지내던 세계도 감쪽같이 사라져버렸다. 그 대신 그녀는 환한 빛이 물방울처럼 돌아다니다 공기 중에 떠다니는 먼짓조각과 부딪치면서 무지갯빛으로 반짝거리는 공간을 발견했다. 알리시아는 살며시 웃었다. 이제는 제대로 숨도 쉴 수 있고, 몸도 더 편안해진 것 같았다. 뼈마디마다 쑤시던 통증은 물론 오래전부터 그녀를 단단히 옥죄던 쇠집게도 사라졌다. 천사가 허리를 구부린 채, 그녀의 눈을 내려다보고 있었다. 천사는 큰 키에 하얀 가운을 입었고 날개는 없었다. 머리숱이 거의 없었고, 손에는 피하주사기를 들고 있었다. 그녀는 자기가 죽었는지, 그리고 여기가 지옥인지 물었다. 하지만 천사는 빙긋 웃으며 그건 어떻게 보느냐에 달려 있겠지만 걱정할 필요는 전혀 없다고 대답했다. 그 순간, 따끔한 느낌이 들면서 환희의 급류가 평화로운 온기의 흔적을 남기며 온몸의 혈관으로 퍼져나가기 시작했다. 천사의 뒤로 비쩍 마르고 코가 커다란 악마가 나타났다. 그 코를 봤더라면 몰리에르는 희극을, 세르반테스는 영웅서사시를 썼을 것이었다.

"알리시아 양, 집으로 갑시다." 작은 악마가 묘하게 귀에 익은 목소리로 말했다.

흑단같이 머리가 검은 유령이 그의 곁에 서 있었다. 이목구비가 얼마나 또렷하던지, 알리시아는 그 입술에 키스를 하고 전설에나 나올 법한 머리카락을 손가락으로 부드럽게 쓰다듬고 싶었다. 그뿐 아니라 잠깐 동안만이라도 그와 사랑에 빠지고 싶은 마음이 일었다. 지금 자기가 깨어 있고, 덜렁대는 사람이 길을 가다 떨어뜨린 행복을 우연히 발견했다고 생각할 수 있을 정도의 시간이면 충분했다.

"당신을 쓰다듬어봐도 될까요?" 그녀가 물었다.

검은 머리의 왕자는—그는 아무리 못해도 왕자가 분명했다—머뭇거리면서 작은 악마를 힐끗 쳐다보았다. 악마는 그녀가 무슨 말을 하든지 신경쓰지 말라는 듯한 손짓을 했다.

"지금 그녀의 혈관의 흐르고 있는 것은 내 피예요. 잠시 부끄러움을 잊고 경박해진 것도 바로 그 때문이죠. 그러니 너무 괘념하지 마세요."

왕자가 신호를 하자, 난쟁이 무리가 모습을 드러냈다. 하지만 그들은 실제로 난쟁이가 아니었고 모두 흰 옷을 입고 있었다. 네 명이 시트를 끌어당기더니 그녀를 번쩍 들어 이동용 침대로 옮겼다. 왕자는 그녀의 손을 잡고 꽉 쥐었다. 정말 훌륭한 아버지가 될 것 같아. 그녀는 생각했다. 꽉 잡은 손에서 부드러운 감촉이 느껴져 더욱더 확신이 들었다.

"아들을 갖고 싶지 않으세요?" 그녀가 물었다.

"아들이라면 열일곱이나 있어요." 왕자가 말했다.

"알리시아, 이제 그만 눈 좀 붙여요. 듣는 내가 다 부끄러워질 지경이라고요." 작은 악마가 끼어들었다.

하지만 그녀는 잠이 들지 않았다. 그녀는 멋쟁이 왕자의 손을 잡은 채 마법의 침대를 타고 새하얀 불빛이 비치는 복도를 따라 끝없이 이동하는 내내 꿈을 꾸었다. 그들은 엘리베이터를 타고 터널을 지나 탄식으로 가득찬 방을 지났다. 잠시 후, 알리시아는 갑자기 공기가 차가워진 것을 느꼈다. 그리고 창백한 빛의 천장 대신 탈지면 같은 태양이 스치면서 붉게 물든 구름이 보였다. 작은 악마가 그녀에게 담요를 덮어주었다. 난장이들은 왕자의 명령에 따라 그녀를 지금까지 이야기에 전혀 어울리지 않는 마차에 태웠다. 그 마차는 앞에 늘씬한 말도 없고 청동으로 된 멋진 나선장식도 달려 있지 않았다. 대신 수수께끼 같은 문구가 적혀 있었다.

라 폰데로사
냉동육
도매 및 배달

왕자가 마차 문을 닫는 순간, 누군가 당장 멈추라고 위협하는 목소리가 들렸다. 알리시아가 마차 안에 홀로 있는 몇 분 동안 그녀의 영웅들은 비열한 악당들의 음모에 맞서 싸웠다. 그렇지 않고서야 밖에서 주먹과 몽둥이로 때리는 소리가 울려퍼질 리 없었다. 그녀의 곁에 돌아왔을 때 작은 악마는 머리가 잔뜩 헝클어진데다 입술은 터진 채 승리의 미소를 짓고 있었다. 마차가 덜그럭거리며 움직이기 시작했을 때, 이상하게도 알리시아의 콧속으로 싸구려 롱가니사 냄새가 스며들었다.

마차는 끝없이 달렸다. 대로와 골목길을 헤치고 나아가 미로처럼 복잡하게 얽히고설킨 길을 따라갔다. 마침내 마차가 멈추고 문이 열리자 난쟁이들이―그사이 키가 커져 평범한 남자들처럼 보였다―이동용 침대를 내렸다. 알리시아는 눈 깜짝할 사이에 마차가 밴으로 둔갑했고 그들 모두 좁고 어두컴컴한 골목길에 있다는 것을 알아차렸다. 돌연 페르민의 얼굴로 나타난 작은 악마가 그녀에게 이제 조금만 있으면 무사할 거라고 알려주었다. 그들이 그녀를 들고 커다란 떡갈나무문으로 다가가자, 머리숱이 없고 독수리처럼 눈매가 날카로운 남자가 얼굴을 빠끔 내밀었다. 남자는 길 양쪽을 살피더니 속삭이듯 '들어와요'라고 말했다.

"저는 이쯤에서 물러나겠습니다." 왕자가 말했다.

"제게 입맞춤은 해주고 가셔야죠." 알리시아가 중얼거리며 말했다.

그러자 페르민이 눈을 희번덕거리며 기품 있는 신사에게 명령했다.

"시킨 대로 냉큼 입맞춤을 해줘요. 그러지 않으면 일이 안 끝날 테니까."

아르만도 왕자는 불가사의한 매력을 한껏 뿜어내며 그녀에게 입을 맞추었다. 그는 입술에서 계피향이 풍길 뿐만 아니라 여인에게 입맞춤하는 방법을 제대로 알고 있었다. 침착하고 능수능란하게, 그리고 자기 일에 자부심이 있는 예술가로서 오랜 경험을 살리면서 말이다. 그녀는 그동안 잊고 있던 온몸 구석구석을 휘젓고 다니는 한기도 아랑곳하지 않았다. 알리시아는 눈물을 감추려고 눈을 감았다.

"고맙습니다." 그녀가 중얼거렸다.

"믿을 수가 없군요." 페르민이 끼어들며 말했다. "마치 열다섯 살짜리 소녀 같으니 말입니다. 그녀의 아버지가 이런 모습을 못봐서 그나마 다행이에요."

대성당 시계처럼 철컥 소리가 나면서 문이 닫혔다. 그들은 궁전처럼 길고 어두운 복도를 따라 어디론가 향했다. 관리인이 기름 램프를 들고 지나가자 벽에 잔뜩 걸린 프레스코화의 전설 속 동물들이 나타났다 사라지기를 되풀이했다. 공기에서는 종이와 마법의 냄새가 났다. 복도를 지나 둥근 천장이 덮인 커다란 홀로 들어서자 알리시아가 평생 한 번도 보지 못했던, 어쩌면 꿈속에서나 보았을 경이로운 구조물이 눈앞에 나타났다.

도저히 상상할 수 없을 정도로 복잡하게 설계된 미로가 거대한 원형 유리지붕을 향해 올라가고 있었다. 수천 개의 칼날로 쪼개지면서 쏟아져내리는 달빛 덕분에 어떤 마법을 부려 만들기라도 한 것처럼 현실에 있을 수 없는 기하학적 구조가 언뜻 드러났다. 그 구조물은 이 세계의 모든 책과 모든 이야기, 모든 꿈을 모아 완성한 것인지도 모를 일이었다. 알리시아는 그곳이 꿈속에 자주 나타나던 공간이라는 것을 알아보았다. 그곳이 언제 허공으로 사라질지 모른다는 생각이 들자 한 번이라도 만져보기 위해 손을 뻗었다. 그때 옆으로 다니엘과 베아의 얼굴이 나타났다.

"여긴 어디죠? 뭐하는 곳이죠?"

대문을 열어준 이사크 몽포르트가—알리시아는 오랜 세월이 지났음에도 그를 알아보았다—옆에 무릎을 꿇고 앉아 그녀의 얼굴을 부드럽게 쓰다듬었다.

"알리시아, '잊힌 책들의 묘지'에 다시 온 것을 환영합니다."

36

발스는 자기가 헛것을 봤는지도 모른다는 생각이 들기 시작했다. 환영이 사라지자, 그는 계단을 통해 감방 문 앞까지 내려와 자기에게 발스가 맞느냐고 물어본 그 여자가 꿈속에 나타난 건 아닌지 더이상 확신이 서지 않았다. 정말로 그런 일이 일어난 것인지 잠시 의심스럽기까지 했다. 어쩌면 꿈을 꾼 것인지도 모를 일이었다. 어쩌면 그는 몬주익 교도소 감방에서 썩어가는 또하나의 산송장이고, 환각으로 인해 스스로 발스가 아니라 그 자신의 간수라고 믿게 됐던 것인지도 모른다. 비슷한 경우가 어렴풋이 기억나는 것도 같았다. 미트한스라는 이름의 사내. 미트한스는 공화국 시절 잘나가던 극작가다. 발스는 자신이 바라지만 가질 수 없던 것을 모두 갖춘 그에게 심한 경멸감을 품고 있었다. 결국 그는 발스가 그토록 질투하던 다른 이들과 마찬가지로 몬주익 교도소에서 생을 마감했다. 19번 방에서 자신이 누구인지도 모른 채.

하지만 발스는 아직 기억이 살아 있었고 자신이 누구인지 알고 있었다. 언젠가 악마 같은 다비드 마르틴이 그에게 말했던 것처럼, 기억은 곧 우리 자신이었다. 그래서 그는 그 여자가 누군지는 몰라도 분명 그곳에 있었으며 언젠가 그녀, 아니면 그녀 같은 여자가 돌아와 자기를 거기서 꺼내 자유롭게 풀어주리라는 것을 알고 있었다. 그는 자신이 교도소장으로 있을 때 죽은 미트한스나 다른 비참한 죄수들과는 입장이 달랐다. 마우리시오 발스, 그는 절대 그곳에서 죽을 리가 없었다. 그건 모두 자신의 딸 메르세데스 덕분이었다. 메르세데스 덕분에 그는 감방에서 험한 꼴을 당하면서도 살아 있을 수 있었다. 지하실 문이 열리면서 어둠 속으로 내려오는 발소리가 들릴 때마다 희망에 가득찬 눈으로 고개를 들었던 것은 그 때문이었는지도 모른다. 오늘이 바로 그날일 수도 있을 테니까.

새벽이 가까워진 것이 분명했다. 그는 추위에 따라 하루의 시간을 구분하는 법을 익힌 터였다. 그런데 새벽에는 누가 내려온 적이 없는데 그날은 무언가 달랐다. 문이 열리더니 무거운 발소리가 들렸다. 누군가 천천히 계단을 내려오고 있었다. 어둠 속에서 사람의 형체가 희미하게 드러났다. 그가 손에 든 쟁반에서 한 번도 맡아보지 못한 맛있는 냄새가 풍겨왔다. 엔다야는 쟁반을 바닥에 내려놓고, 양초에 불을 붙여 촛대에 꽂았다.

"잘 잤나, 장관." 그가 입을 열었다. "아침식사를 가져왔으니 먹으라고."

엔다야는 쟁반을 철창 가까이 밀어다놓고 뚜껑을 열었다. 육즙이 많은 스테이크에 후추 크림소스를 얹고 오븐에 구운 감자와 살짝 볶은 야채를 곁들인 요리가 눈앞에 어른거렸다. 마치 신기루를 보고 있는 느낌이었다. 그 광경을 보자 발스는 입에 침이 고이고 배에서 꼬르륵 소리가 났다.

"미디엄레어라고." 엔다야가 말했다. "평소 좋아하던 대로 구웠지."

쟁반에는 작은 롤빵이 든 바구니와 은으로 만든 나이프, 포크, 스푼, 리넨냅킨이 있었다. 리오하산 고급 와인이 담긴 무라노* 유리잔도 있었다.

---

* 유리공예로 유명한 이탈리아 베네치아의 섬.

엔다야가 쟁반을 철창 아래로 밀어넣었다. 발스는 식기세트와 냅킨 따위는 거들떠보지도 않고 손으로 고깃조각을 집어들었다. 그는 이가 다 빠진 입속으로 고기를 들이밀더니 스스로의 모습이 낯설게 느껴질 만큼 닥치는 대로 먹어치우기 시작했다. 고기와 감자, 빵을 꿀꺽 삼킨 뒤에는 접시가 반짝거릴 때까지 핥았다. 마지막으로 맛있는 와인을 한 방울도 남기지 않고 단숨에 들이켰다. 엔다야는 얼굴에 부드러운 미소를 띠고 담배를 피우면서 담담하게 그를 지켜보았다.

"후식이 없어서 미안하게 됐군. 분명 가져오라고 지시했는데, 잊어먹은 모양이야."

발스는 빈 쟁반을 급하게 옆으로 치우더니 철창을 붙잡고 엔다야를 빤히 쳐다보았다.

"장관께서 좀 놀란 것 같군. 오늘 메뉴가 너무 잘 나와서 그런 거야? 아니면 다른 이를 기다리고 있었는데 내가 나타나서 그런 건가?"

그 말을 듣자 간만에 만끽한 포만감도 이내 사라져버렸다. 발스는 다시 감방 구석으로 가 자리에 털썩 주저앉았다. 엔다야는 한동안 그 자리에서 꼼짝도 않은 채 담배를 피우면서 신문을 뒤적거렸다. 마침내 그는 다 피운 꽁초를 바닥에 내던지며 신문을 접었다. 그는 발스가 신문에서 눈을 떼지 못하고 있다는 것을 알아차리고 말했다.

"혹시 읽을거리가 필요해? 당신은 문인이니 얼마나 글을 읽고 싶겠어."

"제발 부탁해요." 발스가 애원했다.

"당연히 드려야지!" 엔다야가 철창으로 다가오며 말했다.

발스는 애원하는 표정을 지으며 하나밖에 남지 않은 손을 내밀었다.

"마침 오늘 신문에 좋은 소식이 나왔더군. 솔직히 말해서, 오늘 아침 그 기사를 읽다가 당신이 제대로 된 축하를 받아야 마땅하다는 생각이 들었지."

엔다야는 신문을 감방 안에 집어던지고, 계단으로 걸어갔다.

"그 신문은 그냥 가져. 원하면 양초도 가지고 있어."

발스는 거기로 덤벼들어 신문을 손에 쥐었다. 엔다야가 집어던지면서 페이지 순서가 뒤죽박죽 섞이고 말았다. 그는 한 손으로 순서를 맞추느라 애를 먹었다. 간신히 맞추고 난 뒤 그는 촛불을 가까이 대고 1면을 훑어보기 시작했다.

그곳에 너무 오래 갇혀 있었던 탓인지 처음에는 무슨 글자인지 도무지 알아볼 수가 없었다. 하지만 전면에 실린 사진은 금세 알아볼 수 있었다. 그건 엘 파르도 궁에서 찍은 스냅사진이었다. 사진 속 그는 삼 년 전 런던에서 맞춘 감청색 핀스트라이프 정장 차림으로 커다란 벽화 앞에서 포즈를 취하고 있었다. 그것은 마우리시오 발스가 장관직에 있을 때 공식 석상에서 마지막으로 찍은 사진이었다. 마치 물 아래 잠겨 있는 환영처럼 말들이 천천히 지면 위로 떠오르기 시작했다.

스페인에서 가장 사랑받던 인물 중 하나인 마우리시오 발스 이에체바리아 국민교육성 장관의 사망 소식에 전 국민은 충격을 감추지 못한 채 금일 새벽을 맞이했다. 비극은 발스 씨가 엘 파르도 궁에서 전날 밤 늦은 시각까지 계속된 내각회의를 마치고 운전기

사이자 경호원과 함께 사택으로 귀가하던 중, 소모사과스 4킬로미터 지점에 이르렀을 때 다른 차량과 충돌하면서 일어났다. 최초 보고에 따르면 반대편에서 달려오던 탱크로리가 바퀴에 펑크가 나면서 갑자기 중심을 잃고 중앙선을 넘어 반대차선으로 진입했고, 빠른 속도로 달리던 장관의 승용차와 정면충돌했다고 한다. 당시 트럭의 탱크에는 연료가 가득차 있었으며 그 충돌로 인해 거대한 폭발이 일어났다. 엄청난 폭발음을 들은 인근 주민들이 곧바로 신고했지만, 발스 장관과 경호원은 현장에서 즉사한 것으로 알려졌다.

탱크로리의 운전기사 로센도 M.S.는 알코벤다스* 출신으로 현장에 출동한 구조요원들이 미처 심폐소생술을 시도해보기도 전에 사망했다. 충돌 직후 차량이 거대한 화염에 휩싸이면서 장관과 경호원의 시신 또한 알아볼 수도 없을 정도로 타버리고 말았다고 한다.

오늘 오전 정부는 비상내각회의를 소집했고, 국가원수께서 정오에 대국민 공식 성명을 발표할 예정이라고 전했다.

마우리시오 발스 씨는 향년 오십구 세로, 이십 년 이상 정권을 위해 헌신했다. 장관으로뿐 아니라 편집자, 작가, 학자로서 남긴 공적이 너무도 컸던 그의 죽음은 스페인의 문학예술에 큰 손실이 아닐 수 없을 것이다. 모든 공공기관의 고위관료와 문화 및 문학계 저명인사들이 금일 오전 국민교육성을 방문해 마우리시오 장

---

* 마드리드 북동부에 위치한 도시.

관에 대한 경의와 존경을 표하고 애도의 뜻을 전했다.

고인의 유족으로는 부인과 딸이 있다. 정부 소식통에 따르면 전 세계에 스페인의 위상을 드높인 발스 장관에게 마지막 작별인사를 올리기 원하는 사람이라면 누구든 조문할 수 있도록 금일 오후 다섯시부터 오리엔테궁*에 차려진 빈소를 개방할 것이라고 한다. 본 신문사의 편집부와 전 임직원도 우리나라 시민의 훌륭한 본보기로서 존경받는 마우리시오 발스 씨의 죽음에 깊은 슬픔과 충격을 금할 길이 없다. 우리는 그의 죽음에 깊은 애도를 표하는 바이다.

프랑코 만세! 스페인 만세! 마우리시오 발스 씨여, 영원하라!

---

* 마드리드왕궁의 별칭.

아뉴스 데이

1960년 1월

* 아뉴스 데이(Agnus Dei)는 '하느님의 어린양'을 뜻하는 라틴어로, 진혼미사곡
중 하나다.

1

빅토리아 산치스는 깨끗이 다려 라벤더향이 은은하게 풍기는 시트 아래에서 잠이 깼다. 몸에는 잘 맞는 실크잠옷을 입고 있었다. 얼굴에 손을 가져가보았다. 피부에서는 목욕용 소금 냄새가 났고, 언제 감았는지 기억나지 않지만 머리카락이 깨끗했다. 기억이 하나도 없었다.

그녀는 몸을 일으켜 벨벳으로 된 침대 머리판에 기댄 채 거기가 어딘지 생각해내려고 애썼다. 커다란 침대는—베개는 당장 눕고 싶은 마음이 들게 했다—우아하고 사치스러운 스타일로 장식된 널찍한 침실에 떡하니 자리해 있었다. 하얀 커튼이 쳐진 창문으로 부드러운 빛이 새어들와 꽃병이 놓인 서랍장을 비추었다. 꽃병에는 싱싱한 꽃이 가득 꽂혀 있었다. 그 옆으로 거울이 달린 화장대와 책상이 어렴풋이 보였다. 벽은 오돌토돌한 벽지로 장식되어 있었고, 목가적 장면을 그린 수채화 몇 점이 화려한 액자에 넣어져 걸려 있었다. 그녀는 시트를 걷어내고 침대 끝에 걸터앉았다. 발아래 깔린 카펫은 방의 전체적인 색조와 잘 어울리는 파스텔톤이었다. 전문가의 취향이 반영되고 숙련된 손길이 닿은 듯, 따뜻하면서도 차가운 분위기를 동시에 풍기는 인테리어 디자인이었다. 혹시 지옥에 온 건 아닌가 하는 생각마저 들었다.

빅토리아는 눈을 감고 어떻게 거기까지 오게 되었는지 떠올리려고 애썼다. 마지막으로 기억나는 것은 엘 피나르의 저택이었다. 몇몇 장면이 조금씩 머리에 떠오르기 시작했다. 주방. 그녀는 손발이 철삿줄로 의자에 묶여 있었다. 엔다야가 앞에 꿇어앉아 그녀를 신문했다. 그녀는 그의 얼굴에 침을 뱉었다. 그가 뺨을 후려갈기는 바람에 그녀는 바닥으로 쓰러지고 말았다. 엔다야의 부하 하나가 그녀가 묶인 의자를 일으켜세웠다. 다른 두 명의 부하가 모르가도를 끌고 와 테이블에 묶었다. 엔다야가 다시 물었지만, 그녀는 침묵을 지켰다. 엔다야는 권총을 뽑더니 모르가도 가까이에서 발사해 무릎을 날려버렸다. 운전사 모르가도의 비명소리에 그녀의 가슴도 찢어질 것만 같았다. 남자가 그런 식으로 울부짖는 소리를 들은 건 그때가 처음이었다. 엔다야는 아무 일도 없었다는 듯이 태연하게 다시 질문을 던졌다. 그녀는 공포에 질려 아무 말도 하지 못한 채 바들바들 떨기만 했다. 엔다야는 어깨를 으쓱하더니, 테이블을 돌아 모르가도의 다른 쪽 무릎에 총구를 겨누었다. 엔다야 경감의 부하 하나는 그녀가 눈을 돌리지 못하도록 머리를 붙들었다. '나를 엿먹이면 어떻게 되는지 두 눈으로 똑똑히 보라고.' 말이 끝나기가 무섭게 엔다야는 방아쇠를 당겼다. 피와 뼛조각이 사방으로 날리며 그의 얼굴에 튀었다. 모르가도는 마치 고압전류에 감전된 듯 극심한 경련으로 온몸을 뒤틀며 괴로워했다. 하지만 입에서는 더이상 아무 소리도 나오지 않았다. 빅토리아는 눈을 질끈 감았다. 잠시 후, 세번째 총성이 들렸다.

갑자기 구역질이 나 그녀는 침대에서 벌떡 일어났다. 반쯤 열린 문 사이로 화장실이 언뜻 보였다. 변기 앞에 무릎을 꿇고 쓰러진 그녀는 속에 있는 것을 게워냈다. 계속 구역질을 했더니 결국 입에서 침 한 방울도 나오지 않았다. 그녀는 벽에 기대앉아 숨을 헐떡거렸다. 주위를 둘러보았다. 핑크빛 대리석으로 장식된 훌륭한 화장실은 따뜻해서 아늑한 기운이 감돌았다. 벽에 내장된 스피커에서 현악합주단의 연주가 희미하게 흘러나오고 있었다. 감미롭게 편곡한 바흐의 아다지오였다.

한숨 돌린 빅토리아는 자리에서 일어나 벽에 몸을 기댔다. 눈앞이 빙빙 돌았다. 그녀는 세면대로 다가가 수도꼭지를 틀고 세수를 한 다음 물로 입안을 행궜다. 그러곤 부드럽고 도톰한 타월로 얼굴을 닦고 발아래로 떨어뜨렸다. 비칠거리며 방으로 돌아간 그녀는 침대에 풀썩 쓰러졌다. 머릿속에 떠오른 장면을 모두 잊으려고 했지만, 핏방울이 튄 엔다야의 얼굴은 사라지기는커녕 오히려 망막에 낙인이 찍힌 것 같았다. 빅토리아는 자신이 잠들어 있었던 낯선 방안을 쭉 둘러보았다. 거기에 몇 시간이나 있었는지조차 알 길이 없었다. 어쩌면 그곳은 지옥일 수도 있지만 왠지 고급 호텔 같은 모습이었다. 잠시 후, 그녀는 절대로 깨어나지 않도록 해달라고 기도하면서 다시 잠이 들었다.

2

다시 눈을 떴을 때는 커튼 뒤에서 쏟아지는 햇빛에 눈이 부셔 앞이 보이지 않았다. 온 방에 커피향이 은은하게 풍기고 있었다. 몸을 일으켜보니 침대 발치에 잠옷과 딱 어울리는 실크가운과 슬리퍼가 보였다. 스위트룸 내 다른 방으로 통하는 듯한 문 뒤에서 누군가의 목소리가 들렸다. 그녀는 거기로 다가가 문에 귀를 대고 소리를 엿들었다. 티스푼이 도자기잔에 부딪치면서 나는 소리였다. 빅토리아는 그 문을 벌컥 열었다.

문 뒤로는 짧은 복도가 있고 그 끝에 타원형의 방이 보였다. 방한가운데 놓인 식탁에는 두 사람분의 아침식사가 차려져 있었다. 오렌지주스 한 병, 바구니에 든 고급 빵과 페이스트리, 잼과 크림, 버터, 스크램블드에그, 바삭바삭하게 튀긴 베이컨, 살짝 볶은 버섯, 차, 커피, 우유, 그리고 두 가지 색깔의 각설탕이 놓여 있었다. 맛있는 냄새가 코에 스며들자 절로 입에 침이 고이기 시작했다.

중키에 머리도 어중간하게 벗어진, 아무튼 모든 것이 중간인 중년의 남자가 식탁 옆에 앉아 있었다. 그녀가 들어오자, 그가 예의바르게 일어나 부드러운 미소를 지으며 맞은편 자리를 권했다. 그는 검은색 스리피스 정장 차림에 늘 실내에서 일하는 사람처럼 안색이 창백했다. 만약 길거리에서 우연히 마주친다고 해도 거의 눈에 띄지 않을 것 같았다. 아니면 중간급 공무원 혹은 마드리드에 온 김에 프라도미술관이나 극장에 가는 시골 공증인 정도로 여겼을 것이다.

유리처럼 투명해서 사람의 마음을 꿰뚫어보는 듯 형형할 뿐만 아니라, 지나치게 큰 대모갑 안경테 때문에 여성스러운 분위기를 풍기는 커다란 눈은 가까이서 찬찬히 뜯어봐야만 두드러질 것이다. 그는 이해타산적인 눈빛으로 쉴새없이 주판알을 튀기며 눈 한 번 깜박하지 않고 그녀를 관찰하고 있었다.

"좋은 아침이야, 아리아드나." 그가 말했다. "이제 그만 자리에 앉지."

빅토리아는 주변을 둘러보았다. 그녀는 선반에 있던 촛대를 잡아 위협적으로 휘두르기 시작했다. 남자는 눈 하나 깜짝하지 않고 한 쟁반의 뚜껑을 열면서 코를 킁킁거렸다.

"정말이지 냄새가 기가 막히는군. 당신 분명 배가 고플 텐데."

그가 다가오지도 않았지만, 빅토리아는 여전히 촛대를 치켜들고 있었다.

"이 자리에서 그건 필요 없을 것 같은데, 아리아드나." 그가 태연스럽게 말했다.

"나는 아리아드나가 아니에요. 내 이름은 빅토리아라고요. 빅토리아 산치스."

"그러지 말고 어서 앉으라고. 여기는 안전하니까 그렇게 무서워할 것 없어."

빅토리아는 최면을 거는 듯한 그의 눈빛에 사로잡혔다. 음식향기가 다시 콧속으로 스며들었다. 그녀는 배를 찌르는 듯한 통증이 허기 때문이라는 사실을 깨달았다. 촛대를 내려 선반 위에 돌려놓았다. 그러곤 천천히 식탁으로 다가갔다. 그녀는 남자에게서 눈을 떼지 않고 자리에 앉았다. 그녀가 마침내 의자에 앉자 남자는 기다렸다는 듯이 잔에 밀크커피를 따라주었다.

"설탕은 몇 개 넣으면 될까? 의사가 그러지 말라고 잔소리해도, 나는 달게 먹는 게 좋더라고."

그녀는 커피에 설탕을 넣는 그의 모습을 유심히 쳐다보았다.

"왜 나를 아리아드나라고 부르는 거죠?"

"그게 당신의 본명이니까. 아리아드나 마타익스, 그렇지? 물론 당신이 정 원한다면 빅토리아라고 불러줄 수도 있어. 나는 레안드로야."

레안드로는 잠시 일어나 악수를 청했다. 빅토리아가 거절하자 그는 정중하게 다시 자리에 앉았다.

"스크램블드에그 어때? 먼저 맛을 봤는데, 내가 먹은 것에는 독이 들어 있지 않더군. 아마도."

빅토리아는 차라리 저 남자가 그런 식으로 미소 짓지 않기를 바랐다. 깍듯한 그의 태도에 제대로 보답하지 못해 죄책감이 들었기 때문이었다.

"농담이야. 물론 여기에 독이 든 음식은 하나도 없어. 스크램블드에그하고 베이컨 줄까?"

빅토리아는 자신도 모르게 고개를 끄덕였다. 레안드로는 흡족한 미소를 지으며 그녀의 접시에 음식을 덜어주었다. 그러곤 김이 모락모락 피어오르는 계란 위에 소금과 후추를 조금 뿌렸다. 그는 일류 요리사처럼 손놀림이 능숙했다.

"다른 걸 먹고 싶으면 주문하면 돼. 여기는 룸서비스가 좋기로 명성이 자자하니까 말이야."

"이것만 해도 충분해요. 고마워요."

그녀는 '고마워요'라는 말을 하면서 이를 악물었다. 대체 뭐가, 그리고 누구한테 고맙단 말인가?

"크루아상맛이 기가 막히는군. 한번 먹어봐. 아마 이 도시에서 최고일 거야."

"여기가 어디죠?"

"팔라세호텔이야."

빅토리아는 눈살을 찌푸렸다.

"그럼 마드리드란 말이에요?"

레안드로는 고개를 끄덕이며 빵과 페이스트리가 담긴 바구니를 건넸다. 그녀는 망설였다.

"갓 구운 거라고. 당기는 게 있으면 아무거나 집어. 그러지 않으면 내가 다 먹어버릴지 모르니까. 더구나 나는 다이어트를 해야 한다고."

빅토리아는 크루아상을 하나 집으려고 팔을 뻗었다. 그 순간, 자신의 팔뚝에서 바늘 자국을 보았다.

"당신을 진정시키느라…… 우리도 어쩔 수 없었어. 엘 피나르에서 사건이 일어난 후에……"

그 말을 듣자 빅토리아는 황급히 팔을 뒤로 뺐다.

"내가 어떻게 여기까지 오게 된 거죠? 그리고 당신은 누군가요?"

"아리아드나, 나는 당신의 친구니까 두려워할 필요 없어. 여기 있으면 안전할 거야. 엔다야 그자도 더이상 당신을 해칠 수 없을 테니까. 그뿐만 아니라, 아무도 당신을 해치지 못해. 약속할게."

"이그나시오는 어디 있죠? 내 남편 말이에요. 그이를 어떻게 했나요?"

부드러운 눈길로 그녀를 바라보는 레안드로의 얼굴에 미소가 희미하게 떠올랐다.

"자, 우선 뭐라도 먹어야 기운을 차리지. 그러고 나면 그동안 무슨 일이 있었는지 다 알려줄게. 묻는 말에도 다 대답해주고. 약속할 테니 내 말 믿고 진정하도록 해."

레안드로는 부드러운 목소리로 차분하게 말을 이어나갔다. 조향사가 자기만의 방식에 따라 세밀하게 여러 향을 섞듯이 그는 신중에 신중을 기해 단어를 골랐다. 빅토리아는 자기도 모르는 사이에 점차 마음이 진정되기 시작했다. 동시에 그녀의 마음을 옥죄고 있던 두려움도 서서히 사라지고 있었다. 맛있고 따뜻한 아침식사, 라디에이터에서 올라오는 온기, 그리고 마치 아버지처럼 포근한 레안드로의 존재 덕분에 그녀는 모든 것을 잊고 마음을 차분하게 가라앉힐 수 있었다. '이 모든 것이 현실이라면 얼마나 좋을까.'

"내 말이 맞지? 크루아상 말이야."

빅토리아는 쑥스러운 듯이 고개를 끄덕였다. 레안드로는 입을 닦은 냅킨을 천천히 접으며 식탁 위에 있던 벨을 눌렀다. 곧장 문이 열리면서 웨이터가 나타났다. 식탁을 치우는 동안 그는 빅토리아에게 말을 건네기는커녕 눈길 한 번 주지 않았다. 다시 단둘이 남자 레안드로는 슬픈 표정을 지으며 무릎 위에 두 손을 포개고 눈을 내리깔았다.

"아리아드나, 유감스럽지만 안 좋은 소식을 전해야 할 것 같아. 당신 남편 이그나시오는 세상을 떠났어. 정말 미안해. 우리가 너무 늦게 도착했어."

그녀는 눈에 눈물이 가득 고이는 것을 느꼈다. 분노의 눈물이었다. 이그나시오가 이미 죽었다는 것은 굳이 다른 이에게서 듣지 않아도 알고 있었다. 그녀는 입술을 꽉 다물고 레안드로를 쳐다보았다. 그는 그녀가 괜찮은지 걱정하는 눈치였다.

"사실대로 말해주세요." 그녀가 간신히 입을 열었다.

레안드로는 연방 고개를 끄덕였다.

"쉽지는 않겠지만, 우선 내 말을 끝까지 들어봐. 그러고 나서 미심쩍은 게 있으면 뭐든지 물어보도록 해. 하지만 그전에 당신이 봐줄 것이 하나 있어."

레안드로는 자리에서 일어나 방 한구석으로 가더니, 티테이블 위에 접어놓은 신문을 집어들었다. 식탁으로 돌아온 그는 그것을 빅토리아에게 건네주었다.

"펼쳐봐."

그녀는 영문도 모른 채 신문을 받아 1면을 펼쳐보았다.

마우리시오 발스 장관
교통사고로 별세

빅토리아는 가냘픈 외마디 비명을 질렀다. 신문을 손에서 떨어뜨린 그녀는 주체할 수 없는 신음소리를 흘리며 흐느끼기 시작했다. 레안드로는 살며시 다가가 그녀를 두 팔로 부드럽게 감싸안았다. 빅토리아는 낯선 남자의 품에 안겨 어린아이처럼 부들부들 떨었다. 그녀가 그의 어깨에 머리를 기댄 채 가슴에 응어리진 고통과 눈물을 쏟아내는 동안, 레안드로는 그녀의 머리를 쓰다듬듯 어루만졌다.

3

"우리는 오래전부터 발스를 조사하고 있었어. 당시 스페인 중앙은행의 증권거래 심의회 보고서에 소위 금융 구조조정 국가 컨소시엄의 주식 부정거래 의혹이 제기되고 있다는 소문이 흘러나오기 시작했어. 그 컨소시엄은 당신 아버지 미겔 앙헬 우바크가 주도하고 있었지…… 아니, 당신 아버지 행세를 한 사람이 말이야. 오래전부터 우리는 그 컨소시엄을 전쟁 동안, 그리고 전쟁이 끝난 후 징발하거나 강탈한 자산을 몇몇 인사에게 분배하기 위해 정부의 이름을 내세워 만든 위장단체로 보고 있었지. 모든 전쟁이 다 그렇겠지만, 이 전쟁도 나라 전체를 파멸로 몰아넣었을 뿐만 아니라 그전부터 돈이 많던 소수의 재산만 더 불려주고 말았어. 하긴 다 그럴 목적으로 전쟁을 일으키는 거니까. 이 경우 컨소시엄은 현정권을 위해 앞장선 이들, 자기 동지들을 배신하고 기밀을 빼낸 이들에게 포상을 하고 돈으로 입을 막거나 매수하는 데 이용된 거야. 그러니까 많은 이에게 출세의 창구가 된 셈이지. 마우리시오 발스는 그런 이들 중 하나였어. 아리아드나, 우리는 발스가 무슨 짓을 했는지 잘 알고 있어. 당신과 당신 가족에게. 하지만 그것만으로는 충분하지 않아. 사건의 진상을 밝히려면 당신의 도움이 꼭 필요해."

"무엇 때문에요? 발스는 이미 죽었잖아요."

"정의를 실현하기 위해서야. 물론 발스는 죽었지. 하지만 그의 손에 의해 삶이 송두리째 무너져내린 수백 명의 사람은 대부분 아직 살아 있어. 정의가 실현되어야 된다고."

빅토리아는 의심스러운 눈빛으로 그를 쳐다보았다.

"당신들이 찾는 게 바로 그건가요? 정의?"

"우리는 진실을 찾고 있지."

"그런데 당신들은 대체 누구죠?"

"우리는 스페인을 보다 공정하고, 보다 정직하고, 보다 열린 곳으로 만들기 위해 조국에 봉사하겠다고 맹세한 시민들의 조직이야."

빅토리아는 그 말을 듣고 씩 웃었다. 레안드로는 심각한 표정으로 그녀를 지켜보았다.

"물론 당신이 내 말을 액면 그대로 믿어주기를 기대하진 않아. 아직은. 하지만 증명해 보일게. 우리가 정권 내부에서부터 변혁을 도모하려 한다는 것을. 그것 말고는 변혁의 방법이 없으니까. 이 나라를 되살려 사람들의 품에 돌려줘야 해. 우리는 당신과 당신 동생이 겪었던 일이, 그리고 당신 부모가 당했던 일이 이 땅에서 다시 일어나지 않도록 목숨을 바치려는 사람들이야. 그리고 그런 몹쓸 죄를 저지른 자들이 죗값을 치르고 진실이 알려질 수 있도록 노력하는 사람들이지. 진실이 없으면 정의도 없고, 정의가 없으면 평화도 없는 법이니까. 우리는 변화와 진보를 위해 투쟁하고 있어. 다시 말해 우리는 소수 특권층을 위해서만 존재하는 국가를 무너뜨리기 위해 모인 사람들이야. 그자들은 국가의 비호를 받으면서 노동자와 사회적 약자를 희생시켜 자신들의 특권을 지키려고 혈안이 되어 있지. 굳이 이런 일을 하려는 이유는 우리가 영웅이어서가 아니라 누군가는 그 일을 해야 되기 때문이야. 우리 말고는 아무도 없어. 그래서 당신 도움이 꼭 필요한 거야. 만약 우리가 힘을 합치면 충분히 해낼 수 있을 거야."

그들은 한동안 말없이 서로를 쳐다보았다.

"만일 내가 도와주기 싫다면요?"

레안드로는 어깨를 으쓱했다.

"아무도 강요할 수는 없지. 만약 당신이 우리와 함께하지 않기로 마음을 굳혔다면, 당신과 같은 운명으로 고통받는 사람들이 정의가 구현되는 걸 보지 못해도 상관없다면 원치 않는 일을 하라고 강요하지는 않을 거야. 모든 건 당신 손에 달려 있어. 발스는 이미 죽었으니까. 당신 입장에서 가장 쉬운 길은 과거를 모두 잊고 새출발을 하는 거지. 어쩌면 나라도 그렇게 할지 몰라. 하지만 내가 알기로 당신은 그런 사람이 아니야. 당신이 진정으로 바라는 건 복수가 아니라 정의와 진실일 거야. 우리만큼, 오히려 우리보다 더 절실히 원하고 있을지도 모르지. 죄를 지은 자들은 반드시 죗

값을 치르고, 피해자들은 자신의 삶을 되찾고, 그들을 위해 목숨을 잃은 자들의 희생은 결코 헛되지 않았다는 확신을 바라고 있을 거야. 하지만 모든 건 당신 손에 달려 있어. 나는 굳이 막지 않을 거야. 문은 저기 있어. 원하면 당장 여기서 나가도 괜찮아. 내가 당신을 여기로 데려온 이유는 딱 한 가지, 이곳에 있으면 안전하기 때문이야. 여기 있기만 하면 우리가 사건을 파헤치는 동안 당신을 안전하게 보호해줄 수 있어. 모든 건 당신 마음에 달렸어."

빅토리아는 문 쪽으로 시선을 돌렸다. 레안드로는 잔에 커피를 따라 각설탕 다섯 개를 넣고, 조용히 커피맛을 음미했다.

"당신이 원하면, 차를 불러서 어디든 데려다줄게. 그러면 다시는 나를 볼 일도, 우리 소식을 들을 일도 없겠지. 그러고 싶으면 말만 해."

빅토리아는 갑자기 거북한 느낌이 들었다.

"꼭 지금 결정할 필요는 없어. 너무 큰일을 겪어서 정신이 하나도 없을 테니까 말이야. 그리고 당신이 나는 물론이고 그 누구도 믿지 않는다는 것도 알고 있어. 지금 당신 심정은 충분히 이해하고도 남아. 나라도 그랬을 테니까. 하지만 우리에게 한 번 기회를 준다고 해서 당신이 잃을 건 없어. 그러니 하루만 더 생각을 해봐. 아니면 단 몇 시간만이라도. 여기를 떠나고 싶으면 아무때나 나가도 돼. 그리고 굳이 이유를 설명할 필요도 없어. 하지만 그러지 않으면 좋겠어. 아니, 그러지 않기를 빌게. 우리가 사람들을 도울 수 있도록 한 번만 기회를 줘."

빅토리아는 자기도 모르게 손이 떨렸다. 레안드로의 얼굴에 한

없이 따뜻한 미소가 떠올랐다.

"이렇게 부탁할게……"

어느 순간, 그녀는 눈물을 머금고 고개를 끄덕였다.

4

한 시간 반 동안 레안드로는 그들이 밝혀낸 사실을 순서에 따라 재구성해서 말해주었다.

"한동안 나는 여러 사실을 재구성해보려고 애를 썼지. 이제부터 우리가 알고 있는 것, 아니면 알고 있다고 생각하는 것을 간추려서 알려주려고 해. 듣다보면 우리가 빠뜨리거나 잘못 판단한 곳도 몇 군데 있을 거야. 어쩌면 아주 많을지도 몰라. 만약 그런 곳이 있으면 언제든지 이야기해줘. 당신만 괜찮다면 지금부터 내가 파악한 사건의 전말을 말해볼 테니까, 혹시 틀린 점이 있으면 언제든지 바로잡도록 해. 괜찮아?"

레안드로의 목소리는 누구든 그의 청을 거부하기 어려울 만큼 따뜻하고 부드러웠다. 빅토리아는 잠시 눈을 감고 그 목소리의 아늑한 품속에서 한동안 머물고 싶었다. 의미가 어떻든 설득력이 느껴지는 단어들이 그 목소리를 부드러운 벨벳처럼 감싸고 있었다.

"좋아요." 그녀가 동의했다. "그렇게 해볼게요."

그가 감사의 표시로 따뜻한 미소를 짓자, 그녀는 저 벽 너머에서 무엇이 자기를 노리고 있든지 안전하고 든든한 느낌이 들었다.

그는 그녀가 너무나도 잘 알고 있는 이야기를 서두르지 않고 조금씩 들려주었다. 이야기는 아주 어린 시절로 거슬러올라갔다. 그 시절 그녀의 아버지 빅토르 마타익스는 당시 위세가 대단하던 은행가 미겔 앙헬 우바크를 만나게 되었다. 마타익스의 열렬한 독자이던 아내의 설득으로 미겔 앙헬 우바크는 많은 돈을 주고 그를 대필작가로 고용해 자신의 자서전을 쓰기로 결심했다.

당시 경제적으로 쪼들리던 그녀의 아버지는 제안을 받아들였다. 전쟁이 끝난 뒤, 은행가와 그의 아내는 어느 날 발비드레라의 라스 아과스 국도변에 있던 마타익스의 집을 예고도 없이 불쑥 찾아왔다. 남편보다 훨씬 어린 우바크 부인은 잡지에서나 볼 법한 아름다운 여인이었다. 그녀는 자신의 완벽한 외모를 망치고 싶지 않아서 아이를 낳지 않았지만 애완 고양이나 보드카 마티니를 좋아하듯 아이들을 좋아했고, 그래서 어차피 하인들이 맡아 키울 테니 아이가 있으면 좋겠다고 생각했다. 그날 우바크 부부는 마타익스 가족과 함께 하루를 보냈다. 그 무렵 마타익스 부부는 둘째 딸 소니아를 낳은 직후였다. 우바크 부인은 작별인사로 두 딸에게 입을 맞추면서 정말 예쁘다고 칭찬을 아끼지 않았다. 그로부터 며칠이 지난 어느 날, 무장한 남자들이 발비드레라에 있는 마타익스의 집으로 들이닥쳤다. 그들은 그녀의 아버지를 체포해서 몬주익 교도소에 가두고 어머니만 남겨둔 채 빅토리아와 어린 동생을 어디론가 데리고 가버렸다. 어머니는 그 과정에서 심한 부상을 입었기 때문에 다들 그녀가 죽은 줄로만 알고 있었다.

"어때? 여기까지는 괜찮아?" 레안드로가 물었다.

빅토리아는 분노의 눈물을 훔치며 고개를 끄덕였다.

바로 그날 밤, 그 남자들은 두 자매를 떼어놓았다. 그후로 빅토리아는 소니아를 영영 만나지 못했다. 그들은 어린 동생이 죽는 걸 원하지 않으면 부모를 잊어야 한다고 했다. 그녀의 부모가 범죄자라는 이유였다. 그리고 이제부터 그녀는 아리아드나 마타익스가 아니라 빅토리아 우바크라는 말도 덧붙였다. 그들 말에 따르면 새로운 부모가 될 사람은 미겔 앙헬 우바크 씨와 페데리카 부인인데, 이분들을 만난 건 아주 행운이라고 했다. 그녀는 바르셀로나에서 가장 예쁜 집, 일명 엘 피나르 저택에서 살게 될 거라고. 거기에 가면 하인도 거느릴 수 있고 원하는 것은 무엇이든 누릴 수 있을 터였다. 그 당시 아리아드나의 나이는 열 살이었다.

"여기부터 이야기가 좀 혼란스러워지더군." 레안드로가 미리 귀띔해주었다.

그들이 조사한 바에 따르면 빅토르 마타익스는 당시 소장이던 마우리시오 발스의 지시로 몬주익 교도소에서 다른 죄수들과 함께 총살당했다. 하지만 공식 보고서에는 스스로 목숨을 끊은 것으로 기재되어 있었다. 레안드로는 발스가 정권에서 출세하는 데 도움이 될 편의와 은행주식을 제공받는 대가로 아리아드나를 우바크 부부에게 팔아넘긴 것으로 판단하고 있었다. 발스가 받은 주식은 그 당시 수감되어 있거나 전쟁 직후 처형된 사람들의 자산을 몰수해 설립한 은행에서 발행한 것이었다.

"그후 어머니는 어떻게 됐는지 알고 있나?"

빅토리아는 입술을 깨물며 고개를 끄덕였다.

레안드로에 따르면, 그녀의 어머니 수사나는 남편과 두 딸이 납치된 그다음날 간신히 기운을 차렸지만 사건을 신고하러 경찰서에 찾아가는 우를 범했다. 그녀는 현장에서 체포되어 오르타정신병원에 입원을 당했고 독방에 갇힌 채 오 년 동안 전기충격요법을 받아야 했다. 그러다 자기 이름조차 기억하지 못하는 상태가 되었다는 것을 확인하자, 그들은 결국 그녀를 바르셀로나 변두리의 어느 공터에 내다버렸다.

　"어쨌든 그들은 수사나가 이제 자기 이름조차 기억하지 못한다고 믿었지."

　레안드로에 따르면, 수사나는 언젠가 두 딸을 되찾고야 말겠다는 일념으로 바르셀로나의 거리에서 노숙을 하면서 구걸하거나 쓰레기통을 뒤져 배를 채우면서 버텼다. 그녀가 목숨을 이어갈 수 있었던 것은 바로 그 희망 때문이었다. 몇 년 후, 수사나는 라발 지구의 어느 골목길에 쌓인 부스러기 틈에서 마우리시오 발스와 그 가족의 사진이 실린 신문을 발견했다. 그 무렵 마우리시오 발스는 일개 지방교도소 소장이 아니라 정계의 거물이 되어 있었다. 사진 속에서 발스는 어린 딸 메르세데스와 함께 포즈를 취하고 있었다.

　"메르세데스는 다름아닌 당신의 동생 소니아지. 당신 어머니는 반점을 보고 그 아이가 소니아라는 걸 금방 알아봤어. 태어날 때부터 있던 반점인데, 어떻게 잊을 수 있겠어."

　"목 아랫부분에 별 모양 점이 있었어요." 빅토리아가 혼잣말처럼 중얼거렸다.

레안드로는 미소를 지으며 고개를 끄덕였다.

"발스의 아내는 만성질환을 앓고 있어서 아이를 낳을 수 없었지. 그래서 발스는 당신의 동생을 데려다 딸처럼 키우기로 했던 거야. 자기 어머니 이름을 따라서 메르세데스라고 불렀지. 수사나는 여기저기서 돈을 훔쳐 간신히 마드리드행 기차표를 살 수 있었다고 하더군. 마드리드에 도착해서는 몇 달 동안 초등학교를 돌아다니며 운동장을 엿보았어. 그러다보면 언젠가 당신 동생을 찾을 수 있을 거라고 확신한 거지. 그녀는 새로운 신분으로 살기 시작했어. 추에카 지구 어느 여인숙의 누추한 방에 살면서 밤에는 공장에 나가 재봉사로 일했지. 낮에는 아이를 찾아 마드리드의 학교라는 학교는 다 찾아다녔어. 그러다 거의 포기하려던 순간, 결국 아이를 찾은 거야. 멀리서 보고도 그게 소니아라는 것을 알았지. 그녀는 매일 아침마다 거기를 찾아가기 시작했어. 운동장에 세워진 철책으로 다가가 어떻게든 아이의 관심을 끌어보려고 했지. 두어 번 아이와 말을 할 기회도 생겼지만, 놀라게 하고 싶지는 않았나봐. 그런데 메르세데스가…… 아니 소니아가 더이상 자기를 기억하지 못한다는 것을 깨달았을 때 당신 어머니는 스스로 목숨을 끊으려고 했어. 하지만 그녀는 포기하지 않았지. 단 몇 초 동안이라도 아이를 볼 수 있다는 희망에, 그리고 잘하면 철책을 사이에 두고 아이와 이야기를 나눌 수 있다는 희망에 하루도 거르지 않고 매일 아침 학교를 찾아간 거야. 어느 날 그녀는 아이에게 모든 사실을 말해주기로 마음먹었어. 그녀가 학교 쇠창살에 기대 당신 동생과 이야기를 나누고 있는데, 발스의 경호원들한테 들키고 말았어. 결국 그들은 아이가 보는 앞에서 그녀의 머리에 총을 쏘아버렸지. 잠시 쉬었다 할까?"

빅토리아는 고개를 저었다.

레안드로는 빅토리아가 엘 피나르라는 화려한 감옥에서 어떻게 자랐는지 자기가 아는 선에서 이야기했다. 얼마 후, 미겔 앙헬 우바크는 총통의 부름을 받은 자리에서 그의 군대에 자금을 지원한 은행가 및 사회 저명인사로 구성된 단체를 이끌어달라는 부탁을 받았을 뿐만 아니라, 국가의 경제구조 개편을 총지휘할 책임자로 임명되었다. 우바크는 바르셀로나를 떠나 가족과 함께 마드리드의 저택으로 거처를 옮겼다. 빅토리아는 처음부터 그 저택이 싫었다. 한번은 저택에서 탈출해 여러 달 종적을 감추었던 일도 있었다. 결국 그녀는 엉뚱하게도 바르셀로나에서 100킬로미터 떨어진 산펠리우 데 긱솔스의 어느 해변마을에서 발견되었다.

"사건의 전모를 재구성하는 과정에서 가장 허점이 많은 곳 중하나가 바로 이 부분이야." 레안드로가 말했다. "당신이 몇 달 동안 정확히 어디에 있었는지, 그리고 누구와 함께 있었는지 알려진 바가 전혀 없으니까. 다만 당신이 마드리드로 돌아온 직후인 1948년 어느 날 밤, 우바크의 저택이 엄청난 불길에 휩싸였다는 것이 우리가 아는 전부야. 저택은 순식간에 잿더미로 변했고 은행가와 아내 페데리카도 결국 화재로 목숨을 잃고 말았지."

레안드로는 그녀의 눈을 보았지만, 빅토리아는 입을 굳게 다문 채 아무 말도 하지 않았다.

"이제 와서 그 사건을 떠올린다는 것이 얼마나 괴롭고 힘든지

나도 잘 알아. 하지만 당신이 사라졌던 그 몇 달 동안 무슨 일이 일어났는지 알아야 돼."

그녀는 입술을 꽉 깨물었다. 레안드로는 침착한 태도를 잃지 않고 고개를 끄덕였다.

"꼭 오늘 이야기할 필요는 없어."

레안드로는 하던 이야기를 계속했다.

빅토리아는 막대한 재산을 물려받은 고아가 되고 말았다. 당시 빅토리아는 미성년자였기 때문에 우바크 부부의 유언집행자로 지명된 젊은 변호사 이그나시오 산치스가 후견인이 되었다. 고아였던 산치스는 어릴 때부터 워낙 영특해서 우바크가 거의 키우다시피 했고, 우바크 재단의 장학금을 받아 공부할 수 있었다. 당시에는 산치스가 실제로 은행가와 유명 배우의 불륜관계에서 태어난 사생아라는 소문이 돌기도 했다.

빅토리아는 어렸을 때부터 왠지 모르게 산치스에게 각별한 유대감을 느꼈다. 두 사람은 우바크 왕국이 돈으로 살 수 있는 호사와 특권을 누렸지만 세상에 홀로 남은 듯 늘 외로운 처지였다. 이그나시오 산치스는 자주 집으로 찾아와 정원에서 은행가와 사업상의 문제를 의논하곤 했다. 그럴 때마다 빅토리아는 다락방 창문에서 그를 엿보았다. 어느 날, 빅토리아가 풀장에서 수영을 하고 있는데 산치스가 불쑥 나타났다. 그 자리에서 그는 자기가 부모 얼굴도 모른 채 라 나바타 고아원에서 자라났다고 털어놓았다. 그날 이후로 산치스가 저택을 찾을 때마다 빅토리아는 더이상 다락방에 숨어 있지 않고 아래로 내려와 그에게 인사를 건넸다.

하지만 우바크 부인은 왠지 이그나시오가 마음에 들지 않았다. 그래서 딸이 그와 말을 섞는 것을 일절 금지했다. 그자는 천한 출신이야. 부인은 이그나시오 이야기가 나올 때마다 늘 못마땅한 표정으로 그렇게 말했다. 부인은 마드리드의 특급호텔에서 이십대 정부들과 밀회를 즐기거나, 저택 4층 침실에서 늘어지게 자는 것으로 권태를 물리치곤 했다. 그래서 빅토리아가 젊은 변호사와 가까워져 우바크 씨는커녕 이 세상 그 누구도 상상하지 못할 은밀한 계획을 공유하는 사이가 되었다는 것을 전혀 몰랐다.

"어느 날, 내가 그 사람에게 말했어요. 우리 둘은 똑같은 처지라고요." 빅토리아가 털어놓았다.

저택을 송두리째 집어삼킨 화재로 우바크 부부가 비극적인 죽음을 맞이한 후, 이그나시오 산치스는 정식으로 그녀의 법정후견인이 되었다. 그리고 그녀가 성년이 되자 그녀의 남편이 되었다. 물론 그 당시에는 이상한 소문이 시내에 파다하게 퍼졌다. 재산을 노린 세기의 정략결혼이라고 깎아내리는 사람들도 있었다. 그런 말을 들을 때마다 빅토리아는 쓸쓸한 웃음을 짓곤 했다.

"이그나시오 산치스는 결코 당신에게 남편이었던 적이 없었지. 세상 사람들이 생각하는 그런 의미에서 말이야." 레안드로가 말했다. "그는 진실을 알아내고는 당신을 지켜주기 위해 결혼한 좋은 사람이었어."

"나는 그를 사랑했어요."

"물론 그도 당신을 사랑했지. 그러니 당신을 위해 목숨을 바칠 수 있었던 거고."

빅토리아는 한동안 계속 침묵에 잠겨 있었다.

"오랜 세월 동안 당신은 이그나시오와 발렌틴 모르가도의 도움을 받아 자기 손으로 정의를 실현하려고 했어. 모르가도는 당신 아버지와 함께 교도소에 수감되어 있던 사람인데, 남편이 그 사실을 알고 운전사로 고용한 거지. 발스를 함정에 빠뜨리기 위해 셋이서 계획을 세운 덕분에 당신들은 그를 사로잡을 수 있었어. 그런데 감시하는 눈이 있었다는 것은 까맣게 몰랐지. 어떤 일이 있어도 진실이 밝혀지지 않도록 막으려는 자가 있었던 거야."

"그래서 발스를 죽인 건가요?"

레안드로는 고개를 끄덕였다.

"엔다야가요?" 빅토리아가 물었다.

그는 고개를 저었다.

"엔다야는 행동대장에 불과해. 우리는 배후에서 모든 것을 조종하는 자를 찾고 있어."

"그게 누구죠?" 빅토리아가 물었다.

"당신은 알고 있을 것 같은데."

빅토리아는 당황한 표정으로 천천히 고개를 저었다.

"하긴 아직 거기까지는 모를 수도 있겠군."

"내가 알고 있었더라면, 아마 발스와 같은 감방에 갇히고 말았겠죠."

"그럼 우리가 힘을 합쳐 파헤칠 수도 있겠군. 당신의 도움과 우리의 자원을 이용해서 말이야. 당신은 이미 큰일을 겪을 만큼 겪었고, 또 위험한 고비도 여러 번 넘겼어. 이제는 우리가 나설 차례야. 이 사건에는 당신과 당신 동생만 관련되어 있는 게 아니야. 그건 당신도 알 거야. 얽힌 사람이 많아. 생각보다 훨씬 더 많다고. 자신의 삶이 새빨간 거짓말이라는 것조차 모르고 사는 사람이 너무 많아. 모든 것을 빼앗겼는데도 말이야……"

그녀는 고개를 끄덕였다.

"그건 어떻게 알았지? 당신과 동생만 이 사건에 관련된 게 아니라는 사실은 어떻게 알아낸 거야?"

"문서 번호가 적힌 목록을 입수했거든요. 발스가 위조한 출생 및 사망 증명서 번호요."

"누구의?" 레안드로가 물었다.

"전쟁이 끝난 뒤, 발스가 소장으로 재직하고 있을 때 몬주익 교도소에 갇혀 있던 재소자들의 자녀 명부였어요. 모두 실종되었죠. 발스는 우선 부모들을 교도소에 가둔 다음 처형했어요. 그러고 나서 아이들을 모두 가로챈 거죠. 그리고 그 아이들을 죽은 것으로 만들기 위해 사망증명서를 발급하고, 동시에 그들의 신분을 세탁하기 위해 가짜 출생증명서를 발급한 거예요. 그렇게 얻은 아이들을 정권 내 유력가문에 팔아넘기고 그 대가로 영향력과 돈과 권력을 손에 넣은 거죠. 정말이지 완벽한 계획이었어요. 훔친 아이들을 차지한 부모들은 발스와 공범자가 되었으니 영원히 입을 다물 수밖에 없었으니까요."

"그런 사건이 몇 건이나 되는지 알고 있나?"

"아뇨. 이그나시오는 그런 아이가 수백 명에 달할 거라고 하더군요."

"이건 아주 복잡한 사건이야. 아무리 생각해도 이런 엄청난 짓을 발스 혼자서 했을 리는 없을 것 같아……"

"이그나시오는 발스에게 한 명 혹은 여럿의 공범이 있을 거라고 추정했어요."

"동감이야. 그리고 이건 내 생각일 뿐인데, 어쩌면 발스도 거대한 기계의 톱니바퀴에 불과한 존재일지 몰라. 그 일을 실현시킬 수단과 기회와 허욕이 있었을 뿐이지. 그렇게 복잡한 계략을 그가 꾸며냈다고 믿기는 어렵군."

"이그나시오도 그렇게 말했죠."

"우리가 아직 밝혀내지 못한 누군가가 더 있을 거야. 그리고 어쩌면 그 누군가가 이 모든 사건을 꾸며내고 지휘하는 브레인일지도 몰라."

"검은손이 있다는 거군요." 빅토리아가 말했다.

"뭐라고?"

그녀가 희미하게 웃었다.

"내가 어렸을 때 아버지가 들려주던 옛날이야기에 나오는 인물이에요. 검은손이라고. 언제나 어두운 그림자에 가려진 채 뒤에서 모든 것을 조종하는 악당이죠……"

"아리아드나, 그자를 찾도록 우리를 도와줘야겠어."

"그러니까 엔다야는 발스의 협력자로부터 명령을 받고 움직인다는 말이죠?"

"그렇지. 그럴 가능성이 높아."

"그렇다면 정권 내부의 인사가 틀림없겠군요. 그것도 유력인사가운데 한 사람이겠죠."

레안드로는 고개를 끄덕였다.

"그렇기 때문에 서두르지 말고 최대한 신중을 기해서 움직여야 해. 그자를 잡고 싶으면 우선 이름, 날짜, 그리고 세부적인 정보 등 사건에 관련된 모든 진실을 알아내야겠지. 그리고 누가 이 사건을 알고 있고, 누가 여기에 연루되어 있는지도 밝혀내야 한다고. 사건을 알고 있는 사람이 누군지 알아야만 진상을 밝힐 수 있을 거야."

"그럼 저는 뭘 하면 될까요?"

"이미 말했듯이, 우선 당신의 이야기를 좀더 완전하게 재구성할 수 있도록 도와줘. 우리가 머리를 맞대 퍼즐조각을 모두 맞추면 분명히 이 사건의 배후 인물을 찾을 수 있을 거야. 그때까지 당신은 안전하지 못할 거야. 그러니까 우리가 보호할 수 있도록 여기 머물러야 해. 그렇게 할 수 있겠어?"

빅토리아는 잠시 머뭇거리다가 결국 고개를 끄덕였다. 레안드로는 앞으로 몸을 숙여 그녀의 손을 잡았다.

"용기를 내줘서 얼마나 고마운지 몰라. 당신이 없다면, 당신의 투쟁과 고통이 없었다면 우리는 아무 일도 할 수 없었을 거야."

"나는 정의가 실현되기만을 바랄 뿐이에요. 그렇게만 된다면 더 바랄 것이 없어요. 지금까지 살아오면서 내가 원하는 것이 복수인 줄로만 알았어요. 하지만 복수는 존재하지 않아요. 중요한 것은 단 한 가지, 진실뿐이죠."

레안드로는 그녀의 이마에 입을 맞추었다. 어떤 일이 있어도 그녀를 지켜주겠노라고 맹세하는 아버지의 고결한 입맞춤이었다. 비록 잠시였지만 그녀는 이 세상에 혼자가 아니라는 느낌을 받았다.

"오늘은 이쯤이면 충분하겠군. 이제 당신도 좀 쉬어야지. 아주 고된 일이 우리를 기다리고 있으니까 말이야."

"어디 가시려고요?" 빅토리아가 물었다.

"걱정하지 마. 아주 가까운 곳에 있을 테니까. 그리고 우리가 늘 당신을 지키고 보호하고 있다는 사실을 알아둬. 당신만 괜찮다면, 이 문은 잠가놓을게. 물론 당신을 이 안에 가두려는 게 아니라, 수상한 자들이 들어오지 못하게 하려는 거야. 그럼 문을 닫아도 되겠지?"

"네."

"만일 필요한 게 있으면 언제든지 이 테이블벨을 눌러. 그러면 누군가가 몇 초 내로 올 테니까. 필요한 것이 있으면 뭐든지 달라고 해."

"그럼 읽을거리만 좀 주세요. 혹시 아버지의 책을 구할 수 있을까요?"

"물론이지. 곧 올려보내도록 할게. 우선은 편히 쉬고, 가능하면 눈을 좀 붙여봐."

"잠이 올지 모르겠어요."

"괜찮다면 우리가 도와줄……"

"또 신경안정제를 주려고요?"

"그저 도움이 될까 해서 하는 말이야. 그걸 먹으면 좀 나아질 테니까. 물론 당신이 원하는 경우에만 줄 거야."

"그럼 주세요."

"나는 내일 오전에 올게. 그때 만나서 지금까지 일어난 사건의 내막을 조금씩 맞춰보도록 하자고."

"여기서 얼마나 머물러야 하는 거죠?"

"그렇게 오래는 아닐 거야. 며칠이면 되겠지. 길게 잡아야 일주일 정도? 이 모든 사건의 배후에 누가 있는지 알아낼 때까지. 그리고 주범이 잡히기 전에 여기를 벗어나면 당신은 결코 안전하지 못해. 엔다야와 부하들이 지금 당신을 잡으려고 혈안이 되어 있어. 다행히 우리가 엘 피나르에서 당신을 구해내기는 했지만, 엔다야는 절대로 포기하지 않을 거야. 지구 끝까지라도 쫓아올 자라고."

"그때 어떻게 된 거죠⋯⋯? 저는 하나도 기억나지 않아요."

"당신은 그때 정신을 잃은 상태였어. 구출해내는 과정에서 우리 요원 둘이 목숨을 잃었지."

"그럼 발스는요?"

"이미 늦은 뒤였어. 이제 그 일은 그만 잊어, 아리아드나. 일단 푹 쉬라고."

"아리아드나." 그녀가 이름을 따라 말했다. "고마워요."

"오히려 내가 고맙지." 레안드로가 문으로 걸어가면서 말했다.

방안에 홀로 남게 되자마자, 도저히 말로 설명할 수 없는 불안감과 공허감이 가슴에 밀려왔다. 넓은 방에는 시계가 하나도 없었다. 그녀는 창가로 다가가 커튼을 젖혔다. 꼭 닫힌 창문 밖에는 건너편이 살짝 비치는 흰 종이가 덮여 있었다. 그래서 햇빛은 들어오되 밖이 보이지 않았다.

　그녀는 방안을 이리저리 서성거리며 레안드로가 테이블 위에 놓아둔 벨을 누르고 싶은 욕망을 애써 억눌렀다. 스위트룸 구석구석을 다 돌아다니자 고단해진 그녀는 마침내 침실로 돌아왔다. 화장대에 앉아 거울에 비친 자신의 모습을 물끄러미 바라보았다. 그녀는 거울 속 자기에게 미소를 지어 보였다.

　"진실." 그녀는 혼잣말로 중얼거렸다.

5

　거울 반대편으로 슬픔에 젖은 창백한 얼굴이 나타났다. 레안드로는 그 얼굴을 자세히 살펴보았다. 아리아드나의 얼굴에서는 상처받은 영혼의 향기가 스며나왔다. 자신은 어딘가로 가고 있다고 믿지만 실제로는 도중에 길을 잃어버리고 방황하는 그런 영혼의 냄새. 레안드로는 만약 시선과 시간의 언어를 읽을 수만 있다면 어떤 이의 얼굴에서도 어렸을 적 모습을 떠올릴 수 있을 뿐만 아니라 세상이 그 얼굴에 독화살을 쏘아 정신이 퇴락하기 시작한 순간을 가늠할 수 있으리라는 생각에 항상 매혹을 느꼈다. 인간은 꼭두각시나 태엽장치가 달린 장난감이나 다를 바가 없다. 모든 인간은 기계장치가 숨겨져 있어서 그것을 통해 그들을 조종하고 원하는 방향으로 달리게 만들 수 있다. 레안드로가 느끼는 기쁨은—어쩌면 그것이 바로 그의 삶을 떠받치는 버팀목일지도 몰랐다―자신에 대한 그들의 맹종에서 비롯되었다. 어느 순간 혼란스러운 욕망에 굴복한 그들은 그의 축복을 얻기 위해 그의 뜻에 따르고, 승낙의 미소와 믿음직스러운 시선에 대한 대가로 기꺼이 그에게 영혼을 바쳤다.

그의 옆에 앉은 엔다야는 그녀를 의심스러운 눈빛으로 지켜보았다.

"아무래도 시간낭비 같습니다만." 그가 말했다. "제게 한 시간만 주시면, 저 여자가 알고 있는 모든 것을 알아낼 수 있습니다."

"여태까지 충분한 시간을 줬을 텐데. 세상 모든 일이 폭력으로 해결되는 것은 아니야. 자네는 자네가 맡은 일을 하고, 나는 내 일을 하도록 하지."

"네, 알겠습니다."

잠시 후, 의사가 현장에 모습을 드러냈다. 레안드로는 신중에 신중을 기해서 그를 선택했다. 그는 가정의답게 얼굴이 온화했고, 안경을 쓴 덕분인지 부드러워 보이는 육십대 남자였다. 그리고 해박한 지식을 자랑하는 학자처럼 콧수염을 길러 친근한 느낌을 주는 아저씨나 할아버지 같은 인상을 풍겼다. 아무리 정숙한 여자라도 저런 의사 앞에서라면 옷을 벗을 때 그다지 수치심을 느끼지 않을 것 같았다. 그리고 의사가 따뜻한 손으로 자신의 은밀한 부위를 만져도 하늘을 쳐다보면서 '선생님, 손이 참 고우시네요'라고 중얼거릴 듯했다.

사실 그 남자는 진짜 의사가 아니었다. 하지만 회색 정장 차림에 왕진가방을 들고 노의사답게 다리를 약간 절면서 걷는 모습을 본다면 아무도 의심하지 못했을 것이다. 사실 그는 화학자, 그것도 최고 수준의 화학자였다. 레안드로는 그가 아리아드나를 침대에 눕힌 뒤 소매를 걷어 맥박을 재는 모습을 지켜보았다. 주사기가 아주 작은데다 바늘이 너무 가늘어서 그녀는 자기가 주사를 맞는지도 몰랐다. 레안드로는 아리아드나의 눈이 서서히 풀리고 몸이 늘어지는 모습을 보면서 조용히 미소 지었다. 이제 몇 초만 지나면 약효가 나타나면서 졸음이 밀려올 터였다. 그러면 적어도 앞으로 열여섯 시간 동안은—현재 저 여자의 허약한 몸상태로 봐서는 그 이상이 될지도 모르지만—저 상태로 꼼짝도 못할 것이 분명했다. 그녀는 아무 꿈도 꾸지 않고 평온하게 둥둥 떠다닐 것이다. 모든 움직임이 중지된 상태에서 부유하는 절대적인 쾌감이 천천히 그녀의 내장과 혈관, 그리고 뇌로 파고들어갈 것이었다. 매일매일.

"혹시 저러다 죽는 건 아닐까요?" 엔다야가 물었다.

"적정량을 주사했으니까 그럴 일은 없을 걸세." 레안드로가 말했다. "적어도 당장 죽는 일은 없을 거야."

의사는 여러 도구를 왕진가방에 집어넣고 아리아드나에게 이불을 덮어준 다음 방을 나왔다. 거울 앞을 지나는 순간 그는 공손하고 정중하게 고개를 끄덕였다. 레안드로의 등뒤에서 씩씩거리는 엔다야의 숨소리가 들렸다.

"아직 볼일이 남았나?" 레안드로가 물었다.

"아뇨, 없습니다."

"저 여자를 여기까지 무사하게 데려와줘서 고맙네. 하지만 이제 자네가 여기서 할 일은 아무것도 없을 거야. 바르셀로나로 내려가서 알리시아 그리스나 찾아보도록 해."

"여러 정황으로 봐서는 죽었을 가능성이 높습니다만……"

레안드로가 고개를 홱 돌렸다.

"알리시아는 살아 있어."

"죄송하지만 그걸 어떻게 아십니까?"

레안드로는 마치 우리 안에 갇힌 우둔한 짐승을 쳐다보듯 그를 노려보았다.

"그건 내가 알고 있기 때문이네."

6

알리시아는 촛불의 희미한 빛에 눈을 떴다. 제일 먼저 알아차린 것은 죽은 사람치고 갈증이 너무 심하다는 점이었다. 두번째는 머리카락은 물론 수염까지 하얗게 센 남자의 얼굴이었다. 작고 동그란 안경을 쓴 남자가 옆에 앉아서 자기를 유심히 관찰하고 있었다. 얼굴 생김새가 고아원 시절 교리문답서에서 본 하느님을 모습을 어렴풋이 연상시켰다.

"하늘나라에서 오신 분인가요?" 알리시아가 물었다.

"뚱딴지 같은 소리. 나는 마타데페라* 출신이오."

---

* 바르셀로나의 한 지구.

솔데빌라 박사는 그녀의 손목을 잡고, 시계를 보면서 맥박을 쟀다.

"몸은 좀 어때요?" 그가 물었다.

"목이 타들어가는 것 같아요."

"그렇겠죠." 하지만 솔데빌라 박사가 마실 것을 줄 낌새는 전혀 보이지 않았다.

"여긴 어디죠?"

"좋은 질문이군요."

박사가 시트를 젖혔고, 알리시아는 그의 손이 골반에 닿는 것을 느꼈다.

"누르는 느낌이 듭니까?"

그녀는 고개를 끄덕였다.

"아픕니까?"

"목이 말라요."

"그건 나도 알아요. 하지만 잠시 참아야 합니다."

다시 시트를 덮기 전에 솔데빌라 박사는 그녀의 엉덩이 주변으로 거미줄처럼 퍼진 거무스름한 상처를 뚫어지게 바라보았다. 박사는 숨기려 안간힘을 쓰는 듯했지만 알리시아는 그의 눈빛에서 공포를 읽을 수 있었다.

"그 상처는 차후에 봐주겠소. 하지만 아무쪼록 조심하도록 해요. 지금은 몸이 몹시 쇠약한 상태니."

"통증이라면 이제 이골이 났어요, 박사님."

솔데빌라 박사는 한숨을 내쉬며 다시 시트를 덮었다.

"그럼 저는 이대로 죽는 건가요?"

"오늘은 아니에요. 헛소리로밖에 안 들리겠지만, 마음을 편안히 먹고 쉬도록 해요."

"휴가라도 온 것처럼 말인가요?"

"그런 셈이죠. 노력이라도 해봐요."

솔데빌라 박사가 일어서는 순간, 알리시아는 그가 몇 마디 중얼거리는 소리를 들었다. 그리고 발소리가 점점 가까워지더니 곧 몇몇 사람이 간이침대를 빙 둘러쌌다. 그녀의 눈에 페르민과 다니엘, 베아의 모습이 보였다. 그들 옆에는 머리숱이 적고 매의 눈을 가진 남자가 서 있었다. 평생 알고 지낸 것 같은 느낌이 들었지만 누군지 전혀 기억나지 않았다. 페르민은 솔데빌라 박사에게 귓속말로 소곤거렸다. 다니엘은 안도의 미소를 지었다. 베아는 그의 옆에 서서 의심스러운 시선으로 그녀의 눈을 빤히 바라보았다. 페르민은 침대 옆에 무릎을 꿇고 앉아 알리시아의 이마에 손을 얹었다.

"내가 보는 앞에서 당신이 죽을 뻔한 게 이번이 두번째예요. 이젠 진절머리가 날 지경이라고요. 얼굴은 죽은 사람 같은데 그것만 빼면 아주 멀쩡해 보이는군요. 그건 그렇고 좀 어때요?"

"갈증이 나요."

"말도 안 되는 소리 좀 그만해요. 내 몸속에 흐르는 금쪽같은 피를 80퍼센트나 꿀꺽해놓고 무슨 소리를 하는 겁니까?"

"마취가 완전히 풀릴 때까지는 아무것도 마시면 안 됩니다." 솔데빌라 박사가 말했다.

"곧 알게 되겠지만, 식은 죽 먹기죠." 페르민이 한마디 거들었다. "마취란 신학교 시절의 기억처럼 흔적도 없이 사라지는 법이에요. 아랫도리만 살랑살랑 흔들어주면 되니까요."

솔데빌라 박사가 화난 눈빛으로 그를 노려보았다.

"그따위 추잡스러운 말로 환자를 피곤하게 만들지 않으면 좋겠군요. 너무 무리한 요구가 아니라면."

"그럼 소인은 죽은 듯이 입다물고 있겠소이다." 페르민은 성호를 그으며 선언하듯 말했다.

솔데빌라 박사가 볼멘소리로 투덜댔다.

"나는 내일 오전에 다시 오겠소. 그때까지 여러분끼리 순서를 정해 번갈아가면서 환자를 잘 보살피세요. 만약 조금이라도 열이 나고 염증이나 감염증세가 나타나면 즉시 나를 찾아와요. 몇시가 됐든 상관없습니다. 첫 순서는 누가 할 겁니까? 페르민, 당신은 안 됩니다. 무슨 속셈인지 훤히 보여요."

그때 베아가 앞으로 나섰다.

"제가 있을게요." 그녀는 이 문제를 두고 왈가왈부할 필요가 없다는 듯 단호한 어투로 잘라 말했다. "페르민, 훌리안을 소피아한테 맡기고 왔는데 그게 마음에 좀 걸리네요. 녀석이 소피아하고 있으면 언제나 제멋대로 굴어서 말이죠. 그래서 베르나르다한테 연락해 집으로 가서 아이를 잘 보살펴달라고 했어요. 두 사람이 우리 침실을 써도 돼요. 시트는 깨끗하게 세탁해서 서랍장에 넣어두었으니까 꺼내 쓰시고요. 그리고 필요한 게 있으면 베르나르다에게 물어보세요. 어디에 뭐가 있는지 훤히 알고 있으니까. 다니엘은 소파에서 자면 돼요."

다니엘은 아내를 힐끗 쳐다보았지만, 아무 말도 하지 않았다.

"아무 걱정하지 마. 어린 도련님이라면 강아지처럼 금세 잠들게 할 수 있으니까. 우유에 꿀과 코냑 한 방울을 섞어주면 직방이거든."

"우리 아이한테 알코올을 먹이다니, 꿈도 꾸지 말아요. 그리고 제발 부탁인데 아이에게 정치 이야기 좀 하지 마세요. 하루종일 당신한테 들은 말을 따라하면서 돌아다닌단 말이에요."

"분부대로 합죠. 부인의 명령에 따라 무기한으로 언론통제를 실시하도록 하겠습니다."

"베아, 네 시간마다 항생제 주사하는 것 잊지 말아요." 의사가 말했다.

페르민은 알리시아를 보며 환한 미소를 지었다.

"걱정할 것 없어요. 베아가 오늘따라 좀 사나워 보이기는 해도 주사를 아주 잘 놓으니까요. 그녀의 부친은 당뇨병을 앓고 있죠. 물론 달가운 일은 아니지만, 그 덕분에 주삿바늘 찌르는 데는 일가견이 있어요. 나일강에 사는 사나운 모기나, 아무튼 거기 서식하는 이름 모를 벌레가 부러워할 정도죠. 가족들은 무섭다고 아무도 나서지 않으려고 해서 베아가 어렸을 때부터 방법을 터득한 겁니다. 덕분에 지금은 나처럼 까다로운 환자를 포함해서 우리 모두에게 주사를 주죠. 내가 왜 까다로운 환자냐 하면, 엉덩짝이 무쇠로 되어 있는데다 근육은 탄력성이 워낙 좋아 주삿바늘이 모두 구부러지거든요."

"페르민!" 베아가 소리를 질렀다.

페르민은 거수경례를 한 뒤 알리시아에게 윙크를 했다.

"자, 사랑하는 나의 뱀파이어님. 당신을 훌륭한 분의 보살핌에 맡기고 소인은 이만 물러가겠습니다. 아무도 물면 안 돼요. 나는 내일 다시 오겠습니다. 그동안 베아가 하는 말을 잘 듣고, 가능하다면 죽지 않도록 해요."

"힘닿는 데까지 노력할게요. 아무튼 고마워요, 페르민. 다시 한 번 감사드립니다."

"굳이 말로 안 해도 알아요. 가자, 다니엘. 그렇게 놀란 표정 짓고 있는다고 상처가 더 빨리 아물지는 않으니까."

페르민은 다니엘을 끌고 밖으로 나갔다.

"이제 정리가 되었군요." 의사가 말했다. "그런데 여기서 어떻게 나가면 되죠?"

"제가 바래다드리죠." 관리인이 나서며 말했다.

방안에는 단둘만 남았다. 베아는 의자를 끌어다 알리시아 옆에 앉았다. 그들은 한동안 말없이 서로를 바라보았다. 알리시아가 베아를 보며 고마운 듯 미소 지었다. 베아는 알 듯 모를 듯한 표정으로 그녀를 빤히 쳐다보았다. 잠시 후, 관리인이 문틈으로 고개를 내밀며 방안 분위기를 살폈다.

"베아트리스, 필요한 게 있으면 언제든지 나를 불러. 덮을 담요하고 박사님이 지시한 내용과 약은 선반 위에 올려놓았다."

"고마워요, 이사크. 잘 자요."

"편히 쉬어라. 잘 자요, 알리시아." 관리인이 말했다.

그의 발소리가 복도를 따라 점점 희미하게 사라져갔다.

"여기 있는 분들 모두 저를 아는 모양이에요." 알리시아가 말했다.

"네. 모두 아는 것 같아요. 아쉽지만 당신이 정말 누구인지 아는 사람은 아무도 없군요."

알리시아가 고개를 끄덕이며 부드러운 미소를 지어 보였지만, 이번에도 베아는 아무런 반응을 보이지 않았다. 두 사람 사이에 무거운 침묵이 한동안 계속되었다. 알리시아는 바닥에서 천장까지 책으로 뒤덮인 벽을 쭉 둘러보았다. 그러는 동안에도 베아가 단 한 순간도 자기에게서 눈을 떼지 않고 있다는 것을 알았다.

"왜 웃는 거죠?" 베아가 물었다.

"별거 아니에요. 방금 전에 근사하게 생긴 남자와 키스하는 꿈을 꿨거든요. 그런데 그 남자가 누군지 모르겠어요."

"평소에도 낯선 남자한테 키스를 하나요? 아니면 마취상태에 빠졌을 때만 그런 건가요?"

베아의 목소리는 칼날처럼 날카로웠다. 그 말이 입에서 나오자마자, 베아는 후회했다.

"미안해요." 그녀는 웅얼거렸다.

"미안해할 필요 없어요. 그런 말을 들어도 싸니까요." 알리시아가 말했다.

"앞으로 세 시간 뒤면 항생제를 맞을 시간이에요. 박사님 말씀처럼 잠시라도 눈을 붙이는 게 어때요?"

"잠이 안 올 것 같아요. 아직 겁이 나서요."

"당신은 하나도 무서울 게 없을 것 같았는데."

"그런 척할 뿐이죠."

베아는 무슨 말인가를 하려다 이내 입을 다물었다.

"베아?"

"네?"

"당신에게 용서를 구할 자격이 없다는 것은 저도 잘 알지만……"

"그 일은 잠시 잊도록 해요. 그리고 내게 용서를 구할 일이 뭐가 있다고 그래요."

"만약 용서를 구한다면 저를 용서해주실 건가요?"

"당신 친구 페르민은 정말로 용서를 받고 싶으면 고해소에 가든지, 강아지를 한 마리 사라고 하더군요. 이번만은, 더구나 그가 이 자리에 없으니 그의 말이 옳다고 인정하죠."

"페르민은 지혜로운 분이세요."

"지혜로울 때도 있죠. 하지만 페르민한테는 내가 이런 말 했다고 하지 마세요. 안 그랬다가는 그를 감당하기 어려울 테니까요. 아무튼 일단 눈 좀 붙여요."

"손 좀 잡아줄래요?" 알리시아가 물었다.

베아는 잠시 망설였지만, 결국 알리시아의 손을 잡았다. 그들은 오랫동안 아무 말도 하지 않고 가만히 있었다. 알리시아는 눈을 감고 천천히 숨을 쉬기 시작했다. 베아는 두렵고도 불쌍한 낯선 여자를 지켜보았다. 거기 도착한 직후 그녀의 의식이 아직 혼미한 상태일 때, 베아는 박사가 진찰할 수 있도록 그녀의 옷을 벗겨주었다. 그때 본 옆구리의 끔찍한 상처가 뇌리에 박혀 떠나지 않았다.

"다니엘은 정말 운이 좋은 남자예요." 알리시아가 중얼거렸다.

"나를 비행기 태우는 거예요?"

"결혼하고 아이도 낳고. 나로서는 꿈도 못 꿀 일이죠."

"잠든 줄 알았어요." 베아가 말했다.

"나도 그런 줄 알았어요."

"아픈가요?"

"상처 말인가요?"

베아는 아무 대답도 하지 않았다. 알리시아는 여전히 눈을 감고 있었다.

"조금이요." 그녀가 대답했다. "마취제 덕분에 통증이 많이 가라앉았어요."

"어쩌다 그런 상처를 입은 거죠?"

"전쟁 때 생긴 거예요. 폭격으로……"

"괜한 걸 물어봤네요."

알리시아는 어깨를 으쓱했다.

"그래도 집적거리던 남자들을 이 상처 덕분에 많이 떨쳐냈죠."

"그런 남자가 한 무더기도 넘겠네요."

"하지만 진심으로 사랑할 만한 남자는 아무도 없었어요. 정말 괜찮은 남자는 모두 당신 같은 여인을 사랑하기 마련이니까요. 나를 좋아하는 남자들은 내게 환상을 품을 뿐이죠."

"만약 동정을 사려는 생각이라면 이쯤에서 그만두는 게 좋을 거예요."

알리시아는 빙긋이 웃었다.

"남자들이 내게는 환상을 품지 않는다고 생각지는 마세요." 베아가 피식 웃으며 말했다.

"물론이죠. 그렇게 생각하지 않아요."

"그런데 왜 가끔씩 그렇게 어리석은 짓들을 하는 거죠?" 베아가 물었다.

"남자들이요? 어떻게 알겠어요. 아마 자연이 잔혹한 어머니라서 남자들을 바보로 타고나게 만든 건 아닐까요. 하지만 모든 남자가 다 그렇지는 않아요."

"베르나르다도 그런 말을 하더군요." 베아가 고개를 끄덕이며 말했다.

"그럼 당신의 다니엘은요?"

베아가 날카로운 눈빛으로 그녀를 쏘아보았다.

"우리 다니엘이 뭐가 어쨌다는 거죠?"

"아무것도 아니에요. 좋은 남자인 것 같더군요. 마음이 맑아 보여요."

"하지만 그에게도 어두운 면이 있어요. 정말이에요."

"그의 어머니한테 일어난 일 때문인가요? 이사벨라요."

"이사벨라에 대해 뭘 알고 있죠?"

"별로 없어요."

"마취제 덕분인지 거짓말하는 게 뻔히 보이는군요."

"당신을 믿어도 될까요?"

"지금 상황에서는 선택의 여지가 거의 없는 것 같은데요. 오히려 문제는 내가 당신을 믿을 수 있느냐는 거죠."

"믿음이 안 가시나요?"

"전혀요."

"이사벨라와 그분의 과거에 대해 몇 가지 사실은……" 알리시아가 이야기를 시작했다. "물론 다니엘은 그분 아들이니까 알 권리가 있겠죠. 하지만 모르는 편이 오히려 더 나을지도 모르겠다는 생각이 들더군요."

"알리시아?"

알리시아가 눈을 뜨자, 코앞에 베아의 얼굴이 보였다. 알리시아는 그녀가 자기 손을 꽉 힘주어 잡고 있는 것을 느꼈다.

"네."

"한 가지 부탁이 있어요. 딱 한 번만 말할게요."

"말해보세요."

"다니엘은 물론, 우리 가족에게 해를 끼칠 생각은 꿈에도 하지 말아요."

알리시아는 그녀의 눈을 빤히 쳐다보았다. 하지만 베아의 눈빛이 워낙 위압적이라 숨도 제대로 쉴 수 없었다.

"그러지 않겠다고 맹세해요."

알리시아는 침을 꼴깍 삼켰다.

"맹세할게요."

베아는 고개를 끄덕이면서 다시 의자에 앉았다. 알리시아는 그녀가 눈을 반쯤 감는 것을 지켜보았다.

"베아?"

"또 뭐죠?"

"말할 게 있어요…… 며칠 전 밤에 다니엘과 당신 집 현관으로 걸어가는데……"

"입다물고 어서 잠이나 자요."

7

전날 몰아닥친 폭풍으로 바르셀로나는 겨울 아침에나 볼 수 있는 검푸른빛으로 물들었다. 햇빛이 구름을 걷어내자 밝은 빛이 공중에 떠다니기 시작했다. 너무 맑아서 병에 담아두고 싶은 빛이었다. 그날 아침, 셈페레 씨는 눈을 뜨자 낙천적인 분위기에 휩쓸려 의사의 권고도 무시한 채 블랙커피를 한 잔 쭉 마셨다. 커피에서는 천국과 저항의 맛이 났다. 왠지 기억에 남을 날이 되겠다는 예감이 들었다.

"오늘은 사순절 때 엘 몰리노*보다 매상이 좋겠군." 그가 말했다. "두고 보라고."

서점 문에 붙어 있던 '영업 마감' 표지판을 떼어내는 동안, 그는 페르민과 다니엘이 한구석에서 귓속말로 숙덕거리고 있는 것을 보았다.

"자네들 거기서 무슨 일을 꾸미는 거지?"

---

* 과감한 공연으로 유명한 바르셀로나의 극장식 카페.

두 사람은 고개를 돌리더니 멍한 표정으로 셈페레 씨를 쳐다보았다. 표정으로 봐서는 필시 무슨 일을 꾸미고 있었다. 두 사람은 일주일 동안 한숨도 못 잔 사람처럼 초췌한 모습이었다. 더구나 기억이 틀리지 않는다면, 전날과 똑같은 옷을 입고 있었다.

"셈페레 씨가 나날이 젊어지고 기운이 넘친다는 이야기를 하고 있던 참이었죠." 페르민이 얼른 둘러댔다. "혼기 찬 여자들이 보면 꽁무니를 졸졸 따라다니겠는데요."

셈페레 씨가 뭐라고 대꾸하려는 찰나, 서점 문에 달아놓은 종이 딸랑딸랑 울렸다. 눈이 수정처럼 맑고 흠잡을 데 없이 완벽한 정장을 입은 신사가 계산대로 걸어오더니 조용히 미소 지었다.

"안녕하십니까, 손님? 뭘 도와드릴까요?"

손님은 천천히 장갑을 벗기 시작했다.

"제가 묻는 말에 대답해주셨으면 합니다." 엔다야가 말했다. "경찰입니다."

셈페레 씨는 눈살을 찌푸리며 다니엘을 힐끗 쳐다보았다. 다니엘의 안색은 성경 종이만큼 창백해진 터였다. 세계 고전문학 전집을 인쇄할 때 사용하는 그런 종이 말이다.

"말씀하시죠."

엔다야는 정중하게 미소 지으며 사진 한 장을 계산대 위에 올려놓았다.

"가능하다면 다들 봐주시기 바랍니다."

세 사람은 계산대 뒤에 모여 사진을 살펴보기 시작했다. 오 년 전쯤에 찍은 듯한 알리시아 그리스의 사진이었다. 그녀는 사진기를 보고 미소 지으며, 젖먹이도 넘어가지 않을 만큼 순진한 척을 하고 있었다.

"혹시 이 아가씨를 아십니까?"

셈페레 씨가 사진을 들고 자세히 살펴보았다. 엔다야는 어깨를 으쓱하면서 다니엘에게 사진을 넘겨주었다. 다니엘도 똑같은 반응을 보였다. 마지막으로 페르민은 마치 위조지폐 검사를 하듯 사진을 들어올려 빛에 비추어보더니 고개를 저으며 엔다야에게 돌려주었다.

"아무리 봐도 누군지 모르겠군요." 셈페레 씨가 말했다.

"약간 불량스러운 인상인데, 아무리 생각해도 본 기억이 없습니다." 페르민이 자신 있게 말했다.

"그래요? 확실합니까?"

세 사람은 일제히 고개를 저었다.

"그러니까 확실치 않다는 겁니까, 아니면 아예 본 적이 없다는 겁니까?"

"분명히 모르는 사람이고요, 본 적도 없습니다." 다니엘이 대답했다.

"알겠습니다."

"혹시 사진 속의 여자가 누구인지 여쭤봐도 되겠습니까?" 셈페레 씨가 물었다.

엔다야는 사진을 다시 주머니에 집어넣으며 말했다.

"이름은 알리시아 그리스라고 하는데, 지명수배자예요. 우리가 파악한 바에 따르면 최근 며칠 사이에 세 건의 살인사건을 저질렀습니다. 가장 최근에는 어제 바르가스라는 경감을 살해했고요. 아주 위험한 인물입니다. 더구나 무장을 하고 있을지도 몰라요. 최근 며칠 동안 그녀가 이 동네를 돌아다니는 것이 목격되었다고 합니다. 일부 주민은 이 서점에 들어가는 것을 봤다더군요. 그리고 길모퉁이에 있는 빵집 종업원 여자는 그녀가 여기 직원과 함께 있는 걸 목격했다고 증언하기도 했습니다."

"잘못 봤을 겁니다." 셈페레 씨가 대답했다.

"그럴 수도 있겠죠. 세 분 말고 여기서 일하는 사람이 또 있습니까?"

"내 며느리도 일을 봐줍니다만."

"그럼 혹시 며느님이 이 여자를 기억할까요?"

"한번 물어보겠습니다."

"여러분이든 며느님이든 기억나는 게 있으면 이 번호로 연락주시기 바랍니다. 아무때라도 괜찮으니까 부담 갖지 말고 전화해서 엔다야를 바꿔달라고 하세요."

"그렇게 하겠습니다."

엔다야는 상냥하게 고개를 끄덕이고는 출구로 걸어갔다.

"도와주셔서 감사합니다. 좋은 하루 보내세요."

세 사람은 계산대 뒤에서 꼼짝도 않고 엔다야가 느긋하게 길을 건너 맞은편 카페 앞에 멈춰 서는 모습을 지켜보았다. 그곳에서 검은 외투를 입은 사람이 그에게 다가갔고 두 사람은 일 분간 대화를 나누었다. 남자가 고개를 끄덕이자, 엔다야는 길을 따라 내려갔다. 검은 외투의 남자는 서점을 힐끗 쳐다보더니 카페 안으로 들어가 창가 자리에 앉아서 한동안 주변을 두리번거렸다.

"무슨 일인지 말해주겠나?" 셈페레 씨가 물었다.

"복잡하게 얽히고설킨 일이에요." 페르민이 나서며 말했다.

바로 그때, 셈페레 씨는 훌리안과 공원에 갔다가 돌아오던 조카 소피아를 보았다. 그녀는 무슨 일인지 입이 귀에 걸리도록 웃고 있었다.

"방금 나간 저 남자 누구예요? 아주 잘생겼던데." 그녀가 문을 열고 들어오면서 물었다. "그런데 분위기가 왜 이래요? 누가 죽기라도 했나요?"

서점 뒷방에서 비밀회의가 열렸다. 페르민은 곧장 그 문제를 꺼냈다.

"소피아, 원래 당신 나이 때는 호르몬의 해일이 잠잠해질 때까지 기다리느라 머리를 제대로 쓰지 않는 법이죠. 하지만 방금 서점을 나간 그 잘생긴 얼간이나 다른 자가 케케묵은 핑계를 대고 나타나 당신에게 알리시아 그리스 양을 본 적이나 만난 적이 있는지, 아니면 다른 이들이 그녀에 대해 말하는 것을 들은 적이 있는지, 그도 아니면 그녀의 존재를 조금이라도 알고 있는지 물어보면 하느님이 나폴리 사람에게 내려주신 재치를 발휘해 무조건 아니라고 대답해야 됩니다. 그때 얼굴은 이웃에 사는 메르세디타스처럼 멍한 표정이어야야 돼요. 비록 내가 당신의 아버지도 아니고 법정후견인도 아니지만, 내 말을 듣지 않는다면 당신을 평생 봉쇄 수녀원에 가둬버릴 거요. 힐로블레스*가 미남으로 보일 때까지. 알아들었어요?"

소피아는 잔뜩 풀이 죽은 모습으로 고개를 끄덕였다.

"그럼 당장 계산대로 가서 일하느라 바쁜 척해봐요."

그녀가 자리를 뜨자 셈페레 씨는 아들과 페르민에게 몸을 돌렸다.

"이게 대체 무슨 일인지 어서 이야기 좀 해보게. 사람 답답하게 만들지 말고."

"혹시 혈압약 드셨어요?"

"커피하고 같이 먹었다네."

"좋은 생각이군요. 다이너마이트를 멜린드로**처럼 커피에 적시기만 하면 어떻게 되는지 훤히 알게 될 겁니다."

"말 돌리지 말고, 페르민."

페르민은 다니엘을 향해 말했다.

"이 일은 내가 책임질 테니, 너는 밖에 나가서 나처럼 행동해."

"그게 무슨 소리죠?"

"눈에 불을 켜고 잘 지켜보라는 거야. 놈들은 서점을 감시하면서 우리가 실수하기만을 기다리고 있을 테니까."

"나는 베아와 교대하려고……"

"베아와 교대한다고?" 셈페레 씨가 물었다. "뭘 교대한다는 거지?"

"여러 가지 문제가 있어요." 페르민이 급하게 끼어들며 말했

---

* 호세 마리아 힐로블레스 이 키뇨네스 데 레온. 스페인의 정치인으로, 내전이 발발하자 프랑코와 투쟁을 포기하고 망명길에 올랐다.

** 밀가루와 계란, 설탕을 섞어 만든 손가락 모양 과자.

다. "다니엘, 너는 서점에서 한 발짝도 나가지 마. 내가 갈 테니까. 이래 봬도 군사기밀을 다뤄본 적이 있어서 어떤 상황이 닥쳐도 뱀장어처럼 잘 빠져나간다고. 자, 그럼 어서 움직이자고. 괜히 여기서 이러고 있으면 무슨 일을 꾸미는 것처럼 보일 거야."

다니엘은 마지못해 뒷방 커튼을 젖히고 나갔다. 뒷방에는 셈페레 씨와 페르민 둘만 남았다.

"자." 셈페레 씨가 물었다. "그럼 무슨 일인지 분명하게 말해주겠나?"

페르민은 부드러운 미소를 지었다.

"수구스 드시겠습니까?"

8

그날 하루는 끝없이 길게만 느껴졌다. 아버지에게 대부분의 손님을 맡기고 베아가 돌아오기만을 기다리는 동안 다니엘은 가슴이 바짝바짝 타들어가는 것만 같았다. 페르민은 셈페레 씨의 의심과 불안감을 단 몇 시간이라도 잠재우기 위해 대단한 비밀을 털어놓는 것처럼 엄청난 허풍을 늘어놓으며 그의 혼을 쏙 빼놓은 다음 서점을 빠져나갔다.

"다니엘, 아무 일도 없었던 것처럼 정상적으로 행동하는 게 좋을 거야." 엔다야의 지시로 서점을 감시하는 형사에게 발각되지 않도록 산타아나성당의 광장이 내다보이는 뒷방 창문으로 빠져나가기 직전 페르민이 말했다.

"우리가 언제 정상적이었던 적이 있나요?"

"지금은 실존적인 의문을 던질 때가 아니야. 주변이 안전한 걸 확인하는 즉시 빠져나가서 베아와 교대할게."

베아는 정오 무렵이 다 돼서야 돌아왔다. 그사이 얼마나 노심 초사했는지 다니엘은 흰머리가 부쩍 는데다 손톱을 너무 물어뜯어 맨살이 보일 정도였다.

"페르민한테서 이야기 다 들었어." 그녀가 말했다.

"무사히 잘 도착했어?"

"오는 길에 가게에 잠깐 들러서 단 과자하고 화이트와인을 샀더라고. 과자 이름이 수녀의 방귀라서 안 사고는 못 배기겠더래."

"화이트와인이라고?"

"알리시아에게 줄 거래. 하지만 솔데빌라 박사가 압수했어."

"알리시아는 어때?"

"안정을 찾고 있어. 의사 말로는 아직 몸이 쇠약하지만, 다행히 감염증세나 열은 없대."

"알리시아가 다른 말은 없고?" 다니엘이 물었다.

"무슨 말?"

"요즘 들어 사람들이 다 내게 무언가 숨기는 것 같아. 왜 그런 생각이 들까?"

베아는 그의 얼굴을 부드럽게 어루만졌다.

"다니엘, 아무도 숨기는 거 없으니까 신경쓰지 마. 훌리안은?"

"어린이집에. 소피아가 데려다줬어."

"오후에 내가 찾으러 갈게. 아무튼 정상적으로 행동해야 해. 아버님은?"

"저 뒤에 계셔. 그런데 화가 머리끝까지 나셨어."

베아가 목소리를 죽이며 말했다.

"무슨 말씀을 들었기에 그렇게 화가 나셨지?"

"페르민이 특유의 서사시를 한편 들려드렸거든."

"그랬군. 장보러 보케리아 시장에 갈 건데, 필요한 것 있어?"

"정상적인 삶이 필요해."

오후에 셈페레 씨는 아들을 서점에 혼자 남겨두고 외출했다. 베아는 아직 시장에서 돌아오지 않았다. 다니엘은 불안하면서도 속았다는 생각에 기분이 상해 낮잠을 잔다는 핑계로 집에 올라가기로 했다. 며칠 전부터 그는 알리시아와 페르민이 무언가를 숨긴다는 의심을 품고 있었다. 이제는 베아마저 그들과 한통속이 된 것 같았다. 그는 마음을 졸이며 그 문제에 대해 이리저리 궁리하느라 스스로 영혼을 갉아먹으면서 두 시간을 보냈다. 경험에 따르면 이런 경우 아무것도 모르는 척 시치미를 떼는 것이 상책이었다. 아무튼 살면서 그에게 떠맡겨진 역할은 언제나 그런 것이었다. 선량한 다니엘이, 가엾게도 어렸을 적에 어머니를 여의고 언제나 소년처럼 순진한 다니엘이 세상물정을 깨우칠 것이라고 기대하는 사람은 아무도 없었다. 그렇기 때문에 그의 주변에는 늘 답을 적어서, 또 때로는 질문까지 포함해 그에게 대령해주는 듯한 이들이 있었다. 그런데 그가 어리숙한 짓을 하지 않은 지도 오래되었다는 사실을 알아차린 사람은 아무도 없는 듯했다. 심지어 어린 훌리안마저 가끔 곁눈질로 아빠를 보며 웃곤 했다. 자기 아버지는 바보처럼 굴고, 남들이 삶의 수수께끼를 풀어주면 놀란 표정이나 짓기 위해서 이 세상에 온 것 같다고 생각하는 듯했다.

'나도 할 수만 있다면 나 자신을 비웃을 거야.' 다니엘은 가끔 그런 생각을 하곤 했다. 얼마 전까지만 해도 다니엘은 그림자 같은 자신의 존재를 비웃기도 하고, 페르민과 그의 짓궂은 농담에 장단을 맞춰주는가 하면, 돈키호테 같은 자신의 수호천사가 입양한 영원한 촌뜨기 소년의 행세를 할 수도 있었다. 그런 역할을 맡는 게 좋았고 마음도 편했다. 그는 주변 모든 사람이 익히 아는 다니엘의 역할을 기꺼이 계속할 수도 있었을 것이다. 그런 다니엘이라면 베아와 훌리안이 잠든 새벽, 손으로 주변을 더듬어가며 서점에 내려가 뒷방에 들어가서 작동하지 않는 낡은 라디에이터와 그 뒤의 석고판을 밀어내지 않았을 것이다.

거기에는 먼지가 수북이 쌓인 오래된 책더미 아래 상자가 하나 있었다. 그 상자 바닥에는 그가 아테네오도서관 정기간행물실에서 몰래 찢어낸 마우리시오 발스 관련 신문기사로 가득찬 스크랩북이 있었다. 장관의 공직생활이 거기에 연 단위로 모두 기록되어 있었다. 다니엘은 그와 관련된 신문기사와 보도자료를 모두 외우다시피 했다. 마지막 기사, 즉 교통사고로 그가 사망했다는 기사는 볼 때마다 가슴이 찢어지는 듯했다.

어머니를 빼앗아간 남자, 발스가 그에게서 영원히 달아나고 말았기 때문이었다.

　다니엘은 의기양양한 포즈로 사진 찍기를 그토록 좋아하던 그 얼굴을 증오하게 되었다. 그는 어느 누구든 증오심을 배울 때까지는 스스로가 누구인지 모른다는 결론에 도달했다. 그리고 인간은 누군가를 진정으로 미워하게 되면, 마음을 끓어오르게 하고 자기 안에 남아 있다고 믿는 최소한의 선한 마음마저 천천히 갉아먹는 분노에 빠지게 되면, 자기 본심을 밖으로 드러내지 않는 법이다. 다니엘은 쓴웃음을 지었다. 그가 마음속에 비밀을 간직할 수 있으리라고 믿는 이는 아무도 없었다. 그는 그 어떤 비밀도 결코 숨길 수 없었다. 누구든 어린 시절에는 마음속 깊이 비밀을 묻어두는 것이 번잡한 세상과 허무를 피하는 기술이자 방법이지만, 다니엘은 그렇게 할 수가 없는 사람이었다. 심지어 베아와 페르민조차 그가 거기에 스크랩북을 숨겨놓았으리라고는 전혀 의심하지 않았다. 당시 정권에서 촉망받던 마우리시오 발스가 자기 어머니를 독살했다는 사실을 안 이후로 마음속 깊은 곳에서 자라난 어둠의 그림자가 점점 더 퍼져나가도록 그는 스크랩북 속으로 자주 숨어들었다. 다 추측일 뿐이라고 남들은 말했다. 무슨 일이 일어났는지 정확히 아는 사람은 아무도 없었다. 결국 다니엘은 의심을 뒤로한 채 확신의 세계에서 살아왔다.
　그런데 무엇보다 가장 견디기 어려운 것은 정의가 결코 실현되지 않을 수도 있다는 불안감이었다.

그가 자신의 영혼을 파괴하면서까지 꿈꾸어왔던 날, 마우리시오 발스를 찾아가 그의 눈을 빤히 바라보면서 여태껏 마음속에서 키워온 증오심을 원 없이 보여줄 그날은 끝내 오지 않을 것 같았다. 칸 투니스*에서 때때로 장사를 하는 암거래상에게 구입해 천에 둘둘 말아 상자 깊숙이 숨겨놓은 총을 쓸 날도 결코 오지 않을 것 같았다. 그 총은 내전 때 사용하던 구식이지만, 탄약은 새것이었다. 암거래상이 그에게 사용방법을 가르쳐주었다.

　"우선 상대방 무릎 바로 아래쪽을 쏴요. 그리고 잠시 기다리면 그가 다리를 질질 끌 겁니다. 그때 배를 한 방 쏘세요. 그리고 또 기다리면 고통을 이기지 못해 몸을 뒤틀 거예요. 그때 오른쪽 가슴을 쏘고 기다려요. 폐 속에 피가 잔뜩 고이고 자기 똥물 속에서 질식할 때까지 기다리다가, 숨이 끊어진 것 같으면 남은 세 발로 머리통을 날려버려요. 한 방은 뒤통수에, 다른 한 방은 관자놀이에, 그리고 마지막 한 방은 턱 아래에 쏘는 거죠. 그리고 총은 해변 근처에 있는 베소스강에 던져버리라고요. 물살에 떠내려갈 테니까요."

　어쩌면 그의 마음속에서 곪아가는 분노와 고통도 그 물살에 함께 떠내려갈지 모를 일이었다.

　"다니엘?"

　다니엘이 고개를 들어보니 베아가 앞에 와 있었다. 그는 그녀가 들어오는 소리조차 듣지 못했다.

---

*바르셀로나의 한 구역.

"다니엘, 괜찮아?"

그가 고개를 끄덕였다.

"안색이 창백해. 정말 괜찮은 거야?"

"물론이지. 잠을 못 잤더니 좀 피곤해서 그래. 정말 괜찮아."

다니엘은 그녀를 보며 특유의 순진한 미소를 지었다. 학교에 다닐 때부터 버릇처럼 짓던 미소. 동네 사람들이 그를 생각하면 떠올리게 되는 그 미소. 사람들은 그를 착한 다니엘이라고 불렀을 뿐만 아니라, 괜찮은 집안의 부인들은 너 나 할 것 없이 그를 사윗 감으로 점찍어두었다. 사람들이 보기에 다니엘은 마음에 그늘이 없는 순수한 청년이었다.

"오렌지 사놓았으니까 페르민이 못 보게 해. 그러지 않으면 저번처럼 한자리에서 다 먹어치울 거라고."

"고마워."

"그런데 다니엘, 대체 무슨 일이야? 말 안 해줄 거야? 혹시 알리시아 때문이야? 아니면 서점에 찾아온 그 경찰?"

"아무 일도 아니야. 그냥 좀 신경이 쓰이기는 해도 괜찮아. 우리는 이보다 더 어려운 난관도 잘 헤쳐나갔잖아. 이번에도 잘 이겨낼 거야."

다니엘은 아내에게 거짓말을 할 줄 몰랐다. 베아는 그의 눈을 빤히 쳐다보았다. 몇 달 전부터 그의 눈을 쳐다볼 때마다 오싹한 기분이 들곤 했다. 그녀는 가까이 다가가 그를 안아주었다. 그녀에게 두 팔로 안긴 사이 다니엘은 마치 그 자리에 없는 사람처럼 말없이 가만히 있었다. 잠시 후, 베아는 천천히 자리에서 일어났다. 그녀는 쇼핑백을 식탁 위에 올려놓고 고개를 숙이며 말했다.

"훌리안 데리러 갈게."

"잘 갔다와."

9

나흘이 지나자, 알리시아는 다른 사람의 도움 없이도 침대에서 일어날 수 있었다. 거기에 도착한 후로 시간이 허공에 뜬 채 멈추어버린 것만 같았다. 그녀는 방에서 한 발짝도 나가지 못하고, 하루 내내 자다 깨다를 반복했다. 방안에는 화로가 하나 놓여 있었는데, 이사크가 몇 시간마다 한 번씩 땔감을 갈아주었다. 촛불과 기름램프가 켜져 있어도 방안은 여전히 어둠 속에 어슴푸레 잠겨 있었다. 솔데빌라 박사가 주고 간 진통제를 먹으면 곧바로 끈적끈적한 수마에 사로잡혔다가, 이따금 정신이 들면 자기를 바라보는 페르민이나 다니엘의 얼굴이 아른거렸다. 돈은 행복을 가져다주지 않지만, 화학물질은 가끔 우리를 행복의 세계로 이끌어주기도 한다.

차츰 의식을 되찾기 시작하자 그녀는 자신이 누구인지, 또 거기가 어디인지 어렴풋이 기억해내면서 몇 마디 말을 하려고 했다. 그런데 대부분의 경우 그녀가 질문을 마치기도 전에 대답을 들을 수 있었다. 가령 이런 식이었다. 아뇨, 아무도 당신이 여기 있는지 모를 겁니다. 아뇨, 좀 걱정하기는 했지만 감염증상은 나타나지 않았어요. 그리고 솔데빌라 박사의 말에 따르면, 아직 몸이 쇠약하기는 해도 병세가 빠르게 호전되고 있다고 하더군요. 네, 페르난디토는 무사하게 잘 있어요. 셈페레 씨가 그에게 아르바이트 자리를 주었죠. 주문받은 물건을 배달하고 개인 소유자들로부터 사들인 서적을 수거해오는 일을 하고 있답니다. 안 그래도 당신 상태가 어떤지 자꾸 물어보더라고요. 그런데 페르민의 말에 따르면 서점에서 소피아를 만나고부터는 예전만큼 궁금해하지 않는다고 했다. 아무튼 그 친구는 불가능해 보이던 것을 한 셈이에요. 그러니까 여자에게 푹 빠지는 데 걸리는 시간에서 자신이 세운 기록을 깼죠. 알리시아는 페르난디토의 근황을 듣고 기뻤다. 가슴앓이를 하더라도 이왕이면 그럴 가치가 있는 상대를 고르는 편이 좋으리라.

"그 젊은 친구는 너무 쉽게 사랑에 빠지는 게 문제라고요." 페르민이 말했다. "그러다보면 평생 마음의 상처를 받게 될 텐데 말이죠."

"훨씬 더 큰 고통을 받는 건 사랑에 빠지지 못하는 사람들이에요." 알리시아가 넌지시 말했다.

"알리시아, 아무래도 이 약이 당신의 소뇌에 영향을 미치고 있는 모양입니다. 당신이 기타를 들고 교리문답 노래를 부르기 시작하면, 의사한테 부탁해서 복용량을 어린이용 아스피린 정도로 줄여야겠어요."

"제게 남은 얼마 안 되는 기쁨마저 빼앗을 작정이세요?"

"맙소사! 그사이에 아주 못된 습관이 들었군요."

사람들은 그런 못된 습관의 장점을 과소평가해왔다. 알리시아는 화이트와인과 수입산 담배, 그리고 홀로 고독을 즐기던 공간이 너무 그리웠다. 약기운은 그녀를 살리기 위해 계획을 꾸미고 그녀 자신보다 그녀의 안위를 더 걱정하는 선량한 사람들의 보호 속에서 그녀가 하루하루를 보낼 수 있도록 멍한 상태를 지속시켜주었다. 가끔 약기운에 취해 정신이 아득해질 때마다, 그녀는 깊이를 알 수 없는 저 바닥으로 내려가 끝없는 혼수상태에 머물 수 있다면 가장 좋겠다고 중얼거리곤 했다. 하지만 시간이 흐르면 다시 정신이 들면서, 현세의 빚을 모두 갚은 사람들만 죽을 자격이 있다는 사실이 떠올랐다.

그녀는 어둑어둑한 방에서 깨어나 맞은편 의자에 앉아 생각에 잠긴 페르민을 본 적이 여러 번 있었다.

"페르민, 지금 몇시나 됐죠?"

"마녀들이 움직이는 야밤이에요. 그러니까 당신이 깨어나는 시간이죠."

"안 주무셨어요?"

"나는 한 번도 낮잠을 잔 적이 없는 사람이에요. 내가 추구하는 건 예술의 경지로 승화된 불면이니까. 나중에 죽고 나면 푹 잘 겁니다."

페르민은 다정스러움과 의심이 뒤섞인 눈빛으로 그녀를 살펴보았다. 그의 눈빛을 보자 그녀는 은근히 부아가 치밀었다.

"아직 저를 용서하지 못하셨나요, 페르민?"

"도대체 내가 뭘 용서해야 한다는 거죠? 무슨 말인지 이해할 수가 없군요."

알리시아는 한숨을 내쉬었다.

"하늘에서 폭탄이 쏟아지던 그날 밤, 당신은 제가 이미 죽은 줄 알았죠. 저와 부모님을 구하지 못했다는 죄책감에 괴로워하면서 살 수밖에 없었을 거예요. 모두 제가 그렇게 만들었죠. 게다가 당신은 바르셀로나로 돌아온 저를 프란시아역에서 금세 알아보았지만 저는 당신을 모른 체하고 지나쳤죠. 그 때문에 당신이 스스로 미쳐가고 있거나 허깨비를 본 거라고 생각하게 한 것도 잘못했고요……"

"아, 그거."

페르민은 씁쓸한 미소를 지어 보였다. 눈에 고인 눈물이 촛불의 은은한 빛을 받아 반짝거렸다.

"그럼 저를 용서해주실 건가요?"

"생각해보죠."

"아무쪼록 용서해주시기를 바랍니다. 그런 마음의 짐을 진 채로 죽고 싶지는 않으니까요."

그들은 말없이 서로의 얼굴을 바라보았다.

"연기력이 형편없군요."

"그래도 저는 뛰어난 배우예요. 다만 박사가 처방해준 쓰레기 같은 약 때문에 제가 맡은 역할을 자꾸 까먹어서 문제죠."

"당신한테 안쓰러운 마음은 쥐꼬리만큼도 안 들어요."

"저를 불쌍히 여기는 건 원치 않아요, 페르민. 당신이건 누구건 간에 말이에요."

"당신한테 두려움을 품기를 원하는군요."

알리시아는 이를 드러내며 미소 지었다.

"그런데 난 당신이 무섭지 않아요." 그가 말했다.

"아직 저를 잘 몰라서 그럴 거예요."

"예전의 당신이 좋았죠. 다 죽어가는 어린 소녀 역할을 맡았을 때."

"그럼 저를 용서해주시는 건가요?"

"그게 뭐 그리 대수로운 일이라고 자꾸 묻는 거죠?"

"저 때문에 당신이 사람들, 그러니까 다니엘과 그 가족의 수호천사 노릇을 하면서 사는 것 같아서요."

"나는 '셈페레와 아들' 서점의 문헌학 담당 고문이에요. 천사니 뭐니 하는 건 당신이 지어낸 이야기일 뿐이죠."

"그럼 당신은 올바른 사람을 구하면 세계를 지키는 거라고, 이 세상에 좋은 것이 조금이라도 남게 하는 거라고 생각하지 않으세요?"

"당신이 올바른 사람이라고 누가 그래요?"

"저는 셈페레 씨 가족을 말한 거예요."

"친애하는 알리시아 양, 따지고 보면 당신도 같은 일을 하고 있지 않나요?"

"저는 이 세상에서 꼭 지켜내야 할 만큼 올바른 것이 있다고 생각하지 않아요, 페르민."

"당신조차 믿지 못하는군요. 그런데 문제는 혹시라도 그런 것이 있을까봐 내심 두려워하고 있다는 거죠."

"아니면 그 반대일 수도 있겠죠. 당신처럼 말이에요."

페르민은 투덜거리며 우의 주머니에 손을 찔러넣고 과자를 찾았다.

"낯부끄러운 이야기는 이쯤 하지요." 그가 결론을 지었다. "당신은 계속 니힐리즘을 따르며 살아요, 나는 수구스를 따르며 살테니."

"두 가지 확실한 가치관이네요."

"의심의 여지가 없지요."

"자, 그럼 제게 굿나잇 키스를 해주셔야죠."

"그놈의 키스 타령 좀 그만해요!"

"뺨에 해주세요."

페르민은 잠시 망설였지만, 마침내 몸을 숙여 그녀의 이마에 입을 맞추었다.

"그럼 푹 자요, 못된 아가씨."

알리시아는 눈을 감고 미소를 지었다.

"사랑해요, 페르민."

그가 숨죽여 우는 소리를 듣자, 그녀는 팔을 뻗어 그의 손을 잡았다. 그들은 두 손을 꼭 쥐고 서서히 꺼져가는 촛불의 온기를 느끼면서 잠들었다.

10

그곳의 관리인인 이사크 몽포르트는 우유 한 잔, 잼과 버터를 바른 토스트 몇 조각, 일요일마다 에스크리바 제과점에서 사는 것과 같은 페이스트리—그 또한 문학과 은둔의 삶 외에도 탐닉하는 것이 있었는데 특히 잣과 크림이라면 환장을 했다—그리고 과일을 쟁반에 담아 하루에 두어 번씩 알리시아에게 가져다주었다. 그녀가 여러 번 부탁하고 나서야 지난 신문도 갖다주기 시작했다. 물론 솔데빌라 박사는 별로 달가워하지 않는 눈치였지만 말이다. 그렇게 해서 그녀는 마우리시오 발스의 죽음에 관한 기사를 전부 읽었다. 다시 피가 거꾸로 솟는 듯한 분노가 일었다. '그 덕분에 네가 살아난 거야, 알리시아.' 그녀는 속으로 중얼거렸다.

착한 이사크는 자그마한 몸집에 인상이 사나웠지만, 천성이 온순한 사람이었다. 그래서 알리시아에게 점점 마음이 끌렸고 이를 숨기지 못했다. 그는 알리시아를 볼 때마다 죽은 딸의 모습이 떠오른다고 했다. 딸의 이름은 누리아였다. 그는 딸의 사진 두 장을 항상 품에 넣고 다녔다. 하나는 신비로운 용모의 여인이 슬픈 눈빛으로 정면을 응시하는 사진이었고, 다른 하나는 어린 여자아이가 어떤 남자의 품에 안겨 환하게 웃는 사진이었다. 아이를 안고 있는 남자는 수십 년 전의 이사크였다.

"내가 얼마나 사랑하는지 미처 깨닫기도 전에 아이는 내 곁을 떠나고 말았죠." 그가 말했다.

가끔 알리시아가 쟁반에 담긴 음식을 두 입, 세 입 삼키려고 애쓰는 동안 이사크는 가슴 밑바닥에서 밀려오는 추억에 젖어 누리아와 삶의 회한에 대해 말해주곤 했다. 알리시아는 그의 말을 귀담아들었다. 노인은 그 슬픔을 여태껏 아무한테도 털어놓지 않은 것 같았다. 어찌 보면 그가 가장 사랑했던 딸과 닮은 생면부지의 여자를 그에게 보내준 것은 하늘의 뜻인지도 모른다는 생각이 들었다. 이미 늦었지만, 이제 와서 아무 소용도 없는 일이었지만 알리시아를 구하고 원래 딸에게 주었어야 할 사랑을 그녀에게 베푸는 것으로 작은 위안이나마 얻을 수 있을 터였다. 가끔 노인은 추억에 잠겨 딸의 이야기를 하다가 소리 없이 눈물지을 때도 있었다. 그러고 나면 방에서 나가 몇 시간 동안 돌아오지 않았다. 가장 애틋한 고통은 본디 홀로 겪는 법이다. 사실 이사크가 끝없는 슬픔을 혼자 삭이느라 눈에 띄지 않는 곳으로 자리를 뜰 때마다 알리시아는 남몰래 안도감을 느꼈다. 그녀가 견딜 수 없는 고통이 단 하나 있다면 우는 노인의 모습을 보는 것이기 때문이었다.

모두가 번갈아가며 알리시아 곁을 지키면서 말동무를 해주었다. 다니엘은 미로에서 책을 빌려 읽어주기를 좋아했다. 그는 그중에서도 훌리안 카락스라는 사람의 작품에 각별한 애정이 있었다. 카락스의 글을 들을 때마다 그녀의 머릿속에는 음악과 초콜릿 케이크가 떠올랐다. 매일 다니엘이 읽어주는 카락스의 작품을 들으면서 그녀는 말과 이미지의 숲속으로 흠뻑 빠져들곤 했다. 이야기가 끝날 때면 이제 빠져나와야 한다는 것이 너무 아쉬웠다. 그녀가 가장 좋아한 작품은 「아무도 아닌 자」라는 제목의 짤막한 소설이었다. 특히나 마지막 문단은 눈을 감고도 줄줄 외울 정도였다. 그녀는 잠을 청할 때마다 그 대목을 혼잣말로 중얼거렸다.

전쟁에서 그는 큰돈을 벌었지만, 사랑에서 모든 것을 잃고 말았다. 결코 행복해질 운명을 타고나지 못한 그는 그 때늦은 봄이 가슴속에 심어놓은 씨앗의 결실을 맛볼 기회조차 없었다. 그때 그는 그리움과 회한 말고는 함께할 벗이나 추억도 없이 끝없이 이어지는 가을의 고독 속에서 여생을 보내리라는 것을 깨달았다. 그리고 언젠가 어떤 이가 나타나 그 집을 누가 지었는지, 또 을씨년스러운 폐가로 변하기 전에는 누가 살았는지 물어본다면, 그 집과 그곳이 받은 저주의 내력을 훤히 아는 이들은 고개를 떨구고 힘없는 목소리로 말할 것이다. 바람이 자기 말을 멀리 날려버리기를 바라면서…… 아무도 아닌 자였다고.

곧 그녀는 누구에게도, 특히 이사크에게는 훌리안 카락스 이야기를 해선 안 된다는 사실을 깨달았다. 셈페레 가족은 카락스와 얽힌 내력이 있었다. 알리시아는 한 가족에 드리워진 어둠의 그림자를 굳이 들추어내지 않는 것이 바람직하다는 생각이 들었다. 이사크는 그 이름만 들어도 분노를 참지 못해 얼굴이 붉으락푸르락 달아올랐다. 다니엘이 귀띔해준 바에 따르면, 그의 딸 누리아가 한때 카락스와 사랑에 빠진 적이 있다고 했다. 그 노인은 가엾은 딸을 비극적인 죽음으로 몰고 간 불행의 원인이 카락스라고 믿었다. 카락스는 한때 자기 책을 모조리 불살라버리려고 했을 정도로 기인이었고, 그곳의 관리인만 아니었더라면 이사크는 그 뜻을 열정적으로 도왔을 것이다.

"이사크에게 카락스 이야기는 안 꺼내는 게 좋을 거예요." 다니엘이 말했다. "따지고 보면 아무한테도 말하지 않는 편이 더 좋겠지만요."

그들 중에서 알리시아에게 환상을 품거나 그녀를 꺼림칙하게 여기지 않고 있는 그대로의 모습으로 본 사람은 다니엘의 아내밖에 없었다. 베아는 그녀의 몸을 씻기고 옷을 갈아입힌 다음 머리 손질을 해주는가 하면, 때마다 약을 챙겨주었다. 그러는 동안에도 두 사람이 묵시적으로 합의한 관계에서 지켜야 할 점들을 눈빛으로 말하곤 했다. 베아는 자기 가족이 어떤 해를 입기 전에 알리시아가 하루라도 빨리 떠나 영원히 사라질 수 있도록 그녀를 극진히 보살피고 건강을 회복하는 것을 도울 생각이었다.

베아는 오랫동안 알리시아가 꿈꾸던 이상적인 여인상이었지만, 그녀와 하루하루를 보낼수록 자기는 결코 그런 사람이 될 수 없다는 것을 깨달았다. 베아는 원체 말수가 적고 웬만한 것은 묻지 않았지만, 그 누구보다 알리시아의 마음을 잘 이해했다. 평소 누구를 끌어안거나 호들갑을 떨지 않는 알리시아도 가끔 베아를 와락 안고 싶은 마음이 들었다. 다행히도 그럴 때마다 마지막 순간에 충동을 잘 떨쳐냈다. 베아의 눈빛만 봐도 알 수 있었다. 그들이 동네 성당에서 〈작은 아씨들〉 공연을 하는 게 아니라는 걸, 그리고 두 사람이 완수해야 할 임무가 있다는 걸 말이다.

"이제 머지않아 당신은 내게서 벗어날 거예요." 알리시아는 이렇게 말하곤 했다.

하지만 베아는 미끼를 덥석 무는 법이 결코 없었다. 그녀는 결코 불만을 쏟아내지도, 알리시아를 탓하지도 않았다. 그저 말없이 조심스럽게 붕대를 갈아줄 뿐이었다. 그리고 솔데빌라 박사가 평소 잘 아는 약사에게 특별히 부탁해서 만든 연고를 오래된 상처에 발라주었다. 그 연고는 혈액을 오염시키지 않고 통증을 완화시켜주었다. 이 모든 일을 하는 동안, 그녀는 조금의 연민이나 동정심을 보이지 않았다. 레안드로를 제외하면 베아는 그녀가 벌거벗었을 때 전쟁으로 망가진 몸에 커다랗게 남은 상처를 보고도 겁에 질리거나 두려워하지 않은 유일한 사람이었다.

그들이 허심탄회하게 대화를 나눌 수 있었던 유일한 주제는 어린 훌리안이었다. 보통은 이사크가 사무실이자 주방 겸 침실의 화로에 데워준 미지근한 물과 비누로 베아가 알리시아를 목욕시켜주는 동안, 두 사람은 다른 어느 때보다 긴 시간 동안 차분하게 이야기를 나누곤 했다. 베아는 알리시아가 도저히 이해할 수 없을 만큼 헌신적으로 아이를 사랑했다.

"며칠 전에 아이가 우리 앞에서 큰소리치더군요. 크면 당신과 결혼한다고 말이죠."

"그럼 자상한 어머니로서 너하고 어울리지 않는 나쁜 여자가 이 세상에 얼마나 많은지 아느냐고 한마디하셨겠네요."

"그런 여자들 중에서도 단연 으뜸은 당신일 거예요."

"시어머니가 될 뻔했던 다른 분들도 한결같이 그런 말을 하셨죠. 백번 지당하신 말씀이에요."

"그런 문제에서 일리가 있다는 것은 그다지 중요하지 않아요. 알다시피 나는 남자들에게 둘러싸여 살고 있어요. 덕분에 오래전부터 남자들 대부분이 논리에 무감각하다는 것을 알게 됐죠. 남자들이 터득하는 것이라고는, 물론 그마저도 못 깨우치는 자들이 있지만, 중력의 법칙밖에 없어요. 코방아를 찧을 때까지 그들은 절대 정신을 못 차려요."

"방금 한 말은 페르민이 말하는 격언 같네요."

"그분이 하는 말은 뭐든지 귀에 쏙쏙 들어오죠. 나는 오랜 세월 동안 지혜가 담긴 그분의 말씀을 듣고 살았어요."

"훌리안이 또 뭐라고 하던가요?"

"가장 최근에는 소설가가 되고 싶다고 하더군요."

"나이에 비해 어른스럽네요."

"당신은 짐작도 못할 거예요."

"아이를 더 가질 생각이에요?"

"아이요? 글쎄요. 훌리안이 외동으로 자라지는 않으면 좋겠어요. 여동생이 하나 있으면 좋을 텐데……"

"그러면 가족 중에 여자가 하나 늘겠군요."

"페르민에 따르면 우리 식구들은 테스토스테론이 과다해서 멍청하다고 하더군요. 그러니 딸아이를 하나 낳으면 좀 희석될 거라고요. 물론 본인은 제외랍니다. 자기 호르몬은 테레빈유에 넣어도 녹지 않을 거라네요."

"다니엘은 뭐래요?"

베아는 어깨만 으쓱할 뿐, 한동안 아무 말도 하지 않았다.

"요즘 부쩍 말수가 줄어들었어요."

몇 주가 지나자, 알리시아는 기력을 거의 회복한 것 같았다. 솔데빌라 박사는 하루에 두 번씩 그녀를 진찰했다. 솔데빌라는 원체 말수가 적은 사람이었지만, 그나마 몇 마디 하는 말도 모두 남들에 관한 것이었다. 알리시아는 가끔 박사가 곁눈질로 자기를 살핀다는 것을 알아차렸다. 그녀가 누구인지 궁금하지만, 다른 한편으로 꼭 그걸 알 필요가 있는지 망설이는 듯한 표정이었다.

"옛날에 생긴 상처가 아직 몸에 많이 남아 있어요. 몇몇 상처는 아주 심각한 상태고요. 그러니까 이제부터라도 습관을 바꿔야 할 겁니다."

"박사님, 걱정 마세요. 고양이 목숨이 여러 개라고 하는데, 저는 그보다 더 많으니까요."

"나는 수의사가 아니지만, 이론상으로 고양이 목숨은 일곱 개밖에 없어요. 그런데 당신은 그나마 남은 목숨마저 다 줄어들고 있는걸요."

"한 번만 더 살 수 있으면 좋을 텐데요."

"보아하니 한번 더 산다고 해도 자선사업을 할 것 같진 않군요."

"어떻게 보느냐에 따라 다르겠죠."

"당신의 건강과 당신의 영혼 중에서 뭐가 더 걱정스러운지 모르겠네요."

"박사님은 의사이면서 사제이기도 하시군요. 참으로 매력적인 분이세요."

"내 나이쯤 되면 의학과 고해성사가 구별이 잘 안 된답니다. 아무리 그래도 당신과 어울리기에 내가 너무 어린 것 같은데요. 통증은 좀 어떤가요? 엉덩이 쪽."

"연고를 발랐더니 많이 좋아진 것 같아요."

"하지만 예전에 복용하던 약만큼 효과가 좋지는 않을 겁니다."

"맞아요." 알리시아는 박사의 말을 수긍했다.

"그건 얼마나 복용했죠?"

"400밀리그램 정도요. 더 많을 때도 종종 있었고요."

"하느님 맙소사. 앞으로는 복용하면 안 됩니다. 그 이유는 본인도 잘 알고 있죠?"

"그럴싸한 이유를 한 가지만 알려주세요."

"그렇게 궁금하면 본인 간에 한번 물어봐요. 아직 간하고 대화가 된다면 말이지만."

"박사님이 제 화이트와인을 압수하지만 않았더라도 제 간하고 한잔하면서 의논을 할 수도 있었을 텐데요."

"당신은 정말 구제불능이군요."

"그 점에 대해서는 우리 셋 모두 같은 의견이네요."

그들은 대부분 그녀의 장례식을 준비하기 시작했지만 알리시아는 자신이 연옥에서 벗어났다는 것을 알고 있었다. 비록 그것이 주말 휴가에 불과할지라도 말이다. 그녀가 자신의 상태를 깨달게 된 것은 최근 며칠 사이 감동적이고 눈물겨운 장면에 전혀 마음이 움직이지 않고 세계가 다시 암울하게 보이기 시작했기 때문이었다. 지나간 세월이 뿜어내는 검은 숨결이 다시 온 세상을 물들였고, 송곳으로 엉덩이뼈에 구멍을 뚫는 듯한 통증이 느껴지면서 『춘희』에서 자기가 맡은 역할도 이제 막바지에 이르렀다는 생각이 들었다.

일상은 평소의 리듬을 되찾았고, 회복하는 동안 지나가버린 시간이 아깝다는 생각이 들었다. 그녀 때문에 가장 불안해하던 사람은 페르민이었다. 그는 너무 일찍 찾아온 조문객과 아마추어 독심술사의 역할을 번갈아 하느라 정신이 없었다.

"어느 시인이 한 말을 읊어드리죠. 복수는 차가울 때 가장 맛이 좋은 요리다." 페르민은 그녀의 마음속에 있는 악한 마음을 읽어내고 노래하듯 말했다.

"가스파초*랑 헷갈린 모양이네요. 시인들은 대개 굶어죽어서 요리에 대해 아무것도 모르죠."

"그럼 엉뚱한 짓을 저지를 생각이 없다고 어서 말해요."

"저는 엉뚱한 짓을 저지를 생각이 없어요."

"절대로 그러지 않겠다는 다짐을 받아놓고 싶군요."

"그럼 공증인을 데려와서 서류로 남겨두도록 하죠."

"나는 요즘 갑자기 범죄 충동에 휩싸인 다니엘만 생각해도 머리가 지끈지끈 아프단 말입니다. 그가 몰래 숨겨놓은 권총을 발견

---

* 올리브유, 식초, 소금, 마늘, 양파 및 다른 재료를 섞어 만든 차가운 수프.

했다면 믿을 수 있겠어요? 하느님 맙소사! 얼마 전까지만 해도 코흘리개였던 녀석이 이제 이베리아 아나키스트 연맹의 꼭두각시라도 된 것처럼 권총을 숨기다니, 나 원 참."

"그 권총은 어떻게 하셨죠?" 알리시아가 미소를 지으며 묻자, 페르민은 갑자기 머리털이 곤두서는 것 같았다.

"어떻게 하기는 뭘 어떻게 해요? 다시 숨겨놓았죠. 물론 아무도 찾지 못할 곳에."

"여기로 가져오세요." 알리시아가 유혹하듯이 속삭였다.

"천만의 말씀. 당신이 어떤 사람인지 내가 모를 줄 알고. 당신한테는 물총도 갖다줄 수 없어요. 혹시 그 안에다 황산을 집어넣을지도 모르니까."

"제가 뭘 할 수 있을지 상상도 못할걸요." 그녀가 그의 말을 끊고 나섰다.

페르민은 걱정스러운 표정으로 그녀를 바라보았다.

"그 음흉한 속내로 무슨 짓을 꾸미고 있을지 익히 상상이 가는군요."

알리시아는 다시 만면에 천진난만한 미소를 머금었다.

"당신과 다니엘은 총을 쏠 줄 모르잖아요. 그러니까 괜히 다치기 전에 저한테 넘기세요."

"하지만 당신이 누군가를 다치게 할 수도 있잖아요?"

"그렇다면 무고한 사람을 절대 해치지 않겠다고 약속할게요."

"좋아요. 진작 그렇게 말했으면 좋았을걸. 그렇다면 기관총이나 수류탄도 갖다주죠. 몇 구경을 좋아하죠?"

"페르민, 저는 지금 진지하게 말하는 거예요."

"그래서 하는 말이에요. 지금 당신이 해야 될 일은 하루빨리 훌훌 털고 일어나는 거예요."

"빨리 나으려면 제 할일을 해야 된다고요. 여러분 모두를 안전하게 지킬 수 있는 방법은 그것밖에 없어요. 그건 페르민, 당신도 잘 알고 있잖아요."

"알리시아. 이런 말을 해서 미안하지만, 당신이 하는 말을 들을수록 그 말투와 의도가 마음에 들지 않는군요."

"우선 그 총을 가져오세요. 그러지 않으면 어디서 하나 구할 거니까요."

"또 택시 안에서 죽으려고 그래요? 이번에는 정말로 죽으려는 거냐고요. 아니면 골목에서 널브러져 죽을 겁니까? 그도 아니면 감방에 갇혀 백정 같은 놈들에게 갈가리 찢겨 죽고 싶어요?"

"제가 그렇게 될까봐 걱정하시는 거예요? 저들이 나를 고문하거나 죽일까봐요?"

"맞아요. 그런 생각이 자꾸 머리에 떠오른다고요. 우리끼리 하는 얘기니까 기분 나쁘게 듣지 말아요. 나는 말이에요, 당신이 내 눈앞에서 그런 모습으로 죽을까봐 잠시도 마음을 놓을 수가 없어요. 내가 처음 책임진 아이를 지키지 못한다면 무슨 염치로 아이를 낳고 떳떳한 아버지가 될 수 있단 말입니까?"

"저는 더이상 어린애가 아니에요. 그리고 당신도 저를 책임질 의무가 없어요, 페르민. 더군다나 당신이 맹활약을 해준 덕분에 제가 지금까지 살아 있잖아요. 당신은 벌써 저를 두 번이나 구했다고요."

"삼세번은 해야 행운이 온다는 옛말도 있잖아요."

"세번째는 없을 거예요."

"총도 없을 줄 알아요. 오늘 당장 부숴버릴 생각이니까. 산산조각낸 다음, 선착장으로 가서 쓰레기를 먹는 물고기들에게 먹이라도 줄 겸 바다에 뿌릴 겁니다. 바다 수면에 자주 보이는 녀석들 있잖아요. 그놈들은 쓰레기를 얼마나 많이 주워먹었는지 배가 올챙이 같답니다."

"페르민, 당신이 아무리 그래도 어차피 일어날 일은 막을 수 없어요."

"무슨 소리! 그게 내 특기 중 하나인걸요. 다른 하나는 여자들과 볼을 맞대고 춤추는 거죠. 이 이야기는 이쯤에서 마치도록 합시다. 당신이 호랑이처럼 무서운 눈으로 쳐다본다고 해도 전혀 두렵지 않아요. 나는 페르난디토도 아니고, 당신이 검은 스타킹을 살짝 내려 속살을 보여줘서 능수능란하게 가지고 노는 애송이가 아니니까."

"저를 도와줄 사람은 페르민, 당신밖에 없어요. 게다가 우리는 피를 나눈 사이잖아요."

"이대로라면 당신의 운명은 성 마르티노 축제* 때 새끼돼지 신세나 다름이 없을 거요."

"그러지 마세요. 제발 제가 바르셀로나를 벗어날 수 있게 도와

---

* 성 마르티노의 장례일을 기리는 11월 11일. 각종 가축을 잡아 축제를 벌인다.

주세요. 총 한 자루만 갖다주시고요. 나머지는 제가 다 알아서 할 게요. 그렇게 하는 것이 당신에게도 좋다는 걸 잘 아시잖아요. 베아도 나와 같은 생각일 거예요."

"그렇다면 그녀에게 권총을 갖다달라고 해봐요. 뭐라고 하나 봅시다."

"베아는 나를 믿지 않아요."

"그건 왜죠?"

"페르민, 지금 우리는 귀중한 시간만 허비하고 있다고요. 안 그런가요?"

"당장 집어치워요! 지옥에 가라고 하지는 않을게요. 지옥을 향해 제 발로 걸어가려고 안달이 나 있으니까."

"숙녀한테 말이 좀 심하시네요."

"당신이 숙녀라면, 나는 못해도 펠로타 바스카* 선수겠군요. 괜히 쓸데없는 짓 저지르지 말고 좋아하는 술이나 퍼마시고 관 속에 돌아가 잠이나 푹 자라고요."

언쟁을 하다 지치면 페르민은 그녀를 방안에 홀로 남겨두고 나가버렸다. 알리시아는 이사크와 함께 저녁을 먹으면서 누리아 이야기를 들었다. 늙은 관리인이 물러나면 그녀는 화이트와인을 한 잔 따라 마시고(이틀 전 우연히 방구석에서 이사크가 숨겨놓은 와인병을 찾아냈는데, 물론 박사가 압수한 것이었다) 방을 나갔

---

* 스페인 북부에서 주로 하는 운동경기. 두 명, 혹은 두 팀의 선수가 번갈아 벽에 공을 쳐서 점수를 얻는다.

다. 복도를 따라가다보면 커다란 둥근 천장이 있는 곳에 이르렀다. 거기서 그녀는 지붕 꼭대기로부터 폭포처럼 쏟아지는 달빛의 숨결을 느끼며 거대한 책의 미로를 바라보았다. 마치 신기루를 보고 있는 느낌이었다.

이어서 그녀는 등불의 도움을 받아 복도와 터널 안으로 들어갔다. 그녀는 절뚝거리면서 홀과 갈림길, 나선형 계단이나 아치와 부벽을 이루는 육교가 교차하는 밀실들로 이어지는 다리를 지나 마치 대성당처럼 복잡한 구조물을 따라 올라갔다. 그녀는 읽어줄 사람을 기다리는 수백, 수천 권의 책 등을 쓰다듬으면서 지나갔다. 그러다 가끔은 어느 방에 들러 의자에 앉은 채 잠이 들기도 했다. 매일 밤 그녀는 다른 길을 따라갔다.

'잊힌 책들의 묘지'는 독특한 기하학적 구조 때문에 같은 길을 두 번 지나는 것이 거의 불가능했다. 어쩌다 내부에서 길을 잃어버릴 때도 있었는데, 그럴 때면 출구로 나가는 내리막길을 찾아 한참을 헤매야 했다. 그러던 어느 날 밤, 하늘에서 새벽빛이 부옇게 밝아오기 시작할 무렵 알리시아는 미로의 정상에 올랐다. 1938년 하늘에서 폭탄이 비 오듯 쏟아지던 그날 밤 그녀가 둥근 유리천장을 깨고 추락한 바로 그곳이었다. 그녀가 허공을 내려다보자, 미로 저 아래 서 있는 이사크 몽포르트의 모습이 인형처럼 작게 보였다. 관리인은 그녀가 아래로 내려올 때까지 그 자리에서 꼼짝도 하지 않았다.

"불면증에 시달리는 사람은 나밖에 없는 줄 알았는데." 그가 말했다.

"잠은 몽상가들에게나 필요한 거니까요."

"잠드는 데 도움이 될 만한 캐모마일차를 끓여놓았는데, 어때요? 한 잔 들겠습니까?"

"거기에 무언가를 한 방울만 떨어뜨려주신다면 마실게요."

"내가 가진 건 오래된 브랜디밖에 없어요. 그런데 너무 오래된 거라 막힌 수도관을 뚫을 때도 못 쓸 텐데."

"나는 입맛이 그렇게 까다롭지 않아요."

"이걸 알면 솔데빌라 박사님이 뭐라고 하실까요?"

"의사들은 모두 똑같은 말만 하죠. 당신의 목숨을 앗아가지 않는 건 당신을 살찌게 만든다."

"당신은 살이 좀 쪄도 나쁘지 않을 것 같은데."

"그건 제 계획표에 이미 있어요."

그녀는 관리인의 방으로 따라가서 식탁에 앉았다. 그사이 이사크는 캐모마일차를 두 잔 끓인 다음, 브랜디병에 코를 대고 킁킁거리더니 찻잔에 몇 방울씩 떨어뜨렸다.

"괜찮은데요." 알리시아가 칵테일을 맛보며 말했다.

두 사람은 말이 필요 없는 오랜 친구처럼 조용히 캐모마일차를 마셨다.

"안색이 많이 좋아졌군요." 마침내 이사크가 입을 열었다. "조만간 여기를 떠나겠네."

"내가 여기 있어봐야 아무에게도 도움이 안 돼요, 이사크."

"그래도 여기는 나쁘지 않죠." 그가 말했다.

"당장 해결해야 될 일만 없다면, 세상에서 여기보다 더 좋은 곳은 없을 거예요."

"원하면 언제든지 돌아와요. 하지만 이번에 떠나면 다시 돌아오기 쉽지 않겠다는 예감이 드는군요."

알리시아는 대답 대신 빙긋 웃기만 했다.

"우선 입을 옷하고 몇 가지 물건이 필요할 거예요. 페르민이 그러는데, 지금 당신 집은 감시당하고 있답니다. 그러니 집에서 뭘 챙겨올 생각은 단념하는 게 좋을 거예요. 여기 누리아가 입던 옷이 몇 벌 있는데, 당신한테 잘 맞을 것 같네요." 노인이 말했다.

"꼭 그럴 필요는 없을……"

"만약 딸의 물건을 받아준다면, 내게는 큰 영광일 겁니다. 하늘에 있는 누리아도 크게 기뻐할 거예요. 더구나 치수도 딱 맞을 것 같고."

옷장에 간 이사크는 여행가방 하나를 꺼내 식탁으로 끌고 왔다. 그가 가방을 열자 알리시아는 안을 쭉 훑어보았다. 옷과 구두, 그리고 책과 몇 가지 물건이 담겨 있었다. 그것들을 보자 슬픔이 파도처럼 밀려왔다. 비록 살아 있는 누리아 몽포르트는 한 번도 만난 적이 없었지만 그곳을 떠도는 그녀의 존재에, 그녀의 아버지가 마치 딸이 아직 곁에 있는 것처럼 이야기하는 것에 익숙해지기 시작한 터였다. 노인은 죽은 딸을 잊지 않기 위해 낡은 가방 속에 그녀의 삶의 흔적을 간직하고 있었다. 누리아의 유품을 보는 순간 그녀는 무슨 말을 해야 좋을지 몰라 고개만 끄덕였다.

"아주 좋은 옷이네요." 알리시아가 말했다. 그녀는 옷의 상표와 옷감의 감촉을 알아보는 눈썰미가 있었다.

"누리아는 책하고 옷 사는 데만 돈을 썼죠. 가엾은 것 같으니. 제 엄마는 아이가 영화배우 같다고 입버릇처럼 말했어요. 당신이 한 번이라도 그 아이를 봤다면 좋았을 텐데. 그 아이를 보는 것만으로도 크나큰 즐거움이었죠……"

알리시아는 가방에 있던 옷 몇 벌을 골라냈다. 그런데 그때 개켜진 옷들 사이로 무언가가 언뜻 보였다. 높이가 10센티미터 정도 되는 하얀색 인형 같았다. 그녀는 그것을 집어 전등 불빛에 비추어보았다. 석고에 물감을 칠해 만든 천사상이었는데, 날개를 활짝 펴고 있었다.

"나도 오래간만에 보네요. 누리아가 간직하고 있는 줄 전혀 몰랐는데. 아이가 어릴 때 가장 좋아하던 인형이었죠." 이사크가 설명했다. "대성당 옆에서 열린 산타루시아장*에서 샀는데, 아직도 그날이 눈에 선해요."

인형은 상체가 비어 있는 듯했다. 그 위에 손가락을 대자, 작은 문이 열렸다. 알리시아는 그 안에 칸막이가 숨겨져 있는 것을 확인했다.

"생전에 누리아는 천사 안에 내게 보내는 비밀메시지를 남겨두곤 했죠. 아이가 그 인형을 집안 어딘가에 숨겨놓으면 나는 그걸 찾으려고 여기저기 뒤져야만 했어요. 누리아와 내가 즐겨하던 놀이였죠."

"근사한 놀이네요." 알리시아가 말했다.

---

* 루치아 성녀 축일을 기념해서 매년 12월 13일 열리는 장터.

"그건 당신이 가져가요."

"아니요. 이것만큼은 절대로……"

"부탁이에요. 그 천사는 오랫동안 아무 메시지도 전하지 못했어요. 가져가서 좋은 데 쓰도록 해요."

그렇게 해서 알리시아는 태어나 처음으로 자그마한 수호천사와 잠들게 되었다. 그녀는 어서 그곳을 떠날 수 있게 해달라고, 그토록 선량한 이들을 뒤로한 채 자기를 기다리는 어둠의 한복판으로 길을 떠날 수 있게 해달라고 천사에게 빌곤 했다.

"하지만 너는 나와 함께 거기 갈 수 없을 거야." 그녀는 천사에게 속삭이듯 말했다.

11

레안드로는 매일 아침 정확히 여덟시 반에 그곳에 도착했다. 그는 언제나 아침식사가 차려져 있고 꽃병에 싱싱한 꽃이 꽂힌 방에서 그녀를 기다렸다. 아리아드나 마타익스는 한 시간 전쯤에 깨어 있었다. 그녀를 깨우는 것은 의사의 몫이었는데, 그는 이제 모든 격식을 제쳐둔 채 노크도 하지 않고 방에 들어오곤 했다. 언제나 의사와 함께 들어온 간호사는 한 번도 입을 연 적이 없었다. 제일 먼저 의사가 오전주사를 놓으면 아리아드나는 잠에서 깨어나 자신이 누구인지 기억해냈다. 그러고 나면 간호사가 그녀를 일으켜 옷을 벗긴 다음, 화장실로 데려가 십 분 동안 샤워를 시켰다.

그리고 아리아드나가 언젠가 산 걸로 기억하고, 또 그렇게 믿는 옷으로만 갈아입혔다. 하루도 똑같은 옷은 입히지 않았다. 의사가 맥박과 혈압을 확인하는 동안, 간호사는 머리를 빗기고 곱게 화장을 해주었다. 레안드로가 그녀를 어디 내놓아도 빠지지 않을 만큼 예쁜 모습으로 꾸며놓기를 원했기 때문이었다. 그녀가 그와 함께 식탁에 앉을 무렵이면 세상은 원래의 자리로 되돌아와 있었다.

"간밤에 잘 잤어?"

"나한테 무슨 약을 주입하는 거죠?"

"전에 말했다시피 순한 진정제야. 원하면 의사한테 더이상 투여하지 말라고 할게."

"아뇨. 괜찮으니까 그냥 놔두세요."

"그럼 그렇게 하지. 그보다 뭐 좀 먹어야지?"

"배가 안 고파요."

"그럼 오렌지주스라도 좀 마셔."

아리아드나는 어쩌다 한 번씩 먹은 것을 다 토해내거나 심하게 구역질을 하다가 의식을 잃고 의자에서 굴러떨어진 적도 있었다. 그때마다 레안드로가 벨을 누르면 몇 초 만에 누군가 나타나 그녀를 일으켜세우고 다시 씻겨주었다. 그리고 나서 의사가 주사를 놓으면 그녀는 얼음처럼 차가운 평온한 상태로 빠져들었다. 그 상태가 너무 좋아서 주사를 맞기 위해 일부러 실신한 척하고 싶을 때도 있었다. 그녀는 자기가 며칠 동안이나 거기 있었는지 기억이 가물가물했다. 그녀는 주사 맞는 간격과 아늑한 잠에 죽은 듯이 빠져다가 깨어나는 횟수를 기준으로 시간을 쟀다. 그사이 살이 얼마나 빠졌는지 옷이 주르륵 흘러내리곤 했다. 가끔 화장실 거울에 비친 자신의 벌거벗은 모습을 볼 때마다 저 여자가 누구인지 낯선 느낌이 들었다. 그녀는 온종일 레안드로가 하루의 일과를 끝내는 그 순간만을 기다렸다. 그러면 의사가 마법의 가방을 들고 와 모든 것을 잊게 만드는 주사를 놓아줄 테니까 말이다. 피가 끓어오르는 느낌이 들다가 결국 의식을 잃는 그 순간은 그녀의 기억에 남아 있는 평생의 경험 중 행복에 가장 가까웠다.

"오늘 아침에는 몸이 어때, 아리아드나?"

"좋아요."

"괜찮다면 오늘은 당신이 자취를 감추었던 그 몇 달 동안에 대해서 이야기해보는 게 어떨까 싶은데."

"그 문제라면 요전에 다 말씀드렸잖아요. 그전에도 했고요."

"물론 그렇지. 하지만 시간이 흐르면서 전에 말하지 않았던 새로운 사실이 조금씩 나올 수도 있으니까. 인간의 기억이란 게 원래 그렇잖아. 속임수를 잘 쓰니까."

"뭘 알고 싶으신 거죠?"

"우선 당신이 집에서 달아나던 그날로 다시 돌아가면 좋겠어. 기억할 수 있겠어?"

"지금 좀 피곤해서요."

"조금만 참아봐. 곧 의사가 오면 기분이 좋아지도록 강장제를 줄 테니까."

"지금 주시면 안 될까요?"

"우선 이야기부터 하자고. 그러고 나면 약을 받을 수 있어."

아리아드나는 고개를 끄덕였다. 매일 같은 일이 반복되다보니 이제는 그에게 무슨 이야기를 했고 이야기하지 않은 것이 무엇인지조차 기억나지 않았다. 하지만 그건 전혀 중요하지 않았다. 무엇이든 그에게 숨기려고 해봐야 아무 소용도 없었으니까 말이다. 그들은 모두 세상을 떠났다. 그리고 그녀 또한 거기서 절대 살아나가지 못할 것이었다.

"내 생일 바로 전날이었죠." 그녀가 이야기를 시작했다. "우바크 씨 부부가 저를 위해 생일파티를 준비했어요. 그래서 학교의 여자 친구들을 모두 집으로 초대했어요."

"여자 친구들?"

"사실 진짜 친구들은 아니었어요. 돈을 주고 불러모은 애들이었죠. 그 집에 있던 다른 모든 것과 마찬가지로."

"그래서 그날 밤에 달아나기로 마음먹은 거야?"

"네."

"그런데 누군가 도와주었겠지. 그렇지 않아?"

"네."

"당신을 도와준 사람이 누군지 말해봐. 다비드 마르틴, 이 사람이 맞지?"

"다비드."

"그 사람은 어떻게 알게 된 거야?"

"다비드는 우리 아버지 친구였어요. 두 분이서 함께 작업하곤 했죠."

"그럼 둘이서 같이 책을 썼다는 거야?"

"라디오 연속극 대본을 두 분이서 함께 썼어요. 〈얼음같이 차가운 난초〉라는 극이었죠. 19세기 바르셀로나를 배경으로 한 미스터리였요. 그런데 아버지는 내가 그 연속극을 못 듣게 하셨어요. 어린 여자아이들한테는 어울리지 않는 내용이라고요. 나는 발비드레라에 있던 집 거실에 몰래 숨어들어가 라디오로 그걸 듣곤 했죠. 소리를 아주 작게 해놓고요."

"그런데 내가 가진 보고서에 따르면 다비드 마르틴은 1939년 전쟁이 끝나고 바르셀로나를 돌아오려고 국경을 넘다가 붙잡혀 교도소에 수감된 걸로 나와. 한동안 몬주익 교도소에 갇혀 있었는데, 그때 당신 아버지도 거기 있었지. 아무튼 다비드 마르틴은 1941년 말에 사망한 것으로 되어 있어. 그런데 당신이 말하는 시기는 그로부터 몇 년이나 지난 1948년이라고. 당신이 달아나도록 도와준 사람이 정말 마르틴이야?"

"그분이 맞아요."

"혹시 다비드 마르틴을 가장한 사람일 수도 있잖아? 어쨌든 당신은 그 사람을 오랫동안 못 봤을 테니까 말이야."

"다비드 마르틴이었어요."

"알았어. 그럼 그를 어떻게 다시 만나게 됐지?"

"토요일마다 개인 교사였던 마누엘라 부인이 나를 레티로 공원에 데려다주셨어요. 내가 제일 좋아하던 수정궁으로요."

"거긴 내가 제일 좋아하는 곳이기도 하지. 그럼 거기서 마르틴을 만난 거야?"

"네. 여러 번 봤어요. 멀리서요."

"혹시 우연의 일치였던 건 아닐까?"

"아니에요."

"언제쯤 그와 처음 이야기를 나누었지?"

"마누엘라 부인은 언제나 핸드백 속에 아니스술 한 병을 넣고 다녔어요. 그걸 들이켜고 곯아떨어질 때가 종종 있었죠."

"그럼 그때 다비드 마르틴이 다가왔다는 건가?"

"네."

"그때 뭐라고 하던가?"

"기억이 잘 안 나요."

"아리아드나, 물론 쉽지는 않겠지만 한번 노력해봐."

"약 좀 주세요."

"그전에 마르틴이 뭐라고 했는지 말해봐."

"아버지 이야기를 했던 것 같아요. 교도소에서 아버지와 같이 보냈던 시절 말이에요. 아버지가 그분에게 나와 엄마에 대해서 말했던 모양이더라고요. 우리한테 일어난 일에 대해서요. 지금 생각해보면, 두 분이서 무슨 약속을 했던 게 아닌가 싶어요. 먼저 나간 사람이 상대의 가족을 보살펴주기로."

"하지만 다비드 마르틴은 가족이 없잖아."

"그래도 그가 아끼던 사람들은 있었으니까요."

"혹시 몬주익성에서 어떻게 탈옥했는지는 아무 말도 없었어?"

"발스가 자기 부하 두 명을 시켜 그를 구엘공원 부근에 있던 저택으로 끌고 갔다고 해요. 죽이려고요. 그들은 항상 거기서 사람을 죽인 다음 정원에 묻어버렸다고 하더군요."

"그래서 어떻게 됐지?"

"다비드 말로는 그 집에 가니까 다른 사람이 또 있더래요. 그의 도움을 받아 탈출했다고 해요."

"그럼 공범이었나?"

"다비드는 그를 주인님이라고 부르더라고요."

"주인님?"

"외국 이름이었어요. 이탈리아 이름이요. 우리 부모님이 좋아하던 유명 작곡가와 이름이 같아서 기억이 나요."

"뭔지 기억나?"

"코렐리. 안드레아스 코렐리였어요."

"내가 가진 보고서에는 그런 이름이 안 나오는데."

"그거야 당연하죠. 존재하지 않는 인물이니까요."

"무슨 소린지 모르겠는데."

"다비드는 상태가 좋지 않았어요. 머릿속으로 상상했죠. 사람들을요."

"그러니까 다비드 마르틴이 안드레아스 코렐리라는 인물을 꾸며냈다는 말인가?"

"네."

"그걸 어떻게 알았지?"

"그건 내가 잘 알고 있기 때문이에요. 안 그래도 오락가락하던 다비드는 감방에서 완전히 정신줄을 놓고 말았죠. 워낙 상태가 좋지 않아서 본인이 그렇다는 것조차 몰랐어요."

"그런데 당신은 그를 꼭 다비드라고 부르는군."

"우린 친구였으니까요."

"연인 사이였다는 건가?"

"친구였어요."

"그럼 그날 그가 당신한테 뭐라고 했지?"

"지난 삼 년 동안 마우리시오 발스에게 접근할 방법을 찾았다더군요."

"복수하려고?"

"발스는 그가 무척 사랑하던 사람을 살해했거든요."

"이사벨라 말이군."

"네, 이사벨라예요."

"발스가 그녀를 어떻게 살해했는지 말하던가?"

"독살했대요."

"그런데 왜 당신을 찾아간 거지?"

"아버지와 한 약속을 지키기 위해서죠."

"그것 말고 다른 이유는 없어?"

"자기를 우바크 씨 집에 들어가게 해주면, 조만간 마우리시오 발스가 나타날 때를 기다렸다가 죽일 수 있을 거라고 생각했던 거죠. 사실 발스는 우바크 씨 집에 자주 찾아왔어요. 두 사람은 함께 몇 가지 사업을 하고 있었거든요. 은행주식을 가지고요. 그 방법이 아니고서야 다비드는 늘 경호원을 거느리고 다니는 발스에게 접근할 수 없었죠."

"하지만 그런 일은 끝내 일어나지 않았잖아."

"맞아요."

"왜 그랬을까?"

"설령 그가 그렇게 하려고 한다 해도 먼저 그들 손에 죽을 거라고 내가 말해주었거든요."

"그 정도는 그도 이미 예상하고 있었을 거야. 무언가 다른 이유가 있겠지."

"다른 이유라고요?"

"그가 계획을 바꾸도록 당신이 말한 다른 이유."

"이제 약 좀 주세요. 제발."

"그보다 먼저 당신이 다비드 마르틴의 생각을 바꾸려고 그에게 뭐라고 했는지 말해봐. 도대체 그가 무슨 말을 들었길래 마드리드까지 와서 발스에게 복수하려던 계획을 버리고 당신이 집에서 달아나는 것을 도와준 거지?"

"제발……"

"아리아드나, 조금만 더 힘을 내봐. 그러면 편히 쉴 수 있도록 약을 줄 테니까."

"그에게 사실을 털어놓았어요. 아이를 가졌다고요."

"무슨 말인지 모르겠군. 임신을 했다고? 누구 아이를?"

"우바크의 아이예요."

"네 아버지 말이야?"

"그 사람은 내 아버지가 아니에요."

"미겔 앙헬 우바크, 그 은행가가 그랬다고? 당신을 입양한 그 남자가?"

"나를 돈 주고 산 남자죠."

"무슨 일이 있었지?"

"그 남자는 밤에 내 방으로 여러 번 찾아왔어요. 술에 잔뜩 취한 상태로 말이죠. 아내가 자기를 더이상 사랑하지 않는다더군요. 아내한테 정부가 여럿 있다는 거예요. 그래서 대화도 일절 하지 않는다고요. 그러면서 울음을 터뜨리다가 결국 나를 덮치곤 했어요. 그러다가 내가 지겨워지면, 다 내 잘못으로 떠넘기는 거예요. 내가 자기한테 꼬리를 쳤다면서. 내가 엄마를 닮아서 헤프다느니 막말도 서슴지 않았어요. 그러고 나서 나를 마구 때리면서 협박했어요. 만약 이 사실을 누군가에게 알리면 내 동생을 죽이겠다고 말이죠. 그는 내 동생이 어디 있는지 알고 있고, 전화 한 통이면 그 아이를 산 채로 매장시킬 수도 있다고 했어요."

"그럼 다비드 마르틴은 그 말을 듣고 어떻게 했지?"

"차를 훔쳐서 나를 그 집에서 빼내줬어요. 이제 약 좀 주세요, 제발……"

"물론 그래야지. 당장 줄게. 고마워, 아리아드나. 솔직하게 얘기해줘서 뭐라 감사해야 할지 모르겠군."

12

"오늘 무슨 요일이죠?"

"화요일."

"어제도 화요일이었잖아요."

"어제는 다른 주 화요일이었지. 그럼 이제 다비드 마르틴과 도망간 이야기를 해봐."

"다비드는 차 한 대를 구해왔어요. 어디선가 훔쳐서 카라반첼에 있는 차고에 숨겨놓았댔어요. 그날, 그는 다음 토요일 정오에 그 차를 몰고 레티로공원 출입구 한곳으로 오겠다고 하더군요. 마누엘라 부인이 잠든 틈을 타 냅다 뛰라고요. 그래서 알칼라문 앞 출입구에서 그를 만났죠."

"그리고 어떻게 했지?"

"차에 타고 해가 질 때까지 차고 안에 숨어 있었어요."

"그 당시 경찰은 마누엘라 부인을 당신이 유괴된 사건의 공범으로 구속했어. 그녀는 경찰에서 사십팔 시간 동안 조사를 받았고, 결국 부르고스 방면 국도의 어느 배수로에서 발견되었지. 발견 당시 다리와 팔이 부러졌고 목덜미에 총상을 입었다더군."

"그렇다고 내가 그 부인한테 미안해할 거라고 생각하지는 마세요."

"우바크가 당신을 성폭행했다는 사실을 그 여자도 알고 있었군?"

"내가 사실을 털어놓은 사람은 그 부인밖에 없었어요."

"그랬더니 그녀가 뭐라고 했지?"

"입다물고 있으라더군요. 중요한 일을 하는 사람들은 저마다 말 못할 욕구가 있다면서, 시간이 흐르면 우바크가 진심으로 나를 사랑했다는 것을 깨닫게 될 거라고 했어요."

"그날 밤에는 어떻게 됐지?"

"다비드와 차를 타고 차고를 빠져나왔어요. 그러곤 밤새 국도를 달렸죠."

"어느 방향으로 갔지?"

"이틀 동안 이리저리 돌아다녔어요. 어두워질 때까지 기다렸다가 지방도로나 시골길을 따라 달렸죠. 다비드는 나더러 뒷좌석에 가서 담요를 뒤집어쓰고 누워 있으라고 했어요. 주유소에 들렀을 때, 눈에 띄지 않으려고요. 가끔 잠이 들었다가 깨면 그가 중얼거리는 소리가 들렸어요. 마치 조수석에 누가 타고 있는 것처럼 말이죠."

"코렐리라는 남자 말이야?"

"네."

"겁나지는 않았어?"

"겁나기보다는 안됐다는 생각이 들었어요."

"당신을 어디로 데려간 거지?"

"피레네산맥의 어느 마을로 갔어요. 전쟁이 끝나고 스페인으로 돌아올 때 잠시 숨어 있던 곳이라고 하더군요. 볼비르라는 곳이었죠. 프랑스 국경과 거의 맞닿은 푸이그세르다에서 그리 멀리 떨어지지 않은 곳이었어요. 거기에 전쟁 때 병원으로 사용하던 폐가가 한 채 있었는데, 이름이 라 토레 델 레메이였던 것 같아요. 우리는 몇 주 동안 그 안에 틀어박혀 지냈죠."

"당신을 거기로 데려간 이유는 말해주던가?"

"그곳이 안전해서 데려왔다고 했어요. 그리고 다비드의 옛친구가 그 동네에 살고 있었는데, 국경을 넘을 때 알게 된 사이였다고 해요. 향토작가인 그 친구가 우리에게 먹을 것과 옷가지를 갖다주었어요. 이름이 알폰스 브로셸이었는데, 아무튼 그 사람이 없었더라면 우리는 굶주리다 결국 얼어죽었을 거예요."

"마르틴은 무언가 다른 이유 때문에 그곳을 택했을지도 몰라."

"그 마을에 있으면 옛 추억이 떠오른다고 하더군요. 그런데 거기서 무슨 일이 있었는지는 끝내 말하지 않았어요. 하지만 그곳이 그에게 특별한 의미가 있다는 것은 직감으로 알아차렸죠. 다비드는 늘 과거에 살고 있었으니까요. 최악의 추위가 찾아오자 알폰스가 떠나는 게 좋겠다면서 여비에 쓰라고 얼마간의 돈을 챙겨주더군요. 마을 사람들이 수군거리기 시작한 터였죠. 다비드는 해변지역에 있는 외딴곳을 안다고 했어요. 마르틴에게 페드로 비달이라는 오랜 친구가 있는데, 돈이 많은 부자라고 하더군요. 해변지역에 그가 소유한 주택이 하나 있는데 좋은 은신처가 될 거라고 했어요. 적어도 여름이 오기 전까지는 말이죠. 그 집이 어디 있는지 아는 걸 보면 다비드는 전에도 갔던 적이 있는 게 분명해요."

"그로부터 몇 달 뒤, 당신이 발견된 곳이 바로 그 마을인가? 산펠리우 데 긱솔스?"

"우리가 숨어 있던 집은 마을에서 대략 2킬로미터 떨어진 사가로*라는 곳에 있었어요. 산폴만에 붙어 있죠."

"거긴 나도 가봤어."

"거기는 카미노 데 론다라는 곳이었는데, 바위 사이에 그 집이

---

* 스페인 카탈루냐 헤로나에 있는 해변마을.

있었죠. 겨울에는 아무도 살지 않았어요. 바르셀로나와 헤로나의 부자들이 여름별장으로 사용하기 위해 개발한 주택단지였죠."

"그럼 거기서 두 사람이 겨울을 보냈다는 거야?"

"네, 봄이 올 때까지 거기 있었어요."

"그런데 사람들이 찾았을 때, 당신 혼자 있었잖아? 분명 마르틴은 같이 있지 않았는데, 어떻게 된 거지?"

"거기에 대해서는 말하고 싶지 않아요."

"피곤하면 잠시 쉬었다 하지. 의사한테 말해서 약을 좀 주도록 할 테니까."

"여기서 나가고 싶어요."

"아리아드나, 그 문제라면 이미 수도 없이 말했잖아. 당신한테는 여기가 가장 안전하다고. 우리가 철저하게 지켜주고 있으니까 말이야."

"당신은 누구죠?"

"나는 레안드로야. 알잖아. 나는 당신의 친구라고."

"나는 친구가 없어요."

"신경이 날카로워졌군. 오늘은 이쯤에서 끝내는 게 좋겠어. 그럼 푹 쉬도록 해. 박사한테 곧 오라고 할 테니까."

팔라세호텔 스위트룸은 언제나 화요일이었다.

"아리아드나, 오늘 아침에는 안색이 좋아 보이네."

"머리가 지끈지끈 아파요."

"날씨 때문일 거야. 오늘은 기압이 굉장히 낮아서 말이지. 나도 가끔 그래. 이걸 먹어봐. 그러면 두통이 씻은 듯이 가실 테니까."

"이게 뭐죠?"

"그냥 아스피린이야. 그런데 당신이 말한 사가로의 집 있잖아, 우리가 확인해보니까 사실이더군. 바르셀로나 유력가문의 페드로 비달 씨 소유로 되어 있더라고. 우리 조사에 따르면 그는 다비드 마르틴의 멘토였어. 그런데 경찰 보고서에는 다비드 마르틴이 1930년 페드랄베스에 있는 집에서 비달을 살해한 것으로 되어 있더군. 그 이유는 마르틴이 사랑하던 여인이 있었는데, 크리스티나라고 말이야. 비달이 그녀와 결혼한 것 때문에 앙심을 품고 범행을 저질렀다는 거야."

"그건 거짓말이에요. 비달은 자살한 거라고요."

"다비드 마르틴이 그렇게 말하던가? 마르틴은 마음속 깊이 원한을 품고 있었던 것 같은데. 발스, 비달…… 사람들은 질투심에 눈이 멀어 미친 짓을 한다고."

"다비드가 사랑한 사람은 이사벨라였어요."

"그건 전에 당신한테 들었지. 그런데 그게 우리가 가진 정보와 딱 맞아떨어지지 않아. 그가 이사벨라와 무슨 연관이 있었던 거지?"

"이사벨라는 그의 제자였어요."

"소설가들에게 제자가 있다는 말은 금시초문인데."

"이사벨라는 아주 고집이 센 편이었죠."

"마르틴이 그러던가?"

"다비드는 그녀 얘기를 자주 했어요. 어떻게 보면 그러면서 죽지 않고 버텨낸 것 같아요."

"하지만 이사벨라는 이미 십 년 전에 세상을 떠났잖아?"

"그녀가 이 세상에 없다는 걸 가끔 잊어버리더군요. 그가 거기로 다시 돌아간 것도 바로 그 때문이었죠."

"사가로의 집으로?"

"다비드는 전에도 거기 머무른 적이 있었어요. 그녀와 함께."

"그게 언제쯤이지?"

"전쟁이 터지기 직전이었을 거예요. 그러니까 프랑스로 도망가기 전이죠."

"그래서 자기가 수배중이라는 것을 알면서도 굳이 스페인으로 돌아오려고 했던 거야? 이사벨라를 만나러?"

"그런 걸로 알고 있어요."

"그럼 당신은 거기서 어땠지? 둘이서 뭘 하고 지냈어?"

"다비드는 이미 상태가 아주 안 좋았어요. 우리가 그 집에 도착했을 무렵에는 현실과 환상을 거의 구분하지 못할 정도였으니까요. 환각과 환청에 자주 시달리곤 했죠. 그 집에 들어간 후로 옛날 추억이 생생하게 되살아나는 모양이더라고요. 내가 보기에 그는 죽으려고 거기 간 게 아닌가 싶어요."

"그럼 다비드 마르틴은 그때 죽은 거야?"

"당신 생각은 어떤데요?"

"사실대로 말해줘. 몇 달 동안 당신은 거기서 뭘 한 거지?"

"그를 보살폈어요."

"나는 그 사람이 당신을 보살펴주었을 거라고 생각했어."

"자기 몸 하나도 감당 못하는 사람이 누굴 보살피겠어요?"

"아리아드나, 혹시 당신이 다비드 마르틴을 죽인 것 아냐?"

13

"그 저택에 도착한 지 채 한 달도 지나지 않아 다비드의 건강상태가 악화되기 시작했어요. 나는 먹을 것을 구하려고 밖으로 나갔지요. 매일 아침 몇몇 농부가 먹을거리를 수레에 싣고 해변에 있는 라 타베르나 델 마르라는 식당 주변으로 몰려오곤 했어요. 처음에는 다비드가 식료품을 사러 거기나 마을로 갔죠. 하지만 곧 집밖으로 한 걸음도 나설 수 없는 처지가 되었답니다. 그는 끔찍한 두통과 열, 구역질에 시달리기 시작했어요…… 거의 매일 밤마다 헛소리를 하면서 집안을 이리저리 돌아다니기까지 했죠. 코렐리라는 사람이 자기를 잡으러 올 거라 생각했어요."

"혹시 코렐리를 본 적이 있어?"

"코렐리라는 사람은 존재하지 않아요. 다비드의 상상 속에서만 살아 있던 자라고요."

"어떻게 확신할 수 있지?"

"비달 가족이 집 아래 후미진 곳에서 바다로 이어진 목조잔교를 지어두었더군요. 다비드는 이따금씩 그 끄트머리에 앉아 바다만 멍하니 바라보곤 했죠. 그가 코렐리와 상상의 대화를 나누었던 곳이 바로 거기였어요. 나도 가끔 잔교로 가서 옆에 자리잡고 앉았죠. 하지만 다비드는 내가 옆에 있는 것조차 알아차리지 못했어요. 언제나 코렐리와 이야기를 나누더군요. 마드리드에서 달아날 때 차에서 그랬던 것처럼 말이에요. 그러다 정신을 차리면 나를 보면서 미소 짓곤 했죠. 그러던 어느 날, 갑자기 비가 내리기 시작했어요. 그래서 집으로 데려가려고 손을 잡았는데, 갑자기 그가 울음을 터뜨리며 나를 와락 껴안더라고요. 그러면서 나를 이사벨라라고 부르더군요. 그때부터 그는 나를 알아보지 못했어요. 그리고 생애 마지막 두 달 동안, 자기가 이사벨라와 함께 있다고 믿었죠."

"그때는 정말 견디기 힘들었겠네."

"그렇지는 않았어요. 그를 보살피던 몇 달이 내 인생에서 가장 행복하면서도 슬픈 시기였던 것 같아요."

"그럼 다비드 마르틴은 어떻게 죽었지, 아리아드나?"

"어느 날 밤, 대체 코렐리가 누군데 그렇게 두려워하느냐고 그에게 물어봤어요. 그랬더니 코렐리는 검은 영혼이라는 거예요. 정말 그렇게 말했어요. 다비드는 코렐리가 의뢰한 책을 쓰기로 계약을 맺었다고 해요. 그런데 자기가 그의 뜻을 저버리고 코렐리의 손에 넘어가기 전에 책을 모두 파기해버렸대요."

"어떤 종류의 책이었지?"

"그건 나도 잘 몰라요. 종교나 그 비슷한 내용이었던 걸로 기억해요. 다비드는 그 책을 '영원의 빛'이라고 부르더군요."

"그럼 다비드는 코렐리가 자기한테 복수할 것으로 믿고 있었다는 거야?"

"네."

"아리아드나, 어떻게 복수를 한다는 거지?"

"그게 뭐 그리 중요하죠? 그건 발스는 물론 그 무엇과도 상관이 없잖아요?"

"모든 게 연관되어 있다고, 아리아드나. 그러니 나를 좀 도와줘야겠어."

"다비드는 내 뱃속에 있던 아기를 안다고 믿었어요. 과거에 아는 사이였지만 결국 그를 떠난 사람이라고요."

"누구라고 했지?"

"크리스티나라고 불렀어요. 하지만 그녀 이야기를 한 적은 거의 없어요. 그 이름을 꺼내기만 하면 목소리가 회한과 죄책감으로 움츠러들곤 했죠."

"크리스티나는 비달의 아내였어. 경찰은 그녀를 살인한 혐의로 마르틴을 기소했지. 푸이그세르다호수에서 익사시킨 것으로 보더군. 당신을 데려갔던 피레네의 폐가에서 그리 멀리 떨어지지 않은 곳이지."

"그건 거짓말이에요."

"어쩌면 그럴지도 모르지. 하지만 당신도 말했다시피, 그가 그녀 이야기를 꺼낼 때 죄책감에⋯⋯"

"다비드는 선량한 사람이에요."

"하지만 당신도 그랬잖아. 나중엔 그가 판단력을 완전히 상실해서 있지도 않은 사람이나 물건을 상상했다고. 그리고 당신을 자신의 옛 제자인 이사벨라라고 불렀다면서. 그녀가 십 년 전에 죽었다는 것도 까맣게 잊고서 말이지…… 당신과 뱃속 아이에게 무슨 일이 생길까 두렵지 않았어?"

"아뇨."

"설마 그 집에 그를 내버려두고 달아날 생각이 없었다고 말하려는 건 아니겠지."

"네."

"알았어. 그래서 어떻게 됐지?"

14

"3월 말이었을 거예요. 다비드의 건강상태가 며칠 좋더군요. 그는 절벽 아래 창고에서 찾아낸 작은 나무보트를 타고 거의 매일 아침 바다로 나갔죠. 그 당시 나는 임신 칠 개월째라 책을 읽으면서 하루하루를 보냈어요. 그 집에는 어마어마하게 큰 서재가 있었는데, 다비드 마르틴이 가장 좋아하던 작가의 작품이 거의 다 있더군요. 훌리안 카락스라는 작가였는데, 나는 한 번도 들어본 적 없는 이름이었어요. 해가 질 무렵이면 우리는 거실 벽난로에 불을 피우고 책을 읽었죠. 내가 소리내서 읽어주는 식이었어요. 그의 작품을 모두 읽었죠. 그리고 훌리안 카락스의 최신작인 『바람의 그림자』라는 소설을 읽으면서 마지막 보름을 보냈어요."

"처음 듣는 소설인데."

"그 작품을 아는 사람은 거의 없어요. 다들 아는 척해도 실제로는 모르죠. 어느 날, 우리는 새벽 이른 시간에 그 책을 다 읽었어요. 그리고 나는 자러 갔는데, 두 시간 뒤에 첫번째 진통이 오더라고요."

"아직 출산이 두 달이나 남았을 때인데……"

"뾰족한 꼬챙이로 배를 찌르는 듯한 통증이 느껴지기 시작했죠. 공포에 질려 머릿속이 하얘지는 것 같았어요. 큰 소리로 다비드를 불렀어요. 그가 나를 안아서 병원에 데리고 가려고 이불을 젖혀보니, 침대가 피로 흠뻑 젖어 있더군요……"

"유감이군……"

"누가 들어도 안타까운 일이죠."

"병원에는 갔어?"

"아뇨."

"그럼 태아는?"

"여자아이였어요. 사산했지만."

"아리아드나, 그렇게 괴로운 기억을 떠올리게 해서 정말 미안해. 오늘은 이쯤에서 끝내는 게 좋겠군. 의사를 불러서 뭘 좀 갖다주라고 할게."

"아뇨. 여기서 끝내기는 싫어요."

"좋아. 그래서 어떻게 됐지?"

"다비드가……"

"마음 편히 먹어. 여유를 갖고."

"다비드가 죽은 아이를 품에 안더니 상처입은 짐승처럼 우는 소리를 내기 시작하더라고요. 아이는 살이 푸르스름한 게 망가진 인형 같았어요. 나는 자리에서 일어나 아이와 다비드를 안고 싶었지만 온몸에 힘이 하나도 없었어요. 다음날 아침해가 뜰 무렵, 다비드는 아이를 안은 채 마지막으로 나를 바라보면서 용서를 구하더군요. 그러곤 집을 나갔죠. 나는 기다시피 창가로 갔어요. 그는 바위 사이로 난 계단을 내려가 잔교를 향하더군요. 잔교 끝에 나무보트가 밧줄로 묶여 있었죠. 그는 천에 싸인 아기를 안고 배에 올라타더니, 바다를 향해 노를 젓기 시작했어요. 줄곧 내가 있는 곳을 바라보면서요. 나는 손을 들어올렸어요. 그가 나를 보고 돌아와주기를 바라면서 말이죠. 그는 계속 노를 저어가더니 해안에서 100여 미터 떨어진 곳에 이르자 배를 멈추더군요. 그때 해가 떠오르면서 바다는 마치 불의 호수처럼 변해버렸죠. 다비드가 자리에서 일어나 보트 바닥에서 무언가를 집어드는 모습이 보였어요. 그러더니 그걸로 밑바닥을 계속 치는 거예요. 그로부터 채 이 분 안 돼서 배가 가라앉기 시작하더군요. 다비드는 아기를 품에 안은 채, 그 자리에 꼼짝도 않고 서서 나를 쳐다보고 있었어요. 바다가 그를 영원히 삼켜버릴 때까지."

"그래서 당신은 어떻게 했지?"

"그때는 피를 너무 많이 흘려서 움직일 힘도 없었어요. 이틀 동안 고열에 시달리면서 이 모든 게 악몽일 거라고, 언젠가 다비드가 저 문으로 들어올 거라고 믿고 버텼죠. 겨우 일어나서 걸을 수 있게 되었을 때 나는 하루도 거르지 않고 해변으로 나갔어요. 기다리기 위해서요."

"기다리기 위해서라고?"

"다비드와 아기가 돌아오기를 기다렸던 거죠. 아마 당신은 내가 다비드처럼 미쳤다고 생각하겠죠."

"아니, 전혀 그렇게 생각하지 않아."

"매일 짐수레를 끌고 나온 농부들이 해변에서 나를 보고 다가왔어요. 괜찮으냐고 물어보고는 먹을 것을 거저 주더군요. 그리고 안색이 너무 안 좋다면서 산펠리우병원으로 데려다주겠다고 했어요. 과르디아 시빌에게 알린 건 분명 그들이었을 거예요. 경비대가 해변에 잠든 나를 찾아 병원으로 데려다줬거든요. 진단 결과 저체온증과 초기 기관지염, 그리고 내출혈이 발견되었죠. 병원에 실려가지 않았더라면 내출혈로 열두 시간 내로 죽을 수도 있었다더군요. 내가 누군지 일절 말하지 않았지만 그들이 내 신원을 밝혀내는 데 그리 오래 걸리지는 않았죠. 내 사진이 붙은 수배전단이 전국의 모든 경찰서와 군부대에 뿌려져 있었으니까요. 나는 입원해 보름 동안 병원에서 지냈어요."

"당신의 부모는 찾아왔던가?"

"그들은 내 부모가 아니라니까요."

"그래, 우바크 부부."

"아뇨. 퇴원하던 날 경찰 두 명이 나를 앰뷸런스에 태우고 마드리드의 우바크 씨 저택으로 데려갔어요."

"우바크 부부는 당신을 보고 뭐라고 했지?"

"부인은, 그분은 자기를 부인이라 불러주기를 원했는데, 하여간 그녀는 나를 보자마자 얼굴에 침을 뱉더군요. 배은망덕한 갈보

년이라는 둥 차마 입에 담지 못할 욕설을 퍼부었죠. 우바크 씨는 나더러 자기 사무실로 오라고 하더군요. 내가 거기 있는 동안 아예 책상에서 고개를 들 생각도 않더군요. 앞으로 나를 엘에스코리 알 부근에 있는 기숙학교에 보낼 생각이라고 했어요. 내가 처신만 잘하면 크리스마스 때 며칠 동안 집에 올 수 있도록 해주겠다는 말도 덧붙이더군요. 바로 그다음 날, 나를 거기로 데려갔어요."

"그 학교에서 얼마나 있었지?"

"삼 주 동안이요."

"그렇게나 빨리 나왔어?"

"기숙학교 교장이 알아냈거든요. 내가 기숙사 룸메이트였던 아나 마리아에게 무슨 일이 있었는지 다 말해주었다는 것을 말이죠."

"그 아이에게 무슨 이야기를 했지?"

"모두 다 이야기했어요."

"남의 자식들을 훔친 것까지?"

"모두 다요."

"그러니까 어때? 네 말을 믿어?"

"그럼요. 그 아이도 비슷한 일을 겪은 모양이더라고요. 그 학교에 있는 거의 모든 여학생이 비슷한 사연이 있더군요."

"그래서 어떻게 됐지?"

"며칠 뒤, 그 아이는 기숙사 다락방에서 목을 매달아 죽은 채로 발견되었죠. 당시 열여섯 살이었어요."

"자살인가?"

"어떻게 생각하시죠?"

"그럼 당신은? 그러고 나서 당신은 어떻게 됐지?

"다시 우바크 씨 집으로 돌려보내더군요."

"그래서……?"

"집에 가자마자 우바크가 나를 두드려패더니 방안에 가두어버렸어요. 또다시 자기에 대한 헛소문을 퍼뜨리고 다니면 평생 동안 정신병원에 가둬버린다고 협박하더군요."

"그래서 그에게 뭐라고 했어?"

"아무 말도 안 했어요. 그날 밤, 모두 잠든 사이 나는 창문을 통해 방을 빠져나와 우바크 부부가 자고 있던 4층의 방문을 열쇠로 잠가버렸어요. 그러고 나서 주방으로 내려와 가스밸브를 열었죠. 지하실에는 발전기에 넣을 등유가 몇 드럼 있었어요. 나는 1층 구석구석을 돌아다니며 바닥과 벽에 등유를 뿌렸죠. 그런 다음, 커튼에 불을 붙이고 정원으로 빠져나왔어요."

"그러고 도망가지 않았어?"

"그럼요."

"왜지?"

"그들이 불길에 휩싸인 모습을 보고 싶었으니까요."

"어떤 마음이었는지 알겠어."

"아마 당신은 모를 거예요. 하지만 이제 사실을 모두 털어놓았어요. 그 대신 한 가지만 말해주세요."

"말해봐."

"내 동생은 어디 있는 거죠?"

15

"네 동생의 새 이름은 메르세데스야. 그리고 지금 안전한 곳에 있어."

"여기 같은 곳인가요?"

"아냐."

"만나고 싶어요."

"조만간 만나게 될 거야. 그전에 당신 남편, 이그나시오 산치스에 대해 말해줘야겠어. 솔직히 말해서 도저히 이해가 안 가는 게 한 가지 있어. 미겔 앙헬 우바크는 우리나라 굴지의 로펌들을 자기 마음대로 주무를 수 있던 사람이잖아. 그런 사람이 무엇 때문에 경험도 없는 젊은 변호사를 자신의 유언집행자로 지명했을까? 물론 장래가 유망한 사람이었다고는 하지만 말이야. 혹시 왜 그랬는지 아는 거 있어?"

"그거야 뻔하지 않아요?"

"글쎄, 난 잘 모르겠는데."

"이그나시오는 우바크의 아들이에요. 그는 우바크가 젊은 시절 자주 만나던 여자가 낳은 자식이라고요. 돌로레스 리바스라는 여자였는데, 파랄렐로 극장가에서 쇼걸로 일하고 있었죠. 우바크 부인은 행여나 몸매가 망가질까봐 출산을 원치 않았어요. 우바크는 이그나시오를 혼자서 몰래 돌봐주었죠. 학비는 물론, 많은 기회를 보장해주었어요. 로펌에서 일할 수 있게 편의도 봐주었고, 훗날 바로 그 로펌과 계약을 맺었죠."

"산치스 본인도 그런 사실을 알고 있었나? 우바크가 자신의 친부라는 것을?"

"물론이죠."

"그래서 당신과 결혼한 거야?"

"그 사람이 나와 결혼한 건 나를 지켜주기 위해서였다고요. 그는 세상에서 단 하나밖에 없는 친구였어요. 정직하고 올곧은 이였죠. 이 세상에서 내가 아는 사람 중 오직 그만이 그랬어요."

"그럼 위장결혼이었던 셈이로군?"

"내가 평생 본 것 중에서 가장 진정한 결혼이었어요. 그런데 다른 의미로 하는 말이라면, 맞아요, 그는 내 몸에 손도 대지 않았죠."

"그럼 언제부터 복수하기 위한 계획을 꾸민 거지?"

"이그나시오는 우바크 부부의 모든 문서에 접근할 수 있었고, 발스에 관해 결론을 이끌어냈죠. 모든 건 그의 아이디어였어요. 나의 친부인 빅토르 마타익스가 살았던 궤적을 뒤쫓던 끝에 우리는 그와 교도소에 함께 있던 동료 몇 명을 알아냈죠. 다비드 마르틴부터 세바스티안 살가도, 이그나시오가 운전사 겸 경호원으로 고용한 모르가도까지 말이에요. 하지만 그건 이미 말했을 텐데요…… 그렇지 않아요?"

"상관없어. 다비드 마르틴의 유령을 동원해 발스에게 겁을 주려고 했던 것도 그의 아이디어였나?"

"그건 내가 생각해낸 거예요."

"그럼 발스에게 보낸 편지는 누가 쓴 거지?"

"나예요."

"1956년 11월, 마드리드 예술협회에서는 어째서 그런 일을 벌였지?"

"그렇게 편지를 보냈지만 우리가 바라던 목적은 아직 이루지 못한 상황이었어요. 발스에게 공포감을 일으키면서 동시에 다비드 마르틴이 그에게 복수하고 그의 추악한 과거를 폭로하기 위해 음모를 꾸미고 있다고 믿게 만들려는 계획이었죠."

"그런데 그렇게까지 해서 뭘 얻어내려고 한 거야?"

"발스의 판단을 흐리게 하려고 했던 거죠. 다비드를 처단하러 바르셀로나로 돌아오게 하려고요."

"결국 뜻을 이룬 셈이군."

"그렇죠. 하지만 좀더 압박을 가할 필요가 있었어요."

"그렇게 해서 1956년 암살 미수 사건이 일어난 건가?"

"다른 것들도 있지만 그중 하나죠."

"그건 누가 한 짓이지?"

"모르가도요. 겁만 주려고 한 거지, 그를 죽일 생각은 전혀 없었어요. 다만 요새에 숨어 있어도 절대 안전하지 못하다는 것, 바르셀로나로 와서 다비드 마르틴의 입을 영원히 막기 전까지는 결코 신변의 안전을 보장할 수 없다는 것을 확인시켜주려고 했을 뿐이에요."

"하지만 다비드 마르틴이 이미 죽은 이상, 바르셀로나에 와봐야 찾을 수도 없었을 것 아닌가."

"그렇죠."

"당신이 말한 대로, 그에게 압박을 가하기 위해 또 어떤 일을 했지?"

"이그나시오가 발스의 집에서 일하는 고용인 하나에게 돈을 두 둑이 쥐여주고 비야 메르세데스에서 가면무도회가 열리는 날 밤 에 아버지의 책 『아리아드나와 주홍왕자』를 발스의 사무실에 놓 고 오도록 시켰죠. 책에는 우리가 그때까지 찾아낸 위조문서 발급 번호가 적힌 목록과 쪽지를 끼워넣었어요. 그게 그가 마지막으로 받은 쪽지였죠. 발스도 더는 견디기 어려웠을 거예요."

"그런데 왜 경찰이나 언론사는 찾아가지 않았어?"

"웃기는 소리 작작 해요."

"다시 그 목록 얘기로 돌아갔으면 하는데."

"내가 알고 있는 건 다 말씀드렸어요. 그 목록이 당신한테 뭐 그리 중요하다고 이러는 거죠?"

"그걸 알아야 이 사건의 진상이 선명히 밝혀질 수 있다고. 정의 를 실현하기 위해서 말이야. 당신과 수많은 사람이 겪었던 악몽을 꾸며낸 장본인을 찾아내기 위해서지."

"발스의 협력자 말인가요?"

"그렇지. 그래서 이렇게 같은 걸 자꾸 물어보는 거라고."

"뭘 알고 싶은데요?"

"정신을 집중하고 다시 한번 기억을 되살려봐. 당신이 말한 그 목록 말이야. 거기에는 번호만 적혀 있었나? 혹시 아이들 이름은 없었어?"

"네. 번호밖에 없었어요."

"그럼 번호가 얼마나 되는지 기억할 수 있겠어? 대략이라도."

"마흔 개는 됐던 것 같아요."

"그 번호를 어떻게 손에 넣었지? 발스의 명령으로 부모를 죽이고 그 아이들을 빼앗은 사건이 훨씬 더 많다고 생각했던 이유는 뭐야?"

"모르가도한테 들었어요. 발렌틴이 우리집에서 일하기 시작했을 때, 한꺼번에 사라진 가족들 이야기를 들은 적이 있다고 말하더군요. 그의 옛 감방 동료 중 많은 이가 몬주익 교도소에서 죽었는데, 이후 그들의 아내와 아이들은 어느 날 흔적도 없이 사라져버렸대요. 이그나시오는 그에게 그 사람들의 이름을 적어달라고 했어요. 그러곤 브리앙스 변호사와 계약을 맺어, 그들에게 무슨 일이 일어났는지 조심히 움직여 호적을 조사해보라고 시켰어요. 가장 손쉬운 방법은 사망증명서를 확인하는 것이었죠. 조사 결과, 거의 모든 사망증명서가 같은 날 발급됐다는 것을 확인했다고 해요. 의심스러운 생각이 들어 그는 같은 날 발급된 출생증명서를 찾아보았답니다."

"브리앙스라는 변호사, 참 영리하군. 보통 사람이라면 그럴 생각조차 못했을 텐데……"

"그런 사실을 알고 나니 우리는 의심을 품을 수밖에 없었어요. 만약 발스가 그런 짓을 저지른 것이 사실이라면 피해자가 훨씬 더 많을 수도 있다고요. 다른 교도소에, 그리고 우리가 모르는 전국의 수많은 가족에게 말이에요. 수백, 어쩌면 수천이 될지도 모르죠."

"그런 얘기를 누구한테 한 적이 있나?"

"아뇨."

"그럼 더 파고들지는 않았다는 거야?"

"이그나시오는 그렇게 하려고 했지만, 그전에 체포되었죠."

"그 목록 원본은 어떻게 됐지?"

"엔다야, 그자의 손에 들어갔어요."

"혹시 사본은 있나?"

빅토리아는 고개를 저었다.

"당신이나 남편이 한 부도 만들어놓지 않았어? 만약의 경우에 대비해서."

"집에 몇 부가 더 있었는데, 엔다야가 찾아내 그 자리에서 다 찢어버렸어요. 그것이 가장 좋은 방법이라면서 말이죠. 그는 우리가 발스를 숨겨놓은 장소를 알고 싶어했을 뿐이에요."

"정말이야?"

"그럼요. 이미 몇 번이나 말씀드렸을 텐데요."

"그럼, 그건 나도 잘 알고 있어. 아무리 그래도 어쩐지 당신의 말에 완전히 믿음이 가지 않아. 아리아드나, 내게 거짓말했지? 사실대로 말해봐."

"사실 그대로 말씀드린 거예요. 의심스러운 건 바로 당신이라고요. 당신은 내게 사실을 있는 그대로 말했나요?"

레안드로는 무표정한 얼굴로 그녀를 바라보았다. 마치 이제야 그녀의 존재를 알아차린 듯한 눈빛이었다. 그는 입가에 엷은 미소를 머금고 몸을 앞으로 숙였다.

"아리아드나, 대체 무슨 말을 하는 건지 모르겠군."

그녀의 두 눈에 눈물이 핑 돌았다. 그녀도 모르는 사이에 입에서 말이 흘러나왔다.

"내가 무슨 말을 하는지 잘 알 텐데요. 당신도 그 차에 타고 있었어요, 그렇죠? 아버지를 잡으러 우리집에 온 날, 그리고 나와 동생을 데려간 날. 발스의 협력자가 바로 당신이었으니까…… 검은손."

레안드로는 씁쓸한 표정으로 그녀를 바라보았다.

"다른 사람을 나라고 착각한 것 같은데, 아리아드나."

"왜 그랬죠?" 그녀는 가느다란 목소리로 간신히 물었다.

레안드로는 자리에서 일어나 그녀에게 다가갔다.

"아리아드나, 당신은 정말 용감한 여자야. 도와줘서 고마워. 당신이 더이상 아무 걱정도 하지 않으면 좋겠어. 이렇게나마 당신을 만나게 돼서 더할 나위 없는 영광이었어."

아리아드나는 고개를 들어 미소 짓는 레안드로를 바라보았다. 평온하면서도 따뜻한 마음이 느껴지는 미소였다. 그녀는 그 미소에 빠져 다시는 깨어나고 싶지 않았다. 레안드로는 고개를 숙여 그녀의 이마에 입을 맞추었다.

그의 입술은 차가웠다.

그날 밤, 마지막으로 의사의 묘약이 혈관으로 스며드는 동안 아리아드나는 주홍왕자 꿈을 꾸었다. 아버지가 그녀를 위해서 쓴 동화의 왕자님 말이다. 그리고 기억해냈다.

벌써 오랜 세월이 지난 터라 부모님이나 동생의 얼굴은 흐릿하게만 기억날 뿐이었다. 단지 꿈속에서만 그들의 얼굴을 떠올릴 수 있었다. 꿈을 꿀 때면 그녀는 언제나 남자들이 다 죽어가는 어머니를 발비드레라 집에 홀로 남겨놓은 채 아버지를 끌고 가고, 자기와 동생을 납치하던 그날로 돌아갔다.

그날 밤 그녀는 꿈속에서 숲을 지나 집으로 다가오던 차 소리를 다시 들었다. 정원에 있던 아버지의 목소리가 메아리처럼 울려 퍼졌다. 그녀는 자기 방 창문으로 얼굴을 빠끔 내밀고 주홍왕자의 검은 마차가 분수대 앞에서 멈추는 것을 보았다. 마차의 문이 열리자, 빛은 곧 어둠으로 변했다.

아리아드나는 얼음처럼 차가운 입술이 살갗에 닿는 감촉을 느꼈다. 조용한 목소리가 벽을 타고 몸속으로 들어와 독처럼 혈관으로 퍼져나갔다. 그녀는 동생과 함께 옷장으로 달려가 깊숙이 숨고 싶었지만, 주홍왕자는 모든 것을 알았고 모든 것을 보았다. 그녀는 어둠 속에서 몸을 웅크린 채 끔찍한 악몽을 설계한 자의 발소리가 점점 더 가까워지는 것을 들었다.

16

진한 향수내와 고급 담배 냄새가 먼저 콧속으로 스며들었다. 발스는 계단을 내려오는 발소리를 들었지만, 먼저 아는 체하지 않았다. 전투에서 패했을 때 마지막 방어수단은 무관심이었다.

"깨어 있는 거 알아." 엔다야가 말했다. "당신한테 차가운 물

끼얹게 만들지 말라고."

발스는 어스름 속에서 눈을 떴다. 담배연기가 그림자 위로 피어오르면서 허공에 흐물흐물한 모양을 만들었다. 어둠 속에서 번쩍이는 담뱃불에 엔다야의 눈매가 드러났다.

"뭘 원하시오?"

"우리가 서로 말이 통할 거라고 생각했는데."

"나는 할말이 없소."

"담배 한 대 피우겠나? 들리는 말로 담배를 피우면 수명이 단축된다고 하던데."

발스는 어깨를 으쓱했다. 엔다야는 미소를 지으며 담배에 불을 붙여 철창 사이로 건넸다. 발스는 떨리는 손으로 담배를 받아 한 모금 빨았다.

"무슨 말이 하고 싶은 거요?"

"그 목록에 관해서." 엔다야가 말했다.

"목록이라뇨? 무슨 목록을 말하는 거요?"

"뭐긴 뭐야. 당신 집 사무실에 있던 책에서 나온 거지. 당신이 끌려간 그날 밤, 몸에 지니고 있던 그 목록 말이야. 사망증명서와 출생증명서 번호가 마흔 개 정도 적힌 종이를 말하는 거라고. 무슨 목록인지 잘 알 텐데."

"이제 내 수중에는 없어요. 레안드로가 찾고 있는 게 바로 그거요? 당신은 그 사람 밑에서 일하고 있으니까. 안 그래요?"

엔다야는 다시 계단에 앉아 냉담한 눈빛으로 그를 바라보았다.

"사본은 있을 것 아냐?"

발스는 고개를 저었다.

"확실해? 다시 한번 잘 생각해보라고."

"어쩌면 한 부 있을지도 몰라요."

"그건 어디 있지?"

"비센테가 가지고 있었어요. 내 경호원 말이오. 바르셀로나에 오기 전에 우리는 어느 주유소에 잠깐 들렀죠. 비센테한테 부탁해서 노트를 하나 사오라고 시켰어요. 거기다 번호들을 적어놓았어요. 만약의 사태가 벌어져 따로 떨어질 경우에 대비해 비센테에게도 한 부 맡겨놓으려고 했던 거죠. 바르셀로나에 그의 심복이 한 명 있었어요. 우리는 마르틴을 처리하고 그가 다른 사람에게 그 정보를 흘렸는지 알아낸 다음, 그 심복에게 그 번호에 해당하는 증명서를 찾아내 모두 파기하도록 부탁할 생각이었죠. 그게 우리 계획이었소."

"그럼 그 사본은 지금 어디 있지?"

"그건 나도 모르죠. 비센테가 몸에 지니고 있었으니까. 나는 저들이 그의 시신을 어떻게 처리했는지도 모른다고요."

"비센테가 가지고 있는 것 말고 다른 사본은 없어?"

"없어요."

"정말이야?"

"그럼요."

"만에 하나 내게 거짓말을 하거나 무언가 숨기는 게 있으면, 여기서 평생 썩을 줄 알아."

"내가 왜 당신한테 거짓말을 하겠소."

엔다야는 고개를 끄덕이고는 한동안 아무 말도 하지 않았다. 발스는 그가 나가버리면 다시 열두 시간이 넘도록 혼자 있을 것이 두려웠다. 엔다야가 잠깐이라도 그곳에 내려와주기를 하루종일 기다리는 신세로 전락하고 만 것이다.

"그런데 왜 아직 나를 죽이지 않은 거요?"

엔다야는 마치 기다리고 있었던 것처럼 싱긋 웃었다. 그는 그 질문이 나오면 어떻게 대답할지 미리 철저하게 준비해두었다.

"당신은 죽을 자격노 없으니까."

"레안드로가 나를 그토록 증오한단 말이오?"

"몬탈보 씨는 아무도 미워하지 않아."

"그럼 어떻게 해야 죽을 자격이 생긴다는 말입니까?"

엔다야는 신기한 듯이 그를 살펴보았다.

"내 경험에 따르면, 차라리 죽여달라고 허세를 부리는 자들은 최후의 순간에 늑대의 이빨을 보면 부들부들 떨면서 어린 계집애처럼 살려달라고 애원을 하더군."

"귀요."

"뭐라고?"

"옛말에 따르면 늑대의 귀란 말이오. 이빨이 아니라."*

"우리 손님이 저명한 문인이라는 것을 늘 잊어먹는구먼."

"내가 그런 존재인가요? 레안드로의 손님들 중의 하나?"

---

* 스페인어에서 '늑대의 귀를 보다(ver alguien las orejas al lobo)'는 '위험에 빠지다'라는 의미의 관용구로 쓰인다.

"당신은 이제 아무것도 아니야. 그리고 늑대가 덤벼들면, 언젠가 그리될 테지만, 제일 먼저 보이는 건 날카로운 이빨일걸."

"모든 준비가 다 되어 있소."

"지금 당신을 나무라는 게 아니야. 내가 당신 처지나 지금 당신이 무슨 일을 겪고 있는지 전혀 모른다고 여기지는 말라고."

"동정심 많은 백정이로군요."

"돼지의 눈에는 돼지만 보이는 법이지. 속담이라면 나도 잘 안다고. 그건 그렇고 내가 한 가지 제안을 하지. 당신하고 나 사이에 거래를 하자는 거야. 당신이 조용히 지내고 나를 도와주면, 내 손으로 죽여주지. 아주 깨끗하게 말이야. 목덜미에 한 방이면 돼. 죽는지도 모를 거라고. 어떤가?"

"그럼 내가 뭘 하면 되죠?"

"이리 와봐. 보여줄 게 있어."

발스는 철창 가까이 다가갔다. 엔다야는 상의 주머니를 뒤적거리면서 무언가를 찾았다. 잠시 발스는 그가 찾는 것이 권총이기를 빌었다. 그래서 당장 자기 머리를 날려버렸으면 했다. 하지만 그가 꺼낸 것은 사진 한 장이었다.

"누군가가 여기 왔었다는 것을 나도 알고 있으니까 괜히 발뺌할 생각은 안 하는 게 좋아. 우선 이 사진을 잘 보고 당신이 여기서 본 사람이 맞는지 알려줘."

엔다야가 사진을 보여주자, 발스는 고개를 끄덕였다.

"누구죠?"

"알리시아 그리스라는 이름으로 불렸지."

"불렸다고요? 그럼 죽었다는 말인가요?"

"그렇지. 물론 본인은 죽은 줄도 모르고 있겠지만." 그는 사진을 다시 주머니에 집어넣으면서 대답했다.

"내가 그 사진을 가져도 되겠소?"

엔다야는 그 말을 듣고 놀라서 눈썹을 치켜올렸다.

"그렇게 감상적인 면이 있는 줄 몰랐네."

"부탁할게요."

"여자가 그립기도 하겠지. 안 그래?"

엔다야는 너그러운 미소를 짓더니 경멸하는 표정으로 사진을 감방 안으로 휙 집어던졌다.

"원하면 가져. 사실 그 여자는 그런대로 반반한 편이지. 매일 밤 그 사진을 보면서 두 손으로 자위나 하라고. 아, 미안. 한 손으로."

발스는 무표정한 얼굴로 그를 빤히 쳐다보았다.

"아무튼 앞으로도 얌전하게 굴면서 점수를 따라고. 작별선물로 할로포인트 탄환 하나를 남겨둘 테니까. 여태껏 당신이 조국을 위해 헌신한 보답이야."

발스는 바닥에 떨어진 사진을 주우려고 엔다야가 어서 계단 위로 사라져주기만을 기다렸다.

17

아리아드나는 그날 자기가 죽게 되리라는 것을 알고 있었다.

팔라세호텔 스위트룸에서 깨어나 눈을 뜨고 레안드로의 부하 하나가 탁자 위에 놓고 간 소포를 발견한 순간, 이를 직감했다. 소포는 리본으로 묶여 있었다. 그녀는 이불을 젖히고 비틀거리며 식탁으로 걸어갔다. 커다란 흰색 상자였는데, 금색으로 '페르테가스'* 라고 적혀 있었다. 리본 매듭 아래에는 편지봉투가 있었는데, 겉봉에 손글씨로 그녀의 이름이 적혀 있었다. 봉투를 열어보니 커다란 카드가 들어 있었다.

사랑하는 아리아드나,

오늘 당신은 마침내 그리운 동생과 재회하는 기쁨을 누리게 될 거야. 당연히 오늘 같은 날에는 예쁘게 꾸미고 싶겠지. 그리고 결국에는 정의가 실현된다는 것, 또 이제는 그 누구도, 그 무엇도 두려워할 필요가 없다는 것을 축하하고 싶을 거야. 아무쪼록 선물이 마음에 들었으면 좋겠어. 특별히 당신을 위해서 고른 거니까.

당신의
레안드로

아리아드나는 상자를 열기 전에 손으로 가장자리를 더듬어보았다. 뚜껑을 여는 순간 독사 한 마리가 자신의 목을 향해 튀어오를 준비를 하면서 상자 안쪽 벽을 타고 기어오르는 모습이 상상되었다. 그녀는 미소를 지었다. 상자 안 내용물은 보드라운 포장지로 겹겹이 덮여 있었다. 첫번째 포장지를 벗기자 흰색 실크 속옷

---

* 스페인의 고급 패션 브랜드.

세트와 스타킹이 나왔다. 속옷 아래에는 아이보리색 양모원피스, 그리고 그것과 잘 어울리는 구두와 가죽핸드백이 있었다. 손수건도 잊지 않고 넣어두었다. 레안드로는 그녀에게 천사 같은 옷을 입혀 죽음의 세계로 보내려고 했던 것이다.

그녀는 간호사 도움 없이 혼자서 씻었다. 그런 다음 최후의 날을 위해 레안드로가 손수 챙겨준 옷을 천천히 입고 거울을 바라보았다. 하얀 관과 손에 들 십자고상만 빼고 모두 갖추어진 셈이었다. 자리에 앉아 기다리는 동안, 그녀는 자기 이전에 얼마나 많은 순백의 천사가 이 화려한 감옥에서 죄를 씻었을지, 그리고 레안드로가 그의 여인들의 이마에 입을 맞추고 작별선물로 페르테가스의 최고급 선물을 몇 상자나 보냈을지 궁금해졌다.

오래 기다릴 필요도 없었다. 삼십 분도 채 지나지 않아 문에서 열쇠를 돌리는 소리가 들렸다. 자물쇠가 부드럽게 열리더니, 착한 의사가 평생 믿고 의지한 주치의처럼 다정한 얼굴에 예의 부드럽고 인자한 미소를 띤 채, 물론 마법의 가방을 들고 문틈으로 고개를 빼꼼 내밀었다.

"잘 잤어요, 아리아드나? 오늘은 좀 어떤가요?"

"아주 좋아요, 박사님. 감사합니다."

그는 천천히 다가와 탁자 위에 가방을 내려놓았다.

"아주 예쁘고 우아하네요. 듣자하니 오늘이 당신에게 아주 중요한 날이라고 하던데요."

"오늘 가족과 다시 만나기로 했거든요."

"그것 참 잘됐군요. 인생에서 가족만큼 중요한 것도 없으니까 말입니다. 레안드로 씨가 깊은 사과의 말씀을 전해달라고 했어요. 이런 좋은 날 직접 찾아뵙고 인사드리는 것이 도리인 줄 알지만, 갑자기 급한 일이 생기는 바람에 잠시 자리를 비우게 되었다고 하더군요. 나중에 그분을 만나면 오늘 당신이 눈부시게 아름답더라고 알려드리겠습니다."

"고맙습니다."

"힘이 좀 나게 강장제를 투여해드릴까요?"

아리아드나는 군말 없이 맨살이 드러난 팔을 내밀었다. 의사는 미소를 지으며 검은 가방을 열더니, 가죽주머니를 꺼내 탁자 위에 펼쳐놓았다. 번호가 적혀 있고 고무줄로 묶인 열두 개의 약병과 피하주사기가 든 금속케이스가 아리아드나의 눈에 띄었다. 그는 몸을 숙이면서 조심스럽게 그녀의 팔을 잡았다.

"잠깐 실례하겠습니다."

그는 셀 수 없이 많은 주삿자국과 멍으로 뒤덮인 그녀의 피부를 만져보았다. 그러곤 팔뚝 앞쪽과 손목, 손마디 사이를 자세히 살펴보고 손가락으로 살갗을 몇 번 툭툭 치면서 미소를 지어 보였다. 아리아드나는 그의 눈을 빤히 쳐다보면서 치마를 걷어 허벅지를 보여주었다. 거기에도 주삿자국이 남아 있었지만, 팔에 비해서 드문드문하기는 했다.

"괜찮다면 여기에 놓아주세요."

의사는 짐짓 과장스레 굽신거리며 쑥스러운 듯이 고개를 끄덕였다.

"고맙습니다. 그렇게 하는 편이 더 좋겠네요."

그녀는 그가 주사 놓을 준비를 하는 것을 지켜보았다. 그는 9번 약병을 골랐다. 이전에 그 약병을 사용한 적은 한 번도 없었다. 준비가 끝나자, 의사는 왼쪽 허벅지 안쪽에서 주사 놓을 자리를 찾았다. 그녀가 방금 신은 새 실크스타킹 바로 위였다.

"처음에 약간 따끔하고 차가운 느낌이 들 수도 있어요. 그래봐야 몇 초니까 걱정하지 마세요."

아리아드나는 의사가 온 정신을 집중해서 주삿바늘을 피부에 갖다대는 것을 지켜보았다. 바늘 끝이 허벅지를 찌르려는 순간, 그녀가 말했다.

"오늘은 피부에 알코올 탈지면을 안 문질러주셨어요, 박사님."

의사는 깜짝 놀라 잠시 고개를 들고는 당황한 듯 어색한 미소를 지어 보였다.

"박사님도 딸이 있나요?"

"감사하게도 둘이나 있죠. 레안드로 씨가 그 아이들 대부예요."

눈 깜짝할 사이에 벌어진 일이었다. 의사가 말을 마치고 다시 주사를 놓으려던 찰나, 아리아드나는 있는 힘껏 그의 손을 잡고 주삿바늘을 그의 목에 찔러넣었다. 돌발적인 행동에 당황한 착한 의사의 눈이 휘둥그레졌다. 그는 힘없이 두 팔을 아래로 늘어뜨리더니 주삿바늘을 목에 꽂은 채 온몸을 바들바들 떨기 시작했다. 주사기에 들어 있던 용액이 핏빛으로 물들었다. 아리아드나는 그의 눈을 빤히 노려보면서 주사기를 잡고 용액을 그의 경정맥에 다 밀어넣었다. 의사는 비명조차 지르지 못하고 입만 벌린 채 힘없이 무릎을 꿇었다. 그녀는 다시 의자에 앉아 죽어가는 그의 모습을 지켜보았다. 이삼 분이 지나자 그는 꼼짝도 하지 않았다.

잠시 후, 그녀는 몸을 숙여 주삿바늘을 빼내고 그의 상의 옷깃에서 핏자국을 닦아냈다. 그리고 주사기를 다시 금속케이스 안에 집어넣고 9번 약병을 원래 자리에 되돌려놓은 다음, 가죽주머니를 접었다. 그녀는 그의 시신 곁에 무릎을 꿇고 앉아 주머니를 뒤지고 지갑을 꺼내 100페세타 지폐 열두어 장을 꺼냈다. 그러곤 드레스와 세트인 멋진 상의를 입고 그것과 쌍을 이루는 모자를 썼다. 마지막으로 그녀는 박사가 탁자 위에 놓아둔 열쇠와 약병이 든 가죽주머니, 주사기 케이스를 하얀색 핸드백 속에 집어넣었다. 그런 뒤 스카프를 목에 두르고 핸드백을 팔에 낀 채 침실을 나섰다.

스위트룸의 거실은 텅 비어 있었다. 레안드로와 수없이 아침을 먹던 식탁 위에 하얀 장미가 꽂힌 화병이 놓여 있었다. 그녀는 문으로 다가갔다. 문은 닫혀 있었다. 의사가 가지고 있던 열쇠를 넣고 하나씩 돌려보던 끝에 문이 열렸다. 카펫이 깔린 양편으로 그림과 조각상이 늘어선 널찍한 복도를 보자 호화 유람선이 떠올랐다. 복도에는 아무도 없었다. 배경음악이 희미하게 울려퍼지는 가운데 근처 스위트룸에서 나는 진공청소기 소리가 허공에 맴돌았다. 아리아드나는 천천히 걸음을 옮겼다. 그녀는 청소용 카트가 서 있는 열린 문 앞을 지나가다 객실에서 타월을 수거하는 젊은 여자를 보았다. 엘리베이터 앞에서는 우아하게 차려입은 중년 부부와 마주쳤다. 그녀가 나타나자 그들은 하던 말을 멈추었다.

"안녕하세요?" 아리아드나가 먼저 인사를 건넸다.

부부는 고개를 가볍게 끄덕이면서 바닥만 내려다보았다. 그들은 말없이 엘리베이터가 오기만을 기다렸다. 엘리베이터 문이 열렸을 때 남자가 아리아드나에게 길을 양보하자 부인은 차가운 눈빛으로 그를 쏘아보았다. 엘리베이터가 내려가는 동안, 부인은 곁눈질로 흘끔거리며 매처럼 날카로운 눈빛으로 그녀의 거동과 옷을 살펴보았다. 아리아드나가 공손한 웃음을 지어 보였지만, 그녀는 차가운 미소로 답했다.

"에비타*를 닮으셨네요." 그녀가 말했다.

톡 쏘는 말투로 봐서는 칭찬이 아닌 게 분명했다. 아리아드나는 조용히 아래만 내려다보았다. 1층에서 문이 열렸을 때, 부부는 그녀가 엘리베이터를 나갈 때까지 꼼짝도 하지 않았다.

"아마 고급 콜걸일 거야." 그녀의 등뒤에서 남자가 중얼거리는 소리가 들렸다.

호텔 로비는 많은 사람으로 북적거렸다. 아리아드나는 몇 미터 앞에 명품 부티크가 있는 것을 보고 그곳에 몸을 숨겼다. 그녀가 들어오는 것을 보자, 친절한 점원은 그녀를 위아래로 훑기 시작했다. 점원은 그녀가 몸에 걸친 옷과 액세서리의 가격을 어림잡더니 옛친구라도 만난 것처럼 환한 미소를 지어 보였다. 오 분 뒤 아리아드나는 얼굴을 반쯤 가리는 화려한 선글라스를 쓰고, 그곳에 있는 가장 새빨간 립스틱을 바른 채 부티크를 나왔다. 몇 가지 액세서리만 걸쳐도 순진무구한 여성에서 화려한 고급 콜걸로 변모할 수 있는 법이다.

---

*아르헨티나의 대통령 후안 페론의 부인 마리아 에바 두아르테 데 페론.

장갑을 끼면서 호텔 출구로 이어지는 계단을 내려가는 동안 그녀는 자신의 몸을 구석구석 훑어보는 투숙객, 수위, 호텔 직원의 시선을 느꼈다. '천천히 걸어.' 그녀는 속으로 말했다. 출구 앞에 이르러 걸음을 멈추자 수위가 다 안다는 듯한 음흉한 눈빛으로 그녀를 살펴보면서 문을 열어주었다.

"예쁜 아가씨, 택시 불러드릴까요?"

18

평생 의사로 살았던 솔데빌라 박사는 가장 고치기 힘든 병이 습관이라는 것을 깨닫게 되었다. 병원을 닫고 인류에게 알려진 두 번째로 치명적인 재앙인 은퇴에 무릎을 꿇기로 결심한 이후 늘 그랬던 것처럼, 그날 오후도 사람 좋은 박사는 푸에르타페리사 거리에 있는 아파트 발코니에 나와 밖을 내다보았다. 세상 모든 것과 마찬가지로 그날 하루도 이미 저물어가고 있었다.

가로등이 거리를 밝혔고, 하늘은 그가 가끔 마시는 멋진 칵테일처럼 장밋빛으로 물들어 있었다. 그는 자신의 신념을 몸소 실천할 수 있게 해준 간에게 보답하기 위해 이따금씩 보아다스 바에 가서 칵테일을 마시곤 했다. 그 하늘의 빛깔이 바로 신호였다. 외투와 목도리를 걸치고 바르셀로나 신사들이 쓰는 모자를 눌러쓴 솔데빌라는 왕진가방을 들고 거리로 나갔다. 다른 날과 마찬가지로 페르민과 셈페레 가족이 꾸민 음모에 말려들어 알리시아 그리스라는 이름의 이상한 여인을 만나러 가는 길이었다. 그는 그 여인에게 무한한 호기심과 각별한 애착을 느꼈다. 덕분에 그는 기나긴 불면의 밤을 보내는 동안에도 지난 삼십 년 동안 건강한 여인의 몸에 손 한 번 댄 적이 없다는 사실을 잊을 수 있었다.

번잡한 도시의 풍경을 외면한 채 람블라스 거리를 따라 유유히 걸어가는 사이 어떤 확신이 가슴속에서 점점 커가고 있었다. 그녀에게는 다행스러운 반면 그에게는 달갑지 않은 일이겠지만, 그리스 양의 상처가 그토록 빨리 회복된 것은 자신의 뛰어난 의술 때문이라기보다 베일에 싸인 그 생명체의 혈관에 흐르는 깊은 적의 때문이라는 확신이었다. 이제 머지않아 그녀를 놓아주어야겠군. 그는 혼잣말로 탄식했다.

그는 언제든지 그녀를 설득해서 이따금씩 병원에 들르도록 할 수도 있었다. 전문가들이 말하는 '추적검사'를 명분으로 내세우면서 말이다. 하지만 그래봤자 다 부질없는 짓이라는 것을 그는 잘 알고 있었다. 그건 마치 방금 우리에서 풀어준 인도호랑이에게 일요일 오전 미사를 가기 전에 우유 한 접시 마시러 돌아오라고 하는 것과 다름이 없었다. 어쩌면 알리시아 본인을 제외한 모든 이에게 가장 좋은 것은 그녀가 하루빨리 그들의 삶에서 사라지는 것인지도 모른다. 그는 그녀의 눈을 바라보는 것만으로도 그런 진단을 내릴 수 있었고, 그것이 오랜 세월 의사 노릇을 하면서 내린 가장 정확한 진단이라는 것을 알았다.

자신의 마지막 환자가 될 것이 분명한 사람과 작별한다고 생각하자 늙은 의사는 침울해서 견딜 수가 없었다. 그래서 그는 아르코 델 테아트로 거리의 어두운 터널 속으로 들어갈 때도 주변을 맴도는 그림자 중 유난히 진한 향수와 수입산 고급 담배 냄새를 풍기는 그림자가 있다는 것을 전혀 눈치채지 못했다.

지난주에 그는 그곳의 대문을 찾는 법을 익힌 터였다. 페르민이 매일 오후 집에 찾아와 다과를 즐기면서 지저분한 농담을 늘어놓기를 바라지 않는다면 성령에게도 그 존재를 발설하지 않겠다고 맹세해야만 했다. '박사님 혼자 오시는 것이 가장 좋을 겁니다.' 그들은 말했다. 셈페레 식구들은 보안상의 이유 때문이라고 했다. 솔데빌라는 셈페레 가족이 그토록 복잡한 음모에 휘말릴 것이라고는 전혀 예상하지 못했다. 그는 내장을 살펴보는 일을 평생업으로 삼았지만, 사람들의 속은 결코 알 수 없다는 결론에 이르렀다. 삶은 맹장염만큼이나 불가사의했다.

생각에 잠긴 채 솔데빌라 박사는 '잊힌 책들의 묘지'라고 불리는 수수께끼 같은 건물로 다시 한번 빨려들어가기로 마음을 먹었다. 그는 오래된 저택의 계단에 발을 디디고 대문을 두드리기 위해 악마 형상을 한 노커를 잡았다. 그가 문을 두드리려던 찰나, 집을 나설 때부터 계속 뒤를 따라오던 그림자가 옆에 나타나더니 리볼버 총구를 그의 관자놀이에 바싹 갖다댔다.

"박사님, 좋은 저녁이네요." 엔다야가 말했다.

이사크는 조금 불안한 눈빛으로 알리시아를 바라보았다. 원래 사소한 일에는 거의 신경을 쓰지 않던 이사크였지만, 최근 몇 주

동안 그녀에 대한 애정이 마음속에서 자라나고 있다는 사실을 알아차리고는 약간의 두려움을 느꼈다. 그는 모든 것을 세월 탓으로 돌렸다. 나이를 먹으면 누구나 마음이 물러지는 법이니까. 몇 주 동안 알리시아와 함께 보내면서 그는 한평생 책 속에 파묻혀 고독하게 살기로 한 자신의 선택이 옳았는지 다시 생각할 수밖에 없었다. 그녀가 회복하고 일상으로 돌아오는 모습을 지켜보면서 누리아의 기억이 새록새록 되살아나기 시작했다. 시간이 흐를수록 딸의 기억은 사라지기는커녕 점점 더 또렷해졌고, 알리시아의 출현은 그가 마음속에 품고 있었는지조차 모르던 상처를 다시 벌어지게 만들었다.

"이사크, 왜 나를 그런 눈으로 보는 거죠?"

"내가 늙은 멍청이니까 그런 거죠."

알리시아는 미소를 지었다. 이사크는 그녀가 이를 드러내고 웃을 때 왠지 사나운 기운을 뿜어낸다는 사실을 알아차린 터였다.

"나이가 든 바보인가요, 아니면 바보가 된 노인인가요?"

"알리시아, 그렇게 놀리지 말아요. 물론 나야 놀림받아 마땅하지만."

그녀가 부드러운 눈길로 바라보자, 늙은 관리인은 시선을 피할 수밖에 없었다. 잠깐이나마 알리시아가 어둠의 베일을 걷어내고 자신의 본모습을 드러낼 때마다 누리아가 떠올랐다. 그럴 때면 그는 목이 메어 제대로 숨을 쉴 수조차 없었다.

"손에 들고 계신 게 뭐죠?"

이사크는 그녀에게 나무로 된 케이스를 보여주었다.

"저한테 주시는 건가요?"

"내가 주는 작별선물이에요."

"벌써 저한테서 벗어나고 싶으신 거예요?"

"그럴 리가. 그렇지 않아요."

"그런데 왜 제가 떠날 거라고 생각하시는 거죠?"

"내가 잘못 알고 있었나요?"

알리시아는 아무 대답도 하지 않고 케이스를 받았다.

"열어봐요."

케이스 안에는 마호가니로 된 손잡이 끝에 황금촉이 달린 펜과 촛불의 불빛에 반짝이는 파란색 잉크병이 들어 있었다.

"누리아 건가요?"

이사크는 고개를 끄덕였다.

"그 아이가 열여덟 살 되던 날, 내가 준 선물이죠."

알리시아는 펜을 자세히 살펴보았다. 장인의 섬세한 손길이 느껴지는 펜이었다.

"오랫동안 이 펜으로 글을 쓴 사람은 아무도 없었죠." 관리인이 말했다.

"그럼 직접 사용하시면 되잖아요?"

"나는 아무것도 쓸 게 없어요."

알리시아가 그렇지 않다고 말하려던 순간, 대문을 두 번 두드리는 소리가 저택 안에 울려퍼졌다. 그리고 오 초 뒤 다시 문을 두 번 두드리는 소리가 들렸다.

"박사님이군요." 알리시아가 말했다. "이제 암호를 완전히 익히신 모양이네요."

이사크는 고개를 끄덕이며 자리에서 일어났다.

"나이든 사람에게는 새로운 기술을 가르치기 힘들다고 누가 그랬죠?"

관리인은 기름램프를 들고 대문으로 통하는 복도를 향해 걸어갔다.

"그 펜 한번 써봐요." 그가 말했다. "거기 보면 빈 종이가 있을 겁니다."

이사크는 손에 등불을 든 채 입구로 이어지는 굽은 복도를 따라 걸어갔다. 그는 손님을 맞이하러 나갈 때만 등불을 이용했다. 혼자 있을 때는 굳이 사용할 필요가 없었다. 그는 건물의 구조를 손바닥 들여다보듯 환하게 알고 있었고, 그래서 그곳에 항상 떠다니는 어스름 속에서 구석구석 돌아다니는 편을 더 좋아했다. 대문 앞에서 걸음을 멈춘 그는 등불을 바닥에 내려놓고 빗장 손잡이를 두 손으로 움켜잡았다. 언제부턴가 더 힘이 들기 시작했고, 손잡이를 밀 때 전에 없이 가슴에 심한 압박감이 느껴지는 것을 의식하게 된 터였다. 어쩌면 그가 관리인으로 일할 날이 얼마 남지 않았을지도 모른다.

건물만큼이나 오래된 잠금장치는 스프링, 레버, 도르래, 톱니바퀴가 정교하게 맞물려 돌아가기 때문에 안에 있는 부속 기계장치가 모두 열리려면 대략 십에서 십오 초 정도가 걸렸다. 일단 잠금장치가 열리자 이사크는 막대기를 당겼다. 그러자 평형추 시스템이 작동하며 떡갈나무로 된 육중한 대문이 단번에 움직이기 시작했다. 문턱에 서 있는 솔데빌라 박사의 실루엣이 보였다.

"박사님은 변함없이 시간을 잘 지키시는군요." 이사크가 인사를 건넸다.

조금 뒤 박사가 앞으로 고꾸라졌다. 그러자 크고 각이 진 형체가 문을 막아섰다.

"누구……?"

엔다야는 그의 미간에 리볼버를 겨누고 쓰러진 박사를 발로 밀쳐버렸다.

"문 닫아."

알리시아는 펜촉에 잉크를 찍어 선을 그어보았다. 파란 선이 종이 위에서 반짝거렸다. 그녀는 자기 이름을 쓴 뒤 잉크가 어떻게 마르는지 지켜보았다. 빈 종이가 주는 즐거움은—처음 그 위에 글을 쓸 때는 항상 신비와 희망의 향기가 풍기는 법이다—마법같이 사라져버렸다. 처음 몇 단어를 쓰자마자, 우리는 인생에서 그렇듯 글을 쓸 때도 의도와 결과가 다를 수밖에 없다는 사실을 확인하게 된다. 누구든 처음에는 순진한 생각으로 어떤 의도를 가지고 뛰어들지만, 나중에는 순순히 결과를 받아들인다. 가장 좋아하는 책의 한 구절을 쓰려던 순간, 그녀는 잠시 멈추고 문으로 시선을 돌렸다. 그러곤 종이 위에 펜을 내려놓은 다음 건물 안에 감도는 정적에 귀를 기울이기 시작했다.

무언가 잘못되었다는 직감이 들었다. 솔데빌라 박사가 도착했다면 이사크와 중얼중얼 대화를 나누는 소리가 들려야 할 터였다. 게다가 불안하게 울려퍼지는 불규칙한 발소리와 공기에서 느껴지는 불길한 정적에 등골이 오싹해졌다. 그녀는 주변을 둘러보면서 자신의 운명을 저주했다. 오래전부터 이와는 다른 방식으로 죽을 거라고 생각해왔기 때문이었다.

19

다른 상황이었다면 엔다야는 건물 안으로 진입하는 즉시 총 한 방에 두 노인을 처치했을 것이다. 하지만 알리시아에게 미리 경계할 틈을 주고 싶지는 않았다. 솔데빌라 박사는 목덜미를 가격당해 쓰러진 뒤 의식을 잃고 쓰러져 있었다. 저 정도라면 적어도 삼십 분은 신경쓸 필요가 없다는 것을 그는 경험으로 알고 있었다.

"어디 있지?" 엔다야는 관리인에게 속삭이듯 물었다.

"뭐가요?"

그가 리볼버로 이사크의 얼굴을 때리는 순간, 뼈가 바스러지는 소리가 났다. 이사크는 무릎을 꿇더니 신음소리를 내며 옆으로 픽 쓰러지고 말았다. 엔다야는 몸을 구부리면서 이사크의 목을 잡아당겼다.

"어디 있지?" 그가 다시 물었다.

노인의 코에서 피가 쭈르륵 쏟아졌다. 엔다야는 리볼버의 총구를 턱 아래 대고 노인의 눈을 빤히 쳐다보았다. 이사크는 그의 얼굴에 침을 뱉었다. '용감한 놈이군.' 엔다야는 속으로 생각했다.

"자, 선생. 괜히 소란 피우지 말라고. 아무리 그래봐야 영웅이 되기에는 너무 늦었잖아. 알리시아 그리스 어디 있어?"

"무슨 말을 하는지 모르겠습니다."

엔다야는 미소를 지었다.

"선생, 다리라도 분질러줄까? 당신 나이에 넓적다리뼈가 부러지면 다시 붙기 힘들 텐데……"

이사크는 입을 꽉 다물었다. 엔다야는 그의 목덜미를 잡고 안으로 끌고 갔다. 그들은 곡선을 그리며 이어지는 널찍한 회랑을 따라 걸어갔다. 그 뒤로 희미한 빛이 감돌았다. 양쪽 벽은 환상적인 장면을 그린 프레스코화로 뒤덮여 있었다. 엔다야는 여기가 어떤 곳인지 궁금해졌다. 복도 끝에 이르자, 하늘 높이 치솟은 거대한 둥근 천장이 보였다. 그 광경을 보고 그는 총을 내렸고 이사크 노인은 무거운 짐짝처럼 바닥으로 허물어졌다.

그의 눈에는 모든 것이 환영처럼, 을씨년스러운 불빛 속에 떠도는 꿈의 한 장면처럼 보였다. 자기를 중심으로 소용돌이치는 거대한 미로는 터널과 통로, 아치와 다리가 뒤얽히며 위로 올라갈수록 점점 더 커져갔다. 땅에서 바로 솟아오른 듯한 그 구조물은 현실에 존재하는 것이 불가능한 기하학적 형태로 올라가 둥근 지붕을 덮은 거대한 간유리돔을 할퀴고 있었다. 엔다야는 속으로 미소 지었다. 바르셀로나 옛 저택의 어둠 속에 책과 말로 이루어진 금단의 도시가 숨어 있었다니. 엔다야는 어여쁜 알리시아 그리스를 갈기갈기 찢어 죽인 다음, 거기에 불을 지를 생각이었다. 그에게는 행운의 날이었다.

이사크는 바닥에 핏자국을 남기며 기어갔다. 소리를 지르고 싶었지만 신음소리밖에 나오지 않았다. 정신이 가물가물해져서 아무런 생각도 할 수가 없었다. 그때 다시 엔다야가 다가오는 발소리가 들리더니 그가 구둣발로 어깨 사이를 밟는 것이 느껴졌다.

"거기 가만히 있어, 노인장."

엔다야는 그의 팔목을 잡고 둥근 지붕을 떠받친 기둥으로 그를 질질 끌고 갔다. 세 개의 가는 수도관이 석조기둥에 금속갈고리로 고정된 채 바닥까지 이어져 있었다. 엔다야는 수갑을 꺼내 한쪽은 수도관에, 다른 한쪽은 이사크의 손목에 채웠다. 수갑이 손목을 죄면서 살 속으로 파고드는 것 같았다. 늙은 관리인의 입에서 숨죽인 비명소리가 새어나왔다.

"알리시아는 이제 여기 없어요." 그가 헐떡거리며 말했다. "괜히 여기서 시간 허비하지……"

엔다야는 노인의 말을 무시하고 어둠 속을 살펴보았다. 저 구석에 있는 문틈으로 희미한 불빛이 새어나오고 있었다. 엔다야는 두 손으로 리볼버를 쥐고 벽에 바짝 붙어 그 문 쪽으로 미끄러지듯 나아갔다. 불안에 떠는 노인의 눈빛을 보면 제대로 짚은 듯싶었다.

그는 총을 치켜들고 방안으로 들어갔다. 방 한가운데에 간이침대가 놓여 있었는데, 이불이 한쪽으로 젖혀진 채였다. 벽 앞 서랍장 위에는 각종 약과 용품이 가득했다. 엔다야는 안으로 들어가기 전에 어두운 구석을 샅샅이 살펴보았다. 방안에서는 알코올과 밀랍 냄새뿐만 아니라 입안에 군침이 도는 달착지근한 밀가루 냄새도 났다. 그는 침대 옆에 놓인 작은 탁자로 다가갔다. 탁자 위에서 촛불이 타고 있었다. 열린 잉크병과 종이 한 묶음도 있었다. 가장 위에 있던 종이에 약간 오른쪽으로 기울었으면서 날렵한 글씨체로 무언가 적혀 있었다.

알리시아

엔다야는 미소를 지으며 문턱으로 되돌아간 뒤, 늙은 관리인에게 고개를 획 돌렸다. 이사크는 수도관에 채워진 수갑을 어떻게든 풀어보려고 애를 쓰고 있었다. 엔다야는 저 너머, 책의 미로 입구에서 그림자가 희미하게 흔들리는 것을 알아차렸다. 마치 빗방울이 연못에 떨어지면서 수면 위로 잔물결을 일으키는 것 같았다. 그는 이사크 앞을 지나가면서 바닥에 있던 램프를 집어들었다. 그러면서도 이사크에게는 눈길 한 번 주지 않았다. 그를 처리할 시간은 아직 많이 남아 있었다.

거대한 구조물의 발치에 도착했을 때 엔다야는 걸음을 멈추고 눈앞에 솟은 책들의 바실리카를 쳐다보면서 옆에 침을 뱉었다. 잠시 후 그는 탄창에 실탄이 채워져 있고 총알이 약실에 장전되어 있는지 확인했다. 그러곤 메아리처럼 울려퍼지는 알리시아의 발소리와 향기를 따라 미로 안으로 걸어들어가기 시작했다.

20

터널은 약간 곡선을 그리며 올라가 구조물의 중심으로 이어졌고 입구에서 멀어질수록 좁아졌다. 양쪽 벽은 바닥부터 끝까지 책으로 뒤덮인 채 끝없이 이어졌다. 그리고 천장에는 낡은 가죽장정이 격자 모양을 이루며 통로를 덮고 있었다. 그 가죽장정에 수십 개의 언어로 인쇄된 제목은 아직도 읽을 수 있었다. 잠시 후, 엔다야의 눈앞에 팔각형 공간이 나타났다. 한가운데 탁자가 있었는데, 그 위에 책 몇 권이 펼쳐져 있고 독서대와 은은한 금색 불빛을 내뿜는 램프가 놓여 있었다. 거기에서 여러 방향으로 통로가 나 있었다. 어떤 것은 구조물 아래로, 어떤 것은 위로 이어졌다. 엔다야는 미로에서 나는 소리를 듣기 위해 잠시 걸음을 멈추었다. 마치 오래된 나무와 종이가 끊임없이 움직이는 듯 들릴락 말락 수선거렸다. 엔다야는 자기가 미로 안에서 길을 잃고 헤매는 틈을 타 또 다른 출구를 찾고 있을 알리시아의 모습을 떠올리면서 일단 내리막길로 가보았다. 알리시아였다면 분명 그렇게 했을 것이다. 그런데 통로에 발을 내딛기 직전, 무언가를 눈치챘다. 누군가 꺼내다 만 것처럼 책 한 권이 선반에서 떨어질 듯 매달려 있었다. 엔다야는 가까이 가서 표지의 제목을 읽어보았다.

거울 나라의 앨리스
루이스 캐럴

"여기 나오는 여자애처럼 나하고 게임이라도 하자는 거야?" 그는 큰 소리로 물었다.

그의 목소리가 터널과 방에서 메아리쳤다. 하지만 아무 대답도 들리지 않았다. 엔다야는 책을 벽으로 밀어넣고 통로를 따라갔다. 길은 점점 가팔라지더니 네다섯 걸음마다 계단이 나타났다. 미로 속으로 깊이 들어갈수록 전설 속 동물의 내장을 돌아다니는 느낌이 들었다. 말로 이루어진 그 괴수는 그의 존재는 물론 그가 어디로 가는지도 훤히 알고 있는 듯했다. 그는 둥근 천장의 높이가 허용하는 한 등불을 들어올린 채 걸음을 계속했다. 그러다 10미터쯤 걸었을 때 우뚝 멈추었다. 바로 앞에 늑대의 눈을 가진 천사의 형상이 불쑥 나타났다. 총을 꺼내 쏘려던 찰나, 그는 그 천사가 밀랍으로 만든 동상이라는 것을 알아차렸다. 커다란 집게 같은 손에는 한 번도 들어본 적 없는 책 한 권이 들려 있었다.

실낙원
존 밀턴

그 천사상은 또다른 타원형 홀을 굽어보고 있었다. 팔각형 홀에 비해 두 배나 넓은 그곳의 벽에는 유리장식장과 곡선 모양 선반, 그리고 책들의 묘실 같은 벽감이 빙 둘러져 있었다. 엔다야는 한숨을 내쉬었다.

"알리시아?" 그가 불렀다. "유치한 짓 그만하고 얼른 나오지 그래. 당신과 이야기를 나누고 싶을 뿐이니까. 프로 대 프로로 말이야."

엔다야는 방을 가로질러 또다른 통로가 시작되는 지점에 이르러 주위를 살폈다. 희미한 빛이 사그라드는 굽이진 곳 옆쪽으로 난 복도 선반에서 이번에도 책 한 권이 빼꼼 모습을 드러내고 있었다. 엔다야는 이를 악물었다. 만일 레안드로의 창녀가 정말로 자기와 숨바꼭질을 할 생각이라면 평생 잊지 못할 만큼 혼쭐을 내주고야 말겠다고 다짐했다.

"너 정말 이럴 거야?" 그는 가파른 통로로 올라가면서 중얼거렸다.

그는 자신의 흔적을 남기며 미로의 한복판으로 나아가는 알리시아가 이번에는 무슨 책을 골랐는지 굳이 확인하지 않았다. 엔다야는 거의 이십 분째 거대한 무대장치 비슷한 것 위를 올라가고 있었다. 도중에 그는 커다란 방들을 가로지르고 아치와 육교 사이에 매달린 난간 위를 지나갔다. 난간에서 내려다보니, 생각보다 훨씬 더 높이 올라간 것 같았다. 저 아래 수갑이 채워진 채 수도관에 묶인 이사크의 모습이 아주 작게 보였다. 고개를 들어 원형 지붕을 쳐다보았다. 지붕은 점점 커지고 소용돌이치면서 갈수록 더 복잡한 모양으로 변하고 있었다. 그가 길을 잃었다고 생각할 때마다 새로운 터널 입구의 선반에서 살짝 삐져나온 책등이 눈에 띄었다. 그런 터널은 언제나 다른 방으로 이어졌고, 거기에서 다시 길은 아라베스크 문양처럼 구불구불하게 여러 갈래로 나뉘었다.

꼭대기가 가까워질수록 미로는 점점 변해가고 있었다. 안 그래도 복잡한 디자인이었지만, 채광창과 아치를 이용해서 안으로 희뿌연 빛이 들어오도록 만들어 점점 더 불규칙적인 모양이 되어갔다. 여러 각도로 설치된 거울은 마법을 부리는 것처럼 실내에 떠다니는 어둠을 사방으로 퍼뜨렸다. 그가 새로 방을 찾아낼수록 더 많은 조각상과 그림, 그리고 제대로 알아보기 힘든 장치가 들어차 있었다. 어떤 조각상은 미완성 자동인형처럼 보였고, 종이로 만들어진 조각상이나 석고상이 천장에 매달려 있거나 책으로 만들어진 관에 숨겨진 생명체처럼 벽 속에 들어가 있기도 했다. 엔다야는 현기증이 일면서 막연한 불안감에 사로잡혔다. 곧 그도 모르는 사이에 땀에 젖은 손에서 리볼버가 미끄러져 떨어지고 말았다.

"알리시아. 당장 나오지 않으면 이 쓰레기더미에 불을 질러버릴 거야. 그리고 당신이 산 채로 타죽는 모습을 지켜볼 거라고. 정말 그걸 바라는 거야?"

등뒤에서 부스럭거리는 소리가 들려 그는 재빨리 뒤를 돌아보았다. 처음에는 공이나 주먹만한 구체인 줄로만 알았던 물건이 어느 터널에서 계단으로 굴러떨어지고 있었다. 그는 그것을 주우려고 무릎을 꿇고 앉았다. 그것은 유리눈으로 기분 나쁜 웃음을 흘리는 인형의 머리였다. 잠시 후 딸랑거리는 금속의 선율이 허공을 가득 메웠다. 어린 시절 들었던 자장가가 떠오르는 멜로디였다.

"요망한 것 같으니." 그는 중얼거렸다.

관자놀이가 불끈불끈 뛰는 가운데 그는 계단을 뛰어올라갔다. 음악소리를 따라간 그는 난간이 달린 둥근 방에 도착했다. 그 난간 쪽에서 환한 빛이 쏟아져들어오고 있었다. 반대편으로 유리천장이 보이는 것이 드디어 꼭대기에 이른 모양이었다. 음악소리는 그 방 안쪽에서 흘러나오고 있었다. 문턱 양편으로 희뿌연 조각상이 하나씩 서 있었는데, 각자의 운명에 따라 미라로 변해버린 시신처럼 수많은 책 사이에 파묻혀 있었다. 바닥에는 펼쳐진 책이 가득 널려 있었다. 엔다야는 책을 밟으며 방 끝까지 걸어갔다. 거기에는 작은 벽장이 하나 있었는데, 왠지 유골을 보관하는 장소처럼 보였다. 음악은 벽장 안에서 흘러나오고 있었다. 엔다야는 벽장문을 천천히 열었다.

벽장 밑바닥에서 거울로 만든 오르골이 딸랑거리며 소리를 내고 있었다. 그 안에는 날개를 활짝 펼친 천사가 최면에 빠진 것처럼 천천히 돌아가고 있었다. 태엽이 풀리면서 소리가 점점 약해지더니 천사는 허공에서 멈추고 말았다. 바로 그 순간, 무언가 오르골의 거울에 비쳤다.

방안으로 들어올 때 봤던 석고상 중 하나가 움직인 것이었다. 엔다야는 머리털이 곤두서는 것 같았다. 그는 재빨리 몸을 돌려 빛 속에 드러난 조각상을 향해 세 발을 쏘았다. 그러자 조각상을 덮고 있던 석고와 종이가 떨어져나오면서 허공에 뿌연 먼지가 날렸다. 엔다야는 총을 약간 내린 다음 눈을 가늘게 뜨고 앞을 노려보았다. 바로 그때 옆쪽에서 무언가가 부드럽게 움직이는 것이 느껴졌다. 그는 방아쇠에 손가락을 대고 옆으로 고개를 돌렸다. 몸을 돌려 방아쇠를 다시 당기려는 순간, 어둠 속에서 날카롭게 번득이는 눈과 마주쳤다.

날카로운 펜촉이 그의 눈을 찌르고 뇌 속을 파고들었다. 펜촉은 뇌 안쪽 두개골에 닿고서야 멈추었다. 엔다야는 실이 끊어진 꼭두각시처럼 맥없이 쓰러졌다. 그의 몸은 책 위에 널브러진 채 부들부들 떨리고 있었다. 알리시아는 그 옆에 무릎을 꿇고 앉아 그가 여전히 손에 쥐고 있던 총을 낚아챈 다음 발로 그를 난간 끝까지 밀고 갔다. 잠시 후, 그녀는 발끝으로 그를 밀어버렸다. 그녀는 그가 산 채로 떨어지다 마침내 둔탁한 소리와 함께 돌바닥에 부딪히는 모습을 쭉 지켜보았다.

21

이사크는 미로에서 나오는 그녀를 보았다. 약간 절뚝거리면서 걸어나오는데 손에 총을 든 모습이 너무도 자연스러워 오싹한 느낌이 들었다. 그녀는 엔다야가 대리석바닥에 부딪혀 널브러진 곳으로 천천히 다가갔다. 맨발이었지만 조금도 주저하지 않고 시신 옆에 흥건히 고여 있는 피 웅덩이를 밟았다. 그녀는 시체 위로 몸을 숙이고 주머니를 뒤지더니 마침내 지갑을 꺼내 안을 살펴보았다. 그녀는 지폐 한 다발을 꺼내 갖고 나머지는 바닥에 내던져버렸다. 그리고 양복 상의 주머니를 더듬더니 열쇠를 꺼내 자기 주머니에 넣었다. 잠시 차가운 눈빛으로 시체를 보던 그녀는 엔다야의 얼굴에서 튀어나온 것을 있는 힘껏 뽑아냈다. 이사크는 그것이 불과 한 시간 전에 자기가 그녀에게 선물한 펜촉이라는 것을 알아차렸다.

알리시아는 이사크에게 천천히 다가가 옆에 무릎을 꿇고 앉아 수갑을 풀어주었다. 이사크는 눈에 눈물이 가득 고인 채 온몸을 바들바들 떨고 있었다. 하지만 그는 그런 사실도 모르고 그녀의 눈을 쳐다보았다. 알리시아는 무표정한 얼굴로 그를 바라보았다. 마치 자기에게서 죽은 딸의 모습을 보고 싶어하는 가엾은 노인이 환상에서 깨어나 현실을 직시하기를 바라는 눈빛이었다. 알리시아는 펜촉을 잠옷 치맛자락에 닦아 그에게 건네주었다.

"저는 절대 누리아처럼 될 수 없을 거예요, 이사크."

관리인은 말없이 눈물을 훔쳤다. 알리시아는 그에게 손을 내밀어 일어나는 것을 도와주었다. 잠시 후, 그녀는 관리인의 방 옆에 있는 화장실로 갔다. 이사크는 수도꼭지에서 물이 쏟아지는 소리를 들었다.

잠시 후, 솔데빌라 박사가 비틀거리며 나타났다. 이사크가 손짓하자 박사가 다가왔다.

"이게 무슨 일입니까? 아까 그 사람은 대체 누구죠?"

이사크는 턱으로 20여 미터 앞 바닥에 나동그라진 뻣뻣한 몸뚱이를 가리켰다.

"하느님 맙소사……" 박사가 나직이 중얼거렸다. "그럼 알리시아 양은……?"

알리시아는 타월을 몸에 두른 채 화장실에서 나왔다. 두 사람은 그녀가 이사크의 방으로 들어가는 것을 보았다. 박사는 자못 궁금하다는 표정으로 이사크를 쳐다보았다. 이사크는 어깨만 으쓱할 뿐이었다. 솔데빌라는 조용히 다가가 문틈으로 방 안쪽을 들여다보았다. 알리시아는 누리아 몽포르트의 옷으로 갈아입고 있었다.

"괜찮아요?" 박사가 물었다.

"괜찮아요." 알리시아는 거울에서 눈을 떼지 않고 대답했다.

알리시아가 누리아의 옛날 화장품가방을 뒤져 화장품 몇 개를 고르는 사이, 박사는 놀라움을 감추고 의자에 앉아 말없이 그녀를 지켜보았다. 알리시아는 입술에 꼼꼼하게 립스틱을 바르고 눈가에 아이라인을 그리며 정성스럽게 화장을 했다. 그녀는 지난 몇 주 동안 박사의 보살핌을 받는 데 익숙해진 나약한 여인이 아니라 자신이 활동하는 무대에 어울리는 인물로 거듭나고 있었다. 거울에서 박사와 시선이 마주치자 알리시아는 그에게 윙크를 했다.

"제가 떠나는 즉시 여러분은 페르민에게 연락해서 저 시신을 속히 처리해야 된다고 전해주세요. 레알광장에 있는 박제사를 찾아가 제가 보냈다고 말하라고 하세요. 그 사람이 작업에 필요한 화학약품을 다 가지고 있다고도요."

알리시아는 자리에서 일어나 거울에 비친 자기 모습을 점검하며 한 바퀴 빙 돌았다. 그러곤 엔다야에게 빼앗은 총과 돈을 검은색 핸드백에 집어넣더니 문으로 걸어갔다.

"당신은 누구죠?" 그녀가 앞을 지나치려는 순간, 솔데빌라 박사가 물었다.

"악마예요." 알리시아가 대답했다.

22

서점 문으로 솔데빌라 박사가 들어오는 것을 보자, 페르민은 기어이 올 것이 왔다는 것을 알아차렸다. 솔데빌라의 얼굴에는 제 대로 한 방 얻어맞은 흔적이 선명하게 남아 있었다. 계산대 뒤에 서 월말 결산을 하고 있던 베아와 다니엘은 박사를 보자 입이 떡 벌어져 달려나갔다.

"박사님, 대체 이게 무슨 꼴이래요?"

솔데빌라가 풍선이 터지는 듯한 소리를 내며 땅이 꺼져라 한숨 을 내쉬었다. 그러곤 낙담한 듯이 고개를 푹 숙였다.

"다니엘, 우선 독한 코냑 한 병 꺼내오도록 해. 네 아버지가 '국 민정신 양성'* 교과서 뒤에 숨겨놓았을 거야." 페르민이 말했다.

베아는 박사를 부축해서 의자로 데려가 자리에 앉도록 도와주 었다.

"박사님, 괜찮으세요? 누가 박사님을 이 꼴로 만들어놓은 거 죠?"

"네, 그래요. 그건 나도 잘 모르겠고요." 그가 대답했다. "물어 본 순서대로 대답하자면 그래요."

"그럼 알리시아는요?" 베아가 물었다.

"그녀라면 걱정할 게 없어요. 솔직히 말해……"

페르민이 한숨을 내쉬었다.

---

* 프랑코 시대에 중등학교에 사용하던 의무 교과목.

"날아갔나요?"

"유황구름에 휩싸여 사라졌죠." 박사가 대답했다.

다니엘이 코냑 한 잔을 건네자 솔데빌라는 잔을 넙죽 받아 단
숨에 들이켜더니 온몸에 술기운이 돌기를 기다렸다.

"한 잔만 더 주겠소?"

"그럼 이사크는요?" 페르민이 물었다.

"그 사람은 거기 남아 골똘히 생각에 잠겨 있어요."

페르민은 의사 옆에 웅크리고 앉아 그의 눈을 바라보았다.

"자, 박사님. 그럼 다 털어놓으시죠. 가능하다면 사견을 배제하
고 말입니다."

이야기가 끝나자, 박사는 취침용으로 술을 한 잔 더 달라고 했
다. 베아와 다니엘, 페르민은 조심스럽게 그의 주변으로 몰려들었
다. 잠시 신중한 침묵이 흐른 뒤, 다니엘이 먼저 포문을 열었다.

"알리시아는 어디로 간 걸까요?"

"악의 무리를 단호히 처단하러 갔겠지." 페르민이 대답했다.

"가급적이면 알아듣기 쉽게 말하세요. 내가 대학에서 공부할
때, 셈페레가※의 미스터리를 가르치는 과목은 없었으니까." 박사
가 말했다.

"박사님을 진심으로 걱정해서 드리는 말씀인데, 이제 그만 댁
으로 가셔서 송아지 안심스테이크를 베레모처럼 쓰고 계세요. 이
문제는 우리가 알아서 해결해볼 테니까 말입니다." 페르민이 박

사에게 권했다.

박사는 고개를 끄덕였다.

"총잡이들이 더 찾아올까요?" 그가 물었다. "마음의 준비를 하고 있어야 되는지 물어보는 거예요."

"당분간은 잠잠할 겁니다." 페르민이 대답했다. "하지만 도시를 떠나 몽가트에서 보름 정도 온천을 즐기는 것도 나쁘지 않을 것 같군요. 가급적이면 다정다감한 과부와 함께 가서 신장의 결석이나 박사님 요도를 막은 조그만 알갱이를 빼내도록 해보세요."

"이번만은 기꺼이 당신 말을 따르죠." 박사는 그의 말에 수긍했다.

"다니엘, 박사님을 댁까지 무사히 모셔다드리는 게 어때?" 페르민이 제안했다.

"왜 하필이면 나죠?" 다니엘이 따지듯 물었다. "또 나만 따돌리려고요?"

"정말 그런 생각을 한다면 네 아들 훌리안과 같이 가. 하지만 이런 일은 첫영성체를 마친 사람이 하는 게 더 좋지 않을까."

다니엘은 마지못해 고개를 끄덕였다. 페르민은 뒤에서 자기를 노려보는 베아의 따가운 시선을 느꼈지만, 잠시 무시하기로 했다. 작별인사를 나누기 전에 그는 박사에게 마지막으로 코냑 한 잔을 더 건넸다. 아직 병에 한 잔 정도 술이 남은 것을 알아차린 박사는 단숨에 잔을 비웠다. 마침내 박사가 다니엘과 함께 떠나자, 페르민은 의자에 털썩 주저앉아 두 손으로 얼굴을 감쌌다.

"방금 박사님이 말한 것 있잖아요. 박제사라느니, 시신을 처리한다느니 하는 이야기요. 그게 대체 무슨 소리죠?" 베아가 궁금한 듯 물었다.

"불행하게도 우리 손으로 그 고약한 문제를 해결해야 한다는 거야." 페르민이 말했다. "알리시아한테 짜증나는 점 하나는 그녀의 판단이 늘 옳다는 거지."

"다른 한 가지는 뭔데요?"

"용서를 모른다는 거. 요 며칠 사이 그녀가 널 만나서 뭐라고 했지? 그때 했던 말을 곰곰이 되짚어보면 무슨 생각을 하는지 대충 짐작할 수 있을 텐데. 잘 생각해봐."

베아는 잠시 머뭇거리다가 결국 고개를 저었다. 페르민은 천천히 고개를 끄덕이며 자리에서 일어섰다. 그는 옷걸이에 걸려 있던 외투를 꺼내 힘든 시련이 기다리는 겨울 오후의 거리로 나갈 채비를 했다.

"그럼 나는 그 박제사를 만나러 가는 게 좋겠어. 가는 길에 무슨 좋은 생각이 떠오를지 두고 보자고……"

"페르민?" 그가 문을 나서려던 순간, 베아가 불렀다.

페르민은 걸음을 멈추었지만, 뒤를 돌아보지는 않았다.

"알리시아가 우리한테 말하지 않은 게 있군요. 그렇죠?"

"그런 거야 많겠지, 베아. 우리를 생각해서 그랬을 거야."

"그런데 그중에 다니엘과 관련된 무언가가 있어요. 이이에게 큰 해가 될 수 있는 일이요."

페르민은 그제야 뒤를 돌아보며 쓸쓸히 웃었다.

"그래서 너와 내가 여기 있는 게 아니겠어. 그렇지 않아? 그런 일이 벌어지지 않도록 막으려고."

베아는 그를 빤히 쳐다보았다.

"조심해서 다녀오세요, 페르민."

베아는 당장이라도 진눈깨비가 내릴 것처럼 어스름한 땅거미를 헤치고 떠나는 그의 모습을 지켜보았다. 그녀는 목도리와 외투에 몸을 숨긴 채 산타아나 거리를 지나가는 인파의 행렬을 한동안 바라보았다. 겨울이, 진짜 겨울이 아무런 예고도 없이 닥쳐왔다고 그녀는 생각했다. 그리고 이번에는 그저 무사히 지나가지는 않을 거라고.

23

페르난디토는 자기 방 침대에 누운 채, 작은 채광창을 멍하니 쳐다보고 있었다. 사람들 말로 돼지우리라는 그의 방은 벽 하나를 사이에 두고 세탁실과 맞닿아 있었다. 그러고 있을 때마다 카피톨 극장의 조조영화에서 본 잠수함 장면이 떠오르곤 했는데, 그의 방은 잠수함보다 훨씬 더 음침하고 덜 아늑했다. 그렇지만 그날 오후, 평소 영적이고 신비주의적인 경험으로 여기던 호르몬의 신기한 작용 덕분에 그는 하늘에라도 오른 듯 황홀한 기분에 휩싸였다. 몸에 달라붙는 치마를 입은 대문자의 사랑이 그의 문을 노크한 것이었다. 엄밀히 말하면 그의 방 문을 두드렸다기보다 문 앞을 지나갔다고 해야 옳을 듯했다. 하지만 그는 끔찍한 치통처럼 운명 또한 그 누구도 순순히 놓아주지 않는다고 믿었다. 용기백배해서 그 운명과 맞서기 전까지는. 세상사가 다 그런 법인데, 사랑이라면 더 말할 것도 없었다.

며칠 전, 믿을 수 없는 알리시아의 유령과 사춘기 시절부터 그의 영혼을 사로잡은 그녀의 묘한 매력을 단번에 몰아낸 존재가 그의 눈앞에 나타났다. 비록 좌절되었을지언정 사랑은 또다른 사랑으로 이어지기 마련이다. 볼레로 가수들이 늘 그렇게 노래하지 않던가. 볼레로의 노랫말은 크림케이크처럼 달차근해도 사랑에 관해서라면 항상 일리가 있었다. 알리시아 양을 향한 어리숙하고도 비현실적인 사랑 덕분에 그는 셈페레 가족을 만나게 되었고, 선량한 서점 주인으로부터 일자리를 얻을 수 있었다. 거기에서 천국까지 가는 데는 우연한 기회만으로도 충분했다.

그 일은 그가 주문품 배달원으로 일을 시작하기 위해 서점에 나온 그날 아침에 일어났다. 그가 도착한 순간, 알아듣기 힘든 억양을 쓰는 여자아이가 사람 마음을 불안하게 만드는 매력을 풍기며 서점 안을 돌아다니고 있었다. 페르난디토는 셈페레 씨 가족들이 나누던 대화를 엿듣다 그 아이의 이름이 소피아라는 것을 알게 되었다. 그리고 몇 가지 물어본 결과, 그녀가 서점 주인 셈페레 씨의 조카이자 다니엘의 사촌이라는 사실도 알 수 있었다. 아무래도 다니엘의 모친인 이사벨라가 이탈리아 혈통을 이어받았고, 나폴리 출신의 소피아는 바르셀로나대학교에서 공부하면서 스페인어를 마스터하는 동안 셈페레 씨 가족과 함께 살고 있는 것 같았다. 물론 이는 모두 지엽적인 내용에 불과했다.

페르난디토는 소피아를 지켜보면서 흠모하는 데 뇌의 85퍼센트를 쓰고 있었다. 다른 기관이나 장기는 말할 것도 없었다. 한두 살 정도 차이는 있겠지만, 그녀의 나이는 열아홉 언저리인 것이 분명했다. 결혼 적령기의 소심한 청년들에게 잔인하기 그지없는 자연은 그녀에게 풍만한 가슴과 굴곡진 몸매, 가뿐가뿐한 걸음걸이를 주었다. 그런 그녀를 바라보는 것만으로도 페르난디토는 심장이 멎을 것 같았다. 그녀의 눈동자, 선이 고운 입술, 웃을 때마다 드러나는 하얗고 고른 치아, 장밋빛 혀를 볼 때마다 가엾은 소년은 눈앞이 아찔해졌다. 그러고 나면 그는 자기 손가락이 르네상스풍 그림에나 나올 법한 그녀의 입술을 부드럽게 애무하다 창백한 목을 타고 내려가 그녀의 몸에 딱 달라붙는 양모스웨터에서 볼록하게 솟은 천국의 계곡에 닿는 장면을 몇 시간이고 상상했다. 그녀가 입은 스웨터는 이탈리아 사람들이야말로 건축의 장인이라는 것을 여실히 증명하는 옷이었다.

페르난디토는 자기 집 식당에서 흘러나오는 라디오소리와 이웃 사람의 악다구니 소리를 까맣게 잊고 눈을 반쯤 뜬 채, 장미 혹은 꽃잎이 달린 다른 식물로 장식된 침대에 혼곤하게 누워 한창 물오른 몸을 내맡긴 소피아의 모습을 떠올렸다. 상상 속에서 페르난디토는 단추와 지퍼, 그리고 영원히 여성적인 미스터리를 품은 것들을 능숙한 손놀림으로, 그리고 키스를 하거나 살짝 깨물면서 하나씩 풀어나갔다. 마침내 그는 친절한 조물주가 모든 여성의 배꼽과 허벅지 사이에 완벽하게 가꾸어놓은 오아시스에 얼굴을 묻었다. 페르난디토는 여전히 몽상에 잠긴 채 하늘나라에 계신 하느

님이 불경한 생각을 한 자기에게 그 순간 벼락을 내리신다 해도
마땅하다고 생각했다.

하지만 그의 마음을 정화시켜줄 벼락 대신 전화벨이 울렸다.
굴착기처럼 무거운 발걸음이 복도를 따라 터덜터덜 가까워지는
소리가 들리더니 문이 벌컥 열리면서 뚱뚱한 아버지의 모습이 나
타났다. 셔츠와 반바지를 입은 아버지가 초리소 샌드위치를 손에
든 채 말했다.

"어서 일어나, 이 쓸모없는 놈아. 전화 왔어."

졸지에 천국에서 밀려난 페르난디토는 어슬렁어슬렁 복도 끝
으로 걸어갔다. 복도 끝 구석진 곳에 어머니가 몬세라트 수도원에
서 산 예수상 아래 전화기가 놓여 있었다. 플라스틱으로 만든 예
수상은 스위치를 켜면 눈에서 기이한 광채를 발했는데, 그 광채
때문에 페르난디토는 한때 오랫동안 악몽에 시달린 적도 있었다.
수화기를 들자마자 동생 풀헨시오가 통화 내용을 엿듣기 위해 문
틈으로 고개를 빠끔 내밀고 우스꽝스러운 표정을 지었다. 풀헨시
오는 다양한 얼굴 표정을 짓는 데 천부적인 재능이 있었다.

"페르난디토?" 수화기에서 누군가의 목소리가 흘러나왔다.

"전데요."

"나 알리시아야."

그녀의 목소리를 듣자, 그는 심장이 멎을 것만 같다.

"잠시 이야기 좀 나눌 수 있을까?" 그녀가 물었다.

페르난디토가 슬리퍼를 벗어 풀헨시오의 얼굴 쪽으로 던지자,
동생은 재빨리 방안으로 숨었다.

"네. 괜찮으세요? 지금 어디 계세요?"

"내 말 잘 들어, 페르난디토. 나는 한동안 여기를 떠나 있어야 할 것 같아."

"좋지 않은 일이 생겼나보네요."

"한 가지 부탁이 있어. 아주 중요한 거야."

"뭐든 말씀하세요."

"지난번에 우리집에서 가져가라고 했던 상자 있지? 그 안에 있던 문서들 지금도 가지고 있니?"

"네. 안전한 곳에 있어요."

"그럼 표지에 이사벨라라고 쓰여 있는 공책을 찾아주었으면 하는데. 모두 손글씨로 내용이 적힌 공책이야."

"뭔지 알겠어요. 물론 펴보지는 않았지만요. 설마 제 말을 의심하는 건 아니죠?"

"물론이지. 내가 부탁하고 싶은 건 그 공책을 다니엘 셈페레에게 전달하는 거야. 꼭 그 사람에게 전해줘야 해. 무슨 말인지 알겠니?"

"네……"

"그를 만나면 내가 그걸 전해주라더라고 해. 그리고 그 공책은 다니엘의 것이지, 다른 누구의 것도 아니라는 말도 전해줘."

"네, 알리시아 양. 그런데 지금 어디에 있어요?"

"지금 그건 중요하지 않아."

"혹시 위험에 빠진 건가요?"

"페르난디토, 내 걱정은 하지 마."

"당연히 걱정이⋯⋯"

"여러모로 고마워."

"꼭 작별인사를 하는 것 같네요."

"너하고 나는 잘 알잖아. 작별인사는 감상적인 사람들이나 하는 거라고."

"알리시아 양은 어떤 일이 있어도 감상적인 사람이 될 수 없을 거예요. 그렇게 되려고 아무리 애를 써도 말이죠."

"페르난디토, 넌 정말 좋은 친구야. 멋진 남자이기도 하고. 소피아는 아주 운이 좋은 아이라니까."

페르난디토 얼굴이 새빨갛게 달아올랐다.

"아니, 그걸 어떻게 아시는⋯⋯"

"네가 마침내 어울리는 짝을 만나서 얼마나 기쁜지 모르겠어."

"당신 같은 사람은 이 세상에 없을 거예요, 알리시아 양."

"내 부탁 들어줄 수 있겠니?"

"물론이죠."

"사랑해, 페르난디토. 그리고 아파트 열쇠는 잘 가지고 있어. 이제 거기는 네 집이니까. 아무쪼록 행복해야 돼. 그리고 나를 잊어버려."

그가 무슨 말을 하기도 전에 알리시아는 전화를 끊었다. 페르난디토는 침을 꼴깍 삼키고, 눈물을 훔치면서 전화를 끊었다.

24

알리시아는 공중전화박스에서 나왔다. 몇 미터 앞에서 택시가
기다리고 있었다. 운전사는 창문을 열어놓고 생각에 잠긴 채 담배
를 피우고 있었다. 그러다 그녀가 다가오는 것을 보자 담배꽁초를
밖으로 내던지려고 했다.

"출발할까요?"

"잠깐만요. 마저 다 피우세요."

"하지만 십 분 후면 문을 다 닫을 텐데요……" 택시 운전사가
말했다.

"십 분 후면 우리는 여기 없을 거예요." 알리시아가 대답했다.

그녀는 언덕길을 따라 산등성이를 뒤덮은 묘지와 십자가, 천사
상, 이무깃돌의 숲을 향해 걸어갔다. 해가 지면서 불그스레한 구
름이 수의처럼 몬주익 공동묘지 위를 덮기 시작했다. 진눈깨비가
바람에 휘날리면서 유릿조각으로 만든 베일이 눈앞에 펼쳐지는
듯했다. 알리시아는 오솔길을 따라 걷다 돌계단을 올라갔다. 그
계단은 무덤과 유령 모양 조각상으로 가득찬 발코니로 이어졌다.
바로 거기, 비석 하나가 지중해의 햇빛을 등지고 한쪽으로 약간
기울어진 채 서 있었다.

이사벨라 셈페레
1917~1939

알리시아는 무덤 앞에 무릎을 꿇고 앉아 비석에 손을 얹었다. 그녀는 셈페레 씨 집에 있던 사진에서, 그리고 브리앙스 변호사가 간직한 예전 의뢰인의—십중팔구 남에게 털어놓을 수 없는 마음속의 연인이었을 것이다—사진에서 보았던 그 얼굴을 떠올려보았다. 그리고 공책에서 읽었던 그녀의 말을 떠올렸다. 단 한 번도 만난 적은 없지만, 지금 자기 발밑에 유골이 되어 누워 있는 그 여인이 그 누구보다 더 가깝게 느껴진다는 것을 깨달았다.

"어쩌면 다니엘이 진실을 모르는 편이 더 나을지도 몰라요. 그리고 발스를 찾아내 그토록 오랫동안 별러왔던 복수를 하지 않을 수 있다면 가장 좋겠죠. 하지만 내가 그를 대신해서 결정할 수는 없어요." 그녀는 혼잣말처럼 중얼거렸다. "나를 용서해줘요."

알리시아는 늙은 관리인한테 빌린 코트 단추를 풀고 주머니에서 그가 선물한 작은 조각상을 꺼냈다. 그녀는 오래전 이사크가 크리스마스 선물로 딸에게 주려고 산타루시아장에서 산 작은 천사상을 자세히 살펴보았다. 날개를 활짝 편 천사상 안에 누리아는 아버지에게 전하는 메시지와 비밀을 숨겨놓곤 했다. 알리시아는 조각상 안의 빈 공간을 열고 그녀가 공동묘지에 가는 길에 메모해둔 종이쪽지를 꺼내보았다.

마우리시오 발스
엘 피나르
마누엘 아르누스 거리
바르셀로나

그녀는 쪽지를 말아 다시 빈 공간에 집어넣었다. 그러곤 뚜껑을 닫아 천사상을 비석 아래 말라붙은 꽃이 꽂혀 있는 화병들 사이에 놓았다.

"이제 운명에 맡겨야겠죠." 그녀가 중얼거렸다.

택시로 돌아오니 운전사가 차에 기댄 채 그녀를 기다리고 있었다. 그는 그녀에게 문을 열어주고 운전석으로 돌아갔다. 그러곤 백미러로 그녀의 눈치를 살폈다. 알리시아는 깊은 생각에 잠긴 모습이었다. 그녀가 핸드백을 열어 하얀 알약이 든 병을 꺼내는 것이 거울에 보였다. 그녀는 약을 한 움큼 집어 입안에 털어넣고 씹어먹기 시작했다. 운전사가 조수석에 있던 물병을 건넸다. 알리시아는 물을 받아 마셨다. 마침내 그녀는 고개를 들었다.

"어디로 모실까요?" 운전사가 말했다.

그녀는 지폐 한 다발을 그에게 보여주었다.

"적어도 400두로는 되겠는데요?" 그가 말했다.

"600두로예요." 알리시아가 대답했다. "해뜨기 전에 마드리드에 도착하면 이 돈을 모두 드릴게요."

25

페르난디토는 거리 맞은편에 서서 서점 쇼윈도 너머로 다니엘을 지켜보고 있었다. 집을 나설 때 눈발이 날리기 시작하더니, 이제 거리에는 인적이 거의 없었다. 그는 다니엘이 혼자 남을 때를 기다리며 한동안 서점 안을 살펴보았다. 다니엘이 '영업 마감' 표지판을 걸려고 문으로 다가오는 순간, 페르난디토는 어둠 속에서 나와 굳은 미소를 지으며 그 앞에 섰다. 다니엘은 놀란 표정으로 페르난디토를 멀뚱히 쳐다보면서 문을 열었다.

"페르난디토, 소피아 만나러 온 거야? 그런데 소피아는 사리아에 있는 친구 집에서 자고 온다고 했어. 오늘 과제물을 마쳐야 된다고⋯⋯"

"아니에요. 오늘은 다니엘 씨를 만나러 왔어요."

"나를?"

페르난디토는 고개를 끄덕였다.

"들어와."

"혼자 계세요?"

다니엘은 의아한 표정으로 그를 바라보았다. 페르난디토는 서점 안으로 들어가 그가 문을 닫기를 기다렸다.

"무슨 일이지?"

"알리시아 양이 뭘 전해드리라고 해서 온 거예요."

"그녀가 지금 어디 있는지 아니?"

"아뇨. 그건 저도 몰라요."

"뭔데?"

페르난디토는 잠시 머뭇거리다 상의 안쪽에서 학생용 공책으로 보이는 것을 꺼내 다니엘에게 건넸다. 다니엘은 순진하기 그지없는 그 수수께끼 같은 분위기에 미소를 지으며 공책을 받았다.

하지만 이내 의아한 표정이 떠올랐다. 공책 표지에 쓰여 있는 단어를 보자마자 얼굴에서 웃음기가 싹 가셨다.

"저……" 페르난디토가 힘들게 입을 뗐다. "그럼 저는 이만 가 볼게요. 안녕히 계세요, 다니엘 씨."

다니엘은 공책에서 눈을 떼지 않은 채 고개를 끄덕였다. 페르난디토가 서점에서 나가자, 그는 불을 다 끄고 뒷방으로 몸을 숨겼다. 그는 할아버지가 쓰던 낡은 책상에 앉아 스탠드를 켜고 잠시 눈을 감았다. 가슴이 두근거리면서 두 손이 떨렸다.

저멀리서 대성당의 종소리가 울려퍼지기 시작할 무렵, 그는 공책을 펴고 읽기 시작했다.

이사벨라의 공책

1939년

내 이름은 이사벨라 히스페르트, 1917년 바르셀로나에서 태어났다. 지금은 스물두 살이지만, 스물세번째 생일을 맞이하지 못하리라는 것을 알고 있다. 내가 이 글을 쓰는 이유는 앞으로 살날이 며칠 남지 않았고, 이 세상에서 내게 커다란 은혜를 베푼 이들의 곁을 곧 떠나야 된다는 것을 알기 때문이다. 내 아들 다니엘, 그리고 이 세상에서 가장 선량한 사람인 남편 후안 셈페레가 바로 그들이다. 남편은 평생 과분할 정도의 믿음과 사랑, 그리고 헌신으로 나를 대해주었다. 그러나 나는 그 은혜를 갚지 못한 채 죽을 것이다. 나는 나 자신에게 이 글을 쓴다. 누구도 이 글을 읽지 않을 것이기 때문에 내 것이 아닌 비밀을 영원히 마음속에 간직하려 한다. 나는 지나간 삶의 흔적을 회상하고 삶을 붙잡기 위해 이 글을 쓴다. 내게 아직 그럴 기력이 남아 있을 때, 그리고 이미 희미해져가는 의식이 영원히 나를 버리기 전에, 내가 어떤 사람이었으며 무슨 이유로 어떤 행동을 했는지 기억하고 이해하는 것이 내 유일한 소망이다. 마음이 괴로울지라도 나는 글을 쓴다. 왜냐하면 파괴와 고통만이 나를 살아 있게 만들기 때문이다. 그리고 죽는 것이 두렵기 때문이다. 나는 이 세상에서 가장 사랑하는 이들에게 할 수 없는 이야기를 이 종이에 털어놓으려고 글을 쓴다. 사랑하는 이들의 마음에 상처를 주고, 더 나아가 그들의 생명을 위태롭게 만들고 싶지는 않으니까. 나는 글을 쓴다. 내가 기억할 수 있는 한, 그들과 일 분이라도 더 같이 있게 될 테니까……

1

이 방에 있는 거울로 점점 야위어만 가는 내 몸을 보면 도무지 믿어지지 않지만, 나도 먼 옛날에는 어린 여자아이였을 때가 있었다. 우리집은 산타마리아 델 마르 옆에서 식료품가게를 했고, 우리 식구는 가게 뒤편에 있는 집에서 살았다. 집에는 안마당이 하나 있었는데, 거기나가면 성당 꼭대기가 보였다. 어렸을 적에 나는 그 성당이 마법에 걸린 성이라고, 밤마다 바르셀로나의 거리를 배회하다가 해가 뜰 무렵이면 잠에 들기 위해서 제자리로 돌아오는 거라고 상상하곤 했다. 아버지네 히스페르트가※는 바르셀로나의 오래된 상인 집안인 반면, 어머니네 페라티니가※는 나폴리에서 선원이자 어부로 살아온 집안이었다. 나는 외할머니의 성격을 그대로 물려받았다. 우리 외할머니는 불같은 성격 탓에 베수비아*라는 별명을 얻기까지 했다. 우리집에는 세자매가 있었지만, 아버지는 늘 딸 둘에 고집쟁이 노새 하나라고 했다.

나는 아버지를 무척이나 사랑했다. 물론 나로 인해 아버지가 불행해지기는 했지만 말이다. 아버지는 자기 딸들보다 식료품을 더 잘 다루셨지만 참 좋은 분이었다. 우리 본당의 고해신부님 말씀에 따르면, 우리는 모두 한 가지 목적을 가지고 이 세상에 오는데 내가 가진 목적은 반항하는 것이라고 했다. 언니 둘은 모두 나보다 더 온순한 편이었다. 언니들은 결혼을 잘해서 사회규범에 따라 바람직한 삶을 영위하는 것을 당면 목표로 삼았다. 반면에 나는 여덟 살 때 이미 반항을 시작해 가엾은 부모님에게 실망을 안겨드렸다. 그 당시 나는 절대 결혼을 안 할 거라고, 설령 사형장에 끌려가는 일이 있어도 절대로 앞치마 따윈 두르고 살지 않겠다고 잘라 말했다. 대신 작가나 잠수함 승조원이 되고 싶다고(그 점에서 쥘 베른은 한동안 나를 헷갈리게 만들었다) 당당하게 말했다. 그럴 때마다 아버지는 내가 그렇게 된 건 모두 브론테 자매 때문이라고 푸념을 늘어놓곤 했다. 하기야 그 무렵 나는 브론테 자매 이야기가 나올 때마다 입이 닳도록 찬양했으니 그럴 만도 했다. 아버지는 브론테 자매가 비극의 주** 소요사태 동안 산타마드로나 성당 입구에 피신해 있다가 이성을 잃고 이제는 자정 넘어 아편을 피우며 자기들끼리 부둥켜안고 춤추는 아나키스트 수녀들인 줄 알았다. '저 아이를 성녀 테레사 수녀원으로 보냈더라면 이런 일은 일어나지

---

* 나폴리의 활화산 '베수비오'를 여성형으로 바꾼 것.
** 1909년 당시 식민지였던 모로코 리프에서 노동자들이 낮은 임금에 불만을 품고 저항하자 스페인 정부는 본국의 노동자들을 군대로 파견하려 했다. 이 소식에 격분한 바르셀로나의 노동자들이 수많은 성당과 수도원을 파괴하며 저항했고 7월 26일부터 8월 2일까지 약 백오십 명의 노동자가 사망했다. 이 기간을 '비극의 주'라고 부른다.

않았을 텐데.' 아버지는 가끔 가슴을 치며 후회했다. 솔직히 나는 어떻게 하면 부모님이 바라는 딸이 될 수 있는지, 그리고 이 세상이 바라는 여성이 될 수 있는지 몰랐다. 더 정확히 말하자면, 그렇게 되고 싶지 않았다. 나는 언제나 모든 사람, 특히 부모님과 선생님의 뜻을 거슬렀다. 그리고 모두와 시시콜콜 싸우는 것에 지쳤을 때, 내 뜻마저 거슬렀다.

또래 여자아이들과는 어울리고 싶지 않았다. 내 특기는 새총으로 인형의 목을 날려버리는 것이었다. 나는 차라리 단순해서 쥐고 흔들기가 훨씬 쉬운 남자아이들과 노는 게 더 좋았다. 물론 내가 자기들 머리 꼭대기에서 노는 게 발각되면 외톨이 신세가 되었지만 말이다. 내가 다른 사람들과 다를 뿐만 아니라 언제나 동떨어져 있다는 느낌이 들기 시작한 것도 바로 그 무렵이었던 것 같다. 그런 점에서 나는 이 세상 누구든, 특히 여자로 태어나면 언제나 혼자일 뿐이라고 입버릇처럼 말씀하시던 엄마와 똑 닮았다. 엄마는 우울한 분이었다. 그런 엄마와 사이가 결코 좋지 못했던 이유는 아마 우리 가족 중에서 나를 이해하는 사람이 엄마뿐이기 때문이었던 것 같다. 엄마는 내가 어렸을 때 돌아가셨다. 얼마 뒤 아버지는 바야돌리드 출신의 과부와 재혼했다. 새엄마는 내가 전혀 마음에 들지 않았는지 단둘이 있을 때면 나를 '여우 같은 년'이라고 부르기도 했다.

엄마가 세상을 떠난 뒤에야 나는 엄마의 존재가 얼마나 소중했는지 깨달았다. 내가 대학교 도서관을 자주 드나들기 시작한 것도 바로 그 때문이었는지 모른다. 사실 엄마는 돌아가시기 직전 아버지와 일언반구 의논도 없이 내게 도서관 출입증을 만들어주셨다. 그럴 수밖에 없었던 것이, 평소 아버지의 주장대로라면 나는 교리문답서나 공부하고 성인열전이나 읽으면 그만이었으니까 말이다. 새엄마는 책을 무척이나 싫어해 책이 눈에 띄기만 해도 신경질을 냈다. 실내 장식을 망친다는 이유로 책이란 책은 모조리 벽장 속에 숨겨버렸다.

그렇게 도서관을 드나들면서 내 삶은 바뀌어갔다. 교리문답서에는 손도 대지 않았다. 다른 성인 성녀는 모르겠지만 성녀 테레사의 전기만은 정말 흥미롭게 읽었다. 특히 신비한 황홀경에 대한 묘사는 지금 이 자리에서 밝힐 수 없는 부끄러운 행위가 연상되면서 내 호기심에 불을 댕겼다.* 도서관에서 나는 내게 허용된 모든 책뿐만 아니라, 몇몇 사람이 읽지 말라고 했던 책도 모두 읽었다. 매일 오후에 근무하던 현명한 사서 로레나 부인은 매일 내가 읽을 책을 미리 준비해서 쌓아두었다. 그녀의 말에 따르면, '젊은 여성들이라면 반드시 읽어야 되지만 아무도 그들이 읽기를 바라지 않는 책들'이었다. 로레나 부인은 어떤 사회든 여성들로 하여금 책을 읽지 못하게 한다는 말을 자주 했다. 한 사회의 야만성은 여성과 책 사이의 거리로 측정할 수 있다는 것이 주장의 요지였다. '글을 읽고 쓰고 생각할 줄 알 뿐만 아니라, 자기 무릎을 당당하게 보여줄 줄 아는 여성만큼 야만적인 사람을 두렵게 만드는 것은 없어.' 전쟁 동안 그녀는 결국 여자 교도소에 갇히고 말았는데, 들리는 말에 따르면 감방에서 스스로 목매달아 죽었다고 한다.

---

* 16세기 카르멜 수도회의 수녀 테레사는 꿈속에 어린 천사가 나타나 불화살로 자신의 심장을 찌르는 순간 고통과 함께 극도의 황홀감을 경험했다고 전해진다.

나는 책 속에서 살고 싶다는 나의 소망을 처음부터 알고 있었다. 그래서 언젠가 나의 이야기가 그토록 떠받들던 저 책들 가운데 꽂혀 있는 모습을 꿈꾸기 시작했다. 책을 통해서 나는 생각하고 느끼고, 수천 가지의 삶을 경험하는 방법을 배웠다. 로레나 부인이 예측했던 것처럼 드디어 나도 남자들을 좋아하기 시작한 날이 왔다는 것을 스스럼없이 인정할 수 있다. 그것도 그럭저럭이 아니라 무척이나 많이 좋아했다. 그 남자아이들이 내 앞을 지나갈 때 다리가 얼마나 후들거렸는지 이제는 웃으면서 말할 수 있을 것 같다. 그때 그 아이들은 보르네 시장에서 상자를 내리고 있었는데, 구릿빛으로 탄 몸통이 땀으로 뒤범벅이 된 채 굶주린 눈빛으로 미소 지으며 나를 바라보았다. 그들의 살에서는 짠맛이 날 것 같았다. '예쁜 아가씨, 당신이라면 뭐든 주고 싶네요.' 아버지가 나를 일주일 동안 집에 가두기 직전, 한 청년이 내게 말했다. 집에 갇혀 있는 동안 나는 용감한 그 남자가 나에게 무엇을 줄지 끝없는 상상의 날개를 펼치며 나 자신이 성녀 테레사 같다는 생각이 조금 들기도 했다.

솔직히 말하면 나는 내 또래 남자아이들에게 그다지 관심이 없었다. 게다가 그들은 나를 약간 무서워하기까지 했다. 그도 그럴 것이 바람에 오줌발을 누가 더 멀리 날리게 하는지 내기할 때를 빼면 내가 모든 면에서 그들보다 뛰어났기 때문이었다. 또래 여자아이들과 마찬가지로—그들이 인정하든 말든—나도 나보다 나이가 많은 남자들, 특히 세상의 모든 엄마들이 '너한테 안 어울리는 남자'라고 낙인찍은 부류의 남자들이 더 마음에 들었다. 원래 나는 화장을 할 줄도, 꾸밀 줄도 몰랐지만 얼마 지나지 않아 남자아이들이 언제 내게 마음이 끌리는지 알 수 있게 되었다. 내가 만나본 남자아이들은 대부분 책과는 정반대였다. 다시 말해 그들은 너무 단순해서 한눈에 마음을 다 읽을 수 있었다. 항상 나는 흔히 말하는 착한 소녀와 거리가 멀었던 것 같다. 지금 와서 나 자신을 속이고 싶은 마음은 전혀 없다. 자진해서 착한 소녀가 되고 싶은 사람이 있을까? 적어도 나는 그렇지 않았다. 마음에 드는 남자아이가 생기면 나는 그를 건물 현관 구석으로 끌고 가서 내게 키스하라고 윽박지르곤 했다. 대부분 남자아이들은 무서워서 바들바들 떨거나 어떻게 하는지 몰라 쩔쩔매기 마련이라서 내가 먼저 키스를 퍼붓곤 했다. 나의 기이한 행각은 얼마 안 가 교구 주임사제의 귀에까지 들어가고 말았다. 신부님은 그 소문을 듣자마자 내가 귀신이 들린 것이 틀림없다면서 당장 구마예식을 행해야 한다고 목소리를 높였다. 결국 이를 안 새엄마는 수치심을 이기지 못하고 신경쇠약에 걸려 한 달 동안 자리에 누워 있어야 했다. 이후 그녀는 내가 기껏해야 카바레 댄서가 되거나, 그녀가 즐겨 쓰던 표현을 빌리면 '시궁창' 같은 세계로 곧장 굴러떨어질 거라고 악담을 퍼부었다. '그러면 여우 같은 네년을 좋아할 사람은 아무도 없을 거야.' 어찌할 바를 몰라 막막해하던 아버지는 나를 엄격한 가톨릭 기숙학교에 보내려고 수속을 밟기 시작했지만, 그곳에 가기도 전에 내 명성은 삽시간에 퍼져나갔다. 내가 어떤 아이인지 파악한 학교측은 서둘러 입학 불허 결정을 내렸다. 나로 인해 자칫 다른 아이들에게 나쁜 물이 들 수 있다는 이유에서였다. 지금 이런 이야기를 아무렇지도 않게 털어놓는 것은 내가 청소년기에 정말로 못된 짓을 저질렀다면 그건 너무 순진했기 때문이라고 믿기 때문이다. 내가 몇몇 사람의 마음을 아프게 한 건 사실이지만 절대 양심을 품고 한 것은 아니었고, 그때만 해도 나는 누구도 내 마음에 상처를 주지 못할 거라고 생각했다.

루르드의 성모를 극진히 모신다고 공언한 신자답게 새엄마는 그래도 나에 대한 희망을 버리지 않았다. 그래서 내가 정신을 차리게 해달라고, 아니면 지나가는 전차에 치여 자기 눈앞에서 영원히 사라지게 해달라고 쉬지 않고 루르드의 성모에게 기도를 올렸다. 주임신부의 제안에 따라 불순한 나의 천성을 로마 가톨릭이 가르치는 길로 인도함으로써 구원을 찾기로 했다. 그래서 그들은 내가 좋아하든 말든 플라사데르스 거리 끝에 있는 제과점집 아들인 비센테트와 나를 약혼시키기로 계획을 세웠다. 부모님은 둘이 잘 어울리는 한 쌍이 될 거라고 단언했다. 비센테트는 설탕가루처럼 성품이 부드럽고 온화했을 뿐만 아니라, 자기 어머니가 직접 구운 마들렌처럼 다정하고 유순한 청년이었다. 나는 반나절 만에 그가 넌더리를 치게 만들 자신이 있었다. 물론 가엾은 남자도 그런 사실을 잘 알았다. 하지만 양가 부모의 입장에서는 둘을 맺어주는 것이 일석이조의 효과를 낳는 셈이었다. 그렇게 되면 **철이 덜 든 아들**은 장가를 보내고 천방지축으로 날뛰는 이사벨라는 옳은 길로 인도할 수 있을 테니까 말이다.

모든 제빵사의 부러움을 산 비센테트는 나를 연모했다. 가엾게도 그는 나를 이 세상에서 가장 아름답고 순수한 여인으로 여겼다. 내가 앞을 지나가면 그는 라스 시에테 푸에르타스 레스토랑에서 결혼식을 올린 다음 유람선을 타고 항구 방파제까지 신혼여행을 가는 상상에 빠진 채 목 잘린 양의 얼굴로 나를 바라보곤 했다. 물론 나는 그를 최대한 불쌍한 남자로 만들었다. 이 세상에 살고 있는 모든 비센테트한테는 — 그런 이름을 가진 이는 결코 적지 않았다 — 미안한 소리지만, 여자의 마음은 한여름 땡볕 아래 놓아둔 폭죽통이나 다름없다. 가엾은 비센테트, 그는 내 잘못으로 얼마나 마음고생이 심했는지 모른다. 나중에 들은 바에 의하면 결국 그는 수녀원에 들어갈 뻔했던 리폴 출신의 육촌과 결혼했다고 한다. 수녀원에 들어가는 걸 피할 수만 있다면 그녀는 무명용사의 동상과도 기꺼이 결혼했을 것이다. 두 사람은 지금도 함께 아기들과 마들렌을 세상에 내놓고 있다. 다행스럽게도 그는 내 손아귀에서 벗어난 것이다.

예상대로 나는 고집을 꺾지 않았고, 결국 아버지가 늘 두려워하던 방향으로 나가고야 말았다. 베수비아 할머니가 우리집으로 이사와 함께 사는 것보다 훨씬 두려워하던 상황이 그의 눈앞에 펼쳐졌던 셈이다. 아버지에게 가장 끔찍한 악몽은 내 팔팔한 뇌가 책에 물든 나머지 인간 말종, 그러니까 지구상에서 가장 믿기 어렵고 무자비할 뿐만 아니라 가장 악독하기까지 한 남자, 끝없는 허영심을 채우는 것 말고도 한때의 실수로 자기를 사랑하고 만 가엾은 여인들을 불행하게 만드는 것이 삶의 주된 목적인 남자, 그러니까 작가와 사랑에 빠지는 것이었다. 내친 김에 말하자면, 아버지가 생각한 것은 결코 시인이 아니었다. 아버지는 시인들을 순진한 **몽상가** 정도로 여겼다. 잘만 설득하면 식료품점에서 정직한 일자리를 얻을 수도 있을 뿐만 아니라, 시를 계속 쓰더라도 일요일 미사를 마치고 오후 한가한 시간으로 미뤄둘 수도 있는 그런 부류의 인간 말이다. 아버지가 우려한 대상은 작가 중에서도 가장 형편없는 무리, 소설가였다. 그자들은 구제불능이어서 지옥에서조차 반기지 않는다고 했다.

내 세계에서 유일하게 살아 있는 현실의 작가는 동네를 어슬렁거리는—좋게 말하자면 그랬다—다소 기이한 사람뿐이었다. 이리저리 수소문한 끝에 나는 그가 플라사데르스 거리의 빈센테트 제과점 부근의 낡은 저택에 살고 있다는 것을 알아냈다. 그런데 그 집을 둘러싸고 흉흉한 소문이 돌고 있었다. 남의 이야기를 좋아하는 노파들과 토지등기소 직원들, 그리고 동네에서 일어나는 모든 일을 시끄럽게 떠들고 다니는 야경꾼 소폰시오에 따르면 그 집에는 귀신이 나타날 뿐만 아니라 집주인도 반은 실성한 것 같다고 했다. 그의 이름은 다비드 마르틴이었다.

그는 밤에만 밖으로 나오는데다, 정숙한 숙녀와 고상한 신사에게 어울리지 않는 곳을 돌아다녔기 때문에 실제로 그를 본 적은 없었다. 정숙한 숙녀도 고상한 신사도 아니었던 나는 통제 불능의 상태로 질주하는 두 열차처럼 우리 두 사람의 운명을 서로 부딪치게 할 계획을 세웠다. 우리집으로부터 다섯 블록 떨어진 구역 내에 유일하게 살아 있는 소설가이던 다비드 마르틴은 아무것도 모르고 있었지만, 머지않아 그의 삶이 통째로 바뀌게 될 터였다. 더 좋은 쪽으로. 나는 천국이든 지옥이든 그의 방탕한 삶을 올바른 길로 이끌기 위해 꼭 필요한 것을 그에게 보내줄 것이었다. 제자, 즉 훌륭한 이사벨라를.

2

내가 어떻게 다비드 마르틴의 공식 제자가 되었는지 모두 이야기하자면 길고 지루할 것이다. 그가 어떤 사람인지 잘 아는 지금, 다비드 마르틴 본인이 어딘가 그 이야기를 남겨놓았다고 해도 별로 놀라지는 않을 것 같다. 다만 내가 주인공으로 등장하지 않으리라는 것은 분명하다. 사실 그가 완강하게 거부했지만 나는 그의 집으로, 그의 기괴한 삶과 유령의 집이나 다름없는 의식 속으로 몰래 들어갈 수 있었다. 어쩌면 그건 운명이었는지도 모른다. 아니면 다비드 마르틴은 자신도 모르는 사이에 내가 절실하게 필요할 정도로 고통받고 있었는지도 모른다. 내가 그를 필요로 했던 것보다 훨씬 더 간절하게 말이다. '한밤중에 길을 잃고 헤매다 마주친 두 영혼.' 이는 그 당시 내가 습작으로 쓴 멜로드라마풍 시의 일부다. 물론 나의 새로운 스승은 이 작품을 보고 당뇨병 환자들에게 극히 위험할 거라고 주장했다. 그는 그런 식이었다.

다비드 마르틴은 로레나 부인 이후로 내가 삶에서 처음 만난 진정한 친구였다는 생각이 종종 든다. 나보다 나이가 거의 두 배나 많은 그는 나를 만나기 전에 이미 수백 가지의 삶을 경험한 듯 보였다. 하지만 그가 나와 같이 있지 않으려고 할 때나 쓸데없는 일을 가지고 싸울 때도 나는 그가 가깝게 느껴졌다. 그래서인지 그가 가끔 농담처럼 던지던 '지옥에서 자라난 아이들은 언젠가 만나게 되는 법'이라는 말의 참뜻이 자연스럽게 이해되었다. 순한 사람들이 대부분 그렇듯이, 다비드 또한 냉소적이면서 무뚝뚝한 껍데기 속에 숨어 살기를 좋아했다. 그는 내게 자주 악담을 퍼부었고(솔직히 말하면 내가 그보다 더 많은 악담을 퍼부었다) 겉으로는 짐짓 아닌 척했지만, 언제나 너그러운 마음과 인내심으로 나를 대했다.

다비드 마르틴은 내게 정말 많은 것을 가르쳐주었다. 문장을 만드는 방법부터 시작해서 빈 종이를 앞에 두고 언어와 문학적 장치를 오케스트라처럼 편성하는 방법, 그리고 텍스트를 분석하고 그것이 어떻게, 또 왜 그렇게 구성되었는지 이해하는 방법에 이르기까지…… 그는 내게 글을 읽고 쓰는 방법을 다시 가르쳐주었다. 이번에는 내가 무엇을 하는지, 그리고 무엇 때문에, 무엇을 위해서, 무엇보다 어떻게 하는지 잘 알고 있었다. 그는 틈날 때마다 어떤 문학이든 사실상 하나의 주제만이 있을 뿐이라고 말하곤 했다. 그가 강조하던 주제란 무엇을 이야기하느냐가 아니라 어떻게 이야기하느냐였다. 그 밖의 것은 모두 장식에 불과하다고 했다. 그는 또한 배울 수는 있어도 가르칠 수는 없는 것이 작가라는 직업의 일이라고도 했다. '그 원리를 이해할 수 없다면 차라리 다른 일을 알아보는 편이 나아. 이 세상에는 할일이 아주 많으니까.' 그는 내가 작가로서 성공하는 것보다 차라리 스페인이 공평한 나라가 될 가능성이 높다는 의견을 폈다. 하지만 그는 타고난 비관주의자, 혹은 자칭 '사실에 근거한 현실주의자'였다. 그래서 나는 내 천성에 따라 그에게 반항했다.

나는 그를 통해서 있는 그대로의 나를 받아들이는 법, 스스로 생각하는 법, 그리고 심지어 나를 얼마간 사랑하는 법을 배워나갔다. 그 무렵 우리 둘은 유령의 집에서 함께 살면서 친구, 그것도 좋은 친구가 되었다. 다비드 마르틴은 자기도 모르는 사이 세상과 자기를 이어주던 다리를 태워버린 고독한 남자였다. 아니면 그 다리를 건너봐야 좋은 일이 없을 거라고 생각해서 일부러 태워버렸는지도 모른다. 그는 어린 시절부터 상처받은 영혼의 아픔을 견디고 살았고, 끝내 무너진 마음을 되살려내지 못했다. 처음에 나는 그를 싫어하는 척 하다가 나중에는 그에 대한 존경심을 숨겼고, 종국에는 내가 그를 가엾게 여긴다는 사실을 들키지 않도록 애썼다. 내가 자기를 가엾게 여긴다는 사실을 알면 그는 격분을 누르지 못했기 때문이었다. 다비드가 나를 멀리하면 할수록, 그리고 그는 그런 시도를 멈추지 않았지만, 나는 그가 더 가깝게 느껴졌다. 그때부터 그의 뜻에 사사건건 거역하기를 그만두었다. 나는 그저 그를 지켜주고 싶었다. 내가 제자인 동시에 골칫거리로 그의 삶에 나타났지만, 사실 그는 내가 오기만을 기다리고 있었던 것 같았다는 점에 있어서 우리 둘의 우정은 참으로 아이러니하다. 어쩌면 그는 자기 자신으로부터, 아니면 마음속에 갇혀 그를 산 채로 갉아먹는 모든 것으로부터 벗어나기 위해 나를 기다렸던 것인지도 모른다.

　누구든 진정으로 사랑에 빠질 때는 그런 일이 일어나는지조차 모르는 법이다. 돌이켜보면 나 또한 그를 사랑한다는 생각이 들기 오래전부터 마음속 깊이 상처입고 불행한 그 남자와 사랑에 빠졌던 것 같다. 언제나 내 마음을 훤히 꿰뚫어보던 그는 나를 염려해주었다. 그의 단골이던 '셈페레와 아들' 서점에서 나를 일하도록 한 것도 그의 생각이었다. 더 나아가 지금은 나의 남편이 되었지만 당시엔 '아들' 셈페레였던 후안에게 나를 사귀어보라고 설득한 것도 그였다. 그 당시 후안은 뻔뻔한 다비드와 반대로 무척이나 소심한 편이었다. 어떤 면에서 두 사람은 낮과 밤 같은 관계였다. 정말이지 당시 다비드의 마음에는 항상 짙은 어둠이 깔려 있었다.

그 무렵 나는 작가는커녕 잠수함 승무원도 절대 될 수 없고, 브론테 자매는 나보다 적절한 후계자가 나타나기를 기다려야 한다는 사실을 서서히 깨닫기 시작했다. 그리고 다비드 마르틴이 아프다는 사실을 알게 된 것도 그 무렵이었다. 그의 내면에는 심연이 열렸고, 온전한 정신을 유지하기 위해 평생을 싸워온 그는 내가 삶에 들어왔을 때 이미 자신과의 싸움에서 패한 채 손에 움켜쥔 모래가 빠져나가듯이 점점 미쳐가고 있었다. 만약 내가 사리를 제대로 분별할 줄 알았더라면 당장 도망쳤을 것이다. 하지만 그 무렵 나는 나 자신에게 거스르기를 은근히 즐기고 있었다.

시간이 흐르면서 다비드 마르틴을 놓고 여기저기서 말들이 많았다. 그가 끔찍한 범죄들을 저질렀다는 소문도 돌기 시작했다. 하지만 누구보다 그를 잘 안다고 자부하는 나는 자신 있게 말할 수 있다. 그가 저지른 범죄는 자기 자신에게 저지른 것밖에 없다고 말이다. 경찰은 그의 후원자인 페드로 비달과 그 아내 크리스티나를 살해한 혐의로 다비드를 기소한 터였다. 몇몇 남자들이 혼자만의 환상인 줄도 모르고 자기가 어느 여인과 사랑에 빠졌다고 상상하듯이, 다비드는 어리석고 불행하게도 자기가 후원자의 아내와 사랑에 빠졌다고 믿었다.

그런 이유로 나는 그가 다시는 이 도시에 돌아오지 말고 먼 곳에서 마음의 평화를 얻기를 간절히 기도했다. 더불어 그를 잊을 수 있도록 해달라고, 아니면 언젠가 그를 잊었다는 확신이 들게 해달라고 기도했다. 하느님은 우리가 필요 없는 것을 기도할 때만 귀를 기울이신다.

　나는 다비드 마르틴을 잊어버리려고 애쓰면서, 아니 거의 다 잊어버렸다고 생각하면서 사 년을 보냈다. 작가가 되고 싶은 꿈을 버린 대신 책과 말 속에서 살고 싶다는 소원은 현실로 이루었다. 나는 '셈페레와 아들' 서점에서 일하게 되었다. 그 무렵 노인이 세상을 떠나면서 후안이 '셈페레 씨' 자리에 올랐다. 전쟁 전 연인들이 그랬듯이 나와 후안도 조심스럽게 만나 뺨을 어루만지고 일요일 오후마다 함께 산책을 즐기고 그라시아 축제 때 주변에 가족이 없으면 천막 아래에서 몰래 키스를 하며 사랑을 키워나갔다. 그와 만나면서 다리가 후들거리는 일은 없었지만 굳이 그럴 필요도 없었다. 누구든 열네 살 먹은 사람처럼 평생을 살 수는 없는 법이니까.

　만난 지 얼마 되지 않아 후안이 내게 청혼했다. 아버지는 불가능한 것을 이루어주는 성녀 리타에게 감사의 기도를 올리고 단 삼 분만에 그 청혼을 받아들였다. 그는 하얀 웨딩드레스를 입고 신부님 앞에서 허리를 굽히며 전례를 따르는 딸의 모습이, 살아생전에 볼 수 없을 것만 같았던 그 모습이 눈앞에 아른거리는 것만 같았다. 바르셀로나는 기적의 도시였다. 후안의 청혼을 승낙했을 때 나는 최고의 남자, 아니 내게 과분한 남자를 만났다는 확신이 있었다. 마음으로뿐만 아니라 머리로도 그를 사랑하게 됐다고 믿었다. 철부지 어린애처럼 들떠서 승낙한 것은 절대 아니었다. 나 자신이 얼마나 현명하게 느껴졌던지. 엄마가 그 모습을 봤다면 무척이나 대견스럽게 생각했을 것이다. 그 모든 책이 모두 나름대로 쓸모가 있었다. 나는 그를 행복하게 해주고 그와 함께 화목한 가족을 이루는 것이 가장 큰 소원이라고 굳게 믿으면서 청혼을 받아들였다. 그리고 한동안 정말로 그렇게 되리라고 믿었다. 나는 여전히 순진했던 것이다.

3

사람은 누구나 마음속에 희망을 품고 살지만, 운명을 결정하는 것은 악마다. 결혼식은 서점 바로 뒤 작은 광장에 있는 산타아나성당에서 올리기로 했다. 이미 초대장도 돌리고 피로연 준비도 모두 마쳤다. 결혼식에 필요한 꽃도 다 주문했고, 신부를 성당 문 앞까지 데려다줄 차량도 예약했다. 그때 나는 기대에 한껏 부풀어 있을 뿐만 아니라 결국 행복해질 거라고 매일같이 속으로 다짐했다. 결혼식이 열리기 딱 한 달 전, 그러니까 3월 어느 금요일이었던 것으로 기억한다. 마침 후안이 중요한 고객에게 주문받은 책을 전해주기 위해 티아나*에 가는 바람에 서점에 나 혼자 남아 있었는데, 갑자기 문에 달린 종이 달그랑 울렸다. 고개를 들자 그의 모습이 보였다. 그사이 거의 변하지 않은 것 같았다.

다비드 마르틴은 세월이 흘러도 결코 늙지 않는, 아니면 속으로만

---

* 바르셀로나 동쪽에 위치한 마을.

늙는 사람들 중 하나였다. 그를 아는 사람이라면 누구든 그가 악마와 계약을 맺은 것이 틀림없다고 농담을 할 정도였다. 그가 스스로도 환각에 빠져 그렇게 믿고 있다는 걸 아는 나는 예외였다. 물론 그를 따라다니는 악마는 안드레아스 코렐리라는 이름으로 그의 뇌 한구석에 사는 가상의 인물이었지만 말이다. 파리 출신의 출판인 코렐리는 너무 사악해서 그의 펜 끝에서 태어난 인물 같았다. 상상 속에서 다비드는 코렐리가 저주받은 책을 쓰기 위해 자기를 고용했다고 굳게 믿고 있었다. 그건 이 세계를 영원히 불구덩이에 몰아넣을 새로운 종교, 즉 광기와 분노, 그리고 파괴로 이루어진 종교의 경전이 될 책이었다. 다비드는 이런저런 망상에 시달리며 자신이 만들어낸 문학의 악마가 자기를 잡으려고 쫓아오고 있다고 철석같이 믿었다. 그도 그럴 것이 다비드는 타고난 성격 탓에 기어이 악마를 배신해 그와 맺은 계약을 파기했고, 현대판 말레우스 말레피카룸*을 최후의 순간에 파괴하고 말았기 때문이었다. 그가 그렇게 한 것은 지긋지긋한 제자의 빛나는 친절 덕분에 깨달음을 얻어 자기가 세운 계획의 오류를 알아차렸기 때문인지도 몰랐다. 나, 위대한 이사벨라가 그의 삶에 나타난 것에는 다 이유가 있었던 것이다. 복권조차 믿지 않을 정도로 모든 것을 불신하던 나는 그가 한동안 바르셀로나의 탁한 공기를 멀리하고(더구나 그는 경찰에 쫓기고 있었다) 내가 가진 젊은 매력의 향기를 맡으면 착란 증세를 충분히 치료할 수 있을 것이라고 생각했다. 그의 눈을 쳐다본

---

* Malleus Maleficarum, '마녀를 심판하는 망치'라는 뜻으로, 15세기에 출간된 마녀사냥 교본의 제목이기도 하다.

순간, 정처없이 방황한 사 년의 세월 동안 그가 조금도 나아지지 않았다는 것을 깨달았다. 그가 나에게 미소를 지어 보이며 그동안 보고 싶었다는 말을 하는 그때, 내 영혼은 산산이 부서지고 말았다. 나는 울음을 터뜨리며 내 운명을 저주했다. 그의 손이 내 뺨을 어루만진 바로 그때 나는 여전히 나의 도리언 그레이*를, 내가 가장 좋아하는 미치광이를, 그리고 그가 원하는 대로 날 대해주기를 바랐던 유일한 남자를 사랑하고 있음을 깨달았다.

그 당시 우리가 어떤 말을 주고받았는지는 기억나지 않는다. 그 순간은 여전히 내 기억 속에 흐릿하게 남아 있다. 다비드가 내 곁을 떠난 동안 상상 속에서 쌓아올렸던 모든 것이 단 오 초 만에 와르르 무너져버렸던 것 같다. 그 잔해더미 사이로 간신히 빠져나왔을 때 내가 할 수 있는 일은 그저 후안에게 쪽지를 써서 금전등록기 옆에 놓아두는 것밖에 없었다.

> **나는 떠나야 해요. 부디 나를 용서해줘요, 내 사랑.**
> **이사벨라**

---

* 오스카 와일드의 장편소설 『도리언 그레이의 초상』의 주인공. 청년 시절 화가가 그려준 초상화를 보고 자신의 완벽한 아름다움을 영원히 간직하고 싶다는 욕망에 사로잡힌 도리언 그레이는 나이가 들어서도 아름다운 외모를 유지하지만, 그 대신 초상화 속 인물이 늙어가면서 그가 지은 모든 죄를 짊어지고 추하게 변한다.

나는 경찰이 계속 그를 쫓는다는 것을 알고 있었다. 그의 행방을 수소문하기 위해 경찰관이 매달 서점에 찾아왔으니 말이다. 나는 다비드의 팔짱을 끼고 서점을 나와 노르테 기차역으로 그를 끌고 갔다. 오랜만에 바르셀로나로 돌아와 얼마나 기쁜지 그는 죽음을 눈앞에 둔 사람처럼 향수에 젖은 눈빛으로, 때로는 순진한 아이처럼 들뜬 표정으로 주위를 두리번거렸다. 하지만 나는 겁에 질린 채 그를 어디에 숨기는 것이 좋을지만 생각하고 있었다. 그래서 아무도 그를 찾을 수 없을뿐더러 찾을 생각조차 할 수 없는 곳이 어디인지 그에게 물었다.

'시청에 있는 엘 살로 데 센트* 정도면 괜찮겠지.' 그가 대답했다.

'지금 진지하게 말하는 거예요, 다비드.'

나는 평소에도 기지가 넘치는 여자였지만, 그날따라 기막히게 좋은 생각이 떠올랐다. 언젠가 다비드는 옛 스승이자 친구인 페드로 비달 씨가 코스타브라바의 사가로라는 외딴 마을 바닷가에 집 한 채를 가지고 있다고 말한 적이 있었다. 그 집은 한때 카탈루냐의 부르주아들 사이에서 관행처럼 여겨지던 밀회의 장소로 이용되었다. 부잣집 남자들은 자신의 흠잡을 데 없는 결혼생활에 오점이 생기지 않도록 젊은 여자나 매춘부 혹은 하룻밤 정사의 대상을 그곳으로 데려가 혈기왕성한 욕구를 해소하곤 했다.

비달은 바르셀로나 시내에 그런 장소를 여럿 소유하고 있었기 때문에 다비드가 필요할 때마다 바닷가 은신처를 제공했다. 바닷가에

---

* 바르셀로나 시청사에 있는 강당.

있던 그 집은 그와 사촌들이 보통 여름철에만, 그것도 보름 정도밖에 사용하지 않아서 대부분 비어 있었다. 집 열쇠는 언제나 입구 옆 튀어나온 돌 뒤에 숨겨져 있었다. 나는 서점 금전등록기에서 꺼내온 돈으로 헤로나행 표를 두 장 샀다. 헤로나에 도착해서는 산펠리우 데 긱솔스로 가는 기차표를 두 장 샀다. 사가로 지역은 거기서 2킬로미터 떨어진 산폴만에 있었다. 다비드는 순순히 내가 시키는 대로 했다. 기차를 타고 가는 중 그는 내 어깨에 머리를 기대고 잠들었다.

'몇 년 동안이나 잠을 못 잤어.' 그가 말했다.

우리는 해가 다 질 녘에 산펠리우에 도착했다. 걸친 옷 외에는 아무 짐도 없었다. 역 앞에 마차들이 늘어서 있었지만 나는 어둠을 틈타 마을까지 걸어가기로 했다. 열쇠는 여전히 그곳에 있었다. 그 집은 몇 년째 문이 닫혀 있었다. 나는 창문을 활짝 열고, 절벽 아래 바다 위로 아침해가 떠오를 때까지 그대로 두었다. 다비드는 어린아이처럼 밤사이 한 번도 깨지 않고 푹 잠들었다. 얼굴 위로 아침햇살이 비치자 그는 부스스 눈을 뜨며 일어나 내게 다가왔다. 그러곤 나를 와락 껴안았다. 왜 돌아왔느냐고 묻자, 그는 나를 사랑하고 있다는 것을 깨달았기 때문이라고 했다.

'당신은 나를 사랑할 자격이 없어요.' 나는 그에게 말했다.

삼 년 동안 숨죽이고 있었지만, 늘 내 마음속에서 꿈틀거리던 베수비아 할머니의 기질이 결국 폭발하고 말았다. 나는 그가 내 마음에 남겨놓은 모든 분노와 슬픔, 그리움을 쏟아내면서 고함을 지르기 시작했다. 그리고 그를 만난 것은 일생일대의 실수였다고, 그를 증오한다고, 다시는 만나고 싶지 않다고, 당신은 썩어 문드러질 때까지 그 집에서 틀어박혀 있으라고 악을 썼다. 다비드는 고개를 푹 숙인 채 고개만 끄덕였다. 바로 그 순간 내가 그에게 키스를 했던 것 같다. 먼저 키스를 하는 쪽은 언제나 나였으니까 말이다. 그렇게 나는 남은 내 인생을 산산조각내고 말았다. 그런 걸 보면 어린 시절 신부님이 나를 잘못 본 게 틀림없다. 나는 다른 사람들에게 반항하기 위해서가 아니라, 실수를 저지르기 위해 이 세상에 온 것이다. 그날 아침, 나는 그의 품에 안긴 채 인생 최대의 실수를 저지르고 말았다.

4

우리는 진정으로 살게 되는 그날까지 얼마나 공허하게 시간을 흘려보냈는지 깨닫지 못한다. 때로는 지나간 세월 전부가 아닌 어느 한 순간, 하루, 한 주 또는 한 달이 곧 삶 자체가 된다. 우리는 고통을 느낄 때, 불현듯 모든 것이 의미 있다고 느껴질 때, 그리고 그 짧은 순간이 끝나고 남은 모든 존재가 추억으로, 숨이 남아 있는 동안 헛되이 되돌아가려고 안간힘을 쓰는 추억으로 변할 때 살아 있다는 것을 느낀다. 내 경우 바다가 내려다보이는 집에서 다비드와 함께 보냈던 그 몇 주의 시간이 그런 순간이었다. 다비드는 물론 그의 마음속에 드리워진 그림자, 우리와 더불어 살아가던 그림자와 함께 보냈던 그 시절 말이다. 하지만 그때 나는 그런 것에 별로 신경쓰지 않았다. 그가 원하면 나는 지옥에라도 따라갔을 것이다. 그리고 결국 내 나름의 방식으로 그렇게 하고야 말았던 것 같다.

절벽 아래에는 노 젓는 배 두 척을 넣어둔 헛간과 바다로 이어진 목조잔교가 있었다. 거의 하루도 거르지 않고 다비드는 잔교 끄트머리에 앉아 바다 위로 태양이 떠오르는 광경을 지켜보았다. 어쩌다 한 번씩 나도 곁에 앉아 해돋이를 구경했는데, 그럴 때면 절벽 아래 만에서 함께 수영을 하곤 했다. 그때는 3월이어서 그런지 바닷물이 아직 차가웠다. 그래서 물에서 나오면 곧장 집으로 달려가 벽난로 앞에 앉아 언 몸을 녹였다. 그러고 나면 절벽을 돌아 인적이 드문 해변, 그러니까 주민들이 '사 콘카'라고 부르는 곳으로 이어진 길을 따라 오랫동안 산책을 했다. 해변 뒤쪽 숲에는 다비드가 가끔 먹을 것을 사오던 집시촌이 있었다. 집으로 돌아가면 그가 저녁을 차렸고, 비달이 남겨놓은 오래된 음반을 들으면서 함께 식사를 했다. 그곳은 해가 지면 종종 거센 북풍이 일면서 숲을 뒤흔들었고 덧문이 덜거덩댔다. 그럴 때면 우리는 창문을 모두 닫고 집안 곳곳에 촛불을 켜야만 했다. 그런 다음 나는 벽난로 앞에 담요를 펴고 다비드의 손을 잡아끌었다. 다비드는 나보다 나이가 두 배나 많고 내가 감히 상상할 수도 없는 일들을 경험했지만 내 앞에만 있으면 왠지 소심해졌다. 그래서 그의 손을 이끌어 내가 원하는 대로 옷을 벗기도록 한 것도 바로 나였다. 이런 기억을 떠올리면서 이런 글을 쓴다는 것이 부끄러워야 마땅하겠지만, 이제 나한테는 세상에 보여줄 그 어떤 염치나 수치심도 남아 있지 않다. 그 밤들과 내 몸을 탐하던 그의 손과 입술, 그리고 그 네 개의 벽 사이에서 경험했던 행복과 쾌락의 추억은 다니엘의 탄생과 내 곁에서 무럭무럭 자라던 아이의 모습을 지켜보던 그 세월과 더불어 내가 무덤까지 가져갈 순간, 내 인생에서 가장 아름다운 순간이었다.

이제 와 생각해보면, 나를 포함한 어느 누구도 예측할 수 없었지만, 내 삶의 진정한 목적은 다비드와 함께 몇 주를 보내면서 다니엘을 갖는 것이었다. 나는 잘 알고 있다. 그 남자를 사랑했고, 몰래 숨어서 불륜의 씨를 잉태한 것도 모자라 거짓말을 했다는 이유로 세상 사람들이 마음껏 내게 손가락질하리라는 것을. 정당하든 아니든 벌은 나를 기다려주지 않았다. 이 세상에서 단 한 순간이라도 거저 얻어지는 행복은 없다.

어느 날 아침, 다비드가 잔교로 내려간 사이 나는 옷을 걸치고 산폴만 끝에 있는 라 타베르나 델 마르라는 곳에 갔다. 거기서 후안에게 전화를 걸었다. 내가 종적을 감춘 지 이 주 반이나 지났을 무렵이었다.

'지금 어디 있지? 무사히 잘 있는 거야?' 그가 물었다.

'응.'

'돌아올 거지?'

'잘 모르겠어. 아무것도 모르겠다고, 후안.'

'이사벨라, 내가 당신을 얼마나 사랑하는지 알아? 당신이 돌아오든 아니든, 앞으로도 영원히 사랑할 거라고.'

'내가 당신을 사랑하는지는 안 물어볼 거야?'

'내키지 않으면 아무 말 안 해도 괜찮아, 이사벨라. 아무튼 난 당신을 기다릴 테니까. 언제까지나.'

그의 말이 비수가 되어 내 가슴에 내리꽂혔다. 나는 집으로 돌아가는 내내 울음을 그치지 못했다. 대문 앞에서 기다리고 있던 다비드는 나를 안아주었다.

'다비드, 여기서 당신과 계속 있을 수는 없어요.'

'나도 알고 있어.'

이틀 후, 해변에 사는 집시 한 명이 집으로 찾아왔다. 그는 과르디아 시빌이 그 지역에서 목격된 남자와 젊은 여자 한 명을 수소문하고 다닌다고 귀띔해주었다. 대원들이 다비드의 사진을 보여주면서, 살인사건의 용의자로 지명수배중이라고 했다는 것이다. 결국 그날은 우리가 함께 보낸 마지막 밤이 되고 말았다. 다음날, 벽난로 앞 담요에서 잠이 깼을 때 다비드는 이미 떠나고 없었다. 그는 내게 쪽지를 남겨두었다. 바르셀로나로 돌아가 후안 셈페레와 결혼해서 우리 둘을 위해 부디 행복하게 살아달라는 내용이었다. 그 전날 밤에 나는 후안이 내게 청혼을 했고 내가 그걸 받아들였다고 그에게 고백했다. 그날 그에게 왜 그런 이야기를 꺼냈는지 지금도 이해가 되지 않는다. 내심 내게서 멀어지도록 하고 싶었을 수도 있고, 아니면 그가 함께 지옥의 끝까지 내려가자고 애원하며 매달리기를 바랐는지도 모른다. 결국 그가 나 대신 결정을 내린 셈이었다. 당신은 나를 사랑할 자격이 없다고 했을 때 그는 내 말을 액면 그대로 믿었던 모양이었다.

나는 그를 기다려봐야 아무 소용 없다는 것을 잘 알고 있었다. 그날 오후든, 다음날이든 그가 돌아오는 일은 없을 테니까 말이다. 나는 집을 청소하고 다시 가구를 시트로 덮은 다음 창문을 모두 닫았다. 담의 돌 뒤에 열쇠를 놓고 기차역을 향해 걸음을 옮겼다.

산펠리우에서 기차에 오르자마자 나는 뱃속에 아기가 생겼다는 것을 알았다. 출발하기 전 역에서 후안에게 전화를 걸었다. 후안은 역으

로 나와 나를 맞아주었다. 그는 나를 안아주었을 뿐 그동안 어디 있었
는지는 물어보지 않았다. 나는 그의 눈을 쳐다볼 엄두도 내지 못했다.

'나는 당신의 사랑을 받을 자격이 없어.' 나는 그에게 속마음을 털
어놓았다.

'바보 같은 소리 하지 마.'

나는 비겁했다. 그리고 나 자신과 내 몸속에 생겨난 아들이 두렵기
만 했다. 예정대로 일주일 후 나는 산타아나성당에서 후안과 결혼식
을 올렸다. 첫날밤은 폰다 에스파냐*에서 보냈다. 다음날 아침 잠에서
깼을 때 후안이 화장실에서 우는 소리를 들었다. 우리가 사랑받아 마
땅한 사람을 좋아할 수만 있다면 세상은 얼마나 아름다울까.

내 아들, 다니엘 셈페레 히스페르트는 그로부터 아홉 달 뒤에 태어
났다.

5

나는 다비드가 왜 하필 전쟁 막바지에 바르셀로나에 돌아오기로
했는지 이해할 수 없었다. 사가로의 저택에서 사라진 그날 아침, 나는
그를 영영 못 만나게 될 걸로 생각했다. 다니엘이 태어나면서 나는 내
젊은 날과 우리가 함께 보냈던 시절에 대한 추억을 깨끗이 잊었다. 최
근 몇 년 동안 나는 만사 제쳐두고 다니엘을 보살피면서 좋은 엄마가

---

* 바르셀로나 람블라스 거리 부근에 위치한 호텔.

되고, 또 다비드의 눈을 통해서 알게 된 세상으로부터 아이를 보호하는 데만 열중했다. 원한과 질시, 비열함과 증오심이 가득한 어둠의 세상. 모든 것이 거짓이고 모두가 거짓말을 하는 세상. 그런 점에서 존재할 가치도 없는 세상이었지만, 내 아들이 태어난 이상 나는 그 세상으로부터 아이를 지켜야 했다. 나는 다비드가 다니엘의 존재를 알기를 결코 원하지 않았다. 아들이 이 세상에 태어난 날, 나는 아이의 아버지가 누구인지 절대 모르게 하겠다고 속으로 다짐했다. 그건 아이에게 자기 삶을 바치고 곁에서 지극정성으로 길러준 진정한 아버지, 후안 셈페레야말로 가장 훌륭한 아버지였기 때문이다. 사실 내가 그렇게 마음먹은 것은 언젠가 다니엘이 진실을 깨닫거나 어렴풋이 짐작하게 되면 절대 나를 용서하지 않으리라는 확신이 있었기 때문이다. 설령 그런 상황이 닥친다고 해도 나는 다시 그런 결정을 내릴 것이다. 다비드 마르틴은 바르셀로나로 돌아오지 말았어야 했다. 하지만 내 마음 한구석에서는 그가 진실을 어렴풋이 직감하고 있었기 때문에 돌아온 것이라는 생각이 든다. 어쩌면 그건 그의 영혼에 웅크리고 있던 악마가 그를 위해 마련한 진정한 형벌이었는지도 모른다. 그가 국경을 넘은 순간, 우리 둘 다 파멸의 길로 들어서고 만 것이었다.

그는 몇 달 전 피레네산맥을 넘은 뒤 체포되어 바르셀로나로 송환되었다. 그때 그가 피의자로 기소되어 계류중인 사건들에 대한 심리가 재개되었는데, 그 과정에서 반란죄, 국가반역죄, 그리고 들어보지도 못한 갖가지 죄가 추가되었다. 결국 그는 수천 명의 죄수와 함께 모델로 교도소에 수감되었다. 요즘 들어 스페인의 대도시에서는 엄청나게 많은 사람이 살해당하고 수감되는 일이 부쩍 늘고 있다. 다른 도시에 비해 바르셀로나의 상황은 훨씬 더 심각하다. 우리 민족의 위대한 소명인 복수와 설욕, 정적 제거를 마음껏 즐길 수 있는 시기가 돌아온 것이다. 예상했던 대로 정권의 새로운 십자군들이 바위틈에서 기어나와 새로운 사회에서 신분상승을 이루기 위해 하나둘씩 요직을 차지하기 시작했다. 그들은 대부분 소신을 버리고 그때그때 형편과 이해관계에 따라 여러 차례 당파를 바꾸곤 했다. 눈뜨고 전쟁을 겪어본 사람이라면 인간이 지상의 다른 동물보다 우월하다는 말을 다시금 믿지 못할 것이다.

상황이 이보다 더 나빠질 수 없을 거라고들 했지만, 인간은 한번 비열해지기 시작하면 밑도 끝도 없는 법이다. 얼마 되지 않아 이 나라의 시대정신을 구현하기 위해 태어난 듯한 사람이 전면에 등장했다. 모든 것이 가라앉을 때 그처럼 쓰레기 같은 무리에서 두각을 보이는 사람들이 있기 마련이다. 그의 이름은 마우리시오 발스다. 보잘것없는 시기에 등장하는 모든 위대한 인물과 마찬가지로, 그 또한 보잘것없는 존재에 불과하다.

6

언젠가 이 나라의 모든 신문이 앞다퉈 마우리시오 발스 씨에게 찬사를 보내고, 사방팔방에서 그의 찬가를 부를 날이 올 것이다. 이 땅에는 늘 저런 부류의 인간이 득실거린다. 그런 인물이 정상의 자리를 차지하면 빵부스러기라도 주워먹으려고 몰려드는 아부꾼들로 주변이 늘 북적거리기 마련이다. 하지만 아직 그런 순간이 오지 않은 지금—언젠가는 오겠지만—마우리시오 발스는 유력한 후보자 중 한 명일 뿐이다. 최근 몇 달 동안 나는 그에 관해 많은 사실을 알게 되었다. 애당초 그는 테르툴리아에 참석하러 카페에 나오는 딜레탕트, 다시 말해서 문학을 좋아할 뿐 재능도 목표도 없는 평범한 사람에 지나지 않았다. 그런 인물들이 흔히 그러듯 그 또한 끝없는 허영심과 인정욕구를 통해 자신의 보잘것없는 처지를 만회하려고 했다. 자신의 능력으로는 평소 탐내던—그리고 자기에게 어울린다고 여기던—자리를 얻기는커녕 돈 한푼 벌지 못할 것으로 보이자, 그는 사람들을 모아 새로운 길을 개척해보기로 했다. 비슷한 성향의 사람들을 모아 특혜를 나눔과 동시에 자기가 시기하던 이들을 배제하려는 계획이었다.

그렇다. 나는 분노와 울분에 휩싸인 채 이 글을 쓰고 있다. 그리고 그런 점이 못내 부끄럽다. 내 말이 정말로 옳은지, 내가 무고한 이들을 멋대로 재단하는 건 아닌지, 그리고 내 속을 태우는 분노와 고통이 내 눈을 멀게 했는지 더이상 알 수도 없고 관심도 없기 때문이다. 최근 몇 달 동안 나는 증오하는 법을 배웠다. 그래서 이처럼 쓰라린 가슴을 안고 죽을 것을 생각할 때마다 공포에 질리곤 한다.

나는 다비드가 경찰에 체포되고 수감된 직후에 처음으로 그의 이름을 들었다. 당시 마우리시오 발스는 새로 들어선 정권의 충견이자 열렬한 추종자로, 파시스트 국민군측에 자금을 지원하던 산업 및 금융계 재벌의 딸과 결혼함으로써 이름을 떨쳤다. 발스는 문인이 되겠다는 뜻을 품고 사회에 발을 내딛었지만 그가 거둔 가장 큰 성공은 가엾은 여인을 유혹해 결혼한 것이었다. 사실 그 여인은 뼈가 점점 가늘어지는 잔혹한 선천병으로 인해 소녀 시절부터 휠체어에 의존해 살아가야만 했다. 부유하지만 결혼할 수 없는 운명의 상속녀. 발스에게는 황금의 기회였다.

발스는 그 기회를 잘만 이용하면 스페인 문단의 정상에 오를 수 있을 뿐만 아니라, 학회에서 중요한 위치를 차지하거나 스페인의 문학 예술계에서 명망가의 지위에 오를 수도 있다고 생각했을 것이다. 하지만 그는 어느 편이 전쟁에서 이길지 확실해진 상황에 자기처럼 대기만성형의 인물이 우후죽순으로 나타나 영광의 날을 누리기 위해 줄서서 기다리고 있다는 사실은 염두에 두지 않았다.

전쟁이 끝나고 각종 포상과 전리품을 나눌 때가 오자 발스도 게임의 규칙에 관한 교훈과 더불어 자기 몫을 챙겼다. 새로 들어선 정권에 필요한 것은 시인이 아니라 교도관과 심문관이었다. 그래서 그는 전혀 예상치 못한 직책을 얻었다. 그의 지적 능력에 훨씬 못 미치고 격이 떨어지는 몬주익 교도소 소장 자리를. 물론 발스 같은 이는 어떤 기회든 절대 낭비하는 법이 없다. 오히려 그는 이를 전화위복의 계기로 삼아 자신의 능력을 맘껏 발휘해 권력자의 눈도장을 받고 입신출세의 길을 닦아놓았다. 그래서 교도소장으로 재직하는 동안 그는 실제 경쟁자든 상상 속 경쟁자든 자신의 블랙리스트에 올라 있던 정적을 모조리 투옥하고 몰살하는가 하면, 자기 마음 내키는 대로 처리하기도 했다. 다비드 마르틴이 어떻게 그 리스트에 올랐는지는 앞으로도 영원히 이해할 수 없을 것 같다. 하지만 다비드만 그런 운명을 맞았던 건 아니다. 어떤 이유인지는 모르겠지만, 발스는 다비드 마르틴에게 병적인 집착을 보였다.

다비드 마르틴이 모델로 교도소에 갇혔다는 소식을 듣자마자, 발스는 그를 몬주익 교도소로 이감해줄 것을 요청했다. 발스는 다비드가 몬주익의 감방에 갇힐 때까지 잠시도 가만히 있지 않았다. 남편 후안은 서점의 단골손님 중에서 페르난도 브리앙스라는 젊은 변호사를 알고 있었다. 나는 다비드를 도울 방법을 알아보기 위해 그를 찾아갔다. 그 당시 우리가 모아둔 돈은 사실상 없는 것이나 마찬가지였다. 견디기 힘들었던 최근 몇 달 동안 좋은 벗이 되어준 브리앙스 변호사는 돈을 받지 않고 도와주겠다고 선뜻 나섰다. 몬주익 교도소에는 브리앙스와 연줄이 닿는 이가 몇 있었고, 그중에서도 베보라는 간수와는 잘 아는 사이였다. 브리앙스는 그를 통해 발스가 다비드에 관해 모종의 계략을 꾸미고 있다는 사실을 알아낼 수 있었다. 비록 다비드를 두고 입버릇처럼 '세상에서 가장 형편없는 작가'라고 했지만 그의 작품을 훤히 알고 있던 발스가 자기 이름으로 글을 쓰라고, 아니면 자기 원고를 개작하라고 그를 설득하고 있다는 것이었다. 그렇게 함으로써 정권 내에서 새로 얻은 지위를 이용해 작가로서 명성을 얻으려는 속셈이었다. 발스의 요구에 다비드가 어떻게 응했을지는 충분히 상상된다.

브리앙스는 최선을 다했지만, 다비드의 혐의가 너무 무거웠다. 이제는 다비드가 교도소에서 우리 모두 상상하던 그 처분을 받지 않도록 발스에게 자비를 베풀어달라고 비는 수밖에 없었다. 나는 브리앙스의 조언을 무시하고 발스를 만나러 갔다. 이제 와서 생각해보면 그건 실수, 아니 크나큰 실책이었다. 그렇게 나는 발스가 쳐놓은 탐욕에 거미줄에 걸리고 말았다. 그에게 나는 증오의 대상인 다비드 마르틴의 소유물 정도였던 것이다.

그런 류의 인간이 다 그렇듯이, 발스도 자기 수중에 있던 죄수 가족들의 불안감을 이용하는 법을 빠르게 익혔다. 브리앙스는 항상 내게 조심하라고 주의를 주었다. 그 당시 나와 다비드의 관계가 고귀한 우정 이상이라는 것을 직감한 후안은 내가 몬주익 교도소로 발스를 만나러 갈 때마다 불안한 마음을 감추지 못했다. '당신 아들을 생각해 줘.' 그는 내게 이렇게 말하곤 했다. 그의 말이 백번 옳지만 나는 이기적인 사람이었다. 내가 할 수 있는 일이 있는 이상, 다비드를 그런 곳에 내버려둘 수는 없었다. 그건 단순히 체면의 문제가 아니었다. 체면을 차리고 내전에서 살아남은 사람은 아무도 없다. 나의 착오는 발스가 단지 나를 차지하거나 모욕하려고 했다기보다, 아예 파괴하고 싶어했다는 점을 깨닫지 못한 것이다. 발스가 굳이 나를 무너뜨리려고 했던 것은 다비드를 굴복시키고 망가뜨리려면 그렇게 하는 수밖에 없다는 것을 마침내 알아차렸기 때문이다.

나의 끈질긴 노력과 발스를 설득하면 모든 것이 잘 풀릴 것이라는 순진한 생각은 오히려 우리에게 불리하게 작용했다. 내가 그에게 얼마나 아양을 떨었는지, 그를 얼마나 존경하고 두려워하는 척했는지, 또 그의 죄수에게 자비를 베풀어달라고 그의 앞에서 얼마나 머리를 조아렸는지는 전혀 중요하지 않았다. 나는 그저 발스의 마음속에서 타오르는 불이 꺼지지 않도록 장작을 넣었을 뿐이었다. 돌이켜보면 내 딴에는 다비드를 도와주려고 한 일이 결국에는 그를 파멸로 몰아넣었던 것이다.

내가 그런 사실을 알아차렸을 때는 이미 늦은 뒤였다. 매일 똑같이 반복되는 일과 자기 자신에게 진저리가 났을 뿐만 아니라 화려한 시절이 기대만큼 빨리 오지 않자 발스는 대부분의 시간을 공상에 빠져 보냈다. 그중 하나는 나와 사랑에 빠지는 상상이었다. 나는 만약 그 상상이 실현될 수도 있다는 여지를 준다면 발스도 아량을 베풀 거라고 믿고 싶었다. 하지만 그는 내게도 싫증을 냈다. 절망에 빠진 나는 그의 가면을 벗기겠다고, 그가 실제로 어떤 사람인지, 얼마나 비열한 인간인지 세상에 폭로하겠다고 협박했다. 발스는 나와 나의 어리숙함을 비웃으면서도 나를 가만히 두지 않겠다고 다짐했다. 다비드를 고통의 늪에 빠트려 결정타를 날리기 위해서 말이다.

열흘쯤 전, 발스가 람블라스 거리의 오페라 카페에서 만나자고 했다. 나는 남편은커녕 아무한테도 말하지 않고 약속장소로 나갔다. 가는 동안 이번이 마지막 기회라는 생각이 들었다. 하지만 그것은 나의 착각이었다. 그날 밤, 나는 일이 틀어졌다는 것을 알았다. 새벽녘 구역질이 나서 잠이 깼다. 거울을 보니 눈동자가 누렇게 변한데다 목과 가슴 주위로 반점이 돋아나 있었다. 해가 뜰 무렵에는 각혈과 함께 통증이 시작됐다. 마치 날카로운 칼날이 몸속 깊이 파고드는 것처럼 차디찬 통증이 온몸에 퍼졌다. 열이 높이 오르고 물이나 음식은 삼킬 수도 없었다. 게다가 머리카락이 한 움큼씩 빠지기 시작했다. 온몸의 근육이 전선처럼 팽팽해져 나는 고통을 이기지 못하고 비명을 질렀다. 이윽고 살갗과 눈, 입에서 피가 흘러나왔다.

병원에 실려갔지만 의사들은 아무것도 할 수 없었다. 후안은 내가 병에 걸렸을 뿐이라면서 아직도 희망을 버리지 않았다. 그에게 나를 잃는다는 것은 생각할 수조차 없는 일이다. 나 또한 후안과 아들 다니엘을 단둘이 남겨둔다는 것은 상상조차 할 수 없다. 내 운명의 사랑이라고 믿고 싶었던 남자를 구하려는 욕망과 갈망이 앞서 다니엘에게 엄마 노릇 한 번 제대로 하지 못했다.

나는 마우리시오 발스가 그날 밤 카페에서 내게 독약을 먹인 것을 알고 있다. 다비드의 마음속에 상처를 남기기 위해서 그런 짓을 저질렀다는 것도 알고 있다. 그리고 이제 내가 살 날이 며칠 남지 않았다는 것도 잘 알고 있다. 이 모든 일이 순식간에 일어나고 말았다. 내게 위안거리가 있다면, 찌르는 듯한 통증을 잠잠하게 만드는 아편, 그리고 지금까지 내가 저지른 죄업과 실수를 고백해놓은 이 공책뿐이다. 하루도 빠짐없이 찾아오는 브리앙스는 내가 계속 살아 있기 위해서, 나를 집어삼키는 불덩어리를 견뎌내기 위해서 이 글을 쓴다는 것을 알고 있다. 나는 브리앙스에게 내가 죽으면 곧장 이 공책을 없애버리고 절대 읽지 말라고 부탁해두었다. 내가 여기 쓴 말은 어느 누구도 읽어서는 안 된다. 그리고 어느 누구도 진실을 알아서는 안 된다. 이 세상에서 진실은 우리에게 상처만 줄 뿐, 하느님은 거짓말쟁이를 사랑하고 도와준다는 것을 깨달았기 때문이다.

이제 내게는 기도할 대상도 없다. 한때 내가 믿었던 모든 것이 나를 버리고 떠났으니까. 가끔은 내가 누구인지 기억나지 않는다. 그럴 때마다 이 공책을 다시 읽는 것만이 지금 무슨 일이 벌어지고 있는지 알 수 있는 유일한 길이다. 나는 끝까지 이 글을 쓸 것이다. 기억하기 위해서. 살아남기 위해서. 내 아들 다니엘을 안고 어떤 일이 있어도 절대 곁을 떠나지 않겠다는 뜻을 꼭 전해주고 싶다. 영원히 곁에 있으리라는 것을, 그리고 너를 사랑한다는 것을. 하느님, 저를 용서해주소서. 저는 제가 무슨 일을 하고 있는지 몰랐습니다. 죽고 싶지 않아요. 하느님, 다니엘을 품에 안고 사랑한다고 말할 수 있도록 단 하루라도 더 살게 해주소서……

다른 날과 마찬가지로 그날 새벽에도 페르민은 서리가 내린 바르셀로나의 황량한 거리를 배회하기 위해 밖으로 나갔다. 그는 동네 야경꾼 레미히오와 잘 아는 사이였는데, 레미히오는 거리에서 페르민을 볼 때마다 불면증이 좀 어떠냐고 묻곤 했다. 부인들을 위한 감상적인 라디오 상담 프로그램을 듣다 불면증이라는 단어를 알게 된 것이었다. 그는 소개되는 청취자의 거의 모든 고통에 공감했기 때문에 남몰래 그 프로그램을 듣곤 했다. 그중에서도 특히 갱년기라는 용어에 큰 흥미를 느꼈는데, 그가 보기에는 음부를 부석으로 싹싹 문지르면 충분히 치료할 수 있을 것 같았다.

"다른 사람들이 의식, 그러니까 깨어 있는 상태라고 하는 걸 왜 불면증이라고 부르지요?"

"페르민 씨, 정말 대단한 신비주의자시구려! 나한테 선생처럼 이부자리를 따뜻하게 데워놓고 기다리는 여인이 있다면, 이 시간에 잠도 안 자고 혼자 돌아다니지는 않을 겁니다. 아무튼 따뜻하게 입고 다니세요. 올겨울은 늦게 온 대신에 아주 매섭다니까요."

진눈깨비와 함께 거리를 휩쓸고 지나가는 삭풍과 한 시간 씨름한 끝에 페르민은 서점으로 가야 한다는 결론을 내렸다. 가서 할 일도 있었던데다, 해가 뜨거나 다니엘이 내려와 문을 열기 전에 서점에 혼자 있는 순간이 은근히 좋기 때문이었다. 푸르스름한 빛이 감도는 산타아나 거리를 걷던 그는 저멀리 서점 쇼윈도 유리창이 희미한 불빛에 물들어 있는 것을 보았다. 그는 발소리가 일으키는 메아리를 들으면서 천천히 서점으로 다가갔다. 그러다 몇 미터 떨어진 어느 건물 입구에서 걸음을 멈추고 바람을 피했다. 다니엘이 이렇게 이른 시간에 웬일로 내려온 건지 궁금했다. 방금 야경꾼을 만나 이야기한 의식 나부랭이가 전염병처럼 퍼지고 있는지도 몰랐다.

당장 집으로 돌아가 이베리아 남자의 혈기왕성한 정력을 보여주면서 베르나르다를 깨울지, 아니면 서점에 들어가서 다니엘이 무슨 일을 하든 중단시킬지(무엇보다 그가 총기나 칼처럼 날카로운 물건을 만지작거리고 있는 건 아닌지 확인해야 했다) 망설여졌다. 바로 그 순간, 다니엘이 서점 문을 나서는 모습이 눈에 띄었다. 페르민은 문손잡이가 허리를 찌를 때까지 건물 현관에 몸을 딱 붙인 채 다니엘이 열쇠로 문을 잠그고 푸에르타 델 앙헬 쪽으로 걸어가는 것을 보았다. 다니엘은 셔츠 바람에 무언가를 팔에 끼고 있었다. 책이나 공책 같았다. 페르민은 한숨을 내쉬었다. 아무래도 조짐이 좋지 않았다. 베르나르다가 다니엘의 꿍꿍이속을 알려면 한참을 기다려야 할 것 같았다.

페르민은 삼십 분 동안 항구로 이어지는 골목길을 따라 다니엘을 쫓아갔다. 다니엘은 깊은 생각에 잠겨 있었기 때문에 굳이 그의 눈을 피해 교묘하게 움직일 필요도 없었다. 한 무리의 사람들이 탭댄스를 추며 쫓아간다고 해도 전혀 알아차리지 못할 것 같았다. 페르민은 한기가 들어 온몸이 부들부들 떨렸다. 두툼한 일요판 〈라 방과르디아〉를 외투 안에 대야 했는데, 스포츠신문을 펴서 넣은 것이 못내 후회스러웠다. 그런 신문은 작은 구멍이 송송 나 있어서 이런 날씨에는 무용지물이었다. 페르민은 당장 다니엘을 소리쳐 부르고 싶었다. 하지만 우선 참고 다시 생각했다. 다니엘은 딴 데 정신이 팔려 진눈깨비가 자욱한 안개처럼 자기 몸에 달라붙는지도 모른 채 걸어가고 있었다.

마침내 그들 앞으로 파세오 데 콜론이 나타났다. 그 너머로 창고와 돛대, 항구의 선착장을 감싼 연무가 유령처럼 흔들거리고 있었다. 다니엘은 대로를 건너 동이 트기를 기다리며 선 전차 두어 대를 돌아갔다. 그는 동굴같이 어두운 헛간과 온갖 짐이 산더미처럼 쌓인 대형 창고 사이의 좁은 골목길로 들어갔다. 마침내 도착한 선착장의 방파제에서는 어부들이 몸을 녹이기 위해 드럼통에 불을 피워놓은 채 어망과 각종 어구를 준비하고 있었다. 그들은 그의 표정에서 자기들과 말을 섞고 싶지 않다는 기색을 읽은 듯했다. 페르민은 발걸음을 재촉했다. 가까이 다가갔을 때, 다니엘이 팔에 끼고 있던 공책을 불구덩이 속에 집어던지는 것을 보았다.

페르민은 친구에게 다가가 드럼통 맞은편에서 엷은 미소를 지어 보였다. 다니엘의 눈이 불빛을 받아 반짝거렸다.

"만약 폐렴에 걸리려고 이러는 거라면, 북극은 반대편으로 가야 나온다는 것을 알려주고 싶군." 페르민이 나서며 말했다.

하지만 다니엘은 그의 말을 무시한 채 종이를 사납게 집어삼키는 불길만 바라보았다. 공책은 마치 보이지 않는 손이 페이지를 한 장씩 넘기는 모양으로 오그라들고 있었다.

"다니엘, 베아가 걱정할 거야. 이제 그만 돌아가는 게 어때?"

다니엘은 고개를 들었다. 그러곤 마치 처음 본 사람처럼 멍한 시선으로 그를 바라보았다.

"다니엘?"

"그건 어디 있죠?" 다니엘은 차갑고 높낮이가 없는 목소리로 물었다.

"뭐라고?"

"권총 말이에요. 페르민, 그건 어떻게 했냐고요?"

"애덕회에 기부했어." 다니엘의 입가에 차가운 미소가 떠오르자 페르민은 이번에는 정말 그를 영원히 잃어버릴 수 있겠다는 두려움에 사로잡혀 가까이 다가가 팔로 그를 감싸안았다.

"이러지 말고 어서 집에 가자, 다니엘."

다니엘은 마침내 고개를 끄덕였다. 두 사람은 입을 굳게 다문 채 왔던 길을 천천히 되돌아갔다.

새벽녘, 베아는 아파트 문이 열리고 다니엘이 복도로 걸어오는 소리를 들었다. 그녀는 벌써 몇 시간째 어깨에 담요를 두른 채 식당 의자에 앉아 있었다. 복도에 다니엘의 그림자가 나타났다. 그는 그녀를 보고도 본체만체 지나가버렸다. 그러곤 산타아나성당이 내려다보이는 집 안쪽 훌리안의 방으로 곧장 갔다. 베아는 자리에서 일어나 그를 뒤따라갔다. 다니엘은 방 앞에 선 채 곤히 잠든 훌리안을 말없이 보고 있었다. 베아는 그의 등에 손을 올렸다.

"여태 어디 있었어?" 그녀가 속삭였다.

다니엘은 고개를 돌려 그녀의 눈을 바라보았다.

"다니엘, 언제쯤 이 모든 것이 끝날까?" 베아가 중얼거렸다.

"머지않아 끝날 거야." 그가 말했다. "조만간."

리베라 메

1960년 1월
마드리드

* 리베라 메(Libera me)는 '주여, 나를 구하소서'라는 뜻의 라틴어로, 진혼미사 곡 중 하나다.

1

금속성의 잿빛 하늘이 드리워진 새벽, 아리아드나는 양편으로 삼나무가 길게 늘어선 길을 따라 걸어갔다. 손에는 오는 길에 묘지 입구에서 산 빨간 장미 한 다발을 들고 있었다. 죽음과 같은 정적이 주위를 휩싸고 있었다. 새의 노랫소리는커녕 포석을 뒤덮은 낙엽을 부드럽게 어루만질 바람 한 점 없었다. 아리아드나는 자기 발소리만을 벗삼아 입구를 지키는 커다란 쇠창살문까지 걸어갔다. 대문 위로 다음과 같은 글귀가 장식되어 있었다.

비야 메르세데스

아르카디아를 연상시키는 정원과 숲 뒤로 마우리시오 발스의 저택이 솟아 있었다. 탑과 지붕창이 잿빛 하늘을 갈랐다. 그림자 속의 하얀 점처럼 보이는 아리아드나는 조각상과 나무울타리, 분

수 사이로 언뜻 드러난 저택의 모습을 주의깊게 관찰했다. 그녀의 눈에 그 저택은 치명상을 입고 숲가로 힘들게 기어올라간 괴물처럼 보였다. 쇠창살문이 반쯤 열려 있었다. 아리아드나는 안으로 들어갔다.

안으로 들어가자 정원을 지나 저택 둘레로 이어진 기차레일이 눈에 띄었다. 증기기관차에 열차 두 량이 달린 작은 기차가 덤불 사이에 서 있는 듯했다. 그녀는 저택 본채로 이어진 돌길을 따라갔다. 분수의 물은 말라버렸고, 천사상과 대리석으로 만든 성모상은 거무죽죽하게 변해 있었다. 나뭇가지는 허연 유충으로 잔뜩 뒤덮여 있었는데, 속이 비어서 마치 솜사탕으로 만든 작은 무덤처럼 보였다. 거미떼가 허공의 거미줄에 바글거렸다. 아리아드나는 커다란 타원형 수영장 위에 놓인 다리를 건넜다. 반짝거리는 조류로 뒤덮여 초록빛을 띤 물에는 저주를 받아 하늘에서 추락한 듯한 작은 새들의 시체가 떠다녔다. 저 너머로 텅 빈 차고와 그늘에 가린 고용인 숙소 건물이 보였다.

아리아드나는 계단을 따라 정문으로 올라갔다. 세 차례 노크한 뒤에 그 문도 열려 있다는 것을 알아차렸다. 그녀는 고개를 돌려 방치된 폐허의 분위기가 풍기는 저택을 둘러보았다. 황제와 그 위세가 추락하자 신하들도 궁전을 버리고 떠난 것이다. 아리아드나는 문을 열고 안으로 들어갔다. 벌써 무덤과 망각의 냄새가 집안에 감돌고 있었다. 어스름한 빛이 눈앞에 펼쳐진 복도와 계단을 부드럽게 휘감고 있었다. 그녀는 거기서 꼼짝도 않고 서 있었다. 연옥의 문 앞에 선 하얀 유령처럼 아리아드나는 화려했던 시절에 마우리시오 발스를 둘러쌌던, 하지만 이제는 사라져버린 눈부신 광휘를 응시했다.

그 순간, 멀리서 신음소리가 희미하게 들려왔다. 죽어가는 짐승이 내는 듯한 그 소리는 2층 어딘가에서 새어나오고 있었다. 그녀는 천천히 계단을 올라갔다. 벽 군데군데 액자가 걸려 있던 자국이 선명했다. 어떤 이들이 그림을 훔쳐가버린 것이 틀림없었다. 계단 양쪽에는 텅 빈 받침돌들이 있었는데, 여기도 도난당한 조각상과 흉상의 자국이 또렷했다. 2층에 올라갔을 때 그녀는 걸음을 멈추고 다시 신음소리에 귀를 기울였다. 소리는 복도 끝 방에서 새어나오고 있었다. 그녀는 거기로 천천히 걸음을 옮겼다. 문은 반쯤 열려 있었다. 방안에서 지독한 악취가 확 풍겨나왔다.

아리아드나는 어둠이 깔린 방을 가로질러 캐노피가 덮인 침대로 걸어갔다. 어둠 때문인지 침대는 영구차처럼 보였다. 여러 기계와 도구가 전선이 뽑히고 침대 옆쪽 벽으로 밀쳐진 채 나뒹굴고 있었다. 카펫에는 잡동사니와 버려진 산소탱크가 여기저기 널려 있었다. 아리아드나는 그 물건들을 피해 다가가 침대에 둘러쳐진 베일을 젖혔다. 침대 안쪽에는 잔뜩 뒤틀린 채 널브러진 사람의 모습이 보였다. 꼭 모든 뼈가 흐물흐물 녹아내리고, 팽팽하게 당겨진 살갗과 극심한 통증으로 몸의 구조가 완전히 변해버린 것 같았다. 그 사람은 해골만 남은 얼굴에 휘둥그레지고 벌겋게 충혈된 눈으로 의심스럽다는 듯이 그녀를 뚫어지게 쳐다보았다. 숨이 막히는 것 같기도 하고 울부짖는 것 같기도 한 신음소리가 목에서 다시 새어나왔다. 발스의 부인은 머리카락과 손톱, 대부분의 이가 빠진 모습이었다.

아리아드나는 무표정한 얼굴로 부인을 바라보았다. 그리고 침대 한편에 걸터앉아 부인에게 몸을 구부렸다.

"내 동생은 어디 있죠?" 그녀가 물었다.

발스의 부인은 무슨 말인가를 하려는 듯 입술을 달싹였다. 그녀의 입에서 풍기는 악취에도 아랑곳하지 않고 아리아드나는 얼굴을 그 입술에 바싹 갖다댔다.

"나를 죽여줘." 그녀가 애원하는 소리가 들렸다.

2

메르세데스는 인형의 집에 몸을 숨긴 채 그녀가 저택 대문으로 들어오는 것을 보았다. 그 여인은 유령처럼 하얗게 차려입고 장미 꽃 한 다발을 손에 들고서 매우 천천히 앞으로 걸어가고 있었다. 메르세데스는 미소를 지었다. 며칠 전부터 그녀가 오기만을 기다리고 있었다. 그녀의 꿈도 여러 번 꾸었다. 죽음의 신이 페르테가스 옷을 차려입고 마침내 비야 메르세데스로 찾아온 것이다. 지옥이 그곳을 통째로 집어삼켜 풀 한 포기 자라나지 않고 바람 한 점 불지 않는 불모지로 만들어버리기 전에 말이다.

메르세데스는 인형의 집 창틀에 올라가 있었다. 아버지의 사망 소식이 전해지고 일하는 사람들이 모두 떠난 뒤부터 그녀는 아예 그곳으로 거처를 옮겼다. 처음에는 아버지의 비서 마리아나 부인이 나서서 그들을 못 가게 막으려고 했지만, 저녁 무렵 검은 정장 차림의 남자들이 몰려와 그녀를 어디론가 끌고 갔다. 그리고 차고 뒤에서 총성이 들렸다. 메르세데스는 거기에 가볼 엄두도 내지 못했다. 여러 날 밤에 걸쳐 사람들이 찾아와 그림과 조각상, 가구와 옷가지, 식기세트에 이르기까지 눈에 띄는 것이면 무엇이든 다 가져가버렸다. 그들은 해질 무렵 굶주린 짐승처럼 저택으로 몰려오곤 했다. 승용차도 다 끌고 갔을 뿐만 아니라 혹시 어딘가에 보물이라도 숨겨져 있을까봐 거실 벽까지 다 허물어버렸다. 물론 아무것도 찾지는 못했다. 더이상 가져갈 것이 없자, 그들은 돌아오지 않았다.

어느 날 그녀는 경찰차 두 대가 저택 안으로 들어오는 것을 보았다. 아버지의 신변을 보호하던 경호원도 몇 명 따라왔다. 메르세데스는 밖으로 나가 그들에게 자기가 목격한 것을 모두 알려주는 것이 좋을지 잠시 망설였다. 하지만 그들이 탑에 있는 아버지 사무실로 올라가 물건들을 훔쳐가는 것을 보고 다시 인형들 사이로 숨었다. 유리눈으로 허공을 바라보는 수백 개의 인형들 사이에서 그녀를 찾아내는 이는 아무도 없었다. 그들은 발스 부인을 영원한 고통 속에서 살아가도록 하던 기계의 전선을 빼버리고 부인을 운명의 손에 맡겼다. 그녀는 고통을 참지 못해 며칠 동안 울부짖었지만 아직 죽지 않았다. 적어도 그날까지는.

결국 그날 죽음의 신이 비야 메르세데스로 찾아오고야 말았다. 이제부터 폐허와도 같은 그 저택은 메르세데스가 독차지할 터였다. 그녀는 모두가 자기에게 거짓말했다는 것을 알고 있었다. 그녀는 아버지가 아직 어딘가에서 무사히 살아 있다고, 가능한 한 빨리 돌아올 것이라고 믿었다. 그렇게 믿은 것은 알리시아가 한 약속 때문이었다. 알리시아가 아버지를 찾아주겠다고 약속했다.

죽음의 신이 계단을 따라 문으로 올라가 집안으로 들어가는 모습을 보자, 메르세데스는 강한 의구심이 들었다. 어쩌면 자기가 착각한 것인지도 몰랐다. 하얀 옷을 입은 저 사람은 죽음의 신이 아니라 알리시아일지도 몰랐다. 자기를 아버지에게 데려다주기 위해 찾아온 것일 수도 있었다. 그렇게 생각하니 모든 것이 이해되었다. 알리시아는 절대로 자기를 버릴 사람이 아니었다.

메르세데스는 인형의 집을 나와 본채로 향했다. 안으로 들어갔을 때 위층에서 발소리가 들리자 그녀는 계단을 뛰어올라갔다. 그때 하얀 옷을 입은 사람이 부인의 방으로 들어가고 있었다. 복도를 가득 메운 악취가 코를 찔렀다. 그녀는 손으로 입과 코를 막고 방문으로 다가갔다. 하얀 옷을 입은 사람은 천사처럼 부인의 침대 위로 몸을 숙이고 있었다. 메르세데스는 숨을 죽이고 그 모습을 바라보았다. 그때 그 사람이 베개 하나를 집어 부인의 얼굴에 갖다대고 있는 힘껏 누르기 시작했다. 그러자 부인은 경련을 일으키며 온몸을 부들부들 떨더니 이내 젖은 종이처럼 축 늘어졌다.

그 사람이 천천히 몸을 돌렸다. 평생 한 번도 경험하지 못한 한기가 메르세데스를 엄습했다. 잘못 본 것이 틀림없었다. 그 사람은 알리시아가 아니었다. 흰 옷을 입은 죽음의 신은 엷은 미소를 띠고 그녀에게 천천히 다가와 빨간 장미꽃을 건넸다. 메르세데스가 떨리는 손으로 꽃다발을 받자, 그녀가 물었다.

"내가 누군지 아니?"

메르세데스는 고개를 끄덕였다. 죽음의 신은 한없이 사랑스럽고 다정하게 그녀를 안아주었다. 메르세데스는 눈물을 참으며 그녀의 손길에 몸을 맡겼다.

"쉿." 죽음의 신이 속삭였다. "이제 어느 누구도 우리를 갈라놓지 못할 거야. 아무도 우리를 해치지 못할 거라고. 앞으로 영원히 함께 있을 테니까. 아빠, 엄마와 함께 말이야. 영원히 함께. 너, 그리고 나……"

3

알리시아는 택시 뒷좌석에서 잠이 깼다. 몸을 일으키며 자기 혼자라는 것을 깨달았다. 유리창에 뽀얗게 김이 서려 있었다. 소매로 유리창을 닦아보았다. 차는 주유소에 서 있었다. 트럭이 국도를 전속력으로 지나갈 때마다 가로등의 노란 불빛이 흔들렸다. 저멀리서 납빛 새벽이 단 한 군데도 틈을 남기지 않고 온 하늘로 퍼져나가고 있었다. 그녀는 눈을 비비고 차창을 내렸다. 차가운 공기를 들이마시니 졸음이 싹 달아났다. 찌르는 듯한 통증이 엉덩이로 퍼져 입에서 신음소리가 절로 새어나왔다. 그녀는 옆구리를 붙잡았다. 곧 통증이 조금씩 가라앉으면서 가볍게 욱신거리기만 했다. 하지만 이는 곧 통증이 다시 시작된다는 경고신호였다. 더 심해지기 전에 약을 한두 알 먹는 것이 가장 현명하겠지만, 멀쩡한 정신을 유지하고 싶었다. 그것 말고는 달리 뾰족한 수가 없었다. 몇 분 후, 종이컵 두 개와 기름얼룩이 묻은 봉투를 들고 주유소 바에서 나오는 택시 운전사의 모습이 보였다. 그는 그녀에게 손으로 인사를 건네더니 가벼운 발걸음으로 차를 빙 돌아왔다.

"잘 주무셨어요?" 그는 다시 운전석에 앉으면서 인사를 건넸다. "밖이 무지 춥네요. 귀가 떨어질 것 같아요. 참, 아침을 가져왔으니까 좀 드세요. 대륙의 진수성찬은 아니지만 카스티야의 별미죠. 그래도 아직 따끈따끈하다고요. 밀크커피하고 맛있어 보이는 추로스예요. 힘이 솟게 커피에 코냑 한 방울을 넣어달라고 했어요."

"고마워요. 나중에 이것까지 합쳐서 드릴게요."

"이것까지 택시요금에 다 포함된 거예요. 이 택시는 세 끼를 제공하니까요. 자, 그러지 말고 조금이라도 드세요. 그래야 힘이 나죠."

그들은 차 안에서 말없이 아침을 먹었다. 알리시아는 배가 고프지 않았지만, 뭐라도 먹어두어야 한다는 것을 알았다. 대형 트럭이 지나갈 때마다 백미러가 떨리고 차체도 흔들거렸다.

"여기가 어디죠?"

"마드리드에서 10킬로미터 정도 떨어진 곳이에요. 용달차 기사들한테서 들은 얘긴데, 지금 과르디아 시빌이 동쪽에서 진입하는 도로를 거의 다 막고 검문검색을 하고 있답니다. 그래서 말인데, 우회해서 카사 데 캄포나 몽클로아 쪽으로 들어갈까 생각중이에요." 택시 운전사가 말했다.

"왜요?"

"글쎄요. 오전 일곱시에 바르셀로나 택시가 마드리드로 들어가면 아무래도 눈길을 끌 수밖에 없을 것 같아서요. 다른 것보다 노란색 때문에 그럴 수밖에 없죠.* 더구나 손님과 나는 좀 수상한 조합이잖아요. 기분 나쁘게 듣지는 마세요. 아무튼 어디로 갈지는 손님이 결정하세요."

알리시아는 커피를 단숨에 들이켰다. 안에 든 코냑 때문에 목이 타는 듯했지만, 뼛속까지 따뜻해지는 느낌이 들었다. 택시 운전사가 곁눈질로 그녀를 살폈다. 알리시아는 그때까지 그에게 별 관심을 기울이지 않았다. 창백한 얼굴에 머리칼이 붉은 운전사는 보기보다 어린 듯했다. 그는 절연테이프를 바른 콧등에 안경을 걸치고 있었고, 눈빛으로 봐서는 아직 소년 티를 벗지 못했다.

"이름이 뭐죠?" 알리시아가 물었다.

"저요?"

"설마 택시 이름을 물어봤겠어요?"

"에르네스토. 제 이름은 에르네스토예요."

"에르네스토, 당신은 나를 믿나요?"

"당신은 믿을 만한 사람인가요?"

"어느 정도는요."

---

* 바르셀로나 택시는 모두 검은색 바탕에 문이 노란색이다.

"그렇군요. 개인적인 질문을 드려도 될까요?" 택시 운전사가 말했다. "내키지 않으면 대답하실 필요 없어요."

"해봐요."

"그러죠. 아까 과달라하라를 벗어나면서 급커브길로 들어섰어요. 그때 손님 핸드백에 있던 물건이 뒷좌석으로 다 쏟아졌죠. 그런데 손님을 깨우지 않으려고 제가 모두 담다가……"

알리시아는 한숨을 쉬며 고개를 끄덕였다.

"그러다 내 권총을 본 거로군요."

"네, 맞아요. 그런데 아무리 봐도 물총 같지는 않더라고요. 물론 저는 총은 잘 모르지만요."

"나 때문에 어떻게 될까 불안하다면, 여기서 내려주세요. 돈은 약속한 대로 드릴 테니까요. 그리고 당신이 아는 트럭 운전사에게 마드리드까지 태워달라고 부탁해볼게요. 저기 있는 사람들 중에서 한 명은 태워주겠죠."

"물론 그렇겠죠. 하지만 그러면 제 마음이 놓이지 않아요."

"내 걱정은 안 해도 돼요. 이 정도는 내가 알아서 할 수 있으니까요."

"손님 걱정 안 해요. 솔직히 말하면, 손님보다 트럭 운전사들이 더 걱정된다고요. 약속대로 제가 모셔다드릴게요. 이 문제로 더이상 왈가왈부하지 마세요."

에르네스토는 시동을 걸고 두 손을 핸들에 얹었다.

"어디로 갈까요?"

그들의 눈앞으로 안개에 싸인 도시가 펼쳐졌다. 그란 비아의 건물을 덮은 첨탑과 돔 위로 안개가 물결치듯 일렁이고 있었다. 잿빛 증기가 거리를 휩쓸고 지나가면서 헤드라이트를 켜고 가까스로 어둠을 헤치며 나아가는 버스와 승용차들을 휘감았다. 짙은 안개 때문에 차량들은 거북이걸음으로 기어가고 있었고, 보도 위를 바삐 걷는 행인들은 얼어붙은 유령처럼 보였다.

최근 몇 년 동안 묵었던 이스파니아호텔 앞을 지나갈 때, 알리시아는 고개를 들어 자기 방의 창문을 올려다보았다. 그녀가 탄 택시는 아직 어둠의 장막이 걷히지 않은 마드리드 시내를 달렸다. 마침내 넵투노 분수대의 모습이 어렴풋이 보였다.

"이제 어디로 가면 되죠?" 에르네스토가 물었다.

"로페 데 베가로 쭉 가서 우회전하면 맨 처음 두케 데 메디나셀리가 나오는데, 그 길로 올라가요." 알리시아가 말했다.

"팔라세호텔로 가시는 거 아니에요?"

"뒷길로 가려고요. 거기로 가면 주방 입구가 나오거든요."

운전사는 고개를 끄덕이며 그녀가 알려준 대로 갔다. 거리는 인적이 드물었다. 사다리꼴 모양의 블록을 다 차지한 팔라세호텔은 그 자체로 하나의 도시였다. 그들은 그 주변을 돌아 어느 길모퉁이에 도착했다. 알리시아는 인부들이 빵과 과일, 각종 식자재가 든 상자를 내리는 트럭 뒤에 차를 세우라고 했다.

에르네스토는 고개를 숙이며 웅장한 건물 외관을 힐끗 보았다.

"자 받아요. 약속한 대로예요." 그녀가 말했다.

운전사가 고개를 돌리자 알리시아가 든 지폐 다발이 보였다.

"여기서 기다릴까요?"

알리시아는 아무 대답도 하지 않았다.

"다시 나오실 거 아니에요?"

"돈 받아요."

택시 운전사는 잠시 망설였다.

"여기서 이러고 있을 시간 없으니까 돈부터 받아요."

에르네스토는 요금을 받았다.

"세어봐요."

"손님을 믿으니까 안 세어봐도 괜찮아요."

"맞을 거예요."

에르네스토는 그녀가 핸드백에서 무언가를 꺼내 재킷 주머니에 집어넣는 것을 보았다. 분명히 립스틱은 아니었다.

"손님, 왠지 기분이 찜찜하네요. 어서 여기를 뜨는 게 어때요?"

"에르네스토, 당신이나 어서 떠나요. 내가 내리는 즉시 바르셀로나로 출발해요. 그리고 나를 만났다는 사실을 아예 잊어버리도록 해요."

에르네스토는 속이 울렁거렸다. 알리시아는 그의 어깨에 손을 얹고 정답게 꽉 쥐었다. 그러곤 차에서 내렸다. 잠시 후, 에르네스토는 그녀가 팔라세호텔 안으로 사라지는 모습을 보았다.

4

호텔 안은 첫번째 아침식사를 준비하느라 눈코 뜰 새 없이 바쁘게 돌아가고 있었다. 요리사와 주방 심부름꾼, 웨이터가 쟁반을 들거나 카트를 끌며 주방과 통로를 분주하게 오갔다. 알리시아는 장터처럼 소란스럽고 번잡해도 커피와 갖가지 향기가 가득한 주방 구역의 가장자리를 따라서 지나갔다. 가는 길에 몇몇 사람이 놀란 표정으로 쳐다보기도 했지만 대부분은 너무 바빠서 신경조차 쓰지 않았다. 아마 길을 잃고 헤매는 손님이거나 일을 마치고 남의 눈을 피해 뒷문으로 들어오는 고급 콜걸 정도로 여겼을 것이다. 그들은 고급 호텔에서 눈에 띄지 않아야 된다는 불문율이 존재했다. 알리시아는 그 카드를 이용해 당당하게 직원용 엘리베이터까지 갔다. 첫번째 엘리베이터에 탔는데, 비누와 타월을 든 여자 직원이 호기심과 질투심이 뒤섞인 눈초리로 그녀를 훑어보았다. 알리시아는 피차 같은 처지라는 듯 그녀에게 다정한 미소를 지어 보였다.

"이렇게 이른 시간에요?" 직원이 물었다.

"일찍 일어나는 새가 벌레를 잡는 법이니까요."

여자는 민망한 듯 말없이 고개를 끄덕이더니 5층에서 내렸다. 문이 닫히고 엘리베이터는 꼭대기층까지 곧장 올라갔다. 알리시아는 핸드백에서 열쇠꾸러미를 꺼내 이 년 전 레안드로가 준 금색 열쇠를 찾았다. '이건 마스터키야. 이것만 있으면 이 호텔에 있는 방문을 모두 열 수 있지. 내 방도 포함해서. 긴요하게 쓰도록 해.

무슨 일을 당할지 모르니까, 절대로 아무데나 무턱대고 들어가서는 안 돼.'

　직원용 엘리베이터의 문이 열리자, 청소함과 세탁실 옆에 숨겨진 작은 통로가 나왔다. 알리시아는 복도를 서둘러 걸어가 그 층의 중앙홀로 이어진 문을 살짝 열었다. 레안드로가 사는 스위트룸은 넵투노광장이 내려다보이는 복도 모퉁이에 있었다. 그녀는 중앙홀로 살그머니 나와 거기로 향했다. 가는 길에 아침식사를 마치고 방으로 돌아가는 듯한 투숙객과 마주쳤다. 그가 다정한 미소를 지어 보여 그녀도 미소로 화답했다. 모퉁이를 돌아서자 레안드로의 스위트룸이 보였다. 문 앞을 지키는 경호원은 보이지 않았다. 레안드로는 그런 식의 과시를 혐오했다. 그는 호들갑 떨지 않고 조심스럽게 처신하는 것을 무엇보다 중요시했다. 하지만 알리시아는 그의 부하가 적어도 둘은 이 부근에 있다는 것을 알았다. 그 순간에 분명 옆방에 있거나, 호텔 안을 순찰하고 있을 것이었다. 잘하면 오 분에서 십 분 정도 틈이 날 것 같았다.
　그녀는 스위트룸 문 앞에 서서 좌우를 둘러보았다. 그리고 열쇠를 조심스레 집어넣고 살며시 돌렸다. 문이 열려 알리시아는 안으로 슬그머니 들어갔다. 그러고 나서 문을 잠근 다음 몇 초 동안 문에 기댄 채 가만히 서 있었다. 문 앞의 작은 응접실은 복도로 이어졌고, 그 끝에 첨탑의 둥근 천장 아래 자리잡은 타원형의 방이 보였다. 그녀가 기억하는 한 레안드로는 쭉 거기서 살았다. 그녀는 허리춤에 차고 있던 총에 손을 얹고 그곳으로 살금살금 걸어갔다. 실내는 어스름에 잠겨 있었다. 스위트룸의 침실 문이 반쯤 열려 있었는데, 그 틈으로 한 줄기 빛이 새어나오고 있었다. 알리시아는 물소리와 귀에 익은 휘파람소리를 들었다. 그녀는 방을 가로질러 그 문을 활짝 열어젖혔다. 침실 안쪽으로 텅 빈 채 이불만 잔뜩 헝클어진 침대가 보였다. 왼쪽의 화장실 문도 열려 있었다. 안에서 뿌연 김을 타고 향긋한 비누 냄새가 풍겨나오고 있었다. 알리시아는 문 앞에서 걸음을 멈추었다.

레안드로는 그녀에게 등을 보인 채 거울 앞에서 조심스럽게 면도를 하고 있었다. 그는 주홍색 목욕가운에 슬리퍼를 신은 차림이었다. 옆에서는 물이 가득찬 욕조가 증기를 뿜으며 그를 기다리고 있었다. 레안드로는 라디오에서 흘러나오는 노래를 따라 휘파람을 불고 있었다. 알리시아는 거울에 비친 그와 눈이 마주쳤다. 그는 조금도 놀란 기색 없이 따뜻한 미소를 지어 보였다.

"며칠 전부터 기다리고 있었어. 중간에서 길을 막지 않도록 내가 지시해두었다는 것을 자네도 이미 눈치챘겠지."

"고맙군요."

레안드로는 몸을 돌리며 얼굴에 묻은 크림을 타월로 닦아냈다.

"오히려 그들이 다칠까봐 그랬던 거야. 자네가 다른 이들하고 얽히는 걸 싫어하니까 미리 손을 쓴 거지. 참, 아침은 먹었나? 뭐라도 갖고 오라고 시킬까?"

알리시아는 고개를 저었다. 그녀는 권총을 꺼내 그의 배를 겨눴다. 레안드로는 스킨로션을 손바닥에 부어 얼굴에 발랐다.

"보아하니 불쌍한 엔다야의 권총인 모양이로군. 아주 좋은 생각이야. 그런데 엔다야가 어디 있는지는 물어봐야 헛수고겠지. 다른 뜻이 있는 건 아니고 그에게 처자식이 있어서 그래."

"고양이 먹이 통조림 속이나 살펴보세요."

"쌀쌀맞네, 알리시아. 그러지 말고 앉아서 이야기할까?"

"여기도 괜찮아요."

레안드로는 화장대에 몸을 기댔다.

"좋을 대로. 뜻대로 해."

알리시아는 잠시 망설였다. 당장 그를 쏘는 것이 가장 깔끔했다. 그리고 탄창을 다 비운 다음, 살아서 거기를 탈출하는 것이다. 운만 좋으면 직원용 엘리베이터까지 갈 수 있을 듯했다. 어쩌면 총에 맞아 쓰러지기 전에 호텔 로비까지 갈지도 모를 일이다. 레안드로는 평소처럼 그녀의 마음을 훤히 읽고 있었다. 그는 연민과 아버지의 애정이 섞인 눈빛으로 그녀를 보면서 천천히 고개를 저었다.

"내 곁을 떠나지 말았어야지." 그가 입을 열었다. "자네가 배신하는 바람에 내 마음이 얼마나 아팠는지 모를 거야."

"나는 절대 당신을 배신하지 않았어요."

"이러지 마, 알리시아. 내가 제일 아끼는 부하가 자네라는 걸 너무 잘 알고 있잖아. 자네는 내 걸작이라고. 자네와 나는 무슨 일을 해도 잘 맞았지. 우리는 완벽한 팀이야."

"그래서 그런 쓰레기를 보내 나를 죽이려고 했던 건가요?"

"로비라 말인가?"

"그게 그자의 이름인가요?"

"가끔. 원래는 그가 자네 역할을 대신할 계획이었지. 그래서 자네를 감시하면서 한 수 배우라고 거기 보낸 거야. 그 녀석은 자네를 무척이나 존경했거든. 지난 이 년 동안 자네의 모든 것을 연구했을 정도니까. 신상 기록은 물론 자네가 맡은 사건은 하나도 빠뜨리지 않고 모두 검토하더군. 자네가 단연 최고라고 입버릇처럼 말했지. 하지만 그가 그 자리를 차지할 수 있다고 믿었던 게 실수였어. 그 누구도 자네를 대신할 수 없다는 걸 이제야 깨달았달까."

"그럼 로마나도 안 된다는 거예요?"

"리카르도는 자기가 무엇을 해야 하는지조차 제대로 이해하지 못했지. 주제넘게 자기 나름의 판단을 내리고 자기가 상관하지 말아야 할 일을 들쑤시고 다녔어. 우리가 그놈에게 기대한 건 주먹이나 쓰는 거였는데. 아무래도 충실한 직무이행의 의미를 혼동한 것 같아. 그걸 명확하게 이해하지 못하면 아무도 이 바닥에서 살아남을 수 없는 법이지."

"그럼 당신은 어떤데요?"

레안드로는 머리를 흔들었다.

"알리시아, 다시 내게 돌아와줄 수 있겠어? 누가 나만큼 자네를 잘 돌봐주겠어? 나는 자네를 내 몸의 일부처럼 훤히 알고 있잖아. 지금 자네가 통증 때문에 괴롭지만 약을 먹으면 혹시라도 정신이 멍해질까봐 참고 있다는 걸 눈빛만 봐도 알 수 있어. 지금 자네 눈에는 두려움이 가득차 있다고. 나에 대한 두려움으로 말이야. 그런 걸 보니 마음이 아프군. 자네 모습이 너무 안쓰러워서……"

"약을 원하면, 병째로 가져가요. 다 드리죠."

레안드로는 서글픈 미소를 지으며 혼잣말처럼 중얼거렸다.

"내가 실수했다는 것을 깨끗이 인정하지. 그리고 용서를 구할 게. 자네가 원하는 게 그건가? 필요하다면 무릎이라도 꿇을 수 있어. 그런다고 부끄러울 것도 없으니 말이야. 자네가 배신하는 바람에 나는 엄청난 타격을 받고 판단력이 흐려졌지. 어떤 일이 있어도 증오나 괴로움, 고통을 품고 결정을 내려서는 안 된다고 틈날 때마다 자네에게 가르쳤던 바로 내가. 그래, 나도 인간이야, 알리시아."

"눈물이 쏟아지려고 하는군요."

레안드로의 입가에 교활하기 그지없는 미소가 흘렀다.

"따지고 보면 우리가 닮은꼴이라는 걸 자네도 알잖아? 그래도 내 곁에서 일하는 게 좋지 않아? 어디서 이런 대우를 받겠어? 우리 둘을 위해 큰 계획을 세워두었지. 지난 몇 주 동안 곰곰이 궁리한 끝에 자네가 이 일을 왜 그만두려 하는지 깨달았어. 나 역시 이런 생활에서 이제 벗어나고 싶다는 것도 깨달았지. 무능한 멍청이들이 저지른 일을 뒤치다꺼리하는 것도 이제 질렸으니까. 자네와 내가 할 일은 따로 있어."

"아, 그래요?"

"물론이지. 그럼 앞으로도 계속 남들이 벌여놓은 난장판이나 처리할 생각이었던 거야? 이제 그런 지저분한 일은 안 해도 돼. 나는 그보다 훨씬 더 중요한 일을 해볼 생각이라고. 물론 지금 일에서는 손을 뗄 거고. 그러니까 자네가 옆에서 도와주어야겠어.

자네가 없으면 못하는 일이야. 무슨 말인지 알겠지?"

"전혀 모르겠네요."

"단도직입적으로 말하면 정치를 해볼 생각이야. 이 나라도 바뀔 테니까. 조만간은. 총통의 권세가 제아무리 막강하다고 해도 영원하지는 못할 거야. 새로운 피가 필요해. 소신이 있는 사람. 현실을 감당할 수 있는 사람."

"당신 같은 사람 말이군요."

"자네와 나 같은 사람이지. 자네와 내가 힘을 합친다면 이 나라를 위해 큰일을 할 수 있을 거야."

"무고한 사람을 죽이고 그 자녀를 납치해 팔아먹는 일 말인가요?"

레안드로는 짜증스러운 표정을 지으며 한숨을 쉬었다.

"알리시아, 너무 고지식하게 굴지 마. 그때는 지금과 다른 시절이었다고."

"그런 일을 꾸며낸 게 당신이었나요, 아니면 발스였나요?"

"그게 중요해?"

"나한테는 중요한 문제예요."

"그건 누가 꾸며낸 게 아니야. 어쩌다보니까 그렇게 된 것뿐이라고. 우바크와 그의 아내가 마타익스의 딸들에게 눈독을 들였지. 발스는 그걸 기회라고 생각했고. 그리고 이어서 또다른 기회들이 그를 찾아왔어. 그때는 기회가 널려 있던 시대였지. 수요가 없으면 공급도 없는 법이잖아. 나는 그저 내가 맡은 일을 했을 뿐이야. 발스가 도를 넘는 행동을 하지 못하도록 감시하는 것이 내 임무였지."

"보아하니 뜻대로 안 된 모양이군요."

"발스는 탐욕스러운 인간이지. 불행하게도 탐욕스러운 인간들은 자신의 지위를 이용해 욕심을 부리다 결국 일을 그르치고 말아. 언제 그만둬야 되는지를 절대 모르기 때문에, 도를 넘고 언젠가는 몰락하는 거라고."

"그럼 그는 아직 살아 있나요?"

"알리시아…… 내게서 무엇을 원하는 거지?"

"진실이요."

레안드로는 혼자 픽 웃었다.

"진실? 자네나 나나 잘 알다시피, 그런 건 존재하지 않아. 진실이라는 것은 순진한 사람들이 굳이 현실을 직시하지 않고도 살 수 있게 해주는 일종의 타협안이니까."

"그런 젠체하는 이야기나 들으려고 온 게 아니에요."

레안드로의 표정이 굳어졌다.

"그래. 자네는 캐지 말아야 할 곳이 어딘지 알면서도 굳이 파헤치려고 온 거지. 늘 그랬듯이 말이야. 자네는 항상 문제를 더 꼬이게 만드니까. 언제나 그런 식으로 일을 처리하잖아. 그래서 내 곁을 떠난 거지. 그래서 나를 배신한 거야. 그래서 지금 여기 나타나 진실 운운하는 거라고. 자네가 나보다, 아니 이 모든 것보다 더 낫다는 말을 내 입으로 직접 듣고 싶었겠지."

"나는 누구보다 나을 게 없어요."

"아냐. 자네는 그 누구보다 유능한 사람이야. 그러니까 내가 그

동안 자네를 가장 아꼈던 거라고. 나는 자네가 내 곁으로 돌아왔으면 좋겠어. 지금 우리나라는 자네와 나 같은 사람이 절실히 필요해. 나라를 통제할 수 있는 사람들. 증오심과 질투심, 비열한 혐오감을 먹고 살면서 산 채로 서로를 잡아먹는 쥐떼가 다시는 이 땅에서 설치지 못하도록 나라를 바로잡고 평온하게 이끌어 갈 사람들. 자네도 내 말이 옳다는 걸 알 거야. 그동안 우리는 늘 비난의 표적이 되다시피 했지. 그렇지만 우리가 없었으면 이 나라는 엉망진창이 되고 말았을 거야. 그렇지 않아?"

레안드로는 오랫동안 그녀의 눈을 빤히 쳐다보았다. 그녀가 아무 대답도 하지 않자, 그는 욕조로 걸어갔다. 그는 그녀에게 등을 돌린 채 목욕가운을 벗었다. 알리시아는 생선의 배처럼 창백한 그의 벗은 몸을 바라보았다. 그는 대리석벽에 붙어 있는 금빛 손잡이를 잡고 욕조 안으로 천천히 들어갔다. 물속에 몸을 담그자 그의 얼굴에 김이 뽀얗게 올라왔다. 그제야 그는 눈을 뜨고 슬픈 눈빛으로 그녀를 살펴보았다.

"모든 것이 진즉 달라져야 했어, 알리시아. 하지만 우리는 우리 시대의 자식들이야. 사실 이렇게 된 게 잘된 일인지도 몰라. 나는 오래전부터 자네일 거라는 걸 알고 있었지."

알리시아는 총을 아래로 내렸다.

"무엇을 기다리는 거야?"

"난 당신을 죽이지 않을 거예요."

"그럼 뭐하러 온 거지?"

"잘 모르겠어요."

"모를 리가 있나."

레안드로는 욕조 벽에 걸린 인터폰으로 손을 뻗었다. 알리시아는 다시 그에게 총을 겨누었다.

"뭐하려는 거죠?"

"일이 어떤 식으로 돌아가는지 잘 알잖아, 알리시아…… 교환원. 네. 내무성으로 연결해주세요. 힐 데 파르테라. 네. 레안드로 몬탈보라고 합니다. 그럼 기다리죠. 감사합니다."

"당장 전화 끊어요."

"그럴 수는 없어. 애당초 내가 맡은 임무는 발스를 구하는 것이 아니라, 그를 찾아서 입을 막는 거였지. 이런 씁쓸한 사건이 세상에 알려지는 것을 막기 위해서. 사실 이번에도 성공적으로 임무를 완수할 뻔했어. 그런데 안타깝게도 자네가 내 말을 듣지 않았지. 그래서 이제는 유감스럽게도 자네가 이번 일에 끌어들인 이를 모두 죽이라는 명령을 내려야만 해. 다니엘 셈페레와 그의 아내를 포함한 모든 가족, 그들을 위해 일하는 그 멍청이, 그리고 절대 알아서는 안 되는 비밀을 자네한테서 들은 그 모든 사람들 말이야. 물론 자네는 그들을 구할 생각에서 그랬겠지. 다 자네가 자초한 일이야. 자네 스스로 우리를 그들에게 인도한 셈이니까. 늘 그랬듯이, 자네는 굳이 애쓰지 않아도 늘 최고라고. 교환원? 네. 장관님. 저도 그렇습니다. 네, 그런 셈이죠. 알려드릴 소식이……"

한 발이면 충분했다. 수화기가 손에서 미끄러져 욕조 옆 바닥에 떨어졌다. 그는 고개를 옆으로 기울인 채, 애정과 갈망이 사무친 눈빛으로 그녀를 쳐다보았다. 진홍빛 구름이 물 아래로 퍼져나가면서 그의 몸 실루엣을 감추었다. 알리시아는 그 자리에 꼼짝 않고 선 채 헐떡거리며 피를 흘리는 그의 모습을 지켜보았다. 결국 그의 동공이 커지더니, 조롱기 어린 미소가 굳어지고 말았다.

"기다릴게." 레안드로가 소곤거리는 목소리로 말했다. "늦으면 안 돼."

잠시 후, 그의 몸이 미끄러져 물속으로 천천히 들어갔다. 마침내 레안드로의 얼굴은 눈을 뜬 채 피로 물든 물속에 가라앉고 말았다.

5

알리시아는 바닥에 떨어진 수화기를 집어 귀에 갖다댔다. 전화는 연결되어 있지 않았다. 레안드로는 아무한테도 전화를 걸지 않았던 것이다. 그녀는 약병을 꺼내 두 알을 입에 넣고 씹었다. 그러곤 레안드로가 응접실의 작은 장식장에 넣어둔 고급 브랜디를 꺼내 한 모금 마셨다. 스위트룸을 나서기 전에 그녀는 엔다야의 총을 깨끗이 닦고 카펫 위에 떨어뜨렸다.

직원용 통로까지 가는 길은 한없이 멀게만 느껴졌다. 엘리베이터 두 대가 올라오고 있었지만 계단을 최대한 빠르게 내려가기로 했다. 그녀는 다시 복잡한 주방 구역을 헤쳐나가다 마지막 통로를 따라 출구로 향했다. 바쁘게 걸음을 옮기는 동안에도 어느 순간 총알이 등에 박히고 앞으로 고꾸라져 생쥐처럼 죽을 거라는 예감이 들었다. 주홍왕자의 궁전, 팔라세호텔의 지하실 터널에서 말이다. 거리로 나가자 진눈깨비가 날리면서 그녀의 얼굴을 스치고 지나갔다. 잠시 숨을 가다듬으려고 걸음을 멈춘 순간, 택시 운전사의 모습이 눈에 띄었다. 그는 그녀가 내린 바로 그곳에 차를 세워두고 선 채로 초조하게 기다리고 있었다. 그녀가 나오는 것을 보자마자, 에르네스토는 냅다 달려왔다. 그는 아무 말 없이 그녀의 팔을 붙잡고 차로 데려갔다. 그러곤 조수석에 앉힌 다음 자기도 서둘러 운전석에 탔다.

택시에 시동이 걸리고 산혜로니모 거리 방향으로 출발했을 때, 벌써 멀리서 사이렌소리가 들려왔다. 팔라세호텔 정문 앞을 지나가는 순간, 에르네스토는 그 앞에 검은 차가 적어도 세 대는 세워져 있는 것을 보았다. 남자 여럿이 사람들을 밀치면서 안으로 뛰어들어가고 있었다. 에르네스토는 침착하게 차를 몰면서 방향지시등을 켜고 파세오 데 레콜레토스 방향의 내리막길을 따라 길게 이어진 차량 속으로 섞여들었다. 안개를 헤치고 기어가는 전차와 승용차, 버스 사이로 숨어들자 안도의 한숨이 새어나왔다. 그는 그때 처음으로 알리시아를 똑바로 보았다. 얼굴은 눈물범벅이 되어 있었고, 입술이 파르르 떨렸다.

"기다려줘서 고마워요." 그녀가 말했다.

"괜찮으세요?"

알리시아는 아무 대답도 하지 않았다.

"댁으로 갈까요?" 에르네스토가 물었다.

알리시아는 고개를 저었다.

"아직은 아니에요. 마지막으로 한 군데 더 들러야 할 곳이 있어서요……"

6

택시는 쇠창살 대문 앞에서 멈추었다. 에르네스토는 시동을 끄고 숲 사이로 모습을 드러낸 비야 메르세데스를 쳐다보았다. 알리시아도 말없이 저택을 살펴보았다. 그들은 일 분가량 택시 안에 머무르며 그곳을 휩싼 정적에 서서히 익숙해져갔다.

"아무도 없는 것 같은데요." 택시 운전사가 말했다.

알리시아는 차문을 열었다.

"제가 따라갈까요?" 에르네스토가 물었다.

"여기서 기다려요."

"그럼 꼼짝 않고 기다릴게요."

알리시아는 택시에서 내려 쇠창살 대문으로 걸어갔다. 안으로 들어가기 전에 뒤를 돌아보자, 에르네스토가 겁에 잔뜩 질린 얼굴에 엷은 미소를 띠고 그녀에게 손을 흔들었다. 문으로 들어간 그녀는 정원을 가로질러 저택으로 향했다. 가는 길에 나무 사이로 증기기관차가 어렴풋이 보였다. 그녀는 석상들이 늘어선 정원을 가로질렀다. 낙엽을 밟는 그녀의 발소리만이 깊은 정적을 깼다. 저택으로 향하는 동안, 나무 위 잎에 붙은 번데기에 매달려 있거나 그녀의 발치를 분주하게 돌아다니는 검은 거미 떼 외에 생명의 흔적이라고는 찾아볼 수도 없었다.

저택 중앙계단 앞에 이르러 올려다보니 문이 반쯤 열려 있었다. 그녀는 걸음을 멈추고 주변을 둘러보았다. 차고가 텅 비어 있었다. 비야 메르세데스는 오랫동안 방치된 듯 황량하고 을씨년스러운 분위기를 풍겼다. 그곳에 살던 이들이 저주를 피해 한밤중에 신발도 신지 못하고 달아난 듯한 느낌이었다. 그녀는 천천히 계단을 올라가 현관 안으로 들어섰다.

"메르세데스?" 그녀가 이름을 불렀다.

그녀의 목소리는 메아리가 되어 울려퍼지다가 길게 이어진 방과 복도 속으로 사라졌다. 양옆으로 퍼진 부채꼴의 통로가 어둠에 잠겨 있었다. 알리시아는 커다란 무도장 입구로 다가갔다. 안에는 바람에 날려들어온 낙엽이 여기저기 흩어져 있었다. 밖에서 불어오는 바람에 커튼이 펄럭거렸고, 하얀 대리석 바닥에는 정원에서 기어올라온 벌레들이 바글거렸다.

"메르세데스?" 그녀는 다시 불러보았다.

그녀의 목소리는 다시 저택 깊은 곳으로 사라졌다. 그 순간, 계단 꼭대기에서 풍기는 달착지근하면서도 역겨운 냄새를 맡고 그녀는 그곳으로 올라갔다. 냄새를 따라가보니 복도 끝 방이었다. 그녀는 방안으로 들어서다 도중에 걸음을 멈출 수밖에 없었다. 거미떼가 발스 부인의 시신을 새까맣게 뒤덮고 있었다. 거미들은 그녀의 시신을 게걸스럽게 파먹기 시작한 터였다.

알리시아는 황급히 복도로 뛰쳐나왔다. 그러곤 시원한 공기를 들이마시기 위해 안마당으로 난 창문을 활짝 열었다. 고개를 내밀어 창밖을 내다보자 안마당이 내려다보이는 창문은 모두 닫혀 있고 4층 끝에 있는 유리창만 열려 있었다. 그녀는 다시 중앙계단을 통해 4층으로 올라갔다. 복도가 어둠 속으로 길게 이어졌다. 그 끝에 반쯤 열린 하얀색 쌍여닫이문이 보였다.

"메르세데스, 나 알리시아야. 거기 있니?"

그녀는 복도 양쪽의 문들 사이로 드리워진 그림자와 커튼 뒤에 불룩하게 튀어나온 부분을 유심히 살펴보면서 천천히 걸었다. 복도 끝에 이르러 그녀는 문에 손을 대고 걸음을 멈추었다.

"메르세데스?"

알리시아는 문을 밀었다.

벽은 하늘색으로 칠해져 있었고, 동화와 전설에서 영감을 받아 그린 그림들이 별자리처럼 옹기종기 모여 있었다. 성과 마차, 공주, 그리고 모든 종류의 상상 속 동물이 은빛 별이 총총 떠 있는 둥근 천장의 하늘을 날고 있었다. 알리시아는 거기가 어린아이라면 누구나 꿈꾸는 온갖 장난감이 갖춰진 놀이방이라는 것을 알아차렸다. 그곳은 특권층 아이들을 위한 천국이었다. 방 한구석에서 자매가 기다리고 있었다.

침대는 하얀색이었다. 나무로 된 머리판은 날개를 활짝 편 채 한없이 경건하게 방안을 바라보는 천사의 모습이었다. 아리아드나와 메르세데스는 모두 흰옷 차림에 손을 꼭 맞잡고 빨간 장미를 쥔 손을 가슴 위에 올려놓은 채 침대에 누워 있었다. 주사기가 든 케이스와 작은 유리약병이 아리아드나의 바로 옆 침실용 탁자 위에 놓여 있었다.

알리시아는 갑자기 다리가 후들거려서 의자를 꽉 잡았다. 자기가 거기 얼마나 오래 있었는지—일 분 정도였는지, 아니면 한 시간인지—전혀 알 수가 없었다. 계단을 내려가 1층에 이르렀을 때 자기도 모르게 무도장으로 발길이 향했다는 것밖에 기억나지 않았다. 그녀는 벽난로 쪽으로 향했다. 긴 성냥이 든 상자 하나가 벽난로 선반 위에 놓여 있었다. 그녀는 성냥 하나를 꺼내 불을 붙인 다음, 저택 안을 돌아다니면서 커튼과 천이란 천에 불을 붙였다. 잠시 후 뒤에서 불길이 치솟는 것을 느끼고 그녀는 죽음의 집에서 나왔다. 그녀가 뒤돌아보지 않고 정원을 가로지르는 동안, 활활 타오르는 비야 메르세데스에서 검은 불길이 하늘로 치솟고 있었다.

인 파라디숨

1960년 2월
바르셀로나

* 인 파라디숨(In Paradisum)은 '천국으로'를 뜻하는 라틴어로, 진혼미사곡 중 하나다.

1

    이십여 년 전 홀아비가 된 이후로 후안 셈페레는 매주 일요일이면 아침 일찍 일어나 진한 커피를 만들어 마신 다음, 바르셀로나 신사 정장에 모자를 쓰고 산타아나성당에 내려가곤 했다. 알렉상드르 뒤마가 성좌 선언에 의해 성인의 반열에 오르기라도 했다면 또 모를까, 후안 셈페레는 살면서 단 한 번도 신앙심을 가져본 적이 없었다. 그는 성당에 가도 맨 끝자리에 앉아 미사를 말없이 지켜보기를 좋아했다. 그는 사제의 지시에 따라 경의를 표하기 위해 자리에서 일어섰다가 앉곤 했지만 성가나 기도문을 따라하지도, 영성체 예식에 참여하지도 않았다. 하늘나라와 그는 안 그래도 서먹한 사이였지만 이사벨라가 세상을 뜬 후로는 서로 할말이 거의 없어지고 말았다.

    후안의 믿음을—아니면 믿음이 없다는 것을—훤히 알고 있던 주임신부는 그가 성당을 찾을 때마다 무척 반가워하면서, 그가 무엇을 믿든지 그곳이 곧 그의 집이라는 말을 잊지 않았다. '우리는 각자의 방식으로 믿음을 가지고 살지요. 하지만 어디 가서 내가 이런 말을 했다고는 하지 마세요. 높은 분들이 알면 나를 선교사로 보내 아나콘다의 먹잇감이 되어버릴 테니까요.' 신부는 그렇게 말하곤 했다. 그럴 때마다 후안은 자기가 신앙은 없지만, 거기 있으면 왠지 이사벨라와 더 가까이 있는 듯한 느낌이 든다고 대답했다. 그건 어쩌면 그가 바로 그 예배당에서 그녀와 혼인성사를 올리고 그의 인생에서 가장 행복했던 오 년의 세월을 보낸 뒤, 거기에서 장례미사를 치렀기 때문인지도 몰랐다.

그 일요일 오전에도 후안 셈페레는 평소처럼 맨 끝에 앉아 미사를 들으면서, 침묵을 지키시는 하느님께 자기들과 자신들의 헛된 존재를 불쌍히 여겨달라고 빌기 위해 모여든 부지런한 동네 사람, 신앙심이 두터운 여인과 죄인, 외로운 이, 불면증 환자, 낙천주의자와 아무런 희망도 없는 사람 무리를 유심히 지켜보았다. 신부가 기도문을 읊을 때마다 입에서 솔솔 입김이 피어올랐다. 신도들은 교구성당의 빠듯한 예산 때문에 간신히 구입한 가스난로 쪽으로 자기도 모르게 몸을 움직였다. 벽감에 모셔놓은 성모마리아와 성인들이 열심히 도와주셨지만 한 대의 난로로는 결코 기적이 일어나지 않았다.

주임 사제가 성체를 모시고 와인을 입에 대려는 순간, 후안은 너무 추웠던 나머지 자기도 한 모금 마시고 싶다는 생각이 들었다. 바로 그때 어떤 이가 긴 의자로 미끄러지듯 들어와 옆자리에 앉았다. 고개를 돌려보니 아들 다니엘이었다. 후안은 그의 혼인성사 이후로 아들을 예배당에서 본 적이 없었다. 이제 페르민이 기도서를 들고 안으로 들어오는지 모습만 보면, 그의 자명종 시계가 반란을 일으킨 것이고 그 모든 게 겨울 일요일의 감미로운 꿈이라는 것을 알 수 있을 듯했다.

"별일 없는 거지?" 후안이 물었다.

다니엘은 온화한 미소를 지으며 고개를 끄덕이더니, 주임 사제에게 시선을 돌렸다. 신부가 신자들에게 성체를 나누어주는 동안 오르간 연주자는―그는 일요일마다 그 지역의 여러 교회를 돌아다니며 연주를 하는 음악교사이자 서점의 단골손님이었다―열심히 연주를 했다.

"요한 제바스티안 바흐 선생에게 저런 죄를 저지르다니, 오늘 아침 마에스트로 클레멘테의 손가락이 꽁꽁 언 모양이로구나." 그가 덧붙여 말했다.

다니엘은 다시 고개를 끄덕이기만 했다. 셈페레는 곁눈질로 아들을 흘끔거렸다. 무슨 일인지 며칠 전부터 다니엘은 깊은 생각에 잠겨 있는 것 같았다. 마음속에 상실감과 침묵으로 이루어진 세계가 있는 듯했지만 셈페레로서는 무슨 수를 써도 그 안으로 들어갈 수가 없었다. 셈페레는 십오 년 전 그날 새벽, 더이상 엄마의 얼굴이 기억나지 않는다고 비명을 지르며 잠에서 깬 다니엘의 모습을 종종 떠올렸다. 그날 아침 후안 셈페레는 처음으로 아들을 데리고 '잊힌 책들의 묘지'에 갔다. 그 장소와 그곳이 의미하는 바가 엄마의 빈자리를 메워주기를 바라는 마음에서였다. 후안은 아들이 어엿한 성인으로 자라 결혼해서 아이를 낳는 과정을 쭉 지켜보았다.

그러나 그는 여전히 매일 아침 아들 걱정에 무거운 마음으로 눈을 떴다. 그럴 때마다 그는 이사벨라가 곁에 있다면, 자기 입으로 할 수 없는 말을 그녀가 대신 아들에게 해주면 얼마나 좋을까 생각했다. 아버지에게는 아들이 나이먹는 모습이 절대 보이지 않는다. 아버지의 눈에 아이들은 한때 존경하는 눈빛으로—아버지가 우주의 수수께끼를 모두 풀어줄 거라고 확신했으니까—자기를 우러러보던 그 모습으로만 보일 뿐이다.

하지만 그날 아침, 하느님과 세상으로부터 멀리 떨어진 예배당의 어스름한 빛 아래에서 셈페레는 다니엘을 보며 아들도 세월을 거스르지 못한다는 사실을 처음 깨달았다. 다시 돌아오지 못할 엄마의 얼굴을 기억하기 위해 살던 어린아이의 모습은 이제 온데간데없었다. 셈페레는 그 마음을 자기도 충분히 이해한다고, 너는 결코 혼자가 아니라고 말해주고 싶었지만 적의에 찬 그림자처럼 아들에게 드리워진 어둠을 보면 겁이 났다. 다니엘이 고개를 돌리는 순간 셈페레는 그의 눈에서 이글거리는 분노와 증오심을 볼 수 있었다. 비참한 나락으로 굴러떨어진 노인들한테서조차 한 번도 본 적 없는 눈빛이었다.

"다니엘······" 그가 중얼거렸다.

아들은 그를 와락 껴안아 아무 말도 못하게 했다. 그러곤 무언가가 아버지를 낚아채가기라도 할 듯이 팔에 힘을 꽉 주었다. 셈페레는 아들의 얼굴을 볼 수 없었지만, 속울음을 삼키고 있다는 것을 알았다. 그는 이사벨라가 세상을 뜬 후 처음으로 아들을 위해 기도했다.

2

정오가 되기 직전, 버스는 몬주익 공동묘지 정문 앞에서 그들을 내려주었다. 다니엘은 훌리안을 팔에 안은 채 베아가 먼저 내리기를 기다렸다. 아이를 거기 데려간 것은 그때가 처음이었다. 차가운 태양이 구름 사이에서 타오르고 하늘은 주변 경치와 전혀 어울리지 않게 금속성의 푸른빛을 띠고 있었다. 그들은 죽은 자들의 도시 입구를 지나 언덕길을 올라가기 시작했다. 19세기 말에 만들어진 옛 묘지 구역을 따라 비탈길이 이어졌다. 길 양쪽으로 늘어선 영묘와 무덤은 바르셀로나의 경제적 번영과 유력가문들의 영광을 칭송하기 위한 목적인지 기괴한 모양의 천사와 혼령을 본따 과장된 양식으로 만들어져 있었다.

베아는 예전부터 죽은 자들의 도시를 무척이나 싫어했다. 거기서 볼 수 있는 것이라고는 죽음이 빚어내는 음산한 풍경과 안 그래도 겁에 질린 방문자들에게 가문과 명성은 내세에서도 계속된다고 은근히 위협하는 듯한 분위기밖에 없었기 때문이었다. 그녀는 뛰어난 건축가와 조각가, 장인이 그토록 호사스러운 묘지를 짓고 석상을 가득 채워넣느라 재능을 팔아먹은 것에 개탄을 금할 수 없었다. 하필 페니실린 발명 전에 태어난 아기들의 이마에 입을 맞추기 위해 죽음의 신이 몸을 구부리고, 유령 같은 여인들이 영원한 우울증의 저주에 사로잡혀 있고, 카리브해에서 노예무역과 피 묻은 설탕사업으로 부와 명성을 한 손에 넣은 인간 백정들이 죽었다고 비통에 잠긴 천사들이 대리석묘석 위에 엎드려 오열하는 그런 곳에 말이다. 바르셀로나에서는 심지어 죽음도 일요일에는 화려한 옷을 차려입었다. 베아는 그곳이 너무나 싫었지만, 다니엘에게 그런 말을 할 수는 없었다.

어린 훌리안은 눈이 휘둥그레져서 무시무시한 사육제의 현장을 쳐다보고 있었다. 아이는 두려움과 놀라움이 뒤섞인 채 미로 같은 무덤과 석상을 손가락으로 가리켰다.

"저건 조각상일 뿐이야, 훌리안." 아이의 엄마가 말했다. "저들은 너한테 아무 짓도 할 수 없어. 여기에는 아무것도 없으니까 말이야."

그 말이 입 밖으로 나오자마자 그녀는 후회했다. 다니엘은 아무것도 듣지 못한 것 같았다. 이른새벽에 집에 돌아온 후로 그는 거의 입을 열지 않았다. 물론 어디서 뭘 하다 그렇게 늦었는지도 밝히지 않았다. 그는 말없이 그녀 옆에 누웠지만, 전혀 눈을 붙이지 않았다.

동틀녘이 되었을 때, 베아는 대체 무슨 일인지 그에게 물었다. 하지만 다니엘은 아무 말 없이 그녀를 빤히 바라보더니 갑자기 난폭하게 옷을 벗기기 시작했다. 그러곤 얼굴을 보지도 않고 그녀를 움직이지 못하게 꽉 붙잡았다. 한 손으로는 그녀의 팔을 잡아 머리 위로 젖히고, 다른 손으로는 거칠게 다리를 벌렸다.

"다니엘, 아프다고. 제발 그만해. 이러지 말라니까."

하지만 그는 아랑곳하지 않고 베아가 한 번도 보지 못한 거친 태도로 그녀를 덮쳤다. 도중에 베아는 손을 빼내 손톱으로 그의 등을 할퀴었다. 다니엘이 고통에 찬 신음을 지르자 그녀는 있는 힘을 다해 그를 옆으로 밀쳐버렸다. 그 즉시 베아는 침대에서 뛰어내려 가운으로 몸을 가렸다. 당장이라도 그에게 소리를 지르고 싶었지만 눈물을 참았다. 다니엘은 침대에 새우처럼 웅크린 채 그녀의 시선을 피했다. 베아는 깊은 한숨을 내쉬었다.

"다시는 그런 짓을 하지 마, 다니엘. 절대로. 알아들었어? 내 얼굴을 쳐다보고 대답해."

그는 고개를 들고 고개를 끄덕였다. 베아는 화장실에 들어가 문을 잠가버렸다. 그리고 다니엘이 집을 나가는 소리가 들릴 때까지 그 안에 틀어박혀 있었다. 다니엘은 한 시간 뒤에 집으로 돌아왔다. 그의 손에는 꽃다발이 들려 있었다.

"내가 언제 꽃 사달라고 했어?"

"어머니를 찾아뵐 생각이었어." 다니엘이 무겁게 입을 열었다.

어린 훌리안은 식탁에 앉아 우유컵을 들고 힐금힐금 엄마와 아빠의 눈치를 살폈다. 왠지 분위기가 심상치 않다고 생각하는 것 같았다. 세상 사람을 다 속여도 훌리안은 절대 못 속인다고 베아는 속으로 생각했다.

"그럼 우리도 같이 갈게." 그녀가 대답했다.

"그럴 필요 없어."

"같이 갈 거니까 그리 알아."

작은 언덕 기슭에 이르자 바다가 내려다보이는 테라스가 나타났다. 베아는 걸음을 멈추었다. 다니엘이 혼자서 어머니를 찾아뵙고 싶어한다는 것을 그녀는 잘 알고 있었다. 다니엘은 훌리안을 그녀에게 맡기려고 했지만, 아이는 아빠 품에서 나오려 하지 않았다.

"데리고 가. 나는 여기서 기다리고 있을 테니까."

3

다니엘은 비석 앞에 무릎을 꿇고 무덤에 꽃을 올려놓았다. 그는 돌에 새겨진 글자를 손으로 쓰다듬었다.

이사벨라 셈페레
1917~1939

그는 그 자리에서 눈을 감은 채 가만히 있었다. 그런데 훌리안이 갑자기 알아들을 수 없는 말로 중얼거리기 시작했다. 아이는 무슨 생각이 떠오를 때마다 늘 저러는 버릇이 있었다.

"왜 그러니, 훌리안?"

아이는 묘석 발치를 손으로 가리켰다. 유리화병 그림자 속에 말라붙은 꽃 몇 송이가 보였다. 다니엘은 꽃잎 사이로 삐져나온 작은 조각상을 발견했다. 석고상인 듯했다. 저번에 어머니 묘소를 찾았을 때는 저런 물건이 없었다. 다니엘은 그것을 집어 자세히 살펴보았다. 천사상이었다.

넋 나간 표정으로 조각상을 바라보던 훌리안이 몸을 숙이고 아빠의 손에서 그것을 빼앗으려고 했다. 그 순간 손에서 미끄러진 천사상이 대리석 위로 떨어지면서 두 동강이 나고 말았다. 다니엘은 깨진 조각상에서 무언가가 튀어나와 있는 것을 알아차렸다. 돌돌 말린 종이쪽지였다. 그는 훌리안을 내려놓고 조각상을 집었다. 쪽지를 펼치자 글씨가 나타났다. 알리시아 그리스의 필체였다.

마우리시오 발스
엘 피나르
마누엘 아르누스 거리
바르셀로나

훌리안은 다니엘을 유심히 쳐다보고 있었다. 다니엘은 종이쪽지를 주머니에 넣고 마음에도 없는 미소를 지어 보였다. 아이는 열이 나서 소파에 누워 있을 때처럼 아빠를 쳐다보았다. 다니엘은 들고 온 하얀 장미를 묘석에 올려놓고 아이를 다시 품에 안았다.

베아는 언덕 기슭에서 그들을 기다리고 있었다. 아내 곁으로 돌아온 다니엘은 그녀를 아무 말 없이 껴안았다. 그날 아침에 있었던 일과 다른 모든 것에 대해 용서를 구하고 싶었지만 입이 떨어지지 않았다. 베아는 그런 그의 눈을 쳐다보았다.

"다니엘, 괜찮아?"

그는 대답 대신 미소로 얼버무렸다. 어린 훌리안이 봐도 억지스러운 미소를 베아가 알아채지 못할 리 없었다.

"사랑해." 그가 말했다.

그날 밤 다니엘과 베아는 훌리안을 재운 뒤 은은한 불빛 속에서 천천히 사랑을 나누었다. 다니엘은 입술로 그녀의 전신을 애무했다. 마치 다시는 그녀의 몸을 만질 수 없을까봐 두려워하는 사람 같았다. 나중에 둘이 담요 아래에서 부둥켜안고 있을 때, 베아가 그의 귀에 대고 속삭였다.

"아이를 하나 더 갖고 싶어. 이왕이면 딸로. 당신은 어때?"

다니엘은 고개를 끄덕이며 그녀의 이마에 입을 맞추었다. 그는 베아가 잠들 때까지 그녀의 몸을 부드럽게 애무했다. 그는 그녀의 숨소리가 느려지고 가라앉을 때까지 기다리다 조용히 일어나 옷을 주섬주섬 챙겨서 식당으로 나가 입었다. 나가기 전에 그는 훌리안의 방 앞에 서서 문을 살짝 열어 보았다. 아이는 페르민이 선물해준 악어인형을 품에 안고 곤히 잠들어 있었다. 훌리안은 자기보다 두 배나 큰 인형에 카를리토스라는 이름을 붙여주었다. 베아가 조금 더 작은 인형으로 바꾸어준다고 몇 번이나 달랬지만, 훌리안은 그 인형 없이는 잠도 자지 않으려고 했다. 다니엘은 방에들어가 아들에게 입을 맞추고 싶은 마음을 애써 억눌렀다. 평소에도 훌리안은 잠귀가 밝은 편이었다. 그래서 엄마 아빠가 집안을돌아다니면 곧장 아이의 민감한 레이더에 포착되었다. 대문을 닫으면서 다니엘은 다시 아들의 모습을 볼 수 없을지도 모른다고 생각했다.

4

다니엘은 때마침 카탈루냐광장에서 출발하던 심야전차에 올라 탔다. 전차에는 대여섯 명이 타고 있었는데, 모두 추위에 몸을 잔 뜩 웅크린 채 주변에는 아무런 관심도 없이 눈을 지그시 감고 있 었다. 전차가 덜컹덜컹할 때마다 그들의 몸도 좌우로 흔들렸다. 전차 안에서 그를 봤다고 기억할 사람은 아무도 없을 듯했다.

삼십 분 동안 전차는 도시의 오르막길을 막힘없이 올라갔다. 전차는 전선에 파란 불꽃과 나무 타는 냄새를 남기고 인적이 없는 정거장을 지나쳐갔다. 이따금씩 정신을 차린 승객이 비틀거리며 후문 쪽으로 가서 전차가 미처 서기도 전에 밖으로 뛰어내리곤 했 다. 비아 아우구스타와 발메스 거리의 모퉁이부터 티비다보대로 에 이르는 마지막 오르막 구간을 지나는 동안 전차 안에는 다니엘 과 뒤편 의자에 앉아 꾸벅꾸벅 조는 차장, 그리고 휘발유 냄새를 풍기며 담배를 물고 누런 깃털 모양 연기를 뿜어내는 작은 몸집의 기관사밖에 없었다.

전차가 종점에 도착하자 기관사는 일을 마친 기념으로 담배를 한 모금 길게 뿜어낸 다음 종을 울렸다. 다니엘은 차에서 내려 전 차를 둘러싼 노란 불빛을 뒤로한 채 걸음을 옮겼다. 눈앞으로 티 비다보대로가 아득히 펼쳐진 가운데, 저택과 호화 건물이 산기슭 을 타고 늘어서 있었다. 산꼭대기에 파수꾼처럼 조용히 도시를 굽 어보는 엘 피나르의 모습이 어렴풋이 보였다. 다니엘은 가슴이 두 근거리기 시작했다. 그는 외투의 옷깃을 여미고 걷기 시작했다.

32번지 앞을 지나가는 순간, 쇠창살문 앞에서 알다야의 오래된 집을 쳐다보자 과거의 기억이 아스라하게 떠오르기 시작했다. 까마득한 옛날, 정확히 말하자면 몇 년 전에 그는 오래된 그 저택에서 자신의 삶을 발견했고, 하마터면 잃을 뻔했다. 만약 곁에 페르민이 있었더라면 그는 어떻게든 신소리를 늘어놓을 방법을 찾아냈을 것이다. 가령 저 대로가 그의 운명과 얼마나 비슷해 보이는지, 어떻게 지상에서 마지막이 될지도 모르는 밤에 아내와 아들이 곤히 잠들어 있는 동안 오랫동안 준비해온 계획을 행동으로 옮길 멍청한 생각을 했는지 등등. 어쩌면 페르민을 데리고 오는 편이 좋았을지도 모른다. 페르민이라면 수단과 방법을 가리지 않고 그를 제지해 미친 짓은 못하게 막았을 테니까 말이다. 페르민이라면 다니엘의 의무, 혹은 그저 복수를 하고 싶다는 어두운 욕망으로부터 그를 떼어놓았을 것이 틀림없다. 바로 그 때문에 다니엘은 그날 밤 홀로 자신의 운명에 맞서야 한다는 것을 알고 있었다.

대로 제일 위에 있는 작은 광장에 이르자, 다니엘은 어둠 속에 몸을 숨기고 다른 길을 향해 걸음을 옮기기 시작했다. 음침하고 모난 엘 피나르의 실루엣이 솟은 언덕을 빙 둘러싼 길이었다. 멀리서 보면 그 저택은 하늘에 대롱대롱 매달려 있는 것 같았다. 가까이 다가가면 비로소 저택의 엄청난 규모와 그것을 둘러싼 부지의 크기가 짐작이 갔다. 저택이 자리잡은 언덕은 정원으로 예쁘게 가꾸어져 도로에 접한 돌담으로 둘러싸여 있었고, 탑이 솟은 건물이 정문을 지키고 있었다. 정문에 우뚝 솟은 그물 모양 쇠창살문은 그 화려한 장식으로 보아 금속세공이 예술로 여겨지던 시대에 만들어진 듯했다. 조금 아래쪽에 두번째 출입구가 있었는데, 담에 난 석조현관이었다. 상인방에는 저택의 이름이 새겨져 있었고, 출입구 뒤로 미로처럼 복잡하게 얽힌 계단이 정원을 가로질러 위로 길게 이어졌다. 그곳의 쇠창살문도 정문만큼이나 견고해 보였다. 다니엘은 담을 타고 올라가 안으로 뛰어내린 다음 숲을 가로질러 저택에 접근하는 것이 유일한 방법이라는 결론을 내렸다. 물론 그 사이 아무한테도 발각되지 않기를 바라면서 말이다. 혹시 개나 경비원이 어디 숨어 있지나 않을지 걱정스러웠다. 밖에서는 불빛 하나 보이지 않았다. 오랫동안 방치된 듯 엘 피나르는 쓸쓸하고 음산한 분위기를 풍겼다.

이 분 동안 관찰한 끝에 그는 담 뒤로 나무들이 특히 우거진 곳을 골랐다. 돌담은 물기가 많아 미끄러웠다. 그래서 여러 번의 시도 끝에 겨우 올라가 반대편으로 뛰어내릴 수 있었다. 솔잎과 부러진 가지가 두껍게 쌓여 푹신푹신한 곳에 떨어지니 지하터널 속으로 들어온 것처럼 썰렁한 느낌이 들었다. 그는 언덕길을 살금살금 걸어가기 시작했다. 몇 미터에 한 번씩 멈춰서 나뭇잎 사이로 불어오는 산들바람 소리를 들었다. 잠시 후 포석길이 나타났다. 정문에서 저택으로 이어지다 건물 주변을 빙 둘러싼 그 길을 따라가니 건물 정면이 눈앞에 우뚝 솟아 있었다. 그는 주변을 쭉 둘러보았다. 주위는 짙은 어둠과 적막에 싸여 있었다. 만약 그곳에 다른 누군가가 있다 해도 자신의 존재를 드러낼 생각은 없는 듯했다.

저택은 어둠에 잠겨 있었고 창문은 모두 캄캄했다. 주변이 적막에 휩싸인 가운데 자기 발소리와 나무 사이로 불어오는 바람 소리밖에 들리지 않았다. 희미한 달빛 속에서도 엘 피나르가 오랫동안 방치된 것이나 마찬가지임을 알 수 있었다. 다니엘은 어리둥절한 표정으로 주변을 둘러보았다. 경비원이나 개, 아니면 어떤 종류든 무장한 감시요원이 그곳을 지키고 있을 거라 생각했다. 어쩌면 자기를 잡을 수 있거나 잡으려고 하는 이가 있기를 은근히 바랐는지도 모른다. 하지만 개미 한 마리도 얼씬거리지 않았다.

그는 창가로 천천히 다가가 금이 간 유리창에 얼굴을 갖다댔다. 안에는 칠흑 같은 어둠이 깔려 있었다. 그는 건물을 돌아 안뜰인 듯한 곳에 이르렀다. 그곳은 유리로 덮인 회랑으로 이어져 있었다. 내부를 자세히 살펴봐도 어떤 움직임은커녕 불빛조차 없었다. 그는 돌멩이를 쥐고 문에 달린 유리창을 깼다. 그러곤 깨진 틈으로 손을 넣어 문을 열었다. 집안의 냄새가 마치 그를 초조하게 기다리고 있던 늙은 악령처럼 몸을 휘감았다. 그는 안으로 천천히 걸음을 옮겼다. 그제야 자기가 부들부들 떨고 있다는 것을, 아직도 손에 돌멩이를 쥐고 있다는 것을 알아차렸다. 그는 돌멩이를 놓지 않았다.

회랑은 직사각형의 방으로 이어졌는데, 한때 만찬이 열리던 식당이 분명했다. 그 방을 가로지르자 아라베스크풍의 커다란 유리창이 달린 거실이 나타났다. 그곳에서는 그 어느 때보다 아득한 바르셀로나의 전경이 한눈에 들어왔다. 집안 여기저기를 살펴보던 그는 침몰선의 내부를 돌아다니고 있는 듯한 착각이 들었다. 가구는 어둠 속에서 수의처럼 희뿌옇게 빛나는 천으로 덮여 있었고, 벽은 죄다 거무스레한 빛을 띠고 있었다. 커튼은 닳아 해지거나 떨어져 있었다. 저택 건물 한복판에는 안마당이 있었는데, 그 것을 둘러싼 벽 위의 천장은 부서져 있었다. 달빛이 마치 증기로 된 검처럼 천장을 가르고 새어들어왔다. 높은 곳에서 날개를 퍼덕 거리는 소리와 웅웅거리는 소리가 들려왔다. 옆으로 대리석계단 이 이어졌는데, 어쩌나 호화스러운지 개인의 주택이 아니라 오페 라극장에나 어울릴 법했다. 그 계단 옆으로 오래된 예배당이 자리 잡고 있었다. 짙은 어둠 속에서 십자가에 못박힌 예수그리스도의 얼굴이 어렴풋이 보였다. 뺨을 타고 흘러내리는 피눈물과 원망스 러운 눈빛. 저멀리 굳게 닫힌 방들 너머로 커다란 문이 하나 열려 있었다. 저택의 깊숙한 곳으로 이어진 듯한 문이었다. 다니엘은 그 문으로 천천히 다가가다 걸음을 멈추었다. 얼굴을 스치고 지나 가는 미풍에서 이상한 냄새가 묻어나왔다. 밀랍냄새였다.

통로를 따라 몇 걸음 들어가자 이제까지 본 것보다 평범한 계 단이 나타났다. 모양새로 봐서는 저택에서 일하던 사람들이 사용 하던 계단이 틀림없었다. 몇 미터 더 들어가자 널찍한 방이 나왔 고 한가운데에 나무테이블과 쓰러진 의자 몇 개가 보였다. 분명 과거에 주방으로 쓰이던 곳이었다. 밀랍냄새는 바로 그곳에서 풍 겨나오고 있었다. 부드럽게 깜박이는 불빛이 벽에 비치고 있었다. 다니엘은 테이블이 거무스름한 얼룩으로 덮여 있는 것을 발견했 다. 그 얼룩을 남긴 무언가가 테이블에서 흘러내려 바닥 여기저기 로 튀면서 축축한 그림자 같은 웅덩이를 만들어놓았다. 피였다.

"거기 누구요?" 어디선가 다니엘보다 더 겁먹은 듯한 목소리 가 흘러나왔다.

다니엘은 걸음을 멈추고 어둠 속에서 숨을 곳을 찾았다. 느릿 느릿하게 다가오는 발소리가 들렸다.

"누구죠?"

다니엘은 숨을 죽인 채 돌멩이를 움켜쥐었다. 한 손에는 촛불을, 그리고 다른 손에는 빛나는 무언가를 들고 다가오는 사람의 모습이 보였다. 다니엘이 있다는 것을 알아차렸는지 그가 갑자기 걸음을 멈추었다. 다니엘은 그 그림자를 유심히 살펴보았다. 그 사람은 떨리는 손으로 권총을 쥐고 있었다. 그가 몇 걸음 앞으로 내딛었다. 그 순간, 다니엘은 권총을 쥔 손이 자기가 숨어 있던 문간 앞으로 지나가는 것을 보았다.

다니엘의 두려움은 곧 분노로 바뀌었다. 그는 자기도 모르는 사이에 그 사람을 향해 몸을 날려 돌멩이로 있는 힘껏 그의 손을 내리쳤다. 뼈가 부러지는 소리와 함께 그가 비명을 질렀다. 권총은 바닥에 떨어졌다. 다니엘은 그에게 덤벼들어 마음속 분노를 모두 쏟아냈다. 맨주먹으로 얼굴과 가슴을 사정없이 내리치자 그 사람은 두 팔로 얼굴을 가리려 애쓰며 공포에 질린 짐승처럼 비명을 질렀다.

바닥에 떨어진 초 주변으로 촛농이 흥건히 고이면서 불이 붙기 시작했다. 노란 불빛 속에서 나약해 보이는 남자의 겁먹은 얼굴이 드러났다. 다니엘은 당황한 표정으로 주먹질을 멈추었다. 남자는 피범벅이 된 얼굴로 가쁜 숨을 몰아쉬면서 그를 멀뚱멀뚱 쳐다보았다. 다니엘은 바닥에 떨어진 권총을 쥐고 그의 눈에 총구를 겨누었다. 남자의 입에서 신음소리가 새어나왔다.

"제발 목숨만 살려줘요……" 그가 애원했다.

"발스는 어디 있지?"

남자는 무슨 영문인지 모르는 듯 여전히 얼떨떨한 표정이었다.

"발스는 어디 있어?" 다니엘이 다시 물었다. 평생 처음 느끼는 증오심이 잔뜩 밴 냉정한 목소리가 입에서 흘러나왔다.

"발스가 대체 누굽니까?" 그가 더듬거리며 물었다.

다니엘이 권총으로 얼굴을 내리치려는 시늉을 하자, 그는 벌벌 떨면서 눈을 질끈 감았다. 다니엘은 자기가 힘없는 노인을 구타하고 있다는 사실을 깨닫고 뒤로 물러나서 벽에 기대앉았다. 그러곤 숨을 깊게 들이마시며 자제력을 되찾으려고 했다. 노인은 몸을 잔뜩 웅크린 채 흐느껴 울고 있었다.

"당신은 누구죠?" 다니엘은 한숨을 내쉬고 간신히 입을 열었다. "당신을 죽일 생각은 없어요. 그러니까 당신이 누군지, 그리고 발스가 어디 있는지만 말해요."

"수위예요." 그가 신음소리를 내며 말했다. "여기 경비원이라고요."

"여기서 뭘 하고 있는 거죠?"

"그들이 돌아올 거라고 했어요. 그러니까 그에게 먹을 것을 주면서 자기들이 올 때까지 기다리라고요."

"누구에게 먹을 것을 주라는 거예요?"

노인은 어깨를 으쓱했다.

"발스에게 말입니까?"

"나는 그가 누구인지도 몰라요. 다만 내게 이 권총을 주면서 자기들이 사흘 내로 돌아오지 않으면 그자를 죽여 우물에 던져버리라고 했어요. 하지만 사람을 죽일 수는 없다고요……"

"그게 언제 일이죠?"

"잘 모르겠어요. 며칠 지난 것 같군요."

"당신에게 돌아오겠다고 한 사람이 누굽니까?"

"어느 경감이었어요. 자기 이름을 대지는 않고 돈만 주더라고요. 원하면 그 돈 가져가요."

다니엘은 고개를 저었다.

"그 남자는 어디 있죠? 발스."

"저 아래요……" 노인은 주방 끝에 있는 철문을 가리키며 말했다.

"열쇠 줘요."

"그럼 저 사람을 죽이려고 온 겁니까?"

"열쇠나 내놔요."

노인은 주머니를 뒤져 열쇠 꾸러미를 그에게 건넸다.

"그들과 같은 편이에요? 경찰이요. 나는 그들이 시킨 대로 다 했지만, 그 사람을 죽일 수는 없었다고요……"

"이름이 뭐죠?"

"마누엘. 마누엘 레케호예요."

"마누엘, 이제 집으로 가요."

"나는 집이 없어요…… 저 뒤, 숲속 헛간에 살고 있으니까요."

"아무튼 여기서 나가세요."

노인은 고개를 끄덕였다. 그는 힘겹게 자리에서 일어나 간신히 탁자를 붙잡고 섰다.

"당신을 다치게 할 생각은 없었어요." 다니엘이 말했다. "사람을 착각해 그렇게 된 거예요."

노인은 그의 시선을 피하면서 출구 쪽으로 다리를 질질 끌며 갔다.

"그에게 자비를 베풀어줘요." 그가 말했다.

5

철문 뒤에 있는 방에는 통조림이 쌓인 선반이 여러 개 있었고 저 안쪽 벽에 구멍이 하나 나 있었다. 구멍 안으로 돌을 파서 만든 가파른 통로가 어렴풋이 보였다. 고개를 들이밀자 지하에서 올라오는 냄새가 코를 찔렀다. 그것은 짐승의 몸에서 나는 악취, 즉 배설물과 피, 두려움이 뒤엉킨 냄새였다. 그는 손으로 얼굴을 감싸고 어둠 속에서 귀를 기울였다. 벽에 걸린 손전등이 눈에 띄었다. 그는 손전등을 켜고 통로 안을 비추어보았다. 돌을 쪼아서 만든 계단이 어둠의 아가리 속으로 뻗어 있었다.

그는 천천히 계단을 내려갔다. 벽에서 배어나오는 습기 때문에 계단이 미끄러웠다. 10미터쯤 내려가자 계단 끝이 보였다. 거기서부터 통로가 점점 넓어지더니 마침내 방이라고 할 만한 공간이 나타났다. 악취가 심해서 감각이 마비될 정도였다. 손전등을 이리저리 비추던 도중 불빛 속으로 철창이 모습을 드러냈다. 철창은 바위를 파서 만든 공간을 둘로 나누고 있었다. 그는 어리둥절한 표정을 지으며 전등 불빛으로 감방 안을 비추어보았다. 안은 텅 비어 있었다. 바로 그 순간, 어디선가 가쁜 숨소리가 희미하게 들려왔다. 한쪽 구석에 드리워진 그림자에서 해골 모양 형체가 떨어져나와 불빛을 향해 기어오는 모습을 보고서야 그는 방금 전에 한 생각이 착각이었음을 깨달았다. 저 안에 무언가가 갇혀 있는 게 틀림없었다. 그것이 사람인지는 분간하기 어려웠다.

어둠에 망가진 눈, 희뿌연 막에 가려져 앞이 보이지 않는 듯한 눈. 그런 눈이 그를 찾고 있었다. 누더기를 걸친 사람의 형체가 보였다. 뼈와 가죽만 남은데다 온몸에 피딱지와 기름때, 오줌이 덕지덕지 붙어 처참한 몰골로 철창을 붙잡고 일어나려고 안간힘을 쓰고 있었다. 손은 하나밖에 남아 있지 않았다. 다른 손이 있어야 될 자리에는 곪아터지고 불로 지진 자국만 남아 있었다. 그 남자는 다니엘의 냄새를 맡으려는 듯 철창에 달라붙더니 갑자기 미소를 지었다. 다니엘은 그가 자기 손에 든 권총을 보았다는 사실을 깨달았다.

다니엘은 꾸러미에 있던 열쇠를 하나씩 철창 자물쇠에 끼워본 끝에 맞는 것을 찾았다. 감방 문을 열자 남자는 철창 안에서 기대에 찬 눈빛으로 그를 바라보았다. 다니엘은 그에게서 지난 몇 년 동안 그토록 증오했던 남자의 희미한 그림자를 보았다. 예전의 고상한 용모와 당당한 풍채, 거만한 태도는 온데간데없이 사라져버렸다. 누군가, 아니면 무엇이 인간 존재로부터 빼앗을 수 있는 모든 것을 빼내고 어둠과 망각에 대한 갈망밖에 남지 않은 몰골이었다. 다니엘은 총을 들어 그의 얼굴에 겨누었다. 발스는 기쁜 듯이 웃었다.

"넌 우리 어머니를 죽였어."

발스는 연신 고개를 끄덕이며 다니엘의 무릎을 껴안았다. 그러곤 남은 한 손으로 권총을 더듬어 찾더니 총구를 끌어 자기 이마에 댔다.

"제발 부탁이야. 제발." 그는 눈물을 흘리며 애원했다.

다니엘은 공이치기를 뒤로 젖혔다. 발스는 눈을 감고 총구에 얼굴을 바짝 갖다댔다.

"나를 봐, 이 개자식아."

발스는 눈을 떴다.

"왜 그랬는지 이유를 말해."

발스는 무턱대고 미소를 지었다. 이가 여러 개 빠진데다 잇몸에서 피가 흐르고 있었다. 다니엘은 얼굴을 돌렸지만 울컥 구역질이 솟았다. 눈을 감고, 자기 방에 잠들어 있을 아들 훌리안의 얼굴을 떠올렸다. 그는 총을 내리고 회전식 약실을 열어 물이 흥건히 고인 바닥에 총알을 모두 쏟아냈다. 그러고서 발스를 뒤로 밀쳐버렸다.

발스는 처음에는 혼란스러운 표정으로, 그리고 잠시 후에는 겁에 질린 눈빛으로 그를 쳐다보았다. 그러곤 바닥에 떨어진 총알을 주섬주섬 줍더니 떨리는 손으로 그에게 건넸다. 다니엘은 권총을 감방 안쪽 구석에 집어던지고 발스의 목을 움켜잡았다. 발스의 얼굴에 한 줄기 희망의 빛이 스치고 지나갔다. 다니엘은 그를 꽉 움켜쥐고 밖으로 끌어낸 다음 계단으로 끌고 갔다. 주방에 이르자 발로 문을 걷어차고 밖으로 나왔다. 등뒤에서 바들바들 떨고 있는 발스는 단 한 순간도 놓지 않았다. 다니엘은 발스를 돌아보기는커 녕 말 한마디 건네지 않았다. 그저 정원의 오솔길을 따라 그를 질 질 끌고 쇠창살문까지 갔다. 다니엘은 수위가 건네준 꾸러미를 다 시 꺼내고 열쇠를 찾아 문을 열었다.

발스는 겁에 잔뜩 질린 표정으로 신음하기 시작했다. 다니엘은 그를 거리로 밀어냈다. 발스가 바닥에 쓰러지자, 다니엘은 다시 그의 팔을 붙잡고 일으켜세웠다. 발스는 몇 발짝 가다 걸음을 멈 추었다. 다니엘은 그에게 발길질을 해대면서 계속 걷게 했다. 그 렇게 그를 계속 밀치면서 그날 운행하는 첫 파란색 전차가 기다리 는 광장으로 갔다. 날이 밝아지기 시작하자, 하늘이 빨간 거미줄 처럼 펼쳐지면서 바르셀로나 상공과 저 먼 바다를 붉게 물들였다. 발스는 애원하듯 그의 앞에 무릎을 꿇었다.

"넌 이제 자유의 몸이야." 다니엘이 말했다. "내 앞에서 당장 꺼져!"

한 시대를 주름잡던 마우리시오 발스는 다리를 절뚝거리며 대 로를 따라 걸어갔다. 다니엘은 그가 새벽 어스름 속으로 사라질 때까지 그 자리에서 꼼짝도 않고 서 있었다. 그러다 여전히 텅 빈 채 손님을 기다리는 전차로 달려가 제일 뒷자리에 앉았다. 그러곤 유리창에 얼굴을 기댄 채 눈을 감았다. 잠시 후, 깜박 잠이 들었 다. 차장이 깨웠을 때는 눈부신 태양이 구름을 걷어내고 있었다. 바르셀로나에서 깨끗한 냄새가 풍겼다.

"어디까지 가세요, 손님?" 차장이 물었다.

"집에요." 다니엘이 대답했다. "집에 가는 길이에요."

잠시 후 전차는 내리막길을 내려가기 시작했다. 다니엘은 대로를 따라 드넓게 펼쳐진 지평선을 멍하니 바라보았다. 이제는 아무 여한이 없으며 몇 년 만에 처음으로 그 기억을, 앞으로 죽을 때까지 함께할 기억을 떠올리며 잠에서 깨어났다는 것을 깨달았다. 어머니의 얼굴, 이제 그보다 어린 젊은 여인의 얼굴을 떠올리며 말이다.

"이사벨라." 그는 속으로 중얼거렸다. "당신을 만날 수만 있다면 얼마나 좋을까."

6

사람들의 목격담에 따르면 그는 지하철 입구에 도착해 지옥으로 돌아가려는 사람처럼 터널을 찾아 계단을 내려갔다고 했다. 행인들은 그가 걸친 누더기와 몸에서 풍기는 악취 때문에 옆으로 피하면서 못 본 척했다고 했다. 그리고 그는 열차에 오른 뒤 사람들의 눈을 피해 구석자리에 몸을 숨겼다고도 했다. 아무도 가까이 다가서거나 그를 쳐다보지도 않았을 뿐만 아니라, 아무도 나중에 그를 봤다고 인정하려 들지 않았다.

사람들 말에 따르면, 투명인간이나 마찬가지였던 그 남자는 자기를 불쌍히 여긴다면 제발 죽여달라고 애원하면서 울며 소리를 질렀다고 했다. 하지만 그런 처참한 몰골을 한 이와 눈을 마주치려는 사람은 아무도 없었다. 들리는 말에 따르면 그는 하루종일 지하철 터널로만 돌아다녔다고 했다. 열차를 갈아타거나, 미로 같은 바르셀로나의 지하에 복잡하게 얽힌 터널로 자기를 태워다줄 또다른 열차를 기다리기도 하고, 그렇게 뚜렷한 목적지 없이 되는 대로 이리저리 옮겨다니며 말이다.

사람들 말에 따르면, 그날 오후 늦게 그 망할 열차가 종점에 도착했는데 그 거지는 내리기는커녕 차장과 역장의 지시를 들은 척도 하지 않았다고 했다. 이들은 하는 수 없이 경찰에 신고했다. 현장에 도착한 경찰들이 거지에게 다가가 하차를 지시했지만 씨알도 먹히지 않았다. 그때 경찰 한 명이 손으로 코와 입을 가린 채 그에게 다가갔다. 경찰관은 총구로 그를 살짝 밀었다. 그 장면을 본 목격자들에 의하면, 거지가 힘없이 바닥으로 쓰러지며 몸을 가렸던 누더기가 벗겨지자 이미 부패하기 시작한 것으로 보이는 몸이 드러났다고 했다.

거지의 신원을 밝힐 수 있는 유일한 단서는 그가 손에 쥐고 있던 사진이었다. 누군지 알 수 없는 젊은 여인의 사진이었다. 그때 한 경찰관이 알리시아 그리스의 사진을 주머니에 집어넣었고, 그는 그 사진을 경찰서 사물함에 오랫동안 보관했다. 가엾은 늙은이를 지옥으로 보내기 전에 그 명함을 그의 손에 쥐여준 것은 다름 아닌 죽음의 신일 거라고 생각했기 때문이었다.

장의사들이 시신을 수습한 뒤 행려병자와 신원 미상의 시신, 매일 밤 도시로부터 버림받은 부랑자가 모이는 시체안치소로 이

송했다. 새벽녘, 인부 두 명이 앞서 생애 마지막 여행을 한 시신 수백여 구의 악취가 밴 마댓자루에 그를 집어넣고 트럭 짐칸에 실었다. 그를 실은 트럭은 몬주익성을 둘러싼 옛 도로를 올라갔다. 몬주익성은 빨갛게 타오르는 바다와 공동묘지로 가는 마지막 길에 그의 얼굴에 침이라도 뱉어주기 위해 죽은 자들의 도시에 모여든 듯한 천사와 영혼의 무수한 실루엣을 배경으로 우뚝 솟아 있었다. 불쌍한 걸인이자 투명인간에 지나지 않는 그는 또다른 삶에서 그가 이름조차 기억하지 못한 수많은 사람을 보냈던 바로 그 공동묘지를 향해 실려가고 있었다.

이미 석회로 뒤덮인 시신이 수도 없이 묻힌 구덩이에 이르자, 두 인부는 마댓자루를 풀어 그를 안으로 던져버렸다. 마우리시오 발스는 시체들로 이루어진 비탈길을 따라 미끄러져내려가 결국 바닥에 떨어졌다. 현장에 있던 이들에 의하면, 그는 눈을 뜬 채 위를 올려다보고 있었다고 했다. 인부들이 그곳을 떠나기 전에 마지막으로 본 것은 저멀리 바르셀로나 전역에서 종소리가 울려퍼지는 가운데 까만 새 한 마리가 시신 위에 내려앉아 살점을 콕콕 쪼아 파먹는 광경이었다고 한다.

바르셀로나

1960년 4월 23일

1

그날이 왔다.

동이 트기 직전, 페르민은 욕정에 사로잡혀 잠에 깼다. 그는 충동을 이기지 못하고 이른아침부터 베르나르다와 격렬한 사랑을 나누었다. 그 바람에 침실 가구가 엉망진창이 되는가 하면 옆집 사람들이 격하게 항의하는 사태가 빚어지고 말았다. 그뿐 아니라 베르나르다도 일주일 동안 기운을 못 차릴 정도였다.

"그게 다 보름달 때문이라고요." 나중에 페르민은 안마당이 내려다보이는 창문으로 이웃집 여자에게 인사를 하면서 용서를 구했다. "어찌된 영문인지 나도 모르겠어요. 완전히 딴사람이 되어버린 것 같다니요."

"네, 그런 모양이네요. 그런데 늑대가 아니라 돼지로 변한 것 같던데요. 아무튼 좀 자제하시는 것이 어떨까 싶네요. 여기에는 아직 첫영성체도 하지 않은 아이들이 살고 있으니까요."

페르민은 새벽에 욕정을 채우고 나면 늘 허기가 졌다. 그는 계란 네 개와 하몬 몇 조각을 넣어 만든 토르티야와 바게트 반 덩이, 샴페인 작은 병을 곁들인 아침식사를 순식간에 먹어치웠다. 그는 포만감을 느끼며 마무리로 오루호* 한 잔을 부어 마셨다. 그러곤 힘들 것이 뻔한 하루를 맞이하기 위해 미리 준비해둔 옷을 입기 시작했다.

"무슨 일로 잠수부처럼 차려입었는지 말해줄 수 있어?" 베르나르다가 주방 입구에 서서 물었다.

"만약의 경우를 대비하는 차원에서 입은 거야. 사실 이건 〈아베세〉 신문지로 안을 덧댄 낡은 우비라고. 아무리 성수聖水라고 해도 스며들지 못할걸. 뭔가 특별한 잉크를 쓰나봐. 큰비가 쏟아질 모양이야."

"오늘? 조르디 성인의 날**에?"

"내가 하느님의 섭리를 어떻게 알겠어. 워낙 지랄맞을 때가 많잖아." 페르민이 말했다.

"페르민. 부탁인데 제발 집에서 그런 불경한 소리 좀 하지 마."

"미안해, 내 사랑. 지금 당장 불가지론을 치료하는 약을 먹으면 괜찮아질 거야."

페르민은 거짓말을 하지 않았다. 얼마 전부터 성서에 나오는 엄청난 재앙의 날이 조만간 바르셀로나에 닥칠 것이라는 예보가

---

* 포도를 증류해서 만든 리큐어.

** 카탈루냐 지방의 수호성인 조르디 성인을 기리는 날로 매년 4월 23일 축제가 열린다. 이날 남자는 여자에게 장미를, 여자는 남자에게 책을 선물한다.

나돌기 시작했다. 그것도 가장 아름다운 축제가 열리는 날, 책과 장미의 도시 바르셀로나에 말이다. 국립기상청, 라디오 바르셀로나, 〈라 방과르디아〉, 과르디아 시빌 등 각계의 전문가들은 그럴 가능성이 높다고 입을 모았다. 마지막으로 유명 점술가인 마담 카르마뇰라가 대홍수가 올 거라며 결정적인 한마디를 보탰다. 그녀가 당시 유명세를 탄 것은 다음 두 가지 이유 때문이었다. 첫째로, 뚱뚱한 몸집의 그녀는 자신이 코르네야* 출신의 우람한 남자라는 사실을 숨기고 젊은 여자 행세를 하며 살았다. 본명이 쿠쿠파테 브로톨리인 그녀는 오랫동안 공증인으로 일하던 중 새로운 사실을 깨달았다. 털이 무성한 여성으로 다시 태어나 야하게 치장하고 플라멩코의 육감적인 손뼉 리듬에 맞추어 엉덩이를 살랑살랑 흔드는 것이야말로 자신이 진정으로 바라는 것이라는 사실을. 다른 하나는 신기할 정도로 잘 맞는 일기예보였다. 수준과 전문성을 제쳐둔다면 한결같이 잘 들어맞았다. 그런 그녀가 조르디 성인 축제 날에 폭우가 퍼부을 것이라고 장담한 것이다.

"그렇다면 거리에 노점을 차리지 않는 게 좋을 거야." 베르나르다가 조언했다.

"천만의 말씀. 미겔 데 세르반테스와 그의 동료 작가 윌리엄 셰익스피어가 괜히 같은 날, 그러니까 4월 23일에 세상을 떠난 게 아니라고. 위대한 두 문인이 정확히 한날에 세상을 떠난 이상 우리 서적 판매업자들도 겁내지 말고 당당하게 맞서야지. 오늘 거리

---

* 카탈루냐의 한 도시.

로 나가서 책과 독자들을 하나로 이어줄 거라고. 설령 에스파르테로 장군*이 살아나 몬주익성에서 우리한테 포격을 퍼붓는다고 해도 말이야."

"내게 장미 한 송이 정도는 갖다줄 거지?"

"그걸 말이라고 해. 가장 풍성하고 향기가 가장 좋은 걸로만 골라 수레 한가득 싣고 올 테니까 두고 봐."

"그리고 잊지 말고 베아도 한 송이 챙겨줘. 다니엘리토는 그런데 젬병이라 또 잊어버리고 빈손으로 갈 테니까."

"내가 그 아이 기저귀를 갈아준 게 몇 년인데, 그렇게 중요한 세부적인 전략을 잊어버렸을 리가 있나."

"아무튼 비에 젖지 않도록 조심하겠다고 약속해."

"비에 젖을수록 내 정력은 더 왕성해질 거야."

"하느님 맙소사! 우린 곧장 지옥으로 끌려갈 거라고."

"그러니까 여기 사는 동안 더 즐겨야지."

페르민은 사랑하는 베르나르다에게 키스 세례를 퍼부으면서 엉덩이를 꼬집는가 하면 온몸을 더듬거리다가 결국 거리로 나섰다. 막판에 기적이 일어나 소로야**의 그림처럼 밝은 해가 먹구름을 헤치고 나오리라는 확신을 품고서.

나가는 길에 그는 관리인 여자의 신문을 슬쩍해―팔랑헤당 지지자였던 그녀는 신문에서 가십거리와 자기 입맛에 맞는 정치 기

---

* 19세기 스페인의 군인.
** 눈부신 햇빛을 받은 풍경과 인물 표현이 특징인 호아킨 소로야.

사만 읽었다―최신의 일기예보를 확인했다. 일기예보는 그날 천둥과 번개, 밤알만한 우박과 더불어 수백만의 책과 장미를 바다로 날려 저 수평선 근방에 바라타리아* 크기의 섬을 만들고도 남을 강한 바람이 불 것으로 내다보았다.

"어디 한번 두고 보자고." 페르민은 혼잣말로 중얼거리면서, 카날레타스 분수대 주변의 신문가판대 옆 의자에 앉아 꾸벅꾸벅 조는 불쌍한 남자에게 적선 삼아 신문을 건네주었다.

그런데 페르민만 그런 마음을 먹은 것은 것은 아니었다. 바르셀로나 사람들은 워낙 별종이라서 기상도나 아리스토텔레스 논리학처럼 권위 있는 진리를 반박할 기회가 생기면 절대 놓치지 않는다. 마치 죽음을 알리는 듯한 빛깔의 하늘과 함께 날이 밝은 그날 아침, 바르셀로나의 서점 주인들은 거리에 도서전시대를 설치하고 필요한 경우 태풍에 맞설 준비를 하기 위해 모두 일찍 일어났다. 뜨거운 동지애로 똘똘 뭉친 람블라스 거리를 보는 순간, 페르민은 낙관주의자들이 틀림없이 승리할 것이라고 확신했다.

"내가 바라던 게 바로 저런 모습이지. 어디 한번 멋지게 배짱을 보여주자고. 비가 제아무리 거세게 퍼붓는다고 해도 우리는 물러나지 않을 거야."

거리를 빨간 장미꽃으로 물들이는 꽃집 주인들도 서적상들 못지않았다. 아홉시 정각이 되자 위대한 책의 날을 맞아 바르셀로나의 시내 중심도로는 도서전시대가 가득 들어차 있었다. 일기

---

* 『돈키호테』에서 시종 산초가 꿈꾸던 이상향.

예보가 마음에 좀 걸리기는 했지만 연인들과 독서가들을 비롯해 1930년부터 매년 4월 23일 열리는 지상 최고의 축제를—페르민의 견해에 따르면 그랬다—기념하기 위해 어김없이 모여든 이들이 아무쪼록 마음껏 즐기기를 바랄 뿐이었다. 아홉시 이십사분이 되자, 아무도 예상치 못한 기적이 일어났다.

2

사하라사막의 따가운 햇살이 침실의 블라인드와 커튼을 뚫고 다니엘의 뺨에 떨어졌다. 눈을 뜬 그는 눈앞에 벌어진 기적을 보고 어리둥절했다. 옆자리에 맨살이 훤히 드러난 베아의 등이 보였다. 그가 촉촉한 입술로 그녀의 몸을 천천히 애무하며 내려가자 잠에서 깬 그녀가 웃으며 그를 향해 돌아누웠다. 다니엘은 그녀를 꼭 껴안았다. 그러곤 그녀를 다 마셔버리기라도 할 것처럼 그녀의 입술에 천천히 키스했다. 잠시 후 그는 시트를 걷어내고 음미하듯이 그녀를 바라보면서 손가락 끝으로 그녀의 배를 부드럽게 어루만졌다. 그러자 그녀는 그의 손을 잡아 자기 허벅지 사이에 집어넣고 혀로 그의 입술을 탐욕스럽게 핥았다.

"오늘 조르디 성인의 날이잖아. 이러다 늦겠어."

"페르민이 이미 다 해놓았을 거야."

"그럼 딱 십오 분만이야." 베아가 허락했다.

"삼십 분." 다니엘이 대답했다.

하지만 약속과 달리 그들의 사랑은 대략 사십오 분이 지나서야 끝났다.

오전 열시가 되자 거리는 활기를 띠기 시작했다. 부드러운 빛을 뿌리는 태양과 짙푸른 하늘이 도시 전체를 뒤덮은 가운데, 수천 명의 바르셀로나 시민이 나와 보도와 산책로 주변으로 설치된 수백 개의 도서전시대 사이를 한가롭게 거닐었다. 셈페레 씨는 산타아나 거리 한복판에 있는 서점 바로 앞에 전시대를 설치하기로 했다. 여러 탁자에 전시된 많은 책이 햇빛을 받아 반짝거렸다. 탁자들 뒤에서 셈페레 씨를 위시한 직원들이 독자들을 도와주고 책을 포장하거나, 지나가는 행인들을 바라보고 있었다. 이미 우비를 벗어던진 페르민은 소매를 걷어올린 채 전시대 앞에 나서 있었다. 다니엘과 베아는 그 옆에서 계산과 돈 관리를 맡았다.

"오늘 내린다던 폭우는 어떻게 된 거죠?" 다니엘이 페르민에게 다가서며 물었다.

"튀니지로 간 모양이지. 여기보다 물이 더 필요할 테니까. 그런데 다니엘, 오늘따라 장난꾸러기처럼 보이네. 하기는 봄이 오면 누구든 피가 끓는다고 하니까."

서점에 무슨 일이 생기면 지원군을 자청해 한걸음에 달려올 뿐만 아니라 책을 포장하는 솜씨가 능숙한 아나클레토 씨가 셈페레 씨의 곁을 지키고 있었다. 의자에 앉은 두 사람은 뭘 살지 망설이는 손님들에게 좋은 책을 권해주었다. 소피아는 자기를 보려고 다가오는 청년들을 꼬드겨 책을 사게 만들었다. 옆에 있던 페르난디토는 질투심에 사로잡혀 속이 부글부글 끓으면서도 약간의 자부심을 느꼈다. 심지어 동네에서 시계포를 운영하는 페데리코 씨와 간간이 그의 애인 역할을 하는 메르세디타스도 일손을 거들러왔다.

그들 중 가장 즐거운 시간을 보낸 이는 바로 꼬마 훌리안이었다. 아이는 손에 책과 장미꽃을 들고 지나가는 인파의 행렬을 쳐다보느라 시간 가는 줄 몰랐다. 훌리안은 상자에 걸터앉은 채 옆에 있는 엄마를 도와 동전을 세고 페르민의 우비 주머니에 남아 있던 수구스를 쉴새없이 먹었다. 정오 무렵 다니엘은 아이를 바라보며 미소를 지었다. 훌리안이 그렇게 기분좋은 아빠의 모습을 본것은 실로 오랜만이었다. 오랜 세월 동안 아빠의 뒤를 따라다니던 슬픔의 그림자가 이제 어쩌면 사라질지도 몰랐다. 모두가 불안에 떨며 수군거렸지만 실제로 본 사람은 아무도 없는 그 시커먼 먹구름처럼. 가끔 신들이 딴 데 정신을 팔고 운명이 길을 잃고 헤맬 때, 선량한 사람들도 삶에서 약간의 행운을 맛보는 법이다.

3

머리끝부터 발끝까지 검은색으로 차려입고 혼잡한 산타아나 거리가 저멀리 사라지는 모습이 비치는 선글라스 뒤에 시선을 숨긴 채, 알리시아는 앞으로 몇 걸음 나아가다 어느 현관문 아치 아래 몸을 숨겼다. 그녀는 거기서 책을 팔고 행인들과 대화를 나누면서 축제를 즐기는 셈페레 가족을 몰래 지켜보았다. 자기에게 그런 순간은 결코 찾아오지 않으리라는 것을 알고 있었다.

그녀는 그들의 모습을 보면서 살며시 미소 지었다. 페르민은 어수룩한 손님의 손에서 책을 낚아채 다른 것으로 바꿔치기하고 있었다. 베아와 다니엘이 서로 몸을 스치며 달콤한 눈빛을 교환하는 모습에는 질투심이 일었지만 자기는 그런 행복을 누릴 자격이 없다는 것을 잘 알고 있었다. 페르난디토는 넋을 잃은 표정으로 소피아를 바라보고 있었고, 할아버지 셈페레는 자기 가족과 친구들을 흡족하게 쳐다보았다. 당장이라도 그들에게 다가가 인사를 건네고 싶은 마음이 굴뚝같았다. 그들에게 더이상 두려워할 필요 없다고 말하고, 짧은 시간이나마 자기를 그들의 삶에 받아준 것에 머리 숙여 감사의 뜻을 전하고 싶었다. 그녀는 세상 그 무엇보다 저들의 일원이 되고 싶었다. 하지만 그들과 함께한 추억만으로도 충분히 행복하다는 것을 알았다. 그녀가 자리를 뜨려고 할 때 누군가의 시선과 마주쳤다. 그 순간, 시간이 멈추는 듯한 느낌이 들었다.

어린 훌리안이 얼굴에 슬픈 미소를 띤 채 그녀를 빤히 쳐다보고 있었다. 마치 그녀의 마음을 훤히 읽을 수 있다는 듯한 표정이었다. 훌리안이 그녀에게 손을 흔들며 작별인사를 건넸다. 알리시아도 아이에게 손을 흔들었다. 잠시 후, 그녀는 행인들 사이로 사라져버렸다.

"얘, 너 누구한테 인사한 거니?" 베아는 마치 최면에 걸린 것처럼 인파 속을 빤히 쳐다보는 아이를 보면서 물었다.

훌리안은 몸을 돌려 엄마의 손을 꼭 쥐었다. 페르민은 당을 충전할 겸 수구스를 먹으러 왔다가 우비 주머니가 텅 비어 있는 것을 알았다. 한소리 퍼부으려고 훌리안을 향해 몸을 돌린 순간, 넋을 잃은 아이의 표정을 알아차리고 그 시선을 좇았다.

알리시아였다.

이미 떠나고 없었지만 그는 눈으로 확인하지 않고도 그녀의 존재를 느낄 수 있었다. 그녀를 돌아오게 해준 하늘에, 아니면 누군지는 모르겠지만 그 먹구름을 다른 곳으로 몰아가준 이에게 감사의 기도를 드렸다. 어쩌면 베르나르다의 말이 옳은지도 몰랐다. 아무리 빌어먹을 세상이라도 가끔은 올바른 결말을 맞는 일도 있으니 말이다.

페르민은 우비를 잡고, 방금 아서 코넌 도일 경의 전집 한 질을 산 두꺼운 안경의 소년으로부터 돈을 받고 있던 베아의 귀에 대고 속삭였다.

"이봐, 사장님. 댁의 도련님이 내 무기고를 다 털어가는 바람에 지금 내 혈당치가 라 파시오나리아*의 연설을 듣고 난 뒤보다 더 낮게 떨어졌어. 여기 모인 사람들은 조금 덜떨어진 메르세디타스를 빼면 다 고급 인력이니 이 주변에 내 영양을 보충할 고급 제과

_____

* 스페인 공산당의 지도자 돌로레스 이바루리 고메스.

점이 있는지 돌아보고 올게. 그 김에 베르나르다한테 줄 장미꽃도 사고."

"성당 앞 꽃가게에 장미꽃을 예약해두었어요." 베아가 대답했다.

"너한테 과연 생각하지 못하는 일이라는 게 있을까……"

베아는 그가 서둘러 자리를 뜨는 모습을 지켜보면서 눈살을 찌푸렸다.

"페르민은 어디 가는 거지?" 다니엘이 물었다.

"누가 알겠어……"

4

그는 선착장 끝에서 여행가방 위에 걸터앉아 있는 그녀를 발견했다. 그녀는 햇볕 속에서 담배를 피우며, 선원들이 항구의 바닷물을 하얗게 물들이는 여객선에 가방과 상자를 싣는 모습을 바라보고 있었다. 페르민은 그녀의 옆에 자리를 잡았다. 그들은 한동안 말없이 앉아 있었다. 서로가 곁에 앉아 있다는 사실만으로 마음이 뿌듯했던 터라 굳이 말은 필요도 없었다.

"아주 큰 가방이네요." 마침내 그가 입을 열었다. "세상 여자들 중에서 당신만은 가벼운 짐으로 여행할 줄 안다고 생각했는데."

"좋은 구두보다 나쁜 기억을 버리고 떠나는 것이 훨씬 더 쉬우니까요."

"나로 말할 것 같으면 한 짝의……"

"금욕주의자시군요."

"그런데 그 많은 짐은 누가 다 챙겨준 거죠? 페르난디토인가요? 이런 못된 놈 같으니. 요즘 들어 웬만한 일은 입을 꼭 다물고 모른 체한다니까요."

"내가 신신당부했거든요. 그랬더니 아무 말도 하지 않겠다고 내 앞에서 맹세하더군요."

"녀석을 어떻게 구워삶았죠? 프렌치키스라도 해준 거예요?"

"당연한 얘기지만, 페르난디토가 키스할 상대는 소피아밖에 없어요. 그에게 내 아파트 열쇠를 주었죠. 거기서 살라고요."

"지금 한 이야기가 셈페레 씨 귀에 들어가지 않도록 각별히 조심합시다. 그분은 소피아의 법정후견인이니까요."

"좋은 생각이네요."

알리시아는 그를 쳐다보았다. 페르민은 헤아릴 수 없이 깊고 심오한 그녀의 고양이눈 속으로 점점 빠져들어갔다. 어둠의 구덩이를 보고 있는 듯했다. 그녀는 그의 손을 잡고 입을 맞췄다.

"그동안 어디 있었던 겁니까?" 페르민이 물었다.

"여기저기 떠돌아다녔죠. 매듭을 지어야 될 일이 몇 가지 있었거든요."

"누군가의 목에요?"

알리시아는 그에게 얼음같이 차가운 미소를 지어 보였다.

"꼭 해결해야 될 일이 있어서요. 정리가 필요한 이야기들도 있고. 내 일을 한 것뿐이에요."

"당신이 그 일에서 손을 뗀 줄 알았어요."

"떠날 때 떠나더라도 내 책상은 깨끗하게 정리해놓고 싶었어요." 그녀가 말했다. "나는 어떤 일이든 어중간하게 끝내는 걸 좋아하지 않거든요."

"와서 작별인사라도 하지 그랬어요?"

"잘 아시겠지만, 난 누구에게도 작별인사 같은 건 하지 않아요, 페르민."

"당신이 멀쩡하게 살아 있다는 것을 진작 알았더라면 좋았을 텐데요."

"그럼 내가 멀쩡하게 살아 있지 않을 줄 아셨어요?"

"가끔 마음이 심하게 동요할 때가 있었죠. 이게 다 나이 때문이에요. 누구나 늙으면 늑대 귀만 보여도 겁을 먹는다고 하잖소. 사람들은 이를 신중함이라고 하지요."

"당신에게 엽서를 보낼 생각이었어요."

"어디서요?"

"그건 아직 정하지 못했고요."

"이건 코스타 델 솔로 가는 여객선이 아닐 텐데."

알리시아는 고개를 끄덕였다.

"맞아요. 이 배는 훨씬 더 먼 곳으로 가요."

"어쩐지 그럴 것 같더군요. 선체 길이가 보통 배보다 훨씬 더기니까. 혹시 뭐 하나 물어봐도 될까요?"

"어디로 가는지만 빼면 다 괜찮아요."

"이제 셈페레 가족은 모두 안전한 겁니까? 다니엘, 베아, 할아버지, 훌리안 모두."

"지금은 그래요."

"무고한 사람들이 평화롭게 살도록, 아니 적어도 모르는 게 약인 상태로 살게 하려고 당신은 대체 어떤 지옥까지 내려가야 했던 거죠?"

"어차피 다 내가 거쳐갈 지옥들이었어요, 페르민."

"그 담배 냄새가 아주 좋은데요. 비싼 건가봐요. 당연하겠죠. 당신은 언제나 멋있고 좋은 물건만 좋아하더군요. 나는 평범한 물건을 좋아하는 편이지만. 사실 나는 한 푼이라도 아끼려고 늘 신경을 쓴답니다."

"한 대 피우실래요?"

"물론이죠. 수구스가 다 떨어진 판에 뭘 가리겠습니까. 사실 나는 전쟁이 일어나면서부터 담배를 피우지 않았죠. 그때는 남이 버린 꽁초나 오줌이 묻은 풀을 말아 피워야 했거든요. 물론 지금은 그보다 아주 나아졌겠지만."

알리시아는 담배에 불을 붙여 그에게 건넸다. 페르민은 담배를 한 모금 빨기 전에 필터에 묻은 빨간 립스틱 자국을 바라보았다.

"그동안 무슨 일이 있었는지 말해줄 수 있겠어요?"

"정말 알고 싶으세요, 페르민?"

"나는 언제나 진실을 알아내야 된다는 강박이 있답니다. 일종의 병이죠. 솔직히 말해 바보처럼 아무것도 모르고 편안하게 살수 있다면 얼마나 좋겠어요. 하지만 당신은 나 같은 병을 가진 사람이 얼마나 고통스러운지 상상도 못할 겁니다."

"이야기를 하자면 굉장히 길어요. 더구나 나는 곧 배를 타야 하고요."

"저 배가 닻을 올리기 전에 이 무지몽매한 늙은이를 깨우쳐줄 시간은 있겠죠."

"정말로 내 이야기를 듣고 싶은 거예요?"

"그렇다니까요."

알리시아는 거의 한 시간 동안 기억나는 대로 이것저것 다 말해주었다. 고아원과 거리를 배회하던 시절부터 레안드로 몬탈보의 부하로 일하기 시작할 때까지의 이야기, 레안드로 밑에서 일했던 세월과 그 과정에서 잃어버린 영혼이 아직 내면에 살아 있으리라고는 전혀 생각지 못했다는 이야기, 더이상 레안드로를 위해서 일하지 않기로 결심한 이야기까지 모두 들려주었다.

"발스 사건만 끝나면 자유를 찾아 떠나는 여권을 얻을 예정이었어요. 그러니까 내가 마지막으로 맡은 임무였던 셈이죠."

"하지만 그런 여권은 절대 없었다는 말이군요. 그렇죠?"

"네. 물론 그렇죠. 누구든 진실을 모르는 한에서만 자유로울 뿐이에요."

알리시아는 팔라세호텔에서 힐 데 파르테라와 만난 것, 마지못해 파트너가 된 바르가스 경감과 함께 맡은 임무까지—당시 미궁에 빠진 사건이 해결되도록 도우라는 임무였다—모두 이야기했다.

"내가 저지른 실수는 그 임무가 속임수라는 것을 깨닫지 못했다는 점이죠. 처음부터 그랬어요. 사실 아무도 발스를 구하려고 하지 않았으니까요. 발스는 적을 너무 많이 만들었어요. 어리석은 짓을 너무 많이 저질렀던 거죠. 자신의 특권을 남용하는가 하면,

그 과정에서 공모자들의 안전마저 위태롭게 하면서 게임의 규칙을 깨뜨렸어요. 그가 저지른 모든 범죄의 여파가 그를 향하자 모두 등을 돌렸죠. 발스는 자기를 죽이려는 음모가 있다고 생각했고요. 그 생각이 완전히 틀렸던 건 아니지만, 자기 때문에 피를 흘린 사람이 너무 많아서 어디서 총알이 날아올지조차 예측할 수 없었죠. 한동안 그는 자기 과거에 얽힌 원혼들이 복수하려고 나타났다고 믿었어요. 살가도 혹은 '천국의 수인' 다비드 마르틴을 비롯해서 그의 손에 억울하게 목숨을 잃은 이가 수없이 많았죠. 하지만 실제로 자기를 끝장내려고 했던 이들이 한때나마 친구나 비호자로 여기던 자들이라고는 끝내 의심하지 않았어요. 권력을 쥔 동안에는 그 누구도 정면에서 칼로 찌르지는 않죠. 다 등뒤에서, 혹은 포옹한 상태에서 찌르니까요. 정부의 최고위층 인사들은 아무도 그를 구하거나 찾으려고 하지 않았어요. 차라리 그가 실종되어 그가 저지른 모든 비리와 범죄가 영원히 묻혀버리기만을 바라고 있었죠. 연루된 사람이 너무 많았어요. 바르가스와 나는 그저 단순한 도구에 불과했고, 그래서 우리도 결국 세상에서 사라져야만 했던 거예요."

"하지만 내가 아는 알리시아는 고양이보다 목숨이 더 많아서 한번 더 죽음의 신을 피할 줄 알았……"

"이번에는 정말 간신히 살아났어요. 아무래도 남은 목숨을 다 쓴 것 같아요, 페르민. 이젠 나도 무대를 떠날 때가 된 거죠."

"이런 말을 해도 될지 모르겠지만, 많이 보고 싶을 거예요."

"그렇게 감상에 젖을 거라면 바닷물 속으로 당신을 던져버릴 거예요."

뱃고동이 길게 울리고 메아리가 항구 전체로 퍼져나갔다. 알리시아는 자리에서 일어섰다.

"가방 들어줄까요? 같이 가겠다고 우기지 않을 테니까 걱정 말아요. 나는 배만 봐도 좋지 않은 기억이 떠오르니까."

그는 마지막 승객들이 줄지어 오르는 트랩까지 그녀를 따라갔다. 거기서 알리시아는 갑판장에게 승선권을 보여주었다. 팁까지두둑이 주자, 갑판장은 짐꾼에게 알리시아의 짐을 선실까지 옮겨드리라고 지시했다.

"언젠가 바르셀로나로 돌아올 건가요? 여기는 마법에 걸린 도시예요. 그건 알고 있죠? 누구든 이 도시에 발을 디디는 순간 마법이 살 속으로 파고들어 절대 놓아주지 않을……"

"그럼 저를 위해서라도 바르셀로나를 잘 보살펴주셔야겠네요, 페르민. 베아와 다니엘, 셈페레 씨, 베르나르다와 페르난디토, 소피아도요. 누구보다 페르민 씨도 건강하게 잘사셔야 해요. 꼬마 훌리안도 잘 보살펴주시고요. 그 아이는 언젠가 우리 모두를 영원히 사라지지 않을 존재로 만들 거예요."

"마음에 쏙 드는 말이네요. 영원히 사라지지 않을 존재가 된다니. 안 그래도 요새 뼈가 삐걱거리기 시작하는데, 그 말을 들으니 괜히 가슴이 뿌듯해지는군요."

알리시아는 그를 와락 껴안으며 뺨에 입을 맞추었다. 페르민은 그녀가 울고 있다는 것을 알고 일부러 얼굴을 보지 않았다. 두 사람은 최후의 순간까지도 감정을 억누르며 품위를 잃지 않았다.

"제발 선착장에 서서 작별인사할 생각은 절대 하지 마세요."
알리시아가 미리 당부했다.

"걱정 말아요."

페르민은 고개를 푹 숙인 채, 트랩 위로 걸어가는 알리시아의 발소리를 들었다. 그는 고개를 들지 않고 돌아서서 주머니에 손을 찔러넣은 채 걷기 시작했다.

선착장 끝에 낯익은 얼굴이 눈에 띄었다. 다니엘이었다. 그가 선착장 가장자리에 걸터앉아 다리를 대롱거리고 있었다. 그들은 서로 눈빛을 교환했다. 페르민은 한숨을 내쉬며 그 옆에 앉았다.

"들키지 않고 빠져나온 줄 알았는데." 페르민이 말했다.

"새 향수를 뒤집어쓴 거예요? 이 정도라면 어시장을 돌아다녀도 금방 찾겠다고요. 무슨 말을 하던가요?"

"알리시아가? 듣고 나면 잠이 안 오는 이야기지."

"나한테 들려주고 싶다면 언제든 환영이에요."

"다음에 말해줄게. 불면증에 시달리는 장본인으로서 별로 권하고 싶지는 않군."

다니엘은 어깨를 으쓱했다.

"충고가 좀 늦은 것 같네요." 그가 말했다.

뱃고동소리가 항구에 메아리쳤다. 다니엘은 밧줄을 풀고 선착장에서 조금씩 멀어지는 배를 턱으로 가리켰다.

"저 사람들은 미국으로 간대요."

페르민은 고개를 끄덕였다.

"페르민. 그 시절 기억나요? 여기 둘이 앉아서 결단코 세상을 바꾸고야 말겠다고 다짐하던 그 시절이요."

"그때만 해도 세상을 바꿀 수 있다고 믿었지."

"나는 지금도 그럴 수 있다고 생각해요."

"그건 아직 네가 아직 어려서 그래. 물론 이제 면도하는 나이가 되었지만."

둘은 그 자리에 앉은 채, 여객선이 바다에 반사된 바르셀로나를 가로지르며 세상에서 가장 위대한 신기루가 하얗게 부서지는 장면을 지켜보았다. 페르민은 갈매기떼의 호위를 받으며 항구 입구에 자욱한 연무 속으로 선미가 사라질 때까지 배에서 시선을 떼지 않았다. 다니엘은 생각에 잠긴 채 그를 바라보았다.

"괜찮아요, 페르민?"

"황소처럼 힘이 넘쳐."

"지금처럼 슬퍼하는 모습은 본 적이 없어요."

"그렇다면 병원에 가서 시력검사를 받아봐야겠군."

다니엘은 더이상 묻지 않았다.

"자, 이제 그만 갈까요? 옛날처럼 엘 삼파네트에 가서 스파클링와인 몇 잔 대접하고 싶은데 어때요?"

"고마워, 다니엘. 하지만 아무래도 오늘은 사양해야겠어."

"잊었어요? 삶이 우리를 기다리고 있다고요!"

페르민이 미소를 지어 보이자 다니엘은 그제야 오랜 친구의 머리가 모두 하얗게 세었다는 것을 알아차렸다.

"너한테는 그렇겠지, 다니엘. 나를 기다리는 건 이제 기억밖에 없어."

다니엘은 다정하게 그의 팔을 한 번 잡은 뒤 자리를 떴다. 그가
홀로 추억에 잠겨 과거를 더듬을 수 있도록 말이다.

"너무 오래 있지는 마세요." 그가 말했다.

1964년

1

아들 니콜라스가 어떻게 하면 훌륭한 언론인이 될 수 있는지 물어볼 때마다 세르히오 빌라후아나는 매번 같은 격언으로 대답했다.

"좋은 언론인은 코끼리와 같아. 냄새도 잘 맡고 귀도 밝아야 하지만, 무엇보다 절대 잊지 말아야 해."

"그럼 상아는요?"

"잘 관리하고 지켜야지. 항상 총으로 그걸 빼앗으려는 자들이 있으니까."

여느 때와 마찬가지로 그날 아침에도 빌라후아나는 〈라 방과르디아〉 편집실로 출근하기 전에 막내아들을 학교에 데려다주었다. 정글과도 같은 편집실에 뛰어들어 그날의 뉴스거리와 씨름하기 앞서 아이와 함께 학교까지 걷는 동안 그는 사색하고 생각을 정리할 수 있었다. 펠라요 거리에 있는 신문사 본사에 도착하자, 헤나로와 마주쳤다. 그는 사환인데, 자기를 스포츠부의 무급 인턴사원으로 뽑아달라고 십오 년 동안 편집국장을 붙들고 설득하는 중이었다. 그렇게 해서 바르사*의 특별석을 밟아보는 게 그의 가장 큰 꿈이었다.

"헤나로, 당신이 글이나 읽고 쓸 줄 알았으면 오죽 좋겠어요. 이제 파티마**에서도 기적은 일어나지 않는다고요. 지금 이 상태로는 당신이 걸레질을 하러 가지 않는 한, 유소년 예선전을 할 때도 특별석에 들여보내줄 리 만무해요." 마리아노 카롤로 편집국장은 그를 볼 때마다 그렇게 말하곤 했다.

빌라후아나가 정문으로 들어오는 모습을 보자마자, 헤나로가 심각한 표정으로 다가왔다.

"빌라후아나 씨, 정부에서 나온 검열관이 지금 기다리고 있어요……" 헤나로가가 중얼거렸다.

"또 왔어요? 그렇게도 할일이 없다고 합디까?"

빌라후아나는 문 앞에서 편집실 안을 쭉 둘러보았다. 옆모습으로 보아 그가 가장 좋아하는 검열관이 분명했다. 포마드를 발라 뒤로 넘긴 머리에 배가 불룩 나온 남자가 그의 책상 옆을 지키고 서 있었다.

"아, 참. 빌라후아나 씨 앞으로 온 소포예요." 헤나로가 말했다. "바닥에 떨어뜨렸는데 모두 멀쩡한 걸 보면 폭탄은 아닌 것

---

* FC 바르셀로나의 별칭.
** 포르투갈의 작은 마을로, 1917년 5월부터 10월까지 매월 13일 세 명의 어린 양치기 앞에 성모마리아가 발현해 기적을 일으킨 곳으로 유명하다.

같아요."

빌라후아나는 소포를 받아들고 검열관을 피해 발걸음을 돌리기로 했다. 짜증나는 저 인간은 그가 막스 형제들[*]에 관해 쓴 기사를 가지고 트집을 잡으려고 벌써 몇 주째 현행범을 붙잡으려는 형사처럼 그를 찾아왔다. 검열관의 눈에는 그의 기사가 국제공산주의운동을 옹호하려는 것으로 비쳤던 모양이었다.

그는 타예르스 거리의 후미진 곳에 자리잡은 카페로 갔다. 그 카페에 자주 드나드는 기자나 카바레 가수와 무희, 그리고 라발 지구 북쪽 끝에 사는 온갖 군상은 그곳을 '악취 소굴'이라고 불렀다. 그는 커피 한 잔을 주문하고 단 한 줄기의 빛도 들어오지 않는 맨 구석자리에 앉았다. 자리에 앉자 그는 소포를 살펴보았다. 두툼한 봉투에 포장용 테이프를 칭칭 감아놓은 소포 윗면에는 신문사 주소와 그의 이름이 적혀 있었다. 소인은 배달되는 과정에서 반쯤 뭉개져 있었는데, 미국에서 부친 것이었다. 발신자 주소는 이렇게만 되어 있었다.

A. G. 🐚

이니셜 옆에 있는 그림은 빅토르 마타익스의 『영혼의 미로』 시

---

[*] 미국의 가족 코미디단으로, 경제학자 카를 마르크스와 성씨의 철자가 같다.

리즈의 모든 표지에 인쇄된 나선형 계단과 똑같은 것이었다. 그는 봉투를 뜯어 노끈에 묶인 서류뭉치를 꺼냈다. 매듭 아래 뉴욕의 앨곤퀸호텔 이름이 적힌 카드가 눈에 띄었다. 카드에는 다음과 같은 글이 적혀 있었다.

훌륭한 기자라면 꼭 알려야 될 이야기를
찾을 줄 알아야겠죠……

빌라후아나는 인상을 찌푸리며 노끈을 풀고 서류를 테이블 위에 펼쳐놓았다. 그러곤 어지럽게 뒤엉킨 목록과 신문 스크랩, 사진과 손으로 적은 메모가 대체 무엇을 의미하는지 궁리했다. 이분이 지나자 그는 눈앞에 있는 것들의 의미를 알 수 있었다.

"맙소사!" 그가 중얼거렸다.

그날 오후, 빌라후아나는 소화기계통을 완전히 지뢰밭으로 만들어버리는 고위험 바이러스에 감염되어 일주일 동안 출근할 수 없겠다고 소식을 전했다. 자칫 편집실 직원 전체가 자기로 인해 화장실에 줄을 설까봐 걱정된다는 이유였다. 목요일이 되자, 무언가 수상한 냄새를 맡은 마리아노 카롤로 편집국장이 두루마리 화장지를 들고 그의 집에 찾아왔다.

"미리 대비해서 나쁠 건 없지." 편집국장이 말했다.

빌라후아나는 한숨을 쉬며 그를 안으로 들어오게 했다. 편집국장은 곧장 거실로 갔다. 갖가지 문서와 서류로 뒤덮인 벽을 보고 카롤로는 가까이 다가가 쭉 훑어보기 시작했다.

"내가 생각하는 그런 게 맞나?" 잠시 후 그가 물었다.

"내가 보기에는 아직 시작일 뿐이에요."

"출처가 어디인가?"

"어디부터 살펴봐야 할지도 모르겠습니다."

"그렇구먼. 그런데 믿을 만한 정보인가?"

"그런 것 같습니다."

"자네도 잘 알겠지만, 이런 내용을 기사화하면 우리 신문은 아예 폐간당할 거야. 그렇게 되는 날에는 자네나 나나 세로 무리아노*로 가서 문법이나 가르쳐야 한다네. 우리 사장님은 접근이 어려운 산악국가로 망명해야 하고."

"잘 알고 있습니다."

카롤로는 걱정스러운 표정으로 그를 바라보면서 연신 배를 문질렀다. 편집국장 자리에 오른 후로 그는 잘 때도 위궤양에 시달린다고 했다.

"카탈루냐의 노엘 코워드** 행세나 하던 시절이 좋았는데." 그가 중얼거렸다.

"솔직히 뭘 해야 할지 모르겠어요." 빌라후아나가 말했다.

"실마리는 찾았나?"

"네. 한 가지 단서를 잡기는 했어요."

"좋아. 그럼 자네가 지금 총통 각하의 잘 알려지지 않은 면모에

---

* 스페인 남부의 마을.

** 영국의 극작가이자 배우, 음악가.

관해 일련의 특집기사를 쓰는 중이라고 말해두겠네. 시나리오작
가로서 각하가 남모르게 쓴 탁월한 작품에 대해서."

"할리우드가 놓친 재능이라고요."

"헤드라인으로 뽑으면 기가 막히겠는걸. 보름을 줄 테니까 진
척상황을 계속 알려주게."

빌라후아나는 한 주 동안 그 서류들을 꼼꼼히 분석한 다음 핵
심적인 내용을 수형도樹型圖로 만들었다. 그것을 바라보고 있으면
그 나무는 여러 그루 중 하나일 뿐 거실 벽 너머로 빽빽한 숲이 자
기를 기다리고 있을 것만 같았다. 일단 서류들의 의미를 모두 파
악하고 나니 이제 그 실마리를 따라갈 것이냐 하는 문제가 남아
있었다.

알리시아는 퍼즐조각을 거의 다 준 셈이었다. 나머지는 그에게
달려 있었다. 그는 이틀 밤을 꼬박 새우고 난 다음에야 결정을 내
렸다. 첫번째 목적지는 항구 앞에 있는 호적등기소였다. 동굴처럼
생긴 그 건물은 오래된 기록과 관료가 완전한 공생관계를 맺고 있
는 연옥이나 다름없었다. 빌라후아나는 거기서 며칠을 서류더미
속에 파묻혀 허우적거렸지만 아무것도 찾아내지 못했다. 계속 허
탕을 치자 알리시아가 준 단서가 거짓일지도 모른다는 생각이 들
기 시작했다. 닷새째 되던 날, 그는 우연히 퇴직을 눈앞에 둔 늙은
수위를 만나게 되었다. 청소도구와 각종 비품으로 가득찬 더러운
방에서 노인은 라디오로 축구중계와 전화상담 프로그램을 들으며

소일하고 있었다. 그곳에 새로 들어온 공무원들은 그를 보고 무드셀라*라고 불렀다. 공무원을 대상으로 한 마지막 숙청에서 살아남은 유일한 인물이었기 때문에 그런 별명이 붙은 것이었다. 신임 백인대장은 선배들보다 더 세련되고 훈련도 잘 받았지만 훨씬 더 폐쇄적이었다. 그래서인지 도대체 왜 아무리 애를 써도 1944년 이전 바르셀로나의 사망증명서와 출생증명서 장부를 도저히 찾을 수 없는지 설명해주는 이는 아무도 없었다.

"그건 여기 시스템이 바뀌기 전의 자료예요." 그들로부터 들은 답변은 그것이 전부였다.

그가 서류철과 문서상자를 열심히 뒤지는 동안 무드셀라는 언제나 빗자루로 그의 발밑을 쓸곤 했다. 어느 날 그런 빌라후아나가 가여워 보였는지 노인이 불쑥 말을 걸어왔다.

"이보시오. 대체 뭘 찾고 있는 거요?"

"이젠 예수그리스도의 수의라도 찾고 있는 것 같은 착각이 드네요."

빌라후아나에게 동전을 몇 닢 받은데다, 그곳 공무원들에게 무시당하는 같은 처지끼리 동질감을 느꼈는지 무드셀라는 마침내 입을 열었다. 노인에 따르면 그가 찾을 것은 문서나 기록이 아니라 사람이라고 했다.

"마리아 루이사 여사예요. 그녀가 여기 있을 때만 해도 이렇지는 않았지. 이야기를 하자면 끝도 없지만 말이오."

---

* 구약성서에 등장하는 인물로, 969세에 죽었다고 알려져 있다.

그러나 마리아 루이사 여사를 찾으려는 노력도 똑같은 장벽에 부딪히고 말았다.

"그분은 이미 퇴직했습니다." 신임 소장이 그에게 통보했다. 괜히 긁어 부스럼 만들지 말고 조용히 바르셀로네타의 해변이나 산책하는 것이 신상에 좋을 거라는 투였다.

결국 그녀를 찾는 데 보름이나 걸렸다. 마리아 루이사 알카이네는 레알광장 부근의 엘리베이터도 없는―앞으로도 생길 것 같지 않았다―아파트 건물 꼭대기의 작은 집에 살고 있었다. 비둘기 둥지로 둘러싸인 그곳은 아직 테라스 공사가 끝나지 않은데다 서류상자가 천장까지 쌓여 있었다. 은퇴한 후 생활이 그리 녹록한 것 같지 않았다. 문을 열어준 여자는 세파에 찌든 노인으로밖에 보이지 않았다.

"혹시 마리아 루이사 알카이네 부인이십니까?"

"누구시죠?"

이미 그 질문을 예상한 빌라후아나는 그녀가 단 몇 초라도 문을 열고 있을 만한 대답을 준비해두었다.

"저는 세르히오 빌라후아나라고, 〈라 방과르디아〉 기자예요. 당신의 오래된 지인의 친구가 보내서 온 겁니다. 그 지인은 바르가스 경감이라고 하는데, 혹시 기억나세요?"

마리아 루이사 부인은 깊은 한숨을 내쉬며 문을 열어둔 채 돌아섰다. 그녀는 쥐구멍 같은 그 집에 혼자 살면서 암으로, 혹은 망각 속에서 죽어가고 있었다. 그녀는 마치 세례자 요한 축제날 폭죽에 불을 붙이듯이 담배를 연달아 피워 물었다. 그러다 기침을 할 때면 산산조각난 영혼을 토해내는 것 같았다.

"이제 와서 다 무슨 소용이겠어요." 그녀가 말했다. "어디 앉을 만한 곳이 있으면 찾아서 앉아요."

그날 오후, 마리아 루이사는 자기가 등기소 소장 보좌관으로 일할 당시 바르가스라는 경감이 찾아왔던 일을 말해주었다.

"요즘은 찾아보기 힘든 종류의 미남이었죠."

바르가스는 그녀에게 서로 연관이 있는 듯한 사망증명서와 출생증명서의 발급 번호가 적힌 목록을 내밀었다고 했다. 몇 년 후 빌라후아나가 받은 목록과 똑같은 것이었는데, 다만 후자는 깔끔하게 타이핑되어 있었다.

"그때 일이 기억나세요?"

"물론 기억나죠."

"그럼 1944년 이전에 발급된 문서들을 찾으려면 어디로 가야 할까요?"

루이사는 다시 담배를 피워 물고 한 모금 빨았다. 그 한 모금과 함께 그녀의 인생이 끝날 것만 같은 느낌이 들었다. 그녀는 마치 속에서 큰 폭발이라도 일어난 것처럼 짙은 연기를 내뿜더니 연기를 헤치고 그에게 따라오라고 손짓했다.

"좀 도와줘요." 그녀는 부엌 찬장 속에 쌓아놓은 상자더미를 가리키며 말했다. "안쪽에 있는 두 상자예요. 저 문서들이 파기되는 걸 막으려고 집으로 가져왔죠. 언젠가 바르가스가 찾으러 올 거라고, 혹시 운이 좋으면 나를 찾아올 거라는 예감이 들었거든요. 그러고 사 년이 지난 지금, 그 멋진 경감이 나보다 앞서 천국에 갔을 거라는 생각이 자꾸 드는군요."

마리아 루이사의 설명에 따르면, 그날 그가 등기소를 나서자마자 어렴풋이나마 수수께끼의 실마리가 보이기 시작했다. 서류를 뒤져볼수록 바꿔치기한 숫자와 누군가가 증명서를 조작한 것이 명백한 사례가 더 많이 나왔다.

"그런 아이들이 수백 명이나 되더군요. 살해당하거나, 썩어 문드러질 때까지 감옥에 갇혀 있던 부모로부터 빼앗은 아이들이었죠. 내가 며칠 사이 찾아낸 게 그 정도였으니까 실제로는 훨씬 더 많을 거예요. 그래서 그 자료를 최대한 많이 집으로 가져온 거죠. 얼마 후 경감에 관해서, 그가 거기 와서 뭘 했는지 위에서 자꾸 물어보더군요. 올 것이 왔다는 생각이 들었죠. 내가 구할 수 있던 자료는 이게 다예요. 바르가스가 기록과 증명서를 뒤지고 간 지 일주일 뒤에 공교롭게도 기록보관소에서 불이 났어요. 그 바람에 1944년 이전의 기록은 모두 타버렸답니다. 결국 나는 화재에 책임을 지고 이틀 후 면직되었죠. 만약 내가 관련 문서를 집으로 가져왔다는 사실을 들켰더라면 어떤 짓을 당했을지 생각만 해도 아찔해요. 하지만 그들은 화재로 기록물이 다 타버렸다고 믿었죠. 과거는 절대로 사라지지 않는 법이에요. 멍청이들이 아무리 잊으려고 해도, 사기꾼들이 아무리 새것처럼 위조해서 팔아먹으려고 해도 결코 사라지지 않아요."

"최근 몇 년은 어떻게 지내셨죠?"

"천천히 죽어가고 있어요. 이 나라는 정직한 사람들을 서서히 죽이니까요. 갑작스럽게 죽는 건 대부분 돼먹지 못한 놈들이에요.

반면 나 같은 사람들은 철저히 무시해 죽이죠. 우리 앞에 있는 문을 모두 닫아버리고 마치 우리가 존재하지 않는 척하니까요. 이년 동안 지하철 구내에서 몰래 복권을 팔았는데, 그마저 들켜서 쫓겨나고 말았죠. 다른 일자리는 찾을 엄두도 내지 못하겠더군요. 그때부터 이웃의 도움을 받으며 살고 있답니다."

"가족은 없습니까?"

"아들이 하나 있어요. 하지만 제 엄마가 빨갱이라는 소리를 귀 따갑게 듣고 살았죠. 그래서 오랫동안 만나지도 못했습니다."

마리아 루이사는 알쏭달쏭한 미소를 지으며 그를 바라보았다.

"마리아 루이사 부인, 제가 당신을 위해 할 수 있는 일이 있을까요?"

"진실을 알리세요."

빌라후아나는 한숨을 쉬었다.

"솔직히 말씀드리면 그럴 수 있을지 모르겠습니다."

"자녀가 있나요?"

"넷 있습니다."

빌라후아나는 죽음을 앞둔 여인의 눈에 꼼짝없이 붙들렸다. 시선을 피할 곳이 없었다.

"아이들을 위해서라도 용기를 내세요. 아이들을 위해 진실을 말하세요. 할 수 있을 때, 할 수 있는 만큼. 우리가 이대로 죽어 사라지도록 손놓고 있지는 말아요. 우리 같은 사람은 생각보다 많답니다. 누군가가 우리에게 목소리를 빌려주어야 해요."

빌라후아나는 고개를 끄덕였다. 마리아 루이사가 손을 내밀자,

그는 그녀와 악수를 나누었다.

"할 수 있는 한 최선을 다하겠습니다."

그날 밤, 그가 니콜라스에게 이불을 덮어주는 사이 어린 아들이 그를 빤히 쳐다보았다. 아빠가 딴 데 정신이 팔려 있다는 것을 알아차린 눈치였다.

"아빠?"

"왜 그러니?"

"코끼리에 대해서 물어볼 게 있어요."

"말해봐."

"아빠는 왜 기자가 된 거예요? 엄마 말로는 할아버지가 다른 걸 하라고 하셨다던데."

"네 할아버지는 내가 변호사의 길을 걷기를 바라셨지."

"그런데 왜 할아버지 말을 안 들었어요?"

"물론 지금이나 가까운 미래의 네게 꼭 들어맞는 말은 아니지만, 살다보면 때때로 아버지 말을 거슬러야 될 때도 있단다."

"왜요?"

"어떤 부모는 아이에게 어떤 것이 좋은 길인지 판단할 때 실수를 하기 때문이지. 엄마 아빠는 그러지 않을 테지만."

"내 말은 아빠가 왜 기자가 되려고 했느냐는 거예요."

빌라후아나는 어깨를 으쓱했다.

"월급도 듬뿍 주고, 일하는 시간이 정해져 있어서."

니콜라스가 웃었다.

"아빠, 진심으로 물어보는 거예요. 이유가 뭐예요?"

"나도 잘 모르겠구나, 니코. 워낙 오래전 일이라서. 처음에는 확실하게 보이던 것도 나중에 어른이 되면 왜 그랬나 싶을 때가 종종 있으니까."

"하지만 코끼리는 절대 잊지 않는다고요. 상아를 잘라낸다고 해도 말이예요."

"그렇겠지."

"그래서……?"

빌라후아나는 결국 못 이기고 고개를 끄덕였다.

"진실을 알리기 위해서였어. 그래서 기자가 된 거야."

니콜라스는 생각에 잠긴 표정으로 아빠의 대답을 곰곰이 되짚어보고 있었다.

"그런데 진실이 뭐예요?"

빌라후아나는 불을 끄고 아들의 이마에 입을 맞추었다.

"그건 네 엄마한테 물어보는 게 좋을 것 같구나."

이야기에는 들어가는 문만 있을 뿐 시작도 끝도 없다.

이야기는 우리 자신에 관한 보이지 않는 진실을 보여주기 위해 말과 이미지, 영혼으로 지어올린 무한한 미로다. 이야기는 결국 이야기하는 사람과 읽는 사람 사이의 대화. 이야기하는 사람이 자기 능력이 허용하는 한도 내에서 이야기하는 것처럼, 독자도 자기 영혼에 이미 적혀 있는 것만을 읽을 수 있다.

잉크와 종이로 이루어진 모든 작품을 떠받치는 중심원리는 바로 이것이다. 조명이 꺼지고 음악이 끝나면서 객석이 텅 비면, 중요한 것은 오직 독자의 머릿속 상상의 극장에 각인된 환영이기 때문이다. 이야기꾼은 독자가 종이 위의 인물 중 누군가에게 마음을 열었기를, 그들이 영원히 사라지지 않을 존재가 될 수 있도록 비록 몇 분이라도 자신의 일부를 바쳤기를 바란다.

그리고 지금까지 필요 이상으로 엄숙하게 말을 한 이상, 지면으로 내려가 친애하는 독자들에게 이 이야기가 끝날 때까지 우리와 함께해달라고, 자신이 만든 미로에 갇혀버린 가엾은 이야기꾼에게 가장 어려운 과제, 즉 출구를 찾는 것을 도와달라고 청하는 편이 좋을 듯하다.

훌리안 카락스 지음
파리: 뤼미에르출판사, 1992
에밀 드 로지에 카스텔렌 편집
『영혼의 미로』('잊힌 책들의 묘지' 제4권) 서문

훌리안의 책

1

언젠가 내가 이 이야기를 쓰게 되리라는 것을 오래전부터 알고 있었다. 우리 가족의 이야기, 그리고 책과 기억, 비밀에 사로잡힌 바르셀로나의 이야기 말이다. 내가 태어나고 자란 그 도시는 평생 동안 나를 그림자처럼 따라다녔다. 그것이 종이로 된 꿈에 지나지 않을지 모른다는 것은 알고 있었지만, 뇌리에서 쉽게 떠나지 않았다.

나보다 먼저 이를 시도한 아버지 다니엘 셈페레는 젊은 시절을 그 일에 거의 다 쏟아부었다. 오랜 세월 동안 이른새벽이면 아버지는 어머니가 곤히 잠든 걸로 여기고 방을 몰래 빠져나와 촛불을 들고 조용히 서점으로 내려가곤 했다. 그는 뒷방에 틀어박힌 채, 벼룩시장에서 산 만년필을 휘두르며 동이 틀 때까지 수백 장의 종이와 끝없이 결투를 벌였다.

어머니는 아버지를 단 한 번도 나무라지 않았다. 그녀는 아무것도 모른 체했다. 순탄한 결혼생활을 유지하기 위해서는 그럴 수밖에 없을 때가 많다. 아버지의 집념 때문에 나는 물론 어머니도 걱정이 이만저만이 아니었다. 나는 저러다 아버지가 돈키호테처럼 실성하지나 않을지 두려워지기 시작했다. 물론 책을 너무 많이 읽어 정신이 이상해진 돈키호테와 반대로 아버지는 글을 너무 많이 써서 문제였다. 어머니는 그 고된 과정을 아버지 혼자 겪어내야 된다는 것을 알고 있었다. 그건 아버지가 무슨 문학적 야망을 품고 있어서가 아니라, 자신이 진정 누구인지 깨닫고 다섯 살 때 여읜 어머니의 기억과 영혼을 되살리는 아버지 나름의 방식이 바로 단어들과 씨름하는 것이기 때문이었다.

새벽이 되기도 전에 갑자기 잠에서 깼던 날이 지금도 기억난다. 가슴이 심하게 두근거려서 제대로 숨을 쉴 수도 없었다. 꿈에서 아버지가 안개 속으로 들어가더니 영원히 사라져버렸다. 그런 꿈을 꾼 것은 그때가 처음이 아니었다. 나는 침대에서 벌떡 일어나 서점으로 뛰어내려갔다. 아버지는 서점 뒷방에 멀쩡히 있었다. 발치에는 구겨진 종이가 사방에 뒹굴고 있었다. 손가락은 잉크로 얼룩졌고, 눈은 벌겋게 충혈되어 있었다. 책상 위에는 이사벨라 할머니의 옛날 사진이 놓여 있었는데, 열아홉 살 때 찍은 것이었다. 할머니 얼굴을 잊어버릴까봐 아버지가 언제나 그 사진을 품고 다닌다는 것을 우리는 모두 알고 있었다.

"이젠 도저히 못하겠어." 그가 중얼거렸다. "아무리 해도 네 할머니를 글로 되살려낼 수가 없구나."

나는 울음을 참으며 아버지의 눈을 쳐다보았다.

"그럼 아빠 대신 내가 할게요." 내가 말했다. "약속할게요."

이따금씩 내가 진지해질 때마다 늘 부드러운 미소를 지어주던 아버지가 그날은 나를 안아주었다. 품에서 놓여난 뒤에도 내가 자리를 뜨지 않자 아버지는 내 말이 진심이라는 것을 알아차렸다. 그는 내게 만년필을 건네주었다.

"그럼 이게 필요할 거야. 나는 어느 쪽으로 써야 될지조차 모르겠다……"

나는 무시무시해 보이는 만년필을 살펴보고 천천히 고개를 저었다.

"나는 타자기로 쓸 거예요." 내가 말했다. "전문가들이 사용하는 언더우드로요."

나는 '전문가들이 사용하는'이라는 말을 신문광고에서 보고 굉장히 깊은 인상을 받았다. 증기기관차만큼이나 크고 무거운 그런 기계 한 대만 있으면 주말에 펜을 들고 끼적거리는 아마추어에서 전업작가가 될 수 있다니, 얼마나 놀라운 이야기란 말인가. 내가 워낙 당당하게 말하자 아버지도 놀란 모양이었다.

"그러니까 전업작가가 되고 싶다는 거니? 언더우드인가 뭔가를 가지고 말이냐?"

'이왕이면 고딕양식의 마천루 꼭대기층에 모든 것이 갖춰진 사무실에서 수입담배를 문 채 드라이마티니 한 잔도 들고 있으면 좋겠어. 새빨간 립스틱을 바르고 고급 란제리를 입은 뮤즈가 내 무릎에 앉아서 나와 얼굴을 마주보고 말이야.' 나는 미래의 내 모습을 머릿속으로 그리곤 했는데, 그 무렵 내가 상상하던 전업작가는 그런 모습이었다. 적어도 나의 꿈과 영혼, 그 밖의 것을 모두 빨아들이는 추리소설을 쓰는 이들은 그랬다. 그렇게 커다란 희망은 제쳐두고라도, 나는 아버지의 따뜻한 목소리에서 약간의 비꼬는 듯한 기색을 놓치지 않았다. 만약 아버지가 나의 소질을 문제삼는다면 격한 언쟁이 오갈 수밖에 없었다.

"네." 나는 퉁명스럽게 대답했다. "훌리안 카락스처럼요."

'자, 이래도요!' 나는 생각했다.

그러자 아버지는 눈썹을 치켜올렸다. 충격을 받은 듯 어안이 벙벙한 표정이었다.

"카락스가 무엇으로 글을 썼는지, 아니, 애초에 그가 누군지 네가 어떻게 알고 있지?"

나는 수수께끼 같은 표정을 지었다. 그건 내가 사람들 생각보다 더 많이 알고 있다는 것을 암시할 때 짓는 표정이었다.

"나도 많은 걸 알고 있어요." 나는 넌지시 말했다.

우리집에서 훌리안 카락스라는 이름을 꺼낼 때는 언제나 아이들이 듣지 못하게 문을 닫고 은근한 눈짓과 함께 귓속말로 수군거려야 했다. 다시 말해 그의 이름은 교차된 뼈 두 개와 함께 해골 그림이 부착된 약병이나 마찬가지였다. 아버지도 어머니도 내가 여덟 살이 되던 해 의자와 나무상자를 딛고 올라가 식당 찬장 맨 위 서랍에서 훌리안 카락스의 소설 전집을 찾아냈으리라고는 꿈에도 생각하지 못했다. 우리 가족의 친구인 구스타보 바르셀로 씨가 재출간한 전집은 캄프로돈 비스킷 깡통 두 개(내가 깨끗이 먹어치웠다)와 아홉 살짜리를 인사불성으로 만들 뻔한 머스캣 와인

큰 병 뒤에 숨겨져 있었다.

열 살이 될 무렵까지 나는 그의 모든 소설을 두 번이나 읽었다. 비록 내용을 완전히 이해하지는 못했지만 평생 잊지 못할 이미지와 세계, 인물들을 통해 상상력에 불을 지핀 이야기에 푹 빠져버렸다. 그의 글에 모든 감각이 중독되는 수준에 이르자 나는 카락스가 했던 바를 철저히 익혀서 그의 수제자가 되겠다는 커다란 꿈을 품게 되었다. 하지만 꿈을 실현하기 위해서는 우선 그가 누구인지, 그리고 왜 부모님은 내가 그에 대해 알까봐 전전긍긍했는지 밝혀내야 할 것 같았다.

다행히도 내 삼촌 노릇을 했던 페르민 로메로 데 토레스는 아버지 어머니처럼 굳이 숨기려 들지 않았다. 그 무렵 페르민은 더 이상 서점에서 일하지 않았다. 이따금씩 서점에 찾아오기는 했지만, 그가 무슨 일을 하고 사는지는 항상 베일에 싸여 있었다. 하지만 페르민이나 우리 가족 중 그 누구도 수수께끼를 밝히려 하지 않았다. 그의 새 직업이 무엇이든 책 읽을 시간이 많아졌다는 것만은 의심의 여지가 없었다. 최근에는 인류학 관련 서적과 논문을 탐독하더니 사변적인 이론을 내놓기도 했다. 그에 따르면, 그 덕분에 신장결석증을 예방할 수 있을 뿐만 아니라 비파나무 씨앗만한(논문을 그대로 옮긴 것이다) 결석도 요도를 통해 쉽게 배출되었다고 했다.

그의 특이한 이론에 따르면, 수백 년 동안 축적된 법의학적 증거로 볼 때 수천 년 동안 이른바 진화를 거쳐 인류가 이루어낸 일이라고는 몸의 털을 조금 없애고 부끄러운 부분을 가릴 옷을 더 완벽히 만들고, 규석몽둥이를 좀더 정교하게 다듬은 것밖에 없었다. 그런데 불가사의하게도 그 전제에서 정리定理의 두번째 부분이 도출되었다. 이는 다음과 같이 설명할 수 있다. 이처럼 초라한 진화가 결코 이루어내지 못한 것은 어린아이에게 무언가를 숨길수록 아이는 그것을—사탕이든, 아니면 대담한 무대의상으로 매력을 뽐내는 코러스걸의 카드든—찾아내려고 애쓴다는 사실을 인식하는 능력이었다.

"오히려 그걸 다행스럽게 생각해야 한다고. 알고자 하는 욕망의 불꽃이 꺼지는 날, 그리고 젊은이들이 오늘날 장사치들이 파는 겉만 번드르르하지 아무 쓸모도 없는 것들에—소형 전자제품이든 건전지로 작동되는 변기든—만족하고 자기 엉덩이 너머에 있는 것은 하나도 이해할 수 없게 되는 날, 우리는 다시 민달팽이의 시대로 돌아갈 테니까."

"묵시록적인 세상 말이죠." 나는 웃으며 페르민한테 배운 말을 써먹었다. 내가 그런 말을 쓸 때마다 그는 수구스를 한 개씩 주었다.

"내가 듣고 싶은 게 바로 그런 말이지." 페르민이 말했다. "끝에서 세번째 음절에 악센트가 있는 단어*를 구사할 줄 아는 청년들이 있는 한 우리에게는 아직 희망이 있으니까."

어쩌면 페르민이 내게 미친 악영향 때문이거나, 아니면 사탕과 자라도 되는 듯이 탐욕스럽게 읽어치우던 추리소설에서 배운 트릭 때문인지도 모르지만, 조각들을 맞추고 은밀한 대화를 엿듣는

---

* 앞서 훌리안이 말한 '묵시록적(apocalítico)'을 가리킨다.

가 하면 서랍을 몰래 뒤지고, 특히 아버지가 쓰레기통에 버린 글을 모조리 찾아 읽어보는 나의 열정 덕분에 훌리안 카락스가 누구인지, 그리고 부모님은 왜 하필 내게 그의 이름을 지어주었는지 모든 수수께끼가 차츰 풀려나가고 있었다. 나의 추론과 탐지 능력이 미치지 못하는 상황이 닥치면 언제나 페르민과 유용한 그의 논문이 등장해 이야기의 가닥을 서로 연결시킴으로써 미스터리 해결의 실마리를 슬그머니 제공해주곤 했다.

그날 아침, 아직 걱정거리가 충분치 않다는 듯이 놀라운 소식이 한꺼번에 두 개나 아버지를 찾아간 셈이다. 열 살짜리 아들이 전업작가가 되고 싶어한다는 것과 오래전부터 감추려고 애쓰던―무엇보다 아버지의 조심성 때문이었을 것이다―비밀을 내가 속속들이 알고 있다는 것 말이다. 굉장히 충격적인 소식이었겠지만, 아버지는 상황을 잘 받아들였다. 고함을 치지도, 나를 기숙학교에 집어넣는다거나 채석장 인부로 보내버린다고 으름장을 놓지도 않고 가엾은 아버지는 한동안 할말을 잃은 채 나를 빤히 바라보기만 했다.

"너도 나처럼 서점 주인이 되려고 할 줄 알았단다. 나와 네 할아버지, 그리고 내 할아버지, 더 나아가 대부분의 셈페레 가문 사람들처럼……"

나는 아버지가 방심한 틈을 타서 내 입장을 분명히 밝히기로 결심했다.

"나는 작가가 될 거예요. 소설가요. 이런 표현이 적당한지 모르겠지만, 엎친 데 덮친 격이죠."

마지막 말은 웃기려고 한 것이지만, 아버지는 아무 반응도 없었다. 그는 의자에 등을 기댄 채 팔짱을 끼고 나를 유심히 살펴보았다. 아이에게서 어딘지 모르게 반항아적 기질이 엿보이자 그다지 달갑지 않았던 것이다. 나는 생각했다. '아버지도 드디어 부성의 세계에 들어오셨네요. 기껏 세상에 태어나게 해줬더니 이런 식의 대접이나 받고 말이죠.'

"그건 네 엄마가 입버릇처럼 하던 말인데. 하지만 그저 나를 골리기 위해서 그랬다고 생각했지."

상황은 나에게 더 유리해졌다. 우리 어머니가 무언가 착각을 한다면, 그날은 아마 최후의 심판일이 공교롭게도 만우절과 겹치는 날일 것이다. 선천적으로 포기라는 것에 강한 거부감이 있던 아버지는 여전히 훈계하는 태도를 버리지 않았다. 나는 내 고집을 꺾기 위해 아버지가 잔소리를 늘어놓을까봐 슬슬 걱정이 되었다.

"나도 너만할 때 작가가 될 소질이 있다고 믿었단다." 그의 말이 시작되었다.

그때 아버지의 모습은 화염에 휩싸인 채 날아오는 운석처럼 보였다. 지금 아버지를 진정시키지 못하면 문학에 평생을 바친다는 것이 얼마나 위험한지 일장연설을 늘어놓을 게 분명했다. 물론 나도 서점에 드나들던 굶주린 작가들을 통해 그 사실을 잘 알고 있었다. 그런 이들이 올 때마다 우리는 책을 외상으로 주었을 뿐 아니라 간식까지 챙겨줘야 했다. 그러한 자신의 충실한 추종자들에 대한 문학의 애정은 암컷 사마귀가 자기 짝에게 품은 애정과 별로 다르지 않았다. 아버지가 너무 흥분하기 전에 나는 바닥에 나뒹굴던 종이들을 과장된 눈빛으로 쭉 둘러보다 아무 말도 하지 않고 다시 그의 눈을 똑바로 쳐다보았다.

"페르민 말마따나, 현명한 사람들은 실수를 저지르기 마련이지." 그가 인정했다.

그때 내가 반박을 하면 오히려 아버지는 이를 자기 주장의 주요 전제로 삼을 수도 있다는 생각이 들었다. 셈페레 가문 사람들한테는 작가의 기질이 없고, 서적상 또한 작가와 마찬가지로 문학에 봉사하는 것이며 오히려 그쪽이 경제적인 궁핍에 시달리거나 어둠에 심연에 빠질 위험이 없다는 주장 말이다. 사실 나는 내심 훌륭하신 아버지의 말씀이 성인의 말보다 더 옳다고 생각했기 때문에 공격적인 태도를 취하기로 했다. 수사학적 결투를 할 때는, 상대편이 우세해 보인다면 더더욱 절대로 주도권을 빼앗겨서는 안 된다.

"페르민의 말은 현명한 사람이라면 누구든 자기가 실수를 저질렀을 때 과감하게 인정한다는 뜻이에요. 반면에 어리석은 인간은 늘 실수를 저지르면서도 절대로 잘못을 인정하지 않죠. 오히려 자기가 옳다고 큰소리친다고요. 페르민은 이를 두고 '전염성 있는 우매함의 아르키메데스적 원리'라고 해요."

"아, 그래?"

"네. 페르민에 따르면, 바보는 자기 생각을 바꾸려 하지도 않을 뿐더러 바꿀 능력도 없는 짐승과 같다고 했어요." 나는 아버지의 말을 인정사정없이 반박했다.

"페르민의 철학과 과학 이론에 통달했구나."

"페르민이 틀렸다고 생각하시는 거예요?"

"그보다 입만 열면 곁길로 샌다는 거지."

"그게 무슨 뜻이죠?"

"변기 밖에 오줌을 눈다는 뜻이야."

"아빠 말을 빌리자면 곁길로 새서 변기 밖에 오줌을 누다가, 페르민은 아빠가 오래전에 내게 보여주었어야 될 게 있다고도 했어요."

아버지는 잠시 당황하는 기색이 역력했다. 훈계하는 태도는 온데간데없이 사라져버리고, 다음 공격이 어디서 날아올지 몰라 휘청거렸다.

"그가 무슨 이야기를 했지?"

"책에 관한 이야기였어요. 죽은 이들에 관해서도요."

"죽은 이들이라고?"

"잘은 모르겠지만 공동묘지에 관한 이야기였던 것 같아요. 죽은 이들 어쩌고저쩌고는 내가 지어낸 거예요."

내 생각으로 페르민이 말한 것은 카락스와 연관되어 있을 것 같았다. 내 개인적인 기준으로 카락스는 책과 죽음의 개념을 완벽하게 결합한 작가였다. 아버지는 곰곰이 고민에 잠겼다. 무언가 생각이 떠오를 때마다 늘 그랬듯이, 아버지의 눈에서 광채가 일었다.

"그 문제에 관해서는 페르민의 생각이 옳을지도 모르겠구나." 아버지가 말했다.

나는 어딘가에서 풍겨오는 승리의 달콤한 향기를 맡았다.

"자, 그럼 집으로 올라가서 옷을 입어라." 아버지가 말했다.

"하지만 엄마를 깨우면 안 돼."

"어디 갈 건가요?"

"비밀이야. 내 삶을 송두리째 바꿔놓은 것을 네게 보여줄 생각이란다. 어쩌면 네 삶도 바꿔놓을지 모르지."

그 순간 내가 주도권을 잃었다는 것을, 공이 저쪽으로 넘어갔다는 것을 깨달았다.

"지금 이 시간에요?"

아버지는 다시 미소 지으며 내게 윙크를 했다.

"이 세상에는 어둠 속에서만 보이는 것도 있으니까."

2

그날 새벽, 아버지는 처음으로 나를 '잊힌 책들의 묘지'에 데려 갔다. 때는 1966년 가을이었다. 이슬비가 부슬부슬 내리면서 람 블라스 거리 군데군데 작은 물웅덩이가 생겼다. 우리가 걸음을 옮길 때마다 바닥에 고인 물이 구릿빛 눈물처럼 반짝거렸다. 꿈속에 자주 나타나던 안개가 몸을 휘감았지만 아르코 데 테아트로 거리에 이르자 걷혔다. 짙은 어둠 속으로 갈라진 틈이 어렴풋이 보였다. 그 안으로 들어가자 거무스름한 돌로 지어진 거대한 궁전이 눈앞에 나타났다. 아버지는 악마의 형상을 한 노커로 대문을 두드렸다. 놀랍게도 문을 열어준 사람은 다름아닌 페르민 로메로 데 토레스였다. 페르민은 나를 보자 짓궂은 표정으로 웃었다.

"이제 때가 되었군." 그가 입을 열었다. "이렇게 비밀리에 일을 하다보니 위궤양에 걸렸지 뭐야."

"페르민, 요즘 아저씨가 일하는 곳이 여긴가요?" 나는 호기심에 찬 눈으로 물었다. "여기도 서점이에요?"

"그런 셈이지. 물론 만화잡지는 별로 없지만…… 자, 어서 들어와."

페르민은 우리와 함께 곡선을 그리며 이어지는 회랑을 걸어갔다. 양쪽 벽은 천사와 전설 속 동물의 프레스코화로 뒤덮여 있었다. 당연한 말이겠지만, 그 무렵 나는 이미 황홀한 기분에 젖어들었다. 하지만 이처럼 놀라운 광경도 이제 시작에 불과하다는 것을 거의 모르고 있었다.

회랑 끝에 이르자 무시무시한 빛이 폭포처럼 쏟아지는 가운데 하늘 높이 치솟은 거대한 둥근 천장이 나타났다. 고개를 들자 눈앞으로 미로 같은 구조가 신기루처럼 나타났다. 끝없이 나선을 그리며 올라가는 탑은 마치 세상의 모든 도서관이 난파된 암초처럼 보였다. 나는 입을 딱 벌린 채 지금까지 쓰인 모든 책으로 만들어진 성을 향해 천천히 걸어갔다. 그 순간, 훌리안 카락스가 쓴 이야기 속으로 걸어들어가는 느낌이 들었다. 한 걸음만 내디디면 모든 것이 먼지로 변하면서 내 방에서 잠이 깰 것만 같았다. 아버지가 내 옆으로 다가왔다. 나는 아버지를 쳐다보고 그의 손을 꼭 쥐었다. 지금 내가 맨정신으로 깨어 있고, 이곳은 실제로 존재하는 공간이라는 것을 믿으려고 말이다. 아버지는 빙긋이 웃었다.

"여기가 바로 '잊힌 책들의 묘지'란다, 훌리안."

    한참이 지나서야 나는 제정신을 차리고 중력의 법칙이 지배하는 세계로 되돌아왔다. 마음이 조용히 가라앉자 아버지는 어둠 속에서 내 귀에 대고 속삭였다.

    "여기는 신비에 싸인 곳이야, 훌리안. 일종의 성역인 셈이지. 지금 네 눈에 보이는 책은 한 권 한 권마다 영혼이 깃들어 있어. 그 책을 쓴 사람의 영혼, 그 책을 읽고 책과 함께 살며 꿈의 날개를 펼친 사람들의 영혼 말이다. 책의 주인이 바뀔 때마다, 어떤 이가 책을 읽을 때마다 그 책의 영혼은 점점 자라나면서 더 강해지는 법이지. 오래전 네 할아버지가 나를 이곳에 처음 데리고 왔을 때도 여기는 이미 아주 오래된 곳이었어. 아마 이 도시만큼이나 오래됐을 거야. 이곳이 언제부터 존재했는지, 그리고 누가 만들었는지 확실히 아는 사람은 아무도 없어. 내가 네 할아버지한테 들은 이야기를 들려주마. 도서관이 사라지고 서점이 문을 닫아 어떤 책이 망각 속에 묻힌다고 해도 여기를 아는 사람들, 그러니까 이곳을 지키는 우리들은 그 책이 반드시 여기 오도록 만들지. 더이상 아무도 기억하지 못하는 책들, 시간 속으로 사라진 책들은 언젠가 새로운 독자의 손에 가닿아 새로운 정신과 만나기를 기다리면서 이곳에서 영원히 살게 된단다. 우리가 서점에서 책을 팔고 사지만, 사실 책들에게는 주인이 따로 정해져 있지 않아. 네가 여기서 보는 책은 모두 누군가의 가장 좋은 친구였지. 지금 저 책들에게는 이제 우리밖에 없어. 훌리안, 비밀을 지켜줄 수 있겠니?"

    나는 무한하게 펼쳐진 공간과 마법과도 같은 빛을 홀린 듯이 바라보고 있었다. 내가 고개를 끄덕이자 아버지는 미소를 지었다.

페르민은 내게 물 한 잔을 건네주고 나를 빤히 바라보았다.

"이 녀석 규칙은 알고 있어?" 그가 물었다.

"안 그래도 알려주려던 참이었어요." 아버지가 말했다.

아버지는 나를 붙잡고 '잊힌 책들의 묘지'라는 비밀결사의 신입회원이라면 누구라도 받아들여야 하는 규칙과 의무를 상세하게 설명해주었다. 어떤 책이든 영구히 자기 것으로 삼아 평생 동안 그 책의 보호자가 되는 특권도 포함되어 있었다.

설명을 듣는 동안 나는 아버지가 하필이면 그날을 택해 그 엄청난 광경으로 내 눈과 뇌에 충격을 가하기로 한 데는 숨겨진 속셈이 있는 게 아닌가 의심이 들기 시작했다. 어쩌면 아버지는 최후의 수단으로 그곳을 보여주었는지도 모른다. 언젠가는 문학으로 먹고살 수 있다는 고집스러운 믿음을 꺾지 않는다면, 헤아릴 수 없이 많이 버려진 책들, 까마득히 잊힌 삶과 생각, 우주로 가득찬 그 도시야말로 내가 마주할 미래의 메타포라는 것을 이해하기 바라면서 말이다. 만약 아버지의 의도가 그런 것이었다면 눈앞에 펼쳐진 광경은 역효과를 가져왔다. 그때까지만 해도 어린아이의 백일몽에 불과하던 나의 꿈이 오히려 가슴속 깊이 새겨지고 말았으니까. 아버지가, 아니 누가 무슨 말을 한다 해도 내 생각을 바꿀 수는 없었을 것이다.

돌이켜보면, 운명이 나를 위해 그날을 택한 것이었다.

나는 오랫동안 미로를 돌고 돈 끝에 『자주색 튜닉』이라는 책을 골랐다. 그것은 다비드 마르틴이라는 사람이 쓴 『저주받은 자들의 도시』 연작소설 중 하나였다. 그 작가에 대해서는 한 번도 들어본 적이 없었다. 어쩌면 그 작품이 나를 골랐다고 하는 편이 옳을지도 모르겠다. 표지에 눈이 가는 순간, 그 책이 거기서 오랫동안 나를 기다리고 있었던 느낌이 들었기 때문이다. 마치 그날 새벽, 나와 마주치리라는 것을 알고 있었던 것처럼 말이다.

미로에서 빠져나왔을 때, 아버지는 내가 손에 든 책을 보고 얼굴이 창백해졌다. 당장이라도 그 자리에 쓰러질 것만 같았다.

"그 책을 어디서 찾았지?" 아버지가 더듬거리며 물었다.

"어느 방 탁자 위에서요…… 그런데 책이 세워져 있더라고요. 꼭 누군가가 일부러 그렇게 놓아둔 것 같았어요. 내가 쉽게 찾을 수 있도록 말이죠."

페르민과 그는 서로 알 수 없는 눈빛을 교환했다.

"왜 그러세요?" 내가 물었다. "그럼 다른 책을 고를까요?"

아버지는 고개를 저었다.

"바로 이런 걸 두고 운명이라고 하지." 페르민이 혼잣말로 중얼거렸다.

나는 신이 나서 웃었다. 이유는 잘 모르겠지만, 나도 그렇다고 생각한 터였다.

나는 시간 가는 줄 모르고 다비드 마르틴이 쓴 모험 이야기를 읽으며 한 주를 보냈다. 자세히 파고들수록 세부적인 디테일과 풍경이 더 많이 드러나는 커다란 캔버스를 바라보듯이 매 장면을 음미했다. 아버지도 몽상에 빠져 시간을 보냈지만, 문학에 대한 고민을 하는 것 같지는 않았다.

남자라면 대부분 그런 순간을 경험하겠지만, 그 무렵 아버지도 이제 젊은 시절이 끝났다고 생각하기 시작했다. 그래서 지나간 청년 시절의 여러 장면을 되짚어보면서 아직 제대로 이해하지 못한 문제의 해답을 찾고 있었다.

"아빠한테 무슨 일 있어요?" 나는 어머니에게 물었다.

"아무 일도 아니야. 자라고 있는 중이란다."

"이제 키가 클 나이는 지났잖아요?"

어머니는 참을성 있게 한숨을 쉬었다.

"남자들은 다 그런 거야."

"나는 빨리 클 거예요. 그러면 엄마가 걱정을 안 해도 되니까요."

어머니는 미소를 지었다.

"훌리안, 서두를 필요 없어. 그런 건 살다보면 저절로 해결될 테니까 말이다."

자기 배꼽의 중심으로 신비로운 여행을 떠난 아버지는 어느 날 파리로부터 온 소포를 들고 우체국에서 돌아왔다. 상자 안에는 『안개의 천사』라는 책이 한 권 들어 있었다. 그 당시에는 천사와 안개라는 말만 들어가 있으면 무엇이든 내 관심을 사로잡았고, 그래서 나는 무슨 책인지 알아보기로 했다. 소포를 뜯고 책표지를 본 아버지의 얼굴에 나타난 표정 때문이었는지도 모르지만 말이다. 내가 살펴본 바에 따르면 그 책은 보리스 로랑이라는 사람이 쓴 소설이었다. 나중에 알게 된 사실이지만 보리스 로랑은 훌리안 카락스의 필명이었다. 책에는 헌사가 쓰여 있었는데, 그걸 보고 어머니는 평소 쉽게 눈물을 보이는 사람이 아닌데도 울음을 터뜨렸고 아버지는 운명이 우리 모두를 어떤 장소에 붙잡아둔 것이라고 확신했다. 그 장소가 어딘지 아버지는 분명하게 밝히지 않으려했지만, 아무래도 민감한 사정이 있는 것 같았다.

솔직히 말해서 그중 가장 놀랐던 것은 나였다. 어떤 이유로 나는 카락스가 태곳적에(그러니까 내가 태어나기 전 일어난 모든 일까지 포괄하는 역사적 시기에) 죽은 걸로 쭉 생각해왔기 때문이었다. 나는 카락스가 우리 가족의 공식 기억에, 그 혼령들의 궁전에 숨어 웅크린 또다른 과거의 유령일 것으로 생각해왔다. 그런데 내 짐작과 반대로 카락스가 아직 살아 있을 뿐만 아니라 파리에서 왕성한 창작활동을 하고 있다는 것을 안 순간, 나는 계시를 받은 것만 같았다.

『안개의 천사』의 책장을 넘기던 중, 나는 불현듯 무엇을 해야할지를 깨달았다. 그렇게 그 운명을 실현하기 위한 계획이 세워졌다. 이번에 우리집을 찾아오기로 마음먹은 운명, 그리고 오랜 세월 후에 이 책이 세상에 나오도록 해준 그 운명을 말이다.

3

삶은 늘 그랬듯 그 끝에 매달려 간신히 따라가는 우리에게 그다지 큰 관심을 두지 않은 채 놀라운 사실들과 믿기 어려운 일들을 헤쳐나가며 일정한 속도로 흘러갔다. 나는 두 개의 어린 시절을 누렸다. 하나는 사람들이 흔히 말하는 유년 시절로—실제로 그런 것이 있다면 말이다—남들에게 보이던 것이다. 다른 하나는 내가 개인적으로 경험한 것으로, 상상 속의 어린 시절이다. 그때 나는 좋은 친구들을 만났고 그 대부분은 책이었다. 학교에만 가면 지겨워 죽을 것 같았다. 그래서 예수회 학교 책상에 앉아 멍하니 공상에 잠겨 시간을 때우는 버릇이 생겼고 그때 몸에 밴 습관은 아직도 남아 있다. 그래도 다행히 좋은 선생님을 몇 분 만났다. 그 분들은 언제나 나를 너그럽게 대해주었을 뿐만 아니라, 내가 남들과 다르다고 해서 꼭 고치려고 할 필요는 없다는 점을 분명히 해주었다. 이 세상에는 훌리안 셈페레 같은 아이를 포함해 온갖 종류의 사람이 필요하다.

돌이켜보면 그 무렵 나는 학교에 있을 때보다 서점에서 조용히 책을 읽거나 혼자 도서관에 다니면서, 아니면 이러저런 학설과 조언, 또 경험에서 우러난 교훈 등을 들려주던 페르민의 이야기를 들으면서 세상에 대해 훨씬 더 많이 배웠던 것 같다.

"학교에 가면 다들 나보고 이상한 아이라고 놀려요." 언젠가 나는 페르민에게 털어놓았다.

"음, 그건 좋은 일이야. 주변 사람들로부터 정상적이라는 말을 듣는 순간부터 걱정이 시작되니까."

다행인지 불행인지 나더러 정상이라고 놀리는 이는 아무도 없었다.

나의 소년 시절은 다른 시기에 비해 조금 더 흥미로운 면을 보여준다. 그 무렵 나는 대부분의 삶을 머릿속 바깥에서 살았기 때문이다. 종이로 쌓아올린 꿈에 대한 열망과 어떤 일이 있어도 쓰러지지 않을 강인한 펜의 전사가 되고픈 야망은 갈수록 강해지고 있었다. 물론 시간이 흐를수록 세상의 이치를 어느 정도 깨달으면서 그런 마음도 다소 누그러진 것이 사실이다. 시간이 어느 정도 지났을 때 나는 내 꿈이 불가능한 것들로 이루어졌다는 것을, 그리고 전장에 뛰어들기도 전에 꿈을 포기한다면 결코 이길 수 없으리라는 것을 깨달았다.

나는 파르나소스의 신들이 나를 불쌍히 여겨 언젠가 맘껏 이야기를 풀어나갈 수 있도록 해줄 것이라고 여전히 믿고 있었다. 그사이 나는 내 꿈과 악몽의 제작소가 첫 선을 보일 날을 기다리며 열심히 이야깃거리의 탄약을 비축하고 있었다. 나는 우리 가족의 내력과 숨겨진 비밀, 그리고 셈페레 가문이라는 소우주를 이루는 1001개의 이야기와 관련된 모든 조각을 조금씩 모았다. 그것은 내가 '잊힌 책들의 묘지 이야기'라고 이름 붙인 상상의 세계였다.

우리 가족에 관한 이야기라면 쉽게 알아낼 수 있는 것이든 베일에 가려진 것이든 가리지 않고 모조리 뒤져 찾아내는 일 외에도 당시 나는 두 가지 커다란 열정에 사로잡혀 있었다. 그 하나는 책 읽기라는 신비롭고 꿈같은 열정이었고, 다른 하나는 세속적이고 충분히 예측 가능한 열정, 즉 젊은 시절의 풋사랑이었다.

나의 문학적 야망에 관해 말해보자면, 성공 가능성은 갈수록 희박해져만 갔다. 그 시기 나는 백 편의 소설을 쓰기 시작했다가

보기조차 혐오스러워서 중간에 모두 포기해버렸다. 그뿐 아니라 단편소설과 희곡, 라디오 연속극 시나리오와 심지어 시도 수없이 써내려갔지만 차마 남에게 보여줄 수도 없는 지경이었다. 비록 대단한 열정과 의욕을 가지고 덤벼들었지만 혼자 조용히 읽어보면서 아직 얼마나 배울 게 많은지, 그리고 얼마나 발전이 없는지 절실히 깨달았다. 나는 카락스의 소설은 물론 부모님의 서점에서 빌려온 수많은 작가의 책을 읽고 또 읽었다. 그러면서 문장 하나하나를 트랜지스터라디오나 롤스로이스의 엔진이라도 되는 듯이 면밀히 뜯어보았다. 그런 책들이 어떻게 구성되어 있고, 또 어떤 방식과 이유로 작동하는지 알아내고 싶은 마음에서였다.

그 무렵 나는 신문에서 일본의 분해공학 엔지니어들에 관한 기사를 읽었다. 부지런한 일본의 기술자들은 어떤 기계의 부품을 끝까지 분해해서 각각의 기능과 전체의 역학, 해당 장비의 내부설계 등을 분석하고 그것을 작동하게 하는 수학적 원리를 밝혀내는 모양이었다. 독일에서 엔지니어로 일하는 외삼촌이 한 분 있었기에 내 유전자에도 책이나 이야기를 뜯어보면서 무언가를 밝혀낼 수 있는 무언가가 있을 것이 분명했다.

날이 갈수록 좋은 문학이란 '영감'이나 '기발한 소재'처럼 사소한 허상과는 관련이 거의, 혹은 전혀 없다는 것을 확신하게 되었다. 그보다는 오히려 언어의 설계, 이야기의 구성, 질감의 묘사, 구조의 음색과 색조, 이미지의 배열, 언어의 오케스트라가 낳을 음악성과 더 연관이 있을 터였다.

내 두번째 관심사는—오히려 첫번째라고 하는 것이 옳을 듯싶다―희극에 훨씬 더 어울렸을 뿐만 아니라 가끔 사이네테*에 가까웠다. 한때 나는 매주 사랑에 빠지곤 했다. 돌이켜보면 왜 그랬는지 정말 한심스럽기만 하다. 하지만 그 당시에는 젊은 여자들의 눈빛과 목소리, 그리고 무엇보다 그들이 입은 얇은 울드레스 아래 딱 달라붙은 채 숨겨져 있을 것에 마음을 빼앗기곤 했다.

"그건 사랑이 아니야. 그저 흥분해서 나오는 반응일 뿐이지." 페르민이 말했다. "네 나이 때는 둘의 차이를 화학적으로 구분하기가 불가능할 거야. 우리 어머니 자연은 지구에 인간을 널리 번식시키기 위해 그런 속임수를 쓰지. 젊은이들의 혈관 속에 호르몬과 바보 기질을 듬뿍 넣어주신 거야. 이상주의자, 다른 골칫덩어리를 필요로 하는 공상적 혁명가와 은행가, 사제의 말을 따르기 위해서라면 기꺼이 제 한몸을 바치는 총알받이 병사가 나타나도록 토끼처럼 무작정 번식을 하게 한다고. 그런 이들이 많아져야 세상이 계속 발전하지 않고 늘 똑같은 상태를 유지하게 될 테니까."

"하지만 페르민, 그게 가슴이 두근거리고 불안해지는 거랑 무슨 상관이죠?"

"서로 잘 아는 처지에 유행가 가사 같은 말은 관두자고. 심장은 소네트가 아니라 피를 내보내주는 장기야. 순환이 순조롭게 이루어지면 혈액은 뇌에 도달하지만 대부분 내장으로, 참, 네 경우는 음부로 가지. 조심하지 않으면 네가 스물다섯 살이 될 때까지 음부가 대뇌피질 역할을 할 거야. 그러니 잡고 있는 방향타를 고환

---

* 18세기 스페인에서 유행한 단막 희극으로, 주로 풍속적 내용을 다루었다.

으로부터 멀리해. 그러면 안전하게 항구로 들어갈 수 있을 테니까. 반대로 어리석은 짓을 일삼는다면 좋은 일은 하나도 못하고 젊은 시절을 허송세월하게 될 거야."

"아멘."

나는 시간이 나면 어두운 건물 현관에서 로맨스를 즐기거나, 운이 좋으면 동네의 허름한 극장 맨 뒷줄에 앉아 여자아이들의 블라우스와 치마 속을 더듬거리고 라 팔로마에서 열리는 파티에서 노닥거리곤 했다. 그러지 않으면 주말 여자친구의 손을 잡고 방파제를 따라 산책을 했는데, 이에 대해서는 더 자세히 말하고 싶지 않다. 열일곱 살이 될 때까지는 딱히 내세울 만한 일이 전혀 없다가 마침내 그해 나는 발렌티나라는 아이와 정면으로 부딪히게 되었다. 어떤 자신만만한 선원이라도 언젠가 빙산에 부딪히기 마련이고, 내가 부딪힌 빙산의 이름이 발렌티나였던 셈이다. 나보다세 살 위였던 그녀는(실제로는 열 살 정도 더 많아 보였다) 여러 달 동안 나를 긴장상태에 빠뜨렸다.

나는 어느 가을날 오후, 그라시아대로에서 비를 피하기 위해 유서 깊은 프란세사 서점에 들어갔다가 우연히 그녀를 만나게 되었다. 뒷모습만 보였지만 나도 모르게 가까이 다가가 곁눈질로 그녀를 흘끔거렸다. 그녀는 훌리안 카락스의 『바람의 그림자』라는 소설을 훑어보고 있었다. 과감히 그녀에게 다가가 말을 걸 수 있었던 것은 그 당시 내가 나 자신을 영원히 사라지지 않을 존재로 여기고 있었기 때문일 것이다.

"나도 그 책 읽어봤어." 나는 페르민의 순환이론을 명백하게 증명한 재치를 과시하며 말했다.

그녀는 면도날처럼 날카로운 에메랄드빛 눈동자로 나를 바라보았다. 그녀가 천천히 눈을 깜박거리는 순간, 시간이 멈춘 듯한 느낌이 들었다.

"다행이네." 그녀가 대답했다.

그녀는 책을 선반에 꽂아넣고 몸을 돌려 출구 쪽으로 걸어갔다. 나는 얼굴이 창백해져 몇 초 동안 꼼짝 않고 그 자리에 서 있었다. 제정신이 들자, 나는 선반에서 그 책을 꺼내 계산대로 갔다. 돈을 지불한 뒤 나의 빙산이 바다 아래로 영원히 가라앉지 않았기를 바라면서 거리로 뛰어나갔다.

하늘은 여전히 납빛 구름으로 짙게 흐렸고 진주처럼 굵은 빗방울이 떨어지고 있었다. 그녀는 로세욘 거리를 건너기 위해 비를 맞으며 신호등을 기다리고 있었다.

"경찰에 신고할까?" 그녀는 고개를 돌리지 않고 물었다.

"그럴 필요 없어. 나는 훌리안이야."

발렌티나는 한숨을 지었다. 그러곤 고개를 돌리면서 날카로운 눈빛으로 다시 나를 쏘아보았다. 나는 바보처럼 웃으며 그녀에게 책을 내밀었다. 그녀는 한쪽 눈썹을 치켜올리더니 잠시 망설이다 책을 받았다.

"너도 훌리안이야? 그럼 이 작가하고 형제 사이나 되는 거니?"

"우리 부모님이 이 작가의 이름을 따서 내 이름을 지은 거야. 작가는 우리 부모님 친구였고. 아무튼 이건 내가 읽어본 책 중에서 최고라고 할 수 있어."

그런 경우에 흔히 그러듯이, 나의 운명을 결정한 것은 바로 그 배경이었다. 번개가 치면서 그라시아대로의 건물들이 은빛으로 물들었다. 폭풍우가 몰려오는 요란한 소리가 온 도시를 뒤덮었다. 신호등은 초록색으로 바뀌었다. 발렌티나가 꺼지라고 말하거나 경찰을 부르기 전에 나는 마지막 카드를 꺼냈다.

"십 분만 내줘. 어디 가서 커피라도 마시는 게 어때? 십 분 뒤에 영 아니다 싶으면 깨끗하게 사라질게. 그리고 다시는 네 앞에 나타나지 않을 거야. 약속할게."

발렌티나는 약간 머뭇거리더니 웃음을 참으면서 나를 바라보았다. 모든 것이 비 때문이었다.

"좋아." 그녀가 말했다.

소설가가 되기로 마음먹은 그날 내 삶이 완전히 바뀌었다고 생각했다니, 나도 참 어리석었다.

발렌티나는 프로벤사 거리의 옥탑방에서 혼자 살고 있었다. 거기에 가면 바르셀로나의 전경이 보였지만 도시를 내다본 적은 거의 없었다. 그녀가 벌거벗은 다양한 모습을 보는 게 더 좋기 때문이었다. 나는 언제나 그녀를 벗은 상태로 만들려고 애를 썼다. 그녀의 어머니는 네덜란드 사람이고, 아버지는 나도 들어본 적이 있을 정도로 저명한 바르셀로나의 변호사였다. 아버지가 세상을 떠나자 어머니는 고국으로 돌아가기로 마음먹었지만 이미 성년이 된 발렌티나는 바르셀로나에 남기를 원했다. 다섯 개 언어에 능통

한 덕분에 그녀는 아버지가 설립한 로펌에서 일하고 있었다. 하는 일은 주로 소장, 그리고 어마어마한 돈이 걸린 대기업과 유력 가문—이들은 4대에 걸쳐 리세오 오페라하우스에 전용 특별석을 가지고 있었다—의 소송서류 등을 번역하는 것이었다. 살면서 가장 하고 싶은 일이 뭔지 묻자 그녀는 언제나 넋을 잃게 하는 눈빛으로 나를 바라보면서 '여행'이라고 했다.

보잘것없는 내 습작품을 처음 보여준 사람도 바로 발렌티나였다. 그녀는 웬만하면 자신의 감정을 드러내는 법이 없었지만, 우리 관계의 보다 일상적인 영역에서는 다정한 마음씨와 애정을 마음껏 표현했다. 어쩌다 아직 걸음마 단계에 불과한 나의 문학에 관한 견해를 밝힐 때면 그녀는 내 글에서 카락스는 이름밖에 없다고 했다. 사실 나도 전적으로 동감했기 때문에 기분 나쁘게 여기지는 않았다. 또 오랜 세월 동안 마음에 품어온 내 구상을 그녀만큼 제대로 이해하는 사람은 아무도 없는 터라 어느 날은 뺨을 얻어맞을 각오를 하고 내가 열여덟 살이 되면 가장 먼저 하고 싶은 일이 뭔지 그녀에게 털어놓았다.

"나와 결혼하고 싶다는 것만 아니면 좋겠어." 그녀가 말했다.

지금 생각해보면, 그때 운명이 내게 넌지시 준 힌트를 눈치챘어야 했다. 사실 발렌티나와 중요한 일이 있을 때는 항상 비가 쏟아오거나 빗방울이 창문을 두들기곤 했다. 그날도 다르지 않았다.

"어떤 계획인데?" 그녀가 마침내 입을 열었다.

"우리 가족의 이야기를 쓰는 거야."

그 무렵은 우리가 함께한 지 일 년이 다 되어가는 때였다. 구름

에 휩싸인 그녀의 방에서 함께 이불 아래 누워 많은 오후를 보낸
것도 '함께했다'고 할 수 있다면 말이다. 나는 그녀의 피부를 속속
들이 알고 있었지만, 그녀의 침묵이 무엇을 의미하는지는 통 알
수 없었다.

"그래서……?" 그녀가 물었다.

"시답잖아 보여?"

"이 세상 모든 사람은 가족이 있어. 모든 가족은 사연이 있기
마련이고."

발렌티나와 함께 있을 때면 언제나 전력을 다해 모든 것을 얻
어야만 했다. 그것이 뭐든 반드시 손에 넣어야 했다. 그녀가 몸을
돌렸다. 나는 맨살을 드러낸 그녀의 아름다운 등을 바라보며 오랜
세월 동안 마음속에 품고 있던 생각을 소리내 설명했다. 내 생각
을 누군가에게 털어놓은 것은 그때가 처음이었다. 어마어마한 내
용은 아니었지만, 아무리 내 생각이라 해도 입 밖으로 내야 비로
소 믿을 수 있을 것 같았다.

나는 어디서부터 시작해야 할지 잘 알고 있었다. '잊힌 책들의
묘지'라는 제목부터 밝히기로 했다. 오랫동안 나는 빈 공책을 들
고 다녔는데, 그 표지에 과시하듯이 굵고 우아한 글씨체로 다음과
같이 써놓았다.

잊힌 책들의 묘지
전4권
훌리안 셈페레 소설

어느 날 페르민은 손에 펜을 쥔 채 빈 공책의 첫 페이지를 멍하니 보고 있던 나를 발견했다. 표지를 찬찬히 살펴보던 그는 끙끙거리는 것 같기도 하고 콧방귀를 뀌는 것 같기도 한 소리를 내더니 말을 꺼냈다.

"종이와 잉크로 만들어진 꿈을 꾸는 자들은 불행하도다. 그들의 꿈은 허영과 환멸로 가득한 연옥일지니."

"괜찮으시다면 각하, 그토록 엄숙한 잠언을 소인이 알아들을 수 있도록 풀어서 설명해주시겠나이까?" 내가 물었다.

"네 어리석은 짓을 보니 나도 모르게 성경처럼 말이 나오네. 지금 시인 행세를 하는 건 너니까 알아서 뜻을 잘 헤아리라고."

젊은이다운 열정적인 상상력의 산물인 그 대작은 내 계산에 따르면 어마어마한 크기에 무게는 총 15킬로그램에 가까운 책이 될 것이었다. 내 상상대로 된다면 서로 연결된 네 권으로 나누어지고 각각의 책은 이야기의 미로 속으로 들어가는 입구가 될 것이었다. 책을 읽다보면 독자들은 이야기가 마트료시카처럼 계속 끼워맞춰지고 있다는 것을 느낄 것이다. 다시 말해 각각의 플롯과 인물은 다른 플롯과 인물로 이어지고, 그 플롯과 인물 또한 다른 플롯과 인물로 계속 이어지는 식이다.

"무슨 장난감 전기기관차나 메카노 세트* 조립설명서 같아."

나의 발렌티나, 그녀의 말투는 언제나 무미건조했다.

---

* 영국의 조립장난감 브랜드.

"메카노 같은 면이 없지 않지." 나는 그녀의 말을 인정했다.

나는 시건방진 내 구상을 아무 부끄러움 없이 그녀에게 알리려고 했다. 왜냐하면 그것은 한 글자도 빼놓지 않고 내가 열여섯 살 때 쓴 내용이었고, 나는 구상을 글로 옮긴 것만으로도 이미 작품을 절반쯤 완성한 셈이라고 믿었다. 발렌티나를 처음 만난 날 그녀에게 선물한 『바람의 그림자』의 아이디어를 뻔뻔스럽게 베꼈다는 사실은 그렇게 중요하지 않았다.

"그건 카락스가 전에 이미 하지 않았니?" 발렌티나가 물었다.

"따지고 보면 세상의 모든 일은 예전에 누군가가 다 했던 거라고. 적어도 할 만한 것은 말이야." 내가 말했다. "중요한 것은 어떤 일이든 전례보다 조금이라도 더 잘하려고 노력하는 거겠지."

"너는 젊은이다운 겸손함을 한껏 발휘한 거고."

사랑하는 빙산이 찬물을 끼얹는 데 이미 이골이 난 터라 나는 참호에서 뛰쳐나와 우박처럼 쏟아지는 기관총탄을 향해 고함을 지르며 달려가는 병사처럼 결연한 표정으로 말을 이어나갔다.

내가 세워놓은 완전무결한 계획에 따르면 1권은 어느 독자, 이 경우에는 아버지의 이야기에 초점을 맞출 예정이었다. 어느 이름 모를 작가가 쓴 수수께끼 같은 소설을 통해 젊은 아버지가 어떻게 책의 세계를, 더 나아가 삶을 발견하게 되었는지 풀어나갈 생각이었다. 그 책은 사람들이 침을 질질 흘릴 만큼 엄청난 미스터리를 숨긴 작품이었다. 이 모든 것을 주춧돌로 여태 존재했고 앞으로 나타날 모든 장르를 결합한 소설을 단숨에 써내려갈 수 있을 것이었다.

"잘하면 그 글로 유행성 독감하고 감기도 치료할 수 있겠네." 발렌티나가 비꼬듯 말했다.

고상한 독자들은 견디지 못할 만큼 음울하고 을씨년스러운 분위기로 가득찬 2권에서는 어느 불행한 소설가의 험난한 인생 역정이 그려질 것이다. 다비드 마르틴이라는 인물에게 영감을 얻어 탄생한 그 소설가는 자신이 어떻게 하다 제정신을 잃었는지 일인칭시점으로 이야기하며 그의 광기의 지옥으로 내려가는 여정에 우리를 동참하게 할 것이다. 결국 그는 작품 속에 어슬렁거리는 지옥의 왕자보다 믿을 수 없는 화자로 전락하게 된다. 아니면 모든 것이 독자에 의해 결정되는 게임인 이상―지그소 퍼즐을 완성하고 이것이 어떤 책인지 판단할 사람은 독자일 테니까―그는 그렇게 형편없는 화자로 비치지 않을지도 모른다.

"만약 독자들이 네 기대를 저버리고 아무도 게임에 참여하지 않으려고 하면 어떻게 할 거야?"

"설령 그런 일이 벌어진다 해도 해볼 만할 거야." 내가 말했다. "어떤 경우든 게임에 뛰어들 사람은 있을 테니까."

"글은 낙관적인 사람들만 쓰는 모양이네." 발렌티나가 말했다.

독자가 해피엔딩으로 이어지는 전차로 갈아타지 않고 이 두 권을 무사히 끝마친다면, 3권은 잠시나마 우리를 지옥에서 꺼내줄 것이다. 그리고 한 인물, 즉 이 작품에서 가장 두드러진 인물 중 하나이자 이야기 전체에서 양심의 목소리를 담당하는 나의 삼촌 페르민 로메로 데 토레스의 이야기를 들려줄 것이다. 페르민의 이야기는 그가 어떤 우여곡절을 거쳐 오늘날의 모습에 이르렀는지

피카레스크적인 분위기로 보여줄 것이다. 그리고 금세기 들어 가장 혼란스러운 시대에 그가 겪은 불운은 미로의 여러 부분을 연결하는 선들을 분명하게 드러내줄 것이다.

"적어도 여기서는 웃지 않을 수 없겠구나."

"페르민이 우리를 구해주러 오는 셈이지." 나도 동의했다.

"그 황당무계한 이야기는 어떻게 끝나지?"

"불꽃놀이와 그랜드 오케스트라, 그리고 무대장치와 특수효과가 총동원될 거야."

이전 내용의 향과 뒤섞이며 엄청난 장면들이 등장하는 4부는 마침내 우리를 미스터리의 중심으로 이끌 것이다. 그리고 내가 가장 좋아하는 어둠의 천사, 알리시아 그리스의 도움으로 모든 수수께끼가 풀릴 것이다. 이 이야기에는 악당과 영웅, 그리고 독자가 만화경처럼 변화무쌍한 플롯에 파고들 수 있는 수천 개의 통로가 등장할 것이며, 이는 '잊힌 책들의 묘지' 한복판에서 아버지와 함께 발견했던 원근법의 신기루와 비슷하다.

"그럼 너는 한 번도 안 나와?" 발렌티나가 물었다.

"제일 마지막에 잠깐 나와."

"겸손하기도 하셔라."

그녀의 말투로 무슨 일이 닥칠지 충분히 짐작할 수 있었다.

"그런데 내가 도무지 이해할 수 없는 건, 왜 그렇게 말만 하고 쓰지 않느냐는 거야."

지난 몇 년 동안 내가 스스로에게 삼천 번도 넘게 던진 의문이었다.

"그 이야기에 관해 말을 하면 할수록 상상이 더 풍부해지니까. 그리고 솔직히 말하면, 어떻게 할지 몰라서 그래. 그래서 계획을 세우게 된 거지."

발렌티나는 고개를 돌리더니, 당황스러운 표정으로 나를 바라보았다.

"지금까지 말한 게 계획인줄 알았는데."

"그건 포부고, 계획은 전혀 달라."

"대체 그 계획이라는 게 뭔데?"

"훌리안 카락스가 나를 대신해서 그 이야기를 쓰도록 설득하는 거야." 나는 그동안 생각해온 계획을 털어놓았다.

발렌티나는 마치 영혼에 구멍이라도 뚫을 듯한 눈빛으로 나를 빤히 쳐다보았다.

"그 사람이 그렇게 할 이유가 있을까?"

"사실 이건 그의 이야기이자, 그의 가족의 이야기니까."

"카락스는 파리에 있는 걸로 알고 있었는데."

나는 고개를 끄덕였다. 발렌티나는 눈을 살짝 감았다. 얼음처럼 차가우면서도 똑똑한 내 사랑 발렌티나.

"그러니까 네 계획은 파리에 가서 훌리안 카락스를 찾아내는 거구나. 물론 그가 아직 살아 있다면 말이지만. 그를 만나면 네게 그렇게도 중요한 그 이야기를 삼천 페이지짜리 소설로 쓰도록 설득할 거고. 물론 네 이름으로 내는 조건으로 말이야."

"대략 그런 얘기야." 나는 인정했다.

나는 한소리 들을 각오를 하고 미소를 지어 보였다. 그녀는 아마 내게 멍청이, 무책임한 놈, 아니면 얼간이라고 퍼부어댈 것이었다. 어떤 비난도 다 받아들일 마음의 준비가 되어 있었다. 하지만 그 순간 그녀가 내뱉은 말은—물론 그런 말을 들어도 쌌지만—도저히 감당할 수가 없었다.

"너 정말 비겁하구나."

자리에서 벌떡 일어난 그녀는 옷을 집어들고 창가로 가서 입었다. 그러곤 고개를 돌린 채 담배를 피워 물고 비가 내리는 엔산체지구의 지붕들을 멍하니 바라보았다.

"혼자 있고 싶어." 그녀가 입을 열었다.

닷새 후, 나는 다시 발렌티나의 옥탑방으로 이어지는 계단을 올라갔다. 그런데 문이 열려 있었다. 방은 텅 비었고 의자 하나만 창문 앞에 덩그러니 놓여 있었다. 의자 위에 내 이름이 적힌 봉투가 하나 있었다. 나는 봉투를 열어보았다. 안에는 2만 프랑의 돈과 쪽지가 들어 있었다.

Bonne voyage et bonne chance.[*]

V.

거리로 나오자, 비가 내리기 시작했다.

---

[*] '잘 다녀와, 행운을 빌게'라는 의미의 프랑스어.

그로부터 삼 주가 지난 어느 날 오후, 우리는 '셈페레와 아들' 서점의 좋은 친구인 알부르케르케 교수의 첫번째 소설 출판을 기념하기 위해 독자들과 단골손님들을 서점으로 초대했다. 바로 그날 오래전부터 예상되던 사건이, 이 나라의 역사를 바꿀, 적어도 그 역사를 현재로 되돌려놓을 사건이 일어나고야 말았다.

　문 닫을 시간이 되었을 무렵 동네 시계포 주인인 페데리코가 낯선 물건을 든 채 안절부절 어쩔 줄 몰라하며 서점 안으로 들어왔다. 그 물건은 안도라*에서 구입한 휴대용 텔레비전이었다. 그는 텔레비전을 계산대 위에 올려놓더니 엄숙한 표정으로 우리 모두를 둘러보았다.

　"어서요." 그가 말했다. "전깃줄 꽂을 콘센트 좀 갖다주세요."

　"선생님도 요즘 이 나라의 다른 사람들하고 똑같군요. 줄을 댈 곳만 찾으시니." 페르민이 농담을 던졌다.

　하지만 페데리코 씨의 얼굴에는 농담할 기분이 아니라는 기색이 역력했다. 무슨 일인지 대충 짐작한 알부르케르케 교수가 그를 도와 전원을 연결시켜주자 페데리코는 텔레비전을 켰다. 화면에 잿빛 노이즈가 나타나더니 곧 깜빡거리는 불빛이 서점 안으로 퍼져나갔다.

　분위기가 어수선해지자 할아버지가 뒷방 커튼 사이로 삐죽 고개를 내밀고 무슨 일이냐는 눈빛으로 우리 모두를 둘러보았다. 페

---

*프랑스 및 스페인과 국경을 맞댄 나라.

르민은 어깨를 으쓱했다.

"모두에게 알려주세요." 페데리코 씨가 명령조로 말했다.

그가 안테나 위치를 조정하고 채널을 맞추는 동안, 우리는 마치 의식이라도 행하는 것처럼 텔레비전 앞으로 모여들었다. 페르민과 알부르케르케 교수는 의자들을 갖다놓기 시작했다. 아버지, 어머니, 할아버지, 페르민, 아나클레토 씨(오후산책을 마치고 돌아오는 길에 깜빡거리는 불빛을 본 그는 우리가 최신 유행가 프로그램이라도 보는 줄 알고 안으로 들어왔다), 페르난디토와 소피아, 그리고 메르세디타스와 알부르케르케 교수의 출판을 기념하기 위해 거기 온 손님들은 무슨 영문인지 몰라 어리둥절한 표정으로 즉석 관람석에 앉았다.

"화장실에 갔다가 팝콘이나 사가지고 와도 되겠습니까?" 페르민이 물었다.

"나라면 참겠습니다." 알부르케르케 교수가 따끔하게 충고했다. "왠지 아주 중요한 문제라는 예감이 든다고요."

페데리코 씨가 안테나를 이리저리 돌리자, 꼼짝도 않던 화면이 별안간 흑백의 영상으로 변했다. 텔레비시온 에스파뇰라* 방송이었다. 장엄하면서도 부드러운 화면을 배경으로 사람의 얼굴이 나타났다. 시골 변호사와 슈퍼마우스**를 섞어놓은 것처럼 생긴 그 남자는 두 눈에 눈물이 가득 고인 채 비통한 표정을 짓고 있었다.

---

* 스페인의 국영방송국.
** 1942년 공개된 단편 애니메이션 〈미래의 마우스(The Mouse of Tomorrow)〉의 주인공. 이후 마이티 마우스로 이름이 바뀌었다.

페데리코 씨가 볼륨을 높였다.

"프랑코 각하가 서거하셨습니다." 아리아스 나바로 수상이 흐느끼며 발표했다.

그 순간 하늘에서, 아니면 어딘가에서 엄청나게 무거운 정적이 무너져내리는 듯했다. 벽시계가 멀쩡히 잘 가다가 추가 멈춰버린 것 같은 분위기였다. 그러고 나자 여러 일이 거의 동시에 일어났다.

메르세디타스가 울음을 터뜨렸다. 할아버지의 안색은 머랭처럼 창백해졌다. 돌이켜보면 할아버지는 곧 탱크들이 굉음을 내며 디아고날대로로 몰려가고 다시 전쟁이 선포될까봐 두려워하셨던 것 같다. 랩소디와 시를 좋아하던 아나클레토 씨는 잠시 침묵을 지키면서 화염에 휩싸인 수도원과 여기저기서 펼쳐지는 불꽃의 축제를 머릿속에 그리기 시작했다. 아버지와 어머니는 멍한 표정으로 서로의 얼굴을 쳐다보았다. 알부르케르케 교수는 평소 피우지도 않는 담배를 페데리코 씨한테서 한 개비 얻어 불을 붙였다. 페르난디토와 소피아는 어수선한 분위기에도 아랑곳하지 않고 자기들만의 아름다운 세계로 돌아온 듯 서로를 보고 미소 지으며 계속 손을 꼭 잡고 있었다. 서점을 찾은 몇몇 독자는 얼굴이 하얗게 질린 채 성호를 그으며 황급히 자리를 떴다.

나는 평정심을 잃지 않은 사람이 있는지 궁금해 주변을 빙 둘러보다 페르민을 보았다. 그는 냉정한 표정으로 더없이 차분하게 수상의 발표를 계속 듣고 있었다. 나는 그의 옆으로 자리를 옮겼다.

"어린애처럼 훌쩍거리고 우는 것 좀 봐. 평생 나쁜 짓이라고는 한 번도 한 적이 없는 것처럼 내숭을 떨고 있잖아. 사실 저치는 아틸라보다 훨씬 더 많은 사형집행영장에 서명한 작자라고."* 페르민이 말했다.

"그럼 이제 어떻게 되는 거예요?" 나는 걱정스레 물었다.

페르민은 평온한 표정으로 미소 지으며 내 등을 토닥였다. 그러더니 수구스 하나를 건네주고 자기도 하나를 꺼내 먹었다. 그는 레몬맛 수구스를 빨며 아주 흡족한 표정을 지었다.

"아무 일도 없을 테니까 걱정하지 마. 물론 한동안 소규모 충돌이 일어나고 웃기지도 않은 코미디와 위선적인 작태가 여기저기서 보이겠지만, 심각한 사태는 없을 거야. 만약 운이 나쁘면 또 어떤 멍청이가 나타나 세상을 뒤집어놓을 수도 있겠지. 하지만 누가 고삐를 잡든 함부로 날뛰지는 못할 거야. 그래봐야 득될 게 전혀 없을 테니까. 당분간 꽤나 소란스럽겠지만 대부분 흐지부지 끝나고 말 거야. 변절을 하고 진영을 바꾸는 것으로 올림픽을 연다면 아마 연일 신기록이 쏟아질걸. 그리고 난데없이 영웅들이 등장하겠지. 뭐 이런 경우에서는 드문 일도 아니지. 지금 상황은 오랫동안 계속된 변비증세와 비슷해. 힘들겠지만 애를 쓰다보면 조금씩 나올 거야. 아직 화학분해가 안 된 찌꺼기라도 나오겠지. 두고 보면 알겠지만, 아무튼 더이상 일이 커지지는 않을 거야. 그래봐야 이익을 얻는 이는 아무도 없을 테니까. 결국 세상은 여러 이해관계가 얽힌 장터나 마찬가지야. 어리석은 대중이 소비하도록 그

---

* 아틸라는 훈족 최후의 왕으로, 5세기경 게르만 민족의 대이동기에 동유럽 북부에 대제국을 건설하며 당시 유럽 전역을 공포에 몰아넣었다. 나바로 수상은 제2공화국이 붕괴할 당시에 수천 명에 이르는 정치범을 사형시켰다.

럴싸하게 차려놓은 시장 말이야. 꼭두각시극은 제쳐두고, 중요한 것은 누가 우두머리가 되는지, 누가 금고의 열쇠를 가지고 있는지, 그리고 다른 사람들의 돈을 어떻게 나눌지, 그뿐이겠지. 자기 몫을 얻기 위해서 그들은 반드시 과거의 흔적을 지우고 새로운 얼굴로 나타날 거야. 그렇게 새로운 망나니, 그러니까 새로운 우두머리가 나타나면 과거를 다 잊어버린 얼간이들의 합창단이 자기들이 믿고 싶은 것, 아니면 믿어야 하는 것만 보기 위해 거리로 쏟아져나오겠지. 그런 자들은 가장 그럴싸한 사탕발림을 하고 가짜 낙원을 주겠다고 약속한 하멜른의 피리 부는 남자를 따라갈 거야. 훌리아니토,* 이게 지금 있는 그대로의 모습이야. 좋은 점도 있겠지만 힘들고 괴로운 것도 있을 거야. 예전에 비해 상황이 크게 좋아지는 건 아니라도 아무 변화가 없는 것보다야 낫겠지. 이런 상황을 예상하고 멀리 떠난 이들도 있어. 우리의 알리시아처럼 말이야. 반면 우리처럼 마땅히 갈 곳이 없어 여기 남았다가 진흙탕에 빠져 옴짝달싹도 못하는 이들도 있고. 하지만 서커스라면 너무 걱정할 것 없어. 바야흐로 광대의 시대가 도래했으니까. 얼마 있으면 그네 타는 곡예사도 도착할 거야. 어쩌면 이것이 우리에게 일어날 수 있는 가장 좋은 일일지도 몰라. 잘된 거라고 생각해."

"알리시아가 멀리 떠났다는 건 어떻게 알고 계세요?"

페르민은 짓궂게 웃었다.

"딱 걸렸군."

---

* '훌리안(Julián)'의 애칭.

"내게 아직 말하지 않은 게 있죠?"

페르민은 내 팔을 잡더니 구석으로 끌고 갔다.

"나중에 알려줄게. 오늘은 국가애도일이니까."

"그렇지만……"

그는 내가 미처 대답하기도 전에 자리를 떠나 사람들에게 갔다. 거기 모인 이들은 지난 수십 년 동안 국가원수였던 이의 사망 소식을 듣고 여전히 충격에서 헤어나오지 못한 모습이었다.

"건배를 제안할 거요?" 아나클레토 씨가 물었다.

페르민은 고개를 저었다.

"나는 누가 죽었다고 건배를 하지는 않아요." 그가 말했다. "여기 모인 분들은 어떤 생각을 하는지 모르겠지만. 나는 베르나르다를 보러 집으로 갈 겁니다. 그리고 사정이 허락한다면 아이를 갖도록 노력해봐야겠어요. 아직 힘이 남아 있거든 여러분도 같은 일을 해보기를 권하고 싶군요. 그러지 않을 생각이라면, 여기 계신 우리의 친구 알부르케르케 교수님 작품처럼 좋은 책을 읽어보세요. 내일은 또다른 하루가 될 테니까요."

하루하루가 지나고, 여러 달이 흘렀다. 그사이 페르민은 알리시아 그리스에 대해서 알려주기로 했던 약속을 요리조리 피하기 바빴다. 하지만 때가 되면, 혹은 마음이 내키면 어련히 알려줄 거라는 생각이 들어 더이상 채근하지 않기로 했다. 그 대신 나는 발렌티나가 준 돈으로 파리행 표를 샀다. 1976년, 내가 열아홉 살

때 일이었다.

아버지와 어머니는 내가 무슨 이유로 파리에 가는지 몰랐다. 나는 넓은 세상을 경험하고 싶어서 떠나는 거라고 둘러댔지만, 어머니는 액면 그대로 믿지 않는 눈치였다. 아무리 노력해도 어머니한테는 진실을 숨길 수가 없었다. 언젠가 아버지에게 털어놓은 것처럼, 어머니에게는 아무것도 비밀로 한 적이 없었기 때문이다. 어머니는 내가 발렌티나와 만나는 것과 내 포부에 대해서 이미 다 알고 있었다. 그리고 내 포부에 격려를 아끼지 않았다. 심지어 내가 재능과 용기가 부족하다는 것을 깨닫고 스스로 꿈을 포기하겠다고 다짐했을 때도 어머니는 여전히 나의 든든한 버팀목이 되어주었다.

"실패를 경험하지 않은 사람은 절대로 승리하지 못하는 법이란다." 언젠가 어머니는 내게 이런 말을 했다.

겉으로 내색은 안 해도 아버지가 나 때문에 노심초사하고 있다는 것을 잘 알았다. 아버지는 내가 파리로 가는 것을 못마땅하게 여겼다. 아버지에 따르면, 내게 필요한 것은 내 목표가 무엇이든 우선 마음을 다잡고 거기에 전념하는 것이라고 했다. 가령 작가가 되는 것이 꿈이라면 진지한 자세로 글을 쓰기 시작하는 것이 바람직하다고 했다. 그리고 서점 주인이나 앵무새 조련사, 아니면 그 밖에 어떤 일을 하고 싶다 해도 내가 가져야 될 마음가짐은 다르지 않다고 했다.

내게 필요한 것은 파리에 가서 카락스를 찾는 것임을 아버지에게 설명하기란 쉽지 않은 일이었다. 말도 안 되는 이야기라는 것을 나 스스로 알고 있었기 때문이다. 더구나 내 생각을 뒷받침할 근거도 없었다. 그저 마음속으로 그래야 된다는 생각이 들 뿐이었으니까. 아버지는 저명한 동료 코스타 씨를 만나러 비크에 가야 되기 때문에 역까지 배웅하지 못한다고 했다. 그는 서적상 협회의 원로로, 중고도서사업 분야에서 가장 뛰어난 수완가이기도 했다. 프란시아역에 도착했을 때 플랫폼 벤치에 앉아 있던 어머니와 마주쳤다.

"너 주려고 장갑 사왔어." 어머니가 말했다. "파리가 무척 춥다는 말을 들었거든."

나는 어머니를 꼭 껴안았다.

"엄마도 내가 엉뚱한 짓을 하고 있다고 생각하죠?"

어머니는 고개를 저었다.

"누구든 자기만의 실수를 해봐야 되는 거야. 무엇이든 네가 해야 될 일이 있으면 하렴. 그리고 가급적이면 빨리 돌아왔으면 좋겠구나. 아니면 언제든 가능할 때 돌아와."

파리에서 나는 세계를 발견했다. 가진 돈이 별로 없어서 수플로 거리 구석에 있는 건물 꼭대기의 재떨이만한 다락방을 월세로 빌렸다. 그곳은 음악으로 비유하자면 파가니니의 독주곡 같은 곳이었다. 내가 머물던 망루는 판테온광장 상공에 있었다. 거기서는 라탱 지구와 소르본대학의 납작한 지붕, 센강 좌안이 훤히 내려다보였다.

내가 굳이 그 집을 빌린 것은 그곳이 왠지 발렌티나의 모습을 떠올리게 했기 때문이었다. 옥탑방을 둘러싼 지붕창과 굴뚝을 처음 보았을 때 나는 지구상에서 가장 운이 좋은 사람이라고 느꼈다. 처음 며칠은 카페, 서점, 궁전과 박물관, 자유를 마음껏 누리는 사람들로 북적이는 거리를 돌아다녔다. 놀라운 세상이었다. 나처럼 구석기시대에 살다 들뜬 기분으로 온 가엾은 촌뜨기들은 이 광경을 보고 어리둥절할 수밖에 없을 것 같았다.

이처럼 눈부신 빛의 도시에서 다행히 나는 순조롭게 적응해나 갔다. 이런저런 곳을 돌아다니는 동안 나는 형편없는 프랑스어 실력으로 젊은이와 노인, 그리고 다른 세계에서 건너온 이들과 대화를 나눌 수 있었다. 중간에 말이 막히면 손짓 발짓을 동원해 이야기를 했다. 간혹 미니스커트 차림의 미인이 나를 보더니 풋풋한 애송이지만 '굉장히 귀엽다très adorable'고 말하기도 했다. 곧 파리의 일부분에 지나지 않는 이 우주에 발렌티나가 헤아릴 수 없이 많다는 생각이 들기 시작했다. 파리지엔으로 받아들여진 둘째 주에 나는 그런 여자 중 하나에게 다가가 보헤미안풍 다락방으로 가서 파리 전경을 구경하자고 별 어려움 없이 꼬드길 수 있었다. 하지만 거기는 바르셀로나가 아니라는 것, 그리고 거기서는 게임의 규칙이 다르다는 것을 곧 깨닫게 되었다.

"페르민, 아저씨가 프랑스를 못해서 그동안 놓친 것이……"

"Qui est Fermin(페르민이 누구야)?"

파리의 매혹과 그 신기루에서 깨어나는 데는 시간이 좀 걸렸다. 나의 발렌티나 중 한 명인 파스칼—빨간 머리 단발에 진 세버 그 분위기를 풍기는 아이였다―덕분에 나는 아르바이트로 웨이터 자리를 얻을 수 있었다. 소르본대학 맞은편의 콩투아르 뒤 팡테온 카페에서 오전과 점심시간에 일했는데, 근무가 끝나면 무료로 식사를 제공받았다. 카페 주인은 아주 친절했지만 내가 스페인 사람이면서 왜 투우사나 플라멩코 무용수가 아닌지 이해하지 못했다. 그는 내게 프랑스에 공부를 하러 왔는지, 돈과 명예를 얻으러 왔는지, 아니면 프랑스어를 마스터하러 왔는지 물었다. 정작 나는 프랑스어를 마스터하려면 우선 심장수술과 뇌 이식부터 받아야 할 판이었지만 말이다.

"어떤 남자를 찾으러 온 거예요." 나는 사실대로 털어놓았다.

"나는 당신이 아가씨들을 좋아하는 줄 알았죠. 이젠 프랑코도 죽은 마당이니…… 독재자가 사라진 지 며칠 만에 당신네 스페인 사람들은 벌써 양성애자가 되었군요. 당신한테야 잘된 일이지. 삶을 즐겨야죠, 인생은 짧으니까. Vive la différence(차이 만세)!"

그 말을 듣자, 나는 나 자신으로부터 도피하기 위해서가 아니라 어떤 이유가 있어서 파리에 온 것이라는 사실이 퍼뜩 떠올랐다. 그래서 다음날부터 본격적으로 훌리안 카락스를 찾기 시작했다. 생제르맹대로에 불을 밝힌 서점을 하나씩 찾아다니며 카락스에 관해 물어보았다. 파스칼은 우리가 잠자리를 같이할 가능성은 없다는 점을 분명히 밝혔지만(그녀의 취향에 비해 내가 너무 '순둥이trop doux'였던 것 같다), 그녀와 나는 끈끈한 우정을 맺었다. 어느 출판사에서 교열을 보던 그녀는 당시 파리의 문인을 많이 알고 있었다. 매주 금요일마다 카페에서 열리던 문인들의 모임에 참석하곤 했는데, 모임에는 작가, 번역가, 편집자, 서적상뿐 아니라 책의 정글과 그 주변에 사는 온갖 종류의 사람이 자주 드나들었다. 모여드는 면면은 매주 바뀌었지만 규칙은 변함이 없었다. 일단 그 자리에 참석하면 술 담배를 엄청 하고 책과 사상에 대해 열띤 논쟁을 펼쳐야 할 뿐만 아니라 상대의 허점이 보이면 죽기 살기로 달려들어야 했다. 대부분의 경우 나는 환각을 유발하는 담배 연기에 휩싸인 채 그들의 이야기를 들으면서 파스칼의 치마 속으로 손을 쓱 집어넣곤 했다. 그녀는 이러한 애정 표현을 '어수룩하고gauche 속물적이며bourgeois' 무례한 행동으로 여겼다.

운좋게도 나는 그 자리에서 카락스의 소설을 번역한 이들을 몇명 만나게 되었다. 그들은 소르본대학에서 열린 번역 심포지엄에 참석하기 위해 파리에 방문한 이들이었다. 그 자리에서 루시아 하그리브스라는 영국 소설가를 알게 되었는데, 마요르카에서 자랐지만 사랑하는 이를 따라 런던으로 간 그녀는 오랫동안 카락스의 소식을 전혀 듣지 못했다고 했다. 카락스의 작품을 독일어로 번역한 취리히 출신의 신사 헤어* 페터 슈바르첸벨트도 만났다. 그는 따뜻한 지역을 좋아했고 접이식 자전거로 파리 일대를 돌아다니고 있었다. 그에 따르면, 요즘 카락스는 이름을 바꾸고 피아노소나타 작곡에만 전념하고 있는 것 같다고 했다. 그의 작품을 이탈리아로 번역한 시뇨르 브루노 아르파이아니는 오래전부터 카락스의 신작 소설이 발표될 거라는 소문이 돌았지만 자기는 애당초

---

* 독일어에서 남성에 대한 경칭.

믿지 않았다고 했다. 결국 훌리안 카락스가 어디 있는지, 그가 어떻게 되었는지 구체적으로 아는 사람은 아무도 없었다.

그러던 중 모임에서 특출한 재능으로 소문이 자자하던 프랑수아 마스페로*를 우연히 만나게 되었다. 한때 서적상이자 편집자였던 그는 당시 뛰어난 글재주로 여러 편의 소설을 번역하고 있었다. 파스칼이 처음 파리에 왔을 때 멘토 역할을 하기도 했던 마스페로는 기꺼이 나를 되 마고 카페로 초대했고, 그 자리에서 나는 그에게 내 계획을 개략적으로 설명했다.

"아주 야심찬 계획이군요, 젊은이. 꽤나 복잡하기도 하고요. 하지만……"

며칠 후, 나는 동네에서 무슈 마스페로와 우연히 마주쳤다. 그 자리에서 그는 아주 강인한 성격에 두뇌회전이 빠른 젊은 독일 여성을 소개해주겠다고 했다. 파리와 베를린을 오가며 생활하는 그녀는 내가 꼽을 수 있는 것보다 더 많은 수의 언어를 구사할 줄 알았다. 지금은 문학의 신비와 불가사의를 밝혀내는 일을 하고 있고, 그렇게 얻어낸 결과물을 유럽의 여러 출판사에 판다고 했다. 그녀의 이름은 미히 슈트라우스만이었다.

"그녀라면 카락스에 대해 알고 있을지도 몰라요……"

파스칼은 자기도 나이가 들면 프로일라인** 슈트라우스만처럼 되고 싶다고 털어놓았다. 그리고 슈트라우스만은 결코 부드러운

---

* 프랑스의 작가이자 언론인, 출판인으로 잘 알려진 실존인물.
** 독일어에서 젊은 여성에 대한 경칭.

화초가 아닐뿐더러 멍청이들과는 절대 어울리지 않는다고 귀띔 해주었다. 무슈 마스페로가 친절하게도 마레 지구의 어느 카페에서 넷이 만나도록 자리를 마련해주었다. 카페는 빅토르 위고의 생가에서 그리 멀리 떨어지지 않은 곳에 있었다.

"프로일라인 슈트라우스만은 카락스 작품의 전문가입니다." 마스페로가 먼저 운을 뗐다. "전에 내게 했던 이야기를 들려드리세요."

나는 그의 말을 따랐다. 이야기를 마치자 그녀는 정성 들여 만든 수플레를 무너뜨릴 듯 사나운 눈초리로 나를 쏘아보았다.

"당신 바보예요?" 프로일라인 슈트라우스만이 완벽한 스페인어로 물었다.

"바보가 되려고 연습중입니다." 나는 한 걸음 물러섰다.

잠시 후, 다소 마음이 누그러진 발키리*는 내게 너무 심하게 굴었다는 점을 인정했다. 그러면서 아쉽지만 자기도 다른 이들과 마찬가지로 오랫동안 카락스의 소식을 듣지 못했다고 했다.

"훌리안은 오랫동안 단 한 줄도 글을 쓰지 않았어요." 그녀가 말했다. "편지를 보내도 답장이 없고요. 당신의 계획이 뜻대로 이루어지면 좋겠군요. 하지만……"

"그에게 편지를 보낼 주소를 아시나요?"

프로일라인 슈트라우스만은 고개를 저었다.

"커리건과 콜리초에게 보내보세요. 나도 그들을 통해 카락스에

---

* 스칸디나비아 신화에서 전쟁의 여신.

게 편지를 보내곤 했으니까요. 그리고 오래전 바로 그 지점에서 그의 흔적을 놓쳤죠."

옆에 있던 파스칼이 마담 커리건과 토마조 콜리초는 이십 년 넘게 훌리안 카락스의 에이전트였다고 설명해주었다. 그러곤 내가 두 사람을 만날 수 있도록 약속을 잡아놓겠다고 약속했다.

마담 커리건의 사무실은 렌 거리에 있었다. 출판업계의 풍문에 따르면 세월이 흐르면서 그녀는 사무실을 아름다운 난초 정원으로 바꿔놓았다고 했다. 그래서 파스칼은 이왕이면 선물로 난초 화분을 하나 들고 가는 것이 좋을 거라고 조언했다. 파스칼은 소위 '커리건 사단' 멤버들의 친구였다. 커리건 사단이란 마담 커리건 밑에서 일하는 여러 나라 출신의 막강한 여성 4인조였는데, 그들이 적극적으로 밀어준 덕분에 카락스의 에이전트와 면담할 기회를 얻게 되었다.

나는 화분을 손에 들고 그녀의 사무실로 찾아갔다. 커리건 사단의 멤버들(힐데, 클라우디아, 노마, 토냐)은 나를 길모퉁이의 꽃집에서 보낸 심부름꾼으로 여겼지만, 내가 입을 열자마자 내 정체가 드러났다. 오해가 풀리자 그들은 마담 커리건이 기다리는 사무실로 나를 데려갔다. 안으로 들어가자 훌리안 카락스의 모든 책이 전시된 유리장식장과 화려한 식물정원이 눈에 띄었다. 마담 커리건은 담배를 즐기면서 참을성 있게 내 말을 들어주었다. 사무실 안에는 담배연기가 거미줄처럼 떠다니고 있었다.

"언젠가 훌리안이 다니엘과 베아에 대해 이야기하는 걸 들은 적이 있어요." 그녀가 말했다. "하지만 벌써 오래전 일이죠. 나도 오랫동안 훌리안에게서 아무 소식도 듣지 못했으니까요. 예전에는 자주 들르곤 했지만……"

"어디가 아프기라도 했나요?"

"그렇다고도 할 수 있겠군요."

"무슨 병인가요?"

"우울증이요."

"혹시 시뇨르 콜리초가 그에 관해 알고 있지 않을까요?"

"그렇지는 않을 거예요. 나는 사업 문제로 매주 토마조와 만나서 이야기를 나누거든요. 그런데 내가 들은 바로는 그 사람 역시 최소한 지난 삼 년 동안 훌리안으로부터 아무 소식도 받지 못했어요. 그래도 한번 확인해보세요. 혹시 뭔가 알아내면 나한테도 알려주시고요."

그녀의 동료 토마조 씨는 센 강변의 배에서 편집자이기도 한 아내 일레인과 함께 살고 있었다. 책으로 가득찬 배는 시테섬에서 서쪽으로 0.5킬로미터 떨어진 곳에 정박해 있었다. 일레인은 강둑에서 따뜻한 미소를 지으며 나를 맞아주었다.

"바르셀로나에서 온 청년이시군요." 그녀가 말했다.

"네, 맞습니다."

"배로 올라가보세요. 토마조는 지금 보기 싫은 원고를 억지로 읽는 중이라서, 누가 찾아오면 반길 거예요."

시뇨르 콜리초는 바다표범 같은 인상에 선장모자를 쓰고 있었다. 머리는 은백색이었지만, 장난꾸러기 아이처럼 천진난만한 미소를 짓고 있었다. 내 이야기를 듣고 난 뒤 그는 말을 꺼내기에 앞서 잠시 생각에 잠겼다.

"이봐요, 젊은이. 파리에서는 찾기가 불가능에 가까운 게 두 가지 있죠. 하나는 제대로 된 피자고, 또다른 하나는 훌리안 카락스예요."

"그럼 아쉽지만 피자는 포기하고, 카락스만 찾도록 하겠습니다." 내가 대담하게 말했다.

"좋은 피자를 포기해서는 안 되지요." 그가 충고하듯 말했다. "왜 훌리안이, 아, 물론 그가 살아 있다면 말이지만, 아무튼 그가 왜 당신과 이야기를 나누고 싶어할 거라고 생각하죠?"

"왜 그가 죽었을지도 모른다고 생각하시죠?"

토마조 씨는 슬픔에 잠긴 눈빛으로 나를 바라보았다.

"사람은 누구나 죽는 법이죠. 특히 오래 살면 좋을 사람일수록 빨리 가더군요. 어쩌면 하느님이 망나니들 살 자리를 더 만들려고 그러시는지도 몰라요. 그런 자들이 많아야 계속 세상을 하느님 입맛에 맞게 버무릴 수 있을 테니까요……"

"나는 카락스가 살아 있다고 믿어야 해요." 내가 대꾸했다.

토마조 콜리초는 빙긋이 미소를 지었다.

"그럼 로지에와 이야기를 나눠보세요."

에밀 드 로지에는 오랜 세월 동안 훌리안 카락스의 작품을 편집해온 사람이었다. 시간이 나는 대로 틈틈이 시와 산문을 써온 로지에는 파리의 여러 출판사에서 편집자로서 명성을 쌓았다. 편집자로 일하는 동안 그는 프랑코 정권에 의해 판매가 금지되거나 해외로 망명한 스페인 작가들은 물론 라틴아메리카의 유명 작가들의 작품도 프랑스어 번역본을 내거나 스페인어로 출간했다. 토마조 씨의 설명에 따르면 로지에는 얼마 전 크지는 않지만 역사와 전통을 자랑하는 뤼미에르출판사의 편집장이 되었다고 했다. 그의 사무실이 멀지 않은 곳에 있어 나는 거기로 걸어갔다.

에밀 드 로지에는 한가하지 않았지만, 친절하게도 출판사가 있는 드라공 거리 모퉁이의 카페로 나를 데리고 가서 함께 점심을 먹으며 이야기를 들어주었다.

"당신 아이디어가 마음에 드는군요." 그가 말했다. 어쩌면 인사치레로 한 말일 수도 있지만, 정말로 관심이 있었는지도 모른다. "'잊힌 책들의 묘지', 정말 멋진 제목이에요."

"내가 가진 거라고는 제목밖에 없어요." 나는 사실대로 털어놓았다. "나머지를 완성하려면 무슈 카락스가 필요하다고요."

"내가 들은 바에 따르면 훌리안은 이미 은퇴했다고 하더군요. 오래전에 필명으로 소설 한 권을 출간했는데, 그건 나와 작업한 작품이 아니에요. 그후로는 깜깜무소식이고요. 완전한 침묵 속에 잠겨 있는 셈이죠."

"그럼 지금도 파리에 있을까요?"

"그렇다면 정말 이상한 일이죠. 그가 파리에 있다면 그사이 무슨 소식이라도 들어왔을 테니까요. 지난달 나는 네덜란드에 가서 카락스의 옛 편집자를 만났죠. 넬레케라고, 내 친굽니다. 그런데 어떤 이가 자기한테 카락스의 소식을 알려주더랍니다. 그 사람 말에 따르면, 카락스는 이 년 전 미국으로 배를 타고 가다가 도중에 세상을 떠났다는 거예요. 그런데 이틀 후에 다른 사람은 전혀 다른 이야기를 하래요. 카락스가 미국에 무사히 도착해서 지금은 필명으로 텔레비전 연속극 시나리오를 쓰고 있다고 했다는군요. 어느 이야기가 더 좋은지는 당신 마음에 달려 있죠."

로지에는 내 표정에서 절망감을 읽었던 것이 분명하다. 그때 나는 매일같이 막다른 길을 맞닥뜨리다보니 그런 감정을 느낄 수밖에 없었다.

"충고 하나 할까요?" 그가 조심스럽게 물었다.

"네. 부탁드릴게요."

"현실적인 조언을 하나 하지요. 가끔 초짜 작가들이 찾아와, 이제 막 글을 쓰기 시작했는데 뭘 해야 될지 모르겠다고 푸념을 늘어놓는 경우가 있습니다. 그럴 때마다 나는 언제나 이런 대답을 합니다. 작가가 되고 싶다면, 우선 쓰세요. 당신이 하고 싶은 이야기가 있다면, 그 이야기를 하세요. 아니면 시도라도 해보세요."

"하고 싶은 이야기가 있다고 작가가 될 수 있다면 이 세상 사람들 모두 소설가가 될 텐데요."

"이 세상이 소설가로 득실거린다면 얼마나 끔찍할지 상상해보세요. 아마 역사의 종말이 되겠죠." 로지에가 농담조로 말했다.

"어쩌면 이 세상에는 더이상 소설가가 필요하지 않은지도 모르고요."

"그건 세상이 알아서 결정하도록 내버려둡시다." 로지에가 다시 충고했다. "만약 내 말대로 했는데도 아무 효과가 없을 수도 있을 겁니다. 그렇다고 해도 걱정할 것 없어요. 통계자료에 따르면 오히려 그게 당신에게 더 좋을 수도 있으니까요. 하지만 언젠가 당신이 방금 말한 것들을 제대로 종이에 담아내게 되면, 나를 만나러 와요. 내가 관심을 보일 수도 있을 테니까요."

"그때까지는 어떻게 하고요?"

"그때까지 카락스는 잊어요."

"우리 셈페레 가문 사람들은 절대 잊는 법이 없어요. 일종의 선천병인 셈이죠."

"그렇다면 정말 안됐군요."

"그럼 내게 인정을 베풀어주세요."

로지에는 잠시 망설였다.

"훌리안에게는 좋은 친구가 하나 있었죠. 내 기억으로는 가장 친한 친구였을 거예요. 장레몽 플라노라는 사람인데, 우리가 몸담은 어리석은 이 업계와는 아무 관련이 없어요. 똑똑하면서도 건전하고 상식적인 친구였죠. 훌리안에 대해 조금이라도 알고 있는 이가 있다면 아마 그 사람일 겁니다."

"어디를 가면 만날 수 있을까요?"

"카타콤에요."

카락스를 찾을 생각이었다면 애당초 거기서부터 시작해야 했다. 지상에서 그의 흔적을 찾아낼 희망이 조금이라도 남아 있다면, 그건 그의 작품에 나올 법한 장소에 있을 수밖에 없었다. 그곳은 바로 파리카타콤*이었다.

장레몽 드 플라노 플라비외는 근육질의 단단한 체격을 가진 남자였다. 얼핏 보기에는 위협적이지만 성격이 사근사근하고 농담도 곧잘 하는 편이었다. 그는 파리카타콤을 관리하는 회사의 마케팅부에서 일하며 그곳의 유지 및 보수, 관광상품 계발을 비롯해 기이하기 짝이 없는 그 내세의 세계와 관련된 온갖 업무를 담당하고 있었다.

　　"어린 친구께서 찾아오셨군. 아무튼 죽음의 세계에 온 걸 환영합니다." 그는 인사하면서 내 손을 잡고 흔들었다. 얼마나 힘이 센지, 뼈가 다 으스러질 지경이었다. "뭘 도와드릴까요?"

　　"친구분을 찾고 있는 중인데요, 도와주실 수 있나요?"

　　"살아 있는 사람인가요?" 그가 웃으며 말했다. "이런 데서 일하다보니까 산 사람들의 세계는 잊은 지 오래죠."

　　"훌리안 카락스라는 분이에요."

　　그의 이름을 입 밖에 내자마자 무슈 플라노는 눈살을 찌푸리더니 안색이 싹 변했다. 그는 몸을 앞으로 구부린 채 위협적이고도 방어적인 태도로 나를 구석으로 몰고 갔다.

　　"당신 대체 누구요?"

　　"훌리안 셈페레라고 해요. 우리 부모님이 무슈 카락스의 이름을 따서 내 이름을 지어주셨어요."

---

*　파리 지하에 만들어진 미로 같은 납골당. 고대 로마시대에 개발된 채석장으로, 루이 16세가 파리 시내의 무덤을 그곳으로 이전했다.

"나는 말이지, 당신 부모님이 공중화장실을 발명한 사람의 이름을 따서 이름을 지어주었대도 관심이 없어요."

내 몸을 지키려는 본능적인 마음에 나는 한 걸음 물러났다. 하지만 카타콤과 이어진 듯한 두꺼운 벽이 막아섰다. 졸지에 수십만 구의 해골 사이에 영원히 갇히는 신세가 된 것이다.

"우리 부모님은 무슈 카락스와 아는 사이예요. 이름은 다니엘과 베아예요." 나는 달래는 듯한 어투로 말했다.

플라노는 몇 초 동안 나를 뚫어지게 쳐다보았다. 표정으로 보아 내 얼굴을 후려칠 가능성은 50퍼센트 정도였다. 나머지 50퍼센트는 불확실했다.

"그럼 당신이 다니엘과 베아의 아들이란 말이오?"

나는 고개를 끄덕였다.

"셈페레 서점의 그 다니엘과 베아?"

나는 다시 고개를 끄덕였다.

"사실인지 증명해봐요."

나는 거의 한 시간에 걸쳐 카락스의 옛 에이전트와 편집자에게 했던 말을 되뇌었다. 플라노는 내 이야기를 귀담아들었다. 그런데 이야기를 하면 할수록 그의 얼굴에 드리워진 슬픔의 그림자가 점점 짙어져가는 듯했다. 이야기를 마치자 플라노는 상의 주머니에서 쿠바산 시가를 꺼내 불을 붙였다. 파리 전체를 다 뒤덮을 만큼 자욱한 연기가 사방으로 퍼져나갔다.

"훌리안과 내가 어떻게 만났는지 알고 있어요?"

나는 고개를 저었다.

"젊었을 때, 우리는 어느 삼류 출판사에서 함께 일했죠. 그때만 해도 이런 죽음의 장사가 문학보다 훨씬 더 유망하다는 것을 몰랐어요. 나는 서적 외판원이었는데, 우리 출판사에서 낸 허접한 책들을 팔러 나갔죠. 카락스는 출판사에서 월급을 받고 공포소설을 썼고요. 우리는 밤늦게까지 출판사 아래 있던 카페에 죽치고 앉아 지나가는 여자들을 구경하면서 담배를 엄청나게 피워댔죠. 이것처럼 독한 시가를 말입니다. 정말 좋은 시절이었어요. 나이를 먹는 바보 같은 짓은 하지 말기를. 나이가 들어봐야 위신이 서는 것도 아니고 지식이 느는 것도 아니니까 말이오. 막대기에 꿴 똥덩어리도 얻지 못한다고요. 아, 이 말은 당신네 나라 사람들이 쓰는 표현이라고 하더군요.* 언젠가 훌리안이 이 말을 하는 걸 들었죠. 참으로 적절한 표현이더군요."

"혹시 어디로 가면 그를 만날 수 있을지 아세요?"

플라노는 어깨를 으쓱했다.

"훌리안은 이미 오래전에 파리를 떠났어요."

"어디로 갔죠?"

"그에 대해서는 아무 말도 하지 않았어요."

"하지만 당신이라면 대충 짐작이 갈 것 같은데요."

"예리한 젊은이로군요."

"어디로 갔죠?" 나는 물러서지 않았다.

---

* 스페인어로 '막대기에 꿴 똥덩어리(mierda pinchada en un palo)'는 별 가치가 없거나 지저분한 행동 혹은 사물을 가리키는 관용어구다.

"사람이 나이가 들면 어디에 숨을 것 같아요?"

"모르겠어요."

"그래서는 훌리안을 절대 찾을 수 없을 겁니다."

"혹시 추억 속인가요?" 나는 과감하게 말했다.

플라노는 슬픔이 어린 눈으로 미소를 지어 보였다.

"그렇다면 바르셀로나로 돌아갔다는 건가요?" 내가 물었다.

"바르셀로나가 아니라, 그가 사랑하는 대상 곁으로 돌아갔죠."

"잘 모르겠어요."

"그도 몰랐어요. 적어도 오랜 시간 동안 모르고 살았죠. 평생을 보낸 뒤에야 자기가 가장 사랑했던 대상을 깨달은 거예요."

그동안 카락스에 관한 이야기를 숱하게 들었건만 나는 파리에 처음 도착한 날처럼 당혹스러웠다.

"당신이 본인 입으로 말한 그 사람이 맞는다면, 응당 답을 알 겁니다." 플라노가 말했다. "만약 당신이 도달한 결론이 '문학'이라면 면상을 후려갈길 테니까 그리 알아요. 그렇게 멍청한 사람 같지는 않지만."

나는 침을 꼴깍 삼켰다.

"말씀하시는 게 뭔지, 아니, 누구인지 알 것 같아요."

"그렇다면 무엇을 해야 할지 이제 알겠군요."

그날 저녁 나는 파리와 파스칼, 그리고 요식업 분야에서의 화려한 경력과 구름 위에 떠 있던 나의 보금자리에 작별을 고하고 오스테를리츠역으로 향했다. 나는 남은 돈을 다 털어 삼등칸 표를 사서 바르셀로나행 야간열차에 몸을 실었다. 같은 칸의 노부부가 베풀어준 호의 덕분에 나는 무사히 여행을 마치고 새벽에 바르셀로나에 도착했다. 딸을 만나고 집으로 돌아가던 리옹 출신의 퇴직자 부부는 깊은 밤중에 내 이야기를 귀담아들으며 그날 오후 무프타르 거리에서 산 맛있는 음식을 나눠주었다. 'Bonne chance(행운을 빌어요).' 열차에서 내렸을 때, 부부가 내게 말했다. 'Cherchez la femme(여자를 찾아요)……'*

파리에서 돌아오고 며칠 동안은 모든 것이 왜소하고 답답한데다 음울하게 보였다. 파리의 화려한 빛이 기억에 각인되어 사라지지 않았고, 세상은 갑자기 넓어지고 아득하게 멀어졌다.

"그래서 〈에마뉘엘〉**은 봤어?" 페르민이 물었다.

"흠잡을 데 없이 완벽한 각본이었어요." 내가 대답했다.

"예상했던 대로군. 빌리 와일더*** 사단도 울고 갈 정도겠지. 그건 그렇고, '오페라의 유령'은 찾아냈나?"

페르민은 짓궂은 미소를 지었다. 나는 미처 예상하지 못했지만 그는 내가 왜 파리에 갔는지 알고 있었던 게 분명했다.

"글쎄요." 내가 말했다.

"흥미진진한 이야기는 안 들려주겠다는 거군."

---

* 탐정소설의 클리셰로, '모든 사건의 근원에는 여자가 있다'는 의미다. 알렉상드르 뒤마의 소설 『파리의 모히칸』에 나온 대사에서 유래한다.

** 1974년 개봉한 프랑스의 영화. 파격적인 성애 장면으로 유명하다.

*** 할리우드의 황금시대를 주름잡은 미국의 영화제작자.

"아저씨야말로 내게 들려줄 흥미로운 이야기가 있을 텐데요."

"우선 네 수수께끼를 풀고, 그다음에 하자고."

"너무 불공평해요."

"우리 행성 지구에 오신 걸 환영합니다." 페르민이 말했다. "자, 그럼 나를 놀라게 해봐. 프랑스어도 몇 마디 해보고. 'Bonjour(안녕하세요)'나 'oh la lá(저런)' 같은 건 안 돼."

"Cherchez la femme." 나는 노부부의 말을 따라 했다.

그 말을 듣자 페르민은 인상을 찌푸렸다.

"그건 제대로 된 모든 추리소설의 고전적인 원칙인데……" 그가 말했다.

"Voilá(그렇지요)."

누리아 몽포르트의 무덤은 몬주익 공동묘지 옛 구역의 나무로 둘러싸인 언덕 위에 있었다. 바다가 훤히 내려다보이는 그곳은 이사벨라의 묘소에서 그리 멀지 않았다. 1977년 여름 어느 날, 나는 이미 시간 속으로 희미하게 사라져가기 시작하던 바르셀로나의 구석구석을 돌아다녔지만 허사였다. 훌리안 카락스를 발견한 것은 그 직후 해질 무렵 찾아간 누리아 몽포르트의 무덤가였다. 그는 묘석에 꽃을 내려놓고 무덤 맞은편 석조벤치에 앉아 있었다. 혼잣말로 무언가를 중얼거리면서 한 시간 가까이 그대로 앉아 있는 그에게 나는 감히 말을 걸 수가 없었다.

그는 다음날, 그다음날에도 같은 장소에 나타났다. 훌리안 카락스는 자기가 세상에서 가장 사랑하던 사람, 자기를 위해 생명을 바친 그 여인이 이제 다시는 자기 목소리를 들을 수 없다는 사실을 뒤늦게 깨달았다. 그래서 무덤 앞에 앉아 그녀와 이야기를 나누고 여생을 함께하기 위해 하루도 빠짐없이 그곳을 찾는 것이었다.

그러던 어느 날, 그가 다가와 말없이 나를 빤히 쳐다보았다. 화상으로 벗겨진 피부가 다시 돋아나면서 표정뿐 아니라 나이도 가늠할 수 없는 얼굴이 되어 있었다. 그는 얼굴을 가리기 위해 언제나 수염을 덥수룩하게 기르고 챙이 넓은 모자를 쓰고 다녔다.

"누구신가?" 그가 물었다. 목소리에서는 아무런 적의도 느껴지지 않았다.

"저는 훌리안 셈페레입니다. 다니엘과 베아의 아들이에요."

그는 천천히 고개를 끄덕였다.

"두 사람 다 잘 있나?"

"네."

"자네가 여기 온 줄은 알고?"

"그건 아무도 모릅니다."

"그럼 자네가 왜 여기 왔는지 물어봐도 될까?"

대체 어디서부터 이야기를 꺼내면 좋을지 갈피를 잡을 수 없었다.

"커피 한 잔 대접해도 될까요?"

"나는 커피를 마시지 않아." 그가 말했다. "정 그러면 아이스크림이나 하나 사주시게."

그 순간 놀란 빛이 내 얼굴에 역력하게 드러났을 것이다.

"내가 젊었을 때는 아이스크림을 구경조차 하기 어려웠지. 다른 것들도 그렇지만, 뒤늦게야 아이스크림을 알게 되어서……"

나는 어렸을 때부터 그 순간이 오기만을 꿈꾸어왔다. 그래서 그를 찾으려고 파리와 바르셀로나를 샅샅이 뒤진 것이다. 해가 뉘엿뉘엿 저물던 그 여름날, 마침내 나는 레알광장의 오르차타* 가게에서 훌리안 카락스와 마주앉게 되었다. 나는 딸기 아이스크림 두 덩어리를 얹은 콘을 사서 그에게 건넸다. 매년 여름 저주처럼 바르셀로나에 몰려오는 찜통더위가 이미 기승을 부리기 시작한 터라 나는 차가운 레모네이드를 주문했다.

"셈페레 씨, 내가 뭘 도와드리면 될까?"

"제 이야기를 듣고 나면, 저를 바보로 여기실지도 몰라요."

"보아하니 오랫동안 나를 찾아다닌 것 같은데. 찾아냈으니 하고 싶은 말이 있으면 해보게. 이제 와서 입을 다문다면 정말 바보 취급을 당할지도 몰라."

나는 용기를 내기 위해서 레모네이드를 단숨에 반이나 쭉 들이켰다. 그러곤 곧장 내 계획을 설명하기 시작했다. 그는 한 번도 난색을 표하거나 의구심을 드러내지 않고 내 말을 주의깊게 들었다.

---

* '기름골'이라는 식물의 뿌리와 줄기를 즙을 내서 설탕이나 꿀, 향신료를 첨가해 만든 여름음료.

"아주 독창적인 아이디어로군." 그는 내 말을 다 듣고 자기 생각을 말했다.

"놀리지 마세요."

"그럴 리가. 그저 내 생각을 말했을 뿐인걸."

"또 어떤 생각이 드세요?"

"그 이야기라면 자네가 써야 할 거야. 그건 자네 이야기니까."

나는 천천히 고개를 저었다.

"하지만 어떻게 써야 할지 전혀 모르겠어요. 저는 작가가 아니잖아요."

"언더우드 타자기를 하나 사면 어떤가."

"프랑스에서도 그 광고를 하는 줄은 몰랐네요."

"그 광고는 여기저기 다 나왔지. 하지만 그런 광고를 너무 믿지는 말아. 올리베티 타자기도 쓸 만하니까."

카락스와 나에게 적어도 유머감각이라는 공통점이 있다는 생각에 흐뭇한 미소가 지어졌다.

"한 가지 보여줄 게 있는데." 카락스가 말했다.

"글을 쓰는 방법 말인가요?"

"그거라면 자네 스스로 익혀야 할 걸세." 그가 대답했다. "글쓰기는 혼자서 배우고 익히는 일이지, 누가 가르쳐줄 수 있는 게 아니니까. 언젠가 그 말이 무슨 뜻인지 이해하는 그때, 자네도 작가가 되는 법을 배우기 시작하는 거야."

그는 입고 있던 검은색 리넨재킷의 단추를 끄르더니 안에서 반짝거리는 물건을 꺼냈다. 그러곤 그것을 테이블 위에 올려놓고 내

쪽으로 밀었다.

"자네가 써." 그가 말했다.

그것은 내가 본 것 중에서 가장 멋있는 만년필이었다. 몽블랑 만년필 중에서도 단연 최고로, 끝에 금과 백금으로 만든 펜촉이 달려 있었다. 만약 내가 아직 어린아이였다면 이 펜 끝에서는 오로지 걸작만 태어난다고 믿었을 것 같았다.

"이 만년필은 원래 빅토르 위고의 것이었다고들 하더군. 하지만 나는 그 말을 비유적인 의미로만 받아들이고 싶어."

"빅토르 위고 시대에도 만년필이 있었나요?" 내가 물었다.

"루마니아의 페트라케 포에나루라는 사람이 1827년 최초의 만년필을 개발해 특허를 받았지. 하지만 1880년대에 접어들어서야 기술적으로 완벽해져서 대량생산되기 시작했어."

"그렇다면 정말로 빅토르 위고의 펜이었을 가능성도 있군요."

"정 그렇게 생각하고 싶다면…… 그럼 이 펜이 무슈 위고의 손에서 그 못지않게 뛰어나고 전도유망한 나의 좋은 친구, 다니엘 셈페레라는 이의 손으로 넘어갔다고 하지. 세월이 지나면서 결국 내 손에 들어왔고. 나는 오랜 세월 동안 이 펜을 소중히 간직해왔어. 누군가가, 가령 자네 같은 이가 가지러 올 날을 기다리면서. 이제 때가 된 것 같군."

나는 고개를 절레절레 흔들면서 펜을 다시 그의 손 쪽으로 밀었다.

"그럴 순 없어요. 절대로 이 펜을 받을 수 없어요. 이건 분명 당신 거니까요."

"펜은 그 누구의 것도 아니야. 펜은 자기를 필요로 하는 이가 있으면 그 곁에 머무는 자유로운 영혼이니까."

"그건 당신 소설에 나오는 인물이 한 말이죠."

"안 그래도 같은 말을 자꾸 되풀이한다고 비난을 많이 받아. 이 세상의 모든 소설가가 시달리는 병이지."

"그런 병에 한 번도 안 걸린 걸 보면, 저는 역시 소설가가 아닌 가봐요."

"인내심을 가지고 기다려봐. 자, 받게."

"안 돼요."

카락스는 어깨를 으쓱하고는 펜을 집어들었다.

"아직 마음의 준비가 되지 않았나보군. 펜은 고양이 같지. 자기한테 먹이를 주는 사람 뒤만 따라다니니까. 그러다 왔을 때처럼 훌쩍 떠나버리기 마련이네."

"제 제안은 어떻게 생각하세요?"

카락스는 마지막 남은 아이스크림을 떠먹었다.

"그럼 이렇게 합시다. 우리가 힘을 합쳐 써보는 거야. 당신은 글에 젊음의 힘을 불어넣고, 나는 늙은 개처럼 노련한 재주를 부리는 거지."

나는 어안이 벙벙해졌다.

"진심으로 하시는 말씀이에요?"

그는 자리에서 일어나 내 어깨를 토닥거렸다.

"아이스크림 잘 먹었네. 다음번에는 내가 사지."

그후로 그를 여러 차례 만났다. 그때마다 카락스는 여름이든 겨울이든 언제나 딸기 아이스크림 두 덩어리를 얹은 콘을 시켰다. 정작 콘은 한 번도 먹지 않았다. 내가 쓴 원고를 건네주면 그는 쭉 훑어보면서 표시를 하거나 밑줄을 긋고, 문장을 아예 다시 쓰기도 했다.

"이렇게 시작하는 것이 맞는지 잘 모르겠어요." 나는 자주 그렇게 말했다.

"원래 이야기라는 것은 들어가는 문만 있을 뿐, 시작도 끝도 없는 법이지."

둘이서 만날 때마다 카락스는 내가 건넨 새 원고를 꼼꼼히 읽었다. 그러곤 만년필을 꺼내 글에 메모를 한 뒤 고칠 부분을 차분하게 설명해주었다. 사실상 내가 쓴 분량 대부분이 그에 해당되었다. 어색한 대목이 나오면 조목조목 지적하면서, 그 이유를 밝히고 어떻게 고칠지도 상세하게 설명했다. 그는 글을 매우 꼼꼼하게 분석했다. 내 눈에 한 개의 실수가 보이면 그가 잡아내는 것은 보통 열다섯 개였고 나는 전혀 눈치채지 못한 지점들이었다. 그는 단어, 문장, 단락을 하나씩 분해한 다음 돋보기를 끼고 금을 세공하듯 세밀하게 재구성하곤 했다. 그는 실습생에게 열기관과 증기기관이 어떻게 작동하는지 설명하는 기술자처럼 한 치의 거들먹거림도 없었다. 가끔 그는 내가 그날 유일하게 살려낼 수 있을 것으로 여겼던 대목, 대부분 그에게서 베낀 문체와 구상을 문제삼기도 했다.

"내 글을 모방할 생각은 하지 말게. 다른 작가를 모방하는 것은 버팀목 정도를 갖는 셈이지. 그렇게 하면 모르던 것을 알게 되고 자기 목소리를 발견하는 데 도움이 되겠지만, 그건 초보자들이나 하는 행동이야."

"그럼 저는 뭐죠?"

그가 어디서 밤을 보내는지, 나와 함께 있지 않을 때는 어디서 시간을 보내는지는 전혀 알 수가 없었다. 자신의 생활에 대해서는 일절 언급을 하지 않았기 때문에 나로서도 물어볼 엄두가 나지 않았다. 우리는 언제나 구시가지의 카페와 바에서 만났다. 다만 딸기 아이스크림을 파는 곳만 골라 갔다. 그는 오후마다 누리아 몽포르트를 만나러 가는 것이 분명했다. 그녀가 등장하는 대목을 처음 읽었을 때 그는 슬픔에 젖은 미소를 지었다. 그 미소는 지금도 내 기억에서 사라지지 않고 남아 있다. 훌리안 카락스는 화재로 인해 눈물길을 잃었다. 그 바람에 얼굴이 흉하게 일그러졌을 뿐만 아니라 눈물을 흘릴 수도 없게 되었다. 나는 평생 동안 그처럼 상실의 그림자를 풍기는 사람을 단 한 번도 본 적이 없다.

나는 우리가 좋은 친구가 되었다고 생각하고 싶다. 적어도 내게는 카락스보다 더 좋은 친구가 없었고, 앞으로도 없을 것이라 믿는다. 그는 우리 부모에게 각별한 애정을 품고 있었던 것 같다. 그리고 기이한 의식을 치르듯 과거를 재구성한 덕분에 자신의 삶을 피폐하게 만든 고통과 어느 정도 화해할 수 있었던 듯하다. 어쩌면 그는 나에게서 자신의 모습을 보았는지도 모른다. 그가 그토록 오랜 시간 동안 내 곁에 머물며 나의 삶과 문학을 이끌어준 것은 바로 그런 이유 때문일 것이다. 그 덕분에 나는 글을 고치고 지우면서, 그리고 다시 쓰면서 네 권의 소설을 썼다.

"글을 쓴다는 것은 다시 쓰는 것이지." 그는 언제나 내게 그 가르침을 일깨워주었다. "누구든 자기 자신을 위해서 글을 쓰지만, 다른 이들을 위해서 그 글을 다시 쓰게 되니까."

물론 픽션의 세계 너머에는 삶이 존재하고 있었다. 내가 파란만장한 집안의 이야기를 셀 수 없이 고치고 다시 쓰는 사이 많은 일이 일어났다. 아버지와 달리 서점을 운영하지 않겠다고 약속한 대로(아무튼 아버지와 어머니의 능력을 생각하면 두 분이서도 서점을 운영하고도 남을 정도였다) 나는 광고회사에서 일자리를 얻었다. 무슨 운명의 장난인지 그 회사는 티비다보대로 32번지에 위치한 알다야의 오래된 저택에 자리잡고 있었다. 그 집은 1955년 폭풍우가 몰아치던 어느 날 밤, 아버지와 어머니가 나를 가진 곳이었다.

광고라는 특이한 분야에서 특별히 기억에 남을 만한 일은 한 것 같지 않다. 그런데 놀랍게도 내 월급은 매달 올랐고, 말과 이미지를 만들어내는 직원으로서 나의 주가는 나날이 상승했다. 그 회사에서 몇 년 동안 일하며 나는 텔레비전과 라디오, 신문에 나가는 광고를 많이 만들어냈다. 잘나가는 기업 중견간부들이 침을 흘리게 만드는 고급 승용차 광고부터 소액 예금주들의 꿈을 이루어주겠다고 약속하는 은행 광고, 행복한 가정생활을 보장하는 가전

제품 광고, 성적 매력을 마음껏 발산시켜주는 향수 광고, 그 당시 스페인에서 인기를 끌던 다양한 선물 광고에 이르기까지 모두 나의 손끝에서 나왔다. 구체제가 무너지며 최소한 눈에 보이는 검열이 사라지자 돈이 빠르게 돌면서 사회도 급속히 현대화되었고 주가지수 또한 하늘 높은 줄 모르고 치솟았다. 언젠가 내 연봉을 알게 된 아버지는 내가 하는 일이 합법적인 것인지 묻기도 했다.

"네, 합법적인 일이에요. 하지만 윤리적인지 물어보신다면, 글쎄요. 그건 또다른 문제예요."

페르민은 조금도 개의치 않고 내 성공에 크게 기뻐했다.

"네가 자만의 늪에 빠져 허우적거리지만 않는다면 젊을 때 열심히 돈을 버는 게 좋겠지. 젊을 때는 쓸모가 있으니까. 너 같은 최고의 신랑감한테 무슨 말을 보태겠어? 광고업계라는 곳이 원체 멋지고 화려한 곳이라서 내로라하는 젊은 아가씨도 많겠네. 그런 세계를 구경이라도 했으면 원이 없겠어. 하지만 우리가 물려받은 건 전후의 폐허뿐이었는데, 뭘 어쩌겠나. 그때는 젊은 여자들도 콧수염이 있었어. 그러니 열심히 해봐. 지금 이 순간을 마음껏 즐겨. 모험도 해보고. 무슨 말인지 잘 알고 있겠지. 과감하게 한계를 뛰어넘으라고. 다만 기차에서 뛰어내릴 타이밍은 놓치면 안 된다는 점을 명심해. 젊은 사람만 쓰는 직장이 의외로 많으니까. 네가 조그만 회사의 대주주라도 되면 모르겠지만. 하지만 그럴 리는 없을 것 같군. 네가 돈도 별로 못 버는 문학계에서 아직 해결해야 될 일이 남아 있는 걸 우리 둘 다 알고 있으니 말이지. 아무튼 그런 게 아닌 이상, 그런 화약고에 서른 살 넘어서까지 남아 있는 건

정신나간 짓일 거야."

솔직히 말하면 나는 그런 일을 하는 나 자신이, 그렇게 벌어들이는 터무니없이 많은 돈이 내심 부끄럽기만 했다. 그게 아니면 그렇게 생각하고 싶었던 것인지도 모른다. 확실한 것은 나는 천문학적인 액수의 돈을 기꺼이 받았고, 그것이 내 은행계좌로 들어오자마자 다 써버렸다는 점이다.

"부끄러워할 것 없네." 카락스가 말했다. "오히려 독창성이 필요한 직업이니 좋은 기회가 될지도 모르지. 손에 든 카드를 잘 활용만 하면, 그 직업을 통해 자유와 약간의 시간을 얻을 수 있을 걸세. 덕분에 언젠가 직장을 그만두고 자네의 참모습으로 살 수 있겠지."

"나의 참모습은 어떤 걸까요? 음료수, 신용카드, 고급 승용차 광고를 만든 사람인가요?"

"자네는 자네 마음속에 있는 모습으로 될 거야."

사실 나는 내가 정말 누구인지보다 카락스가 생각한 내 모습, 혹은 앞으로의 내 모습에 더 관심이 많았다. 나는 여전히 우리의 책을—나는 그렇게 부르기를 좋아했다—쓰고 있었고, 그 작업은 나의 두번째 삶이자 나만의 세계가 되고 말았다. 나는 그곳으로 들어가는 문 앞에 세상을 돌아다닐 때 썼던 가면을 걸어둔 채 성공한 나의 세속적인 인생보다 내게는 한없이 더 현실적인 이야기 속으로 펜이나 언더우드를, 아니면 뭐든 잡고 빠져들어갔다.

그 무렵 우리의 삶도 조금씩 바뀌어가고 있었다. 알리시아 그리스가 그곳에 손님으로 머물렀던 직후 이사크 몽포르트는 이제 은퇴할 때가 되었음을 주변에 알렸다. 그러곤 그때 막 아버지가 된 페르민에게 자기를 대신해 '잊힌 책들의 묘지' 관리인 자리를 맡아줄 것을 제안했다.

"자네 같은 불한당에게 이 자리를 맡길 때가 왔군." 이사크가 말했다.

페르민은 이 사실을 베르나르다에게 알리고 허락을 구했다. 고민 끝에 그녀는 승낙을 하고 '잊힌 책들의 묘지' 바로 옆에 있는 건물 1층으로 거처를 옮겼다. 이사하자마자 페르민은 궁전의 터널로 이어지는 비밀문을 만들고, 이사크가 쓰던 방을 자기의 새 사무실로 만들었다.

그 무렵 나는 일본의 유명 전자제품 브랜드 광고를 만들고 있었던 터라 그 기회를 이용해서 당시 쓰이기 시작한 용어를 빌리면 최고급 대형 컬러텔레비전 세트를 페르민에게 선물했다. 한때 텔레비전을 적그리스도라 여기던 페르민도 이내 생각이 바뀌었다. 텔레비전을 켜면 오슨 웰스—그의 이름이 나올 때마다 페르민은 '그 영악한 친구, 영화 만들 줄 알지'라고 말했다—영화는 물론 무엇보다 킴 노백의 영화가 나왔기 때문에 그럴 수밖에 없었다. 페르민은 뾰족하게 솟아오른 킴 노백의 브래지어를 보면서 인류에게 아직 미래가 있다고 믿었다.

그 당시 부모님은 이런저런 문제로 관계가 순탄치 못했지만, 우여곡절 끝에 위기를 잘 이겨냈다. 하지만 무엇 때문에 갈등했는지는 내게 일절 언급하지 않았다. 얼마 후, 그들은 내게 이사벨라라는 이름의 늦둥이 여동생을 안겨 주었다. 그 소식을 듣고 모두 너무 놀란 나머지 벌어진 입을 다물지 못했다. 할아버지는 귀여운 손녀를 안고 흐뭇해하셨지만, 며칠 뒤 알렉상드르 뒤마 전집이 든 상자를 들다 갑자기 심장발작을 일으켜 세상을 떠나시고 말았다. 우리는 할아버지를 이사벨라 할머니 옆에 『몬테크리스토 백작』 한 권과 함께 묻어드렸다. 할아버지가 돌아가시자 아버지도 갑자기 나이가 들어 보이면서 다시는 예전 모습으로 돌아오지 않았다. '나는 네 할아버지가 영원히 사실 줄 알았단다.' 어느 날, 아버지는 서점 뒷방에서 혼자 울다 나를 보고 그렇게 말하셨다.

모두가 예상했던 대로, 페르난디토와 소피아는 결혼해서 아비뇽 거리에 있는 알리시아 그리스의 아파트에 신혼살림을 차렸다. 사실 페르난디토는 과거 마틸데에게 배운 기술을 그 침대에서 소피아에게 남몰래 써먹으며 어엿한 어른으로 합격점을 받았다. 얼마 후 소피아는 소규모로 아동문학 전문 서점을 해보기로 결심하고 이름을 '꼬마 셈페레'라고 지었다. 페르난디토는 백화점에서 일자리를 얻었는데, 후일 서적코너의 책임자가 되었다.

1981년 스페인을 석기시대 이전으로 되돌리려던 쿠데타가 일어났지만 실패로 끝났다.* 그 사건 직후 세르히오 빌라후아나가 〈라 방과르디아〉에 일련의 특집기사를 실었다. 기사에서 그는 내

---

* 프랑코 독재체제가 청산되고 민주화가 진행되자 불안을 느낀 군부의 일부 세력이 1981년 2월 23일 쿠데타를 일으켜 의회를 장악했다. 국왕 후안 카를로스 1세가 이를 반란으로 규정해 실패로 돌아갔다.

전 직후 바르셀로나의 교도소에서 실종된—흔적을 없애기 위해 대부분 살해당했다—정치범들의 자녀 수백 명이 납치된 사건을 폭로했다. 그 기사는 사회적으로 큰 파장을 일으켰다. 많은 이가 그 사건에 대해 전혀 몰랐지만, 몇몇 사람의 덮어버리고 싶은 치부를 다시 까발리는 셈이었기 때문이었다. 그후로 이 문제에 관한 일련의 조사가 지금도 계속되고 있을 뿐만 아니라 증거자료 발굴, 고소 고발, 민사 및 형사 소송이 줄을 잇고 있는 형편이다. 아무튼 빌라후아나의 폭로 덕분에 많은 이가 나서서 우리 역사에서 가장 암울했던 시대의 여태 묻혀 있던 증언과 공적 기록을 되찾기 시작했다.

이쯤에서 독자들은 한마디로 정의하기 힘든 우리 훌리안 셈페레가 이런 혼란의 와중에 줄곧 외로운 처지로 지냈는지 궁금할 것이다. 낮에는 돈이 되는 광고회사에서 일하고, 밤에는 얌전한 여자처럼 문학창작에 몰두했는지 말이다. 꼭 그렇지는 않았다. 카락스와 공동으로 네 권의 소설을 쓰겠다는 계획은 낙원으로의 도피를 넘어서서 가장 가까운 것, 즉 나 자신을 집어삼키기 시작한 괴물로 둔갑해버렸다. 손님으로 찾아와 내 삶에 그대로 눌러앉은 그 괴물은 내 안의 다른 유령들과 더불어 사는 법을 배워야 했다. 나는 또다른 할아버지 다비드 마르틴을 뒤따라 작가라면 누구든 내면에 품고 있는 심연을 들여다보다 결국 손가락으로 그 가장자리를 꽉 붙든 채 매달려 있었다.

1981년, 발렌티나는 어둠의 장막을 찢고 다시 내 앞에 모습을 드러냈다. 그 순간은 카락스라도 기꺼이 자기 소설에 포함시킬 만한 장면이었다. 내 뇌가 녹아내려 귓구멍에서 똑똑 떨어질 것만 같던 어느 날 오후였다. 나는 원죄의 무대인 프란세사 서점으로 들어가 신간코너 주변을 어슬렁거리고 있었다. 바로 그 순간, 그녀의 모습이 눈에 띄었다. 나는 소금기둥처럼 온몸이 굳어 그 자리에서 꼼짝 않고 서 있었다. 그때까지 무심코 주변을 둘러보던 그녀도 나와 눈이 마주쳤다. 그녀는 미소를 지었고, 나는 그 자리에서 달아났다.

　　그녀가 로세욘 거리 신호등에서 나를 따라잡았다. 그녀는 내게 책 한 권을 사주었다. 무슨 책인지 보지도 않고 받는 순간, 그녀가 내 팔에 손을 얹었다.

　　"십 분 정도 괜찮겠어?" 그녀가 물었다.

　　그리고 당연하다는 듯 곧 비가 내리기 시작했다. 하지만 그건 그다지 중요한 사실이 아니었다. 북반구가 절반쯤 내려다보이는 그녀의 또다른 다락방에서 은밀하게 만난 지 세 달 뒤에 우리는 같이 살기로 했다. 아니, 발렌티나가 나와 함께 살러 왔다고 하는 편이 정확할 것 같다. 그 당시 나는 필요 이상으로 넓은 사리아의 고급 아파트에 살고 있었기 때문이다. 이번에 발렌티나는 거기서 이 년 하고도 세 달 하루를 머물렀다. 그렇지만 내 마음을 아프게 만든 대신 그 누구에게도 받을 수 없을 가장 큰 선물, 즉 딸아이를 내게 안겨주었다.

　　우리는 1982년 8월 그 아이에게 알리시아 셈페레라는 이름을 지어주었다. 어디를 그렇게 나다니는지 이곳저곳을 돌아다니던 발렌티나는 결국 그다음해 다시 떠나더니 영원히 돌아오지 않았다. 집에는 어린 알리시아와 나만 남았지만, 결코 외롭지는 않았다. 어린 알리시아 덕분에 살아갈 힘을 얻었기 때문이었다. 나는 그 아이가 없으면 내가 무슨 일을 하든 아무 의미도 없으리라는 것을 절실히 깨닫게 되었다. 몇 년 동안 나는 저주받은 그 책을 마무리지으려고 애쓰고 있었다. 사실은 그 책에서 영원히 자유로워지기 위해서였지만 말이다. 그사이 알리시아는 내 곁을 지키며 내가 끝내 믿지 못했던 것, 즉 영감을 내게 되돌려주었다.

그사이 지나치듯 잠시 만나던 여자들도 있었고, 알리시아의 양어머니가 되어도 좋을 만큼 심성이 고운 여인들도 있었다. 하지만 그런 여인들은 언제나 내가 멀리하고 말았다. 알리시아는 내가 혼자 사는 게 싫다고 입버릇처럼 말했지만 그럴 때마다 나는 혼자가 아니라고 대답했다.

"나한테는 네가 있잖니." 나는 아이를 바라보며 자신 있게 말했다.

내 곁에는 알리시아뿐 아니라 현실과 환상 사이에 갇혀 있는 수많은 그림자가 있었다. 1991년 나는 당장 행동에 옮기지 않으면, 그러니까 달리는 기차에서 과감하게 뛰어내리지 않으면 내 영혼 속에 얼마 남지 않은 진실마저 모두 잃어버릴 것 같은 위기의식을 느꼈다. 그래서 나는 광고업계에서 쌓아온 화려한 경력을 모두 내팽개치고 한 해 동안 책을 완성하는 데 전념했다.

하지만 그 무렵 훌리안 카락스의 건강상태가 심상치 않다는 사실을 더이상 외면할 수 없었다. 어떤 이유 때문인지 몰라도 나는 그가 전혀 나이를 먹지 않는다고, 그래서 그에게 아무 일도 일어나지 않을 거라고 생각하는 버릇이 생겼다. 나를 그를 아버지처럼 여기기 시작했다. 절대 나를 두고 떠나지 않을 거라고 생각한 것이다. 나는 그가 영원히 살 거라고 생각했다.

이제는 둘이 만날 때도 훌리안 카락스는 더이상 딸기 아이스크림을 주문하지 않았다. 그에게 조언을 구하면 간신히 펜을 들어 몇 대목을 지우거나 다르게 고쳐줄 뿐이었다. 그는 내가 혼자 나는 법을 이미 배운데다 언더우드 타자기까지 생긴 마당에 더이상 자기 도움이 필요 없을 거라고 했다. 그의 말을 이해하는 데 꽤나 오랜 시간이 걸렸지만 끝까지 나 자신을 속일 수는 없는 노릇이었다. 그가 마음속에 담아두었던 엄청난 슬픔이 다시 솟구쳐 그의 숨통을 조이고 있었다.

어느 날 밤, 그가 안개 속으로 사라지는 꿈을 꾸었다. 그리고 새벽이 되어 그를 찾으러 집을 나섰다. 나는 우리가 지난 몇 년 동안 만났던 곳을 쉬지 않고 돌아다녔다. 1991년 9월 25일 새벽, 누리아 몽포르트의 무덤 위에 쓰러져 있는 그를 발견했다. 손에는 케이스가 하나 들려 있었다. 안에는 한때 아버지의 것이던 펜과 쪽지가 들어 있었다.

훌리안,

내가 자네의 친구였다는 것이, 그리고 자네를 통해 알게 된 모든 것이 자랑스럽군.

다만 끝까지 곁에 머물면서 자네가 성공하는 모습을, 그리고 내가 못다 한 일을 이루는 모습을 보지 못해 한스러울 뿐이네. 하지만 비록 처음에는 받아들이기 쉽지 않겠지만, 지금까지 그랬듯이 앞으로도 나의 도움이 전혀 필요 없을 거라고 생각하니 다소 마음이 놓이는군. 나는 결코 헤어지지 말았어야 했던 여인과 이제 곧 만나려 하네. 자네 부모님을, 그리고 이야기 속에 나오는 모든 인물을 잘 보살피게. 세상 사람들에게 우리의 이야기를 들려줘. 우리를 기억하는 이가 있는 하나라도 있는 이상 우리도 존재한다는 사실을 절대 잊지 말게.

자네의 친구,

훌리안 카락스

그날 오후, 나는 누리아 몽포르트의 무덤 바로 옆 땅이 바르셀로나시 소유라는 사실을 듣게 되었다. 스페인 정부기관은 사람들로부터 돈을 뜯어내는 일이라면 수단과 방법을 가리지 않는다. 그들과 밀고 당기고 옥신각신한 끝에 결국 엄청난 액수의 돈을 그 자리에서 내기로 합의했다. 그렇게 해서 나는 스포츠카 광고를, 그리고 버스비 버클리*의 잠재의식보다 더 많은 발레리나가 등장하는 크리스마스 샴페인 광고를 만든 대가로 받은 거액의 돈을 좋

---

* 미국의 영화감독이자 뮤지컬 안무가. 수많은 무용수가 등장하는 화려한 장면 연출로 유명하다.

은 일에 쓸 수 있었다.

  우리는 9월 말 어느 토요일에 나의 스승 훌리안 카락스를 땅에 묻었다. 나를 따라간 알리시아는 무덤 두 개가 나란히 있는 것을 보고 이제는 저분도 홀로 외롭지 않을 테니 걱정하지 말라면서 내 손을 꼭 쥐었다.

  카락스에 관해서 무언가를 이야기하는 것은 결코 쉬운 일이 아니다. 나는 또다른 할아버지, 불운한 다비드 마르틴의 면모가 내 안에 존재하는 건 아닐까 궁금할 때가 종종 있다. 그가 결코 일어나지 않았던 일을 이야기하기 위해 무슈 코렐리를 꾸며낸 것처럼, 나 역시 카락스를 꾸며낸 것이 아닐까 하고 말이다. 장례식이 끝나고 보름 뒤에 나는 카락스가 세상을 떴다는 소식을 전하기 위해 파리의 마담 커리건과 시뇨르 콜리초에게 편지를 보냈다. 카락스의 친구인 장레몽 플라노와 그 밖에 필요한 사람들에게도 소식을 전해달라고 부탁했다. 마담 커리건은 내게 감사의 뜻을 전하며 답장을 보냈다. 그녀에 따르면, 카락스는 세상을 뜨기 직전 우리가 몇 년 동안 함께 작업했던 원고에 대해 알려주기 위해 그녀에게 편지를 보냈다. 그녀는 원고가 마무리되는 즉시 자기한테 보내달라고 당부했다. 카락스는 한 권의 책을 쓰는 일에는 끝이 없다는 것을, 오히려 운이 따르면 우리가 그 책을 다시 쓰며 영원의 시간을 보내지 않도록 책이 우리를 떠난다는 것을 알려준 셈이다.

  1991년 말 나는 거의 이천 페이지에 달하는 원고—타자기로,

물론 이번에는 언더우드 타자기로 작성했다―사본을 카락스의 옛 에이전트에게 보냈다. 솔직히 말하자면, 그들에게 다시 답장이 올 것 같지는 않았다. 나는 이번에도 스승의 조언 하나를 따라 새 소설을 구상하기 시작했다. '뇌에 휴식을 주는 것보다 지쳐 나가 떨어질 때까지 뇌를 굴리는 편이 나을 때가 있지. 뇌가 지루함을 느끼면 주인을 산 채로 잡아먹을 수도 있으니 말이야.'

그후로는 아직 제목도 정해지지 않은 소설을 쓰거나 알리시아와 함께 바르셀로나의 거리를 산책하면서 몇 달의 시간을 보냈다. 그 무렵 알리시아는 호기심이 많아 모든 것을 알고 싶어했다.

"지금 발렌티나에 관한 책을 쓰는 거예요?"

알리시아는 자기 엄마를 언제나 이름으로 불렀다.

"아니야. 너에 관한 이야기란다."

"칫, 거짓말."

그렇게 산책을 하면서 나는 어린아이의 눈으로 도시를 새롭게 발견하게 되었다. 그리고 부모님 시절의 음울하던 바르셀로나가 우리도 모르는 사이에 천천히 밝아졌다는 사실을 깨달았다. 내 기억에 남아 있던 세계는 이제 사라지고 없었다. 그곳은 눈부신 태양과 해변을 사랑하는 관광객들을 위해 향기가 풍기고 카펫이 깔린 무대로 변했다. 사람들은 한 시대가 저물어가고 있다는 것을 두 눈으로 보면서도 외면하려 했다. 그 시대는 한꺼번에 무너져내렸다기보다 미세한 먼지처럼 흩어져 여전히 공기 속에 떠돌고 있었다.

카락스의 그림자는 내가 어디를 가든 뒤를 따라다녔다. 가끔 어머니가 어린 동생 이사벨라를 집에 데려오면, 알리시아는 자기 장난감과 책을 보여주면서 같이 놀았다. 우리집에 책과 장난감은 많았지만 인형은 단 한 개도 없었다. 알리시아가 너무 싫어했기 때문이었다. 심지어 학교 운동장에 인형을 세워놓고 새총으로 머리를 날려버리기도 했다. 그러고 나면 아이는 언제나 그래도 되는지 묻곤 했다. 물론 내가 '아니'라고 대답하리라는 것을 뻔히 알면서 말이다. 그리고 내가 똑같은 대답을 할 걸 뻔히 알면서도 발렌티나한테서 무슨 소식이 있는지 묻곤 했다.

나는 어머니에게 카락스에 관해서, 그 오랜 시간의 수수께끼 같은 나의 삶과 침묵에 관해서 절대로 말하고 싶지 않았다. 하지만 어머니가 무언가를 짐작하고 있다는 것은 알고 있었다. 나는 단 한 번도 어머니에게 비밀을 숨겨본 적이 없었기 때문이다. 어머니가 알고도 모르는 척 눈감아주는 비밀은 예외다.

"아버지가 너를 보고 싶어하시는구나." 어머니가 말했다. "자주 서점에 들르지 그러니. 심지어 페르민도 며칠 전에 네가 카르투시오 수도회* 수사가 되었는지 묻던걸."

"그동안 책을 마무리짓느라고 정신없이 바빴어요."

"십오 년 동안이나 말이냐?"

"예상했던 것보다 훨씬 힘들었거든요."

"나도 읽을 수 있겠니?"

"그런데 마음에 드실지 잘 모르겠네요. 솔직히 말해서 출판해

---

* 가톨릭 봉쇄수도원 중의 하나.

야 할지도 고민스러워요."

"무슨 내용인데 그러니?"

"우리 이야기예요. 우리 모두요. 가족의 이야기인 셈이죠."

어머니는 말없이 나를 바라보았다.

"어쩌면 없애버리는 것이 좋을지도 모르겠어요." 내가 말했다.

"아무튼 그 이야기는 너의 것이잖니. 네가 옳다고 생각하는 쪽으로 하면 되겠지. 이제는 할아버지도 안 계시는데다 세상도 많이 변했으니까, 우리 비밀에 신경쓸 사람도 없을 것 같구나."

"그럼 아버지는요?"

"모르긴 해도 그 책이 나오면 가장 반가워할 사람은 네 아버지일 거야. 그동안 네가 뭘 하고 살았는지 전혀 모르는 줄 알았다면, 그건 큰 오산이야. 우린 그렇게 바보가 아니란다."

"그럼 허락해주시는 건가요?"

"굳이 내 허락을 받을 필요가 뭐 있겠니? 아버지 생각을 알고 싶으면, 직접 찾아뵙고 말씀드려봐."

나는 어느 날 아침 이른 시간에 아버지를 찾아갔다. 그 시간이면 늘 서점에 아버지 혼자 계신다는 것을 알고 있었기 때문이었다. 아버지는 내 얼굴을 보고 깜짝 놀라는 눈치였지만 별다른 내색은 하지 않았다. 서점이 잘되는지 묻자 아버지는 마지못해 털어놓았다. '셈페레와 아들' 서점은 적자를 면치 못하고 있고, 심지어 서점을 사서 성가족 대성당 미니어처와 바르사 유니폼을 판매하는 기념품점으로 바꾸겠다는 사람이 둘이나 나타났다고.

"그 이야기를 듣더니 페르민이 펄쩍 뛰더구나. 그런 자들에게 서점을 팔아넘기면 이 앞에서 분신을 하겠다지 뭐니."

"이러지도 저러지도 못할 상황이네요." 내가 말했다.

"페르민이 너를 보고 싶어한단다." 아버지가 말했다. 이처럼 아버지는 어떤 감정이 자기 마음속에서 일어나는 줄도 모르고 언제나 다른 사람에게 전가하는 버릇이 있었다.

"그래, 너는 어떻게 지내니? 네 엄마 말로는 다니던 광고회사는 그만두고 글 쓰는 일에만 매달리고 있다던데. 언제쯤이면 여기서 그 책을 팔 수 있을까?"

"엄마가 어떤 책인지 말씀하셨어요?"

"사람들 이름하고 좀 위험한 내용은 당연히 바꾸었겠지. 이웃의 빈축을 사는 일은 없어야 할 테니까 말이다."

"물론이죠. 원래 모습을 숨김없이 다 드러낸 사람은 페르민밖에 없어요. 아저씨는 그럴 만하잖아요. 책이 나오면 아마 엘 코르도베스*보다 팬이 더 많아질 거예요."

"그럼 저기 쇼윈도에 자리를 하나 비워두어야겠구나."

나는 어깨를 으쓱했다.

"오늘 아침에 원고를 보낸 두 에이전트한테서 편지가 왔어요. 네 권의 연작소설이 될 듯해요. 파리의 에밀 드 로지에라는 편집자가 작품을 출간하고 싶답니다. 독일 편집자 미히 슈트라우스만도 판권 계약을 제안했고요. 에이전트들 말에 따르면, 앞으로 제안이 더 들어올 것 같대요. 하지만 그전에 다듬어야 할 곳이 너무

---

* 극적인 스타일로 1960년대에 선풍적인 인기를 끈 스페인의 투우사.

많아요. 저는 그들에게 두 가지 조건을 제시했어요. 이 이야기를 발표하려면 부모님과 가족 전체의 허락을 구해야 한다는 것, 그리고 이 소설은 반드시 훌리안 카락스의 이름으로 출간되어야 한다는 것, 이 두 가지예요."

내 이야기를 듣고 아버지는 고개를 숙였다.

"카락스는 어떻게 지내니?" 아버지가 물었다.

"편안하세요."

아버지는 고개를 끄덕였다.

"허락해주시는 거예요?"

"혹시 그날 기억나니? 어렸을 때, 네가 나를 대신해서 그 이야기를 쓰기로 약속했던 그날 말이다."

"네."

"네가 그렇게 하리라는 것은 몇 년 동안 한 번도 의심해본 적이 없었어. 애야, 나는 네가 정말 자랑스럽단다."

아버지는 어렸을 때 이후 처음으로 나를 꼭 안아주셨다.

1992년 7월 바르셀로나 올림픽 개막식이 거행되는 날, 나는 페르민을 만나기 위해 '잊힌 책들의 묘지'에 있는 그의 방으로 갔다. 바르셀로나는 빛으로 뒤덮여 있었고, 낙관적인 분위기와 희망이 공기 중에 떠다녔다. 살면서 그런 분위기는 단 한 번도 느껴보지 못했거니와 앞으로도 내 고향 도시의 골목에서 다시는 그렇게 황홀한 기분을 경험하지 못할 것 같았다. 도착하자마자 페르민은 미소 지으며 내게 거수경례를 했다. 물론 대놓고 말하고 싶지는 않았지만, 못 본 사이에 그는 부쩍 늙은 모습이었다.

"소식이 뜸해서 죽은 줄 알았어." 그가 말했다.

"피차일반이죠. 여전히 황소처럼 힘이 넘쳐 보이시네요."

"수구스 덕분에 캐러멜처럼 말랑말랑해졌지."

"제 생각에도 그래요."

"들리는 말로는 네 덕분에 우리 모두 유명해질 거라고 하던데." 페르민이 슬쩍 말을 흘렸다.

"아저씨가 가장 유명해질 거예요. 혹시 광고에 나와달라고 연락이 오면 망설이지 말고 내게 연락하세요. 그쪽 사정이라면 아직도 훤하니까요."

"남성용 속옷 광고 같은 거라면 기꺼이 받아들일 생각이야." 페르민이 맞받아쳤다.

"그럼 아저씨도 허락해주시는 거죠?"

"네게 축복을 내림을 전 세계에 선포하는 바야. 그런데 단지 그일 때문에 온 건 아닌 것 같은데."

"페르민, 왜 나한테 늘 꿍꿍이속이 있다고 생각하시죠?"

"네 마음이 스프링처럼 꼬여 있기 때문이지. 칭찬이야."

"그렇다면 내가 여기 온 이유가 뭐라고 생각하시는데요?"

"아마 고상하고 세련된 내 말솜씨를 즐기러 왔겠지. 아니면 우리 사이에 해결해야 될 문제 때문이든가."

"어떤 문제요?"

페르민은 자기 아이들이 몰려가 난장판을 칠까봐 언제나 열쇠로 잠가놓은 문으로 나를 데려갔다. 안으로 들어가자 그는 내게 엔칸테스 벼룩시장에서 산 대형 안락의자에 앉으라고 했다. 그는 내 옆 의자에 앉더니 종이상자를 가져와 무릎 위에 놓았다.

"알리시아 기억나?" 그가 물었다. "그냥 한번 물어보는 거야."

그 말을 듣자, 갑자기 가슴이 두근거리기 시작했다.

"지금 살아 있나요? 무슨 소식이라도 들었어요?"

페르민은 상자를 열어 편지 한 묶음을 꺼냈다.

"네게 아무 말도 안 했던 이유는 그게 우리 모두를 위해 최선이라고 믿었기 때문이야. 하지만 알리시아는 1960년에 바르셀로나로 돌아왔어. 그러곤 영원히 떠났지. 조르디 성인의 날, 그해 4월 23일이었지. 그날 그녀는 자기 방식대로 우리에게 작별인사를 하러 잠시 돌아왔던 거야."

"그날은 지금도 아주 생생하게 기억하고 있어요. 아주 어렸을 때였죠."

"너는 지금도 여전히 어리다고."

우리는 말없이 서로의 얼굴을 바라보았다.

"어디로 갔어요?"

"나는 선착장에서 그녀와 작별인사를 나누었어. 그러곤 그녀가 미국행 여객선에 오르는 것을 지켜보았지. 그후로 나는 매년 크리스마스마다 발신자 주소가 없는 편지를 받고 있어."

페르민은 서른 통이 넘는 편지 묶음을 내게 건네주었다. 그의 말처럼 매년 한 통씩 보낸 것이었다.

"열어봐."

봉투마다 사진이 한 장씩 들어 있었다. 소인을 보니 매년 다른 곳에서 보냈다는 것을 알 수 있었다. 뉴욕, 보스턴, 워싱턴 D.C., 시애틀, 덴버, 샌타페이, 포틀랜드, 필라델피아, 키웨스트, 뉴올리언스, 샌타모니카, 시카고, 샌프란시스코……

나는 어리둥절한 표정으로 페르민을 쳐다보았다. 그가 미국 국가를 흥얼거리기 시작했는데, 그의 목소리로 들으니 왠지 사르다나처럼 들렸다. 사진은 모두 해를 등지고 찍어서 어두운 실루엣만 나와 있었다. 공원, 고층빌딩, 해변, 사막, 울창한 숲을 배경으로 드러난 어느 여인의 실루엣이었다.

"다른 건 없나요?" 내가 물었다. "쪽지나, 뭐 그런 거요."

페르민은 고개를 저었다.

"내내 아무것도 없다가 마지막 편지만 달랐어. 지난 크리스마스에 온 거지."

나는 인상을 찌푸렸다.

"그 편지가 마지막이라는 걸 어떻게 알죠?"

그는 내게 그 편지봉투를 내밀었다.

봉투에는 캘리포니아주 몬테레이 소인이 찍혀 있었다. 나는 거기서 사진을 꺼내 한동안 넋을 놓고 쳐다보았다. 이번에는 실루엣뿐인 사진이 아니었다. 바로 거기에 알리시아가 있었다. 삼십 년이 지난 뒤, 알리시아는 카메라를 보며 미소 짓고 있었다. 사진의 배경은 천하의 절경이라고 해도 과언이 아닐 정도로 아름다웠다. 절벽과 신비스러운 숲으로 이루어진 장소가 태평양의 안개를 헤치고 바다 속으로 뻗어나가고 있었다. 그 옆에 세워진 표지판에는

'포인트 로보스'*라고 쓰여 있었다.

사진을 뒤집어보자 알리시아의 글씨가 나타났다.

드디어 길의 끝에 다다랐네요. 힘든 여정이었지만 참으로 보람 있는 시간이었어요. 페르민, 무엇보다 한 번도 아니고 그렇게 여러 번 저를 구해주신 데 머리 숙여 감사의 뜻을 전합니다. 이제는 이 힘든 세상에서 당신도 구해내세요. 그리고 훌리안에게 우리 모두를 영원히 사라지지 않을 존재로 만들어달라고 전해주세요. 우리는 모두 언젠가 훌리안이 그렇게 할 거이라고 굳게 믿고 있다고요.

사랑합니다.

알리시아

내 눈에 눈물이 하나 가득 고였다. 나는 알리시아가 우리의 바르셀로나에서 멀리 떨어진 곳, 꿈같이 아름다운 곳에서 마음의 평화와 자신의 운명을 찾았다고 믿고 싶었다.

"이 사진을 가져가도 될까요?" 나는 갈라진 목소리로 물었다.

"물론이지. 그건 네 거니까."

그때 나는 마침내 내 이야기의 마지막 퍼즐조각을 찾았음을 알았다. 그 순간부터 삶이 나를 기다리고 있다는 것을, 운이 따라준다면 소설 역시 그렇다는 것을 깨달았다.

---

* 캘리포니아의 주립공원.

에필로그

1992년 8월 9일
바르셀로나

이미 머리가 살짝 희끗희끗해진 젊은이가 달빛을 받으며 어두운 바르셀로나의 거리를 걷고 있다. 하늘에 덩그러니 떠 있는 달이 산타모니카대로를 은빛으로 물들이며 길을 비춰주고 있었다. 그는 열 살쯤 되어 보이는 여자아이의 손을 잡고 걸어가고 있다. 그날 저녁 아버지가 한 약속 때문에 아이의 눈동자는 기대와 설렘으로 가득차 있다. 아버지는 아이를 데리고 '잊힌 책들의 묘지'에 가기로 했다.

"알리시아, 오늘밤 네가 보게 될 것을 아무한테도 말하면 안 돼. 아무한테도."

"그럼 아빠하고 나 사이의 비밀이 되겠네요." 아이가 나직한 목소리로 말한다.

아이의 아버지는 평생 그를 쫓아다닌 슬픈 미소 뒤로 숨으며 한숨을 내쉰다.

"물론이지. 그건 앞으로 영원히 우리 둘만의 비밀이 될 거야."

바로 그 순간, 버드나무 가지 같은 불빛이 하늘에 퍼져나간다. 올림픽 폐막 행사를 알리는 불꽃놀이가 다시는 돌아오지 않을 바르셀로나의 그 밤을 잠시 정지시킨다.

잠시 후, 아버지와 딸은 람블라스 거리에 몰려든 인파 속으로 수증기처럼 사라진다. 그들의 발소리 역시 영혼의 미로 속으로 영원히 사라진다.

위 그림은 프란세스크 카탈라로카가 찍은
성가족 대성당 내부의 사진에 착안한 것이다.

지은이 **카를로스 루이스 사폰**

1964년 스페인 바르셀로나에서 태어났다. 1993년 첫 소설 『안개의 왕자』로 에데베상을 수상했고, 『마리나』를 통해 바르셀로나가 배경인 특유의 미스터리를 처음 선보였다. 2001년 『바람의 그림자』에 이어 『천사의 게임』『천국의 수인』『영혼의 미로』를 연달아 발표해 '잊힌 책들의 묘지 4부작'을 완결했고, 시리즈는 전 세계 50개 언어로 출간되어 5000만 부 이상이 판매되는 대성공을 거두었다.

옮긴이 **엄지영**

한국외국어대학교 스페인어과를 졸업하고 동 대학원과 스페인 콤플루텐세대학교에서 라틴아메리카 소설을 전공했다. 옮긴 책으로 『사랑 광기 그리고 죽음의 이야기』『이 또한 지나가리라』『말라 온다』『인공호흡』『우리가 불 속에서 잃어버린 것들』『느림의 중요성을 깨달은 달팽이』『까떼드랄 주점에서의 대화』『7인의 미치광이』 등이 있다.

문학동네 세계문학

영혼의 미로 2

초판 인쇄 2021년 6월 3일 | 초판 발행 2021년 6월 19일

지은이 카를로스 루이스 사폰 | 옮긴이 엄지영

책임편집 박아름 | 편집 송지선
디자인 김현우 이원경 | 저작권 김지영 이은은 | 마케팅 정민호 양서연 박지영 안남영
홍보 김희숙 김상만 함유지 김현지 이소정 이미희 박지원
제작 강신은 김동욱 임현식 | 제작처 천광인쇄사(인쇄) 경일제책사(제본)

펴낸곳 (주)문학동네 | 펴낸이 염현숙
출판등록 1993년 10월 22일 제406-2003-000045호
주소 10881 경기도 파주시 회동길 210
전자우편 editor@munhak.com | 대표전화 031) 955-8888 | 팩스 031) 955-8855
문의전화 031) 955-2655(마케팅) 031) 955-2646(편집)
문학동네카페 http://cafe.naver.com/mhdn | 트위터 @munhakdongne
북클럽문학동네 http://bookclubmunhak.com

ISBN 978-89-546-8014-1 04870
      978-89-546-8012-7 (세트)

www.munhak.com